LE PROTOCOLE SIGMA

DU MÊME AUTEUR

Aux Éditions Grasset

LE COMPLOT DES MATARÈSE.

OPÉRATION HADÈS, avec Gayle Linds.

LA TRAHISON PROMÉTHÉE.

LE PACTE CASSANDRE, avec Philip Shelby.

Aux Éditions Robert Laffont

LA MÉMOIRE DANS LA PEAU.

LA MOSAÏQUE PARSIFAL.

LE CERCLE BLEU DES MATARÈSE.

LE WEEK-END OSTERMAN.

LA PROGRESSION AQUITAINE.

L'HÉRITAGE SCARLATTI.

LE PACTE HOLCROFT.

LA MORT DANS LA PEAU.

UNE INVITATION POUR MATLOCK.

LE DUEL DES GÉMEAUX.

L'AGENDA ICARE.

L'ÉCHANGE RHINEMANN.

LA VENGEANCE DANS LA PEAU.

LE MANUSCRIT CHANCELLOR.

SUR LA ROUTE D'OMAHA.

L'ILLUSION SCORPIO.

LES VEILLEURS DE L'APOCALYPSE.

LA CONSPIRATION TREVAYNE.

LE SECRET HALIDON.

ROBERT LUDLUM

LE PROTOCOLE SIGMA

roman

Traduit de l'américain
par
FLORIANNE VIDAL

BERNARD GRASSET
PARIS

L'édition originale de cet ouvrage a été publiée par St. Martin's Press, en 2001, sous le titre :

THE SIGMA PROTOCOL

CHAPITRE 1

Zurich

« **V**OULEZ-VOUS que j'aille vous chercher quelque chose à boire, pendant que vous attendez ? »

Le groom, un homme corpulent, parlait anglais avec une pointe d'accent. La petite plaque de cuivre indiquant son nom luisait sur son uniforme en loden vert.

« Non, merci, dit Ben Hartman en esquissant un sourire.

— Vous en êtes sûr ? Un peu de thé peut-être ? Du café ? De l'eau minérale ? » Le chasseur le fixa avec les yeux brillants d'empressement de qui ne dispose que de quelques minutes pour augmenter son pourboire.

« Je suis vraiment désolé que votre voiture soit en retard.

— Tout va bien, je vous assure. »

Ben se trouvait dans le hall de l'Hôtel Saint-Gotthard, un élégant établissement du XIXe siècle, à la clientèle presque entièrement constituée de richissimes hommes d'affaires internationaux – *regardons les choses en face, j'en fais partie,* pensa Ben avec cynisme. A présent qu'il avait payé sa note, il se demandait vaguement comment se débarrasser du chasseur. Et s'il lui refilait un pourboire pour qu'il ne porte *pas* ses bagages, pour qu'il ne suive *pas* chacun de ses pas comme une épouse bengali, pour qu'il *cesse* de déplorer le retard de la voiture qui devait le conduire à l'aéroport ? Les palaces du monde entier mettaient un point d'honneur à dorloter ainsi leurs clients mais Ben, qui avait pourtant beaucoup voyagé, n'arrivait pas à s'y faire. Il trouvait ce genre de comportement importun et profondément irritant, lui qui avait passé un temps fou à tenter de briser le cocon. Mais le cocon – tous ces rituels éculés, réservés aux classes privilégiées – était bien trop solide. Le groom l'avait vu venir, bien sûr : un Américain pourri de fric, comme les autres.

Ben Hartman avait trente-six ans, mais ce jour-là il se sentait plus vieux. Ce n'était pas uniquement à cause du décalage horaire, bien qu'il fût arrivé de New York la veille et qu'il éprouvât encore cette curieuse

impression de déphasage. Non, la vraie raison était autre : il était enfin
de retour en Suisse, dans ce pays où en des temps plus heureux, il avait
effectué de longs séjours, passant ses journées à skier trop vite, à
conduire trop vite, tel un esprit rebelle parmi ces gens aux visages figés,
vivant dans le strict respect des règles. Il aurait aimé retrouver cet état
d'âme, mais il en était incapable. Il n'avait plus remis les pieds en Suisse
depuis que son frère Peter – son jumeau et le meilleur ami qu'il ait
jamais eu – y avait trouvé la mort, quatre ans plus tôt. Ben avait cru que
ce voyage ferait resurgir des souvenirs, mais rien de tel ne s'était
produit. Il comprenait à présent l'erreur qu'il avait commise en revenant
ici. Dès qu'il était arrivé à l'aéroport de Kloten, il s'était senti comme
égaré, envahi par une émotion où se mêlaient colère, douleur et solitude.

Mais il se gardait bien de le montrer. Il avait conduit quelques menues
affaires la veille dans l'après-midi et, le matin même, s'était fendu d'une
visite au Dr Rolf Grendelmeier de l'Union Bank de Suisse. Entrevue
cordiale et parfaitement inutile, comme de bien entendu, mais il fallait
faire plaisir aux clients ; les chaleureuses poignées de main faisaient
partie du boulot. Pour être tout à fait honnête, son travail consistait
uniquement en cela, et parfois, le cœur serré, Ben s'étonnait de la
facilité avec laquelle il se glissait dans ce rôle délicat, celui du dernier
fils vivant du légendaire Max Hartman, héritier présomptif de la fortune
familiale et d'un bureau de PDG chez Hartman Capital Management, la
société plusieurs fois milliardaire fondée par son père.

Ben avait fait sienne l'entière panoplie du financier international – le
placard garni de costumes Brioni et Kiton, le sourire facile, la poignée
de main énergique et, par-dessus tout, le regard : franc, assuré, grave. Un
regard où transparaissaient le sens des responsabilités, le sérieux, la
perspicacité, et qui, la plupart du temps, dissimulait un insondable ennui.

Toutefois, ce voyage n'était pas un déplacement professionnel à proprement parler. A Kloten, un petit avion l'emmènerait à Saint-Moritz où
il retrouverait un vieux client richissime, sa femme et sa petite-fille, une
soi-disant beauté. Sans se départir de sa jovialité coutumière, le client en
question avait insisté pour qu'il les rejoigne aux sports d'hiver. On lui
avait forcé la main et il le savait. Ce genre de contrainte faisait partie des
risques qu'affrontaient tous les célibataires présentables et fortunés
habitant Manhattan : Ben était un « bon parti » et ses clients
s'obstinaient à le caser avec leurs filles, nièces et autres cousines. Le
refus poli était un exercice difficile à pratiquer. Et de temps à autre, il lui
arrivait de faire la connaissance d'une femme dont il appréciait la
compagnie. Sait-on jamais ? De toute façon, Max voulait des petits-
enfants.

Max Hartman, le philanthrope, l'homme que tout un chacun craignait
et révérait, fondateur de Hartman Capital Management. L'immigrant
parti de zéro, qui avait fui l'Allemagne nazie et débarqué en Amérique
avec en poche les dix dollars du proverbe, avait créé juste après la

guerre une compagnie d'investissement et par un travail acharné en avait fait la puissante société qu'elle était à présent. Le vieux Max, octogénaire vivant dans sa splendide tour d'ivoire de Bedford, dans l'Etat de New York, dirigeait toujours son affaire et faisait en sorte que personne ne l'oublie.

Ce n'est pas chose facile que de travailler pour son père, mais c'est encore pire quand on n'éprouve guère d'intérêt pour le monde des affaires, la « ventilation des capitaux », la « gestion des risques » et toutes ces autres expressions ronflantes et ennuyeuses à en mourir.

Ou quand on est totalement indifférent à l'argent. Un luxe que seuls les gens qui en ont trop peuvent s'offrir, il le savait. Des gens comme les Hartman, avec leurs fonds en fidéicommis, leurs écoles privées et leur immense domaine de Westchester County. Sans parler des vingt mille acres près de Greenbriar, et tout le reste.

Jusqu'au jour où l'avion de Peter s'était écrasé, Ben avait pu exercer le métier qu'il aimait : enseigner, et surtout enseigner à des enfants dont la plupart des gens se désintéressaient. Il avait été professeur de cours moyen dans une école difficile d'un quartier de Brooklyn appelé East New York. Il y avait pas mal de gamins à problèmes dans cet établissement où sévissaient des bandes composées de gosses de dix ans aux mines patibulaires, armés comme des caïds de la drogue colombiens. Mais ces gosses avaient besoin d'un professeur qui s'occupe d'eux et, de temps en temps, Ben laissait son empreinte dans l'existence de l'un d'entre eux.

A la mort de Peter, Ben avait été contraint d'entrer dans l'affaire familiale. Il avait raconté à ses amis que cette décision découlait de la promesse que sa mère lui avait arrachée sur son lit de mort. Peut-être les choses s'étaient-elles effectivement passées ainsi, mais cancer ou pas cancer, il n'aurait pas eu le cœur de la contrarier. Il se souvenait de ses traits tirés, de sa peau ternie par une nouvelle cure de chimiothérapie, des taches rougeâtres qu'elle avait sous les yeux, pareilles à des hématomes. Elle avait presque vingt ans de moins que son mari et jamais il n'aurait imaginé qu'elle partirait la première. *Travaille, car la nuit arrive,* avait-elle dit en souriant d'un air brave. De tout le reste elle ne parla jamais. Max avait survécu à l'enfer de Dachau pour voir mourir son fils et, à présent, il était sur le point de perdre sa femme. Combien de malheurs un homme, si puissant fût-il, pouvait-il endurer ?

« T'a-t-il perdu toi aussi ? », avait-elle murmuré. A cette époque, Ben vivait non loin de l'école, au cinquième étage sans ascenseur d'un immeuble décrépit dont les couloirs empestaient l'urine de chat et où le linoléum se décollait du sol. Par principe, il refusait l'argent de ses parents.

« Tu entends ce que je suis en train de te dire, Ben ?

— Mes gosses, avait répondu Ben d'une voix où perçait déjà le renoncement. Ils ont besoin de moi.

— Il a besoin de toi », avait-elle répliqué, très calmement. Ils en étaient restés là.

Voilà pourquoi aujourd'hui il invitait les gros clients à dîner et les traitait avec les plus grands égards, afin qu'ils se sentent flattés d'être chouchoutés par le fils du fondateur en personne. De temps à autre, il travaillait comme bénévole dans un centre pour « enfants perturbés » auprès desquels ses gamins de cours moyen auraient pu passer pour des enfants de chœur. Et le plus souvent possible, il grappillait du temps pour voyager, skier, faire du parachute ascensionnel, du snow-board ou de la varappe et sortir avec une ribambelle de femmes tout en évitant les relations stables.

Le vieux Max devrait attendre.

Soudain le hall du Saint-Gotthard, avec ses murs tendus de damas rose et ses meubles viennois lourds et sombres, lui parut oppressant.

« Je préfère attendre à l'extérieur, si vous n'y voyez pas d'inconvénient », dit Ben au groom. L'homme en uniforme de loden vert minauda.

« Bien sûr, monsieur, comme vous voulez. »

Ben sortit en clignant les yeux sous le soleil de midi et s'engagea dans le flux des piétons parcourant la Bahnhofstrasse, une grande avenue bordée de tilleuls, de boutiques de luxe, de cafés et d'une procession de petits hôtels particuliers en pierre de taille abritant des institutions financières. Toujours chargé de ses bagages, le chasseur se précipita derrière lui et resta penché jusqu'à ce que Ben produise un billet de cinquante francs suisses et lui fasse signe de disposer.

« Oh, merci mille fois, monsieur », s'exclama le chasseur avec une surprise feinte.

Au moment voulu, les portiers lui signaleraient l'apparition de sa voiture dans l'allée pavée, à gauche de l'hôtel. Ben n'était pas pressé. La brise venant du lac Zurich lui faisait un bien fou, après tout ce temps passé dans ces pièces mal ventilées et surchauffées, où l'air était toujours imprégné des odeurs de café et de fumée de cigare, cette dernière plus discrète mais bien reconnaissable.

Ben appuya ses skis flambant neufs, des Volant Ti Supers, contre l'un des piliers corinthiens de l'hôtel, près de ses autres bagages, et observa la foule, le spectacle des passants anonymes. Un homme d'affaires, un jeune type odieux braillant dans un téléphone cellulaire. Une femme obèse en parka rouge poussant une voiture d'enfant. Une grappe de touristes japonais bavardant avec animation. Un homme grand, d'âge moyen, vêtu d'un complet strict, avec des cheveux grisonnants ramenés en queue de cheval. Un livreur portant une boîte emplie de lis, affublé du fameux uniforme orange et noir de la Blümchengalerie, la chaîne de fleuristes la plus chic de la ville. Et une superbe jeune femme blonde, portant des vêtements hors de prix, cramponnée à un sac marqué Festiner's, qui regarda négligemment dans la direction de Ben, puis lui jeta un nouveau coup d'œil – rapide, mais plus attentif – avant de détourner les yeux. *Si jamais nous avions le temps*, pensa Ben. Son regard se remit à vagabonder. Des bruits de circulation assourdis mais continuels provenaient de la Lowenstrasse, à quelques dizaines de mètres de là. Non loin de l'endroit où il se tenait, un chien jappait. Un individu entre deux âges, vêtu d'un blazer d'une étrange couleur pourpre, un poil trop élégant pour Zurich. Puis ses yeux s'attardèrent sur un homme de son âge qui remontait le Koss Konditerei d'un pas résolu. Ce type lui rappelait vaguement quelqu'un...

Plus que vaguement.

Ben prit le temps de l'observer avec plus d'attention. Ne serait-ce pas – non, pas possible ! – son vieux copain de fac, Jimmy Cavanaugh ? Un sourire perplexe se dessina sur les lèvres de Ben.

Jimmy Cavanaugh, dont il avait fait la connaissance à Princeton, durant son année préparatoire. Jimmy qui, à l'époque, se payait le luxe de vivre en dehors du campus, fumait des cigarettes qui auraient étouffé un simple mortel et tenait l'alcool mieux que quiconque, mieux que Ben lui-même qui avait pourtant la réputation de se défendre assez bien dans ce domaine. Jimmy était originaire d'Homer, une petite ville dans le nord-ouest de l'Etat de New York, véritable réservoir d'anecdotes. Une nuit, après qu'il eut enseigné à Ben comment descendre de la tequila dans des verres à bière, Jimmy l'avait fait hurler de rire en lui expliquant les règles du sport pratiqué dans son patelin, le « renversement de bœuf ». Jimmy était un garçon mince et élancé, il avait les pieds sur terre, l'esprit vif et la langue bien pendue, et c'était un grand tombeur. Mais avant tout, il semblait plus *vivant* que la plupart des jeunes gens que Ben connaissait : les futurs diplômés aux mains moites qui s'échangeaient des tuyaux sur les examens d'entrée à la faculté de droit ou de sciences ; les étudiants en français qui se donnaient un genre avec leurs cigarettes sans filtre et leurs écharpes noires ; les indécrottables cas sociaux, jeunes gens maussades qui croyaient exprimer toute l'intensité de leur rébellion en se teignant les cheveux en vert. Jimmy, lui, se démarquait de toute cette faune, et Ben, qui lui enviait sa simplicité, son aisance, était enchanté et même flatté d'être son ami. Comme cela arrive souvent, ils s'étaient perdus de vue après leurs études ; Jimmy s'était inscrit à la Georgetown School of Foreign Service, et Ben était resté à New York. Ils n'étaient ni l'un ni l'autre portés sur l'évocation nostalgique des années d'université ; puis l'éloignement et le temps avaient fait leur œuvre. Pourtant, se disait Ben, Jimmy Cavanaugh était probablement l'une des rares personnes avec lesquelles il avait vraiment envie de discuter en cet instant même.

Jimmy Cavanaugh – c'était bien lui – se trouvait à présent assez près pour que Ben remarque son complet Armani à 2 000 dollars, dépassant de son imperméable ocre. Il fumait une cigarette. Sa silhouette avait changé : il avait pris de la carrure. Mais c'était Cavanaugh, le doute n'était plus permis.

« Bon sang », dit Ben à voix haute. Il allait s'engager sur la Bahnhofstrasse pour rejoindre Jimmy quand il se souvint de ses Volants. Pas question de les laisser sans surveillance, portiers ou pas portiers. Il attrapa ses skis, les hissa sur son épaule et s'avança vers son ami. Ses cheveux cuivrés étaient devenus plus clairs et il commençait à les perdre, quelques rides marquaient son visage autrefois couvert de taches de rousseur. Que diable pouvait-il bien fabriquer à Zurich ?

Soudain leurs yeux se croisèrent.

Jimmy fit un large sourire et s'avança à grandes enjambées vers Ben, une main tendue, l'autre dans la poche de son imperméable.

« Hartman, ce vieux pote ! », claironna Jimmy, arrivé à quelques mètres de lui. « Ça alors, mon gars, c'est génial de te rencontrer là !

— Incroyable, c'est vraiment toi ! », s'exclama Ben. En même temps, Ben, étonné, aperçut le tube métallique qui dépassait du trench-coat de son ami et comprit en un éclair qu'il s'agissait d'un silencieux pointé vers lui, à la hauteur de la taille.

Le bon vieux Jimmy était coutumier de ce genre de plaisanteries douteuses. Pourtant, au moment où Ben faisait semblant de lever les bras et d'esquiver une balle imaginaire, il vit Jimmy Cavanaugh déplacer sa main droite presque imperceptiblement, de ce mouvement bien reconnaissable du tireur qui presse sur la détente.

Ce qui se passa ensuite ne dura qu'une fraction de seconde, pourtant le temps sembla se replier, se ralentir jusqu'à s'arrêter presque. D'instinct, Ben fit glisser ses skis de son épaule droite pour tenter d'écarter l'arme. Mais il ne réussit qu'à frapper son ami au niveau du cou.

Un instant plus tard – ou était-ce au même instant ? –, il entendit une explosion et sentit des éclats de verre lui asperger la nuque comme si une vraie balle avait volatilisé une vitrine à quelques pas de là.

C'était impossible.

Surpris par la réaction de Ben, Jimmy perdit l'équilibre et gémit de douleur. Il trébucha, tomba et, en même temps, tendit la main pour agripper les skis. Une seule main. La gauche. Ben n'en croyait pas ses yeux. Quand vous trébuchez, vous tentez de vous rattraper, c'est plus fort que vous : vous tendez les deux mains et laissez choir valise, stylo et journal. Normalement, vous lâchez tout ce que vous avez dans les mains.

L'arme était bien réelle.

Ben entendit ses skis heurter le trottoir, vit un filet de sang couler sur la joue de Jimmy et ce dernier s'efforcer de se ressaisir. Ben s'écarta en titubant puis se mit à courir comme un fou sur le trottoir.

L'arme était bien réelle. Et Jimmy s'en était servi contre lui.

Ben croisa une masse compacte de badauds et d'hommes d'affaires en retard à leurs déjeuners de travail, et tandis qu'il slalomait à travers la foule, il heurta plusieurs personnes qui protestèrent bruyamment. N'en tenant aucun compte, il se mit à courir comme il n'avait jamais couru, en zigzag, espérant que sa progression irrégulière ferait de lui une cible difficile à atteindre.

Que diable se passait-il ? C'était complètement dingue !

Il commit l'erreur de jeter un coup d'œil derrière lui et ralentit le rythme par mégarde. Son visage constituait un repère bien voyant pour son ex-ami, cet homme qui, pour une raison mystérieuse, semblait résolu à le tuer. Soudain, à moins d'un mètre de lui, le front d'une jeune femme explosa dans une bouillie écarlate.

Ben en eut le souffle coupé.

Seigneur !

Non, c'était impossible, ce n'était pas la réalité mais un étrange cauchemar...

Une balle vint se loger dans la façade de marbre d'un étroit immeuble de bureaux devant lequel il passait à toute allure. Il vit les éclats de pierre. Cavanaugh s'était relevé et le poursuivait. Il se trouvait à présent à une quinzaine de mètres de Ben, et bien qu'il soit obligé de courir tout en visant, ses tirs étaient encore précis.

Il essaie de me tuer, il va me tuer...

Tout à coup, Ben fit une feinte sur sa droite avant de pivoter sur la gauche tout en se baissant. Il courait ventre à terre. Dans l'équipe de Princeton, il était le grand spécialiste du huit cents mètres et, quinze ans plus tard, il savait encore que s'il voulait survivre il devrait trouver en lui la force de passer à la vitesse supérieure. Ses chaussures de marche n'étaient guère adaptées à cet exercice, mais il lui faudrait s'en contenter. Il avait besoin d'une destination, d'un but précis, d'un point d'arrivée : c'était cela le secret. *Réfléchis un peu, bordel !* Il se produisit un déclic dans sa tête : il se trouvait à quelques dizaines de mètres du centre commercial souterrain le plus vaste d'Europe, un temple dédié à la consommation et au tape-à-l'œil, appelé Shopville, qui communiquait avec la gare principale, la Hauptbahnhof, sous lequel il était construit. Mentalement, Ben se représenta l'entrée, les escalators donnant sur la Bahnhofplatz ; il était plus rapide d'entrer par là et de passer sous la place que de s'acharner à la traverser en surface, avec la foule qui se pressait toujours dans les rues. Mieux valait chercher refuge sous la terre, dans les galeries marchandes. Seul un fou oserait le pourchasser dans ce genre d'endroit. Ben piqua un sprint en levant très haut les genoux. De longues foulées souples. Il retrouvait sa technique d'autrefois, quand il dévorait les distances autour de la piste, en ne sentant rien d'autre que la brise sur son visage. Avait-il semé Cavanaugh ? Il n'entendait plus ses pas mais ne pouvait se permettre aucune conjecture. Résolument, désespérément, il courait.

La femme blonde au sac de chez Festiner's replia son petit téléphone portable et le glissa dans la poche de son tailleur Chanel bleu ciel, ses lèvres pâles et brillantes serrées dans une petite moue de contrariété. D'abord, tout s'était passé comme – disons, comme sur des roulettes. Il avait fallu quelques secondes pour déterminer si l'homme posté devant le Saint-Gotthard était le bon ou pas. De fait, il correspondait à la description : une trentaine d'années, visage anguleux, mâchoire puissante, cheveux bruns bouclés parsemés de gris, yeux noisette. Un type agréable à regarder, songeait-elle, on pouvait même le dire beau ; mais à cette distance, elle n'était pas en mesure de l'identifier de manière catégorique. En revanche, le tueur qu'ils avaient engagé était capable de le reconnaître à coup sûr, lui ; ils avaient pris leurs précautions.

Mais voilà que les choses semblaient échapper à leur contrôle. La cible était un amateur ; il avait peu de chance de survivre à une confrontation avec un professionnel. Toutefois, les amateurs la rendaient nerveuse. Ils commettaient des erreurs, mais le genre d'erreurs qu'on ne pouvait prévoir, car leur inexpérience faussait les calculs les plus rationnels. En l'occurrence, le sujet s'était échappé. Sa longue fuite éperdue reportait de peu la fin inéluctable. Et pourtant l'opération allait prendre du temps – la seule chose dont ils ne disposaient pas. Sigma One ne serait pas content. Elle consulta sa petite montre sertie de pierres précieuses, ressortit son téléphone et passa un autre appel.

Ben Hartman était à bout de souffle, ses muscles manquaient d'oxygène. Il fit une halte devant les escalators du centre commercial. Il allait devoir se décider en une fraction de seconde. 1. UNTERGESCHOSS SHOPVILLE indiquait le panneau bleu au-dessus de sa tête. L'escalator qui descendait transportait une foule de gens chargés de sacs contenant des achats, et de simples promeneurs ; il lui faudrait dévaler l'escalator qui montait. Celui-là était presque vide. Ben fonça droit devant, en poussant du coude un jeune couple qui se tenait par la main et lui bloquait le passage. Il vit les regards ahuris que son geste avait provoqués, des regards mi-consternés, mi-moqueurs.

Il s'engouffra dans l'atrium central de la galerie souterraine. Ses pieds touchaient à peine le sol de caoutchouc noir. Il s'autorisa une lueur d'espoir avant de comprendre son erreur. Tout autour de lui jaillissaient des cris, des hurlements d'effroi. Cavanaugh l'avait suivi dans cet espace confiné. Dans la vitrine d'une bijouterie, il aperçut en reflet le canon de l'arme et une décharge jaune et blanche. Aussitôt, une balle déchiqueta les panneaux d'acajou poli d'une librairie, découvrant le contreplaqué de mauvaise qualité qui se trouvait en dessous. L'endroit était devenu un véritable enfer. A quelques pas de lui, un vieil homme vêtu d'un costume déformé porta la main à sa gorge et bascula comme une quille de bowling, la chemise imbibée de sang.

Ben plongea derrière le poste d'information, un édicule ovale en verre et béton d'un mètre cinquante de large, sur lequel s'affichait la liste des boutiques, tracée en belles lettres blanches sur fond noir, un guide du centre commercial traduit en trois langues. Aux légers éclats de verre qui l'atteignirent, il comprit que le panneau avait été touché. Une demi-seconde plus tard, il entendit un fort craquement et un gros morceau de béton se détacha pour atterrir à ses pieds.

A quelques centimètres !

A deux pas de lui, un homme grand et costaud, vêtu d'un manteau poil de chameau et coiffé d'une casquette grise posée de manière désinvolte sur son crâne, vacilla avant de s'écrouler sur le sol, raide mort. La balle l'avait atteint en pleine poitrine.

Au milieu de ce chaos, Ben ne parvenait pas à distinguer le bruit des pas de Cavanaugh, mais il déduisait sa position d'après le reflet de la lumière sur le canon de son arme. Dans moins d'une minute, il l'aurait rattrapé. Toujours retranché derrière l'îlot de béton, il se releva et, du haut de son mètre quatre-vingt-cinq, examina fiévreusement l'espace qui l'entourait afin de repérer un autre refuge.

Pendant ce temps, les hurlements allaient crescendo. Devant lui, dans la galerie bondée, les gens poussaient des cris stridents, hystériques. Ils s'accroupissaient, se recroquevillaient, beaucoup tentaient de se protéger la tête avec leurs bras.

Soixante mètres plus loin, se profilaient les escalators indiquant :

2. UNTERGESCHOSS. S'il parvenait à parcourir cette distance sans se faire tirer dessus, il atteindrait le niveau inférieur. Alors il était possible que sa chance tourne. *Les choses pouvaient difficilement aller plus mal*, mais il changea d'avis lorsqu'il aperçut la mare de sang qui grandissait autour du corps de l'homme au manteau poil de chameau, couché à quelques mètres de lui. Sacré bon Dieu, il fallait absolument faire fonctionner ses méninges ! Impossible de couvrir la distance assez vite. A moins que...

Ben posa la main sur le bras du cadavre et le tira vers lui. Il ne lui restait que quelques secondes. Il le débarrassa vivement de son manteau couleur fauve et s'empara de la casquette grise. Les passants accroupis près de la Western Union l'observaient d'un œil torve, mais pas le temps de tergiverser. Ensuite, il enfila l'ample pardessus en secouant les épaules pour qu'il s'ajuste et enfonça la casquette sur sa tête. S'il voulait rester en vie, il devrait résister à la tentation de filer comme un lièvre vers les escalators donnant sur le deuxième niveau : il avait une grande expérience de la chasse et savait que tout ce qui bougeait trop brusquement constituait une cible idéale pour un tireur à la détente facile. Il se redressa avec lenteur, courba le dos et se mit à tituber et à zigzaguer comme un vieil homme affaibli par une hémorragie. A présent, il était dans le champ de vision de Cavanaugh, rien ne le protégeait plus : sa ruse devrait fonctionner assez longtemps pour qu'il atteigne l'escalator. Dix secondes peut-être. Tant que Cavanaugh le prendrait pour un promeneur blessé, il ne gaspillerait pas une autre balle.

Le cœur de Ben cognait dans sa poitrine, tous ses sens lui criaient de prendre ses jambes à son cou. Pas encore. Le dos voûté, les épaules creuses, il continua d'avancer de sa démarche chancelante, effectuant des enjambées aussi longues qu'il le pouvait sans pour autant éveiller les soupçons. Cinq secondes. Quatre secondes. Trois secondes.

Arrivé à l'escalator, à présent déserté par les passants terrifiés, l'homme au pardessus couvert de sang parut s'écrouler tête la première. Puis l'escalier mécanique le plaça hors de vue.

Maintenant !

L'inertie l'avait tout autant fatigué que l'action. Tous ses nerfs étaient tendus. Ben avait amorti sa chute avec les mains. Aussi posément que possible, il se dépêcha de descendre les dernières marches.

C'est alors qu'il entendit un mugissement de rage en haut de l'escalier : Cavanaugh ne le lâchait pas. Chaque seconde avait son importance.

Ben se remit à courir mais ce deuxième niveau avait des allures de labyrinthe. Il n'existait aucune issue débouchant directement sur la Bahnhofplatz, rien qu'une succession d'allées, les plus larges ponctuées de kiosques en bois et en verre présentant des téléphones cellulaires, des cigares, des montres, des affiches. Pour un chaland ordinaire, ils constituaient des centres d'intérêt – pour lui, ils étaient autant d'obstacles sur sa route.

Toutefois, ils réduisaient le champ de vision. Ils diminuaient les possibilités d'un tir à longue distance. Donc ils lui faisaient gagner du temps. Peut-être assez pour que Ben découvre la chose qu'il cherchait : un bouclier.

Il passa comme une flèche devant une série de boutiques similaires : Foto Video Ganz, Restseller Buchhandlung, Presensende Stickler, Microspot, Kinderboutique avec sa vitrine encombrée d'animaux en peluche et encadrée de bois peint en vert et or, orné d'un motif de lierre gravé. Il y avait aussi une prise Swisscom tout en chrome et plastique... A grand renfort de lumières et de couleurs festives, chacune des boutiques proposait aux promeneurs des marchandises et des services n'ayant aucune valeur pour Ben. Puis, soudain, sur sa droite, près d'une succursale de la Credit Suisse/Volksbank, il repéra une vaste maroquinerie. Il détailla la vitrine où s'entassaient des piles de valises en cuir souple – aucun intérêt. L'objet qu'il cherchait se trouvait à l'intérieur : une mallette en acier. Bien sûr, l'habillage de métal luisant était plus décoratif que fonctionnel, mais il lui serait utile. Enfin, il fallait l'espérer. Il le fallait. Pendant que Ben se précipitait dans la boutique, s'emparait de l'article et sortait en courant, il remarqua que le propriétaire avait décroché son téléphone. Pâle, couvert de sueur, il bafouillait en suisse allemand comme un hystérique. Personne ne prit la peine de poursuivre Ben ; la nouvelle du danger s'était déjà répandue.

Ben avait trouvé son bouclier ; mais il avait aussi perdu un temps précieux. Comme il surgissait de la maroquinerie, la vitrine prit l'aspect d'une toile d'araignée étrangement belle, juste avant de voler en éclats. Cavanaugh était proche, si proche que Ben n'osait pas regarder autour de lui pour tenter de le localiser. Il prit le parti de s'engouffrer dans une foule de badauds qui sortaient de chez Franscati, une grande surface donnant sur la place. Tenant la serviette devant lui, Ben fit un mouvement maladroit, trébucha sur la jambe de quelqu'un et retrouva son équilibre de justesse, gaspillant encore quelques secondes.

Il y eut une explosion à quelques centimètres de sa tête : le bruit d'une balle percutant la mallette d'acier. L'objet fit un bond entre ses mains, en partie à cause de l'impact, en partie à cause du réflexe musculaire. Ben vit qu'une bosse déformait le revêtement métallique, sur le côté de la mallette tourné vers lui. Comme si elle avait reçu un petit coup de marteau. La balle avait pénétré l'une des faces et presque traversé l'autre. Son bouclier lui avait sauvé la vie, mais de justesse.

Autour de lui, tout n'était plus que brouillard, mais il savait qu'il entrait dans le Halle Landesmuseum, grouillant de monde. Il savait aussi que le carnage le suivait.

De partout fusaient des hurlements – les gens amassés reculaient d'effroi, fuyaient. L'horreur, la fusillade, l'effusion de sang se rapprochaient.

Ben plongea dans la foule affolée et s'y laissa engloutir. Pendant un moment, le vacarme des coups de feu sembla se taire. Il jeta la petite valise sur le sol : elle avait rempli son office et désormais son métal luisant ne servirait plus qu'à le faire repérer au milieu de la cohue.

Etait-ce fini ? Cavanaugh était-il à court de munitions ? Rechargeait-il son arme ?

Ballotté en tous sens, Ben balaya du regard les méandres de la galerie marchande. Il cherchait une issue, une *Ausgang*, où s'engouffrer et disparaître. *Je l'ai peut-être semé*, songea Ben. Pourtant il hésitait toujours à regarder en arrière. Il ne fallait pas revenir sur ses pas. Juste avancer.

Dans l'allée qui conduisait chez Franscati, il repéra une enseigne en bois sombre, de style rustique, qui annonçait en lettres dorées : KATZKELLER-BIERHALLE. Elle était suspendue au-dessus d'une tonnelle, à l'entrée d'un restaurant désert. GESHLOSSEN, disait un écriteau de plus petite taille. Fermé.

Il se précipita dans cette direction, caché au cœur de la foule paniquée. Passant sous l'arche à l'allure moyenâgeuse s'ouvrant au-dessous de l'enseigne, il pénétra dans une salle à manger spacieuse, totalement vide. D'énormes lustres en bois pendaient du plafond, retenus par des chaînes en fonte ; des hallebardes et des gravures représentant des scènes médiévales décoraient les murs. Les lourdes tables rondes reprenaient le même thème, au gré de l'imagination de celui qui les avait grossièrement sculptées, selon l'idée qu'il se faisait de l'armement en vogue au XVe siècle.

Sur le flanc droit de la salle se trouvait un long bar derrière lequel Ben se tapit. En haletant pour retrouver son souffle, il tenta désespérément d'étouffer le bruit de sa respiration. Ses vêtements étaient trempés de sueur. Son cœur cognait à tout rompre. Il n'aurait jamais cru qu'il puisse battre si vite. Et sa poitrine lui faisait si mal qu'il ne pouvait s'empêcher de grimacer.

Il tapota les boiseries qu'il avait devant lui ; elles rendirent un son creux. Du plâtre recouvert d'un placage, apparemment. Rien d'assez solide pour arrêter une balle. Toujours accroupi, il contourna l'angle du bar et progressa vers une alcôve de pierre placée à l'abri des regards. Arrivé là, il pourrait se redresser et reprendre haleine. Comme il s'adossait contre un pilier pour se reposer, sa tête heurta une lanterne en fer forgé fixée dans la pierre. Il poussa un grognement involontaire puis examina l'applique qui venait de lui égratigner l'arrière du crâne. L'objet tout entier, un bras de fer noir et pesant relié au dispositif ornemental où se logeait l'ampoule, avait l'air de se détacher facilement de son support.

Ben le souleva dans un crissement rouillé et parvint à le maintenir en le coinçant contre sa poitrine.

Et il patienta, en s'efforçant de contrôler les battements de son cœur. Il en connaissait un rayon sur la patience. Il se remémora tous les Thanksgivings qu'il avait passés à Greenbriar ; Max Hartman mettait un point d'honneur à ce que ses fils apprennent à chasser et ce fut Hank McGee, un type du cru aux cheveux grisonnants, originaire de White Sulfur Springs, qui s'était vu confier la tâche de leur inculquer cet art. *C'est vraiment si difficile que cela ?* avait pensé Ben à l'époque : il était imbattable au tir au pigeon et se félicitait à juste titre de l'excellente coordination entre son œil et sa main. Quand il avait laissé échapper ces paroles devant McGee, l'expression de l'homme s'était durcie : *Tu crois peut-être qu'il suffit de savoir tirer pour être un bon chasseur ? La chasse est une affaire de patience.* Et il l'avait foudroyé du regard. McGee avait raison, bien évidemment : la patience était la chose la plus difficile entre toutes et, de surcroît, la plus étrangère au tempérament de Ben.

Quand il chassait avec Hank McGee, il restait des heures à guetter le gibier.

Aujourd'hui, c'était *lui* le gibier.

A moins qu'il puisse changer la donne... qui sait....

Quelques instants plus tard, Ben entendit des pas approcher. Jimmy Cavanaugh entra sur la pointe des pieds, non sans hésitation, en jetant des coups d'œil à droite et à gauche. Le col de sa chemise, crasseux et fripé, était imbibé du sang qui coulait d'une entaille marquant la partie droite de son cou. Son imperméable était souillé, son visage rouge et crispé par un rictus déterminé, ses yeux fous.

Cet homme était-il vraiment son ancien copain de fac ? Que lui était-il arrivé durant les quinze ans où ils s'étaient perdus de vue ? Comment avait-il pu devenir un tueur ?

Pourquoi tout cela ?

Dans sa main droite, Cavanaugh serrait un pistolet d'un noir bleuté, prolongé par un tube long de vingt-cinq centimètres, le silencieux vissé au bout du canon. Ben fit rapidement appel à ses souvenirs vieux de vingt ans, époque où il s'exerçait au tir, et reconnut un Walther PPK de calibre 32.

Ben retint son souffle, terrifié à l'idée que ses halètements puissent le trahir. Il recula au fond de l'alcôve en serrant l'applique métallique qu'il venait d'arracher du mur et s'aplatit pour échapper aux regards que Cavanaugh jetait à travers le restaurant. D'un mouvement soudain mais assuré du bras, Ben écrasa l'objet en fer sur le crâne de Cavanaugh, qui produisit un bruit mat.

Jimmy Cavanaugh hurla de douleur. Le cri strident d'un animal. Ses genoux ployèrent et il pressa sur la détente.

Ben sentit un souffle brûlant passer à quelques millimètres de son oreille. Mais au lieu de reculer encore, ou de tenter de fuir, Ben bondit en avant. Il percuta le corps de son ennemi et le bourra de coups jusqu'à ce qu'il s'écroule sur le sol de pierre où son crâne émit un craquement.

Bien que grièvement blessé, l'homme conservait une énergie étonnante. Quand il se redressa et enserra le cou de Ben dans l'étau de son bras, compressant la carotide, une écœurante odeur de transpiration émana de lui. Ben tendit la main vers l'arme, mais ne parvint qu'à retourner le long tube du silencieux vers Cavanaugh. Il y eut une détonation assourdissante, le coup partit. Les oreilles de Ben s'emplirent d'une puissante vibration, une sorte de crissement prolongé ; l'arme en reculant lui avait giflé le visage.

L'étreinte sur la gorge de Ben se relâcha. D'un mouvement tournant, il se libéra. Cavanaugh gisait sur le sol. Horrifié, Ben aperçut le trou rouge foncé qui perçait le front de son ex-ami, juste au-dessus des sourcils, comme un épouvantable troisième œil. Une sensation l'envahit où se mêlaient le soulagement, la répulsion et la certitude que désormais rien ne serait plus comme avant.

CHAPITRE 2

IL était encore tôt, mais il faisait déjà presque nuit et un vent glacial rugissait le long de l'étroite ruelle avant de dévaler la colline abrupte jusqu'aux eaux tumultueuses de l'Atlantique. Le brouillard stagnait sur les rues blafardes de cette ville portuaire, l'enveloppant comme dans une couverture. Une méchante bruine s'était mise à tomber. Une odeur âcre et salée flottait dans l'air.

Une lumière sulfureuse nimbait le porche branlant et les marches usées d'une vaste maison de bardeaux gris. Une silhouette sombre vêtue d'un ciré jaune à capuche se découpait sous ce piètre éclairage. Le doigt de l'individu écrasait le bouton de la sonnette de la porte d'entrée. Il insistait, encore et encore. Finalement on entendit les déclics du verrou de sûreté, et la porte patinée par les intempéries s'ouvrit lentement.

Le visage d'un très vieil homme apparut. Il regarda dehors d'un air courroucé. Le vieillard portait une robe de chambre bleu clair couverte de taches, enfilée sur un pyjama blanc chiffonné. Ses joues étaient creuses, la peau fripée de son visage blafarde et ses yeux d'un gris décoloré.

« Oui ? fit-il d'une voix de crécelle. Que voulez-vous ? » Il parlait avec un accent breton, hérité de ses ancêtres français d'Acadie qui autrefois pêchaient au large de la Nouvelle-Ecosse.

« Il faut que vous m'aidiez ! » s'écria l'individu au ciré jaune. D'un air anxieux, il fit passer son poids d'une jambe sur l'autre. « Je vous en prie ! Oh, mon Dieu, je vous en prie, il faut que vous m'aidiez ! »

L'expression du vieil homme se troubla. Le visiteur, bien que de haute taille, ne semblait pas encore sorti de l'adolescence.

« De quoi parlez-vous ? dit-il. Qui êtes-vous ?

— Il y a eu un horrible accident. Oh, mon Dieu ! Oh, doux Jésus ! Mon père ! Mon père ! Je crois qu'il est mort ! »

Le vieillard pinça ses lèvres étroites.

« Que voulez-vous que je fasse ? »

L'étranger avança une main gantée vers la poignée de la double porte, puis la laissa retomber.

« S'il vous plaît, laissez-moi téléphoner. Pour appeler une ambulance. Nous avons eu un accident, un terrible accident. La voiture est bousillée. Ma sœur grièvement blessée. C'était mon père qui conduisait. Oh, mon Dieu, mes *parents* ! » La voix du garçon se brisa. A présent, il ressemblait plus à un enfant qu'à un adolescent.

« Oh, seigneur, je crois qu'il est mort. »

Le regard méfiant du vieil homme sembla s'adoucir. Il ouvrit lentement la double porte pour laisser passer l'étranger.

« D'accord, dit-il. Entrez donc.

— Merci ! », s'exclama le garçon tout en pénétrant dans la maison. « Rien qu'un instant. Merci mille fois. »

Le vieil homme fit demi-tour et le conduisit dans une pièce lugubre située à l'avant de la bâtisse. En franchissant le seuil, il actionna l'interrupteur, et alors qu'il se retournait pour lui dire quelque chose, le garçon au ciré jaune se rapprocha de lui. Il lui prit la main entre les deux siennes, comme s'il voulait lui exprimer maladroitement sa reconnaissance. Les gouttes d'eau qui ruisselaient le long de sa manche roulèrent sur la robe de chambre du vieillard. Le garçon eut un geste brusque, comme une secousse.

« Hé », protesta le vieillard désorienté. Il retira sa main avant de s'effondrer sur le sol.

Le garçon baissa les yeux vers le corps ratatiné et resta un moment à le contempler. Il fit glisser de son poignet le petit engin équipé d'une minuscule aiguille hypodermique rétractable et le glissa dans la poche intérieure de son ciré.

Il passa rapidement la pièce en revue, repéra l'antique poste de télévision et l'alluma. Un vieux film en noir et blanc. A présent, le garçon vaquait à sa tâche avec l'assurance d'un homme mûr.

Il revint près du corps, le saisit et le déposa avec précaution dans un fauteuil orange râpé, puis arrangea ses bras et sa tête de telle façon qu'on croie le vieil homme endormi devant la télé.

Sortant de son ciré un rouleau de serviettes en papier, il épongea prestement l'eau qui formait une petite flaque sur les larges lattes de pin du vestibule. Puis il revint vers la porte d'entrée, restée ouverte, jeta un coup d'œil circulaire à l'extérieur et, constatant que tout allait bien, passa sur le porche et referma derrière lui.

Alpes autrichiennes

La Mercedes S430 gris métallisé roulait à vive allure sur la route de montagne escarpée. Elle atteignit bientôt les grilles de la clinique. Un vigile sortit de sa guérite, reconnut l'occupant de la voiture et dit sur un ton empreint du plus grand respect :

« Bienvenue, monsieur. »

Il ne prit pas la peine de vérifier son identité. On ne devait pas faire attendre le directeur. Le véhicule suivit l'allée circulaire traversant un terrain herbeux et pentu où le vert brillant de la pelouse bien entretenue et des pins contrastait avec les plaques de neige poudreuse. Au loin, se profilaient les grandioses escarpements et les plateaux neigeux du pic Schneeberg. La voiture contourna un épais bosquet de grands ifs et poursuivit son chemin jusqu'à une deuxième guérite. Le garde, qui avait déjà été prévenu de l'arrivée du directeur, pressa le bouton commandant l'ouverture de la barrière d'acier et, dans le même temps, appuya sur l'interrupteur abaissant les pics métalliques dépassant du sol. Ces pointes auraient facilement crevé les pneus d'un véhicule non autorisé.

La Mercedes remonta une route longue et étroite, une voie sans issue donnant sur une ancienne usine d'horlogerie, un *Schloss* construit voilà deux siècles. Un signal codé fut envoyé, une porte électronique s'ouvrit et la voiture se gara sur un parking privé. Le conducteur en sortit et fit descendre son passager qui s'avança d'un pas rapide vers l'entrée où un autre vigile, celui-ci installé derrière une vitre blindée, hocha la tête et sourit en signe de bienvenue.

Le directeur pénétra dans l'ascenseur, un anachronisme dans cet antique bâtiment alpestre, glissa sa carte à code digital pour le déverrouiller et monta au second et dernier étage. Puis il franchit trois portes qu'il ouvrit au moyen d'un lecteur de carte électronique et s'engagea dans la salle de conférence, où les autres étaient déjà assis autour d'une longue table d'acajou poli. Après avoir pris place à l'extrémité de la table, il considéra l'assistance pour vérifier si tout le monde était là.

« Messieurs, commença-t-il. Quelques jours seulement nous séparent de l'accomplissement de ce rêve si longtemps différé. La longue période de gestation est presque terminée. Ce qui signifie que votre patience est sur le point d'être récompensée, et au-delà des espoirs les plus fous de nos fondateurs. »

Des murmures d'approbation s'élevèrent. L'orateur, flatté, attendit qu'ils s'apaisent pour continuer.

« Quant aux questions de sécurité, on m'a assuré qu'il reste très peu d'*angeli rebelli*. Bientôt il n'y en aura plus un seul. Subsiste néanmoins un petit problème. »

Zurich

Ben tenta de se lever, mais ses jambes refusaient de le porter. Il s'affaissa sur le sol. Il avait envie de vomir et se sentait en même temps glacé et fiévreux. Le sang bourdonnait dans ses oreilles. La peur lui tenaillait le ventre.

Que vient-il de se passer ? se demandait-il en lui-même. Pourquoi diable Jimmy Cavanaugh voulait-il le tuer ? Quelle était cette folie ? L'homme avait-il perdu la raison ? La soudaine réapparition de Ben au bout de quinze ans avait-elle déclenché quelque chose dans son cerveau dérangé, un afflux de souvenirs confus qui, pour une raison ou une autre, l'avaient poussé au meurtre ?

Sa bouche s'emplit d'un liquide au goût saumâtre, métallique. Il porta la main à ses lèvres. Il saignait du nez, sans doute à cause d'un coup reçu pendant la lutte. Lui s'en était sorti avec un nez en sang et Jimmy Cavanaugh avec une balle dans la tête.

La rumeur provenant du centre commercial décroissait. On percevait encore des hurlements, de temps en temps un cri d'angoisse, mais plus rien de commun avec le chaos de tout à l'heure. En s'aidant de ses mains, il se mit debout et parvint à conserver cette position. Il savait que la nausée, les vertiges qui l'assaillaient n'étaient pas dus à l'hémorragie ; il était sous le choc.

Il se força à observer le corps de Cavanaugh. A présent, il était assez calme pour réfléchir.

Un homme que je n'ai pas revu depuis l'âge de vingt et un ans débarque à Zurich, devient fou et tente de me tuer. Et le voilà couché là, mort, dans un restaurant ringard. Aucune explication. Peut-être n'y en aura-t-il jamais.

Evitant soigneusement la mare de sang où baignait la tête de Cavanaugh, il fouilla les poches de son ex-ami, d'abord la veste, puis le pantalon, et enfin le trench-coat. Il n'y avait rien. Pas de papiers d'identité, pas de cartes de crédit. Bizarre. Cavanaugh n'avait rien emporté, comme s'il avait prévu ce qui se passerait.

C'était un attentat prémédité. *Planifié.*

Il remarqua le Walther PPK noir bleuté sur lequel la main de Cavanaugh était encore crispée et songea à vérifier combien de balles restaient dans le chargeur. Il médita un instant : devait-il s'emparer du pistolet et le glisser tout bêtement dans sa poche ? Et si Cavanaugh n'était pas seul ?

Si jamais ils étaient plusieurs ?

Ben hésita. Il était sur les lieux d'un crime. Mieux valait ne rien toucher pour éviter les problèmes légaux qui pourraient se présenter par la suite.

Lentement, il se leva et se mit à marcher, hébété, vers le hall principal. Il était presque désert, hormis les quelques équipes d'urgence médicale qui prenaient soin des blessés. On emmenait quelqu'un sur une civière.

Il fallait que Ben trouve un policier.

Les deux flics le regardaient d'un air dubitatif. L'un d'eux avait l'air d'un débutant, l'autre était un type entre deux âges. Il les avait rejoints devant un kiosque de Bijoux Suisses, près du marché de Marktplatz. Ils portaient des pulls bleu marine avec des insignes rouges sur l'épaule indiquant *Zurichpolizei*; chacun d'eux était équipé d'un talkie-walkie et d'un pistolet passé dans un étui de ceinture.

« Puis-je voir votre passeport ? », demanda le bleu après avoir écouté Ben pendant quelques minutes. Apparemment, le plus âgé ne connaissait pas l'anglais ou préférait s'abstenir de s'exprimer dans cette langue.

« Pour l'amour du ciel, lança Ben excédé, des gens ont été tués. Il y a un mort dans un restaurant par là-bas, un homme qui a tenté...

— *Ihren Pass, bitte*, insista le bleu sur un ton coupant. Avez-vous vos papiers ?

— Evidemment », dit Ben en cherchant son portefeuille. Il le sortit et lui tendit son passeport.

Le bleu l'examina d'un air soupçonneux avant de le refiler à son aîné qui y jeta un coup d'œil sans manifester le moindre intérêt puis le rendit à Ben d'un geste brusque.

« Où étiez-vous quand ça s'est passé ? demanda le jeune.

— J'attendais devant l'hôtel Saint-Gotthard. Une voiture était censée venir me prendre pour m'emmener à l'aéroport. »

Le bleu fit un pas en avant et s'approcha de lui jusqu'à le gêner. D'inexpressif, son regard devint méfiant : « Vous alliez à l'aéroport ?

— Je partais pour Saint-Moritz.

— Et tout d'un coup, cet homme vous a tiré dessus ?

— C'est un vieil ami. *C'était* un vieil ami. »

Le bleu souleva un sourcil.

« Je ne l'avais pas revu depuis quinze ans, poursuivit Ben. Il m'a reconnu, a fait semblant de venir vers moi comme s'il était heureux de me rencontrer, puis soudain il a sorti une arme.

— Vous vous êtes disputés ?

— Nous n'avons pas échangé deux mots ! »

Les yeux du jeune flic se plissèrent.

« Vous vous étiez donné rendez-vous ?

— Non. Il s'agissait d'une pure coïncidence.

— Et pourtant il avait une arme sur lui, une arme chargée. » Le jeunot regarda son collègue, puis se tourna vers Ben.

« Et elle était munie d'un silencieux, vous dites ? Il devait vous guetter. »

Ben secoua la tête, exaspéré.

« Cela fait des années que je ne lui ai pas adressé la parole ! Il ne pouvait pas savoir que j'étais ici.

— Vous admettrez que les gens n'ont pas l'habitude de se promener avec un pistolet muni d'un silencieux, à moins d'avoir l'intention de s'en servir. »

Ben hésita.

« Je vous l'accorde. »

Le plus âgé des deux policiers s'éclaircit la gorge.

« Et quel genre d'arme possédez-vous ? demanda-t-il dans un anglais étonnamment fluide.

— De quoi parlez-vous ? s'exclama Ben, indigné. Je ne possède pas d'arme.

— Pardonnez-moi, mais je ne comprends pas bien. Vous dites que votre ami avait une arme et pas vous. Dans ce cas, pourquoi lui est-il mort ? »

La question était pertinente. Ben se contenta de hocher la tête d'un air pensif comme s'il revoyait l'instant où Jimmy Cavanaugh avait pointé le tube d'acier dans sa direction. Une partie de lui – la partie rationnelle – avait cru à une plaisanterie. Mais apparemment, une autre partie n'y avait pas cru : elle s'était préparée à réagir au quart de tour. Pourquoi ? Il repassa dans son esprit le moment où Jimmy s'était précipité vers lui, son grand sourire amical... et son regard glacial. Des yeux fixes qui n'allaient pas avec le sourire. Un petit élément discordant que son subconscient avait dû enregistrer.

« Venez, allons voir le cadavre de cet assassin », dit l'aîné des policiers en lui posant la main sur l'épaule d'une manière qui n'avait rien d'affectueux mais signifiait au contraire que Ben n'était plus un homme libre désormais.

Ben les conduisit à travers la galerie marchande qui grouillait de flics, de journalistes et de photographes de presse, et descendit à l'étage du dessous. Les deux *Polizei* le suivaient de près. Arrivé devant la pancarte KATZKELLER, Ben entra dans la salle du restaurant, s'avança jusqu'à l'alcôve et désigna l'endroit.

« Eh ben quoi ? », s'exclama le bleu sur un ton courroucé.

Stupéfait, Ben resta planté là à fixer, les yeux écarquillés, l'endroit où Cavanaugh s'était écroulé tout à l'heure. Pris de vertiges, l'esprit engourdi de stupeur, il dut bien se rendre à l'évidence. Il n'y avait plus rien.

Pas de mare de sang. Pas de corps, pas d'arme. L'applique avait été replacée sur son support. On aurait dit qu'elle n'en avait jamais bougé. Le sol était propre et nu.

C'était comme s'il ne s'était jamais rien passé.

« Mon Dieu », laissa échapper Ben. Avait-il disjoncté, perdu le sens de la réalité ? Mais il sentait bien le sol sous ses pieds, il voyait le bar, les tables. *Et si c'était un canular...* mais ce n'était pas le cas. On l'avait embarqué dans une aventure complexe et terrifiante.

Les policiers le dévisagèrent, de plus en plus soupçonneux.

« Ecoutez, dit Ben dont la voix n'était plus qu'un murmure rauque. Je suis incapable d'expliquer cela. J'étais ici. *Il* était ici. »

Le plus âgé prononça quelques mots dans son talkie-walkie, et bientôt un autre officier les rejoignit, un type baraqué à l'air impassible.

« J'ai l'esprit un peu lent, alors vous allez m'aider à comprendre. Vous traversez en courant une rue encombrée, puis un centre commercial souterrain. Autour de vous, des gens sont tués. Vous prétendez qu'un maniaque vous pourchassait. Vous promettez de nous montrer l'homme en question, un Américain. Et voilà, pas le moindre maniaque. Il n'y a que vous. Un étrange conte de fées à la sauce américaine.

— *Sacré bon Dieu,* je vous ai dit la vérité !

— Vous avez dit qu'un fou surgi de votre passé était à l'origine de ce bain de sang, dit le bleu d'une voix calme et métallique. Je ne vois qu'un seul fou ici. »

Le plus vieux policier s'entretint en suisse allemand avec son collègue.

« Vous résidez à l'hôtel Saint-Gotthard, n'est-ce pas ? finit-il par demander à Ben. Et si vous nous emmeniez là-bas ? »

Encadré par les trois flics – le baraqué marchant derrière lui, le bleu devant et le plus âgé à son côté –, Ben traversa le centre commercial, prit l'escalator et, une fois sorti à l'air libre, continua jusqu'à la Bahnhofstrasse, en direction de son hôtel. On ne lui avait pas encore passé les menottes mais il savait que ce n'était qu'une formalité.

Devant l'hôtel, une femme policier, que ses collègues avaient apparemment envoyée en éclaireuse, ne perdait pas ses bagages de vue. Elle avait des cheveux bruns et courts, d'une coupe presque masculine, et sur le visage une expression impavide.

A travers les fenêtres du hall, Ben aperçut l'onctueux portier qui s'était occupé de lui quelques minutes plus tôt. Quand leurs yeux se croisèrent, l'homme détourna le regard, l'air aussi accablé que s'il venait d'apprendre qu'il avait porté les bagages de Lee Harvey Oswald en personne.

« Vos valises, n'est-ce pas ? demanda le bleu.

— Oui, oui, dit Ben. Et alors ? » Qu'est-ce qu'il y avait encore ? Que pourrait-il y avoir de plus grave ?

La femme policier ouvrit son bagage à main en cuir fauve. Les autres regardèrent à l'intérieur puis se tournèrent vers Ben.

« C'est à vous ? demanda le bleu.

— J'ai déjà répondu que oui », répliqua Ben.

Le flic entre deux âges prit un mouchoir dans la poche de son pantalon et l'utilisa pour saisir l'objet contenu dans le cartable. C'était le Walther PPK de Cavanaugh.

CHAPITRE 3

Washington DC

UNE jeune femme à la mine sévère parcourait à grandes enjambées le long couloir central traversant le quatrième étage de l'immeuble du ministère américain de la Justice, le monumental bâtiment néoclassique qui occupait tout un pâté de maisons entre la 9ᵉ et la 10ᵉ Rues. Elle avait des cheveux bruns brillants, des yeux couleur caramel et portait une serviette de cuir. On aurait pu la prendre pour une avocate, une lobbyiste, ou peut-être une fonctionnaire zélée.

Elle s'appelait Anna Navarro, avait trente-trois ans, et travaillait pour le Bureau des Enquêtes Spéciales, l'OSI, une unité peu connue du ministère de la Justice.

Quand elle pénétra dans l'atmosphère confinée de la salle de conférence, elle s'aperçut que la réunion hebdomadaire de son unité avait déjà commencé. Dès qu'elle entra, Arliss Dupree, debout près d'un tableau blanc posé sur un chevalet, se retourna en s'arrêtant au milieu d'une phrase. Avec tous ces regards posés sur elle, Anna ne put s'empêcher de rougir un peu, ce qui dut ravir Dupree. Elle prit le premier siège libre qu'elle trouva. Un rayon de lumière l'aveugla.

« La voilà. C'est gentil de vous joindre à nous », lança Dupree. Même ses insultes étaient prévisibles. Anna se contenta de hocher la tête, déterminée à ne pas répondre aux provocations. Dupree lui avait annoncé que la réunion commencerait à 8 h 15. De toute évidence, elle avait été fixée à 8 heures, mais jamais il n'admettrait l'avoir induite en erreur. Une manière mesquine et typiquement bureaucratique de lui en faire baver. Ils étaient les deux seuls à connaître la raison de son retard.

Avant que Dupree soit nommé à la tête du Bureau des Enquêtes Spéciales, les réunions étaient chose rare. A présent, il y en avait toutes les semaines, ce qui lui permettait de faire étalage de son autorité. Dupree était un petit gros d'une quarantaine d'années. Son corps d'haltérophile était boudiné dans son complet gris clair, l'un des trois costumes bon marché qu'il portait à tour de rôle. L'odeur de son after-shave de drugstore parvenait jusqu'à elle, bien qu'il se trouvât de l'autre côté de la pièce. Son visage lunaire et rougeaud avait la texture d'un porridge grumeleux.

Autrefois, elle s'inquiétait de ce que les hommes comme Arliss Dupree pensaient d'elle et essayait de pactiser avec eux. Maintenant elle s'en fichait. Elle avait ses amis, et Dupree n'en faisait pas partie, un point c'est tout. A l'autre bout de la table, David Denneen, un homme aux mâchoires carrées, aux cheveux blond clair, lui lança un regard de sympathie.

« Comme certains d'entre vous ont pu l'entendre dire, l'Internal Compliance Unit a demandé à notre collègue ici présente de lui être provisoirement assignée. » Dupree se tourna vers elle, avec un regard dur.

« Etant donné la somme de travail en souffrance que vous avez ici, je considérerais votre passage dans un autre département comme une attitude rien moins qu'irresponsable, agent Navarro. Est-ce vous qui avez sollicité cette mutation ? Vous pouvez nous l'avouer, vous savez.

— C'est la première fois que j'en entends parler, lui répondit-elle sans mentir.

— C'est vrai ? Eh bien alors, j'ai peut-être tiré des conclusions trop hâtives, dit-il sur un ton un peu moins coupant.

— C'est possible, répliqua-t-elle sèchement.

— Je m'étais dit que vous souhaitiez être investie d'une mission. Mais peut-être est-ce *vous* la mission.

— Plaît-il ?

— Peut-être est-ce vous l'objet de l'enquête », fit d'une voix plus mielleuse Dupree que cette idée semblait enchanter. « Cela ne me surprendrait pas. Vous avez les dents longues, agent Navarro. » Il y eut des rires de la part de ses compagnons de beuverie.

Elle déplaça son siège pour ne plus avoir le soleil dans les yeux.

A l'époque où ils travaillaient ensemble à Detroit, au même étage du Westin, Dupree, un jour qu'il était ivre, lui avait fait des propositions dépourvues d'ambiguïté qu'elle avait repoussées (poliment, estimait-elle). Depuis ce temps, il ne cessait de glisser des petites remarques condescendantes, comme des chiures de mouches, dans son dossier d'évaluation :... *étant donné son intérêt apparemment limité... des erreurs dues à l'inattention, et non à son incompétence...*

Il l'avait décrite à l'un de ses collègues comme « un futur procès pour harcèlement sexuel » et lui avait infligé l'insulte la plus pernicieuse qui soit pour un membre du Bureau, en disant d'elle : *ne sait pas travailler en équipe.* Cela signifiait qu'elle n'allait pas trinquer avec les gars, Dupree compris, et ne mélangeait pas vie professionnelle et vie privée. Il prenait également soin de truffer ses dossiers d'allusions aux fautes qu'elle avait pu commettre – quelques vices de procédure mineurs, absolument rien de sérieux. Un jour, alors qu'elle était sur la piste d'un agent marron de la brigade des stupéfiants, un type qui avait été dévoyé par un caïd de la drogue et se trouvait impliqué dans plusieurs homicides, elle avait négligé de déposer un FD-460 dans le délai des sept jours requis.

Même les meilleurs agents commettent des erreurs. Pour tout dire, elle était convaincue que les meilleurs faisaient plus de petites gaffes que la moyenne, parce qu'ils se focalisaient davantage sur l'enquête elle-même que sur le strict respect des consignes énumérées par le règlement. On pouvait très bien suivre de manière servile les moindres exigences de la procédure et ne jamais résoudre une seule affaire.

Elle sentit qu'il l'observait. Elle leva les yeux et leurs regards se croisèrent.

« Nous avons énormément de dossiers en souffrance, et des dossiers très lourds, poursuivit Dupree. Quand quelqu'un ne fait pas sa part, le travail retombe sur les autres. Nous avons un sous-directeur de l'IRS soupçonné de tremper dans des fraudes fiscales assez complexes. Un type louche appartenant au FBI qui semble utiliser ses fonctions comme une couverture pour mener une vendetta personnelle. Il faut s'occuper de ces enfoirés de l'ATF qui piquent des armes dans les coffres réservés aux pièces à conviction dans le but de les revendre. » Rien qu'une série de cas classiques pour l'OSI dont la fonction consistait à enquêter (« auditer » était le terme consacré) sur les malversations commises par des membres d'autres agences gouvernementales – la version fédérale des affaires intérieures.

« La charge de travail est peut-être un peu trop lourde pour vous, insista Dupree. C'est cela ? »

Elle fit semblant de griffonner quelque chose sur son calepin et ne répondit pas. Ses joues lui brûlaient. Elle respira lentement, s'efforçant de réprimer la colère qui montait en elle. Elle ne mordrait pas à l'hameçon. Finalement, elle prit la parole.

« Ecoutez, si cela pose un problème, pourquoi ne rejetez-vous pas la requête de transfert interdépartemental ? » Cette question, Anna la posa sur un ton raisonnable, mais elle n'avait rien d'innocent : Dupree ne possédait pas le pouvoir de traiter d'égal à égal avec l'Internal Compliance Unit, service tout-puissant, et la moindre allusion aux limites de son autorité avait le don de lui faire voir rouge.

Les petites oreilles de Dupree s'empourprèrent.

« J'attends le rapport définitif. Si les chasseurs de barbouzes de l'ICU en savaient autant qu'ils le prétendent, ils comprendraient que vous n'êtes pas la personne rêvée pour ce type de boulot. »

Elle vit le mépris briller dans les yeux de son supérieur.

Anna aimait son métier, elle savait qu'elle le faisait bien et n'attendait aucun éloge. Tout ce qu'elle voulait c'était qu'on la laisse l'exercer sans qu'elle ait à gaspiller son temps et son énergie à défendre sa place bec et ongles. Aucun des traits de son visage ne bougea. Toute la tension qu'elle ressentait se logea au creux de son estomac.

« Je suis persuadée que vous avez tout essayé pour leur faire entendre votre point de vue. »

Il y eut une seconde de silence. Anna le vit hésiter sur la réponse à fournir. Dupree jeta un coup d'œil sur son cher tableau blanc et passa au point suivant de l'ordre du jour.

« Vous nous manquerez », lança-t-il.

*

Peu après la fin de la réunion, David Denneen passa la voir dans le petit box qui lui servait de bureau.

« L'ICU t'a choisie parce que tu es la meilleure, déclara-t-il. Tu le sais, non ? »

Anna hocha la tête d'un air las.

« J'ai été surprise de te voir à cette réunion. Tu participes aux opérations de supervision, maintenant ? Tu progresses vite, à ce qu'on raconte. » Le bruit courait qu'il était en passe d'accéder à un haut poste au ministère de la Justice.

« Je te remercie, fit Denneen. J'étais ici aujourd'hui en tant que représentant divisionnaire. Nous faisons cela chacun notre tour. Faut bien garder un œil sur les chiffres du budget. Et sur toi. » Gentiment, il posa sa main sur les siennes. Anna remarqua que son regard amical se teintait d'inquiétude.

« J'étais contente que tu sois là, dit Anna. Transmets mon meilleur souvenir à Ramon.

— Je n'y manquerai pas, répondit-il. Il faudra qu'on t'invite à déguster une autre paëlla un de ces quatre.

— Mais tu as autre chose en tête, n'est-ce pas ? »

Les yeux de Denneen ne quittaient pas les siens.

« Ecoute, Anna, ta nouvelle mission, quelle qu'elle soit, n'aura rien d'une promenade de santé. C'est vrai ce qu'on dit par ici – les voies de L'Esprit sont impénétrables. » En citant cette vieille plaisanterie, il n'avait pas envie de rire. L'Esprit. C'était ainsi que, dans leur milieu, on surnommait Alan Bartlett, l'homme qui dirigeait depuis des lustres l'Internal Compliance Unit. Dans les années 70, durant certaines audiences à huis-clos se déroulant devant le sous-comité sénatorial chargé des renseignements, un adjoint du ministre de la Justice l'avait surnommé non sans malice « l'esprit des lieux », et l'expression était restée. Bartlett n'avait rien de fantomatique, mais c'était un personnage légendairement insaisissable. On le voyait peu, on le savait brillant, régnant sur un cercle restreint de consultants triés sur le volet, et ses habitudes de reclus avaient fait de lui le symbole même de la clandestinité.

Anna haussa les épaules.

« Comment le saurais-je ? Je ne l'ai jamais vu et je ne pense pas connaître quelqu'un qui l'ait rencontré. L'ignorance alimente les rumeurs et les amplifie, Dave. Tu es bien placé pour le savoir.

— Alors accepte le conseil d'un pauvre ignorant qui se soucie de ta personne, dit-il. Je ne sais pas de quoi retourne cette affaire de l'ICU. Mais sois prudente, d'accord ?

— Prudente, comment cela ? »

Denneen se contenta de hocher la tête, d'un air embarrassé.

« C'est un autre monde », ajouta-t-il.

*

Plus tard dans la matinée, Anna traversait l'immense hall de marbre d'un immeuble de bureaux de M Street. Elle allait au rendez-vous qu'on lui avait fixé à l'Internal Compliance Unit. Personne, même le personnel du ministère, ne savait vraiment en quoi consistaient les missions de l'ICU dont le champ d'action était – certains sénateurs, pour ne citer qu'eux, avaient eu l'occasion de critiquer cet état de fait – dangereusement flou. *C'est un autre monde*, avait dit Denneen, et il semblait avoir raison.

L'ICU était basée au neuvième étage de ce complexe immobilier moderne, loin des administrations qu'elle était parfois contrainte de surveiller. Anna dut réprimer un réflexe d'admiration béate quand elle aperçut la fontaine intérieure, les sols et les murs de marbre vert. Elle pensa : *Quel luxe pour une organisation gouvernementale !* Elle pénétra dans l'ascenseur, lui-même tapissé de marbre.

Le seul autre occupant de la cabine était un type de son âge, excessivement beau et vêtu d'un costume excessivement cher. Un juriste, conclut-elle. Comme la plupart des habitants de Washington.

Dans le miroir, elle le vit lui adresser *le regard*. Elle savait que si elle se tournait vers lui, il sourirait, lui dirait bonjour et se lancerait dans une banale conversation d'ascenseur. Bien qu'il n'ait sans doute que de bonnes intentions et ne veuille que flirter poliment, Anna trouvait la situation un peu agaçante. De même, lorsque les hommes lui demandaient pourquoi une aussi jolie femme avait choisi d'exercer ce métier d'enquêtrice fédérale, elle le prenait mal. Comme si son gagne-pain était l'apanage des gens laids.

En règle générale, elle feignait de ne rien remarquer. Ce jour-là, elle jeta un regard mauvais au bellâtre qui détourna vite les yeux.

Quoi que l'ICU veuille d'elle, ça tombait sacrément mal ; en cela, Dupree ne se trompait pas. *C'est peut-être vous la mission,* avait-il lancé. Anna avait écarté l'allusion d'un haussement d'épaules, mais bizarrement elle faisait son chemin en elle. Qu'est-ce que cette phrase était censée signifier ? Selon toute probabilité, en ce moment même, Arliss Dupree était dans son bureau, en train de commenter cette histoire tout en rigolant avec les quelques piliers de bar qui faisaient partie de son personnel.

L'ascenseur s'ouvrit sur un hall lambrissé de marbre et meublé avec luxe, le genre d'aménagement qu'on s'attendrait plutôt à rencontrer dans un grand cabinet d'avocats, à l'étage de la direction. Sur le mur de droite trônait le sceau du ministère de la Justice. Les visiteurs étaient priés de sonner pour qu'on vienne les accueillir. C'est ce qu'elle fit. Il était 11 h 25, elle avait cinq minutes d'avance sur l'heure de son rendez-vous. Anna se piquait d'être toujours ponctuelle.

Une voix féminine lui demanda son nom, puis une jolie femme à la peau sombre, coiffée au carré – presque trop chic pour une simple fonctionnaire, se dit Anna – la fit entrer.

L'hôtesse d'accueil la jaugea d'un air glacial et lui désigna un siège. Anna détecta dans sa voix une pointe d'accent jamaïcain.

Quant au mobilier, il était d'une froideur absolue et en cela, cadrait parfaitement avec l'aspect ostentatoire de la pièce. Dans aucun bâtiment administratif, elle n'avait jamais vu moquette semblable, d'un gris perle immaculé. La salle d'attente était vivement éclairée par une incroyable série d'ampoules halogènes qui effaçaient presque les ombres. Des photos du Président et du ministre de la Justice étaient encadrées d'acier laqué. Les sièges et la table basse étaient en bois clair, massif. Chaque objet avait l'air flambant neuf, exempt de toute souillure due à l'usage, comme si on venait de le déballer.

Elle nota les stickers holographiques collés sur le fax et le téléphone équipant le bureau de l'hôtesse, des étiquettes officielles indiquant qu'il s'agissait là de lignes protégées, utilisant un encodage téléphonique théoriquement certifié.

De temps à autre, le téléphone se mettait à vrombir en toute discrétion. La femme répondait à voix basse dans le micro de son casque à écouteurs. Ses deux premiers interlocuteurs parlaient anglais; le troisième, lui, devait s'exprimer en français parce que l'hôtesse lui répondit dans cette langue. Aux deux appels suivants, passés en anglais, l'hôtesse répondit aimablement en fournissant quelques indications. Celui d'après lui permit de s'exprimer dans une langue sèche et sifflante qu'Anna eut beaucoup de mal à identifier. Elle consulta de nouveau sa montre, se trémoussa sur son siège au dossier rigide, puis regarda l'hôtesse.

« C'était du basque, n'est-ce pas ? », dit-elle. Un peu plus qu'une supposition, mais moins qu'une certitude.

La femme lui répondit par un bref hochement de tête et un sourire empreint de modestie.

« Ça ne sera plus très long, Miss Navarro », déclara-t-elle.

Les yeux d'Anna se posèrent sur le haut panneau de bois qui occupait tout le mur, derrière le comptoir d'accueil; à en juger d'après l'écriteau réglementaire indiquant la sortie, elle se dit que cette structure dissimulait sans doute un escalier. Construite avec art, elle permettait aux agents de l'ICU ou à leurs visiteurs de circuler sans que les personnes installées dans la salle d'attente officielle ne les remarquent. Quel étrange dispositif !

Cinq autres minutes passèrent.

« Mr. Bartlett sait-il que je suis ici ? », demanda Anna.

L'hôtesse soutint son regard sans sourciller.

« Son rendez-vous précédent est sur le point de se terminer. »

Anna regagna son siège, regrettant de ne pas avoir apporté quelque chose à lire. Elle n'avait même pas le *Post* et, de toute évidence, les imprimés n'étaient pas admis dans cette élégante salle d'attente. Ils auraient fait désordre. Elle sortit un ticket de retrait automatique et un stylo et se mit à dresser la liste des choses qu'elle avait à faire.

L'hôtesse posa un doigt sur son oreille et hocha la tête.

« Mr. Bartlett dit qu'il peut vous recevoir. » Elle s'extirpa de son comptoir pour escorter Anna. Elles franchirent toute une série de portes anonymes où ne figuraient que des numéros. Au bout d'un couloir, la femme ouvrit une porte marquée DIRECTEUR et l'introduisit dans le bureau le mieux rangé qu'elle ait jamais vu. Sur une table éloignée, divers papiers étaient parfaitement disposés en piles équidistantes.

Un petit homme aux cheveux blancs, vêtu d'un costume bleu marine impeccable, se leva de son vaste bureau en noyer et lui tendit une main délicate. Anna remarqua les lunules rose pâle de ses ongles manucurés et fut surprise par la fermeté de sa poigne. Elle nota que le bureau était vide, à part quelques dossiers verts et un téléphone d'un noir brillant ; fixée au mur juste derrière lui, une petite vitrine tendue de velours contenait deux montres à gousset de facture ancienne. C'était la seule touche originale présente dans cette pièce.

« Je suis vraiment désolé de vous avoir fait attendre », dit-il. Il était impossible de lui donner un âge précis ; mais il devait avoir une petite soixantaine d'années, conjectura Anna. Ses larges verres de lunettes tout ronds, cerclés d'une monture couleur chair, lui faisaient des yeux de hibou.

« Je sais que vous êtes très prise, c'est d'autant plus aimable à vous de vous être déplacée. » Il s'exprimait d'une voix douce, si douce qu'Anna se surprit à tendre l'oreille pour percevoir ses paroles brouillées par le ronronnement diffus du système de ventilation.

« Nous vous sommes très reconnaissants d'avoir si vite répondu à notre convocation.

— Si vous me permettez une remarque naïve, je ne pensais pas avoir le choix », dit-elle sur un ton acerbe.

Il sourit comme si elle avait lancé quelque plaisanterie.

« Asseyez-vous, je vous en prie. »

Anna prit place dans un fauteuil à haut dossier face au bureau de Bartlett.

« Pour vous dire la vérité, Mr. Bartlett, j'ai hâte de savoir ce que je fais ici.

— Cela ne vous a pas trop dérangée, j'espère, ajouta Bartlett, en croisant les doigts comme s'il priait.

— Que cela m'ait dérangée importe peu », répondit Anna. D'une voix forte, elle ajouta : « Je répondrai volontiers à toutes les questions que vous voudrez me poser. »

Bartlett hocha la tête d'un air encourageant.

« C'est exactement ce que je souhaite. Mais je crains que ces réponses ne soient pas faciles à obtenir. En fait, si nous pouvions déjà formuler les questions, nous serions presque sortis d'affaire. Comprenez-vous ce que j'essaie de vous dire ?

— J'en reviens à ma propre question, fit Anna en contenant son impatience. Qu'est-ce que je fais ici ?

— Pardonnez-moi. Vous devez me trouver elliptique. Je vous donne entièrement raison et je vous prie de m'en excuser. Déformation professionnelle. Trop de temps passé à brasser de la paperasse. Loin de l'air vivifiant de l'expérience de terrain. Mais c'est en cela que peut consister votre contribution. Permettez-moi de vous poser une question, Miss Navarro. Connaissez-vous nos activités ?

— Celles de l'ICU ? Vaguement. Des enquêtes intragouvernementales, le genre top secret. » Anna estima qu'elle devait se montrer prudente ; elle en savait un peu plus que ce qu'elle voulait bien avouer. Elle n'ignorait pas que derrière cette appellation d'apparence banale se cachait un organisme puissant, opérant dans le plus grand secret sur une très vaste échelle. Il était chargé d'effectuer sur d'autres organismes gouvernementaux des audits et des enquêtes impossibles à mener en interne et impliquant des sujets extrêmement sensibles. On racontait que les fonctionnaires de l'ICU avaient pris une part active dans plusieurs enquêtes délicates : le fiasco de la CIA sous Aldrich Ames ; l'affaire opposant la Contra iranienne à l'Administration Reagan ; les nombreuses acquisitions frauduleuses du ministère de la Défense. C'était l'ICU, murmurait-on, qui avait révélé les activités suspectes de Robert Philip Hanssen, l'agent double du FBI. Certaines rumeurs disaient même que l'ICU était derrière « Deep Throat » et les fuites qui avaient précipité la chute de Richard Nixon.

Le regard de Bartlett se perdit dans le vague.

« Pour l'essentiel, les techniques d'enquête sont partout les mêmes, dit-il enfin. Ce qui diffère, chez nous, c'est le rayon d'action, la sphère de compétence. La nôtre s'étend aux affaires touchant la sécurité nationale.

— Je ne possède pas ce genre d'accréditation, lâcha vivement Anna.

— En fait – Bartlett se permit un petit sourire – vous la possédez à présent. »

Aurait-elle obtenu une accréditation sans le savoir ?

« De toute façon, ce n'est pas mon terrain.

— Le problème ne réside pas là, n'est-ce pas ? dit Bartlett. Et si nous parlions de ce membre du NSC que vous avez passé en Code 33 l'année dernière ?

— Comment diable êtes-vous au courant de cela ? », laissa échapper Anna. Elle agrippa le bras de son fauteuil. « *Désolée*. Mais comment ? Cette affaire était confidentielle. Par requête directe du ministre.

— Confidentielle pour *vous*, dit Bartlett. Nous avons notre propre réseau de renseignements. Joseph Nesbett, n'est-ce pas ? Il travaillait au Harvard Center pour le développement économique. Puis l'Etat lui a attribué un poste à responsabilité, au Conseil pour la Sécurité Nationale. Un gars plutôt doué, pourrions-nous dire. Si on l'avait laissé suivre son petit bonhomme de chemin, je suppose que tout se serait bien passé pour lui, mais sa jeune épouse était un peu dépensière, un vrai panier percé ! Des goûts trop dispendieux pour un simple fonctionnaire. Tout cela a débouché sur cette lamentable affaire de comptes offshore, de détournement de fonds, et tout le reste.

— Ç'aurait été catastrophique si la chose s'était sue, dit Anna. Elle aurait mis en péril les relations internationales à un moment particulièrement délicat.

— En plus, l'Administration se serait retrouvée dans un fameux pétrin.

— Ce n'était pas ce qui me préoccupait le plus, rétorqua Anna d'un ton sec. Je n'envisage pas la politique sous cet angle-là. Et si vous pensez le contraire, c'est que vous ne me connaissez pas.

— Vous et vos collègues avez fait exactement ce qu'il fallait faire, Miss Navarro. Nous avons admiré votre travail. Vraiment. Habile. Très habile.

— Merci, dit Anna. Mais puisque vous en savez tellement long sur moi, vous ne devez pas ignorer que ce genre d'affaire outrepasse mes fonctions habituelles.

— J'insiste. Vous avez fait preuve d'une remarquable intuition et de la plus grande discrétion. Mais je sais parfaitement en quoi consiste votre quotidien. Le type de l'IRS coupable de détournement de fonds. L'officier marron du FBI. Les frictions avec la Witness Protection – c'était un petit exercice assez intéressant. Vous avez su faire jouer vos relations avec la médecine légale, en l'occurrence. Un témoin dans la foule est tué et à vous toute seule, vous avez prouvé l'implication de l'agent du DOJ [1].

— Un coup de chance, dit Anna avec flegme.

— La chance dépend de chacun d'entre nous, Miss Navarro, dit-il avec un regard qui ne souriait plus. Nous vous connaissons bien. Mieux que vous ne pourriez l'imaginer. Le solde de votre compte figurant sur le ticket sur lequel vous écriviez tout à l'heure. La liste de vos amis. Nous savons à quand remonte votre dernier appel à vos parents. Vous n'avez jamais gonflé vos notes de frais, chose dont la plupart d'entre nous ne peuvent se targuer. » Il fit une pause en l'observant attentivement.

---

1. Le ministère de la Justice américain.

« Si ces petites indiscrétions vous gênent, j'en suis désolé, mais vous savez bien que vous avez dû faire une croix sur votre intimité quand vous avez rejoint l'OSI, signé votre renonciation et le protocole d'accord. Peu importe. Le fait est que votre travail a toujours été excellent. Et parfois mieux que cela. »

Elle souleva un sourcil mais ne répondit rien.

« Ah. Vous semblez surprise. Je vous l'ai dit, nous avons notre propre réseau de renseignements. Et nos propres rapports d'aptitude, Miss Navarro. Bien sûr, ce qui nous a tout de suite intéressés, au regard de l'affaire qui nous occupe, c'est l'éventail de vos talents. Vous avez une certaine expérience des "audits" classiques et des protocoles d'enquête, mais vous êtes aussi experte en matière d'homicide. Cela fait de vous... quelqu'un d'unique, dirais-je. Mais revenons à nos moutons. Je me devais de vous informer que nous avions mené sur vous l'enquête la plus complète qui soit. Tout ce que je vais vous dire – tout ce que j'affirme, soutiens, conjecture, suggère ou déduis – doit être considéré comme top secret. Nous comprenons-nous bien ? »

Anna hocha la tête.

« J'écoute.

— Parfait, Miss Navarro. » Bartlett lui tendit une feuille de papier avec une liste de noms suivis de dates de naissance et de pays de résidence.

« Je ne vous suis pas. Suis-je supposée contacter ces gens ?

— Non, à moins que vous ne pratiquiez le spiritisme. Ces onze hommes sont morts. Tous ont quitté cette vallée de larmes au cours des deux derniers mois. Vous verrez, plusieurs vivaient aux Etats-Unis, d'autres en Suisse, en Angleterre, en Italie, en Espagne, en Suède, en Grèce... Tous morts de mort naturelle, apparemment. »

Anna jeta un coup d'œil sur la feuille. Parmi les onze noms, elle en reconnut deux – celui d'un membre de la famille Lancaster, qui possédait autrefois la plupart des aciéries du pays, mais était à présent plus connue pour ses œuvres de bienfaisance et autres formes de philanthropie. En fait, elle croyait Philip Lancaster mort depuis longtemps. L'autre, Nico Xenakis, faisait sans doute partie d'une dynastie d'armateurs grecs. Pour être honnête, elle le connaissait surtout grâce à ses liens avec un autre rejeton de la famille – un homme qui s'était bâti une réputation de débauché dans les journaux à scandale des années 60 pour être sorti avec une ribambelle de starlettes d'Hollywood. Les autres noms ne lui évoquaient rien. En examinant les dates de naissance, elle vit qu'il s'agissait d'hommes âgés – de soixante-quinze à presque quatre-vingt-dix ans.

« Les petits génies de l'ICU ne sont peut-être pas au courant, dit-elle, mais quand on a dépassé les soixante-dix ans... eh bien, on n'en a plus pour très longtemps.

— Dans aucun des cas l'exhumation n'est possible, j'en ai peur, poursuivit Bartlett implacablement. Vous avez peut-être raison. Des vieillards qui finissent par mourir, comme tous les vieillards. En l'occurrence, nous ne pouvons apporter la preuve du contraire. Mais ces derniers jours, nous avons eu un coup de chance. Pour la forme, nous avons placé une série de noms sur la "sentinel list" – l'une de ces conventions internationales dont personne ne semble se soucier. La disparition la plus récente concerne un retraité vivant en Nouvelle-Écosse, au Canada. Nos amis canadiens sont très à cheval sur la procédure. Voilà pourquoi l'alarme a retenti à temps. Cette fois, nous avons un cadavre à notre disposition. Ou, plus exactement, *vous* avez un cadavre à votre disposition.

— Vous oubliez quelque chose. Quel rapport y a-t-il entre tous ces hommes ?

— A chaque question, il y a une réponse superficielle et une autre plus profonde. Je vous donnerai la réponse superficielle parce que c'est la seule dont je dispose. Il y a quelques années, un audit interne a été mené dans les archives de la CIA. Peut-être à la suite d'un tuyau ? Disons que ce fut le cas. C'étaient des dossiers non opérationnels, remarquez. Il ne s'agissait ni d'agents ni de contacts directs. Des dossiers classés. Chacun marqué "Sigma", sans doute en référence à une opération portant ce nom de code, sur laquelle il semble ne subsister aucune trace dans les dossiers de l'Agence. Nous ne possédons pas d'information sur sa nature.

— Des dossiers classés ? répéta Anna.

— Cela signifie qu'à un certain moment, voilà de nombreuses années, ces individus ont tous fait l'objet d'une enquête classée sans suite, pour une raison que j'ignore.

— Et à l'origine de cela, il y avait un archiviste de la CIA. »

Il ne répondit pas directement.

« Chaque dossier a été authentifié par nos meilleurs experts. Il faut dire qu'ils remontent à un certain temps, ces dossiers. Au milieu des années 40, avant même la création de la CIA.

— Vous êtes en train de me dire qu'ils ont été ouverts par l'OSS ?

— Exactement, dit Bartlett. Le prédécesseur de la CIA. Nombre d'entre eux ont été créés vers la fin de la guerre, et au début de la Guerre froide. Les plus récents datent du milieu des années 50. Mais je m'éloigne. Comme je disais, nous avons ces morts étranges. Bien entendu, la chose n'aurait pu aboutir à rien, un point d'interrogation parmi tant d'autres, sauf que nous avons commencé à voir se dessiner un schéma, un réseau de recoupements, de liens avec les dossiers Sigma. Je ne crois pas aux coïncidences. Vous si, Miss Navarro ? Onze des hommes figurant dans ces dossiers sont morts à peu de temps d'intervalle. Les probabilités pour que cela soit dû au hasard... sont maigres, pour ne pas dire plus. »

Anna hocha la tête, impatiente. On aurait dit que l'Esprit voyait des fantômes.

« Combien de temps cette mission durera-t-elle ? J'ai un vrai travail, vous le savez.

— C'est votre "vrai" travail, à présent. On vous a déjà transférée. Nous avons tout arrangé. Vous comprenez ce que vous avez à faire, donc ? » Son regard s'adoucit. « Cette nouvelle ne semble pas vous transporter de joie, Miss Navarro. »

Anna haussa les épaules.

« J'en reste à l'idée que ces types jouaient tous dans l'équipe des vétérans, si vous voyez ce que je veux dire. Les vieillards ont tendance à claquer d'un coup, non ? Et ces gens-là étaient des vieillards.

— Et au XIXe siècle, à Paris, il était relativement courant de se faire renverser par un attelage », dit Bartlett.

Anna fronça les sourcils.

« Je vous demande pardon ? »

Bartlett s'enfonça dans son fauteuil.

« Avez-vous entendu parler de ce Français, Claude Rochat ? Non ? Je pense assez souvent à lui. Un homme falot, dépourvu d'imagination, laborieux et tenace. Dans les années 1860, 1870, il travaillait comme comptable pour le *Directoire*, le service de renseignements français de l'époque. En 1867, il remarqua que deux petits employés du *Directoire*, apparemment sans liens l'un avec l'autre, avaient été tués au cours d'une même nuit – l'un victime d'un soi-disant cambriolage, l'autre écrasé par un fourgon postal. Ce genre de choses arrivait tout le temps. Rien de remarquable là-dedans. Et pourtant il s'interrogea, surtout après avoir appris qu'au moment de leur mort, ces deux humbles fonctionnaires avaient sur eux de précieuses montres à gousset – en fait, comme il le confirma par la suite, les deux montres étaient *identiques*, toutes deux ornées d'un délicat paysage cloisonné, à l'intérieur du couvercle. Une petite bizarrerie, mais qui retint son attention. A la grande exaspération de ses supérieurs, il passa les quatre années suivantes à tenter de comprendre le pourquoi et le comment de cette petite bizarrerie et finit par mettre au jour un réseau d'espionnage d'une extraordinaire complexité : le *Directoire* avait été infiltré et manipulé par ses homologues prussiens. » Il nota son regard perçant et sourit : « Oui, les fameuses montres à gousset sont ici même. Un travail d'une exquise perfection. Je les ai achetées il y a une vingtaine d'années lors d'une vente aux enchères. J'aime les avoir près de moi. Elles m'aident à me souvenir. »

Bartlett ferma les yeux un moment, comme s'il méditait.

« Bien sûr, Rochat termina son enquête trop tard, poursuivit-il. Les agents de Bismark, après avoir savamment abreuvé les Français de fausses informations, avaient déjà poussé la France à déclarer la guerre. *"A Berlin"* criait-on partout. Le résultat fut désastreux pour ce pays : la supériorité militaire dont la France avait joui depuis la bataille de Rocroi en 1643 fut réduite à néant en l'espace de deux mois. Vous imaginez ? L'armée française, conduite par l'empereur en personne, se jeta tête baissée dans un ingénieux traquenard, près de Sedan. Inutile de préciser que Napoléon III y laissa son trône. Le pays perdit l'Alsace-Lorraine, il lui fallut payer des réparations exorbitantes et se soumettre à deux années d'occupation. Un choc inimaginable – un de ceux qui changèrent le cours de l'histoire européenne de manière irréversible. Et juste quelques années auparavant, notre Claude Rochat tirait un petit fil, sans savoir où il le mènerait, sans même savoir s'il le mènerait quelque part. Tout cela grâce à ces deux fonctionnaires sans importance et à leurs montres à gousset identiques. » Bartlett émit un son qui se rapprochait vaguement d'un rire.

« La plupart du temps, les choses qui ont l'air négligeable le sont *effectivement*. La *plupart* du temps. Mon travail consiste à me pencher sur ces choses-là. Les fils minuscules. Les petits décalages ennuyeux. Les petites anomalies qui peuvent conduire à des anomalies plus vastes. J'œuvre dans l'anodin. Mes plus graves préoccupations sont aussi les moins prestigieuses qui soient. » Il arqua un sourcil. « Je compare les montres. »

Anna garda le silence quelques instants. L'Esprit ne faillissait pas à sa réputation : abscons, désespérément obscur.

« J'apprécie ce cours d'histoire, dit-elle, mais mon cadre de référence a toujours été ici et maintenant. Si vous pensez vraiment que ces dossiers archivés ont toujours un intérêt, pourquoi ne pas mettre la CIA sur l'affaire, tout simplement ? »

Bartlett retira un mouchoir en soie de la poche de sa veste et entreprit d'essuyer ses lunettes.

« Les choses deviennent assez difficiles dans le secteur, dit-il. L'ICU a tendance à ne s'attacher qu'aux affaires comportant une réelle possibilité d'interférence interne ou quelque chose d'autre empêchant une enquête en bonne et due forme. Abandonnons cette idée. » Il y eut une pointe de condescendance dans sa voix.

« Non, ne l'abandonnons pas », dit Anna sèchement. Ce n'était pas le ton à adopter avec un chef de service, surtout un service aussi puissant que l'ICU, mais la servilité ne faisait pas partie de ses nombreux talents et Bartlett savait depuis le début à quoi s'en tenir sur elle.

« Ainsi donc, vous envisagez la possibilité qu'un membre de l'Agence, actuel ou ancien, soit derrière ces morts. »

Le directeur de l'Internal Compliance Unit blêmit légèrement.

« Je n'ai pas dit cela.

— Vous n'avez pas dit le contraire. »

Bartlett soupira.

« Du bois tordu de l'humanité rien de droit n'est jamais sorti. » Il se força à sourire.

« Si vous pensez que la CIA peut être compromise, pourquoi ne pas faire appel au FBI ? »

Bartlett renifla délicatement.

« Et pourquoi pas l'Associated Press, pendant que vous y êtes ? Le FBI a de nombreuses qualités, mais la discrétion n'en fait pas partie. Moins de gens seront au courant, mieux cela vaudra. Voilà pourquoi je n'engage pas une équipe – juste une personne. La bonne personne, je l'espère. L'agent Navarro.

— A supposer que ces disparitions soient bien des meurtres, dit-elle, il est fort improbable que vous découvriez jamais le coupable, j'espère que vous le savez.

— C'est la réponse du fonctionnaire de base, répliqua Bartlett, mais vous ne m'êtes pas apparue comme une fonctionnaire de base. Mr. Dupree vous dit entêtée et "pas vraiment à l'aise dans une équipe". Eh bien, voilà précisément ce que je cherchais. »

Anna n'en resta pas là.

« En somme, vous me demandez d'enquêter sur la CIA. Vous voulez que je me penche sur une série de décès afin d'établir qu'il s'agit de meurtres, et ensuite...

— Et ensuite vous rassemblerez les preuves qui nous permettront de lancer un audit. » Les yeux gris de Bartlett brillaient à travers ses lunettes à monture plastique. « Peu importe qui est impliqué. Est-ce clair ?

— Comme de la purée de poix », dit Anna. Enquêtrice aguerrie, elle avait l'habitude d'interroger les témoins de la même manière que les suspects. Parfois, il suffisait d'écouter. Parfois, il fallait jouer plus serré, susciter la réponse. Avec l'expérience, on apprenait à quel moment adopter telle ou telle attitude. L'histoire de Bartlett était truffée de blancs et d'omissions. Elle appréciait le laconisme de ce vieux fonctionnaire roublard mais, depuis le temps qu'elle exerçait ce métier, elle avait appris à ne pas se contenter du strict nécessaire.

« Je n'ai pas l'intention de jouer à colin-maillard », dit-elle.

Bartlett cligna les yeux.

« Pardon ?

— Vous devez posséder des copies de ces dossiers Sigma. Vous avez dû les passer au peigne fin. Et pourtant vous prétendez tout ignorer de cette affaire.

— Où voulez-vous en venir ? » Sa voix était devenue glaciale.

« Me montrerez-vous ces documents ? »

Un sourire proche du rictus déforma son visage.

« Non. Non, c'est impossible.

— Et pourquoi cela ?

— Je ne suis pas en train de subir un interrogatoire. Quelle que soit mon admiration pour vos méthodes. De toute manière, je crois avoir été clair sur les points essentiels.

— Fichtre non. Ça ne suffit pas ! Vous connaissez parfaitement le contenu de ces dossiers. Si vous ne savez pas ce qu'ils cachent, vous devez au moins former des soupçons. Un peu plus qu'une hypothèse.

Quelque chose, quoi ! Gardez votre mine impassible pour votre partie de poker du mardi soir. Moi, je ne joue pas. »

Bartlett finit par exploser.

« Sacré bon sang, vous en avez assez vu pour saisir de quoi il retourne. Il est question de la réputation de l'un des plus grands personnages de l'après-guerre. Ce sont des dossiers *archivés*. En eux-mêmes, ils ne prouvent rien. Je vous ai fait surveiller avant cette conversation, est-ce que ça vous donne le droit de vous mêler de mes affaires ? J'ai confiance en votre discrétion. Je vous assure. Mais nous parlons de personnes de premier plan aussi bien que d'individus obscurs. Ne jouez pas à la sainte-nitouche. »

Anna écoutait attentivement, épiant la tension qui sourdait dans sa voix.

« Vous parlez de réputation, mais ce n'est pas cela qui vous inquiète, n'est-ce pas ? insista-t-elle.

— J'ai besoin d'en savoir plus avant de m'engager ! » Il secoua la tête. « C'est comme essayer de fabriquer une corde avec une toile d'araignée. Nous n'avons rien pu établir de solide. Voilà un demi-siècle, une *chose* est apparue. Une chose mettant en jeu des intérêts vitaux. La liste Sigma regroupe une curieuse collection d'individus – certains étaient des industriels, nous le savons, mais il en existe d'autres dont nous n'avons pu préciser l'identité. Ils n'ont qu'un seul point commun : dans les années 40 et 50, l'un des fondateurs de la CIA, un homme investi d'un énorme pouvoir, s'est intéressé de près à eux. Travaillaient-ils pour lui ? Etaient-ce des *cibles* ? Nous jouons *tous* à colin-maillard. Mais il semblerait qu'une entreprise prodigieusement confidentielle ait été lancée. Vous me demandez ce qui relie ces hommes. A dire vrai, nous l'ignorons. » Il rectifia ses boutons de manchette, un tic nerveux typique des individus un tantinet maniaques. « On pourrait dire que nous en sommes au stade de la montre à gousset.

— Excusez-moi, mais la liste Sigma, c'est une histoire qui remonte à un *demi-siècle* !

— Vous n'avez jamais visité la Somme, en France ? demanda abruptement Bartlett, les yeux un peu trop brillants. Vous devriez, rien que pour voir les coquelicots fleurir au milieu des champs de blé. De temps à autre, un fermier de la Somme abat un chêne, s'assoit sur le tronc, puis tombe malade et meurt. Vous savez pourquoi ? Parce que, durant la Première Guerre mondiale, une bataille a eu lieu dans son champ. Un obus contenant du gaz moutarde a explosé et a contaminé l'arbrisseau. Des décennies plus tard, le poison absorbé par la plante est encore assez actif pour tuer un homme.

— Et c'est ainsi qu'on doit se figurer Sigma, à votre avis ? »

Le regard de Bartlett devint plus intense.

« Plus on en sait, plus on s'aperçoit qu'on ne connaît rien, dit l'adage. Moi j'estime que plus on en sait, plus les choses qu'on ne connaît pas paraissent inquiétantes. Est-ce de la vanité, de la prudence ? Appelez cela comme vous voulez. Je m'inquiète de ce qu'il advient des petits arbrisseaux invisibles. » Il esquissa un sourire. « Le bois tordu de l'humanité – on y revient toujours. Oui, je me rends bien compte que tout cela passe pour de l'histoire ancienne à vos yeux, et vous avez peut-être raison, agent Navarro. Vous me le prouverez à votre retour.

— Qui sait, dit-elle.

— Vous allez entrer en contact avec divers officiers de police. Pour tout un chacun, vous mènerez une enquête pour homicide classique. Pourquoi aurait-on besoin d'un agent de l'OSI pour si peu ? Votre explication sera concise : parce que des noms ont surgi au cours d'une investigation portant sur un transfert de fonds frauduleux. Personne n'exigera que vous en dévoiliez les détails. Une couverture toute simple, inutile d'inventer quelque chose de très compliqué.

— Je mènerai le genre d'enquête pour laquelle j'ai été formée, dit Anna avec prudence. C'est tout ce que je puis promettre.

— Je ne vous en demande pas plus, répondit Bartlett d'une voix douce. Il se peut que votre scepticisme soit fondé. Mais d'une manière ou d'une autre, j'aimerais en être sûr. Partez pour la Nouvelle-Ecosse. Prouvez-moi que Robert Mailhot est vraiment mort de mort naturelle. Ou bien... confirmez-moi que j'ai raison. »

CHAPITRE 4

BEN fut conduit dans les quartiers généraux de la *Kantonspolizei*, la police du canton de Zurich, un vieux bâtiment de pierre, d'une sinistre élégance, donnant sur la Zeughausstrasse. Deux jeunes policiers silencieux lui firent traverser un parking souterrain et monter quelques longues volées de marches menant à un immeuble relativement moderne jouxtant le premier. Ces locaux rappelaient l'architecture intérieure des lycées de banlieue américains, au milieu des années 70. A toutes ses questions, ses deux gardes du corps ne répondirent que par des haussements d'épaules.

Son esprit se mit à fonctionner à toute vitesse. Ce n'était pas par hasard que Cavanaugh se trouvait sur la Bahnhofstrasse. Cavanaugh s'était rendu à Zurich dans l'intention délibérée de l'assassiner. Le corps avait disparu, on l'avait subtilisé d'une manière experte et glissé l'arme dans son sac de voyage. Il avait des complices, des professionnels, c'était évident. Mais qui – et encore une fois, pourquoi ?

D'abord, on introduisit Ben dans une petite pièce éclairée au néon, et on le fit asseoir devant une table d'aluminium. Les policiers qui l'escortaient restèrent debout. Soudain, un homme vêtu d'une courte blouse blanche apparut et, sans regarder personne, lança : « *Ihre Hände, bitte.* » Ben tendit les mains. Il était vain de refuser, se dit-il. Le technicien pressa sur un flacon aérosol en plastique qui répandit une bruine sur les mains de Ben, puis, d'un geste léger mais résolu, il lui frotta le dos de la main droite avec un tampon terminé par du coton qu'il glissa ensuite dans un tube en plastique avant de répéter la manœuvre sur la paume et de passer à l'autre main. Quatre tampons reposaient à présent dans quatre tubes soigneusement étiquetés. Le technicien sortit de la pièce en les emportant.

Quelques minutes plus tard, Ben pénétrait dans un bureau agréable et à peine meublé, au deuxième étage de l'immeuble. Un homme en civil, trapu et large d'épaules, se présenta à lui. Thomas Schmid, détective chargé des homicides. Il avait un visage épais et grêlé et portait les cheveux très courts avec une petite frange. Curieusement, Ben se souvint d'une Suissesse qu'il avait rencontrée à Gstaad ; elle lui avait appris que dans son pays, on donnait aux flics le surnom de *bullen*, « taureaux ». En voyant cet homme-là, il comprenait pourquoi.

Schmid entreprit de lui poser une série de questions – nom, date de naissance, numéro de passeport, hôtel à Zurich, etc. Assis devant son ordinateur, il tapait les réponses avec un seul doigt. Une paire de lunettes de lecture pendait à son cou.

Ben était furieux, fatigué, contrarié. Sa patience était à bout. Il dut faire de gros efforts pour conserver un ton posé.

« Inspecteur, dit-il, suis-je ou non en état d'arrestation ?

— Non, monsieur.

— Eh bien, dans ce cas, je me suis vraiment beaucoup amusé mais si vous n'avez pas l'intention de m'arrêter, j'aimerais regagner mon hôtel.

— Nous ne demandons pas mieux que de vous arrêter, si vous préférez », répliqua l'inspecteur d'un ton narquois. Son sourire se teinta d'une légère menace. « Nous avons une très jolie petite cellule rien que pour vous. Mais si nous pouvons discuter entre amis, ce sera bien plus simple.

— N'êtes-vous pas censé m'autoriser à passer un coup de fil ? »

Schmid tendit ses deux mains, paumes levées, vers le téléphone beige posé au bord de son bureau encombré.

« Vous pouvez appeler le consulat américain à Zurich, ou votre avocat. Comme vous le souhaitez.

— Merci », dit Ben. Il prit le téléphone et jeta un coup d'œil à sa montre. C'était le début de l'après-midi à New York. Les juristes de Hartman Capital Management étaient tous des fiscalistes ou des avocats d'affaires, aussi décida-t-il d'appeler un ami spécialiste en droit international.

Howie Rubin et lui avaient fait partie de l'équipe de ski de Deerfield et étaient devenus d'excellents amis. Howie avait été plusieurs fois invité pour Thanksgiving et, comme tous les amis de Ben, avait trouvé sa mère très sympathique.

Comme l'avocat était en train de déjeuner, l'appel de Ben fut transféré sur son téléphone cellulaire. Le bruit de fond du restaurant l'empêchait de bien comprendre ce que Ben lui disait.

« *Bon sang,* Ben », dit Howie, interrompant le résumé que lui faisait son ami. À côté de lui, quelqu'un parlait fort.

« Bon, je vais te dire ce que je dis à tous mes clients qui se font arrêter pendant les sports d'hiver en Suisse. Souris et reste stoïque. Ne te donne pas de grands airs. Ne joue pas l'Américain indigné. Les Suisses n'ont pas leur pareil pour t'écraser sous les lois, les règlements, ce qu'il faut faire et ne pas faire. »

Ben jeta un coup d'œil à Schmid, qui tapait sur son clavier tout en écoutant ostensiblement sa conversation.

« Je commence à le constater. Alors, que suis-je censé faire ?

— Mets-toi à l'heure suisse. Ils peuvent te garder jusqu'à vingt-quatre heures sans vraiment t'arrêter.

— C'est une blague ?

— Et si tu les embêtes, ils sont capables de te jeter dans une petite cellule sordide où tu passeras la nuit. Alors abstiens-toi.

— Que me conseilles-tu, dans ce cas ?

— Hartman, mon petit gars, tu serais capable de rendre un loup végétarien, alors reste naturel. Au moindre problème, appelle-moi, je serai là au bout du fil et je les menacerai d'un incident international. L'un de mes partenaires est spécialisé dans les affaires d'espionnage économique, de telle sorte que nous avons accès à quelques jolies bases de données bien fournies. J'extrairai les dossiers concernant Cavanaugh et je verrai ce que nous pouvons trouver. Donne-moi le numéro de téléphone de l'endroit où tu te trouves actuellement. »

Quand Ben eut raccroché, Schmid le conduisit dans une pièce adjacente et le fit asseoir devant un bureau près d'un autre ordinateur.

« Etes-vous déjà venu en Suisse ? demanda Schmid sur un ton badin, comme s'il était guide touristique.

— Très souvent, dit Ben. Surtout pour skier. »

Schmid hocha la tête d'un air distrait.

« Un divertissement populaire. Excellent pour se débarrasser du stress, je trouve. Excellent pour relâcher la tension. » Ses yeux se plissèrent.

« Votre travail est sûrement très stressant.

— Je ne dirais pas cela.

— Le stress peut pousser les gens à faire des choses étonnantes. Jour après jour, ils l'accumulent et puis, un beau matin, *boum* ! Ils explosent. Quand ça arrive, ils doivent être les premiers surpris, je pense.

— Je vous l'ai déjà dit, cette arme a été placée dans mon sac à mon insu. Je ne l'ai jamais utilisée. » Ben était livide mais il parlait aussi calmement que possible. Mieux valait ne pas provoquer le détective.

« Et pourtant, d'après vos dires, vous avez tué un homme en l'assommant de vos propres mains. Est-ce une habitude dans votre travail ?

— Les circonstances n'étaient guère habituelles.

— Si j'avais l'occasion de discuter avec vos amis, Mr. Hartman, que me diraient-ils de vous ? Que vous avez mauvais caractère ? » Il lança à Ben un regard rêveur. « Diraient-ils que vous êtes... un homme violent ?

— Ils diraient que je respecte les lois, fit Ben. Où voulez-vous en venir avec ces questions ? » Ben baissa les yeux vers ses mains, des mains qui avaient écrasé une applique sur le crâne de Cavanaugh. Etait-il violent ? Les insinuations de l'inspecteur étaient grotesques – il n'avait agi que pour se défendre – et pourtant des souvenirs vieux de plusieurs années lui revenaient en tête.

Il revoyait encore le visage de Darnell, l'un de ses élèves de l'East

New York. Darnell était un brave gamin, un très bon élève, brillant et curieux, le meilleur de sa classe. Puis, du jour au lendemain, tout changea. Ses notes chutèrent et, bientôt, il cessa de faire ses devoirs. Darnell ne se battait jamais avec les autres gosses et pourtant, de temps à autre, on voyait des marques de coups sur son visage. Un jour, Ben le retint après la classe pour discuter avec lui. Darnell ne parvenait pas à le regarder en face. La peur se lisait sur ses traits. Il finit par lui avouer qu'Orlando, le nouveau petit ami de sa mère, ne voulait pas qu'il perde son temps à faire ses devoirs ; il comptait sur lui pour rapporter de l'argent.

« Rapporter de l'argent de quelle manière ? », avait demandé Ben, mais Darnell ne voulut pas répondre. Quand il appela la mère de Darnell, Joyce Stuart, il n'obtint que des explications superficielles, évasives. Elle ne voulait pas venir à l'école, refusait de discuter de la situation et d'admettre que quelque chose n'allait pas. Elle aussi semblait terrorisée. Quelques jours plus tard, il trouva l'adresse de Darnell dans les dossiers des élèves et lui rendit visite.

Darnell vivait au premier étage d'un immeuble à la façade décrépite et à la cage d'escalier couverte de graffitis. La sonnette du bas était cassée, mais comme la porte n'était pas verrouillée, il entra, monta lentement les marches et frappa au 2B. Après avoir longuement attendu, il vit apparaître la mère du gosse. Son visage était tuméfié – ses joues couvertes de bleus, ses lèvres gonflées. Il se présenta et lui demanda l'autorisation d'entrer. Joyce hésita un instant avant de le conduire dans la petite cuisine meublée d'éléments en Formica beige. La brise agitait les rideaux de coton jaune.

Avant que le petit ami de la mère ne déboule dans la pièce, Ben entendit un hurlement au fond de l'appartement.

« Qui c'est ce connard ? » Orlando était un homme grand et bien charpenté, vêtu d'un débardeur rouge et de jeans trop larges. Ben reconnut le physique type du prisonnier : un torse si développé que les muscles semblaient lui envelopper la poitrine et les épaules comme un gilet de sauvetage.

« C'est l'instituteur de Darnell », dit la mère d'une voix cotonneuse sortant de ses lèvres meurtries.

« Et vous, vous êtes le tuteur de Darnell ? demanda Ben à Orlando.

— Eh ben, on pourrait dire que je suis aussi son professeur, maintenant. Seulement moi je lui apprends les trucs qu'il a besoin de savoir. Pas comme vous. »

A ce moment-là, Ben aperçut Darnell. Il avait dix ans mais la peur lui donnait l'air d'un très jeune enfant. Il entra à pas de loup dans la cuisine pour les rejoindre.

« Va-t'en, Darnell, dit sa mère dans un demi-murmure.

— Darnell n'a pas besoin qu'on lui bourre le crâne avec des conneries. Darnell a besoin d'apprendre à déplacer des rochers. » Orlando sourit, révélant des dents en or étincelantes.

Ben eut un choc. *Déplacer des rochers* : vendre du crack.

« Il est au cours moyen. Il a dix ans.

— Exact. Un mineur. Les flics savent que ça ne vaut pas le coup de l'arrêter. » Il rit. « Je lui ai pourtant donné le choix : vendre du crack ou vendre son cul. »

Ces paroles, la brutalité désinvolte de l'homme, donnaient la nausée à Ben mais il s'efforça de parler calmement.

« Darnell a plus de facilités que n'importe lequel des élèves de sa classe. Vous avez le devoir de le laisser réussir. »

Orlanda grogna.

« Il peut très bien gagner sa vie dans la rue. Comme moi. »

Puis il entendit s'élever la voix aiguë de Darnell, tremblante mais résolue.

« Je ne veux plus faire ça, dit-il à l'intention d'Orlando. Mr. Hartman sait ce qui est bien. » Puis, plus fort et vaillamment : « Je ne veux pas être comme toi. »

Les traits de Joyce Stuart se crispèrent dans un rictus d'appréhension : « Non, Darnell. »

Il était trop tard. Orlando décocha un violent coup de poing à l'enfant, l'atteignant à la mâchoire. Le coup le projeta hors de la pièce. L'homme se tourna vers Ben :

« Maintenant, bouge ton cul de là. Attends un peu, je vais t'aider. »

Ben sentit la rage l'envahir et courir à travers ses veines. Orlando lui écrasa sa paume contre la poitrine, mais au lieu de reculer en vacillant, Ben bondit vers lui, et lui assena un coup de poing sur la tempe, puis un deuxième, avant de se mettre à lui marteler la tête comme un punching ball. Etourdi, Orlando réagit quelques secondes trop tard. Ses bras puissants frappèrent vainement les flancs de son adversaire – Ben était trop proche de lui pour encaisser vraiment les coups. De toute façon, la fureur l'anesthésiait : Ben ne sentait même pas la douleur. Puis Orlando glissa inerte sur le sol, mais sans perdre connaissance.

Orlando le regarda en clignant les yeux. Son air mauvais avait fait place à la peur.

« Vous êtes dingue », murmura-t-il.

Etait-ce vrai ? Que lui était-il passé par la tête ?

« Si jamais vous touchez encore à Darnell, dit Ben en affichant un calme qu'il n'avait pas, je vous tuerai ». Il détachait ses mots pour leur donner plus de poids. « On se comprend ? »

Par la suite, grâce à son amie Carmen, des services sociaux, il apprendrait qu'Orlando avait quitté Joyce et Darnell le jour même, et qu'il n'était jamais revenu. S'il ne l'avait pas su, il l'aurait deviné à l'étonnante amélioration des notes de Darnell et à son comportement général.

« Ça va, mec, avait dit Orlando d'une voix assourdie, en le contemplant depuis le sol de la cuisine. Ecoute, c'est rien qu'un malentendu ».

Il toussa. « Je chercherai plus les ennuis. » Il toussa encore et murmura : « Vous êtes fou. Complètement fou. »

« Mr. Hartman, voulez-vous bien poser votre pouce droit ici, je vous prie ? » Schmid désignait une forme oblongue et blanche marquée IDENTIX TOUCHVIEW, au sommet de laquelle luisait un petit ovale de verre rouge rubis.

Ben posa son pouce droit sur l'ovale de verre, puis fit la même chose avec le gauche. Ses empreintes apparurent aussitôt, très agrandies, sur l'écran de l'ordinateur à demi-tourné vers lui.

Schmid tapa quelques chiffres et appuya sur la touche RETOUR, ce qui déclencha le sifflement strident d'un modem. Il se tourna vers Ben et dit sur un ton d'excuse :

« J'ai envoyé ce message à Berne. Dans cinq à dix minutes, nous saurons.

— Nous saurons quoi ? »

L'inspecteur se leva et fit signe à Ben de le suivre. Ils regagnèrent la première pièce.

« S'il existe déjà un mandat d'arrêt contre vous en Suisse.

— Si c'était le cas, je crois que je m'en souviendrais. »

Schmid le fixa longuement avant de se décider à répondre.

« Je connais les types comme vous, Mr. Hartman. Pour les riches Américains dans votre genre, la Suisse est le pays du chocolat, des banques, des coucous et des stations de ski. Ça vous amuse de nous prendre pour vos *Hausdiener*, vos valets de chambre, pas vrai ? Mais vous, vous connaissez bien la Suisse. Pendant des siècles, toutes les puissances européennes ont essayé de nous annexer. Aucune n'y est parvenue. Aujourd'hui, peut-être que votre pays, avec sa puissance et sa richesse, pense pouvoir agir de même. Mais n'imaginez surtout pas que vous allez – comment dites-vous, déjà ? – "mener la ronde" ici. Vous ne trouverez pas de chocolat dans ce bureau. Et ce n'est pas à vous de décider quand, ou si, vous serez libéré. » Il se carra dans son fauteuil, en souriant d'un air grave. « Bienvenue en Suisse, Herr Hartman. »

Un autre homme, grand et mince, vêtu d'une blouse blanche lourdement amidonnée, apparut soudain comme si on lui avait fait signe d'entrer. Il portait des lunettes sans monture et une petite moustache hérissée. Sans prendre la peine de se présenter, il désigna une partie du mur recouvert de carreaux de faïence, où s'inscrivaient des graduations.

« Placez-vous là, je vous prie », commanda-t-il.

Tentant de dissimuler son exaspération, Ben colla son dos à plat contre les carreaux. Le technicien le mesura puis le conduisit vers un évier de laboratoire, tourna une manette qui fit surgir une pâte blanche et ordonna à Ben de se laver les mains. Le savon était crémeux mais grumeleux et il sentait la lavande. A un autre poste, le technicien fit couler de l'encre noire et gluante dans une assiette de verre puis demanda à Ben d'y étaler ses mains. De ses longs doigts délicats et manucurés, il roula ceux de Ben sur un buvard, puis les appliqua soigneusement, l'un après l'autre, sur un formulaire comportant dix carrés séparés.

Tandis que le technicien travaillait, Schmid se leva et pénétra dans la pièce voisine pour revenir quelques instants plus tard.

« Eh bien, Mr. Hartman, on n'a rien trouvé. Il n'existe pas de mandat d'arrêt contre vous.

— Pour une surprise... », murmura Ben. Il se sentit étrangement soulagé.

« J'ai malgré tout quelques questions à vous poser. Les expertises balistiques ne reviendront que dans quelques jours du *Wissenschaftlicher Dienst der Stadtpolizei Zürich* – le laboratoire de balistique – mais nous savons déjà que les balles retrouvées sur la plate-forme sont des Browning .765.

— C'est une sorte de balle ? fit Ben d'un air innocent.

— C'est le type de munition que contenait l'arme trouvée dans vos bagages.

— Oui, et alors ? », dit Ben avec un sourire forcé, avant d'ajouter en tentant une autre tactique, plus brutale : « Ecoutez, il tombe sous le sens que ces balles ont été tirées par l'arme en question. Je vous dis que cette arme a été glissée à mon insu dans mon sac. Alors pourquoi ne vous servez-vous pas du test pratiqué sur mes mains pour savoir si j'ai effectivement utilisé une arme à feu ?

— L'analyse de résidu du tir. C'est déjà fait, dit Schmid en mimant un geste de prélèvement.

— Et les résultats ?

— Nous les aurons sous peu. Après qu'on vous aura photographié.

— Vous ne trouverez pas non plus mes empreintes dessus. » *Dieu merci je ne l'ai pas touchée*, pensa Ben.

L'inspecteur haussa les épaules ostensiblement.

« Des empreintes, ça s'essuie.

— Eh bien, les témoins...

— Les témoins décrivent un homme de votre âge environ, bien habillé. Il régnait une grande confusion. Cinq personnes sont mortes, sept sérieusement blessées. Vous prétendez avoir tué celui qui a fait cela. Mais sur place, pas de cadavre.

— Je... je n'ai pas d'explication à vous fournir, admit Ben, conscient de l'étrangeté de son récit. De toute évidence, le corps a été enlevé et le secteur nettoyé. Je ne peux que supposer que Cavanaugh n'était pas seul à opérer.

— Dans l'intention de vous tuer. » Schmid le considéra avec une certaine ironie.

« Apparemment.

— Mais vous ne proposez pas de mobile. Vous dites même qu'il n'existait aucun différend entre vous deux.

— Vous ne semblez pas comprendre, dit Ben calmement. Je n'avais pas revu ce type depuis quinze ans. »

Sur le bureau de Schmid, le téléphone sonna. Il décrocha.

« Schmid. » Il écouta puis dit en anglais : « Oui, une minute s'il vous plaît » et tendit le combiné à Ben.

C'était Howie.

« Ben, sacré vieux frère », dit-il. Sa voix était à présent aussi claire que s'il appelait de la pièce voisine.

« Tu disais que Jimmy Cavanaugh était originaire de Homer, dans l'Etat de New York, n'est-ce pas ?

— Une petite ville située à mi-chemin entre Syracuse et Binghampton, précisa Ben.

— Bien, fit Howie. Et il faisait partie de ta promotion à Princeton ?

— C'est bien cela.

— Eh bien, voilà le problème. Ton Jimmy Cavanaugh n'existe pas.

— Tu ne m'apprends pas grand-chose, dit Ben. Il est tout ce qu'il y a de plus mort.

— Non, Ben, écoute-moi. Je suis en train de te dire que Jimmy Cavanaugh n'a jamais existé, qu'il n'y a pas de Jimmy Cavanaugh. J'ai regardé dans le registre des anciens élèves de Princeton. Aucun Cavanaugh avec un J à la première ou deuxième initiale, n'a jamais été inscrit dans cette université, du moins pas durant la décennie où tu l'as fréquentée. Et il n'y a jamais eu de Cavanaugh à Homer. Ni nulle part ailleurs dans ce comté. Et pas plus à Georgetown. Nous avons vérifié sur toutes sortes de banques de données très sécurisées. S'il y avait eu un James Cavanaugh qui se rapproche de ta description, nous l'aurions trouvé. Nous avons aussi essayé d'autres orthographes. Tu n'as pas idée de la richesse des bases de données dont nous disposons à l'heure actuelle. On peut suivre un individu à la trace, et ça nous concerne tous. Crédit, Sécurité sociale, armée, tout ce que tu peux imaginer. Ce type est totalement inconnu au bataillon. Curieux, hein ?

— Une erreur a dû se glisser quelque part. Je suis bien placé pour savoir qu'il était inscrit à Princeton.

— Tu *crois* le savoir. Une histoire de dingues, non ? »

Ben sentit son estomac se serrer.

« Si c'est vrai, ça ne nous avance pas beaucoup.

— Non, reconnut Howie. Mais je vais poursuivre les recherches. En attendant, tu as mon numéro de portable, d'accord ? »

Ben raccrocha, sidéré. Schmid continua : « Mr. Hartman, êtes-vous venu en Suisse pour les affaires ou pour vos loisirs ? »

Il fit un effort de concentration et répondit le plus civilement possible.

« Pour les sports d'hiver, comme je l'ai dit. J'ai assisté à deux réu-

nions de travail avec des banquiers, parce que je passais par Zurich. »
Jimmy Cavanaugh n'a jamais existé.

Schmid joignit les mains.

« Votre dernier séjour en Suisse remonte à quatre années, n'est-ce pas ? Pour rapatrier le corps de votre frère ? »

Ben garda un instant le silence, incapable de réprimer le soudain afflux de souvenirs. *Le coup de téléphone au milieu de la nuit : déjà inquiétant en soi. Il dormait près de Karen, une collègue enseignante, dans son appartement miteux de l'East New York. Il maugréa et se tourna sur le côté pour répondre à cet appel qui allait bouleverser sa vie.*

Le petit avion que Peter pilotait seul s'était écrasé quelques jours plus tôt dans une gorge, près du lac Luzern. Le nom de Ben figurait sur le formulaire de location en tant que parent proche. Il avait fallu du temps pour identifier le cadavre, mais le dossier dentaire avait permis d'arriver à une certitude. Les autorités suisses conclurent à un accident. Ben s'envola pour le lac Luzern afin de réclamer le corps et de ramener son frère – du moins ce qui restait de lui après l'explosion du fuselage – chez lui, dans un carton pas plus grand qu'une boîte à gâteaux.

Durant le voyage de retour, il ne pleura pas. Les larmes ne viendraient que plus tard, quand l'engourdissement commencerait à se dissiper. En apprenant la nouvelle, son père s'était effondré ; sa mère, déjà clouée au lit par le cancer, avait hurlé de toute la force de ses poumons.

« Oui, fit Ben d'un ton posé. Telle était la raison de mon dernier séjour.

— C'est étonnant, on dirait que dès que vous posez le pied dans ce pays, vous apportez la mort avec vous.

— Où voulez-vous en venir ?

— Mr. Hartman, dit Schmid, d'une voix encore plus neutre, pensez-vous qu'il existe un lien entre la mort de votre frère et ce qui est arrivé aujourd'hui ? »

A Berne, au quartier général de la police nationale suisse, la *Stadtpolizei*, une femme potelée, entre deux âges, portant des lunettes à monture noire, jeta un coup d'œil sur l'écran de son ordinateur et marqua un temps de surprise en lisant la ligne de texte qui venait de s'afficher. Après l'avoir contemplée quelques secondes, elle retrouva ses réflexes professionnels et griffonna le nom et la longue série de chiffres figurant à sa suite. Puis elle frappa à la porte en verre de son supérieur immédiat.

« Monsieur, dit-elle. Un nom sur la liste de surveillance RIPOL vient d'être activé. » Le sigle RIPOL signifiait *Recherche d'Informations Policières*, une base de données contenant des noms, des empreintes, des numéros minéralogiques – un vaste éventail de données légales à l'usage des polices fédérale, cantonale et locale.

Son patron, un homme d'une quarantaine d'années à l'allure suffisante, promis, disait-on, à un brillant avenir au sein de la *Stadtpolizei*, saisit le morceau de papier, remercia la loyale secrétaire et la renvoya. Dès qu'elle eut refermé la porte de son bureau, il décrocha un téléphone sécurisé non relié au standard principal et composa un numéro qu'il utilisait rarement.

Devant l'immeuble du quartier général de la *Kantonspolizei*, sur la Zeughausstrasse, une vieille berline grise toute cabossée de marque indéterminée laissait tourner son moteur. A l'intérieur, deux hommes fumaient sans rien dire, lassés par la longue attente. La soudaine sonnerie d'un téléphone cellulaire, montant de la console centrale, les fit sursauter. Le passager décrocha, écouta et dit : « *Ja, danke* », puis raccrocha.

« L'Américain quitte le bâtiment », dit-il.

Quelques minutes plus tard, ils virent l'Américain émerger de l'entrée latérale et monter dans un taxi. Quand le taxi eut parcouru une vingtaine de mètres, le conducteur de la berline démarra et plongea son véhicule au cœur de la circulation de cette fin d'après-midi.

CHAPITRE 5

L ORSQUE le pilote d'Air Canada annonça qu'ils étaient sur le point d'atterrir, Anna Navarro ôta les dossiers posés sur sa tablette qu'elle rabattit et tenta de se concentrer sur ce qui l'attendait à l'arrivée. L'avion la terrifiait. Pour elle, il n'y avait qu'une seule chose plus redoutable que l'atterrissage : le décollage. Son estomac faisait des bonds. Comme d'habitude, elle se raisonna pour s'enlever de l'idée que l'appareil allait s'écraser et que sa vie s'achèverait dans un déluge de feu.

Son oncle préféré, Manuel, avait trouvé la mort dans un accident d'avion. Un jour, le vieux coucou à pulvériser les cultures qu'il pilotait pour son travail était tombé comme une pierre après avoir perdu un moteur. Mais c'était une autre époque, elle avait dix ou douze ans, et le pulvérisateur de cultures de son oncle n'avait rien de commun avec le 747 aux formes aérodynamiques à bord duquel elle voyageait.

Elle n'avait jamais parlé de cette angoisse à ses collègues de l'OSI, suivant le principe communément admis qu'on ne doit jamais laisser paraître ses faiblesses. Mais elle soupçonnait qu'Arliss Dupree était au courant, de même qu'un chien renifle la peur. Durant les six derniers mois, il l'avait obligée à prendre l'avion presque tout le temps, la faisant passer d'une mission sans intérêt à une autre.

La seule manière de conserver son sang-froid consistait à ne pas lever le nez de ses dossiers du début à la fin du vol. Ils l'absorbaient, la fascinaient. Les rapports d'autopsie, de pathologie les plus arides l'attiraient comme s'ils l'incitaient à résoudre leurs mystères.

Quand elle était enfant, elle adorait assembler les puzzles compliqués de cinq cents pièces que sa mère ramenait à la maison. La femme chez laquelle sa mère faisait le ménage les lui donnait car ses enfants n'avaient pas la patience de les terminer. Bien plus que l'image brillante qui naissait peu à peu sous ses doigts, elle aimait le son et le toucher des pièces au moment où elles s'inséraient à la bonne place. Dans certains vieux puzzles, il arrivait souvent qu'il manque des pièces, perdues par la négligence de leurs premiers propriétaires, et cela l'irritait toujours. Malgré son jeune âge, elle était déjà perfectionniste.

Dans un sens, cette affaire était comparable à un puzzle de mille pièces répandu sur le tapis devant elle.

Durant ce vol Washington-Halifax, elle s'était plongée dans un dossier contenant des documents faxés par la RMCP d'Ottawa. La Police Montée Royale Canadienne, équivalent canadien du FBI, était, malgré son appellation archaïque, une agence de renseignements à la pointe de la technique. Le DOJ et la RCMP entretenaient d'excellentes relations.

Qui êtes-vous ? se demanda-t-elle en contemplant la photo du vieil homme. Robert Mailhot d'Halifax, Nouvelle-Ecosse, gentil retraité, membre actif de l'Eglise de Notre-Dame de la Miséricorde. Pas le genre de personne qu'on s'attendrait à rencontrer dans les dossiers de la CIA, archivés ou pas.

Comment avait-il pu tremper dans les obscures machinations fomentées par d'anciens chefs des services secrets et des hommes d'affaires, sur lesquelles Bartlett était tombé ? Elle était certaine que Bartlett possédait un dossier sur lui mais qu'il avait décidé de ne pas le lui transmettre. De même, elle était certaine qu'il voulait qu'elle découvre par elle-même les détails afférents.

Un petit juge de Nouvelle-Ecosse avait accepté de lui délivrer un mandat de perquisition. Les documents qu'elle souhaitait consulter – les factures de téléphone et les relevés de cartes bancaires – lui avaient été faxés à Washington en l'espace de quelques heures. Elle était de l'OSI ; personne n'avait eu l'idée de mettre en doute la fable qu'elle avait échafaudée à propos d'une enquête portant sur un transfert de fonds frauduleux.

Pourtant, le dossier ne lui parlait pas. La cause de la mort, inscrite sur le certificat médical, probablement par le médecin personnel du vieillard, d'une écriture en pattes de mouche presque illisible, annonçait : « Causes naturelles. » « Thrombose coronarienne » avait été ajouté entre parenthèses. Il ne fallait peut-être pas chercher plus loin.

Le défunt n'avait fait aucun achat extraordinaire ; ses seuls appels longue distance étaient à destination de Terre-Neuve et Toronto. Pour l'instant, aucune piste. Peut-être trouverait-elle la réponse à Halifax.

Ou peut-être pas.

Comme toujours au début d'une nouvelle affaire, son esprit était empoisonné par un étrange sentiment fait d'espoir et de découragement. Elle était certaine de trouver la solution et, l'instant d'après, cela lui paraissait impossible. Elle était pourtant sûre d'une chose : quand elle enquêtait sur une série d'homicides, le premier d'entre eux était toujours le plus important. C'était le point de référence. Si vous vous montriez consciencieux, si vous retourniez tous les cailloux, vous aviez une chance d'établir des connexions. Et pour relier les points, il fallait les connaître tous.

Anna portait sa tenue de voyage, un tailleur bleu marine Donna Karan (mais dans les moins chers) et un chemisier Ralph Lauren (pas la ligne haute couture, bien sûr). Au bureau, elle avait la réputation d'être toujours impeccable. Avec ce qu'elle gagnait, elle pouvait difficilement s'offrir les grandes marques mais elle les achetait quand même, se contentant par ailleurs d'un studio sombre dans un quartier miteux de Washington, ne partant jamais en vacances. Son argent passait dans sa garde-robe.

Tout le monde croyait qu'elle s'habillait ainsi par pure coquetterie. Après tout, le désir de séduire était le propre des jeunes femmes célibataires. On avait tort. Ses vêtements étaient des armures. Plus ils étaient élégants plus elle se sentait en sécurité. Si elle utilisait des cosmétiques de grands couturiers et portait des tenues griffées, c'était pour tourner le dos à son passé. Désormais, elle n'était plus fille d'immigrés mexicains, de ces gens misérables qui entretenaient les intérieurs et les jardins des riches. Elle avait le choix de son identité. Elle était assez lucide pour comprendre que cette attitude avait quelque chose de ridicule. Mais elle n'en démordait pas.

Elle se demanda ce qui offusquait tant Arliss Dupree en elle – était-ce parce qu'il avait été éconduit par une femme séduisante ou parce que cette femme était mexicaine ? Peut-être les deux. Peut-être que dans le monde selon Dupree, une Hispano-Américaine était un être inférieur dont l'infériorité même lui déniait le droit de le repousser.

Elle avait grandi dans une petite ville du sud de la Californie. Ses deux parents avaient fui la misère, la maladie, le désespoir sévissant au sud de la frontière. Sa mère, une femme douce et gracieuse, faisait des ménages ; son père, un homme calme et introverti, du jardinage.

Quand elle était à l'école primaire, elle portait des robes cousues par sa mère. Cette dernière lui nattait aussi les cheveux et les lui relevait en chignon. Elle était consciente d'être habillée différemment des autres, que ses vêtements ne lui convenaient pas vraiment, mais jusqu'à l'âge de dix ou onze ans elle ne s'en était guère souciée. Puis les gamines de son âge commencèrent à former des clans dont elle fut exclue. Jamais elles n'auraient frayé avec la fille de la boniche.

Elle n'était pas dans le coup, rien qu'une étrangère, une gêne. On l'ignorait.

Elle ne faisait pas partie d'une minorité – le lycée comprenait autant de Latinos que de Blancs, pourtant les deux clans se fréquentaient peu. Elle prit l'habitude de s'entendre surnommée « wet back » et « Latino » par certains de ses camarades blancs, filles ou garçons. Parmi les Latinos il y avait aussi des castes ; elle appartenait à la plus basse. Les filles latinos étaient toujours élégantes et se moquaient de ses vêtements avec encore plus de méchanceté que les Blanches.

Quand elle comprit enfin que la solution consistait à s'habiller comme les autres, elle se plaignit auprès de sa mère qui, au début, ne la prit pas au sérieux, puis lui expliqua qu'ils ne pouvaient se permettre d'acheter le genre de vêtements portés par les riches et que, de toute façon, cela n'avait pas grande importance. Les tenues que sa mère lui confectionnait lui déplaisaient-elles tant que cela ? Anna lançait alors : « Oui ! Je les déteste ! » tout en sachant parfaitement combien ces paroles étaient blessantes. Même aujourd'hui, vingt ans plus tard, Anna avait du mal à penser à cette époque sans éprouver une certaine culpabilité.

Sa mère était fort appréciée de ses employeurs. L'un d'entre eux, une femme très riche, lui donnait tous les vieux vêtements de ses enfants. Anna les porta avec plaisir – elle avait du mal à imaginer comment des gens pouvaient se débarrasser de telles merveilles ! – jusqu'à ce que, peu à peu, elle s'aperçoive qu'ils étaient à la mode de l'année précédente. A ce moment-là, son enthousiasme faiblit. Un jour qu'elle traversait le hall de l'école, une des filles du clan qu'elle souhaitait ardemment intégrer l'interpella.

« Hé toi ! dit la fille, c'est ma jupe ! » Anna nia, rougit. Comme preuve de ses dires, la gamine glissa un doigt sous l'ourlet et le rabattit, révélant ses initiales inscrites à l'encre sur l'étiquette.

L'officier de la RMCP qui vint l'accueillir à l'aéroport avait passé un an à l'Académie du FBI pour apprendre les techniques d'enquête sur les homicides. Elle avait entendu dire que ce n'était pas l'as des as mais qu'il ne se défendait pas trop mal.

Il se tenait à l'extérieur de la barrière de sécurité. C'était un grand et bel homme d'une trentaine d'années, vêtu d'un blazer bleu et d'une cravate rouge. Il produisit un sourire immaculé, comme s'il était sincèrement content de la voir.

« Bienvenue en Nouvelle-Ecosse, dit-il. Je suis Ron Arsenault. » Cheveux bruns, yeux marron, joues creuses, front haut. Un parfait *Dudley-Do-Right* [1], pensa-t-elle.

« Anna Navarro », fit-elle en lui tendant une main ferme. Les hommes s'attendent toujours à ce qu'une femme leur offre une main molle comme un poisson mort, aussi mettait-elle un point d'honneur à ce que sa poigne soit la plus virile possible ; cela donnait le ton et les gens comprenaient aussitôt qu'elle était des leurs. « Contente de vous rencontrer. »

Il se précipita sur son bagage mais elle secoua la tête, en souriant.

« Ça va, merci.

— C'est la première fois que vous venez à Halifax ? » Il la détaillait ouvertement.

« Oui. Ça paraît magnifique vu d'en haut. »

Il gloussa par politesse tout en la guidant à travers le terminal.

« Je vous servirai d'intermédiaire avec les flics d'Halifax. Vous avez bien reçu les documents ?

---

1. Personnage de comédie représentant un policier de la police montée canadienne.

— Oui, merci. Tout sauf les relevés de banque.

— Ils devraient être arrivés. Si je les trouve, je les déposerai à votre hôtel.

— Merci.

— Parfait. » Il avait un regard étrange : des lentilles de contact, songea Anna.

« Dites-moi la vérité, Miss Navarro – Anna ? – il y a des gens à Ottawa qui ne comprennent pas pourquoi vous vous intéressez à ce point à ce vieux schnock. Un type de quatre-vingt-sept ans meurt à son domicile, de mort naturelle. Rien de plus banal, non ? »

Ils étaient arrivés sur le parking.

« Le corps est à la morgue de la police ? demanda-t-elle.

— En fait, il est à la morgue de l'hôpital municipal. Il vous attend au frigo. Vous êtes arrivée avant qu'on enterre le vieux, ça c'est la bonne nouvelle.

— Et la mauvaise ?

— Le corps a déjà été embaumé pour les funérailles. »

Elle fit la grimace.

« Ça risque de bousiller les tests toxicologiques. »

Ils montèrent dans une berline Chevrolet bleu foncé dernier modèle qui sentait le véhicule de police banalisé à dix kilomètres. Il ouvrit le coffre pour y déposer le bagage d'Anna.

Ils roulèrent un temps sans mot dire.

« Qui est la veuve ? », demanda-t-elle. L'information ne se trouvait pas dans le dossier. « Une Canadienne française, elle aussi ?

— Une femme du coin. Haligonienne. Une ancienne institutrice. Sacrée bonne femme. Je veux dire, je suis embêté pour elle. Elle vient de perdre son mari et les funérailles étaient censées se dérouler demain. Il va falloir qu'on lui dise de les repousser. Elle a des parents qui viennent de Terre-Neuve, aussi. Quand nous avons fait allusion à l'autopsie, elle s'est mise en colère. » Il lança un coup d'œil à Anna, puis regarda de nouveau la route. « Etant donné que nous sommes déjà le soir, je pensais que vous pouviez commencer par vous installer à votre hôtel. Nous nous y mettrons demain de bonne heure. »

Elle ressentit une certaine déception. Elle aurait voulu s'atteler tout de suite à la tâche.

« Ça me va », dit-elle malgré tout.

Il y eut un nouveau silence. C'était bien d'avoir un officier de liaison aussi aimable. Après tout, elle était une envoyée du gouvernement américain, il aurait pu la snober. Or Arsenault se montrait aussi amical qu'on pouvait l'être. Peut-être trop.

« Voilà l'auberge. Votre gouvernement a l'air un peu près de ses sous, hein ? »

C'était une bâtisse victorienne assez laide donnant sur Barrington Street. Un grand bâtiment de bois peint en blanc avec des volets verts. A cause de la crasse accumulée, la couche de peinture blanche était devenue gris sale.

« Permettez-moi de vous emmener dîner, à moins que vous n'ayez d'autres projets. Peut-être Clipper Cay, si vous aimez les fruits de mer. Ou alors si nous allions écouter du jazz au Middle Deck... ? » Il gara la voiture.

« Merci, mais j'ai fait un long voyage », dit-elle.

Il haussa les épaules, apparemment déçu.

*

L'auberge sentait le moisi, comme si les plinthes humides n'avaient jamais séché. On fit une copie carbone à l'ancienne de sa carte de crédit et on lui fournit une clé en cuivre ; elle se préparait à dire au type costaud qui tenait le comptoir d'accueil qu'elle n'avait pas besoin qu'on lui porte ses bagages quand elle s'aperçut que personne n'avait l'intention de le faire. La même odeur douceâtre imprégnait sa chambre tapissée de motifs floraux, située au premier étage. A l'intérieur, tout semblait usé, sans l'être vraiment. Elle suspendit ses vêtements dans le placard, tira les rideaux et passa un jogging gris. Une bonne course à pied lui ferait du bien, décida-t-elle.

Elle longea à petites foulées Grand Parade, la place qui se trouve à l'ouest de Barrington Street, puis monta George Street vers la forteresse en forme d'étoile qu'on appelle La Citadelle. Elle s'arrêta, essoufflée, devant un kiosque à journaux où elle trouva un plan de la ville. Elle repéra l'adresse ; ce n'était pas loin de là où elle était descendue. Elle pouvait s'y rendre à pied.

La maison de Robert Mailhot n'avait rien de remarquable mais elle paraissait confortable. Construite en bardeaux gris sur un bout de terrain arboré, elle possédait un étage et un toit à pignon. On la remarquait à peine derrière la chaîne qui lui servait de clôture.

Dans la pièce donnant sur la rue étroite, l'éclat bleu d'une télévision vacillait derrière des rideaux de dentelle. La veuve était probablement installée devant l'écran. Anna s'arrêta un instant sur le trottoir d'en face, et observa attentivement la bâtisse.

Puis elle décida de traverser pour aller voir de plus près. S'agissait-il bien de la veuve et, si oui, comment se comportait-elle ? Semblait-elle affligée ou non ? De loin, on ne pouvait toujours percevoir ce genre de détails mais elle pourrait quand même apprendre quelque chose. Si Anna restait dans l'ombre, elle ne risquait guère d'être aperçue par des voisins soupçonneux.

La rue était déserte et pourtant de la musique sortait de l'une des maisons, des bruits de télévision d'une autre, et une sirène de brume vibrait au loin. Elle traversa...

Soudain, une paire de phares aveuglants percèrent la pénombre. Au fur et à mesure que le véhicule s'approchait d'elle en vrombissant, ils gagnèrent en grosseur et en intensité. Dans un cri, Anna se précipita vers le trottoir d'en face, tentant désespérément d'éviter la voiture folle. Elle avait dû dévaler la rue, toutes lumières éteintes, le bruit assourdi de son moteur masqué par les bruits ambiants. Parvenue à quelques mètres d'Anna, ses phares s'étaient soudain allumés.

Elle fonçait sur elle! Aucune erreur possible, la voiture ne ralentissait pas. Au lieu de descendre la rue en ligne droite comme une automobile commettant un simple excès de vitesse, elle virait vers le bas-côté, vers le trottoir, droit vers elle. Anna reconnut la grille verticale chromée d'une Lincoln Town Car. Ses phares rectangulaires et aplatis lui donnaient l'air d'un requin, d'un prédateur.

Dégage!

Les roues crissèrent. Le moteur tournait à plein régime. La voiture fonçait toujours.

Anna se retourna. Elle n'était plus qu'à six ou sept mètres. Les phares l'éblouissaient. Terrifiée, Anna se vit morte et, en hurlant, elle sauta dans la haie qui cernait la maison voisine de celle de la veuve. Des branches raides et piquantes lui écorchèrent les jambes malgré le pantalon de jogging. Puis elle roula sur la petite pelouse.

Elle entendit le craquement produit par la voiture heurtant la haie, puis le crissement strident des pneus et leva les yeux vers le puissant véhicule qui s'écarta d'elle en faisant gicler de la boue, avant de poursuivre son chemin le long de la ruelle sombre. Les phares s'évanouirent dans le noir aussi soudainement qu'ils en avaient surgi.

La voiture n'était plus là.

Que s'était-il passé?

D'un bond, elle se remit debout. Son cœur battait la chamade, l'adrénaline avait envahi son corps, la terreur l'affaiblissait à tel point que ses jambes pouvaient à peine la porter.

Bon Dieu, mais qu'est-ce que c'était?

La voiture s'était ruée sur elle, l'avait délibérément prise pour cible, comme si elle la poursuivait.

Et puis... elle avait disparu!

Plusieurs visages s'encadrèrent dans les fenêtres de chaque côté de la rue. Mais dès qu'elle regarda dans leur direction, les rideaux se rabattirent.

Si le conducteur avait eu l'intention de s'en prendre à elle, de la tuer, pourquoi n'était-il pas allé jusqu'au bout?

C'était totalement illogique, dingue.

Hors d'haleine, couverte de sueur, elle se mit à marcher. Des quintes de toux lui déchiraient la poitrine. Elle tenta de faire le vide dans son esprit mais la peur ne la quittait pas. Elle était incapable de réfléchir calmement à cet étrange incident.

Avait-on tenté de la tuer ou pas?

Et si oui... pourquoi ?

Le conducteur était-il ivre, était-ce un voleur de voiture ? Les déplacements du véhicule lui avaient semblé trop délibérés, trop précisément calculés pour que ces hypothèses puissent être retenues.

Les seules réponses logiques supposaient un état d'esprit paranoïde et elle refusait de se laisser aller à ce genre de réflexion. *Les mensonges de la folie.* Elle songea aux paroles sinistres prononcées par Bartlett. A ces plans conçus dans le plus grand secret voilà des dizaines d'années. Ces vieillards et leurs terribles mystères. Ces puissants ne pensant qu'à préserver leur réputation. Mais, Bartlett l'avait avoué lui-même, il n'était qu'un bureaucrate nageant dans la paperasse, loin de toute réalité concrète, confiné dans un environnement cloisonné qui le poussait à échafauder de folles théories sur une soi-disant conspiration.

Pourtant, l'incident qui venait de se produire n'était-il pas destiné à l'effrayer et à lui faire abandonner l'affaire ?

Dans ce cas, ils avaient choisi la mauvaise technique. Elle n'était pas femme à s'enfuir à la moindre alerte. Cela ne faisait que renforcer sa détermination. Elle découvrirait la vérité.

Londres

Le pub Albion était situé sur Garrick Street, non loin de Covent Garden. Avec ses plafonds bas, ses tables en bois de facture grossière et son sol couvert de sciure, c'était le genre d'endroit où l'on trouvait vingt sortes de bières à la pression, des saucisses-purée, du pudding aux rognons et du pudding aux raisins. A l'heure du déjeuner, on y croisait une foule de gens bien mis : banquiers et directeurs du marketing.

Dès qu'il entra, Jean-Luc Passard, jeune officier de sécurité travaillant pour la Corporation, comprit pourquoi l'Anglais avait choisi ce pub comme lieu de rendez-vous. Il y avait tellement de monde que les deux hommes passeraient inaperçus, c'était certain.

L'Anglais était assis seul dans un petit box. Il était tel qu'on lui avait décrit : un quadragénaire sans signe distinctif, avec des cheveux raides et prématurément gris. Quand on observait son visage de plus près, on remarquait sa peau lisse, presque tendue, comme après une opération esthétique. Il portait un blazer bleu et un pull-over blanc. Ses épaules étaient larges et ses hanches étroites ; il paraissait imposant, même de loin, et pourtant on l'aurait à peine remarqué lors d'une séance d'identification

Passard s'assit dans le box et lui tendit la main.

« Je suis Jean-Luc.

— Trevor Griffiths », dit l'Anglais. Il lui serra la main sans presque exercer de pression, le geste de bienvenue d'un homme qui ne se soucie pas de ce que vous pensez de lui. Sa main était large, lisse et sèche.

« Très honoré de vous rencontrer, dit Passard. Les services que vous avez rendus à la Corporation vous ont bâti une légende, au fil des ans. »

Les yeux gris de Trevor demeurèrent inexpressifs.

« Nous ne vous aurions pas dérangé dans votre... retraite, si nous n'avions pas eu absolument besoin de vous.

— Vous êtes dans la merde.

— Nous n'avons pas eu de chance.

— Vous avez besoin d'un coup de main.

— Une police d'assurance, pour ainsi dire. Une garantie supplémentaire. Nous ne pouvons pas nous permettre d'échouer.

— J'opère seul. Vous le savez.

— Certainement. Votre dossier est très clair quant à vos méthodes de travail. Vous traiterez cette affaire de la manière que vous estimerez la meilleure.

— Très bien. Dites-moi. Savez-vous où se trouve la cible ?

— Elle était à Zurich la dernière fois que nous l'avons vue. Nous ne savons pas avec certitude où elle s'est rendue ensuite. »

Trevor souleva un sourcil.

Passard rougit.

« C'est un amateur. Il refait surface périodiquement. Nous retrouverons bientôt sa trace.

— J'aurai besoin d'une série de photographies prises sous tous les angles possibles. »

Passard fit glisser une grande enveloppe kraft sur la table.

« C'est fait. J'y ai joint les instructions codées. Bien entendu, nous souhaitons que le contrat soit exécuté rapidement et sans laisser de traces. »

Le regard perçant de Trevor Griffiths évoqua à Passard celui d'un boa constrictor.

« Vous avez déjà fait intervenir plusieurs nullards. Ainsi, non seulement vous avez perdu de l'argent et du temps mais vous avez alerté la cible. A présent, il a peur, il se méfie. Je parierais qu'il a déposé des documents chez des hommes de loi qui les posteront au cas où il disparaîtrait, ce genre de trucs. Il sera dès lors considérablement plus difficile à dénicher. Vous et vos supérieurs feriez mieux de vous abstenir de me conseiller sur la façon d'effectuer mon travail.

— Mais vous avez le sentiment que vous serez à la hauteur de la tâche, n'est-ce pas ?

— Je suppose que c'est la raison pour laquelle vous êtes venu me chercher ?

— Oui.

— Alors, s'il vous plaît, ne posez pas de questions idiotes. En avons-nous terminé ? Parce que j'ai pas mal de choses à faire cet après-midi. »

*

Anna regagna sa chambre d'hôtel, prit dans le mini-bar une petite bouteille de vin blanc fermée par un bouchon à vis, dont elle versa le contenu dans un gobelet de plastique, puis se fit couler un bain chaud à la limite du supportable. Pendant quinze minutes, elle fit trempette, en s'efforçant de songer à des choses rassurantes, mais l'image de la grille chromée de la Town Car ne cessait de forcer le barrage de sa conscience. Elle se souvint de la remarque que l'Esprit avait formulée de sa voix posée : « *Je ne crois pas aux coïncidences, et vous, Miss Navarro ?* »

Peu à peu, elle recouvra ses esprits. Ce genre d'incident n'avait rien d'extraordinaire, après tout ! Une partie de son travail consistait à savoir où se nichait la signification des événements ; et le fait d'attribuer une signification à un événement qui n'en avait aucune faisait partie des risques du métier.

Rassérénée et même affamée, elle enfila un peignoir. Une enveloppe kraft avait été glissée sous la porte de sa chambre. Elle la ramassa et s'enfonça dans un fauteuil recouvert d'un tissu à fleurs. Il s'agissait des copies des relevés bancaires de Mailhot sur les quatre dernières années.

Le téléphone sonna.

C'était le sergent Arsenault.

« Dites-moi, est-ce que dix heures et demie vous semble une heure convenable pour rendre visite à la veuve ? » Autour de lui, elle pouvait entendre le brouhaha qui règne le soir dans tous les commissariats du monde.

« On se retrouve là-bas à 10 h 30, répondit Anna sur un ton cassant. Merci de me l'avoir confirmé. » Elle se demanda si elle devait lui parler de la Town Car, de la mort qu'elle avait frôlée, mais tout compte fait, elle s'abstint. Elle redoutait que cet aveu ne sape son autorité – qu'il ne la considère comme une personne vulnérable, craintive et facilement impressionnable.

« Très bien », dit Arsenault. Il y eut une hésitation dans sa voix. « Eh bien, je crois que je vais rentrer chez moi. Je ne pense pas que... je passerai en voiture près de votre hôtel, donc si vous changez d'avis et si vous avez envie de manger un morceau... » Il parlait sur un ton heurté. « Ou si vous avez besoin d'un bonnet de nuit. » De toute évidence, il essayait de calmer le jeu. « Ou de quoi que ce soit d'autre. »

Anna ne répondit pas immédiatement. En réalité, elle aurait bien aimé qu'on lui tienne un peu compagnie, en cet instant.

« C'est très aimable à vous, finit-elle par répondre. Mais je suis vraiment fatiguée.

— Moi aussi, lança-t-il. La journée a été longue. Bon, très bien. On se voit demain matin. » Sa voix avait légèrement changé : ce n'était plus celle d'un homme s'adressant à une femme mais celle d'un professionnel parlant à un autre professionnel.

Quand elle raccrocha, elle ressentit une vague impression de vide. Puis elle tira les rideaux de la chambre et se mit à feuilleter ses documents. Il restait un tas de boulot à abattre.

Elle n'était pas encore mariée, elle avait toujours fui les relations trop sérieuses, convaincue que la véritable raison de ce choix résidait dans son besoin d'indépendance. Elle voulait pouvoir contrôler sa vie. Quand vous vous mariez, vous devez rendre des comptes à l'autre. Si vous avez envie d'acheter quelque chose, vous devez vous justifier. Vous ne pouvez plus travailler tard sans vous sentir coupable, sans être obligée de vous excuser, de négocier. Vous devez accepter de gérer votre temps autrement.

Au bureau, les collègues qui la connaissaient mal l'appelaient « la fille de glace », sans parler des autres sobriquets sûrement moins indulgents dont on devait l'affubler. Cette réputation, elle la devait au fait qu'on ne lui connaissait pas de petits amis. Et Dupree n'en était pas l'unique source. Les gens n'appréciaient pas de voir une femme séduisante sans attaches. Leur conception de l'ordre naturel des choses s'en trouvait offensée. Ils ne parvenaient pas à comprendre que son métier la passionnait plus que tout. Elle était une authentique droguée du travail, sortait peu et, de toute façon, avait rarement l'occasion de rencontrer des hommes. Le seul vivier où elle aurait pu pêcher était l'OSI, et sortir avec un collègue ne lui aurait rapporté que des ennuis.

Telle était du moins sa version des choses. Elle préférait ne pas s'attarder sur l'incident qui s'était produit durant son adolescence et qui la poursuivait encore. Pourtant le souvenir de Brad Reedy ne cessait de la hanter. Elle lui vouait une haine féroce. Si, dans le métro, elle reniflait une bouffée de l'eau de Cologne citronnée que Brad avait coutume de porter, son cœur se contractait sous l'effet de la peur, puis la colère l'envahissait. Si jamais elle apercevait dans la rue un grand jeune homme blond, vêtu d'un polo de rugby à rayures rouges et blanches, c'était Brad qu'elle voyait.

Elle avait seize ans, à l'époque. Son corps était celui d'une femme et on la disait belle, mais elle n'en avait pas conscience ou ne voulait pas y croire. Elle avait encore peu d'amis, mais ne se sentait plus ostracisée. Elle se disputait avec ses parents presque chaque jour parce qu'elle ne supportait plus de vivre dans leur petite maison ; elle devenait claustrophobe, elle étouffait.

Comme Brad Reedy était en terminale et jouait au hockey, il faisait partie de l'aristocratie du lycée. Anne, elle, était en seconde. Et lorsque Brad Reedy, le fameux Brad Reedy, s'était arrêté devant son casier pour lui demander de sortir avec lui un de ces jours, elle avait cru rêver. C'était une blague. On avait dû l'obliger à l'inviter ou un truc dans le même genre. Elle s'était moquée de lui et l'avait envoyé balader. Ayant déjà commencé à construire sa carapace, elle maniait le sarcasme avec aisance.

Mais il insista. Elle rougit, devint toute raide, et murmura : peut-être, pourquoi pas, un de ces quatre.

Brad lui proposa de venir la chercher chez elle, mais comme elle ne supportait pas l'idée qu'il découvre la pauvreté dans laquelle elle vivait, elle prétendit qu'elle avait des courses à faire en ville et lui donna directement rendez-vous au cinéma. Durant les jours qui précédèrent, elle se plongea dans *Mademoiselle* et *Glamour*. Dans une chronique du magazine *Seventeen* intitulée « Comment attirer son regard », elle trouva la tenue parfaite, de celles que portaient les filles riches et élégantes, le genre de fille que les parents de Brad étaient susceptibles d'apprécier.

Elle avait trouvé à Godwill une robe Laura Ashley à petites fleurs avec un haut col à jabot. Malheureusement, lorsqu'elle s'aperçut qu'elle ne lui allait pas très bien, il était trop tard, elle l'avait déjà achetée. Avec ses espadrilles vert citron, son sac Pappagallo Bermuda et son serre-tête assorti, elle se sentit tout à coup ridicule, comme une petite fille déguisée pour Halloween. Quand elle retrouva Brad, avec ses jeans déchirés et son polo de rugby rayé, elle comprit qu'elle avait exagéré. Elle avait fait de gros efforts pour paraître élégante, cela crevait les yaux.

Elle eut l'impression que tous les spectateurs du cinéma la regardaient entrer en la toisant. Ils voyaient en elle une fausse BCBG endimanchée, accompagnée d'un gosse de riche.

Ensuite, il voulut aller manger une pizza et boire une bière au Ship's Pub. Elle prit un Tab et tenta de lui jouer la fille lointaine et mystérieuse. Mais son Adonis adolescent lui plaisait déjà beaucoup, bien qu'elle ne parvînt toujours pas à se faire à l'idée qu'elle sortait avec lui.

Après trois ou quatre bières, il commença à se montrer grossier. Il se rapprocha d'elle et se mit à la tripoter. Invoquant une migraine – c'était la seule excuse qui lui était venue à l'esprit sur l'instant –, elle lui demanda de la raccompagner chez elle. Il l'emmena jusqu'à sa Porsche, conduisit comme un fou, puis lui fit le « coup de la panne » dans le parc.

Il pesait cent kilos, était incroyablement fort et juste assez imbibé d'alcool pour être dangereux. Il l'obligea à ôter ses vêtements, lui colla la main sur la bouche pour étouffer ses cris et se mit à fredonner : « *Ah, t'en as envie, salope de Mexicaine.* »

C'était la première fois pour elle.

Ensuite, pendant un an, elle se rendit régulièrement à l'église. La culpabilité la consumait de l'intérieur. Si sa mère avait découvert son secret, cela l'aurait anéantie, Anna en était persuadée.

Ce sordide événément la poursuivit durant des années.

Et sa mère faisait toujours le ménage chez les Reedy.

Confortablement installée dans son fauteuil, elle se souvint des relevés bancaires. Elle ne pouvait rêver lecture plus irrésistible pour accompagner le dîner préparé par le service d'étage.

Au bout de quelques minutes, elle remarqua une ligne de chiffres sur laquelle elle s'attarda. Comment pouvait-on expliquer cela ? Quatre mois plus tôt, un million de dollars avait été viré sur le compte d'épargne de Robert Mailhot.

Elie se redressa, examina la page plus précisément et sentit monter l'adrénaline. De plus en plus excitée, elle étudia la colonne de chiffres pendant un bout de temps. La modeste maison en bardeaux de Mailhot lui revint en tête.

Un million de dollars.

Ça commençait à devenir intéressant.

Zurich

Les lumières de la rue clignotaient, illuminant le siège arrière du taxi comme les éclairs syncopés d'un stroboscope. Ben regardait droit devant lui, dans le vague. Il réfléchissait.

Lorsque les résultats d'analyse avaient établi que Ben ne s'était pas servi de l'arme, l'inspecteur avait semblé déçu, et c'est avec une visible réticence qu'il avait rempli les papiers nécessaires à sa remise en liberté. De toute évidence, Howie avait fait jouer ses relations pour obtenir que le passeport de Ben lui soit restitué.

« Je vous relâche à une condition, Mr. Hartman – que vous quittiez mon canton, lui avait dit Schmid. Quittez Zurich immédiatement. Si jamais j'apprends que vous traînez encore par ici, ça bardera pour votre matricule. L'enquête concernant la fusillade de la Bahnhofplatz reste ouverte et il demeure assez de questions irrésolues pour que j'obtienne un mandat d'arrêt contre vous, si je le souhaite. Et si nos services d'immigration, le *Einwanderungsbehörde*, s'en mêlent, sachez qu'ils peuvent vous placer en détention administrative pendant un an avant que votre affaire passe en jugement. Vous avez des amis, des relations, c'est très impressionnant, mais la prochaine fois, ils ne vous seront d'aucune utilité. »

Plus que les menaces, c'était la question que le détective lui avait posée l'air de rien qui obsédait Ben. Le cauchemar de la Bahnhofplatz avait-il un lien avec la mort de Peter ?

En d'autres termes : quelles étaient les probabilités pour que la mort de Peter n'ait *rien* à voir avec cette affaire ? Ben n'avait pas oublié ce que son mentor, l'historien de Princeton, John Barnes Godwin, avait coutume de dire : Calculez les probabilités et recalculez encore et encore. Ensuite, fiez-vous à votre instinct.

Son instinct lui disait qu'il ne s'agissait pas d'une coïncidence.

Et puis il y avait le mystère entourant Jimmy Cavanaugh. Non seulement son cadavre avait disparu mais aussi son identité, son existence tout entière. Comment pareille chose pouvait-elle se produire ? Et comment le tueur savait-il où était descendu Ben ? Tout cela n'avait aucun sens.

La disparition du corps, la dissimulation de l'arme – deux faits confirmant que le soi-disant Cavanaugh ne travaillait pas seul. Mais *qui* étaient ses complices ? *Quelle* était leur mission ? Quel intérêt Ben pouvait-il présenter pour eux, quelle *menace* constituait-il ?

Cette affaire avait évidemment un lien avec Peter. Impossible d'imaginer autre chose.

A force de voir des films policiers, on finit par savoir que la seule manière de détruire un indice consiste à brûler le cadavre pour le « rendre méconnaissable ». En apprenant l'horrible nouvelle, Ben avait tout de suite songé à une erreur. On s'était trompé, ce n'était pas vraiment Peter Hartman qui était mort dans cet accident d'avion. Les autorités avaient été victimes d'une confusion. Peter était encore en vie, il allait se manifester et ils riraient ensemble au téléphone de ce lamentable cafouillage. Un rire sans gaieté. Il n'avait jamais osé évoquer cette hypothèse devant son père, par crainte d'éveiller en lui de faux espoirs. Enfin, il y eut les résultats de l'expertise médicale. La preuve irréfutable de sa mort.

A présent, Ben commençait à se focaliser sur la vraie question : il ne se demandait plus si Peter était bien dans l'avion, mais comment il était mort. Un accident d'avion était une excellente manière de maquiller un meurtre.

Puis le doute revenait. C'était peut-être vraiment un accident.

Après tout, qui aurait pu désirer la mort de Peter ? Assassiner un homme pour organiser ensuite un accident d'avion – c'était un peu gros comme couverture.

Mais les événements de l'après-midi avaient redéfini les normes du plausible. En effet, si le prétendu Cavanaugh, pour une raison quelconque, avait bien tenté de le tuer, il aurait parfaitement pu – lui ou d'autres personnes liées à lui – assassiner Peter quatre ans auparavant.

Howie avait fait allusion à certaines banques de données. Selon ses propres dires, l'un de ses collègues, spécialisé dans l'espionnage industriel, les avait consultées. Ben songea tout à coup que Frederic McCallan, le vieux client qu'il était censé retrouver à Saint-Moritz, pourrait lui être utile. McCallan n'était pas seulement l'un des piliers de Wall Street, il avait aussi servi sous plusieurs gouvernements, à Washington ; il devait disposer d'un formidable réseau de relations. Ben sortit son portable Nokia multistandard et appela l'hôtel Carlton à Saint-Moritz. Le Carlton était un endroit paisible, élégant, d'un luxe dénué d'ostentation, équipé d'une remarquable piscine couverte avec vue sur le lac.

Son appel fut aussitôt transféré dans la chambre de Frederic McCallan.

« Vous n'êtes pas en train de nous poser un lapin, j'espère, s'écria le

vieux Frederic d'un ton jovial. Louise serait affreusement déçue. »
Louise était sa petite-fille, la jeune femme dont on lui avait vanté la
beauté.

« Pas du tout. Les choses sont un peu chaotiques ici et j'ai raté le
dernier vol pour Chur. » Et c'était vrai, strictement parlant.

« Nous vous avions réservé un couvert pour le dîner, en espérant vous
voir apparaître. Quand pensez-vous nous rejoindre ?

— Je vais louer une voiture et me mettre en route dès cette nuit.

— Vous venez par la route ? Mais cela va vous prendre des *heures* !

— Le chemin est agréable », dit-il. Une longue balade en voiture lui
ferait le plus grand bien. Il avait besoin de s'éclaircir les idées.

« Vous pourriez facilement affréter un avion.

— C'est impossible », répondit-il sans s'étendre sur les détails. En
réalité, il voulait éviter l'aéroport où les autres tueurs – à supposer qu'ils
existent – devaient sans doute l'attendre. « Nous nous verrons tout à
l'heure, au petit déjeuner, Freddie. »

Le taxi déposa Ben devant une agence Avis sur la Gartenhofstrasse. Il
loua une Opel Omega, s'enquit de l'itinéraire à emprunter et rejoignit
sans encombre l'autoroute A3 où il prit la direction du sud-est, après être
sorti de Zurich. Il lui fallut un certain temps pour se sentir à l'aise sur la
route. Les Suisses conduisaient très vite sur les grandes voies et, quand
ils voulaient vous doubler, ils vous le signalaient de manière agressive
en se collant presque à votre pare-chocs arrière et en faisant des appels
de phares.

Il fut pris de paranoïa à une ou deux reprises – se pensant suivi par
une Audi verte qui disparut bientôt. Au bout d'un moment, il commença
à souffler. Soudain il eut l'impression d'avoir laissé toute cette folie
derrière lui, à Zurich. Bientôt, il serait au Carlton de Saint-Moritz, et là,
rien ne pourrait plus l'atteindre.

Il se mit à songer à Peter, comme il l'avait si souvent fait durant ces
quatre dernières années, et sentit monter en lui une vieille culpabilité.
Son estomac se serra. Il avait laissé son frère mourir seul et, pendant les
dernières années de sa vie, lui avait à peine adressé la parole.

Mais il savait que Peter n'avait pas terminé son existence dans la
solitude. Il vivait avec une Suissesse, une étudiante en médecine dont il
était tombé amoureux. Peter lui en avait parlé au téléphone, deux mois
avant sa disparition.

Depuis l'université, Ben avait rencontré Peter deux fois en tout et
pour tout.

Quand ils étaient enfants, avant que Max les envoie dans des lycées
différents, on ne les voyait jamais l'un sans l'autre. Ils se disputaient à
longueur de journée et se battaient jusqu'à ce que l'un des deux prenne
le dessus et proclame : *Tu es bon mais je suis meilleur.* Ils se détestaient,
ils s'adoraient et ne se quittaient jamais.

Après ses études, Peter s'était engagé dans le Peace Corps [1] et était parti pour le Kenya. Lui non plus n'éprouvait aucun intérêt pour Hartman Capital Management. Lui non plus n'utilisait pas ses fonds en fidéicommis. Qu'est-ce que j'en aurai à fiche en Afrique ? avait-il lancé.

En fait, Peter avait choisi cette voie non seulement pour donner un sens à sa vie mais aussi pour échapper à son père. Max et lui ne s'étaient jamais entendus.

« Bon Dieu ! lui avait crié Ben un jour, si tu veux éviter Papa, installe-toi à Manhattan et abstiens-toi de lui téléphoner. Déjeune avec maman une fois par semaine ou un truc comme ça. Inutile d'aller vivre dans une foutue hutte en terre, sacré nom d'un chien ! »

Mais rien n'y fit. Peter avait effectué deux courts voyages aux Etats-Unis : la première fois quand leur mère avait subi sa mastectomie, et la deuxième après que Ben l'eut appelé pour lui annoncer que le cancer avait évolué et que leur mère allait bientôt mourir.

A cette époque-là, Peter vivait en Suisse. Il avait rencontré une jeune femme pendant son séjour au Kenya.

« Elle est belle, elle est intelligente et elle ne m'a pas encore percé à jour, lui avait déclaré Peter au téléphone. Classe ça dans la rubrique "incroyable mais vrai". » Cette expression qui datait de leur enfance revenait souvent dans la bouche de Peter.

La jeune fille reprenait ses études à la faculté de médecine et il la suivait à Zurich. Tel avait été le début de leur discussion. Tu suis comme un petit chien la première poulette que tu rencontres ? avait lancé Ben d'un ton méprisant. Il était jaloux – jaloux que Peter ait trouvé l'amour, et jaloux, comme seul un frère peut l'être, d'avoir été supplanté dans le cœur de son jumeau.

Non, lui avait répondu Peter, il ne s'agit pas que de cela. Il avait lu un article dans une édition internationale du magazine *Time,* au sujet d'une vieille femme, une survivante de l'Holocauste qui vivait en France dans une misère noire. Elle avait tenté sans succès d'obtenir des grandes banques suisses qu'elles lui restituent la modeste somme que son père lui avait laissée avant de mourir dans les camps.

La banque lui avait réclamé le certificat de décès de son père.

Elle leur avait répondu que les Nazis n'avaient fourni aucun certificat de décès aux six millions de Juifs qu'ils avaient assassinés.

Peter s'était promis d'intervenir pour que la vieille dame récupère son dû. Bon sang, disait-il, si un Hartman n'est pas capable d'arracher cet argent des mains griffues d'un banquier suisse, qui le sera ?

Personne n'était aussi entêté que Peter. Personne hormis le vieux Max, peut-être.

Ben était certain que Peter aurait remporté la victoire.

---

1. Organisation américaine de coopération et d'aide aux pays en voie de développement.

La fatigue commençait à le gagner. La nationale s'étalait devant lui, monotone, soporifique. Sa conduite s'était adaptée naturellement au rythme de la route et il lui semblait que les autres véhicules avaient cessé de le dépasser aussi souvent qu'auparavant. Ses paupières s'alourdissaient.

Il y eut un coup de klaxon, des phares l'aveuglèrent. Dans un sursaut, il s'aperçut qu'il s'était endormi un instant derrière le volant. Quand il vit qu'il était en train de dévier vers la gauche, il réagit très vite, redressa ses roues et replaça la voiture sur la bonne voie en évitant de justesse la collision.

Il s'arrêta sur le bas-côté. Son cœur battait la chamade. Il poussa un long soupir de soulagement. C'était le décalage horaire, son corps était encore à l'heure de New York. La journée avait été longue et il y avait eu cette histoire de fous sur la Bahnhofplatz. Toute la fatigue accumulée finissait par s'abattre sur lui.

Il était temps de quitter la grand-route. Saint-Moritz devait être à deux heures, mais il ne prendrait pas le risque de conduire plus longtemps. Il fallait trouver un endroit où passer la nuit.

Deux voitures le dépassèrent sans qu'il les remarque.

La première était une Audi verte, un modèle vieux de dix ans, toute cabossée et couverte de rouille. Seul à son bord, son conducteur, un quinquagénaire de haute taille avec de longs cheveux gris attachés en queue de cheval, se retourna pour observer la voiture de Ben, garée au bord de la chaussée.

L'Audi continua sa route et, au bout d'une centaine de mètres, se gara elle aussi sur le bas-côté.

Puis un deuxième véhicule dépassa l'Opel de Ben : une berline grise avec deux hommes à l'intérieur.

« *Glaubst Du, er hat uns entdeckt ?* », demanda en suisse allemand le chauffeur à son passager. Tu crois qu'il nous a repérés ?

« C'est possible, répondit le passager.

— Pourquoi se serait-il arrêté, autrement ?

— Il est peut-être perdu. Il regarde une carte.

— Et si c'était une ruse ? Je vais me garer. »

Le chauffeur remarqua l'Audi verte sur le bord de la route.

« Nous attendons de la compagnie ? », demanda-t-il.

CHAPITRE 6

Halifax, Nouvelle-Ecosse

L E lendemain matin, Anna et le sergent Arsenault se rendirent en voiture jusqu'à la maison appartenant à la veuve de Robert Mailhot, et sonnèrent à la porte.

La veuve, soupçonneuse, entrouvrit à peine le battant pour observer ses visiteurs. Derrière elle, le hall d'entrée était plongé dans l'obscurité. Cette petite femme de soixante-dix-neuf ans dont les cheveux bouffants, blancs comme neige, surmontaient une grosse tête ronde, montrait un visage avenant mais des yeux vigilants. Son nez légèrement épaté était rouge, détail qui pouvait révéler le chagrin autant que l'ivrognerie.

« Oui ? » Son ton était hostile mais cela n'avait rien de très surprenant.

« Mrs. Mailhot, je suis Ron Arsenault de la RCMP, et voici Anna Navarro du ministère américain de la Justice. » Arsenault parlait avec une étonnante gentillesse.

« Nous souhaitions vous poser quelques questions. Pouvons-nous entrer ?
— Pourquoi ?
— Nous avons quelques questions, c'est tout. »

Les petits yeux bruns de la veuve brillèrent d'une lueur farouche.

« Je n'ai rien à dire à la police. Mon mari est mort. Pourquoi ne pas me laisser *tranquille* ? »

Anna sentit le désespoir dans la voix de la vieille femme. Elle avait lu dans le dossier que son nom de jeune fille était Marie LeBlanc et qu'elle avait huit ans de moins que son mari. Bien qu'elle n'en sût probablement rien, elle n'était pas obligée de leur parler. A présent, l'essentiel était de se montrer persuasif.

Anna détestait traiter avec les familles des victimes d'assassinat. Elle supportait mal de devoir les bombarder de questions à un moment aussi terrible, quelques jours ou quelques heures après la mort d'un être cher.

« Mrs. Mailhot, dit Arsenault sur un ton officiel, nous avons des motifs de croire que quelqu'un a pu tuer votre mari. »

La veuve le considéra quelques secondes.

« C'est ridicule », dit-elle. L'espace séparant le battant du chambranle de la porte d'entrée se réduisit encore.

« Vous avez peut-être raison, dit Anna d'une voix douce. Mais si jamais quelqu'un lui a fait du mal, nous voulons le savoir. »

La veuve hésita. Au bout d'un moment, elle lança d'un ton méprisant : « Il était vieux. Il souffrait du cœur. Laissez-moi tranquille. »

Anna était navrée de devoir interroger ainsi cette vieille dame dans des circonstances aussi pénibles. Mais la veuve risquait de se débarrasser d'eux à tout moment et Anna ne pouvait permettre qu'une telle chose se produise. D'une voix très aimable, elle dit :

« Votre mari aurait pu vivre plus longtemps. Vous auriez pu encore profiter l'un de l'autre. Nous pensons qu'on vous a sciemment privée de cette joie. Une chose que personne n'était en droit de vous ravir. Si quelqu'un a fait cela, nous voulons savoir qui. » Le regard de la veuve sembla s'adoucir. « Si vous ne nous aidez pas, nous ne saurons jamais qui vous a enlevé votre mari. »

La porte pivota lentement sur ses gonds jusqu'à s'ouvrir en grand.

Le vestibule était plongé dans la pénombre. Mrs. Mailhot alluma une lampe qui dispensa une lumière sulfureuse. La femme avait les hanches larges et elle lui sembla encore plus petite qu'à l'instant où elle leur était apparue. Elle portait une jupe grise aux plis bien marqués et un pull marin écru.

Bien que lugubre, la pièce était immaculée et sentait le citron. On venait d'y faire le ménage – Mrs. Mailhot attendait peut-être des parents pour les funérailles de son mari. Autant renoncer tout de suite aux cheveux et aux fibres textiles. La « scène du crime » était loin d'être intacte.

Anna remarqua l'attention portée aux détails dans l'aménagement de la pièce. Des napperons de dentelle ornaient les bras du canapé et des fauteuils en tweed. Les abat-jour à franges blanches étaient tous assortis. Elle remarqua quelques photographies dans des cadres argentés, disposés avec soin sur de petites tables basses. Il y avait en particulier une photo de mariage en noir et blanc : une mariée timide, vêtue d'une robe blanche toute simple, et le marié, un brun aux traits anguleux, fièrement campé auprès d'elle.

Sur le téléviseur en noyer trônait une rangée de petits éléphants d'ivoire, tous identiques. Ringard, mais touchant.

« Oh, comme c'est *adorable !* » s'exclama Anna en montrant les éléphants à Arsenault.

« Je vous crois », répondit Arsenault sans grande conviction.

« Seraient-ce des Lenox ? », demanda Anna.

La veuve eut l'air surpris, puis elle esquissa un petit sourire de fierté.

« Vous en faites collection ?

— Pas moi, ma mère. » Sa mère n'avait ni le temps ni l'argent nécessaires pour collectionner quoi que ce fût.

La vieille dame leur désigna les fauteuils.

« Mais asseyez-vous donc. »

Anna s'installa sur le canapé, Arsenault prit le siège voisin. C'était dans cette pièce qu'on avait trouvé le cadavre de Mailhot.

Mrs. Mailhot s'assit à l'autre bout du salon, sur une mauvaise chaise au dossier à barreaux.

« Je n'étais pas ici quand mon mari est mort, fit-elle tristement. Je rendais visite à ma sœur, comme tous les mardis soir. Je me sens si coupable de l'avoir laissé partir seul. »

Anna hocha la tête avec sympathie.

« Peut-être pourrions-nous parler un peu de la manière dont il est...

— Il est mort d'une crise cardiaque, dit-elle. C'est ce qu'a dit le docteur.

— C'est très possible, répondit Anna. Mais il arrive que des meurtres soient commis de telle façon qu'on croie à une mort naturelle.

— Qui donc aurait pu vouloir tuer Robert ? »

Arsenault lança un bref coup d'œil à Anna. Il y avait quelque chose dans l'intonation de cette femme : sa question n'avait rien de rhétorique. Elle appelait vraiment une réponse. Il leur faudrait jouer serré. Le couple s'était marié en 1951 – ils avaient donc vécu ensemble pendant un demi-siècle. Si son mari avait été impliqué dans une histoire louche, cette femme avait dû s'en apercevoir ou du moins former quelques soupçons.

« Vous vous êtes retirés ici voilà quelques années, n'est-ce pas ?

— Oui, répondit la vieille dame. Quel rapport cela a-t-il avec sa mort ?

— Vous viviez sur la pension de votre mari ? »

Mrs. Mailhot leva le menton d'un air bravache.

« Robert gérait les questions financières. Il me disait de ne pas me préoccuper de ces choses-là.

— Mais vous a-t-il jamais dit d'où provenait cet argent ?

— Je vous le répète, Robert s'occupait de tout.

— Votre mari vous a-t-il confié qu'il avait un million cinq cent mille dollars en banque ?

— Nous pouvons vous montrer les relevés, si vous le souhaitez », ajouta Arsenault.

Le regard de la veuve ne trahit pas la moindre émotion.

« Je vous l'ai dit, je ne sais presque rien de nos finances.

— Il n'a jamais évoqué devant vous le fait qu'il recevait de l'argent de quelqu'un ? demanda Arsenault.

— Mr. Highsmith était un homme généreux, dit-elle lentement. Il n'oubliait jamais les petites gens. Ceux qui l'avaient aidé.

— Ces sommes provenaient de Charles Highsmith ? », intervint Arsenault. Charles Highsmith était un célèbre – certains diraient tristement célèbre – patron de presse dont les parts de marché étaient encore plus importantes que celles de son concurrent Conrad Black. Il possédait des journaux, des stations de radio et des chaînes câblées en Amérique du

Nord. Voilà trois ans, Highsmith s'était noyé en mer, soi-disant en tombant de son yacht, mais les circonstances exactes de l'accident étaient toujours sujettes à controverse.

La veuve hocha la tête.

« Mon mari est resté à son service presque toute sa vie.

— Mais cela fait trois ans que Charles Highsmith est mort, répliqua Arsenault.

— Il a dû laisser des instructions. Mon mari ne m'expliquait pas ce genre de choses. Mr. Highsmith a fait en sorte que nous ne manquions jamais de rien. Il était comme ça.

— Et qu'avait fait votre mari pour mériter une telle reconnaissance ? s'enquit Anna.

— Ce n'est pas un secret, rétorqua la veuve.

— Jusqu'à ce qu'il prenne sa retraite, il y a quinze ans, il lui servait de garde du corps, dit Arsenault. Et de factotum. Un homme de confiance pour des missions très spéciales.

— Mr. Highsmith avait totalement confiance en lui et il avait raison », précisa la vieille dame comme si elle répétait un compliment qu'elle avait dû surprendre.

« Juste après la mort de Charles Highsmith, vous avez quitté Toronto pour vous installer ici, dit Anna, en jetant un œil à son dossier.

— Mon mari... avait certaines idées.

— Sur la mort de Highsmith ? »

La vieille dame répondit d'un air réticent.

« Comme beaucoup de gens, il se posait des questions. Il ne croyait pas à la thèse de l'accident. Evidemment, Robert avait déjà pris sa retraite, mais il jouait encore le rôle de conseiller en matière de sécurité. Parfois il s'en voulait de n'avoir pu éviter le pire. Je pense que c'est pour cela qu'il était un peu... bizarre quand il évoquait ce sujet. Il était convaincu que si jamais cette mort n'était pas un accident, les ennemis de Highsmith s'en prendraient à lui un jour ou l'autre. Ça paraît fou. Mais vous comprenez, c'était mon mari. Je n'ai jamais discuté ses décisions.

— Voilà pourquoi vous avez emménagé ici », commenta Anna comme si elle réfléchissait tout haut. Après avoir passé des dizaines d'années dans de grandes villes comme Londres et Toronto, son mari s'était retiré à la campagne – pour se cacher, en réalité. Il avait retrouvé la région d'origine de ses ancêtres et de ceux de sa femme. Ici, ils connaissaient tous les voisins, l'endroit semblait sûr et ils pouvaient y vivre sans se faire remarquer.

Mrs. Mailhot restait silencieuse.

« Je n'y ai jamais vraiment cru. Mon mari nourrissait quelques doutes, c'était tout. En vieillissant, il est devenu plus angoissé. Certains hommes sont ainsi.

— Vous pensiez qu'il s'agissait d'une excentricité.

— Nous avons tous nos petites excentricités.

— Et que pensez-vous maintenant ? demanda Anna d'une voix cordiale.

— Maintenant, je n'en sais plus rie⸱⸱ » Les yeux gris de la vieille dame s'emplirent de larmes.

« Savez-vous où il rangeait ses livres de comptes ?

— Il y a des carnets de chèques et des choses comme ça dans une boîte à l'étage. » Elle haussa les épaules. « Vous pouvez les voir si vous voulez.

— Merci, dit Anna. Nous avons besoin de retracer avec vous les moindres événements survenus dans la semaine qui a précédé la mort de votre mari. Dans le détail. Ses habitudes, les endroits où il s'est rendu, les voyages qu'il a effectués. Les appels qu'il a pu passer ou recevoir. Les lettres qui lui étaient destinées. Les restaurants où vous êtes allés. Les dépanneurs, les ouvriers qui ont pu venir ici – plombiers, réparateurs de téléphone, nettoyeurs de moquette, releveurs de compteur. Tout ce qui vous vient à l'esprit. »

Ils l'interrogèrent encore pendant deux heures, ne s'interrompant que pour aller aux toilettes. Même quand la veuve donna des signes de fatigue, ils persistèrent, déterminés à lui tirer les vers du nez avant qu'elle ne change d'avis. Anna savait que si jamais ils faisaient une pause et lui proposaient de poursuivre leur entretien plus tard dans la matinée, elle risquait de se refermer. Cela lui laisserait le temps de prendre les conseils d'un ami, d'un avocat, et ensuite de les envoyer sur les roses, Arsenault et elle.

Deux heures passèrent durant lesquelles ils n'apprirent pas grand-chose. La veuve leur donna la permission d'inspecter la maison, mais ils ne trouvèrent de signe d'effraction ni sur la porte d'entrée ni sur les fenêtres. Le tueur – à supposer que le vieillard avait bien été assassiné – était probablement entré en se servant d'une ruse quelconque, ou bien alors la victime le connaissait.

Dans un placard, Anna trouva un vieil aspirateur Electrolux. Elle en détacha le sac. Il était plein, ce qui signifiait sans doute qu'on ne l'avait pas changé depuis la mort de Mailhot. Parfait. Elle demanderait aux gars du labo de l'examiner quand ils arriveraient. On découvrirait peut-être quelques indices, après tout.

Qui sait, ils pourraient même tomber sur des empreintes de pas, des traces de pneus. Elle ordonnerait qu'on prenne les empreintes de la veuve et de tous les visiteurs réguliers, pour les éliminer des recherches.

Quand ils regagnèrent le petit salon, Anna attendit que la veuve s'asseye avant de choisir un siège tout près d'elle.

« Mrs. Mailhot, commença-t-elle avec délicatesse, votre mari vous a-t-il jamais dit *pourquoi* il pensait que Charles Highsmith avait pu être victime d'une machination ? »

La veuve la contempla un long moment, comme si elle réfléchissait à ce qu'elle allait lui révéler.

« *Tous les grands hommes ont des ennemis* [*], déclara-t-elle enfin sur un ton sinistre.

— Que voulez-vous dire par là ? »

Mrs. Mailhot évita son regard interrogateur.

« C'est ce que mon mari avait coutume de répéter », répondit-elle.

Suisse

Ben prit la première sortie.

La route continuait tout droit avant de couper à travers de plates éten-dues de terres cultivées puis, après une voie ferrée, elle se mit à serpen-ter entre des collines. Toutes les vingt minutes environ, Ben s'arrêtait pour consulter sa carte routière.

Il allait atteindre Chur, sur l'autoroute A3, au sud de Bad Ragaz, quand il repéra la Saab bleu foncé qui roulait derrière lui. Il n'était pas seul sur cette route mais cela n'avait rien d'étonnant. A bord de la Saab, se trouvaient peut-être de joyeux vacanciers en route pour les sports d'hiver. Mais quelque chose l'intriguait dans le comportement de cette voiture. Elle semblait rouler à la même vitesse que lui, comme si son conducteur adaptait sa conduite à la sienne. Ben s'arrêta sur le bas-côté. La Saab le dépassa. Bon – il s'était fait des idées.

Il repartit. Voilà qu'il devenait paranoïaque. Après ce qu'il venait de vivre, qui aurait pu l'en blâmer. Il repensa à Jimmy Cavanaugh, puis soudain tous ses souvenirs refirent surface. Un sentiment de vertige l'envahit, comme s'il regardait fixement le fond d'un abîme – une succession de mystères empilés les uns sur les autres. Pour sa propre sécurité, il devait éviter de trop se plonger dans ce type de réflexion. Il aurait tout le temps de s'y consacrer par la suite. Pour l'instant, il avait surtout besoin *d'agir*.

Dix minutes plus tard, les images du carnage de Shopville commencè-rent à affluer dans son esprit. Pour s'en débarrasser, il alluma la radio. Il se dit également que la vitesse l'aiderait à oublier, aussi appuya-t-il à fond sur l'accélérateur. Il sentit l'embrayage jouer en douceur tandis que la voiture bondissait vers le sommet de la côte. Quand il jeta un coup d'œil dans le rétroviseur, il vit une Saab bleue – la même, il en était certain. Et plus il accélérait, plus la Saab accélérait elle aussi.

Son estomac se noua. Quand on roule vite, on a tendance à laisser une bonne distance entre son véhicule et celui qui précède, mais la Saab,

---

[*] Les mots ou expressions en italiques suivis d'un astérisque sont en français dans le texte.

elle, restait collée à lui. Si elle avait voulu le doubler, elle se serait déjà engagée sur l'autre voie. Ben plongea de nouveau son regard dans le rétroviseur, tentant d'apercevoir ce qui se trouvait derrière le pare-brise de l'autre véhicule, mais ne discerna que des ombres. Il réussit quand même à distinguer deux silhouettes assises à l'avant. *Mais qu'est-ce qu'ils fichaient ?* Ben porta délibérément son attention sur la route qui se déroulait devant lui. Il ne leur ferait pas le plaisir de leur montrer son inquiétude.

Pourtant, il fallait qu'il les sème.

Les routes autour de Chur formaient un vrai labyrinthe. Dieu sait le mal qu'il avait eu à s'y retrouver la dernière fois qu'il était venu. Sans prévenir, il quitta la grand-route en négociant un virage en épingle à cheveu, pour rejoindre la Nationale 3, une voie plus étroite qui descendait vers le sud et Saint-Moritz. Quelques minutes plus tard, la Saab bleue trop familière reprenait sa place derrière lui, juste dans l'encadrement de son rétroviseur. Ben traversa en trombe Malix et Churwalden. Les côtes raides succédant aux descentes abruptes lui soulevaient l'estomac. Il s'engagea sur des chemins mal pavés, à une vitesse peu adaptée à leur mauvais état. Sous l'effet combiné des cahots provoqués par le revêtement irrégulier et de ses amortisseurs malmenés, l'Opel ne cessait de faire des embardées. Ben entendit le châssis de la voiture racler contre une bosse plus grosse que les autres et vit le reflet des étincelles dans le rétroviseur.

Parviendrait-il à les dissuader de le suivre ? Parfois il les perdait de vue pendant quelque temps, mais jamais assez longtemps à son goût. La Saab revenait, encore et toujours, comme liée à lui par un câble solide bien qu'invisible. A une allure folle, Ben s'enfonça dans une succession de tunnels taillés à flanc de montagne, il longea des falaises calcaires et franchit de vieux ponts de pierre enjambant d'insondables ravins. Il conduisait sans prendre aucune précaution. La terreur qui montait en lui engloutissait ses derniers réflexes de prudence ; il espérait seulement que ses poursuivants privilégieraient leur propre sécurité et décideraient de ralentir. C'était sa seule chance.

Il était sur le point de pénétrer dans un autre tunnel quand la Saab fit un bond en avant, le dépassa et s'engagea la première dans l'étroite ouverture. Ben était perplexe : suivait-elle une autre voiture depuis le début ? Juste avant d'émerger du petit tunnel, Ben vit, sous la lueur jaunâtre des phares, ce qui était en train de se passer.

La Saab était garée à quinze mètres devant lui, en travers de la chaussée étroite. Elle lui bloquait le passage.

Son conducteur, vêtu d'un pardessus noir et coiffé d'un chapeau, lui faisait signe de s'arrêter en levant la main. C'était un barrage routier.

C'est alors que Ben s'aperçut qu'une autre voiture le suivait. Une berline Renault grise. Il l'avait déjà vue mais n'y avait pas prêté attention. Elle était avec les autres.

Réfléchis cinq minutes, bon sang! Ils avaient l'intention de le coincer, de le prendre au piège à l'intérieur du tunnel. *Oh, mon Dieu!* Il ne les laisserait pas faire! En temps ordinaire, la prudence lui aurait dicté de freiner à mort avant de percuter le barrage, mais les circonstances actuelles n'avaient rien d'ordinaire. Aussi, mû par quelque folle impulsion, Ben fonça droit devant lui, pied au plancher. Son Opel frôla le flanc gauche du coupé Saab. Il savait que la Saab était une voiture de sport conçue pour la vitesse, certes, mais pesant quatre cents kilos de moins que son Opel. Il vit le conducteur bondir pour se mettre à l'abri, une fraction de seconde avant que la collision ne projette violemment la Saab sur le côté. La soudaine décélération propulsa Ben contre sa ceinture de sécurité dont le tissu tendu lui cisailla les chairs comme une courroie d'acier. Mais l'impact lui avait permis de dégager un espace suffisant. Quand il s'y faufila, les deux carrosseries frottèrent l'une contre l'autre en produisant un horrible crissement. La voiture de Ben – le capot complètement enfoncé – n'avait plus rien de commun avec le modèle flambant neuf qu'il avait loué quelques heures auparavant, mais les roues tournaient encore. Il fit rugir son moteur et repartit à toute allure, sans oser regarder en arrière.

Derrière lui, retentit une fusillade. *Ce n'était pas fini. Ça ne finirait donc jamais!*

Un nouvel afflux d'adrénaline décupla ses sens. Toute son attention se polarisa sur un seul point, tel un rayon laser. La vieille Renault grise, celle qui avait surgi du tunnel derrière lui, avait réussi à traverser le barrage, elle aussi. Dans son rétroviseur, Ben vit quelqu'un sortir une arme par la fenêtre côté passager. Un fusil mitrailleur. Quelques secondes plus tard, il entendit les premières rafales.

Tire-toi de là!

Ben s'engagea à toute vitesse sur un vieux pont de pierre enjambant une gorge. Il était tellement étroit que des véhicules arrivant en sens inverse auraient eu beaucoup de mal à passer. Soudain, Ben perçut un petit bruit sec suivi d'un puissant éclat de verre, tout près de lui. Son pare-brise arrière avait été touché ; l'impact l'avait transformé en toile d'araignée. Ils savaient exactement ce qu'ils faisaient. Sa fin était proche.

Il y eut une explosion assourdie, comme un coup étouffé, et sa voiture fit une brusque embardée sur la gauche ; l'un des pneus avait éclaté.

Ils tiraient dans les roues. Pour qu'il perde le contrôle de son véhicule. Ben se souvint d'une conférence donnée devant les cadres dirigeants de Hartman Capital Management par un expert en sécurité. L'homme avait évoqué les risques d'enlèvement existant dans les pays du tiers-monde et leur avait conseillé quelques réflexes élémentaires. Ces précautions semblaient ridiculement inadaptées à la situation actuelle. Par exemple, il leur avait recommandé de ne pas sortir de leur véhicule. Mais, en l'occurrence, avait-il le choix ?

C'est alors qu'il entendit le hurlement bien reconnaissable d'une sirène de police. A travers une déchirure du pare-brise arrière, il vit un troisième véhicule arriver à vive allure derrière la berline grise, une voiture banalisée avec un girophare bleu sur le toit. C'était tout ce qu'il pouvait discerner : il était trop éloigné pour en déterminer la marque. De nouveau, la confusion s'empara de son esprit. Brusquement la fusillade cessa.

La berline grise fit soudain un demi-tour complet, recula sur l'accotement étroit avant de redémarrer et de croiser la voiture de police. La Renault disparut, avec tous ses poursuivants à son bord !

Ben s'arrêta à la sortie du pont de pierre. Choqué, épuisé, il pencha la tête en arrière et attendit l'arrivée de la *Polizei*. Une minute passa, puis une autre. Il tendit le cou pour regarder la bande de bitume où il avait bien failli laisser sa vie.

Mais la voiture de police était partie, elle aussi. La carcasse froissée de la Saab avait été abandonnée.

Il était seul. Autour de lui, pas un bruit hormis celui de son moteur qui tournait encore et le martèlement de son cœur. Il sortit son Nokia de sa poche, se remémora la conversation qu'il avait eue avec Schmid et prit une décision. *Ils peuvent t'enfermer pendant vingt-quatre heures sans aucune raison,* lui avait dit Howie. Schmid lui avait clairement fait comprendre qu'il n'hésiterait pas à le faire. Il renonça donc à téléphoner à la *Polizei*. Il ne parvenait plus à aligner deux pensées logiques.

Son taux d'adrénaline retombait peu à peu, et à la panique succédait un profond épuisement. Il avait vraiment besoin de se reposer, de recharger ses batteries, de faire le point.

L'Opel n'était plus qu'une épave, son moteur menaçait de rendre l'âme et ses pneus étaient si déchiquetés qu'il roulait directement sur les jantes. Il s'engagea sur une route en pente. La ville la plus proche n'était en fait qu'un village, un *Dorf* aux rues étroites bordées de vieux immeubles en pierre de tailles diverses, allant du petit bâtiment délabré à la grande maison à poutres de bois. Hormis les quelques lumières qui luisaient çà et là, la plupart des fenêtres étaient sombres. Le châssis de la voiture, frôlant le sol à présent, venait cogner contre le pavage irrégulier.

La route s'élargit bientôt en une grand-rue bordée de vastes demeures à pignon et de rangées d'immeubles recouverts d'ardoise. Il atteignit une belle place pavée – RATHAUSPLATZ, lut-il sur la plaque –, dominée par une cathédrale gothique. Au centre, se dressait une fontaine de pierre. Il avait l'impression de se trouver dans un bourg du XVIIe siècle, édifié sur les ruines d'un village plus ancien, tant les styles architecturaux de ces bâtiments étaient disparates.

De l'autre côté de la place, à l'opposé de la cathédrale, il vit une demeure du XVIIe siècle, ornée de pignons à degrés. Une petite pancarte en bois indiquait son nom : *ALTES GEBAÜDE*. Pour un Vieux Bâtiment, il semblait nettement plus récent que la plupart des édifices locaux. On apercevait de la lumière à travers ses fenêtres à meneaux. Il s'agissait d'une taverne, un endroit où l'on s'asseyait pour manger, boire, se reposer et *réfléchir*. Il gara son épave près d'une vieille bétaillère qui la cacha presque entièrement, et entra. Ses jambes flageolantes le soutenaient à peine.

La salle était chaude et confortable, éclairée par les flammes qui vacillaient dans une immense cheminée de pierre. Ça sentait le charbon de bois, les oignons frits et la viande rôtie, odeurs merveilleusement appétissantes. On aurait dit un *Stübli* traditionnel, un restaurant à l'ancienne. Une grande table ronde, la *Stammtisch*, était réservée aux habitués qui venaient chaque jour boire de la bière et jouer aux cartes pendant des heures. Lorsqu'il entra, cinq ou six hommes, des fermiers ou des ouvriers, le considérèrent d'un air soupçonneux avant de se replonger dans leur jeu. Eparpillés à travers la salle, d'autres clients dînaient ou buvaient un verre.

C'est à ce moment-là que Ben s'aperçut qu'il mourait de faim. Il chercha autour de lui un serveur ou une serveuse et, n'en voyant aucun, s'assit à une table libre. Quand un garçon se présenta, un petit homme rondouillard entre deux âges, Ben commanda un plat typiquement suisse, copieux et solide : des *rösti*, des pommes de terre rôties, avec des *Geschnetzltes*, c'est-à-dire des morceaux de veau baignant dans une sauce à base de crème, le tout arrosé d'une petite carafe de V*ierterl,* un vin rouge de la région. Le serveur revint, dix minutes plus tard, en tenant les plats en équilibre sur son bras. Ben lui demanda en anglais : « Y a-t-il un endroit confortable où passer la nuit ? »

Le garçon fronça les sourcils et posa les assiettes sur la table, sans mot dire. Il déplaça le cendrier de verre, la carte du menu et versa l'épais vin rouge dans un verre à pied.

« Le Langasthof, dit-il avec un fort accent romand. C'est le seul hôtel à vingt kilomètres à la ronde. »

Pendant que le serveur lui indiquait l'itinéraire à emprunter, Ben s'attaquait à ses *rösti*. Ils étaient bruns, croustillants, parfumés à l'oignon. Délicieux. Il engouffra son dîner tout en jetant des coups d'œil par la vitre en partie embuée, vers le petit parking. Une voiture garée près de la sienne lui bouchait la vue. Une Audi verte.

Une vague idée émergea des profondeurs de son cerveau.

N'était-ce pas une Audi verte qui l'avait filé pendant un bout de temps sur l'A3, à la sortie de Zurich ? Il se rappelait en avoir aperçu une semblable alors qu'il redoutait d'être suivi. Mais il n'y avait plus prêté attention, comme s'il ne s'était agi que d'une chimère issue de son imagination surexcitée.

Quand il détourna le regard, il eut l'impression que quelqu'un l'observait. Pourtant en étudiant plus attentivement les visages des autres clients du restaurant, il ne remarqua rien de particulier. Les gens ne faisaient pas attention à lui. Ben posa son verre de vin. *Ce dont j'ai besoin c'est d'une tasse de café noir,* pensa-t-il, *plus de vin. Je commence à m'imaginer des choses.*

Il avait avalé son dîner en un temps record. Maintenant il lui pesait sur l'estomac, comme un mélange compact de pommes de terre huileuses et de sauce à la crème. Il levait les yeux pour appeler le garçon et lui commander un café bien serré quand, de nouveau, il eut l'impression angoissante que quelqu'un le surveillait, puis détournait le regard. Il regarda sur sa gauche. La plupart des tables en bois étaient inoccupées, mais il y avait quelques personnes assises dans des boxes obscurs enfoncés dans l'ombre, près d'un long bar en bois sculpté tout aussi sombre et vide, hormis le téléphone blanc posé dessus, un appareil à cadran comme on n'en faisait plus. Un homme d'âge mûr était installé dans un box, à boire du café et à fumer. Il portait un bomber de cuir noir déchiré et ses longs cheveux grisonnants étaient tirés en queue de cheval. *Je l'ai déjà vu quelque part,* pensa Ben. *J'en suis sûr.* Mais où? L'homme posa négligemment un coude sur la table, se pencha en avant et appuya son menton sur sa paume ouverte. Sa main lui couvrait en partie le visage.

Ce geste était trop étudié. L'homme essayait de se cacher et il le faisait avec une application qui n'avait rien d'anodin.

Ben se souvint d'un homme grand en costume strict, un homme au teint cireux, avec de longs cheveux gris ramenés en queue de cheval. Mais où cela? Il avait entr'aperçu un type dans ce genre-là et s'était dit que cet homme d'affaires frisait le ridicule avec sa queue de cheval. Une allure ringarde, tellement... années 80.

La Bahnhofstrasse.

L'homme à la queue de cheval faisait partie de la foule qui circulait dans le quartier piétonnier juste avant qu'il ne repère Jimmy Cavanaugh. A présent, il en était certain. Il l'avait croisé non loin de l'hôtel Saint-Gotthard; plus tard, il avait suivi Ben à bord d'une Audi verte; maintenant il était là et il jurait franchement dans ce décor.

Bon sang, il me suit lui aussi, pensa Ben. *Il me surveille depuis cet après-midi.* Il sentit son estomac se serrer.

Qui était-il et que faisait-il ici? Si, comme Jimmy Cavanaugh, il en voulait à sa vie, pourquoi n'était-il pas passé à l'acte? Il en avait eu l'occasion à maintes reprises. Cavanaugh n'avait pas hésité à sortir son arme en plein jour sur la Bahnhofstrasse. Pourquoi Queue-de-Cheval, lui, éprouverait-il un quelconque scrupule à lui tirer dessus dans une taverne presque vide?

Il fit signe au garçon qui se précipita vers lui avec un regard interrogateur.

« Pourrais-je avoir un café? demanda Ben.

— Bien sûr, monsieur.

— Où sont les lavabos, les WC? »

Le garçon désigna un coin de la salle, faiblement éclairé, où s'ouvrait un petit corridor à peine visible. Ben lui aussi tendit le bras dans cette direction d'un geste aussi ample que possible, comme pour se faire confirmer l'emplacement des toilettes.

De cette manière, Queue-de-Cheval ne risquait pas d'ignorer son intention de se déplacer.

Ben glissa un peu d'argent sous son assiette, enfonça un menu dans sa poche, se leva lentement et se dirigea vers les lavabos qui se trouvaient au bout du petit corridor, du côté de la salle le plus éloigné de la cuisine. Ben savait que les cuisines de restaurant possèdent souvent des entrées de service permettant de s'esquiver en douce, en cas de nécessité. Les toilettes étaient petites et dépourvues de fenêtre ; impossible de fuir par là. Queue-de-Cheval, en bon professionnel, avait sûrement déjà vérifié toutes les issues.

Il tourna le verrou. Les toilettes étaient anciennes, tout comme le lavabo de marbre. Y régnait une agréable odeur de détergents. Il sortit son téléphone digital et composa le numéro de l'*Altes Gebäude*. Ben entendit une sonnerie de téléphone résonner au loin dans le restaurant. Il s'agissait probablement du vieil appareil à cadran qu'il avait vu sur le bar, près du box occupé par Queue-de-Cheval, ou celui de la cuisine, à supposer qu'il y en ait un. Ou bien les deux.

Un homme lui répondit : « *Altes Gebäude, guten Abend.* » C'était le garçon, sans aucun doute possible.

Travestissant sa voix pour la rendre rauque et grave, Ben dit :

« J'ai besoin de parler à l'un de vos clients, s'il vous plaît. Il est en train de dîner chez vous. C'est urgent.

— *Ja ?* Qui est-ce ?

— Vous ne le connaissez probablement pas. Ce n'est pas un habitué. Un monsieur avec de longs cheveux gris attachés en queue de cheval. Je suppose qu'il porte sa veste de cuir, comme d'habitude.

— Ah, oui, je crois savoir qui vous voulez dire. Un homme dans les cinquante ans ?

— Oui, c'est bien lui. Pourriez-vous lui demander de venir au téléphone. Je le répète, c'est important. Une urgence.

— Oui, tout de suite, monsieur », fit le garçon, sensible à la tension que Ben avait mise dans sa voix. Il posa le combiné.

Sans raccrocher, Ben glissa son portable dans la poche intérieure de son manteau, sortit des toilettes et regagna la salle à manger. Queue-de-Cheval n'était plus dans son box. Le téléphone du bar était placé de telle façon qu'on ne le voyait pas de l'entrée du restaurant – Ben ne l'avait remarqué qu'après s'être installé à sa table – et les clients postés près du bar n'avaient vue ni sur la porte d'entrée ni sur la partie du restaurant située en gros entre les lavabos et l'entrée. Ben s'avança vers la porte qu'il franchit. Il s'était accordé environ quinze secondes pour cette opération. Queue-de-Cheval était en train de parler dans le combiné mais n'obtenant que du silence en guise de réponse, il se demandait ce qui était arrivé à ce correspondant qui avait semblé si bien le connaître.

Ben s'empara de ses sacs, restés dans la berline accidentée, et se précipita vers l'Audi verte ; la clé était sur le contact, comme si le chauffeur avait prévu de s'esquiver rapidement. Les vols ne devaient pas être monnaie courante dans ce paisible village, mais il fallait bien une première fois. En plus, il y avait fort à parier que monsieur Queue-de-Cheval ne courrait pas déposer plainte au commissariat pour la disparition de son véhicule. En somme, il faisait d'une pierre deux coups. Il gagnait une voiture en état de marche et privait son poursuivant de la sienne. Ben s'installa très vite au volant et mit le contact. A quoi bon se cacher ? Queue-de-Cheval entendrait sûrement le moteur démarrer. Il fit demi-tour puis, dans un crissement de pneus, s'engagea sur les pavés et traversa la *Rathausplatz* à toute vitesse.

Quinze minutes plus tard, il s'arrêtait près d'un bâtiment construit pour moitié en pierre pour moitié en bois, en retrait d'une route de campagne. La petite pancarte sur la façade indiquait LANGASTHOF.

Il dissimula la voiture derrière un épais bouquet de sapins et revint à pied vers la porte de l'auberge où était placé un petit écriteau annonçant EMPFANG, réception.

Il sonna et attendit quelques minutes que la lumière s'allume. Il était minuit. Apparemment, il avait réveillé le propriétaire.

Un vieil homme au visage creusé de profondes rides apparut et, d'un air chagrin, conduisit Ben dans un long couloir sombre, en allumant de petites appliques sur son passage. Ils arrivèrent devant une porte en chêne marquée 7, que l'hôtelier ouvrit au moyen d'une vieille clé squelettique avant d'appuyer sur un interrupteur. Une petite ampoule éclaira une chambre douillette dominée par un lit à deux places recouvert d'un duvet blanc impeccablement plié. Le papier peint à motifs géométriques était décollé.

« C'est tout ce que nous avons, dit l'aubergiste sur un ton bourru.

— Ça ira.

— Je vais mettre le chauffage. Ça prendra dix bonnes minutes. »

Quelques instants plus tard, après qu'il eut déballé les rares affaires dont il avait besoin pour la nuit, Ben entra dans la salle de bains pour se doucher. La robinetterie lui parut si étrange, si compliquée – quatre ou cinq boutons et cadrans, un pommeau ressemblant à un téléphone suspendu à un crochet – qu'il décida de renoncer à sa douche. Il s'aspergea le visage d'eau froide sans attendre que l'eau chaude trouve enfin son chemin à travers les tuyaux, se brossa les dents et se déshabilla.

Le duvet de plumes d'oie était somptueux. Il s'endormit presque aussitôt.

Quelque temps plus tard – des heures, lui sembla-t-il, bien qu'il n'en fût pas certain puisque son réveil était resté dans sa valise – il entendit un bruit.

Il se redressa sur son séant, le cœur battant.

Le bruit recommença. C'était un grincement léger mais très perceptible, produit par les lattes de plancher sous la moquette. Il venait du seuil de la chambre.

Ben tendit une main vers la table de chevet, attrapa la lampe de cuivre à sa base et de l'autre, il tira doucement sur le fil pour enlever la prise et libérer la lampe.

Il avala sa salive. Son cœur battait à tout rompre quand il sortit ses jambes du duvet et posa les pieds sur le sol.

Il souleva la lampe, en faisant bien attention de ne renverser aucun objet sur la table de nuit. Lorsqu'il eut la lampe bien en main, il la leva, lentement, très lentement, au-dessus de sa tête.

Et bondit de son lit.

Un bras puissant se tendit, agrippa la lampe et la lui arracha. Ben se rua vers la forme sombre et enfonça avec violence son épaule dans la poitrine de l'intrus.

Mais au même instant, un coup de pied partit, atteignant Ben à la hanche. Il tomba en arrière. Rassemblant toutes ses forces, Ben tenta de se redresser et de cogner son assaillant avec les coudes, mais un genou vint s'écraser contre sa poitrine au niveau du plexus solaire, lui coupant la respiration. Sans lui laisser le temps de se reprendre, l'intrus l'attrapa par les épaules et le cloua au sol, comme on épingle un papillon. Dès qu'il retrouva son souffle, Ben poussa un puissant mugissement. Une large paume se plaqua sur sa bouche. Et c'est alors que Ben reconnut le visage hagard de son frère.

« Tu es bon, dit Peter, mais c'est toujours moi le meilleur. »

CHAPITRE 7

L E riche Corse était en train de mourir.

Il se mourait depuis trois ou quatre ans mais les médecins lui donnaient encore deux ans à vivre, au minimum.

Il habitait une grande villa bâtie dans le style des missions espagnoles, au cœur d'un riche faubourg d'Asunción, au bout d'une longue allée bordée de palmiers, entourée par des acres de parc paysager.

La chambre du señor Prosperi se trouvait au premier étage et, bien qu'inondée de lumière, elle était à ce point remplie de matériel médical qu'elle ressemblait à une salle d'urgences. Son épouse, Consuela, une femme beaucoup plus jeune que lui, ne partageait plus sa chambre depuis des années.

Ce matin-là, quand il ouvrit les yeux, il ne reconnut pas l'infirmière.

« Ce n'est pas vous, d'habitude, dit-il d'une voix enrouée par les mucosités.

— Votre infirmière est malade ce matin », dit la ravissante jeune femme blonde. Elle se tenait à côté du lit et manipulait le goutte-à-goutte.

« Qui vous a envoyée ? demanda Marcel Prosperi.

— L'agence d'infirmières, répondit-elle. Je vous en prie, calmez-vous. Cela ne vous vaudra rien de vous inquiéter. » Elle ouvrit en grand la valve du goutte-à-goutte.

« Vous n'arrêtez pas de m'injecter des tas de trucs », grommela le señor Prosperi. Ces paroles furent les seules qu'il parvint à émettre avant que ses yeux ne se ferment et qu'il perde conscience.

Quelques minutes plus tard, l'infirmière remplaçante lui saisit le poignet pour lui prendre le pouls et, constatant qu'il était inexistant, tourna tranquillement la valve du goutte-à-goutte et la régla sur le débit normal.

Puis, le visage soudain déformé par la douleur, elle courut annoncer la terrible nouvelle à la veuve du vieillard.

Ben se redressa sur le sol moquetté, sentit le sang couler de son crâne, puis tomba à genoux.

Pris de vertiges, il avait l'impression que sa tête séparée de son cou tournoyait au-dessus de son corps immobile.

Les souvenirs l'envahissaient. Les funérailles, la cérémonie d'enterrement au cimetière de Bedford. Le rabbin qui récitait le Kaddish, la prière des morts : *Yisgadal v'yiskadash shmay rabbo...* Le cercueil de bois contenant les restes de son frère. La descente de la bière dans la fosse. Son père perdant son sang-froid. Il s'était écroulé sur le sol, les poings serrés, en poussant un cri rauque et plaintif.

Ben ferma les yeux. Les images du passé affluaient dans son esprit surmené. Le coup de fil en pleine nuit. La route menant à Westchester County, chez ses parents. Il ne pouvait pas leur annoncer la terrible nouvelle par téléphone. *Maman, Papa, il est arrivé malheur à Peter.* Une seconde de silence ; suis-je vraiment obligé d'en passer par là, que dire d'autre ? Son père dormait dans son immense lit, bien sûr : il était 4 heures du matin, une heure ou deux avant l'heure à laquelle le vieil homme avait coutume de se lever.

Sa mère reposait sur le lit mécanique installé dans la pièce voisine. L'infirmière de nuit sommeillait sur le canapé.

Maman d'abord. C'était sans doute la meilleure chose à faire. Son amour pour ses fils était simple et absolu.

Elle murmura : « *Qu'est-ce que c'est ?* » et fixa Ben sans comprendre. Elle semblait avoir été tirée d'un rêve obsédant : désorientée, encore à demi plongée dans la torpeur du songe. *Je viens de recevoir un appel de Suisse, maman,* et Ben, s'agenouillant, posa la main sur sa joue douce, comme pour amortir le choc.

Sa longue plainte déchirante réveilla Max qui entra précipitamment dans la chambre de sa femme, une main en avant. Ben voulut le serrer dans ses bras, mais Papa n'avait jamais apprécié les démonstrations d'affection. L'haleine de son père était fétide. Ses quelques mèches de cheveux gris étaient en grand désordre. *Il y a eu un accident. Peter...* En de telles circonstances, on a tendance à s'exprimer par clichés et d'ailleurs, quelle importance ? les clichés rassurent ; ce sont des rails bien tracés qui nous permettent de nous déplacer avec facilité, sans avoir à réfléchir.

Au début, Max ne réagit pas comme Ben s'y attendait : le vieil homme restait de marbre, ses yeux brillaient de colère, pas de chagrin ; sa bouche formait un O. Puis il secoua lentement la tête, ferma les paupières et des larmes parcoururent ses joues pâles et ridées. Puis il s'écroula sur le sol. A ce moment-là, il lui parut frêle et vulnérable. Ce n'était plus l'homme solide qu'il avait connu, le formidable personnage aux costumes coupés à la perfection, toujours imperturbable, toujours maître de lui.

Max n'alla pas réconforter sa femme. Ils pleurèrent chacun de leur côté, tels deux océans de douleur.

Aujourd'hui, comme son père l'avait fait à l'enterrement, Ben serrait très fort les paupières. Il sentit ses jambes se dérober sous lui, tomba en avant, les mains tendues, et s'écroula dans les bras de son frère, puis se mit à le tâter pour s'assurer qu'il n'était pas le fruit de son imagination, que l'homme qu'il avait devant les yeux était bien réel.

Peter dit : « Salut frangin.

— Oh, mon Dieu, murmura Ben. Oh, mon Dieu. »

Il croyait voir un fantôme.

Ben respira profondément, prit son frère entre ses bras et le serra contre lui.

« Espèce de salaud... Espèce de *salaud* !

— Tu ne peux pas faire mieux ? », demanda Peter.

Ben relâcha son étreinte.

« *Mais qu'est-ce que...* »

Le visage de Peter était impassible.

« Il faut que tu partes. Quitte ce pays le plus vite possible. Immédiatement. »

Ben avait des larmes plein les yeux, il voyait trouble.

« Espèce de salaud, répéta-t-il.

— Il faut que tu quittes la Suisse. Ils ont essayé de m'avoir. Maintenant ils sont après toi.

— Mais qu'est-ce que... ? redit Ben d'une voix sourde. Comment as-tu pu... Quelle mauvaise blague nous as-tu jouée ? Maman est morte... elle ne voulait pas... Tu l'as *tuée*. » La colère envahissait son corps, courait dans ses veines, ses artères, empourprait son visage. Les deux frères, assis sur la moquette, se fixaient du regard : ils reproduisaient inconsciemment les scènes de leur enfance, à l'époque où, tout gosses, ils restaient assis l'un en face de l'autre pendant des heures, en babillant leur langage inventé, un code secret que personne ne comprenait à part eux. « Quelle foutue *idée* ?

— Tu n'as pas l'air content de me voir, Benno », dit Peter.

Peter était la seule personne à l'appeler Benno. Ben se leva, Peter fit de même.

C'était toujours une expérience étrange que de contempler le visage de son jumeau : il n'y avait jamais noté que des dissemblances. L'un des yeux de Peter était légèrement plus grand que l'autre. Leurs sourcils n'avaient pas le même dessin. Sa bouche était plus large que la sienne et un peu courbée vers le bas. Il avait une expression plus sérieuse, plus sévère. Pour Ben, Peter et lui ne se ressemblaient absolument pas. Pour n'importe qui d'autre, leurs différences étaient infimes.

Il fut presque déconcerté de s'apercevoir soudain combien Peter lui avait manqué, quelle blessure béante l'absence de son frère avait ouverte en lui. Il ne pouvait s'empêcher de considérer cette séparation comme une violence faite à son propre corps, une mutilation.

Pendant toute leur enfance, ils avaient été adversaires, concurrents, ennemis. Leur père les avait élevés ainsi. Craignant que la richesse n'amollisse ses fils, Max les avait envoyés dans toutes les classes de nature possibles et imaginables, ces institutions qui « vous forment le caractère » – allant du cours de survie où, pour toute nourriture, il fallait se contenter d'eau et d'herbe pendant trois jours, jusqu'aux camps où l'on pratiquait l'escalade, le canoë, le kayak. Volontairement ou pas, Max avait encouragé ses deux fils à se faire concurrence.

La compétition ne s'arrêta que lorsqu'ils fréquentèrent deux lycées séparés. La distance entre eux, et entre leurs parents et eux, leur permit enfin d'échapper à cette lutte.

Peter dit : « Sortons d'ici. Si tu t'es inscrit dans cet hôtel sous ton vrai nom, nous sommes foutus. »

La camionnette de Peter, une Toyota rouillée, était couverte de boue. A l'intérieur, les sièges étaient tachés, des ordures traînaient partout et ça sentait le chien. Il l'avait cachée dans un fourré, à une centaine de mètres de l'auberge.

Ben lui parla de l'horrible course-poursuite où il avait failli laisser la vie, près de Chur.

« Mais ce n'est pas tout, poursuivit-il. En venant ici, un type n'a pas cessé de me suivre. Depuis Zurich.

— Un type au volant d'une Audi ? », demanda Peter en faisant démarrer le moteur arthritique de la vieille Toyota et en s'enfonçant dans la pénombre de la route de campagne.

« Exact.

— Une cinquantaine d'années, cheveux longs avec une espèce de queue de cheval, style hippie sur le retour ?

— Exactement.

— C'est Dieter, mon observateur. Mon antenne. » Il se tourna vers Ben et sourit. « Et mon beau-frère, en quelque sorte.

— Hein ?

— Le frère aîné de Liesl et son protecteur. Ça fait peu de temps qu'il m'estime assez bon pour sa sœur.

— Un expert de la surveillance, tu parles ! Je l'ai repéré. Et j'ai volé sa voiture par-dessus le marché. Pourtant je suis un amateur, moi. »

Peter haussa les épaules. Il regardait de temps en temps derrière lui tout en conduisant.

« Ne sous-estime pas Dieter. Il a passé treize ans dans les services de contre-espionnage de l'armée suisse, à Genève. En outre, il ne faisait aucun effort pour se cacher *de toi*. Il faisait de la *contre*-surveillance. C'est juste une précaution que nous avons prise dès que nous avons appris que tu avais débarqué dans le pays. Son travail consistait à savoir si quelqu'un te suivait. Te surveiller, te filer, s'assurer qu'on n'attenterait pas à ta vie, qu'on n'essaierait pas de t'enlever. Ce n'est pas une voiture de police qui t'a sauvé la mise sur l'A 3. Dieter a déclenché la sirène pour tromper tes poursuivants. C'était le seul moyen. Nous avons affaire à des professionnels de premier ordre. »

Ben soupira.

« "Des professionnels de premier ordre." "Ils sont après toi." "Ils." Qui sont-ils ? Bon Dieu !

— On dira la Corporation, pour faire simple. » Peter regardait dans le rétroviseur. « Dieu seul sait qui ils sont en réalité. »

Ben secoua la tête.

« Et moi qui croyais que je me faisais des idées. Tu as complètement perdu l'esprit. » Il sentit son visage rougir de colère. « Espèce de salaud, cet accident... J'ai toujours pensé qu'il y avait quelque chose de foireux là-dedans. »

Lorsque Peter se décida à parler, il s'exprima de manière décousue, comme s'il pensait à autre chose.

« J'avais peur que tu viennes en Suisse. Il fallait que je me montre extrêmement prudent. Je pense qu'ils n'ont jamais vraiment cru à ma mort.

— Veux-tu me faire le plaisir de me dire ce qui se passe ? », explosa Ben.

Peter gardait les yeux braqués sur la route.

« Je sais bien que j'ai commis une chose terrible, mais je n'avais pas le choix.

— Après ça, Papa n'a plus jamais été le même, et maman... »

Pendant quelques instants, Peter roula sans rien dire.

« Je sais pour maman. Ne... » Sa voix devint coupante. « Mais je me contrefiche de ce que devient Max. »

Surpris, Ben dévisagea son frère.

« Eh bien, tu l'as prouvé, c'est réussi.

— C'était pour maman et toi... que je m'inquiétais. Je savais ce que vous éprouviez. Je voulais vous contacter, vous avouer la vérité. Tu n'imagines pas combien j'en avais le désir. Vous dire que j'étais vivant.

— A présent, veux-tu bien m'expliquer pourquoi ?

— J'essayais de vous protéger, Benno. Sinon, je n'aurais jamais agi ainsi. Si j'avais pensé que ma mort aurait suffi à tout arranger, j'aurais été trop heureux de les laisser me tuer. Mais je savais qu'ils s'en prendraient aussi à ma famille. Je veux dire à toi et à maman. Papa – en ce qui me concerne, Papa est mort depuis quatre ans. »

Ben était à la fois transporté de joie et furieux d'avoir été dupé. Il avait le plus grand mal à aligner deux pensées logiques.

« Mais qu'est-ce que tu racontes ? Tu ne voudrais pas t'exprimer plus clairement ? »

Peter tourna les yeux vers un bâtiment ressemblant à une grande cabane, bâtie en retrait de la route. Une lampe halogène en éclairait l'entrée principale.

« Quelle heure est-il, 5 heures du matin ? Pourtant on dirait que quelqu'un est déjà levé. » Une lumière luisait au-dessus de la porte de l'auberge.

Il gara la camionnette dans un espace dégagé au milieu des arbres et coupa le moteur. Les deux hommes sortirent. L'aurore était froide et tranquille, on n'entendait que le faible bruissement d'un petit animal ou d'un oiseau, dans les bois qui s'étendaient derrière l'auberge. Peter ouvrit la porte et ils pénétrèrent dans un hall. Au comptoir d'accueil, éclairé par un néon vacillant, il n'y avait personne.

« Lumière allumée, mais pas un chat », dit Peter. Ben eut un sourire de connivence : c'était l'une des invectives favorites de son père. Il tendit la main pour faire sonner la petite cloche de métal posée sur le comptoir, puis arrêta son geste quand il vit la porte derrière le comptoir s'ouvrir et en émerger une femme bien en chair, serrant un peignoir autour d'elle. Elle fronçait les sourcils et clignait les yeux à cause de la lumière, furieuse qu'on l'ait tirée du lit.

« *Ja ?* »

Peter s'exprima rapidement dans un allemand parfait.

« *Es tut mir sehr leid Sie zu stören, aber wir hätten gerne Kaffee.* » Il était navré de la déranger, mais ils avaient envie d'un café.

« *Kaffee ?* grogna la vieille femme.

— *Sie haben mich geweckt, weil Sie Kaffee wollen ?* » Ils l'avaient réveillée rien que pour avaler une tasse de café ?

« *Wir werden Sie für ihre Bemünhungen bezahlen, Madame. Zwei Kaffee bitte. Wir werden uns einfach da, in Ihrem Esszimmer, hinsetzen.* » Ils la dédommageraient, l'assura Peter. Deux cafés. Ils aimeraient simplement s'asseoir dans la salle.

L'aubergiste mécontente secoua la tête et se dirigea en boitillant vers un renfoncement, près de la petite salle à manger obscure, alluma les lumières et une grosse cafetière en métal rouge.

La salle était petite mais confortable. Dans la journée, ses grandes fenêtres sans rideaux offraient sans doute aux clients une vue magnifique sur la forêt où l'auberge était nichée, mais à présent elles étaient totalement noires. Cinq ou six tables rondes couvertes de nappes blanches amidonnées et déjà dressées pour le petit déjeuner, étaient surmontées de verres à orangeade, de tasses à café et de coupelles de métal remplies de sucre brun en morceaux. Peter s'assit à une table pour deux, placée contre le mur, près de la fenêtre. Ben prit place en face de lui. L'aubergiste faisait mousser un pichet de lait dans le coin-cuisine tout en les observant à la dérobée, comme les gens ont coutume d'observer les vrais jumeaux.

Peter déplaça l'assiette et les couverts en argent pour pouvoir poser ses coudes.

« Tu te souviens de cette affaire sur les banques suisses et l'or nazi ?

— Très bien. » *Ainsi c'était cela.*

« Ça s'est passé juste avant que je ne quitte l'Afrique pour la Suisse. J'ai suivi cette histoire de près, dans les journaux de là-bas – je suppose que je m'y suis surtout intéressé à cause du séjour de Papa à Dachau. » Sa bouche se tordait en un rictus sardonique.

« Enfin bon, on a commencé à entendre parler de ces petits trafics juteux où trempait une ribambelle d'avocats et de financiers véreux. Ces escrocs s'étaient enrichis aux dépens des survivants de l'Holocauste désireux de récupérer leur patrimoine familial. Je crois t'avoir dit que j'avais lu un article quelque part sur une vieille femme vivant en France, une rescapée des camps de concentration. Un enfoiré d'avocat français qui possédait soi-disant des informations sur un compte en Suisse appartenant à son père, lui avait volé les quelques sous qu'elle avait passé sa vie à économiser. Il prétendait avoir besoin d'argent, tout de suite, pour démarrer la procédure, attaquer la banque. Rien que du baratin. Bien sûr, la vieille dame a payé – une somme équivalant à vingt-cinq mille dollars, qui lui permettait de subvenir à ses besoins quotidiens. L'avocat a disparu avec. Cette histoire m'a ému. J'avais du mal à supporter qu'une vieille dame sans défense se fasse abuser de la sorte, et je l'ai contactée, en lui offrant de rechercher gratuitement le compte suisse de son père. Elle s'est montrée méfiante et c'était bien compréhensible, étant donné ce qui venait de lui arriver. Mais nous avons discuté un moment, à la suite de quoi elle m'a donné la permission de commencer l'enquête. J'ai dû la convaincre que son argent ne m'intéressait pas. »

Peter, qui n'avait cessé de fixer la nappe tout en parlant, regardait maintenant Ben droit dans les yeux.

« Tu comprends, les survivants n'étaient pas poussés par l'appât du gain. Ils réclamaient la justice, ils voulaient retrouver un lien avec leurs parents morts, avec le passé. Pour eux, l'argent était secondaire. » Il détourna le regard et se mit à contempler la nuit, au-delà de la vitre.

« Même en tant que représentant légal de la vieille dame, je me suis trouvé confronté à des tas de problèmes quand il s'est agi de traiter avec la banque suisse. Ils prétendaient que le compte en question ne figurait pas dans leurs livres. La rengaine habituelle. Ces foutus banquiers suisses – c'est curieux, ils ne jettent jamais rien, de vrais sadiques anaux, ils gardent le moindre bout de papier remontant à Mathusalem, mais quand on leur pose une question précise, ils vous répondent, Oups, dommage, on a perdu la trace de ce compte. Mouais. C'est à ce moment que j'ai entendu parler de ce vigile employé par la banque où le père de la vieille dame avait ouvert le fameux compte. Le garde avait été renvoyé parce qu'il était tombé sur une opération de destruction organisée – des employés effectuant un "nettoyage" nocturne dans le but de détruire des documents remontant aux années 40. Il avait réussi à sauver une pile de registres.

— Je m'en souviens vaguement », dit Ben. L'aubergiste arriva chargée d'un plateau et, d'un air morose, posa un pichet de métal empli d'expresso et un autre de lait fumant, puis quitta la salle.

« Les autorités suisses n'ont pas beaucoup apprécié. Violation du secret bancaire, toutes leurs sacro-saintes conneries. Peu importait la destruction des documents. J'ai cherché la trace de ce type du côté de Genève. Il avait tout gardé, malgré les pressions de la banque, et il m'a laissé parcourir les dossiers.

— Et alors ? » Ben traçait des dessins sur la nappe blanche avec les dents d'une fourchette.

« Rien. Je n'ai rien trouvé sur cette affaire. Ni là, ni après d'ailleurs. Mais dans l'un des registres, je suis tombé sur un bout de papier. Plutôt intéressant. C'était un *Gründungsvertrag* parfaitement exécuté, parfaitement valide du point de vue légal et certifié – les clauses d'un contrat d'entreprise. »

Ben ne dit rien.

« Dans les derniers mois de la Seconde Guerre mondiale, une sorte de corporation a vu le jour.

— Créée par les nazis ?

— Non. Quelques nazis en faisaient partie, mais la majorité des personnes concernées n'étaient même pas allemandes. Il s'agissait d'une liste répertoriant les membres d'un conseil d'administration. La plupart des grands industriels de l'époque y figuraient. Des Italiens, des Français, des Allemands, des Anglais, des Espagnols, des Américains, des Canadiens. Des noms très connus, même par *toi*, Benno. Parmi eux, quelques gros bonnets du capitalisme mondial. »

Ben tenta de se concentrer.

« Tu disais *avant* la fin de la guerre, c'est cela ?

— En effet. Début 1945.

— Des industriels *allemands* ont participé à la fondation de cette corporation ? »

Peter hocha la tête.

« C'était un partenariat d'affaires qui sautait allègrement au-dessus des lignes ennemies. Cela te surprend ?

— Mais nous étions en guerre...

— Qu'entends-tu par "nous", Kemosabe ? En Amérique, les affaires sont les affaires. Personne ne t'a jamais appris cela ? » Peter recula, les yeux brillants. « Enfin, il y a des choses qui sont de notoriété publique. A l'époque, Standard Oil et I.G. Farben se partageaient la carte du monde, se répartissaient les monopoles sur le pétrole et la chimie, échangeaient les brevets et tout le toutim. Bon Dieu, n'oublie pas que Standard Oil alimentait l'effort de guerre de manière continue – alors, comment voulais-tu que les militaires se permettent d'intervenir ? Il fallait avant tout éviter que la compagnie ne connaisse des "problèmes de production". En plus, John Foster Dulles lui-même avait fait partie du conseil d'administration de Farben. Et la Ford Motor Company. Tous ces camions militaires de cinq tonnes qui constituaient l'essentiel du parc automobile de l'armée allemande. C'est Ford qui les construisait. Les machines Hollerith qui ont permis à Hitler de rafler les "indésirables", avec l'incroyable efficacité qu'on connaît ? C'est Big Blue, cette brave vieille société IBM qui les fabriquait et en assurait la maintenance – merci Tom Wattson. Oh, et puis n'oublions pas ITT – ITT chapeautait Focke-Wulf, la compagnie qui fabriquait la plupart des bombardiers allemands. Tu veux que je te fasse rire ? Après la fin de la guerre, elle a intenté un procès contre le gouvernement américain pour obtenir une compensation financière, du fait que les bombardiers alliés avaient endommagé les usines Focke-Wulf. Je pourrais continuer comme ça pendant des heures. Hélas, on n'en sait pas tellement plus, mais je peux te dire que cela ne représente qu'une infime partie de ce qui s'est réellement passé. Ces personnages se fichaient éperdument d'Hitler. Ils vénéraient une idéologie supérieure : le dieu Profit. Pour eux, la guerre n'était qu'un dérivatif ponctuel – pas plus sérieux qu'un match de football Harvard-Yale – au milieu d'une série d'affaires bien plus essentielles, dont la quête du tout-puissant dollar. »

Ben hocha la tête.

« Désolé, frangin. Mais écoute-toi un peu. J'ai déjà entendu ça des milliers de fois. La rengaine de la contre-culture : la propriété c'est le vol, ne te fie jamais à quelqu'un de plus de trente ans – toutes ces foutaises dépassées frisant la paranoïa. Bientôt tu vas me dire qu'ils sont à l'origine du Love Canal. » Il reposa brutalement sa tasse de café qui heurta avec fracas la soucoupe. « C'est marrant, il était un temps où tout ce qui avait trait aux affaires t'ennuyait ferme. J'ai l'impression que tu as *vraiment* changé.

— Je ne m'attends pas à ce que tu acceptes tout cela d'emblée, dit Peter. Je te plante juste le décor. Le contexte.

— Alors dis-moi quelque chose de tangible. Quelque chose de *concret*.

— Il y avait vingt-trois noms sur cette liste, poursuivit son frère, retrouvant soudain son calme. Essentiellement des capitaines d'industrie, comme on les appelle. Quelques hommes d'Etat distingués – à l'époque, on croyait encore qu'il en existait. Ces types ne se connaissaient ni d'Eve ni d'Adam – quant à s'être rencontrés, n'importe quel historien jurerait que non. Et les voilà tous ensemble, unis par une sorte de partenariat.

— Il manque un maillon, dit Ben, en partie pour lui-même. De toute évidence, quelque chose a attiré ton attention pour que tu t'intéresses à ce document en particulier. Quelque chose t'a poussé à le prendre. Qu'est-ce que tu caches ? »

Peter sourit d'un air caustique puis retrouva son regard fixe.

« Un nom m'a sauté aux yeux, Ben. Celui du trésorier. »

Le cuir chevelu de Ben se mit à picoter, comme si des fourmis s'y pressaient.

« Qui était-ce ?

— Le trésorier de la corporation était un jeune génie de la finance. Un

Obersturmführer servant dans la SS par-dessus le marché. Son nom doit te rappeler quelque chose : Max Hartman.

— Papa. » Ben dut faire un effort pour reprendre son souffle.

« Il n'a jamais vécu l'Holocauste, Ben. *Notre père était un salaud de nazi.* »

CHAPITRE 8

Ben ferma les yeux, respira profondément et hocha la tête.

« C'est une mystification. Il n'y avait pas de Juifs dans la SS. Ce document est un faux, c'est évident.

— Crois-moi, dit Peter tranquillement. J'ai disposé de tout le temps nécessaire pour l'étudier. Ce n'est pas un faux.

— Mais alors...

— Au mois d'avril 1945, notre père était censé être à Dachau, tu t'en souviens ? Libéré par la Septième Armée américaine à la fin du mois d'avril 1945 ?

— Je ne me rappelle plus la date exacte... tu en es sûr ?

— Tu ne t'es jamais beaucoup intéressé au passé de Papa, n'est-ce pas ?

— Non, je l'avoue », admit Ben.

Peter eut un sourire sinistre.

« C'est bien le comportement qu'il préférait. Et ton manque de curiosité t'a facilité l'existence. Tu as eu de la chance. C'est agréable de vivre dans l'innocence. En ajoutant foi à tous les mensonges. L'histoire, la légende que Papa a créée de toutes pièces, celle du survivant de l'Holocauste débarquant en Amérique avec dix dollars en poche et se retrouvant à la tête d'un empire financier. Un grand philanthrope. » Il secoua la tête et grogna de mépris. « Quel imposteur ! Quel beau mythe il a créé ! » Avec un ricanement, il ajouta : « Ce grand homme. »

Le cœur de Ben commençait à battre moins fort. Il était difficile de s'entendre avec Papa ; ses ennemis le disaient impitoyable. Mais un *imposteur* ?

« Max Hartman était membre du *Schutzstaffel*, répéta Peter. La SS, OK ? Une donnée à classer dans la rubrique "incroyable mais vrai". » Peter était tellement sûr de lui, tellement convaincant, et Ben ne l'avait jamais vu mentir effrontément. Mais cette histoire puait le coup monté ! Il avait envie de crier : Arrête !

« De quelle sorte de société s'agissait-il ? »

Peter secoua la tête.

« Une façade, une société factice, fondée à coups de millions de dollars. Avec des apports venant des différents commettants.

— Pour quelle raison ? A quelle *fin* ?

— Cela je l'ignore, et le document ne le spécifie pas.

— Où se trouve ce document ?

— Je l'ai caché. Il est en lieu sûr, ne t'inquiète pas. Cette société a établi son siège à Zurich, en Suisse, au début du mois d'avril 1945 et elle a pris le nom de Sigma AG.

— Et tu as parlé de ta découverte à Papa ? »

Peter hocha la tête et prit une première gorgée de café.

« Je l'ai appelé, je lui ai lu le document au téléphone et lui ai demandé des explications. Il a explosé, comme je m'y attendais. A prétendu qu'il s'agissait d'un faux, comme tu l'as fait – rien d'étonnant à cela. Il s'est mis en colère, a commencé à crier, à vociférer. Comment pouvais-je ajouter foi à une telle calomnie ? Avec tout ce qu'il avait vécu, bla bla bla, comment pouvais-je croire pareil mensonge ? Ce genre de choses. Je savais que je n'obtiendrais rien de lui, mais je voulais voir sa réaction. J'ai donc entrepris de me renseigner autour de moi. J'ai étudié les dossiers d'enregistrement à Genève, à Zurich. Pour découvrir ce qu'était devenue cette firme. Et puis, j'ai failli être tué. A deux reprises. La première fois, c'était un "accident" de voiture, j'aurais pu y passer. Une voiture a fait une embardée sur le trottoir du Limmatquai, où je marchais. La deuxième fois, ce fut un "braquage" sur la Niederdorfstrasse. Braquage, mon œil ! Je m'en suis sorti les deux fois, mais j'étais prévenu. Si je persistais à fourrer mon nez dans des affaires qui ne me regardaient pas, la prochaine fois j'y laisserais ma peau. C'était le dernier avertissement. Il fallait que je restitue tous les documents. Et si jamais le moindre détail au sujet de cette société filtrait, j'étais mort, et avec moi tous les membres de notre famille. Si tu envisages de filer l'information aux journaux, mieux vaut y renoncer, disaient-ils. Papa, je m'en fichais, bien sûr. C'était toi et maman que je voulais épargner. »

Peter tout craché – il protégeait aussi farouchement leur mère que Ben lui-même l'avait fait. Et il était équilibré, aucune tendance paranoïaque. Il avait *sûrement* dit la vérité.

« Mais pourquoi ta découverte les inquiétait-elle à ce point ? insista Ben. Considère les choses de manière objective. Une société a été constituée voilà plus de cinquante ans. Bon, et alors ? Pourquoi garder *encore* le secret ?

— Nous parlons d'un partenariat rassemblant des ressortissants des deux camps. Songe un peu au scandale et au déshonneur qui s'abattraient sur certains des personnages les plus puissants et les plus respectés de notre temps. Mais il y a pire. Considère la nature de l'entreprise. Des sociétés gigantesques, appartenant aussi bien à des citoyens des nations alliées qu'à des représentants de l'Axe, qui fondent une entité commune dont l'objectif est l'enrichissement de tous ses membres. A cette époque, l'Allemagne subissait un blocus, mais le capital ne respecte aucune frontière, n'est-ce pas ? Certaines personnes appelleraient cela commercer avec l'ennemi. Qui sait quelles lois internationales ont pu être violées ? Et si jamais les capitaux étaient gelés ou confisqués ? Il n'y a pas moyen d'en estimer l'ampleur. Beaucoup de choses peuvent arriver en un demi-siècle. Il pourrait bien s'agir de sommes astronomiques. On sait aujourd'hui que même les Suisses peuvent renoncer au secret bancaire sous la pression internationale. De toute évidence, certaines personnes ont fini par décider que j'en savais juste assez pour mettre en péril leur petit arrangement bien confortable.

— "Certaines personnes" ? Qui t'a menacé ? »

Peter soupira.

« Encore une fois, j'aimerais bien le savoir.

— Allons, Peter, si par hasard l'un des fondateurs de cette société vivait encore, il serait très âgé.

— Bien sûr, la plupart des grands dirigeants sont morts. Mais il en reste, crois-moi. Et certains ne sont pas si vieux que cela – dans les soixante-dix ans, pas plus. S'il ne subsiste que deux ou trois membres du conseil d'administration, ils doivent être à la tête d'une fortune colossale. Comment savoir qui sont leurs successeurs ? Il est clair qu'avec tout l'argent qu'ils ont amassé, ils n'ont pas très envie que leur secret s'ébruite, tu ne crois pas ? Ils le protégeront par tous les moyens nécessaires.

— Alors, tu as décidé de disparaître.

— Ils en savaient trop sur moi. Mon emploi du temps quotidien, les endroits que je fréquentais, mon numéro de téléphone personnel sur liste rouge, les noms et adresses des membres de ma famille. Ils connaissaient l'état de mes finances, de mes crédits. Ils ne m'ont pas caché qu'ils disposaient de moyens très vastes. Aussi ai-je pris une décision, Benno. Il fallait que je meure. Ils ne me laissaient pas le choix.

— Pas le choix ? Tu aurais pu leur refiler ce stupide document, accepter leurs conditions – continuer à vivre comme si tu n'avais jamais trouvé ce truc. »

Peter grommela.

« Autant essayer d'empêcher une cloche de sonner, de faire rentrer le dentifrice dans le tube – c'est impossible. J'en savais trop pour qu'ils me laissent la vie sauve.

— Mais alors, pourquoi prenaient-ils la peine de te lancer des avertissements ?

— Pour que je me tienne à carreau le temps qu'ils déterminent ce que je savais exactement, si je m'étais confié à quelqu'un. Ensuite ils se seraient débarrassés de moi. »

Au crissement des lames du plancher, Ben devina que la vieille femme se déplaçait dans la pièce d'à côté. Au bout d'un moment, il dit :

« Comment as-tu fait, Peter ? Pour mourir, je veux dire. Ça n'a pas dû être facile.

— Ça ne l'a pas été. » Peter s'assit au fond de sa chaise et appuya la tête contre la vitre.

« Je n'y serais pas arrivé sans Liesl.

— Ta petite amie.

— Liesl est une femme magnifique, remarquable. Mon amante, ma meilleure amie. Ah, Ben, jamais je n'aurais cru avoir la chance de rencontrer quelqu'un comme elle. Je te souhaite de découvrir un jour une femme de cette trempe, même si elle est moitié moins formidable qu'elle. C'est Liesl qui a eu l'idée, en fait. Je n'aurais jamais été capable de concevoir un tel plan. Je devais disparaître, elle était d'accord et a insisté pour que ça se fasse vite.

— Mais l'examen dentaire... je veux dire, Peter, ils ont formellement identifié ton corps. Il n'y avait pas l'ombre d'un doute. »

Peter secoua la tête.

« Ils ont comparé la dentition du cadavre avec les indications portées au dossier qui était resté à Westchester, en partant du principe que les radios dentaires se trouvant dans le bureau du Dr Merrill étaient effectivement les miennes. »

Ben secoua la tête, d'un air perplexe.

« A qui appartenait le corps qui... ?

— Liesl s'est inspirée de la farce que les étudiants en médecine de l'Université de Zurich réitèrent presque chaque année avant les grandes vacances. Des petits plaisantins s'amusent à voler le cadavre de la classe d'anatomie. C'est une sorte de rituel morbide, de l'humour de carabin – un beau jour, le cadavre en question disparaît. On le récupère toujours, contre le versement d'une sorte de rançon. Elle a réussi à se procurer le cadavre d'un quidam, volé à la morgue de l'hôpital. Ensuite, il ne restait plus qu'à mettre la main sur le dossier médical du mort, y compris son dossier dentaire – nous sommes en Suisse, tout le monde est fiché. »

Ben sourit malgré lui.

« Mais pour échanger les radios...

— Disons simplement que j'ai engagé quelqu'un pour commettre une petite effraction, sans grands risques. Le cabinet du Dr Merrill est un peu moins bien gardé que Fort Knox. On a substitué les clichés. Pas la mer à boire. Quand la police est venue lui demander mon dossier, Merrill leur a fourni celui qu'on avait placé chez lui.

— Et l'accident d'avion ? »

Peter exposa les faits, sans omettre aucun détail.

Ben le regardait parler. Peter s'était toujours exprimé calmement, c'était un homme circonspect, réfléchi. Mais on ne pouvait l'accuser d'être calculateur ou tortueux, or il fallait être tortueux pour mener à bien un tel plan. Il avait dû agir sous l'emprise de la terreur.

« Quelques semaines plus tôt, Liesl avait postulé pour une place dans un hôpital du canton de Saint-Gallen. Ils l'ont engagée sans se faire prier – ils avaient besoin d'un pédiatre. Ensuite, elle nous a déniché une cabane au milieu des bois, près d'un lac. Je l'y ai rejointe. Je me suis fait passer pour son compagnon canadien, un écrivain travaillant à son prochain livre. Pendant ce temps, j'ai constitué un réseau. Mes antennes.

— Ces gens savaient que tu étais en vie, tu prenais des risques.

— Certaines personnes de *confiance* me savaient en vie. Le cousin de Liesl, avocat à Zurich, était notre poste d'écoute, nos yeux et nos oreilles. Elle lui fait totalement confiance, et moi aussi par conséquent. C'est un avocat qui plaide beaucoup, dans le monde entier, et possède certains contacts dans la police, dans la communauté bancaire et parmi les enquêteurs privés. Hier, il a appris qu'il y avait eu un carnage sur la Bahnhofplatz, et entendu dire qu'un étranger avait été emmené pour interrogatoire. Dès que Dieter m'a parlé de la tentative de meurtre dont tu avais été victime, j'ai compris ce qui s'était passé. Les héritiers, les survivants de la liste, n'ont jamais vraiment cru à ma mort. Ils sont restés sur leurs gardes – guettant aussi bien ma réapparition en Suisse que tout signe d'une poursuite de l'enquête par tes soins. Je sais de source sûre qu'ils ont de nombreux policiers suisses dans leur poche, ma tête vaut très cher. Ils *possèdent* presque la moitié des flics. Je suppose que ton rendez-vous à l'Union Bank de Suisse, ce matin, était un traquenard. Aussi devais-je sortir de ma cachette pour te mettre en garde. »

Peter a risqué sa vie pour moi, pensa Ben. Il sentit le picotement des larmes qui lui montaient aux yeux. Puis il se souvint de Jimmy Cavanaugh, l'homme qui n'existait pas. En toute hâte, il le mit au courant du mystère.

« Incroyable, dit Peter avec un regard vague.

— C'est comme s'ils tentaient de me griller. Tu te souviens de Jimmy Cavanaugh ?

— Bien sûr. Il a passé deux Noëls avec nous à Bedford. J'aimais bien ce type, moi aussi.

— Qu'aurait-il pu avoir à faire avec la Corporation ? L'auraient-ils dévoyé, d'une façon ou d'une autre, avant de faire disparaître toute trace de son existence ?

— Non, dit Peter. Tu ne saisis pas. Howie Rubin avait sûrement raison. Il n'y a pas de Jimmy Cavanaugh et il n'y en a jamais eu. » Il se mit à parler plus rapidement.

« Il existe une sorte de logique tordue, là-dedans. Jimmy Cavanaugh – appelons-le ainsi, puisque nous ne connaissons pas son vrai nom – n'a jamais été dévoyé par personne. Il travaillait pour eux depuis le début. Réfléchis, ce garçon était plus âgé que les autres élèves de sa classe, il vivait en dehors du campus. Et avant même que tu t'aperçoives de ce qui se passe, voilà que vous vous retrouvez copains comme cochons. Tu ne comprends pas, Benno ? C'était cela le plan. Pour une raison quelconque, ils ont pu décider qu'il était important de garder un œil sur toi. Une précaution comme une autre.

— Tu veux dire par là que Cavanaugh était... chargé de me *surveiller !*

— J'imagine que moi aussi, j'ai eu droit à mon ange gardien. Notre père était l'une des têtes dirigeantes. Avions-nous appris quelque chose risquant de mettre l'organisation en danger ? Allions-nous représenter une menace ? Etions-nous un sujet d'inquiétude pour eux ? Ils avaient peut-être besoin d'en avoir le cœur net. Jusqu'à ce que tu t'enfermes dans ton ghetto et que je parte pour l'Afrique – ce qui nous a fait sortir du jeu par la même occasion. Du moins l'ont-ils cru. »

Ben ne savait plus que penser. Et tous ces *ils* revenant sans cesse dans leur conversation aggravaient la confusion de son esprit.

« N'est-il pas logique qu'un groupe d'industriels engage un détective, un tueur possédant des compétences très particulières dont celle de pouvoir te reconnaître à coup sûr ?

— Bon Dieu, Peter, je suppose...

— Tu supposes ? Benno, si tu réfléchis cinq minutes... »

Il y eut un bruit de verre brisé.

Ben eut un hoquet de surprise puis il vit un trou dentelé se dessiner soudain sur la vitre. Peter sembla incliner la tête, en exécutant du buste une sorte de salut profond, respectueux, un mouvement étrangement comique, une prosternation exagérée. Au même instant, de sa bouche surgit un souffle, un *haaah* guttural. Ben n'en comprit la raison qu'au moment où il aperçut, au milieu du front de Peter, l'orifice écarlate, obscène, par lequel la balle était ressortie, les débris de cerveau et les éclats d'os répandus sur la table, les assiettes et l'argenterie.

« *Oh, mon Dieu !* psalmodia Ben. *Oh, mon Dieu. Oh, mon Dieu.* » Sa chaise bascula, il tomba à la renverse et sa tête heurta le plancher en chêne.

« *Non* », gémit-il, prêtant à peine attention à la silencieuse volée de balles qui était en train de cribler les murs de la petite salle à manger.

« *Oh non. Oh, mon Dieu.* » Il resta d'abord paralysé par la terreur, le choc et l'incrédulité, tant ce spectacle était épouvantable. Puis tout à coup, venant des profondeurs de son cervelet, un message lui parvint, un message de survie qui le fit bondir sur ses pieds.

Il regarda à travers la fenêtre brisée, sans rien voir d'autre que l'obscurité. Puis, entre deux coups de feu et à la faveur des étincelles jaillissant du canon, il entrevit un visage. La scène ne dura qu'une fraction de seconde mais ce visage s'imprima de façon indélébile dans son esprit. Les yeux de l'assassin étaient sombres et profondément enfoncés, son visage pâle et sans rides, sa peau presque tendue.

Ben traversa en rampant la petite salle à manger, tandis que derrière lui, une autre vitre volait en éclats, qu'une autre balle s'enfonçait dans le plâtre du mur à quelques centimètres de lui.

A présent, c'était lui la cible de l'assassin. La chose était claire. A moins que... Etait-elle destinée à Peter, cette balle perdue ? Le tueur s'était-il aperçu de la présence de Ben ? L'avait-il vu lui aussi ?

Comme pour répondre à cette question informulée, une balle fit éclater le montant de la porte au moment même où il la franchissait, courbé en deux, pour rejoindre le corridor obscur reliant la salle à manger au hall d'entrée. Lui parvint un cri de femme, un hurlement de douleur ou de peur, probablement poussé par l'aubergiste ; soudain, la silhouette de la femme se profila devant lui, lui bloquant le passage. Ses bras battaient l'air.

Dans sa course vers le vestibule, il la poussa rudement sur le côté. L'aubergiste émit un cri rauque en guise de protestation.

Il ne réfléchissait presque plus, à présent. Abasourdi, engourdi, il se déplaçait vite, avec des gestes de robot, pour ne pas avoir à penser à ce qui venait de se produire, pour ne penser à rien sauf à rester en vie.

Ses yeux s'habituant à la semi-obscurité – tout au fond du hall, derrière le comptoir d'accueil, une petite lampe faisait un léger cercle de lumière – il put dénombrer deux issues, constituées par la porte d'entrée et le couloir conduisant aux chambres.

De là où il se tenait, il pouvait voir l'escalier étroit qui menait du corridor au premier étage. Il n'y avait pas de fenêtre dans la pièce où il se trouvait, ce qui faisait d'elle un bon abri contre les balles, au moins pour quelques secondes.

D'un autre côté, l'absence de fenêtre l'empêchait de voir si le tireur était toujours à la même place ou s'il avait couru se poster à l'avant du bâtiment. L'assassin de Peter avait dû comprendre qu'il avait raté l'une de ses deux cibles et se précipiter soit à l'avant soit à l'arrière de l'auberge. Deux issues. A moins qu'il n'y en ait d'autres. Mais cela Ben l'ignorait. Il avait donc une chance sur deux de pouvoir s'échapper par la porte de devant.

Une chance sur deux.

Ben n'aimait pas parier.

Et si le tueur n'était pas seul ?

S'ils étaient plusieurs, ils avaient dû se disperser pour garder toutes les entrées, toutes les issues du bâtiment. Quoi qu'il en soit, qu'il y ait un ou plusieurs tueurs dehors, fuir par la porte avant ou arrière était hors de question.

Un cri lui parvint de la salle à manger : l'aubergiste venait sans doute de découvrir l'écœurant carnage.

Bienvenue dans mon monde, madame.

Ben entendit des pas lourds et traînants au premier. Les autres clients étaient réveillés.

Les autres clients : combien y en avait-il ?

Il se rua vers la porte de devant et tourna le gros loquet de sécurité en acier.

Des pas rapides dévalèrent bruyamment l'escalier à l'autre bout de la pièce, puis la silhouette lourdaude d'un gros homme apparut au pied des marches. Il portait un peignoir bleu enfilé à la hâte. La peur se lisait sur son visage.

« *Was geht hier vor ?* s'écria-t-il.

— Appelez la police, hurla Ben en anglais. *Polizei...* téléphone ! » Il désigna l'appareil derrière le comptoir d'accueil.

« La police ? Quoi... quelqu'un est blessé ?

— Téléphone ! répéta Ben en colère. Allez ! Quelqu'un a été tué ! »

Quelqu'un a été tué.

Le gros homme eut un mouvement lourd et maladroit comme si on l'avait poussé. Il se rua vers le comptoir, s'empara du combiné, écouta un bref instant, puis composa un numéro.

À présent, le gros homme parlait en allemand, d'une voix forte et précipitée.

Où était le tireur... les tireurs ?... maintenant ? Il s'engouffrerait dans l'auberge, le chercherait et lui ferait ce qu'il avait fait à Peter. Il y avait d'autres clients, des gens qui se dresseraient sur son passage... mais rien ne l'arrêterait, n'est-ce pas ? Il se souvint du massacre au centre commercial de Zurich.

Le gros Suisse raccrocha.

« *Sie sind unterwegs,* dit-il. La police... arrive.

— Ils sont loin d'ici ? »

L'homme le regarda un instant, puis comprit.

« Sur la route, répondit-il. Tout près. Que s'est-il passé... qui a été tué ?

— Personne de votre connaissance. »

De nouveau Ben fit un geste, cette fois en direction de la salle à manger, mais à ce moment-là l'aubergiste fit irruption en hurlant : « *Er ist tot ! Sie haben ihn erschossen ! Dieser Mann dort draussen... Dein Bruder, er wurde ermordet !* » Elle croyait que Ben avait tué son propre frère. Une folie.

Ben sentit son estomac se soulever. Il sortait du brouillard, de la stupeur, pour basculer soudain dans la réalité, l'horreur. Le client de l'hôtel lui cria quelque chose. Ben s'élança vers le couloir qui devait mener à l'arrière de la maison.

Derrière lui, la femme hurlait, mais Ben n'en tint pas compte. Le puissant miaulement de la sirène de police se joignit aux glapissements de l'aubergiste, puis gagna en puissance tandis que la voiture de police se rapprochait. On n'entendait qu'une seule sirène, une seule voiture. Mais c'était suffisant.

Rester ou partir ?

Ils possèdent la moitié des flics, avait dit Peter.

Il dévala le couloir, tourna brusquement sur la droite, vit une petite porte de bois peint qu'il ouvrit d'un coup : des étagères en bois surmontées de piles de linge.

La sirène devenait presque assourdissante, à présent accompagnée d'un crissement de pneus sur le gravier. La police arrivait par l'avant du bâtiment.

Ben courut vers une autre porte en bois, à l'extrémité du couloir. Grâce à la petite fenêtre placée à côté, il sut qu'elle donnait à l'extérieur. Il tourna le loquet et tira sur le battant qui résista ; il tira de nouveau, plus fort. Cette fois la porte s'ouvrit en grinçant.

Il pouvait sortir sans risque à présent : les sirènes de police avaient dû faire fuir les tireurs. Personne n'aurait osé traîner dans ces bois profonds au risque de se faire prendre. Penché en avant, Ben se précipita dans les fourrés. Son pied heurta une racine et il tomba lourdement sur le sol.

Bon sang ! pensa-t-il. *Faut se grouiller.* Il devait éviter la police à tout prix. *Ils possèdent la moitié des flics.* Il se mit à quatre pattes et s'engouffra dans l'obscurité.

La sirène s'était tue, remplacée par des cris d'hommes et de femmes. Tout en courant, il écartait les branches de son visage, mais l'une d'elles l'égratigna, manquant son œil de justesse. Sans ralentir une seconde, il poursuivit sa course sinueuse à travers la végétation dense, se glissant dans les étroits tunnels, sous les dais formés par les branches entrelacées. Quelque chose déchira son pantalon. Ses mains étaient écorchées, ensanglantées. Mais il continua de filer à travers les arbres, comme une machine, sans réfléchir, jusqu'à atteindre la clairière où la camionnette de Peter était toujours garée.

Il ouvrit la portière côté conducteur... pas verrouillée, Dieu merci... et bien entendu la clé n'était pas sur le contact. Il chercha à tâtons sous le tapis de sol. Rien. Sous le siège. Rien.

La panique le gagnait. Il respira profondément à plusieurs reprises pour tenter de se calmer. Bien sûr, pensa-t-il. Je n'ai quand même pas oublié !

Il avança la main vers les fils emmêlés sous le tableau de bord et les tira pour les examiner sous la faible lumière qui luisait au-dessus de lui. *Câblage !* avait claironné Arnie, leur jardinier bien-aimé, un matin d'été. *C'est une technique dont vous n'aurez sans doute jamais besoin, les enfants. Mais dans le cas contraire, vous serez contents de la connaître.*

En quelques minutes, il avait assemblé les deux fils. Le moteur se mit à ronronner. Passant rapidement la marche arrière, il sortit à reculons de la clairière et s'engagea sur le sentier obscur. Pas de phares ni d'un côté ni de l'autre. Il passa une vitesse ; d'abord rétive, la vieille camionnette bondit en avant et s'élança sur la grand-route déserte.

CHAPITRE 9

Halifax, Nouvelle-Ecosse

L A matinée du lendemain était lugubre et froide. Le brouillard avait déployé son manteau opaque sur le port ; on n'y voyait pas à plus de trente mètres.

Vêtu d'un costume bleu, Robert Mailhot était étendu sur une table d'examen en acier. Son visage et ses mains portaient la couleur rose orangé du maquillage appliqué par les employés des pompes funèbres. Ce faux bronzage ne cachait pas ses profondes rides. Son visage semblait déformé par la colère, avec une bouche étroite et maussade et un nez crochu, proéminent. L'homme couché là devait mesurer environ un mètre soixante-quinze, ce qui signifiait qu'il avait probablement dépassé le mètre quatre-vingts dans sa jeunesse.

Le médecin légiste était un homme rougeaud et corpulent d'une bonne cinquantaine d'années, répondant au nom de Higgins : une blouse verte de chirurgien, une tignasse blanche, des petits yeux gris, une expression méfiante. Il se montrait parfaitement cordial tout en restant un peu sur la réserve.

« Alors comme ça, vous avez des raisons de croire qu'il s'agit d'un homicide ? », fit-il d'un ton joyeux en posant sur Anna un regard attentif. Il était dubitatif et ne faisait aucun effort pour le cacher.

Anna hocha la tête.

Le sergent Arsenault, vêtu d'un sweater rouge vif et d'un jean, avait perdu son entrain de la veille. Tout comme elle, il était sorti déconcerté de leur long et pénible entretien avec la veuve. Elle avait quand même fini par leur donner la permission de pratiquer l'autopsie, leur épargnant le tracas de devoir solliciter une autorisation judiciaire.

La morgue de l'hôpital empestait le formol, une odeur qu'Anna avait du mal à supporter. De la musique classique sortait en sourdine d'un transistor posé sur le comptoir en aluminium.

« Vous ne vous attendez pas à trouver d'empreintes sur le corps, j'espère, dit Higgins.

— Non. Je me doute bien qu'il a été impeccablement lavé par les employés des pompes funèbres », dit-elle. La prenait-il pour une imbécile ?

« Alors que cherchons-nous ?

— Je n'en sais rien. Des marques de piqûre, des bleus, des blessures, des coupures, des égratignures.

— Du poison ?

— Peut-être. »

Ils ôtèrent ensemble les vêtements de Mailhot, puis Higgins essuya le maquillage recouvrant les mains et le visage du cadavre, afin de faire apparaître des marques éventuelles. Les employés des pompes funèbres lui avaient cousu les yeux ; Higgins sectionna les fils et recherche les hémorragies pétéchiales – de minuscules points de sang sous la peau –, indices de la strangulation.

« Des hématomes à l'intérieur des lèvres ? », s'enquit Anna.

La bouche elle aussi avait été cousue. Le légiste coupa la ficelle avec un scalpel, puis tâta l'intérieur des lèvres avec un doigt gainé de latex. Anna savait que lorsqu'on étouffait quelqu'un au moyen d'un oreiller en exerçant une pression suffisante pour bloquer le passage de l'air, des hématomes se formaient là où les dents s'étaient enfoncées.

« Hé, hé, fit-il. Rien d'apparent. »

Tous trois entreprirent d'inspecter le corps ratatiné avec des lunettes grossissantes, centimètre par centimètre. Sur une personne âgée, c'est un examen délicat : la peau est couverte de petites excroissances, de bleus, de grains de beauté et de couperose, les stigmates de la vieillesse.

Ils cherchèrent des traces de piqûre aux endroits habituels : sur la nuque, entre les doigts et les orteils, sur le dos des mains, aux chevilles, derrière les oreilles. Sur le nez et les joues. Il arrivait que les marques d'injection soient cachées par une écorchure, mais ils ne découvrirent rien. Higgins examina même le scrotum, qui était large et relâché, le pénis, un petit bout de chair reposant dessus. Les pathologistes vérifient rarement le scrotum. Ce médecin-là était consciencieux.

Ils y passèrent une heure, puis retournèrent Mailhot pour examiner son dos. Higgins prit des photos du cadavre. Personne ne disait rien ; on n'entendait que les vibrations d'une clarinette, le crescendo luxuriant des cordes, le chuintement des réfrigérateurs et autres machines. Anna remarqua avec soulagement qu'à l'odeur déplaisante du formol ne s'ajoutait pas celle des chairs putréfiées. Higgins regarda les ongles pour vérifier s'ils étaient arrachés ou cassés – le défunt s'était-il battu avec un éventuel agresseur ? –, gratta dessous et glissa le résultat de son prélèvement dans de petites enveloppes blanches.

« L'épiderme ne comporte rien d'inhabituel, pour autant que je puisse voir », déclara enfin Higgins.

Elle était déçue mais pas surprise.

« Le poison a pu être ingéré, suggéra-t-elle.

— Eh bien, l'examen toxicologique nous le dira, fit remarquer Higgins.

— Sans doute pas, répliqua-t-elle. Il n'y a pas de sang.

— Il en reste peut-être un peu », dit Higgins. Avec de la chance. D'habitude, quand les employés des pompes funèbres préparaient les corps, ils les vidaient de leur sang, en ne laissant que quelques poches résiduelles, et le remplaçaient par du fluide d'embaumement. Méthanol, éthanol, formoldehyde, teintures. Ce traitement avait pour effet de décomposer certaines substances comme les poisons, les rendant indécelables. Peut-être resterait-il un peu d'urine dans la vessie.

Il pratiqua l'habituelle incision en forme de Y allant de l'épaule jusqu'au pelvis, puis il plongea la main dans la cavité thoracique pour en extirper les organes et les peser. C'était une phase de l'autopsie que Anna trouvait particulièrement écœurante. Elle côtoyait souvent la mort dans son travail, mais elle savait pourquoi elle n'avait pas choisi le métier de pathologiste.

Le teint blême, Arsenault s'excusa et sortit boire un café.

« Pourriez-vous prélever quelques échantillons du cerveau, de bile, des reins, du cœur, etc. ? », demanda-t-elle.

L'air acerbe, Higgins sourit comme pour dire : ne vous mêlez pas de mes affaires.

« Désolée, fit-elle.

— Je parie que nous allons lui trouver de l'artériosclérose, lança Higgins.

— Sans aucun doute, répondit-elle. L'homme était âgé. Y a-t-il un téléphone par ici ? »

La cabine se situait au fond du couloir, près d'un distributeur de café, thé et chocolat chauds. Sur le devant de la machine était placardée une large photographie aux couleurs criardes représentant des tasses de chocolat chaud et de café, breuvages supposés appétissants, mais en fait verdâtres et laids à faire peur. Tout en composant son numéro, elle percevait le bourdonnement de la scie Stryker de Higgins découpant la cage thoracique.

Elle savait que Arthur Hammond avait coutume de partir travailler de bonne heure. Il dirigeait un centre de contrôle antipoison en Virginie et enseignait la toxicologie à l'Université. Ils s'étaient rencontrés sur une enquête et avaient aussitôt sympathisé. Il était timide, laissait beaucoup de blancs dans son discours de manière à cacher un ancien bégaiement, et vous regardait rarement dans les yeux. Pourtant il possédait un humour malicieux et il était incollable sur l'histoire des poisons et les affaires d'empoisonnement depuis le Moyen Age. Bien plus compétent que n'importe quel technicien des laboratoires fédéraux, que n'importe quel médecin légiste, Hammond se ferait aussi moins prier pour lui donner un coup de main. Il n'était pas seulement brillant mais intuitif. De temps à autre, elle avait recours à lui comme consultant rémunéré.

Il était sur le point de sortir de chez lui quand son téléphone sonna. Anna lui expliqua la situation.

« Où es-tu ? demanda-t-il.

— Euh, dans le Nord. »

Devant un tel laconisme, il poussa un petit grognement amusé.

« Je vois. Eh bien, que peux-tu me dire sur les victimes ?

— Des vieux. Comment se débarrasse-t-on d'un homme sans laisser de traces ? »

Il produisit un gloussement guttural.

« En le fichant à la porte, Anna. Tu n'as pas besoin de le tuer. » C'était sa façon à lui de flirter.

« Et le fameux chlorure de potassium ? dit-elle en ignorant poliment sa plaisanterie. Cette substance arrête le cœur, non ? Elle modifie à peine le taux de potassium dans le corps et donc elle est indétectable.

— Etait-il sous perfusion ? demanda Hammond.

— Je ne pense pas. Nous n'avons trouvé aucune marque de piqûre.

— Alors j'en doute. C'est bien trop compliqué. Comme il n'était pas sous perfusion, il aurait fallu injecter le produit directement dans une veine. Tu aurais trouvé du sang partout autour de lui. Sans parler des traces de lutte. »

Elle prit des notes sur son petit calepin relié de cuir.

« Ce fut soudain, n'est-ce pas ? Nous pouvons donc éliminer l'hypothèse de l'empoisonnement progressif. Trop long. Ça t'ennuie si je vais me chercher une tasse de café ?

— Vas-y. » Elle sourit. Il connaissait son métier.

Hammond revint moins d'une minute plus tard.

« En parlant de café, dit-il. De deux choses l'une. Soit on a mis quelque chose dans leur nourriture ou leur boisson, soit on leur a fait une injection.

— Mais nous n'avons pas trouvé de marques de piqûre. Et, crois-moi, nous avons examiné le cadavre avec soin.

— S'ils ont employé une aiguille de 25, tu ne le remarqueras probablement pas. Et il y a toujours le sux. »

Elle savait que ce terme désignait le chloride de succinylcholine, du curare de synthèse.

« Tu crois ?

— Ça me rappelle une affaire célèbre datant des années 67 ou 68 – un médecin de Floride a été reconnu coupable d'avoir assassiné sa femme avec du sux. Tu sais aussi bien que moi qu'il s'agit d'un paralysant musculaire. On ne peut plus bouger, on ne peut plus respirer. Ça ressemble à un arrêt cardiaque. Un fameux procès. Les experts en médecine légale du monde entier en ont perdu leur latin. »

Elle prit note.

« Il existe un nombre infini de paralysants des muscles squelettiques, ayant tous des propriétés différentes. Bien entendu, avec les personnes âgées, c'est plus facile. N'importe quoi peut leur faire passer l'arme à gauche. Il suffit d'un tout petit peu trop de nitroglycérine.

— Sous la langue, non ?

— En règle générale... Mais il existe des ampoules de, disons, d'amyl-nitrite qui peuvent tuer quand on les inhale. Des poppers. Ou du butyl-nitrite. On obtient une importante réaction vasodilatatrice, entraînant une baisse de la pression sanguine. On tourne de l'œil et on meurt. »

Elle écrivait d'une main nerveuse.

« Il y a même les aphrodisiaques, ajouta-t-il dans un gloussement. A trop forte dose, ça vous tue. Je pense que ça s'appelle la cantharidine.

— Le type en question avait quatre-vingt-sept ans.

— Il avait d'autant plus besoin d'un petit excitant.

— Je préfère écarter cette idée.

— Il fumait ?

— Je l'ignore encore. Je pense que nous le saurons après l'examen des poumons. Pourquoi cette question ?

— Je viens de travailler sur un cas intéressant. Des personnes âgées vivant en Afrique du Sud. Elles ont été tuées par de la nicotine.

— De la nicotine ?

— Pas besoin d'une grosse dose.

— Comment ?

— C'est un liquide. Goût amer, facile à masquer. On peut aussi l'injecter. La mort survient en quelques minutes.

— Chez un fumeur, c'est impossible à détecter, n'est-ce pas ?

— Il faut être fin. J'ai réussi à le faire. Tout ce qu'on doit connaître c'est le taux de nicotine dans le sang comparé aux métabolites. Ce que devient la nicotine au bout d'un moment...

— Je sais.

— Chez un fumeur, on rencontre bien plus de métabolites que de nicotine pure. S'il s'agit d'un empoisonnement grave, on verra bien plus de nicotine et bien moins de métabolites.

— Que puis-je attendre de l'analyse toxicologique ?

— L'écran toxicologique classique sert à détecter les drogues dures. Opiacés, opiacés de synthèse, morphine, cocaïne, LSD, Darvon, PCP, amphétamines, benzodiazépines – valium – et barbituriques. Les antidé-presseurs tricycliques, parfois. Exige qu'ils te fournissent l'écran toxicologique complet. L'hydrate chloral n'est pas sur la liste, demande-leur. Le placidyl, un vieux somnifère. Qu'ils recherchent les barbituri-ques, les somnifères. Le fentanyl est extrêmement difficile à détecter. Les organophosphates – les insecticides. Le DMSO – le sulfoxide de diméthyl – qu'on utilise sur les chevaux. Tu verras bien ce que tu obtiens. Je suppose qu'ils vont avoir recours à la G.C. Mass. Spec.

— Je ne sais pas. Qu'est-ce que c'est ?

— La chromatographie en phase gazeuse, la spectrométrie de masse. C'est l'étalon-or. Tu es à la campagne ?

— En ville. Au Canada, pour tout dire.

— Oh, la RCMP est bonne. Leurs laboratoires criminels sont bien meilleurs que les nôtres, mais ne dis pas que c'est moi qui te l'ai dit. Assure-toi seulement qu'ils vérifient les eaux du coin ou les puits ; ils peuvent contenir des substances faussant les analyses. Tu disais que le corps était embaumé, n'est-ce pas ? Demande-leur de prélever un échantillon du liquide d'embaumement. Dis-leur de tout analyser – le sang, les tissus, les cheveux. Certaines protéines sont solubles. La cocaïne est stockée dans les tissus du cœur, n'oublie pas cela. Le foie est une véritable éponge.

— Combien de temps vont prendre ces tests ?

— Des semaines ? Des mois.

— Impossible. » L'euphorie qui l'avait envahie pendant leur discussion s'évanouit tout d'un coup. A présent, elle se sentait découragée.

« C'est vrai. Mais tu peux avoir de la veine. Ça peut prendre des mois, mais ça peut aussi se faire en un jour. En revanche, quand on ne sait pas exactement quel poison on recherche, on risque de ne jamais le trouver. »

« Il y a tout lieu de croire à une mort naturelle, lui annonça Higgins quand elle eut regagné le laboratoire. Arythmie cardiaque, probablement. Artériosclérose, bien sûr. Un infarctus du myocarde. »

Il avait retiré la peau du visage de Mailhot à partir du sommet du cuir chevelu, comme un masque de latex. Le haut de son crâne était ouvert et l'on voyait les rides roses du cerveau. Anna crut qu'elle allait vomir. Elle vit un poumon posé sur une balance suspendue.

« Quel poids ? », demanda-t-elle en désignant l'organe.

Il la gratifia d'un sourire.

« Léger. Deux cent quarante grammes. Pas congestionné.

— Il est donc mort rapidement ? Nous pouvons exclure l'hypothèse du dépresseur CNS.

— Comme je l'ai déjà dit, ça m'a tout l'air d'une attaque cardiaque. »

Higgins semblait à bout de patience.

En lisant ses notes, elle lui énuméra ses exigences en matière d'analyse toxicologique. Higgins ouvrit de grands yeux, en signe d'incrédulité.

« Vous avez une idée du prix que ça va coûter ? »

Elle laissa échapper un soupir.

« Le gouvernement américain prendra tout en charge, cela va de soi. Il faut que j'aille jusqu'au bout. Si je ne trouve pas tout de suite, il est probable que je ne trouverai jamais. A présent, je dois vous demander une faveur. »

A la façon dont il la regarda, elle devina son exaspération.

« Je voudrais que vous l'écorchiez.

— Vous me faites une blague, n'est-ce pas ?

— Pas du tout.

— Puis-je vous rappeler, agent Navarro, que la veuve souhaite des funérailles avec cercueil ouvert ?

— On ne verra que les mains et le visage, non ? » Ecorcher le corps signifiait ôter toute la peau par plaques assez larges pour qu'on puisse facilement les recoudre. Cette opération permettait d'examiner l'hypoderme. C'était parfois le seul moyen de relever les traces d'injection. « A moins que vous ne vous y opposiez, dit-elle. Je ne suis qu'une simple invitée, après tout. »

Higgins rougit. Il se tourna vers le corps, y enfonça son scalpel un peu trop brusquement et entreprit de retirer la peau.

Anna avait la tête qui tournait. De nouveau, elle eut la nausée, aussi quitta-t-elle la morgue pour regagner le couloir, à la recherche des toilettes. Ron Arsenault s'approcha. Il serrait dans sa main une énorme tasse de café.

« On continue à trancher dans le vif ? demanda-t-il, semblant avoir retrouvé sa bonne humeur.

— Pire que jamais. Nous écorchons le cadavre.

— Vous avez du mal à le supporter vous aussi ?

— J'ai simplement besoin d'aller au pipi-room. »

Il eut l'air sceptique.

« Pas beaucoup de chance jusqu'à présent, à ce que j'ai cru comprendre. »

Elle opina du chef et fronça les sourcils.

Il secoua la tête.

« Vous ne croyez pas à la vieillesse, vous les Yankees ?

— Je reviens tout de suite », dit-elle sèchement.

Elle emplit le lavabo d'eau froide et s'aspergea le visage, s'apercevant trop tard qu'il n'y avait pas de serviettes en papier, seulement l'un de ces sèche-mains à air chaud qui ne fonctionnaient jamais. Elle pesta, se dirigea vers une cabine, déroula du papier-toilette et s'épongea le visage avec. Des morceaux de papier restèrent collés çà et là. Elle se regarda dans le miroir, nota les cernes sombres qui soulignaient ses yeux, éplucha les bandes de papier humide, se remaquilla et rejoignit Arsenault. Elle se sentait ragaillardie.

« Il vous demande », dit Arsenault, tout excité.

Higgins brandissait tel un trophée une feuille de peau jaunâtre comme du vieux cuir mesurant environ vingt centimètres carrés.

« Vous avez de la chance que j'aie fait les mains aussi, dit-il. Je vais m'attirer les foudres du directeur des pompes funèbres mais ils ont probablement de quoi maquiller le raccommodage.

— Qu'est-ce que c'est ? demanda-t-elle, le cœur battant.

— Le dos de la main. La palmure du pouce, le pollucis abducteur. Jetez un œil sur ceci. »

Elle s'approcha, tout comme Arsenault, mais ne vit rien. Higgins écarta la loupe de la table d'examen.

« Vous voyez ce petit éclat rouge violacé, d'environ un centimètre de long ? En forme de flamme ?

— Ouais ?

— La voilà votre trace d'injection. Croyez-moi, jamais une infirmière ou un médecin ne se serait amusé à en pratiquer une à cet endroit-là. Vous tenez peut-être quelque chose, après tout. »

CHAPITRE 10

MAX Hartman était installé dans son grand fauteuil en cuir à haut dossier, dans la bibliothèque tapissée de livres où il avait coutume de recevoir ses visiteurs. Quelle étrange façon de faire, se dit Ben. Pourquoi se protégeait-il toujours derrière cet imposant bureau d'acajou au plateau recouvert de cuir, même pour accueillir son propre fils ?

Le vieil homme, autrefois robuste, semblait ratatiné au fond de son immense fauteuil. Il tenait un peu du gnome et ce n'était certainement pas l'effet qu'il désirait produire. Ben s'assit sur une chaise en cuir, face au bureau.

« Lorsque tu as appelé, j'ai eu l'impression que tu voulais me parler de quelque chose », dit Max.

Il s'exprimait avec un accent raffiné, mi-britannique, mi-américain. Les tonalités germaniques étaient depuis longtemps enfouies, presque indétectables. Etant jeune, à peine débarqué en Amérique, Max Hartman avait suivi des cours d'expression et d'élocution anglaises, comme pour effacer toute trace de son passé.

Ben posa sur son père un regard attentif, comme s'il tentait de le percer à jour. *Tu as toujours été une énigme pour moi. Distant, impressionnant, mystérieux.*

« En effet », répondit-il.

Quand on voyait Max Hartman pour la première fois, on remarquait d'abord sa grosse tête chauve, parsemée de taches brunes, ses oreilles charnues et proéminentes, ses grands yeux chassieux, grotesquement agrandis par les épais verres de ses lunettes à monture d'écaille, sa forte mâchoire, ses narines dilatées, comme à l'affût d'une odeur nauséabonde. Pourtant, malgré les ravages des ans, on devinait qu'il avait été beau dans sa jeunesse, et même d'une beauté hors du commun.

Comme à son habitude, le vieillard portait un costume taillé sur mesure à Savile Row, Londres. Ce jour-là, il avait passé un superbe complet anthracite, sur une chemise de soie blanche impeccable. Ses initiales brodées en ornaient la poche de poitrine. Une cravate de reps bleu et or, de lourds boutons de manchettes en or venaient compléter sa mise. Le dimanche à 10 heures du matin, Max Hartman était aussi élégant que s'il partait présider un conseil d'administration.

C'est drôle, songea Ben, comme nos perceptions sont conditionnées par notre vécu. Il lui arrivait de considérer son père de manière objective, tel qu'il était aujourd'hui : un vieux bonhomme vulnérable ; mais par moments, il ne pouvait s'empêcher de le voir avec les yeux d'un enfant craintif : comme un être puissant, intimidant.

Pour tout dire, Ben et Peter avaient toujours eu un peu peur de leur père. Ils s'étaient toujours sentis légèrement mal à l'aise en sa présence. Max Hartman impressionnait les gens ; pourquoi ses propres fils auraient-ils fait exception à la règle ? Pour être le fils de Max, l'aimer, le comprendre et ressentir de la tendresse pour lui, il fallait vraiment faire des efforts. Un peu comme pour apprendre une langue étrangère à la syntaxe complexe, une langue à laquelle Peter n'avait pu, ou voulu s'initier.

Ben revit en un éclair l'expression vindicative qui s'était peinte sur ses traits quand il lui avait révélé ses découvertes au sujet de Max. Et cette image du visage de Peter, son frère adoré, fit surgir en lui une foule de souvenirs. Sa gorge se serra, ses yeux s'emplirent de larmes.

Ne pense pas, se dit-il en lui-même. Ne pense pas à Peter. Ici, dans cette maison où nous avons joué à cache-cache, où nous nous sommes battus, où nous avons comploté à mi-voix, en plein cœur de la nuit, crié, ri, pleuré.

Peter n'est plus, et maintenant tu dois te raccrocher à ces lieux, pour lui aussi.

Ben ne savait pas du tout comment aborder le sujet. Dans l'avion partant de Bâle, il avait mis au point le discours avec lequel il affronterait son père. Mais il avait tout oublié, à présent. Il n'était sûr que d'une chose. Il ne lui parlerait pas de Peter, de sa réapparition, de son assassinat. Pour quelle raison le ferait-il ? Pourquoi torturer le vieil homme ? Max Hartman croyait Peter mort depuis des années. Pourquoi lui révélerait-il la vérité maintenant que Peter avait bel et bien disparu ?

De toute façon, la confrontation n'était pas dans le style de Ben. Il laissa son père parler affaires, l'interroger sur les comptes qu'il gérait. Eh bien, pensa-t-il, le vieux n'a rien perdu de sa vivacité d'esprit. Il tenta de changer de sujet mais il n'existait aucune manière facile ou élégante de poser la question qui lui brûlait les lèvres : au fait, excuse mon indiscrétion, Papa, mais étais-tu nazi dans ta jeunesse ?

Finalement, Ben se lança : « Je crois que mon séjour en Suisse m'a permis de comprendre que j'en savais fort peu sur ta vie à l'époque où tu vivais en Allemagne... »

Les yeux de son père semblèrent s'agrandir encore un peu plus derrière ses verres grossissants. Il se pencha en avant.

« Eh bien, qu'est-ce qui suscite ce soudain intérêt envers l'histoire familiale ?

— En réalité, je pense que c'était seulement le fait de me retrouver en Suisse. Cela m'a rappelé Peter. Je n'y étais pas retourné depuis sa mort. »

Son père se mit à contempler ses mains.

« Je ne m'occupe pas du passé, tu le sais. Ce n'est pas mon genre. Je regarde toujours devant moi, jamais derrière.

— Mais ton séjour à Dachau... nous n'en avons jamais discuté.

— C'est qu'il n'y a rien à en dire. On m'a conduit là-bas, j'ai eu la chance d'en réchapper, on m'a libéré le 29 avril 1945. Je n'oublierai jamais cette date, mais c'est un épisode de ma vie que je préfère effacer de mon esprit. »

Ben aspira une bouffée d'air avant de se lancer. Il savait que ses relations avec son père seraient altérées à jamais. Les liens qui les unissaient allaient bientôt se rompre.

« Ton nom ne figure pas sur la liste des prisonniers libérés par les Alliés. »

C'était du bluff. Il observa la réaction de son père.

Max dévisagea son fils pendant un instant puis, à la grande surprise de Ben, il sourit.

« On doit toujours se montrer prudent avec les documents historiques. Des listes dressées au milieu d'un chaos gigantesque. Des noms mal orthographiés, d'autres carrément omis. Si mon nom manque sur une liste établie par quelque obscur sergent de l'armée américaine, quelle importance ?

— Mais tu n'as jamais mis les pieds à Dachau, n'est-ce pas ? », poursuivit Ben sans hausser le ton.

Son père fit pivoter son fauteuil de manière à tourner le dos à son fils. Quand il parla, ce fut d'une voix ténue, quelque peu distante.

« C'est bizarre ce que tu dis là. »

L'estomac de Ben se serra.

« Mais c'est la vérité, non ? »

Max fit pivoter son fauteuil dans l'autre sens. Sur son visage impavide, une rougeur était apparue, empourprant ses joues parcheminées.

« Il y a des gens qui font profession de nier la réalité de l'Holocauste. De soi-disant historiens, écrivains – ils publient des livres et des articles prétendant que toute cette histoire était une imposture, une machination. Que ces millions de Juifs ne sont pas morts assassinés. »

Ben sentit son cœur s'emballer, sa bouche se dessécher.

« Tu as servi comme lieutenant dans la SS d'Hitler. Ton nom figure sur un document – un document de constitution de société dressant la liste des administrateurs d'une compagnie secrète, dont tu étais le trésorier. »

Lorsque son père répondit, ce fut dans un terrible soupir.

« Je n'en écouterai pas davantage, dit-il.

— C'est vrai, oui ou non ?

— Tu ne sais pas de quoi tu parles.

— C'est pour cela que tu n'as jamais évoqué Dachau. Parce que c'était une invention pure et simple. Tu n'es jamais allé là-bas. Tu étais un nazi.

— Comme peux-tu proférer de pareilles inepties ? s'écria le vieillard d'une voix grinçante. Comment peux-tu croire cela ? Comment *oses*-tu m'insulter de la sorte ?

— Ce document – il est en Suisse. Des statuts d'entreprise. Toute la vérité y est consignée. »

Les yeux de Max Hartman lançaient des éclairs.

« On t'a montré un document falsifié, conçu pour me discréditer. Et toi, Benjamin, tu as choisi d'y croire. La vraie question, c'est pourquoi. »

Ben sentit la pièce tournoyer autour de lui.

« *Parce que c'est Peter lui-même qui m'en a parlé !* hurla-t-il. Il y a deux jours, en Suisse. Il a trouvé un document ! Il a découvert la vérité. Peter a découvert ce que tu avais fait. Il a tenté de nous protéger contre cela.

— *Peter... ?* » fit Max dans un hoquet.

Sur le visage de son père se peignit une expression effroyable, mais Ben s'efforça de poursuivre.

« Il m'a parlé de cette société, il m'a dit qui tu étais réellement. Il était en train de tout me révéler quand on lui a tiré dessus. Maintenant il est mort. »

Le visage de Max Hartman était devenu exsangue, la main noueuse qu'il avait posée sur le bureau était agitée d'un fort tremblement.

« Peter a été tué *devant mes yeux.* » A présent, Ben crachait presque ses mots : « Mon frère, ton fils... une de tes nombreuses victimes.

— *Mensonges* ! hurla son père.

— Non, dit Ben. La pure vérité. Une vérité que tu nous as cachée pendant toute notre vie. »

Tout à coup, la voix de Max devint sourde et glaciale comme un vent polaire.

« Tu parles de choses que tu ne peux pas saisir. » Il se tut un instant.

« Cette conversation est terminée.

— Je comprends qui *tu* es, répliqua Ben. Et ça me rend malade.

— *Sors d'ici !* », tonna Max Hartman puis, d'un bras tremblant, il lui désigna la porte. Ben imagina le bras de son père, ce même bras levé, exécutant le salut nazi, dans un passé lointain, certes, mais pas tant que cela. Pas assez lointain. Et il se souvint d'une fameuse phrase prononcée par un écrivain : *Le passé n'est pas mort. Il n'est même pas passé.*

« *Hors d'ici* ! hurla son père. Sors de cette maison ! »

Washington DC

Le vol d'Air Canada en provenance de Nouvelle-Ecosse atterrit au Reagan National en fin d'après-midi. Il n'était pas encore 18 heures quand le taxi s'arrêta devant l'immeuble d'Adams-Morgan où vivait Anna. La nuit était déjà tombée.

Elle adorait retrouver son chez-elle. Cet appartement était son refuge. Le seul endroit où elle se sentait totalement maîtresse de sa vie. Ce n'était qu'un petit studio situé dans un quartier louche, mais c'était son petit monde à elle, un monde parfait.

Comme elle sortait de l'ascenseur, elle rencontra son voisin, Tom Bertone, qui attendait pour descendre. Tom et son épouse, Danielle, tous deux avocats, étaient des gens un peu exubérants, un peu trop familiers mais sympathiques.

« Hé, Anna, j'ai rencontré ton petit frère, aujourd'hui, dit-il. Je pense qu'il vient de débarquer en ville. Un chic type, vraiment. » Et les portes de l'ascenseur se refermèrent sur lui.

Son frère ?

Elle n'avait pas de frère.

Elle resta longtemps plantée devant la porte de son appartement, en tentant de maîtriser les battements de son cœur. Puis elle sortit son arme de service, un Sig-Sauer 9 mm, et la tint d'une main tout en tournant la clé de l'autre. Son studio était sombre. Aussi, appliquant l'enseignement qu'elle avait reçu à ses débuts, décida-t-elle d'adopter la tactique F&R, fuite et recherche. Il fallait s'aplatir contre un mur, pistolet au poing, puis le longer jusqu'à l'angle et répéter l'opération le long du mur suivant. Cette méthode faisait partie de la panoplie des agents de terrain, mais elle n'aurait jamais imaginé l'employer un jour dans son propre appartement, son foyer, son *sanctuaire.*

Elle referma la porte derrière elle. Silence.

Mais il y avait *quelque chose.* Une odeur de cigarette à peine détectable. C'était cela. Trop ténue pour provenir d'une cigarette allumée ; elle devait émaner des vêtements d'un fumeur.

Un fumeur qui s'était introduit dans son appartement.

A la faveur de la faible lumière prodiguée par les réverbères de la rue, elle aperçut quelque chose : l'un des tiroirs de son armoire de classement était légèrement entrouvert. Elle le tenait toujours fermé. *Quelqu'un avait fouillé dans ses affaires.*

Son sang se figea.

De la salle de bains venait un léger courant d'air : on avait laissé la fenêtre ouverte.

C'est alors qu'elle entendit un bruit, léger mais bien réel, hélas : le crissement presque imperceptible d'une chaussure à semelle de caout-chouc sur le carrelage de la salle de bains.

L'intrus était toujours là.

Elle alluma le plafonnier, s'accroupit et, son 9 mm tendu devant elle, son poids réparti entre ses deux mains, pivota sur elle-même pour embrasser tout l'espace du regard. Heureusement, c'était un Sig à détente courte qui s'adaptait mieux à sa main que le modèle standard. L'intrus restait invisible mais l'appartement était petit et les cachettes peu nombreuses. Elle se redressa et, suivant la règle du périmètre – se coller aux murs, comme le précisaient les instructions F&R – elle se dirigea vers la chambre.

Elle sentit le déplacement de l'air un instant avant que l'arme ne lui saute des mains, projetée par un puissant coup de pied venant de nulle part. D'où avait-il surgi ? De derrière le bureau ? De derrière les armoi-res de classement ? L'arme fit un bruit de ferraille quand elle heurta le sol du salon. *Récupère-la, à tout prix.*

Soudain, un autre coup la propulsa en arrière et elle tomba à la ren-verse contre la porte de la chambre. Son dos heurta le battant en produi-sant un bruit sourd. L'homme recula de quelques pas.

Sauf que ce n'était pas vraiment un homme. L'individu avait la sil-houette élancée d'un adolescent. Il était robuste – on voyait ses muscles tendus sous son T-shirt noir moulant – mais ne semblait pas avoir plus de dix-sept ans. *Cela n'avait aucun sens.*

Lentement, précautionneusement, elle se releva et se mit à marcher, avec une feinte indifférence, vers le sofa grège. La crosse gris-bleu de son Sig-Sauer dépassait légèrement en dessous. On la voyait à peine.

« Les cambriolages posent un vrai problème dans ce quartier, n'est-ce pas ? », dit l'homme-enfant sur un ton ironique. Ses cheveux bruns et brillants étaient coupés court. On devinait à l'aspect de sa peau qu'il se rasait depuis peu. Il avait les traits fins et réguliers.

« Les statistiques sont *impressionnantes.* » Il ne semblait pas s'exprimer comme les délinquants qui hantaient les quartiers du sud-est de Washington. Si elle avait eu le loisir de s'interroger à ce sujet, elle aurait soupçonné une origine étrangère ; elle crut détecter un soupçon d'accent irlandais.

« Il n'y a aucun objet de valeur ici. » Anna tentait de conserver un ton calme. « Vous avez dû le constater. Ni vous ni moi ne courons après les ennuis. » Elle s'aperçut que sa main était encore engourdie par le coup qu'elle avait reçu. Sans le quitter du regard, elle fit encore un pas vers le sofa et, tentant d'adopter un ton léger, elle ajouta : « De toute façon, vous devriez être à l'école, non ?

— Ne confiez jamais à un homme le travail d'un enfant », répondit-il d'une voix affable. Soudain, il lui décocha un autre coup de pied tour-nant qui la projeta en arrière contre son petit bureau en bois. Le coup l'avait atteinte en plein dans l'estomac ; elle en eut le souffle coupé.

« Saviez-vous, poursuivit le jeune intrus, que la plupart du temps les gens sont victimes de leurs propres armes ? Voilà une statistique qui laisse songeur. On n'est jamais trop prudent. »

Il ne s'agissait pas d'un cambrioleur, c'était évident. Il ne s'*exprimait* pas comme l'un d'entre eux. Mais que cherchait-il ? Elle ferma les yeux pendant un instant, faisant l'inventaire de son appartement chichement meublé, de ses misérables possessions, vêtements, lampes, humidificateur, vêtements... *le M26. Il a dû trouver le M26 !* Il avait fouillé l'appartement de fond en comble, aucun doute là-dessus, mais pour un profane, cet objet avait l'air de tout sauf d'une arme.

« Je vais vous donner de l'argent », dit-elle d'une voix forte. Elle se tourna vers le bureau, en ouvrit les tiroirs.

« Je vais vous donner de l'argent », répéta-t-elle. Où l'avait-elle fourré ? Et fonctionnait-il encore ? Ça devait faire au moins deux ans. Elle le trouva dans le grand tiroir central, près de plusieurs boîtes en carton rouge contenant des chéquiers.

« Voilà, dit-elle. Il est ici. »

Quand elle se retourna pour lui faire face, elle tenait le M26 Tasertron d'une main ferme. Elle l'arma. Un gémissement strident l'informa qu'il était chargé.

« Je veux que tu m'écoutes attentivement, dit-elle. C'est un M26 Taser, le plus puissant qui existe. Maintenant, tu te casses ou je m'en sers. Tes prises de karaté ou autres, je m'en fiche – ses vingt-cinq mille volts vont te réduire en bouillie. »

L'intrus la regardait d'un air inexpressif mais n'en recula pas moins et pénétra dans la salle de bains.

Dès l'instant où l'arme était activée, la cartouche enclenchait les contacteurs, deux petits fils conducteurs prolongés par des aiguilles de cinq millimètres. La décharge serait assez puissante pour immobiliser quelque temps son agresseur, peut-être même l'assommer.

Elle le suivit dans la salle de bains. C'était un gamin sans expérience ; en se retranchant dans cette petite pièce, il s'interdisait toute possibilité de fuite. Un mauvais choix, une erreur digne d'un amateur. Elle régla le Taser sur la puissance maximum ; ce n'était pas le moment de prendre des risques. Dans sa main, l'engin se mit à bourdonner et à crépiter. Un arc électrique bleu apparut entre les deux électrodes. Elle viserait le garçon au ventre.

Soudain, elle perçut un bruit surprenant, celui de l'eau qui coule, le ronflement d'un robinet qu'on ouvre à fond. *Que se passait-il ?* Elle entra vite dans la salle de bains, pointant le Taser devant elle, et vit l'homme-enfant se tourner vers elle. Il tenait quelque chose à la main. Elle comprit ce qu'il avait l'intention de faire. Il brandissait le pommeau de la douche. L'eau jaillit. Une eau qui, en temps normal, ne lui aurait fait aucun mal. Elle lâcha le M26, mais une seconde trop tard. Une décharge électrique en sortit comme un arc de lumière et atteignit sa poitrine mouillée. Une décharge bleue comme l'angoisse. Les princi-paux muscles de son corps se contractèrent dans un spasme. Elle s'écroula sur le sol, tenaillée entre l'hébétude et la souffrance.

« Tu parles d'un coup de jus, dit le jeune homme impassible. Mais je suis déjà en retard. A plus. » Il plissa les yeux, dans une mimique faussement affectueuse.

Réduite à l'impuissance, elle le regarda enjamber la fenêtre de la salle de bains et disparaître par l'échelle d'incendie.

Quand elle fut en mesure d'appeler la police municipale, elle avait vérifié au préalable que rien ne manquait dans son appartement. Ce fut la seule question à laquelle elle put répondre, lorsque les flics arrivèrent pour l'interroger. Puis, après s'être demandé s'il convenait de classer l'incident sous l'étiquette effraction ou bien cambriolage, ils semblèrent à court d'idées. Ils allaient reconstituer le crime – ils comprirent vite qu'elle devait faire partie des fédéraux, qu'elle savait de quoi elle parlait. Mais cela prendrait plusieurs heures. Et pendant ce temps ?

Anna jeta un œil sur sa montre. 20 heures. Elle appela David Denneen chez lui.

« Je suis navrée de te déranger, dit-elle, mais ta chambre d'amis est-elle toujours libre ? Mon appartement est investi par la police.

— La police... *Doux Jésus*, dit Denneen. Que s'est-il passé ?

— Je t'expliquerai plus tard. Désolée de t'imposer cela.

— Tu as mangé ? Viens tout de suite. Nous allons rajouter un couvert. »

David et Ramon vivaient dans un immeuble construit avant la guerre, près de Dupont Circle, à quinze minutes de taxi de là. Leur appartement n'était pas grand mais joliment aménagé, avec de hauts plafonds et des fenêtres à petits carreaux. D'après les savoureux arômes qu'elle renifla en entrant – chili, anis, cumin – elle devina que Ramon était en train de préparer un mole, l'une de ses spécialités.

Denneen avait débuté sa carrière trois ans plus tôt, sous ses ordres. Il apprenait vite, c'était un bon élément. Il avait procédé personnellement à plusieurs arrestations ; en particulier, il avait filé un assistant spécial de la Maison-Blanche auprès de l'ambassade du Qatar, ce qui avait permis d'ouvrir une enquête pour corruption aggravée. Elle avait inséré quel-ques rapports élogieux dans son dossier pour découvrir ensuite qu'Arliss Dupree, en tant que chef de service, y avait joint des évaluations bien de son cru, vagues mais volontairement accablantes : Denneen « n'avait pas l'étoffe d'un fonctionnaire fédéral ». Il « manquait de fermeté », qualité indispensable à un enquêteur de l'OSI, il était « mou », « peu fiable », « inconstant ». Son « attitude posait problème ». Tout cela était absurde, une façon bureaucratique de camoufler des préjugés, une hostilité viscérale.

Anna s'était liée d'amitié avec David et Ramon. Un jour qu'elle pas-sait sur Connecticut Avenue, elle les avait rencontrés alors qu'ils faisaient des courses à Kramerbooks. Ramon était un homme de petite taille, toujours souriant, avec un visage agréable et des dents blanches contrastant avec son teint sombre. Il travaillait comme administrateur pour une association s'occupant de livrer des repas aux personnes âgées. Anna et lui sympathisèrent aussitôt ; sans faire d'embarras, Ramon insista pour qu'elle dîne avec eux le soir même et elle accepta. Ce fut un moment magique, dû en partie à l'excellente paëlla cuisinée par Ramon, en partie à leur conversation agréable et spirituelle où ils évitèrent d'évoquer les problèmes de boulot ; elle enviait leur douce intimité et l'affection qui les liait.

David était un bel homme, grand et robuste, doté d'une mâchoire carrée et de cheveux couleur sable. Ramon remarqua la manière dont Anna le regardait.

« Je devine ce que tu es en train de penser », lui confia-t-il, profitant d'un moment où David, le dos tourné, préparait des boissons de l'autre côté de la pièce.

« Tu te dis : "Quel gâchis". »

Anna se mit à rire.

« Cela m'a traversé l'esprit, je l'avoue, fit-elle.

— C'est ce que disent toutes les filles. » Ramon fit un grand sourire. « Eh bien, il n'est pas perdu pour tout le monde. »

Quelques semaines plus tard, au cours d'un déjeuner, Anna expliqua à David pourquoi il n'avait pas été promu à l'échelon E-3. Théoriquement, il était sous les ordres d'Anna mais Anna, elle, était sous les ordres de Dupree.

« Que voudrais-tu que je fasse ? », lui demanda-t-elle.

Denneen répondit calmement, avec moins d'indignation que n'en ressentait Anna elle-même.

« Je ne vais pas en faire tout un plat. Tout ce que je désire c'est accomplir le travail qu'on me confie. » Il la regarda. « Tu veux que je te dise la vérité ? J'ai envie de me tirer de ce service. Il se trouve que je m'intéresse aux opérations et à la stratégie mais comme je ne suis qu'E-3, cette filière m'est fermée. Mais toi tu pourrais m'aider. »

Anna fit jouer ses relations, c'est-à-dire qu'elle passa au-dessus de Dupree, ce qui n'arrangea pas sa réputation auprès de la direction de l'OSI. Mais sa tentative fut couronnée de succès et Denneen ne l'oublia jamais.

Elle expliqua à Denneen ce qui s'était passé dans son appartement et, sous l'effet combiné du chicken mole et d'une bouteille de Rioja velouté, elle sentit sa tension retomber un peu. Bientôt elle se surprit à plaisanter d'une manière un peu grinçante sur son « passage à tabac par un membre des Back Street Boys ».

« Tu aurais pu te faire tuer, dit Denneen d'un ton grave.

— Mais je suis encore en vie. Ce qui prouve qu'il n'avait pas l'intention de me supprimer.

— Alors quelle était son intention ? »

Anna se contenta de hocher la tête.

« Ecoute, Anna. Je sais que tu n'as sans doute pas le droit d'en parler, mais crois-tu qu'il y ait une chance pour que cette attaque ait un rapport avec ta nouvelle mission auprès de l'ICU ? Le vieil Alan Bartlett a enterré tellement de secrets au fil des ans. Sait-on sur quel coup tordu il a pu t'envoyer ?

— *El Diablo sabe mas por viejo que por diablo* », marmonna Ramon. C'était l'un des proverbes qu'il tenait de sa mère : *si le diable est savant c'est plus parce qu'il est vieux que parce qu'il est le diable.*

Anna contempla son verre de vin et haussa les épaules, sans mot dire. Qui pouvait bien vouloir la mort des personnes figurant dans les dossiers Sigma ? Elle était incapable d'y réfléchir maintenant et d'ailleurs elle n'en avait pas envie.

« Reprends donc des *carnitas* ! », s'exclama Ramon en volant à son secours.

Le lendemain matin, dès qu'elle pénétra dans le bâtiment de M Street, Anna fut convoquée chez Bartlett.

« Qu'avez-vous appris en Nouvelle-Ecosse ? », demanda Bartlett sans perdre cette fois son temps en mondanités.

Elle avait décidé de ne pas faire allusion à l'homme qui s'était introduit dans son appartement ; il n'y avait aucune raison de penser que l'individu avait un lien avec l'enquête et elle redoutait vaguement que cet événement ne sape la confiance que Bartlett plaçait en elle. Elle se contenta donc d'évoquer la trace de piqûre sur la main du vieillard.

Bartlett hocha lentement la tête.

« Quel genre de poison ont-ils employé ?

— Nous n'avons pas encore les résultats de l'analyse toxicologique. Ça prend du temps. Comme toujours. S'ils trouvent quelque chose, ils appellent aussitôt. S'il ne trouvent rien, ils poursuivent leurs tests.

— Mais vous croyez vraiment que Mailhot a été empoisonné ? » Bartlett semblait nerveux, comme s'il ne parvenait pas à déterminer si la nouvelle était bonne ou mauvaise.

« En effet, dit-elle. Et puis il y a la question de l'argent. Voilà quatre mois, le vieil homme a encaissé un virement d'un million de dollars. »

Bartlett fronça les sourcils.

« Venant d'où ?

— Aucune idée. Un compte aux îles Caïmans. Puis la trace disparaît. Blanchiment. »

Bartlett écoutait dans un silence perplexe.

Anna poursuivit.

« Aussi me suis-je procuré ses relevés bancaires des dix dernières années. J'ai ainsi pu constater qu'ils étaient réglés comme du papier à musique. Chaque année, un gros paquet d'argent venait grossir le compte de Mailhot. Les montants augmentaient régulièrement.

— Une participation dans une affaire, peut-être ?

— A en croire sa femme, ces versements provenaient d'un employeur reconnaissant.

— Un employeur très *généreux*.

— Et très fortuné. Et très mort. Le vieillard a passé une bonne partie de sa vie au service d'un richissime magnat de la presse. En tant que garde du corps, factotum, coursier, et tout ce qu'on peut imaginer d'autre.

— Qui était ce magnat ?

— Charles Highsmith. » Anna observa la réaction de Bartlett. Il fit un petit mouvement de la tête ; il était déjà au courant.

« Evidemment, on peut s'interroger sur la raison de ces versements offshore, dit-il. Pourquoi Highsmith n'avait-il pas recours à des virements en bonne et due forme ? »

Anna haussa les épaules.

« Ce n'est qu'une question parmi tant d'autres. Pour y répondre, je suppose qu'on peut tenter de remonter la piste afin de déterminer si les fonds proviennent vraiment de Highsmith. J'ai déjà travaillé sur des affaires de blanchiment d'argent de la drogue. Mais je ne suis guère optimiste. »

Bartlett hocha la tête.

« Et la veuve... ?

— Rien de ce côté-ci. Elle couvre peut-être quelque chose, mais d'après moi, elle ignorait presque tout des affaires de son mari. Elle semblait croire qu'il était devenu paranoïaque. Apparemment, il était de ceux qui pensent que la mort de Highsmith n'avait rien d'un accident.

— Est-ce le cas ? s'enquit Bartlett, avec un soupçon d'ironie dans la voix.

— Vous êtes de cet avis, vous aussi, n'est-ce pas ? De toute évidence, vous connaissiez les relations existant entre Highsmith et Mailhot. Y avait-il un dossier Sigma sur lui aussi ?

— C'est négligeable.

— Pardonnez-moi, mais il va falloir que vous m'en laissiez juge. J'ai l'intuition que ce que je vous raconte n'est guère nouveau pour vous. »

Bartlett hocha la tête.

« Highsmith faisait partie de Sigma, oui. Le maître et le serviteur aussi, par la même occasion. Highsmith semblait avoir une confiance aveugle en Mailhot.

— Et maintenant ils sont inséparables, dit Anna d'un ton sardonique.

— Vous avez accompli un superbe travail à Halifax, répliqua Bartlett. J'espère que vous le savez. J'espère aussi que vous n'avez pas défait vos bagages. Il se trouve que nous avons du nouveau.

— Où cela ?

— Au Paraguay. Asunción. »

Du nouveau. Elle devait l'admettre, ces mots étaient aussi intrigants qu'effrayants. En même temps, la manière autoritaire dont l'Esprit traitait l'information provoquait en elle une certaine frustration et un profond sentiment de malaise. Elle étudia le visage de l'homme, admirant presque sa complète opacité. Que savait-il précisément ? Que lui cachait-il ?

Et pourquoi ?

CHAPITRE 11

B EN Hartman avait passé les deux derniers jours à voyager. Il avait quitté New York pour Paris. Paris pour Strasbourg. A Strasbourg, il avait pris une correspondance pour Mulhouse, près des frontières allemande et suisse. Puis il avait loué une voiture pour gagner l'aéroport régional de Bâle-Mulhouse, tout près de Bâle.

Au lieu de passer directement en Suisse, il loua un petit avion dans l'intention de se rendre d'abord au Liechtenstein. Ni l'agence de location ni le pilote ne parurent s'en étonner. Pourquoi un type ayant l'air d'un homme d'affaires international chercherait-il à gagner le duché du Liechtenstein, l'un des centres mondiaux du blanchiment, et ce d'une manière indétectable et irrégulière, en évitant les frontières officielles ? Dans leur métier, le code de conduite était clair : *pas de questions.*

Il était presque 1 heure du matin quand il arriva au Liechtenstein. Il passa la nuit dans une petite pension aux environs de Vaduz, et le matin se remit en quête d'un pilote qui acceptât de lui faire passer la frontière suisse de telle façon que son nom n'apparaisse sur aucun manifeste ou liste de passagers.

Au Liechtenstein, sa livrée d'homme d'affaires – costume croisé Kiton, cravate Hermès et chemise Charvet – était un vernis protecteur, rien de plus. Le duché faisait une nette distinction entre initiés et outsiders, entre ceux qui avaient quelque chose d'intéressant à offrir et ceux qui n'avaient rien, entre les possédants et les autres. L'esprit de chapelle prévalant dans ce pays faisait que les étrangers souhaitant acquérir la citoyenneté devaient être acceptés à la fois par le Parlement et le prince.

Ben Hartman savait comment se comporter dans ce genre d'endroits. Autrefois, ces situations le mettaient mal à l'aise ; son allure de golden boy le brûlait comme la marque de Caïn. A présent, elle lui conférait un avantage tactique. Vingt kilomètres au sud de Vaduz se trouvait une piste d'atterrissage que les hommes d'affaires voyageant en jet privé et hélicoptère utilisaient parfois. Il s'entretint avec un vieux type bourru appartenant à l'équipe de maintenance de la piste et lui exposa ses exigences dans des termes à la fois vagues et dépourvus d'ambiguïté. L'homme n'était guère bavard ; il observa Ben de la tête aux pieds puis griffonna un numéro de téléphone au dos d'un formulaire. Ben le gratifia d'un généreux pourboire et pourtant, lorsqu'il appela le numéro en question, l'homme qui lui répondit s'excusa d'une voix pâteuse en lui disant qu'il avait déjà un boulot prévu pour ce jour-là. En revanche, un de ses amis, Gaspar... Un autre appel. Ce ne fut que dans l'après-midi qu'il finit par rencontrer Gaspar, un homme dyspeptique ni jeune ni vieux, qui comprit aussitôt à qui il avait affaire et lui annonça un prix exorbitant. En réalité, ce pilote gagnait fort bien sa vie en transportant des hommes d'affaires de l'autre côté de la frontière sans laisser de trace sur les ordinateurs. Il arrivait que certains gros bonnets de la drogue, des potentats africains ou des chefs d'entreprise moyen-orientaux aient besoin d'effectuer des opérations bancaires dans les deux pays sans que les autorités en soient informées. Le pilote, qui semblait arborer un perpétuel sourire sarcastique, supposa que Ben recherchait le même type de service. Une demi-heure plus tard, ayant appris qu'un orage sévissait au-dessus de Saint-Gallen, Gaspar voulut annuler le vol, mais quelques centaines de dollars supplémentaires le firent changer d'avis.

Quand le léger bimoteur s'élança à travers les turbulences, au-dessus des cimes des Alpes orientales, le pilote taciturne devint presque volubile.

« Là d'où je viens il y a un dicton. *Es ist besser, reich zu leben, als reich zu sterben.* » Il gloussa. « Mieux vaut vivre riche que mourir riche...

— Contentez-vous de voler », répliqua Ben d'un ton maussade.

Il se demandait s'il n'avait pas pris trop de précautions mais la vérité c'est qu'il n'avait aucune idée du rayon d'action des gens qui avaient assassiné son frère, ou qui avaient engagé Jimmy Cavanaugh. Et il n'avait pas l'intention de leur faciliter la tâche.

A Saint-Gallen, Ben était monté dans la camionnette d'un fermier livrant des légumes aux marchés et aux restaurants. Le fermier n'en croyait pas ses yeux ; Ben lui expliqua que sa voiture était tombée en panne en rase campagne. Plus tard, il loua une voiture et roula jusqu'à un village perdu nommé Mettlenberg. Le vol avait été mouvementé mais le voyage en voiture ne le fut pas moins. La pluie tombait à seaux, voilant le pare-brise de son véhicule de location. Les essuie-glaces fonctionnaient rapidement mais en vain, la pluie était trop forte. C'était la fin de l'après-midi et il faisait déjà sombre. Ben y voyait à peine à quelques mètres devant lui. Fort heureusement, la circulation sur cette petite route de campagne était intense dans les deux sens et les véhicules avançaient lentement.

Il se trouvait dans une région reculée et guère peuplée, située au nord de la Suisse, dans le canton de Saint-Gallen, non loin du lac de Constance. De temps en temps, quand la pluie se calmait un peu, il pouvait entrevoir de grandes fermes de chaque côté de la route. Des troupeaux de vaches, de moutons, des acres de terre cultivée. Il y avait de vastes bâtiments archaïques servant d'étables, de granges, d'habitations, le tout surmonté de larges toits en pente. Sous les avant-toits s'entassaient des rondins de bois, empilés avec une précision géométrique.

Tout en conduisant, il se sentait traversé d'émotions diverses allant de la peur à l'infinie tristesse en passant par une colère proche de la fureur. Il arriva bientôt près d'un ensemble de bâtiments qui constituaient sans doute le village de Mettlenberg. La pluie s'était transformée en crachin. Ben aperçut les ruines d'un ancien village médiéval fortifié. Il y avait aussi un vieux grenier à blé et une église du début du XVIe siècle dédiée à sainte Marie, des maisons de pierre, pittoresques et bien conservées avec des façades en bois décoré, des pignons et des toits rouges en pente. C'était à peine un village.

Peter lui avait dit que Liesl, son amie, avait postulé pour un emploi dans un petit hôpital du coin. Il avait vérifié ; il n'existait qu'un seul hôpital à des kilomètres à la ronde : le *Regionalspital Sankt Gallen Nord.*

Peu après le « centre-ville », se dressait un édifice en briques rouges relativement moderne, construit à l'économie dans les années 60, pour autant que Ben puisse en juger. L'hôpital régional. Il tomba sur une station-service Migros où il put garer sa voiture et passer un appel à partir de la cabine téléphonique.

Quand la standardiste de l'hôpital décrocha, Ben dit en anglais, en prenant bien soin de détacher ses mots : « J'ai besoin de parler au pédiatre. Mon enfant est malade. » Il eût été inutile d'employer son allemand de touriste, puisque, de toute façon, il n'aurait pu déguiser son accent américain. En plus, les standardistes suisses étaient censées connaître l'anglais.

Peter avait dit que l'hôpital avait engagé Liesl parce qu'ils « avaient besoin d'un pédiatre », comme s'ils n'en avaient pas d'autres. Peut-être en avaient-ils embauché plusieurs depuis, mais c'était peu probable, pas dans un établissement aussi petit.

« Je vais vous mettre en relation avec la, euh, la *Notfallstation,* monsieur. Les urgences...

— Non, l'interrompit Ben. Pas les urgences. J'ai besoin de parler directement à un pédiatre. Y en a-t-il plusieurs dans votre équipe médicale ?

— Rien qu'un seul, monsieur, mais le docteur n'est pas là actuellement. »

Un seul ! Ben exultait ; l'aurait-il trouvée ?

« Oui, une femme nommée Liesl quelque chose, non ?

— Non, monsieur. A ma connaissance, il n'y a aucune Liesl parmi le personnel. La pédiatre est le Dr Margarethe Hubli, mais comme je vous l'ai dit, elle n'est pas à l'hôpital en ce moment. Je vais vous mettre en relation...

— J'ai dû me tromper. C'est le nom qu'on m'a donné. Y avait-il chez vous un médecin prénommé Liesl, une personne qui vous aurait quittés récemment ?

— Pas que je sache, monsieur. »

Raté.

Lui vint une idée. Il se pouvait que le Dr Hubli connaisse Liesl, sache qui elle était, où elle était partie. Il s'agissait certainement de l'hôpital qui avait embauché Liesl.

« Y a-t-il un numéro où je puisse joindre le Dr Hubli ?

— Je crains de ne pas pouvoir vous communiquer son numéro personnel, monsieur, mais si vous conduisez votre enfant à l'hôpital...

— Pouvez-vous l'appeler pour moi ?

— Oui, monsieur, je peux le faire.

— Merci. » Il donna le numéro de la cabine et un faux nom.

Au bout de cinq minutes, le téléphone sonna.

« Mr. Peters ? prononça en anglais une voix de femme.

— Merci de me rappeler, docteur. Je suis américain et je séjourne ici avec des amis. Je souhaite contacter un médecin qui, à ma connaissance, appartenait au personnel de l'hôpital régional. Je me demandais si vous la connaîtriez... une femme du nom de Liesl ? »

Il y eut un silence... un silence *trop* long.

« Je ne connais aucune Liesl », dit la pédiatre.

Mentait-elle pour protéger Liesl ? Ou était-ce son imagination ?

« En êtes-vous sûre ? insista Ben. On m'a dit qu'il y avait ici une pédiatre prénommée Liesl. Je dois la joindre de toute urgence. Une affaire de famille.

— Quel genre d' "affaire de famille" ? »

Bingo. Elle protégeait certainement Liesl.

« Cela concerne son... son frère, Peter.

— Son... frère ? » La pédiatre parut décontenancée.

« Dites-lui que je m'appelle Ben. »

Un autre ange passa.

« Où êtes-vous ? » demanda la femme.

*

Vingt minutes à peine s'écoulèrent avant qu'une petite Renault rouge s'arrête devant la station-service.

Une femme menue, enveloppée d'une grande pèlerine de pluie vert kaki, portant un jean et des bottes maculées de boue, en sortit avec hésitation avant de claquer la portière. Quand elle l'eut repéré, elle s'approcha de lui. C'était une vraie beauté, remarqua Ben. Bizarrement, il ne s'attendait pas à cela. Sous la capuche de la pèlerine, brillaient ses cheveux bruns et courts. Mais son visage était crispé, ses traits tirés : elle semblait terrifiée.

« Merci de vous être déplacée, dit-il. Apparemment, vous connaissez Liesl. Je suis le frère jumeau de son mari. »

Elle le dévisagea longuement.

« Grands dieux ! dit-elle dans un souffle, vous êtes son portrait craché. C'est, c'est comme si je voyais un *fantôme*. » Son visage figé comme un masque s'effondra soudain.

« Mon Dieu, fit-elle dans un hoquet avant d'éclater en sanglots, il était si prudent ! Tant... d'années... »

Ben considéra le médecin, désorienté.

« Il n'est pas rentré ce soir-là », poursuivit-elle. Elle parlait rapidement, sous l'effet de la panique. « Je suis restée éveillée jusque tard dans la nuit. J'étais inquiète, affolée. » Elle couvrit son visage de ses deux mains. « Ensuite Dieter est venu me dire ce qui s'était passé...

— Liesl, prononça Ben dans un souffle.

— Oh, *mon Dieu* ! gémit-elle. C'était un homme si... si gentil. Je l'aimais tant. »

Ben la serra dans ses bras, l'étreignit pour la consoler et sentit que de ses yeux aussi des larmes se mettaient à couler.

Asunción, Paraguay

Anna fut arrêtée à la douane par un fonctionnaire paraguayen au visage joufflu, portant une chemise bleue à manches courtes et une cravate. A en juger d'après ses cheveux et son teint, il devait s'agir d'un métis, mi-espagnol mi-indien, comme la plupart des habitants de ce pays.

Il la détailla de la tête aux pieds, puis tapota son bagage à main, pour lui faire comprendre qu'il souhaitait voir ce qu'il contenait. Il lui posa quelques questions dans un anglais mâtiné d'un fort accent puis, d'un air de regret, lui fit signe de passer.

Elle avait une drôle d'impression. Comme si elle se trouvait dans la peau d'une criminelle préparant un mauvais coup. Les règles fédérales exigeaient qu'un agent en déplacement se présente à l'ambassade locale, mais elle n'avait pas l'intention de le faire. Le risque de fuite était trop important. Si cette violation du protocole causait des problèmes, elle s'en occuperait par la suite.

Elle avisa une cabine dans le hall bondé de l'aéroport. Il lui fallut une ou deux minutes pour comprendre comment se servir de sa carte téléphonique.

Un message d'Arliss Dupree, lui demandant de lui faire savoir quand elle comptait regagner l'unité OSI. Et un autre du sergent Arsenault de la RCMP. Les résultats des analyses toxicologiques étaient arrivés. Il ne parlait pas des conclusions.

Quand elle réussit à joindre les quartiers généraux de la RCMP à

Ottawa, on la mit en attente pendant cinq bonnes minutes pendant qu'on allait chercher Ron Arsenault.

« Comment ça va pour vous, Anna ? »

Elle devina au ton de sa voix.

« Rien, n'est-ce pas ?

— Je suis désolé. » Mais il ne le paraissait pas. « Je me dis que vous avez peut-être perdu votre temps chez nous.

— Je ne le pense pas. » Elle tenta de dissimuler sa déception. « La marque d'injection est significative. Ça vous ennuie si je discute avec le toxicologue ? »

Il hésita un instant.

« Je ne vois pas pourquoi ça m'ennuierait, mais ça n'y changera rien.

— J'aimerais juste en avoir le cœur net.

— Eh bien, pourquoi pas ? » Arsenault lui donna un numéro à Halifax.

Dans l'aéroport régnait un incroyable brouhaha rendant l'écoute difficile.

Le toxicologue s'appelait Denis Weese. Sa voix était aiguë, cassée, sans âge – il aurait aussi bien pu avoir la soixantaine que vingt ans.

« Nous avons fait tous les tests que vous demandiez », dit-il sur la défensive.

Elle tenta de l'imaginer : petit et chauve, décida-t-elle.

« Je vous en suis reconnaissante.

— Ils sont extrêmement coûteux, vous le savez.

— C'est nous qui payons. Mais permettez-moi de vous poser une question : existe-t-il des substances, des toxines qui traversent la barrière sang-cerveau et ne repassent pas dans l'autre sens ? » Arthur Hammond, son expert en poisons, lui avait suggéré ce scénario.

« Je suppose que oui.

— Et qu'on ne trouve que dans le fluide spinal ?

— Je n'en mettrais pas ma main à couper, mais c'est possible. » On le sentait réticent : ses théories ne lui plaisaient pas.

Elle attendit, et quand elle comprit qu'il ne renchérirait pas, elle posa la question qui tombait sous le sens : « Et le prélèvement spinal ?

— Pas possible.

— Pourquoi cela ?

— Pour deux bonnes raisons. Il est impossible d'effectuer un prélèvement spinal sur un cadavre. Il n'y a pas de pression. Ça ne sortira pas. L'autre raison, c'est que le corps n'est plus là.

— Enterré ? » Elle se mordit la lèvre inférieure. Merde.

« La cérémonie se déroule cet après-midi, je crois. On a ramené le corps au funérarium. L'enterrement est prévu pour demain matin.

— Mais vous pourriez vous rendre sur place, n'est-ce pas ?

— Théoriquement oui, mais pourquoi le ferais-je ?

— L'œil – le fluide oculaire – n'est-il pas semblable au fluide spinal ?

— Ouais.

— Cela vous pouvez le prélever, non ? »

Un blanc.

« Mais vous ne l'avez pas ordonné.

— Je viens de le faire », dit-elle.

Mettlenberg, Saint-Gallen, Suisse

Liesl s'était tue. Les larmes qui avaient roulé sur ses joues, mouillant sa veste en denim, commençaient à sécher.

Bien sûr, c'était elle. Comment avait-il pu en douter ?

Ils étaient assis à l'avant de sa voiture. Sur le terre-plein d'asphalte de la station-service, ils étaient bien trop voyants, dit-elle après avoir repris ses esprits. Ben se souvint du jour où il était monté dans la camionnette de Peter.

Elle regarda devant elle, à travers le pare-brise. Le silence était parfois entrecoupé par le vrombissement d'une voiture qui passait dans les parages ou le klaxon guttural d'un camion.

Enfin elle se décida à parler.

« Nous ne sommes pas en sécurité ici.

— J'ai pris mes précautions.

— Si on vous voit avec moi...

— Vous direz que je suis votre mari, Peter...

— Mais si les gens qui l'ont tué, qui le savent mort, ont réussi à me filer jusqu'ici...

— S'ils vous avaient filée, vous ne seriez pas là, dit Ben. Vous seriez morte. »

Elle garda le silence pendant un moment. Puis : « Comment êtes-vous arrivé ici ? »

Il lui raconta les avions privés, les voitures, les voies détournées qu'il avait empruntées pour parvenir jusqu'à elle. Il savait que sa prudence la rassurait. Elle hocha la tête d'un air approbateur.

« J'imagine que les précautions de ce genre sont devenues une seconde nature pour vous et Peter, dit-il. Peter m'a confié que c'était vous qui aviez organisé sa fausse disparition. Brillant !

— Pas tant que cela, répliqua-t-elle, sarcastique. Puisqu'ils l'ont retrouvé.

— Non. C'est ma faute. Je n'aurais jamais dû venir en Suisse, c'est moi qui les ai fait sortir du bois.

— Mais comment auriez-vous pu *savoir* ? Vous ignoriez que Peter était *vivant* ! » Elle se tourna et le regarda en face.

Sa peau était pâle, presque translucide, ses cheveux châtains avaient des reflets d'or. Elle était fine et ses petits seins, à la forme parfaite, pointaient sous son chemisier blanc. Une femme incroyablement belle.

Pas étonnant que Peter ait décidé de tout abandonner pour vivre avec elle. Ben ressentait une forte attirance pour elle, mais il savait qu'il ne passerait jamais à l'acte.

« Vous ne portez pas votre vrai nom, dit-il.

— Evidemment. Tous mes amis ici me connaissent sous un autre nom. J'ai demandé à m'appeler Margarethe Hubli, comme l'une de mes grand-tantes. Pour les gens, Peter était juste mon petit ami, un écrivain canadien que j'aidais. Ils ne le connaissaient que sous son nom d'emprunt, lui aussi... »

Sa voix mourut peu à peu puis elle se tut de nouveau et se remit à fixer le vide.

« Il avait conservé certains contacts, malgré tout. Des personnes en qui il avait confiance. Il les appelait son "système d'alarme". Et puis, voilà quelques jours, il a reçu un appel l'informant de la tuerie sur la Bahnhoffstrasse... Il a compris ce qui s'était passé. Je l'ai supplié de ne rien tenter, mais en vain. Il y tenait ! Il prétendait ne pas avoir le choix. » Son visage avait pris une expression de dédain, sa voix n'était plus qu'un gémissement. Le cœur de Ben se serra.

Elle poursuivit d'une petite voix étranglée.

« Il fallait qu'il vous protège. Vous persuade de quitter le pays. Il fallait qu'il vous sauve la vie même si cela impliquait de mettre la sienne en péril. Oh, mon Dieu, je l'ai prévenu du danger. Je l'ai supplié, je l'ai *imploré*. »

Ben lui prit la main.

« Je suis désolé. » Que pouvait-il dire ? Que le fait que Peter soit mort à sa place l'emplissait d'une angoisse indicible ? Qu'il aurait souhaité qu'il en fût autrement ? Qu'il aimait Peter depuis bien plus longtemps qu'elle ?

Elle poursuivit d'une voix douce :

« Je ne peux même pas réclamer son corps, n'est-ce pas ?

— Non. Ni vous ni moi ne le pouvons. »

Elle avala sa salive.

« Peter vous aimait beaucoup, vous savez. »

Paroles terribles à entendre. Son visage se crispa.

« Nous nous sommes beaucoup opposés. Ça me rappelle cette loi physique selon laquelle chaque action entraîne une réaction inverse de même intensité.

— Vous n'aviez pas seulement l'air semblable, vous *étiez* semblables.

— Pas vraiment.

— Seul un jumeau peut dire cela.

— Vous ne me connaissez pas. Nos caractères, nos sensibilités étaient radicalement différents.

— Deux flocons de neige sont différents. Mais ce sont quand même deux flocons de neige. »

Ben acquiesça d'un sourire.

« Je ne suis pas sûr que la métaphore des flocons de neige s'adapte à notre cas. Nous étions toujours à nous chamailler. »

Quelque chose dans ces paroles la fit craquer de nouveau. Elle se remit à pleurer, sa douleur brisait le cœur.

« Oh, mon Dieu, pourquoi a-t-il fallu qu'ils le tuent ? Pour quelle raison ? Dans quel but ? Il n'aurait jamais parlé, il n'était pas idiot. »

Ben attendit qu'elle se calme.

« Peter m'a dit qu'il avait trouvé un document, une liste de noms. Vingt-trois noms d'hommes d'Etat et de chevaliers d'industrie. "Des compagnies qui ne te sont pas inconnues", disait-il. Selon lui, il s'agissait d'un document d'enregistrement, établissant les statuts d'une organisation basée en Suisse.

— Oui.

— Vous avez vu ce document.

— Je l'ai vu.

— Vous a-t-il paru authentique ?

— Je ne suis pas spécialiste mais je crois que oui. Toutes les annotations, même les caractères dactylographiés, ressemblaient à ce qu'on voit sur les documents des années 40.

— Où est-il à présent ? »

Elle fit la moue.

« Juste avant que nous quittions définitivement Zurich, il a ouvert un compte en banque. Il disait que c'était surtout pour bénéficier du coffre que la banque lui louerait par la même occasion. Il voulait y déposer des papiers. Je n'en suis pas certaine, mais je suppose qu'il a dû le cacher là.

— Pourrait-il l'avoir conservé chez vous, dans votre cabane ?

— Non, répliqua-t-elle précipitamment, il n'y a rien de caché là-bas. »

Ben nota sa curieuse réaction.

« A-t-il laissé une clé de ce coffre ?

— Non.

— Si le compte était à son nom, les malfaiteurs ont très bien pu apprendre son existence ?

— Voilà pourquoi il ne l'a pas ouvert sous son nom. Mais sous celui d'un avocat.

— Vous rappelez-vous qui ?

— Evidemment. C'est mon cousin, le Dr Matthias Deschner. En fait, c'est mon petit-cousin. Un parent éloigné, assez éloigné pour que personne ne fasse le lien entre lui et nous – et moi. Mais c'est un brave homme, quelqu'un de confiance. Son bureau est à Zurich, sur Saint-Annagasse.

— Vous lui faites confiance.

— Totalement. Après tout, je l'ai mis au courant de ce que nous vivions et il ne nous a jamais trahis ; il en serait incapable.

— Si aujourd'hui des gens, des gens ayant de l'influence, du pouvoir et des contacts bien placés, sont si impatients de récupérer ce document, c'est qu'il doit être extrêmement important. » Dans l'esprit de Ben, une image s'imposa : celle du corps de Peter, recroquevillé sur lui-même, dégoulinant de sang. Sa poitrine se serrait si fort qu'il ne pouvait plus respirer. Il pensa : *Peter s'est dressé sur leur route et ils l'ont tué.*

« Ils doivent craindre que leurs noms ne soient divulgués, suggéra-t-elle.

— Mais après toutes ces années, en reste-t-il un seul en vie ?

— Il faut penser aux héritiers. Les hommes puissants peuvent avoir de puissants successeurs.

— Et d'autres moins. Il doit bien y avoir un maillon faible quelque part. » Ben s'interrompit. « C'est *dingue*. L'idée qu'on puisse s'intéresser à une société créée voilà un demi-siècle – ça me paraît *insensé* ! »

Liesl se mit à rire, amèrement, sans gaieté.

« Comment faire la distinction entre le sensé et l'insensé. C'est tellement relatif. Votre vie si bien ordonnée vous paraît-elle sensée aujourd'hui ? »

Pour lui, tout avait basculé en une seule semaine. Avant, il passait ses journées au service « développement » de Hartman Capital Management, à cultiver ses vieux habitués et à démarcher les futurs clients, usant de son charme comme d'un atout majeur. Ce monde n'était plus le sien ; en grandissant, il avait cru à tant de choses qui maintenant s'écroulaient comme des châteaux de cartes. Une succession de mensonges qui, mis bout à bout, formaient une gigantesque imposture. Il n'y comprenait plus rien. *Cavanaugh était chargé de te tuer,* avait dit Peter. La Corporation – ce groupement appelé Sigma – semblait posséder des antennes partout. Etait-ce la raison pour laquelle sa mère avait tant insisté pour qu'il réintègre l'affaire familiale après la mort de Peter ? Pensait-elle qu'il y serait plus en sécurité, protégé des dangers, des menaces, des *vérités* qu'il commençait à entrevoir ?

« Peter a-t-il appris quelque chose de plus sur la Corporation Sigma ? Savait-il si elle existe encore ? »

Elle repoussa ses cheveux d'un geste nerveux, ses bracelets tintèrent.

« Nous n'avons pas appris grand-chose de concret. Il reste tellement d'hypothèses non vérifiées. Nous pensons – pensions – que certaines sociétés et fortunes privées tiennent à effacer la trace de leurs origines. Elles sont impitoyables, ces sociétés, tout comme les hommes qui les ont fondées. Des hommes qui se fichent des règles morales comme d'une guigne. Dès qu'ils ont su que Peter possédait un papier susceptible de révéler leur implication dans Sigma, ou celle de leurs pères – et peut-être de dévoiler les accords complexes qu'ils avaient passés pendant la guerre – dès qu'ils ont su cela, ils n'ont pas hésité à le tuer. Comme ils n'hésiteront pas à vous tuer, ni moi. Ils se débarrasseront de tous ceux qui risquent de les démasquer ou de les arrêter, ou qui simplement en savent trop sur leur compte. Mais Peter en était arrivé à la conclusion que cet accord industriel servait un objectif plus vaste. Une sorte de... manipulation des événements mondiaux.

— Mais quand Peter et moi avons discuté, il m'a dit qu'à son avis certains des anciens membres du conseil d'administration cherchaient seulement à protéger leur patrimoine.

— S'il en avait eu le temps, il vous en aurait appris un peu plus sur ses théories.

— A-t-il jamais parlé de notre père ? »

Elle grimaça.

« Il disait juste que c'était un hypocrite et un menteur de classe internationale, qu'il n'avait rien d'un rescapé de l'Holocauste. Qu'en réalité il faisait partie de la SS. » Elle ajouta d'un ton caustique : « A part ça, bien sûr, il l'aimait beaucoup. »

Il se demanda si cette ironie ne cachait pas un fond de vérité.

« Ecoutez, Liesl, j'ai besoin que vous me disiez comment entrer en contact avec votre cousin, l'avocat. Deschner...

— Matthias Deschner. Mais pour quoi faire ?

— Vous savez pourquoi. Pour récupérer le document.

— J'ai dit pour *quoi faire* ? » Elle semblait amère. « Pour vous faire tuer vous aussi ?

— Non, Liesl. Je n'ai pas l'intention de me faire tuer.

— Alors vous devez savoir à quoi peut bien servir ce document. Moi ça m'échappe.

— Vous avez peut-être raison. Mais je veux démasquer les tueurs. »

Il s'attendait à une réaction de colère, aussi fut-il surpris de l'entendre répondre d'un ton posé :

« Vous voulez venger sa mort.

— Oui. »

Des larmes jaillirent de ses yeux. Sa bouche se tordit, les commissures de ses lèvres s'abaissèrent, comme si elle s'efforçait de réprimer les sanglots qui lui nouaient la gorge.

« Oui, dit-elle. Si vous faisiez cela – en restant prudent – aussi prudent que lorsque vous êtes venu ici – rien ne pourrait me rendre plus heureuse. Démasquez-les, Ben. Faites-leur payer. » Elle se pinça le nez entre le pouce et l'index.

« A présent, je dois rentrer. Je vous dis au revoir. »

Elle semblait avoir retrouvé une certaine sérénité, mais Ben percevait la peur qu'elle essayait de cacher. C'était une femme forte, une personne remarquable, un vrai roc. *Je le ferai pour moi et pour vous,* pensa-t-il.

« Au revoir, Liesl, fit Ben en l'embrassant sur la joue.

— Au revoir, Ben », dit Liesl en descendant de la voiture. Elle le regarda longuement.

« Oui, faites-leur payer. »

CHAPITRE 12

Asunción, Paraguay

LE taxi qu'elle prit à l'aéroport était une vieille Coccinelle déla-
brée bien moins adorable qu'on aurait pu l'imaginer au premier
abord. Elle semblait dépourvue de pot d'échappement. Ils dépassèrent d'élégantes demeures de style colonial espagnol avant de
s'engouffrer dans la circulation infernale du centre-ville et de longer des
rues bordées d'arbres où la foule des piétons se mêlait aux antiques
trolleys jaunes. Il y avait plus de Mercedes-Benz qu'elle n'en avait
jamais vues en dehors des frontières allemandes. La plupart étaient des
véhicules volés, elle le savait. Asunción semblait figée dans les années
40. Le temps l'avait épargnée.

Son hôtel était un petit bâtiment miteux donnant sur Colón. Son guide
de voyage lui avait décerné trois étoiles. De toute évidence, l'auteur de
ce livre avait été soudoyé. Le réceptionniste se prit d'une grande sympathie pour elle lorsqu'elle se mit à lui parler dans un espagnol impeccable.

Sa chambre possédait de hauts plafonds, des murs décrépits et, comme
ses fenêtres ouvraient sur la rue, elle était incroyablement bruyante. Au
moins, elle avait une salle de bains privée. Quand on veut passer inaperçu, il ne faut pas descendre dans les hôtels pour gringos.

Elle but une *agua con gas*, prise dans le « bar d'honneur », un minuscule réfrigérateur dont le contenu était à peine frais, puis composa le
numéro qu'on lui avait fourni, celui du *Comisariá Centrico,* le commissariat principal.

Ce n'était pas un contact officiel. Le capitaine Luis Bolgorio appartenait à la brigade criminelle de la *policía* paraguayenne. Il avait déjà
sollicité l'aide du gouvernement américain sur quelques affaires de
meurtre. Anna avait obtenu son nom par des voies extérieures, un ami du
FBI. Bolgorio devait quelques faveurs au gouvernement américain ; telle
était la mesure de sa loyauté.

« Vous êtes en veine, Miss Navarro, dit le capitaine Bolgorio quand
elle l'eut de nouveau au bout du fil. La veuve a accepté de vous recevoir,
malgré son chagrin.

— Formidable. » Ils parlaient espagnol, le langage des affaires ; dans la vie quotidienne, les gens utilisaient le guarani.

« Merci pour votre assistance.

— C'est une femme riche et importante. J'espère que vous la traiterez avec le plus grand respect.

— Bien sûr. Le corps... ?

— Ce n'est pas mon secteur, mais je m'arrangerai pour que vous puissiez vous rendre à la morgue.

— Excellent.

— La maison se trouve sur l'Avenida Mariscal López. Pouvez-vous vous y rendre par vos propres moyens ou avez-vous besoin que je passe vous chercher ?

— Je prendrai un taxi.

— Très bien. J'aurai avec moi les rapports que vous m'avez réclamés. A quelle heure nous retrouvons-nous ? »

Elle demanda au concierge de l'hôtel de lui appeler un taxi, puis passa l'heure suivante à parcourir le dossier concernant la « victime » ; elle éprouvait quelque difficulté à considérer un tel criminel comme une victime.

Elle savait qu'elle devrait probablement se contenter des informations contenues dans le dossier kraft qu'Alan Bartlett lui avait remis. Le capitaine Bolgorio ne l'aidait que parce que l'assistance technique que lui fournissait de temps à autre le NCAV du gouvernement américain lui assurait un certain succès dans son pays et lui conférait une image positive auprès de ses supérieurs. C'était du donnant-donnant. Bolgorio avait fait en sorte que le cadavre de Prosperi reste à la morgue.

Selon Bartlett, il ne fallait pas trop compter sur le Paraguay dans les affaires d'extradition. Le fait était connu. Pendant des décennies, ce pays avait accueilli de nombreux criminels de guerre et autres fugitifs internationaux. Son « président à vie », le général Alfredo Stroessner, un dictateur odieux et corrompu, y avait mis un point d'honneur. On avait vaguement espéré une amélioration après le renversement de Stroessner en 1989. Mais non. Le Paraguay demeurait sourd aux demandes d'extradition.

Ce pays était donc le refuge idéal pour un malfaiteur sur le retour comme Marcel Prosperi. D'origine corse, Marcel Prosperi avait régné sur Marseille pendant et après la Seconde Guerre mondiale, contrôlant le trafic d'héroïne, les réseaux de prostitution et de vente d'armes. Le dossier de l'ICU précisait que peu après la fin de la guerre, il s'était enfui en Italie, avant de gagner l'Espagne puis le Paraguay. C'était dans ce pays que Prosperi avait constitué son réseau de distribution d'héroïne sud-américain transitant par Marseille – la célèbre « French Connection » qui avait fait pleuvoir la neige marseillaise sur les rues des Etats-Unis, grâce à la collaboration de Santo Trafficante Jr, le caïd américain encadrant l'essentiel du trafic d'héroïne avec les complices de Prosperi,

parmi lesquels on comptait de hauts fonctionnaires paraguayens. En
somme, il s'agissait d'un homme très dangereux, même une fois mort.

Au Paraguay, Prosperi dirigeait une affaire respectable – un réseau de
concessionnaires automobiles – qui lui servait de couverture. Mais il
avait passé ces dernières années au fond de son lit et il était mort depuis
deux jours.

Tout en s'habillant pour son rendez-vous avec la veuve Prosperi,
Anna repassa mentalement les éléments des affaires Prosperi et Mailhot.
Quoi que la veuve ou l'autopsie lui apprennent, elle avait tendance à
parier que Marcel Prosperi n'était pas mort de mort naturelle, lui non
plus.

Celui qui commettait ces assassinats ne manquait ni d'ingéniosité, ni
de relations, ni de sagacité.

Le fait que chacune des victimes figure dans les dossiers Sigma d'Alan
Bartlett était révélateur, mais de quoi ? D'autres personnes avaient-elles
eu accès aux noms consignés dans ces fichiers – au ministère de la
Justice, à la CIA ou à l'étranger ? Y avait-il eu des fuites ?

Une théorie commençait à se faire jour. Les tueurs – car il y en avait
sûrement plusieurs – étaient probablement bien financés et bénéficiaient
d'informations fiables. Soit ils agissaient pour leur propre compte, soit
ils avaient été engagés par quelqu'un de riche et de puissant – mais dans
quel but ? Et pourquoi maintenant, pourquoi si soudainement ?

De nouveau, elle s'interrogea sur la liste – qui donc en avait eu connaissance ? Bartlett avait parlé d'un audit interne de la CIA, et de la
décision de faire intervenir l'ICU. Cela supposait des enquêteurs, des
fonctionnaires gouvernementaux. Et le ministre de la Justice – en avait-il
pris connaissance ?

Il restait encore plusieurs questions essentielles.

Pourquoi les meurtres avaient-ils été maquillés en morts naturelles ?
Pourquoi était-il si important de les garder secrets ?

Et en ce qui concernait....

Le téléphone sonna, l'extirpant de sa réflexion. Le taxi l'attendait en
bas.

Une dernière touche de maquillage et elle descendit.

Le taxi, une Mercedes gris métallisé – probablement volée, comme la
plupart de ses semblables – dévala avec fracas les rues populeuses
d'Asunción sans se soucier du caractère sacré de la vie humaine. Le
chauffeur, un bel homme frisant la quarantaine, au teint olivâtre agréablement rehaussé par la blancheur de sa chemise en lin d'une légèreté
tropicale, aux yeux bruns et aux cheveux presque ras, se retournait
régulièrement vers elle comme s'il espérait croiser son regard.

Elle l'ignorait ostensiblement. La dernière chose dont elle avait besoin c'était qu'un Lothario latin s'intéresse à elle. Elle s'abîma dans la
contemplation d'un marchand ambulant vendant des contrefaçons de
Rolex et de Cartier ; quand ils s'arrêtèrent au feu, il lui tendit sa mar-

chandise. Elle secoua la tête. Un autre vendeur, une vieille femme, colportait des herbes et des racines.

Elle n'avait pas vu un seul visage de gringo depuis qu'elle était arrivée. Il fallait s'y attendre. Asunción n'avait pas grand-chose à voir avec Paris. Devant eux, un bus cracha une fumée nauséabonde. Quelques notes de musique s'égrenèrent soudain.

La circulation s'était éclaircie, les rues s'élargissaient, des arbres les bordaient. Apparemment, ils circulaient à présent dans l'une des banlieues chic de la ville. Elle avait un plan dans son sac mais ne le déplierait qu'en cas de nécessité.

Le capitaine Bolgorio lui avait précisé que la maison Prosperi se trouvait sur l'Avenida Mariscal Lopez, c'est-à-dire dans la banlieue est, sur le chemin de l'aéroport. Cette avenue, elle la connaissait pour l'avoir empruntée à son arrivée, avant d'entrer dans la ville. Une rue flanquée de splendides demeures de style colonial espagnol.

Mais ce qu'elle voyait par la vitre du taxi ne lui rappelait absolument rien. Elle était même certaine de n'avoir jamais traversé ce quartier.

Elle leva les yeux vers le chauffeur et dit :

« Où allons-nous ? »

Il ne répondit pas.

Elle insista :

« Hé, vous m'entendez ? », tandis qu'il arrêtait son véhicule le long d'un trottoir, dans une ruelle déserte.

Doux Jésus.

Elle n'était pas armée. Son pistolet était resté dans le tiroir de son bureau. Elle connaissait les arts martiaux et les techniques de self-defense mais...

Le chauffeur s'était retourné et pointait sur elle un gros .38 noir.

« Maintenant, on cause, dit l'homme. Vous débarquez d'Amérique. Vous souhaitez vous rendre dans la propriété du señor Prosperi. Vous comprendrez facilement que certains d'entre nous s'intéressent à votre présence, non ? »

Anna s'efforça de garder son calme. Il faudrait qu'elle profite de son avantage psychologique. La seule faiblesse de cet homme résidait dans les limites de son savoir. Il ignorait qui elle était. A moins que...

« Si vous êtes une pute du DEA, j'aime mieux vous dire que je possède quelques amis qui se feraient une joie de s'amuser un peu avec vous... avant de vous faire disparaître sans laisser de traces. Et vous ne seriez pas la première. Si vous êtes une *político* américaine, j'ai d'autres amis qui ne demanderaient pas mieux que de faire avec vous, disons, un petit brin de causette. »

Anna arbora une expression d'ennui mâtinée de dédain.

« Vous n'arrêtez pas de parler de vos "amis" », dit-elle avant de susurrer dans un excellent espagnol : « *El muerto al hoyo y le vivo al bolo.* » Les morts n'ont pas d'amis.

« Vous ne voulez pas choisir la manière dont vous mourrez ? C'est pourtant un privilège que la plupart d'entre nous n'aurons jamais.

— C'est vous qui devrez choisir le premier. *El que mucho habla mucho yerro.* Je suis vraiment désolée pour vous, on vous a chargé d'une course et vous avez bousillé le travail. En réalité, vous ne savez pas qui je suis, avouez-le.

— Si vous êtes maligne, vous me le direz. »

Elle retroussa les lèvres dans une moue de mépris.

« Je n'en ai pas la moindre intention. » Elle ménagea son effet. « Pepito Salazar n'apprécierait pas. »

Les traits du chauffeur se figèrent.

« *Salazar*, vous avez dit ? »

Navarro avait prononcé le nom de l'un des plus puissants exportateurs de cocaïne de la région, un homme encore plus redoutable que les gros bonnets du cartel de Medellín.

L'homme prit un air soupçonneux.

« C'est facile d'invoquer le nom d'un étranger.

— Quand je rentrerai au Palaquinto ce soir, c'est *votre* nom que j'invoquerai », dit Anna par provocation. Le Palaquinto. C'était ainsi que les rares initiés appelaient la retraite montagnarde de Salazar.

« Je regrette qu'on ne nous ait pas présentés dans les formes. »

L'homme parlait d'une voix frémissante. Sa vie ne vaudrait pas très cher si l'on apprenait qu'il s'en était pris à un envoyé personnel de Salazar.

« J'ai entendu des histoires sur le Palaquinto, les robinets en or, les fontaines de champagne...

— C'est juste pour les réceptions et, si j'étais vous, je ne compterais pas trop sur une invitation. » Elle plongea la main dans son petit sac pour y prendre les clés de sa chambre d'hôtel.

« Il faut m'excuser, dit l'homme d'une voix précipitée. J'ai reçu des instructions de certaines personnes mal informées. Aucun d'entre nous ne songerait une seconde à déshonorer un membre de l'entourage de Salazar.

— Pepito sait parfaitement que des erreurs seront commises. » Anna regarda le .38 dans la main droite du chauffeur, lui adressa un sourire rassurant, puis d'un mouvement vif, enfonça les clés dans le poignet de l'homme. L'acier entailla la chair et le fascia. L'arme tomba sur les genoux d'Anna. Pendant que l'homme hurlait de douleur, elle la ramassa d'un geste adroit et lui appuya le canon à l'arrière du crâne.

« *La mejor palabra es la que no se dice* », dit-elle entre ses dents. Le silence est d'or.

Elle lui ordonna de descendre de voiture, de faire une quinzaine de pas dans les fourrés au bord de la route, puis s'installa à sa place et lança le moteur. Elle n'avait pas le temps de repenser à cette terrifiante rencontre, pas plus qu'elle ne pouvait se permettre de paniquer, ce qui diminuerait ses réflexes et perturberait son intellect. Il y avait du pain sur la planche.

La maison où avait vécu Marcel Prosperi était bâtie en retrait de l'Avenida Mariscal López. C'était une immense demeure de style colonial espagnol, entourée d'un parc paysager extravagant ; elle lui rappela les anciennes missions espagnoles qu'il y avait chez elle, en Californie. Mais au lieu d'une simple pelouse, le terrain formait des terrasses plantées de rangées de cacti et de magnifiques fleurs sauvages, le tout protégé par une haute barrière en fer forgé.

Elle gara la Mercedes gris métallisé à quelque distance de là, en contrebas, et s'avança à pied jusqu'à l'entrée où un taxi attendait, le moteur au point mort. Un petit homme bedonnant en sortit et se dirigea vers elle à grandes enjambées. Il avait la peau brune des métis, une moustache de *bandito* noire et tombante, des cheveux bruns coiffés en arrière et gominés à outrance. Son visage luisait de graisse ou de transpiration et il avait l'air très content de lui. Sa chemise blanche à manches courtes était translucide à certains endroits, à cause de la sueur, laissant deviner la toison sombre qui lui couvrait la poitrine.

Le capitaine Bolgorio ?

Où était donc son véhicule de service ? se demanda-t-elle tandis que le taxi repartait.

Il s'approcha d'elle, rayonnant, et enferma sa main dans les deux siennes, qu'il avait larges et moites.

« Agent Navarro, dit-il. Quel plaisir de rencontrer une aussi jolie femme.

— Merci d'être venu.

— Suivez-moi, la señora Prosperi n'a pas l'habitude qu'on la fasse attendre. Elle est très riche et très puissante, agent Navarro, et elle obtient toujours ce qu'elle veut. Entrons vite. »

Bolgorio sonna à la barrière et articula leurs noms. Il y eut un bourdonnement puis Bolgorio poussa le portail.

Anna remarqua un jardinier penché sur une rangée de fleurs des champs. Une vieille domestique descendait une allée entre les haies de cacti, chargée d'un plateau surmonté de verres vides et de bouteilles d'*agua gaseosa* débouchées.

« Il est bien prévu que nous allions à la morgue après cet entretien ? », dit Anna.

« Comme je vous le disais, ce n'est vraiment pas mon secteur, agent Navarro. Superbe maison, non ? » Ils passèrent sous une voûte d'entrée qui leur procura un peu de fraîcheur. Bolgorio appuya sur la sonnette placée à côté d'une porte en bois clair savamment sculptée.

« Mais vous pouvez arranger cela ? », demanda Anna juste au moment où la porte s'ouvrait. Bolgorio haussa les épaules. Une jeune femme en tenue de soubrette, chemisier blanc, jupe noire, les invita à entrer.

A l'intérieur, il faisait encore plus frais. Ils foulèrent un sol pavé de carreaux de terra cotta. La bonne les conduisit dans une grande pièce claire et sobre, décorée de tapis grossièrement tissés, de lampes et de poteries d'argile cuite. Le lustre encastré dans le plafond de stuc semblait déplacé dans un tel contexte.

Ils s'assirent sur un long canapé blanc et attendirent. La bonne leur proposa du café ou de l'eau gazeuse qu'ils refusèrent.

Enfin, une femme apparut, grande, mince et gracieuse. La veuve Prosperi. Elle semblait avoir dans les soixante-dix ans mais elle les portait allégrement. Les vêtements de deuil qui l'habillaient de la tête aux pieds sortaient de l'atelier d'un grand couturier, peut-être Sonia Rykiel, songea Anna. Elle portait un turban noir et d'énormes lunettes de soleil à la Jackie Onassis.

Anna et Bolgorio se levèrent du sofa.

Sans leur serrer la main, elle dit en espagnol :

« Je ne vois pas ce que je peux faire pour vous aider. »

Bolgorio fit un pas en avant.

« Je suis le capitaine Bolgorio de la *policía*, dit-il en inclinant la tête, et voici l'agent spécial Anna Navarro du ministère de la Justice américain.

— Consuela Prosperi, dit-elle sur un ton impatient.

— Je vous prie d'accepter nos plus sincères condoléances pour la disparition de votre époux, poursuivit-il. Nous souhaitons simplement vous poser quelques questions et ensuite nous prendrons congé.

— Y a-t-il un problème quelconque ? Cela faisait longtemps que mon mari était malade, vous le savez. Quand il a fini par mourir, ce fut sûrement un grand soulagement pour lui. »

Et pour vous, n'en parlons pas, pensa Anna.

« Nous avons des informations, dit-elle, laissant penser que votre mari a pu être assassiné. »

Consuela Prosperi encaissa le coup sans sourciller.

« Je vous en prie, asseyez-vous », dit-elle. Ils obéirent tandis qu'elle s'enfonçait dans un fauteuil blanc, posé en face d'eux. Consuela Prosperi avait la peau bizarrement tendue d'une femme qui aurait abusé des liftings. Son maquillage tirait sur le orange, son rouge à lèvres brun luisait.

« Depuis plusieurs années, Marcel ne quittait plus sa chambre. Il devait rester couché. Sa santé était très fragile.

— Je comprends, repartit Anna. Votre mari avait-il des ennemis ? »

La veuve se tourna vers elle et lui jeta un regard impérieux.

« Pourquoi aurait-il eu des ennemis ?

— Señora Prosperi, nous savons tout des activités passées de votre mari. »

Ses yeux brillèrent.

« Je suis sa troisième épouse, dit-elle. Et nous ne discutions jamais de ses affaires. Mes propres centres d'intérêt se situent ailleurs. »

Cette femme pouvait difficilement ignorer la réputation de son mari, se dit Anna. De plus, elle ne semblait guère affectée par sa disparition.

« Le señor Prosperi recevait-il des visites de façon régulière ? »

La veuve hésita mais pas longtemps.

« Non, pas depuis notre mariage.

— Et aucun conflit, à votre connaissance, avec les "partenaires d'affaires" qu'il avait aux quatre coins du monde ? »

Les lèvres étroites de la veuve se plissèrent, faisant apparaître une série de rides verticales.

« L'agent Navarro n'a pas l'intention de vous manquer de respect, s'empressa de préciser Bolgorio. Elle veut simplement dire que...

— Je vois parfaitement ce qu'elle veut dire », lança Consuela Prosperi.

Anna haussa les épaules.

« Bien des gens au cours des années ont dû souhaiter que votre mari soit appréhendé, arrêté, ou même tué. Des rivaux. Des concurrents cherchant à empiéter sur son territoire. Des associés mécontents. Vous le savez aussi bien que moi. »

La veuve n'offrit pas la moindre réponse. Anna remarqua que son épaisse couche de fond de teint orange craquait sur son visage fripé par le soleil.

« Il arrive aussi que des gens vous avertissent, poursuivit Anna. Les services de renseignements. La sécurité. Savez-vous s'il avait reçu certaines mises en garde ?

— Durant les dix-neuf années qu'a duré notre mariage, dit Consuela Prosperi, en se détournant, je n'ai jamais entendu parler de ce genre de choses.

— A-t-il jamais exprimé devant vous la crainte que des gens cherchent à lui nuire ?

— Mon époux était un homme discret. Il dirigeait une chaîne de concessionnaires automobiles mais ne se déplaçait jamais sur le terrain. Il n'aimait pas sortir. Alors que moi, j'adore cela.

— Oui, mais disait-il qu'il avait peur de sortir ?

— Cela ne lui *plaisait pas*, corrigea-t-elle. Il préférait rester à la maison pour lire ses biographies et ses ouvrages historiques. »

Curieusement, les paroles murmurées de Ramon lui traversèrent l'esprit. *El diablo sabe mas por viejo que por diablo.* Si le diable est savant, c'est plus parce qu'il est vieux que parce qu'il est le diable.

Anna tenta une autre approche.

« Vous semblez très bien gardés, ici. »

La veuve sourit d'un air affecté.

« Vous ne connaissez pas Asunción, n'est-ce pas ?

— Il y a beaucoup de pauvreté et de délinquance, agent Navarro, dit le capitaine Bolgorio en se tournant vers elle, les mains écartées. Des gens aussi importants que les Prosperi doivent prendre leurs précautions.

— Votre mari n'a-t-il reçu aucune visite dans les dernières semaines de sa vie ? insista Anna, sans faire attention à lui.

— Non, mes propres amis venaient de temps en temps, mais aucun d'eux ne montait le voir. Il ne fréquentait plus personne ces dernières années. Il ne voyait que moi et ses infirmières. »

Anna leva soudain les yeux.

« Qui fournissait les infirmières ?

— Une agence spécialisée.

— Y avait-il un roulement – les mêmes infirmières revenaient-elles régulièrement ?

— Il y avait une infirmière de jour et une infirmière de nuit et, en effet, c'étaient toujours les mêmes. Ces femmes prenaient grand soin de lui. »

Anna se mordit l'intérieur de la lèvre.

« Je vais devoir examiner certains de vos livres de comptes domestiques. »

La veuve se tourna vers Bolgorio avec une expression outrée.

« Je ne suis pas forcée d'accepter cela, n'est-ce pas ? C'est une grotesque ingérence dans ma vie privée. »

Bolgorio tendit les mains comme pour la supplier.

« Je vous en prie, señora Prosperi, son seul intérêt est de déterminer s'il existe une quelconque possibilité d'homicide.

— Homicide ? Le cœur de mon mari a fini par lâcher, un point c'est tout.

— Si c'est indispensable, nous obtiendrons ces informations par votre banque, dit Anna. Mais ce serait tellement plus simple si... »

Consuela Prosperi se leva et dévisagea Anna, les narines dilatées, comme si l'Américaine était une rôdeuse venant de s'introduire chez elle. Bolgorio lui dit à voix basse.

« Les gens comme elle ne tolèrent pas qu'on s'immisce dans leur vie privée.

— Señora Prosperi, vous dites qu'il y avait deux infirmières, poursuivit Anna sans se laisser démonter. Etaient-ce des personnes de confiance ?

— Parfaitement.

— Mais leur arrivait-il d'être malades ou absentes ?

— Oh oui, de temps à autre, bien sûr. Ou alors elles me demandaient leur soirée, à l'occasion d'une fête. Nouvel an, Fête du travail, Carnaval, ce genre de choses. Mais elles étaient très consciencieuses et l'agence pourvoyait à leur remplacement sans que j'aie à m'en préoccuper. Quant aux remplaçantes, elles étaient tout aussi compétentes que les infirmières habituelles. La dernière nuit, l'infirmière remplaçante a fait tout ce qu'elle a pu pour sauver Marcel. »

L'infirmière remplaçante. Anna se dressa sur son siège, soudain en alerte.

« Il y avait une remplaçante auprès de lui, la nuit où il est mort ?

— Oui, mais comme je l'ai dit, elle était aussi compétente...

— Vous l'aviez déjà vue ?

— Non...

— Pouvez-vous me donner le nom et le numéro de téléphone de l'agence ?

— Evidemment, mais si vous insinuez que cette infirmière a tué Marcel, vous divaguez. Il était malade. »

Le pouls d'Anna s'accéléra.

« Pouvez-vous appeler cette agence ? demanda-t-elle à Bolgorio. Et je voudrais me rendre à la morgue sur-le-champ... Voudriez-vous les prévenir et faire en sorte que le corps soit prêt pour notre visite ?

— Le *corps* ? fit Consuela Prosperi en se levant, atterrée.

— Je suis profondément navrée, mais nous allons devoir reporter les funérailles, dit Anna. Avec votre permission, je souhaiterais faire pratiquer une autopsie. Nous pouvons toujours obtenir un ordre du tribunal, mais ce serait plus simple et plus rapide si vous nous donniez votre accord. Je peux vous le garantir, si vous faites un service avec cercueil ouvert, personne ne soupçonnera que...

— De quoi parlez-vous donc ? », s'exclama la veuve, sincèrement intriguée. Elle s'avança vers l'immense cheminée et souleva l'urne en argent ouvragé, posée sur le manteau.

« On vient de me remettre les cendres de mon mari. »

CHAPITRE 13

L E juge Miriam Bateman de la Cour suprême des Etats-Unis se leva péniblement de son bureau d'acajou massif pour accueillir son visiteur. Penchée sur sa canne à pommeau doré, elle contourna le meuble en souriant avec cordialité, malgré la terrible douleur que lui causaient ses rhumatismes articulaires, et serra la main de l'homme.

« Quel plaisir de vous voir, Ron », dit-elle.

Son visiteur, un homme noir de haute taille frisant la soixantaine, se pencha pour déposer un baiser sur la joue du petit juge.

« Vous avez l'air en pleine forme, comme d'habitude », dit-il. Sa voix de baryton était profonde et claire, son élocution parfaite.

« Oh, foutaises. » Le juge Bateman rejoignit en boitillant une bergère à haut dossier posée devant la cheminée. L'homme s'installa dans celle qui lui faisait face.

Son visiteur était l'un des citoyens les plus influents de Washington, un avocat unanimement respecté et bénéficiant de relations extrêmement bien placées. Bien qu'il n'ait jamais occupé de fonctions officielles, il était devenu le confident de tous les Présidents depuis Lyndon Johnson, qu'ils soient démocrates ou républicains. Ronald Evers, également réputé pour sa splendide garde-robe, portait un magnifique costume anthracite à fines rayures et une cravate marron glacé.

« Madame le juge, merci d'avoir accepté de me rencontrer si vite.

— Pour l'amour du Ciel, Ron, c'est moi, Miriam. Depuis combien de temps nous connaissons-nous ? »

Il sourit.

« Je crois que ça fait trente-cinq ans... Miriam, à une décennie près. Mais je préfère toujours vous appeler *Professeur* Bateman. »

Evers avait été l'un des plus brillants étudiants de Miriam Bateman, à l'université de Yale, et il n'était pas pour rien dans sa nomination à la Cour suprême, intervenue quelque quinze ans plus tôt. Il se pencha vers elle.

« Vous êtes une femme très occupée et la Cour est en pleine session. Permettez-moi donc d'en venir tout de suite au fait. Le Président m'a demandé de vous faire part d'une chose qui ne doit pas sortir de cette pièce, une chose qui le préoccupe énormément. Comprenez bien qu'il ne s'agit que de réflexions préliminaires. »

Les yeux bleus perçants du juge Bateman pétillèrent d'intelligence derrière les verres épais de ses lunettes.

« Il veut que je me retire », dit-elle d'une voix morne.

Son visiteur ne s'attendait pas à cette réponse directe.

« Il éprouve un immense respect pour vos jugements et vos intuitions et il aimerait que vous désigniez votre successeur. Son mandat se termine dans un peu plus d'un an et il veut s'assurer que la prochaine vacance de la Cour suprême ne sera pas comblée par le parti adverse, ce qui semble malheureusement prévisible en ce moment. »

Le juge Bateman répondit d'une voix posée :

« Et pour quelle raison le Président pense-t-il que mon siège sera bientôt libre ? »

Ronald Evers pencha la tête, ses yeux se fermèrent comme s'il priait ou entrait dans une profonde contemplation.

« C'est une question délicate, dit-il d'une voix douce, comme un prêtre dans un confessional, mais nous avons toujours parlé ouvertement. Vous êtes l'un des meilleurs juges que cette nation ait connu, et je ne doute pas un instant qu'on parlera de vous dans les mêmes termes que Brandeis ou Frankfurter. Mais je sais que vous voudrez préserver votre héritage, voilà pourquoi vous devez vous poser une question très difficile : combien d'années vous reste-t-il ? » Il releva la tête et la regarda droit dans les yeux.

« Souvenez-vous, Brandeis, Cardozo et Holmes ont tous été incapables de reconnaître qu'ils avaient fait leur temps. Ils se sont accrochés à la Cour suprême alors qu'ils n'étaient plus en mesure d'accomplir le même travail qu'avant. »

Le regard de Bateman resta ferme.

« Puis-je vous offrir un café ? », dit-elle de manière impromptue. Puis, baissant le ton d'un air de conspirateur, elle ajouta : « J'ai ici une *Sachertorte* que j'ai ramenée de chez Demel à Vienne, et les médecins me disent que je ne devrais pas en manger. »

Evers tapota son ventre plat.

« J'essaie de me maintenir. Merci beaucoup.

— Permettez-moi de répondre à la rudesse par la rudesse. Je connais de réputation tous les juges d'une quelconque stature gravitant dans tous les circuits de ce pays. Et je ne doute pas que le Président trouvera un juriste hautement qualifié, extrêmement brillant, un érudit de grande qualité. Mais je veux vous confier quelque chose. Il faut des années pour savoir comment fonctionne la Cour suprême. Il ne suffit pas de s'amener et d'espérer exercer une influence. La maturité, les années de pratique sont irremplaçables. Si j'ai appris quelque chose ici, c'est bien le pouvoir de l'*expérience*. C'est de là que découle la vraie sagesse. »

Son hôte s'attendait à cet argument.

« Et il n'existe personne à la Cour qui possède votre sagesse. Mais votre santé est chancelante. Vous ne rajeunissez pas. » Il sourit d'un air triste.

« Personne ne rajeunit. C'est une chose terrible à dire, je sais, mais le fait reste incontournable.

— Oh, je ne prévois pas de passer l'arme à gauche avant quelque temps », dit-elle avec une étincelle dans le regard.

La sonnerie du téléphone les fit sursauter. Elle décrocha.

« Oui ?

— Je suis navrée de vous déranger, dit la voix de sa fidèle secrétaire, Pamela, mais j'ai Mr. Holland au bout du fil. Vous m'avez dit de vous le passer dès qu'il appellerait.

— Je vais prendre cet appel dans mon cabinet privé. » Elle reposa le combiné et se leva avec difficulté.

« Excusez-moi un instant, Ron, voulez-vous ?

— Je peux attendre dehors, dit Evers en se dressant pour l'aider à se rétablir.

— Ne soyez pas stupide. Restez ici. Et si vous changez d'avis à propos de la *Sachertorte*, Pamela n'est pas loin. »

Le juge Bateman ferma la porte de son cabinet et s'avança laborieusement vers son fauteuil favori.

« Mr. Holland.

— Madame le juge, excusez-moi de vous déranger, dit la voix au téléphone, mais une difficulté est apparue que vous pourrez nous aider à résoudre, je pense. »

Elle écouta quelques instants avant de répondre :

« Je peux passer un coup de fil.

— Si cela ne vous ennuie pas trop, dit l'homme. Je ne vous importunerais certainement pas si l'affaire n'était de la plus haute importance.

— Vous ne m'importunez pas le moins du monde. Personne ne le veut. Et encore moins en ce moment. »

Elle l'écouta encore un peu, puis :

« Bien, nous sommes tous certains que vous ferez pour le mieux. »

Après une autre pause, elle ajouta : « A très bientôt », puis raccrocha.

Zurich

Un vent glacial soufflait sur le Limmatquai, le quai longeant les rives de la Limmat. Ce fleuve traverse le cœur de Zurich avant de se jeter dans la Zurichsee. Il divise la ville en deux moitiés distinctes, d'un côté le quartier de la haute finance et des boutiques de luxe, de l'autre l'*Altstadt*, la ville médiévale et ses rues pittoresques. La Limmat scintillait dans la douce lumière du matin. Bien qu'il ne ne fût même pas 6 heures, les gens se précipitaient déjà vers leurs bureaux, armés de cartables et de parapluies. Le ciel était chargé de nuages sombres et pourtant aucune averse n'était en vue. Les Zurichois sont des gens prudents.

Les nerfs à vif, Ben longea la promenade et dépassa le *Zunfthausen* du XIIIe siècle, l'ancien Hôtel de Ville aux fenêtres ornées de vitraux, qui abritait aujourd'hui d'élégants restaurants. Arrivé sur Marktgasse, il tourna à gauche, s'enfonçant dans le dédale de ruelles formant la vieille ville. Au bout de quelques minutes, il déboucha sur Trittligasse, une rue bordée de bâtiments de pierre datant du Moyen Age, reconvertis pour certains en immeubles d'habitation.

Le numéro 73 était une ancienne maison de ville en pierre, divisée en appartements. Le petit panneau de cuivre encastré à côté de la porte d'entrée ne comptait que six noms frappés en blanc sur des rectangles de plastique.

L'un d'eux était : M. DESCHNER.

Il poursuivit sa route sans ralentir le pas, afin de ne pas attirer l'attention. Ce n'était peut-être que de la paranoïa, mais il se pouvait très bien que des guetteurs de la Corporation soient postés en surveillance, et il ne voulait pas faire courir le moindre risque au cousin de Liesl en entrant directement chez lui. L'apparition d'un étrange visiteur risquait d'éveiller les soupçons. Même si la présence d'espions était peu probable, il convenait de prendre un minimum de précautions.

Une heure plus tard, un livreur vêtu de l'uniforme voyant, orange et noir, de la Blümchengalerie sonnait au 73 Trittligasse. La Blümchengalerie était le fleuriste le plus réputé de Zurich et, dans les quartiers les plus huppés, la tenue colorée de ses coursiers faisait partie du paysage. L'homme portait un énorme bouquet de roses blanches. En fait, si les roses venaient bien de la Blümchengalerie, l'uniforme lui, avait été acheté au bazar de la charité d'une paroisse catholique, à l'autre bout de la ville.

Quelques minutes plus tard, l'homme sonna de nouveau. Cette fois, une voix grésilla dans l'interphone : « Oui ?

— C'est Peter Hartman. »

S'ensuivit un long silence.

« Répétez, je vous prie.

— Peter Hartman. »

Il y eut un silence encore plus long.

« Je suis au deuxième étage, Peter. »

Avec un bourdonnement, la porte d'entrée s'ouvrit et Ben se retrouva dans un hall sombre. Déposant les fleurs sur une console de marbre, il escalada à travers la pénombre les marches de pierre raides et usées.

Liesl lui avait donné les adresses et les numéros de téléphone du domicile et du bureau de Matthias Deschner. Mais au lieu d'appeler l'avocat à son cabinet, Ben avait décidé de se présenter chez lui, sans prévenir, à une heure assez matinale pour que l'homme de loi ne soit pas encore parti au travail. Il savait les Suisses terriblement à cheval sur les horaires de bureau. Leurs journées commençaient souvent entre 9 et 10 heures. Deschner ne dérogerait sans doute pas à la règle.

Liesl avait dit qu'elle lui faisait confiance – « totalement » – mais il ne pouvait plus courir aucun risque. Par conséquent, il avait insisté pour que Liesl s'abstienne de lui annoncer sa visite par téléphone. Il préférait prendre l'avocat par surprise. L'homme ne serait pas sur ses gardes et Ben pourrait ainsi observer sa réaction spontanée à l'instant où il se retrouverait en face du soi-disant Peter Hartman – à moins que Deschner ne soit déjà au courant du meurtre de Peter ?

La porte s'ouvrit. Matthias Deschner apparut, vêtu d'un peignoir vert écossais. C'était un homme de petite taille, avec un visage pâle et sec, d'épaisses lunettes cerclées de métal et des cheveux roux qui frisaient sur les tempes. Une cinquantaine d'années, estima Ben.

Il écarquilla les yeux sous l'effet de la surprise.

« Bon sang, s'exclama-t-il. Qu'est-ce que c'est que cet accoutrement ? Mais ne reste pas là – entre, entre donc. » Il ferma la porte derrière Ben et dit : « Je peux t'offrir du café ?

— Merci.

— Qu'est-ce que tu fais ici ? murmura Deschner. Est-ce que Liesl... ?

— Je ne suis pas Peter. Je suis son frère Ben.

— Tu... *Quoi* ? Son *frère* ? Oh mon Dieu ! » fit-il dans un hoquet. Deschner pivota sur lui-même et scruta Ben avec une soudaine expression d'effroi.

« Ils l'ont trouvé, n'est-ce pas ?

— Peter a été tué il y a quelques jours.

— Oh, seigneur, dit-il dans un souffle. Oh, seigneur. Ils l'ont trouvé ! Il avait tellement peur que ça lui arrive un jour. » Deschner s'interrompit et un rictus de terreur déforma son visage.

« Liesl...

— Liesl va bien.

— Dieu merci. » Il se tourna vers Ben. Enfin, si je vous demande cela...

— Pas de problème. Je comprends. Liesl est une parente à vous. »

Deschner se tenait devant une petite table. Il versait du café dans une tasse de porcelaine.

« Comment est-ce arrivé ? demanda-t-il gravement. *Racontez-moi*, pour l'amour du ciel ! »

« Je suis sûr que la banque où vous aviez rendez-vous le matin de l'incident sur la Bahnofstrasse est l'élément déclencheur », fit Deschner.

Séparés par la table, les deux hommes se regardèrent attentivement. Ben avait ôté son uniforme orange et noir déformé pour révéler sa tenue de ville.

« L'Union Bank de Suisse est le résultat de la fusion de plusieurs banques plus anciennes. Il y avait peut-être un vieux compte, un compte à problèmes qu'on tenait à l'œil. L'homme chargé de cette tâche était peut-être l'un des individus que vous avez croisés. Un assistant, un employé. Un informateur à qui on aurait remis une liste de personnes à surveiller.

— Introduit dans les lieux par cette société dont parlaient Liesl et Peter, ou l'un de ses succédanés ?

— Très possible. Toutes ces firmes géantes entretiennent des relations bien pratiques avec les grandes banques suisses. La liste complète des fondateurs nous fournira le nom des suspects.

— Peter vous a-t-il montré cette liste ?

— Non. Au début, il ne m'a même pas dit pourquoi il voulait ouvrir un compte. Tout ce que je savais c'était qu'il n'y avait presque rien sur ce compte. Il ne s'intéressait qu'à une seule chose, en réalité : le coffre qui allait avec. Pour conserver certains documents, disait-il. Ça vous dérange si je fume ?

— Vous êtes chez vous.

— C'est que vous autres, Américains, êtes si fascistes avec les fumeurs, si vous me permettez l'expression. »

Ben sourit.

« Nous ne le sommes pas tous. »

Deschner sortit une cigarette du paquet de Rothmans posé près de l'assiette de son petit déjeuner et l'alluma avec un briquet en plastique bon marché.

« Peter tenait à ce que le compte ne soit pas ouvert à son nom. Il avait peur – à juste titre, malheureusement – que ses ennemis aient des contacts dans les banques. Il voulait l'ouvrir sous un nom d'emprunt, mais ce genre de pratique n'est plus possible de nos jours. Les banques sont plus rigoureuses qu'autrefois sur ce point. Il y a eu énormément de pressions venant de l'étranger, et surtout d'Amérique. Dans les années 70, nos banques ont commencé à demander qu'on leur présente un passeport pour toute ouverture de compte. Avant on pouvait le faire par simple courrier. Plus maintenant.

— Alors il a dû l'ouvrir sous son vrai nom ?

— Non. Sous *le mien*. C'est moi le détenteur du compte, Peter en était ce qu'on appelle l' "usufruitier" ». Il exhala un filet de fumée.

« Il a fallu que nous fassions la démarche ensemble, mais le nom de Peter n'est apparu que sur un unique papier, connu seulement du fondé de pouvoir. On appelle cela le certificat d'identité de l'usufruitier. Ce formulaire est conservé en lieu sûr dans leurs dossiers. »

Dans une autre pièce, le téléphone sonna.

« De quelle banque s'agit-il ?

— J'ai choisi la Handelsbank Schweiz AG parce qu'elle est petite et discrète. Certains de mes clients ont fait de bonnes affaires avec la Handelsbank, des clients dont l'argent n'est pas, dirons-nous, parfaitement propre.

— Est-ce que cela signifie que vous pouvez accéder au coffre de Peter pour moi ?

— Je crains fort que non. Il faudra que vous m'accompagniez. En tant qu'héritier de l'usufruitier.

— Si c'est possible, dit Ben, j'aimerais m'y rendre tout de suite. » Il se souvenait de l'avertissement que lui avait lancé Schmid. Il ne devait pas remettre les pieds à Zurich et si jamais il violait cette injonction, il serait considéré comme *persona non grata* et passible d'une arrestation immédiate.

Le téléphone continuait à sonner. Deschner écrasa sa cigarette dans une soucoupe.

« Très bien. Si vous n'y voyez pas d'inconvénient, je vais répondre. Ensuite, je dois passer un ou deux appels et déplacer mon rendez-vous de 9 heures 30. »

Il se rendit dans la pièce voisine, son bureau, et revint quelques minutes plus tard.

« Tout est arrangé. J'ai pu changer l'heure de mon rendez-vous.

— Merci.

— Je vous en prie. Le fondé de pouvoir – c'est le banquier, le vice-président de la banque, Bernard Suchet – possède tous les papiers nécessaires. Il a une photocopie du passeport de Peter. Ils croient que Peter est mort depuis quatre ans. Pour autant qu'on le sache, la récente... *tragédie* n'a pas été rendue publique. Votre propre identité sera facile à établir.

— Je suis entré dans ce pays par des moyens quelque peu irréguliers, dit Ben en choisissant soigneusement ses mots. Ma présence ici ne peut être vérifiée selon les voies habituelles, les douanes et l'immigration. Que se passera-t-il s'ils alertent les autorités ?

— Evitons de réfléchir à tout ce qui risque de mal tourner. A présent, je finis de m'habiller et je suis à vous. Après, on y va. »

CHAPITRE 14

ANNA se retourna vers Bolgorio.
« Quoi ? Le corps a été incinéré ? Nous avions un *accord*, merde... ! »

L'inspecteur paraguayen haussa les épaules, écarta les mains en écarquillant les yeux. Il y avait de l'inquiétude dans son expression.

« Agent Navarro, s'il vous plaît, nous discuterons de cela plus tard, pas devant la famille du défunt... »

Anna l'ignora et se tourna vers la veuve.

« Vous a-t-on informée qu'il y aurait une autopsie ? demanda-t-elle.

— Ne me parlez pas sur ce ton, lança Consuela Prosperi. Je ne suis pas une criminelle. »

Anna, livide, regarda Bolgorio.

« Saviez-vous que le corps de son mari allait être incinéré ? *Bien sûr qu'il le savait, le salaud.*

— Agent Navarro, je vous l'ai déjà dit, ce n'est pas mon secteur.

— Mais vous le saviez ou *pas* ?

— J'en ai vaguement entendu parler. Mais je ne suis qu'un petit bureaucrate, essayez de comprendre.

— En avons-nous fini ? demanda Consuela Prosperi.

— Pas encore, repartit Anna. Vous a-t-on forcée à procéder à une crémation ? », s'enquit-elle.

La veuve dit à Bolgorio :

« Capitaine, veuillez faire sortir cette femme de ma maison.

— Toutes mes excuses, madame, dit Bolgorio. Agent Navarro, nous devons nous retirer à présent.

— Nous n'en avons pas encore fini, répondit Anna avec sang-froid. On vous a forcée, n'est-ce pas ? fit-elle à l'intention de la señora Prosperi. Qu'est-ce qu'on vous a dit... que vos biens seraient gelés, confisqués, à moins que vous ne vous montriez obéissante ? Quelque chose dans ce goût-là ?

— Faites-la sortir de ma maison, capitaine ! ordonna la veuve d'une voix plus forte.

— Je vous en prie, agent Navarro...

— Madame, dit Anna, laissez-moi vous dire une chose. J'ai cru comprendre qu'une importante partie de vos biens était placée dans des sociétés d'investissement et autres portefeuilles d'actions aux Etats-Unis et ailleurs. S'il vous soupçonne de faire partie d'un complot criminel international, le gouvernement américain est en droit de saisir ces biens. » Elle se leva et se dirigea vers la porte. « Je vais appeler tout de suite Washington et c'est ce que je vais leur demander de faire. »

Derrière elle, elle entendit la veuve crier : « Elle ne peut pas faire ça, n'est-ce pas ? Vous m'avez assuré que mon argent serait en sécurité si...

— Du calme ! » aboya le détective. Fort surprise, Anna se retourna. Bolgorio se tenait face à la veuve. Il avait perdu son ton obséquieux.

« Je m'en occupe. »

Il s'avança vers Anna à grandes enjambées et lui attrapa le bras.

Devant le portail d'entrée de la propriété Prosperi, Anna demanda : « Qu'est-ce que vous couvrez ?

— Vous feriez bien de laisser tomber », dit Bolgorio. A présent, on décelait de la malveillance dans sa voix, une sorte d'assurance triomphante qu'elle n'avait pas encore remarquée chez lui.

« Vous êtes en visite ici. Vous n'êtes pas dans votre pays.

— Comment ça s'est passé ? Vous allez me dire que les consignes transmises à la morgue se sont "perdues en route" ou qu'on les a "mal classées" ? On vous a acheté, c'est bien cela ?

— Que savez-vous de la manière dont les choses fonctionnent au Paraguay ? », dit Bolgorio en se rapprochant désagréablement d'elle. Elle sentit la moiteur de son haleine, ses postillons.

« Il y a beaucoup de choses que vous ne comprenez pas.

— Vous *saviez* que le cadavre avait été incinéré. Dès l'instant où je vous ai téléphoné, j'ai eu un pressentiment. Vous saviez qu'aucun cadavre ne m'attendait à la morgue. Dites-moi juste une chose : avez-vous reçu un ordre ou vous a-t-on soudoyé ? D'où venait cette requête... du gouvernement ou de plus haut ? »

Bolgorio, imperturbable, ne répondit rien.

« *Qui a ordonné de faire disparaître le corps ?*

— Vous me plaisez, agent Navarro. Vous êtes une femme séduisante. Je ne veux pas qu'il vous arrive quelque chose. »

Il avait l'intention de l'effrayer et par malheur il y parvenait. Mais elle se contenta de lui adresser un regard morne.

« Pas très subtil comme menace.

— Ce n'est pas une menace. Sincèrement, je ne veux pas qu'il vous arrive du mal. Vous devez m'écouter et quitter ce pays sans tarder. Il y a des gens haut placés au gouvernement qui protègent les types comme Prosperi. De l'argent circule, des masses d'argent. Vous n'obtiendrez rien en mettant votre vie en péril. »

Oh, pensa-t-elle, *vous ne savez pas à qui vous avez affaire. Me menacer de la sorte revient à agiter un drapeau rouge devant un taureau.*

« Avez-vous ordonné la crémation ?

— La crémation a eu lieu, c'est tout ce que je sais, je ne suis qu'un sous-fifre.

— Alors quelqu'un doit savoir que la mort de Prosperi n'était pas naturelle. Autrement, pourquoi aurait-on détruit la preuve ?

— Vous me posez des questions dont j'ignore la réponse, dit-il posément. Je vous en prie, agent Navarro. Je vous en prie, prenez soin de vous. Il y a des gens ici qui préfèrent que les choses restent comme elles sont.

— Croyez-vous qu'*ils*... que ces "gens qui préfèrent que les choses restent comme elles sont"... sont ceux qui ont supprimé Prosperi et maquillé le crime en mort naturelle ? »

Bolgorio regarda au loin, comme s'il contemplait quelque chose.

« Je nierai vous avoir parlé de cela. J'ai appelé l'agence d'infirmières avant que vous n'arriviez ici. Dès que j'ai su que vous enquêtiez sur la mort de Prosperi. Il me semblait que c'était le premier endroit où poser des questions.

— Et alors ?

— L'infirmière remplaçante... celle qui était au chevet de Prosperi la nuit où il est mort... elle a disparu. »

Elle sentit son estomac chavirer. *Je savais que c'était trop facile,* pensa-t-elle.

« Comment ont-ils embauché cette infirmière ?

— Elle s'est présentée à l'agence avec d'excellentes références, m'ont-ils dit. Ils ont tout vérifié. Elle prétendait habiter non loin d'ici, une distance qu'on peut aisément parcourir à pied, et que donc, s'ils avaient des missions à lui confier dans le quartier... Ils lui ont signé trois contrats différents, tous dans ce secteur, et tout s'est bien passé. Puis soudain, l'infirmière habituellement assignée à Prosperi tombe malade et comme la remplaçante est disponible...

— Ils n'ont aucun moyen de la joindre ?

— Comme je l'ai dit, elle a disparu.

— Mais ses salaires, son compte en banque...

— Elle était payée en espèces. C'est fréquent dans ce pays. Elle avait donné une fausse adresse. Quand on a été voir sur place, on s'est aperçu que tout ce qui la concernait était faux. On aurait dit qu'elle avait été créée pour l'occasion, comme un décor de théâtre. Une fois le boulot fait, on a démonté le décor.

— Ça m'a tout l'air d'un travail de professionnel. Je veux discuter avec les gérants de l'agence.

— Vous n'apprendrez rien. Et je ne vous aiderai pas. Je vous en ai déjà trop dit. Je vous en prie, laissez tomber tout de suite. Un étranger trop curieux a des tas de manières de se faire tuer ici. Surtout quand des personnes très puissantes souhaitent garder certaines choses secrètes. Je vous en prie... partez. »

Elle savait qu'il ne plaisantait pas. Ce n'était pas simplement une menace. Elle était plus entêtée que tous les gens qu'elle connaissait. *Mais parfois il vaut mieux se retirer,* se dit-elle. *Parfois l'essentiel est de rester en vie.*

Zurich

Au moment où Ben Hartman et Matthias Deschner se retrouvèrent sur la Lowenstrasse, il se mit à bruiner. Le ciel était gris acier. Les tilleuls qui bordaient la rue bruissaient dans le vent. 9 heures sonnèrent à l'horloge d'un clocher, formant un mélodieux carillon. Des trams passèrent au milieu de la rue – le 6, le 13 et le 11 – et s'arrêtèrent dans un grincement. Les camions FedEx semblaient avoir investi le quartier : Zurich était la capitale mondiale de la banque et la banque était une affaire de temps. Ben était bien placé pour le savoir. Armés de leur parapluie, les banquiers rejoignaient en courant leurs bureaux. Deux jeunes Japonaises, des touristes, gloussaient. Des bancs en bois naturel s'alignaient sous les tilleuls. Inoccupés.

Le crachin s'arrêta puis reprit. Ils atteignirent une allée piétonnière encombrée, à l'intersection de Lagerstrasse et de Löwenstrasse. Le bâtiment abritant la Société de Banque Suisse se dressait là, vide, en construction ou bien en rénovation.

Deux Italiens vêtus d'élégantes vestes de cuir noir identiques les croisèrent. Ils tiraient sur des cigarettes. Puis une matrone qui s'était aspergée de *Shalimar* passa près d'eux.

Une rue plus loin, Deschner, vêtu d'un méchant imperméable noir passé sur une hideuse veste à carreaux, s'arrêta devant un immeuble de pierre blanche ressemblant à une mairie, sur la façade duquel était apposée une petite plaque de cuivre. On y voyait gravée une élégante inscription : HANDELSBANK SCHWEIZ AG.

Deschner tira vers lui la lourde porte de verre.

Juste de l'autre côté de la rue, à la terrasse d'un café, un jeune homme élancé était assis sous un parasol rouge Coca Cola. Il portait un pantalon kaki, un sac à dos en nylon bleu, un T-shirt MC Solaar et buvait un Orangina au goulot. D'un geste languide, il feuilletait un magazine de musique tout en parlant dans un téléphone portable. De temps en temps, il jetait un coup d'œil vers l'entrée de la banque, sur le trottoir d'en face.

Des panneaux de verre à l'ouverture commandée par un système électronique s'effacèrent devant eux. Ils stationnèrent un instant dans un sas fermé par des portes épaisses puis, avec un bourdonnement sourd, le passage s'ouvrit.

Le hall de la Handelsbank était une grande salle dallée de marbre, avec pour seul mobilier un bureau noir brillant, posé tout au fond. Une femme y était assise, coiffée d'un minuscule casque téléphonique sans fil dans lequel elle parlait d'une voix posée. Elle leva les yeux à leur approche.

« *Guten morgen,* dit-elle. *Kann ich Ihnen helfen ?*

— *Ya, guten morgen. Wir haben eine Verabredung mit Dr Suchet.*

— *Sehr gut, mein Herr. Eine Moment.* » Elle murmura quelques mots dans le combiné.

« *Er wird gleich unten sein, um Sie zu sehen.*

— Je crois que vous apprécierez Bernard Suchet, dit Deschner. C'est un brave homme, un banquier de l'ancienne école. Pas comme ces jeunes agités qu'on croise partout dans Zurich, de nos jours, et qui ne cessent de courir dans tous les sens. »

Au point où j'en suis, pensa Ben, *ce type pourrait tout aussi bien être Charles Manson.*

Les portes en acier d'un ascenseur s'ouvrirent dans un glissement métallique. Un homme à la carrure impressionnante, vêtu d'une veste de tweed, en surgit, se dirigea vers eux et leur serra la main, en commençant par Deschner.

« *Es freut mich Dich wiedenzusehen, Matthias* », s'exclama-t-il, puis se tournant vers Ben : « Je suis enchanté de faire votre connaissance, Mr. Hartman. Je vous en prie, suivez-moi. »

Ils pénétrèrent ensemble dans l'ascenseur équipé d'une caméra discrètement fixée au plafond. Suchet ne se départissait pas de son sourire aimable. Il avait de grosses lunettes à monture rectangulaire, un double menton et une bonne bedaine. La poche de sa chemise portait ses initiales brodées et la pochette glissée dans la poche de sa veste était assortie à sa cravate. Un cadre supérieur, se dit Ben. Veste de tweed, rien à voir avec une tenue de banquier : l'homme est au-dessus des codes vestimentaires.

Ben l'observa, cherchant en lui des signes de méfiance. Mais Suchet semblait uniquement préoccupé par ses affaires.

L'ascenseur s'ouvrit sur une salle d'attente au sol couvert d'une épaisse moquette grège et garnie de meubles anciens, des pièces authentiques. Ils traversèrent la salle en direction d'une porte équipée d'un lecteur de carte électronique dans lequel Suchet glissa le badge qui pendait à une chaîne passée autour de son cou.

Le bureau de Suchet, une pièce spacieuse, inondée de lumière, se trouvait au bout du couloir. Le seul objet trônant sur son long bureau surmonté d'une plaque de verre était un ordinateur. Il s'assit à sa table de travail, pendant que Deschner et Ben prenaient place en face de lui. Une femme d'âge mûr entra, tenant un plateau en argent. Elle disposa sur le bureau, devant les deux visiteurs, deux expressos et deux verres d'eau. Puis apparut un jeune homme qui remit un dossier au Dr Suchet.

Ce dernier l'ouvrit.

« Vous êtes Benjamin Hartman, bien sûr », demanda-t-il en détournant son regard de hibou du dossier qu'il avait en main pour le diriger vers Ben.

Ben hocha la tête, l'estomac noué.

« Les documents annexes qui nous ont été fournis certifient que vous êtes le seul héritier de l' "usufruitier" de ce compte. Nous sommes bien d'accord, n'est-ce pas ?

— Tout à fait.

— Du point de vue légal, ces documents me suffisent. Et du point de vue visuel – eh bien, il saute aux yeux que vous êtes le frère jumeau de Peter Hartman. » Il sourit. « Que puis-je donc faire pour vous, en cette belle matinée, Mr. Hartman ? »

Les coffres de la Handelsbank étaient installés au sous-sol du bâtiment, dans un local éclairé au néon, bas de plafond et loin d'être aussi fastueux et moderne que les étages. Plusieurs portes numérotées donnaient sur un étroit corridor. Elles ouvraient probablement sur des coffres ayant la taille d'une pièce. Plus loin, quelques alcôves plus larges semblaient tapissées de cuivre, mais après un examen plus précis, Ben vit qu'il s'agissait de coffres de diverses tailles.

A l'entrée d'une alcôve numérotée 18C, le Dr Suchet s'arrêta et tendit une clé à Ben sans lui indiquer lequel, parmi les centaines de coffres qui se trouvaient là, était celui de Peter.

« Je suppose que vous souhaitez rester seul, dit-il. Herr Deschner et moi-même allons vous laisser. Vous pourrez me joindre grâce au téléphone que vous voyez ici – il désigna un appareil blanc posé sur une table d'acier, au centre de la pièce – quand vous aurez fini. »

Ben regarda les rangées de coffres superposées sans savoir que faire. Etait-ce une façon de le tester ? Ou bien Suchet pensait-il tout simplement que Ben connaissait le numéro de son coffre ? Ben jeta un coup d'œil à Deschner qui sembla partager son malaise, mais curieusement, ne dit rien. Puis il regarda de nouveau la clé et vit un chiffre gravé en relief. *Bien sûr. Ça tombait sous le sens.*

« Merci, dit-il. J'ai tout ce qu'il me faut. »

Les deux Suisses sortirent en bavardant. Ben avisa une caméra de surveillance juchée entre le plafond et le mur. Sa lumière rouge était allumée.

Il repéra le coffre 322, une petite boîte presque à la hauteur des yeux, et tourna la clé dans la serrure.

Oh, mon Dieu, pensa-t-il, le cœur battant la chamade, *que peut-il y avoir là-dedans ? Peter, qu'as-tu caché ici, quel objet assez précieux pour qu'il t'ait coûté la vie ?*

A l'intérieur, il trouva une sorte d'enveloppe faite d'un épais papier sulfurisé. Il la prit – le document qu'elle contenait était étonnamment fin – et l'ouvrit.

Elle ne recélait qu'une seule chose et ce n'était pas un bout de papier.

C'était une photographie, mesurant environ quinze centimètres sur dix.

Il en eut le souffle coupé.

Elle montrait un groupe d'hommes, certains en uniforme nazi, d'autres en costume et pardessus des années 40. Il reconnut aussitôt certains d'entre eux. Giovanni Vignelli, le grand industriel turinois, magnat de l'automobile ; ses énormes usines fournissaient l'armée italienne en moteurs diesel, wagons, avions. Le patron de la Royal Dutch Petroleum, Sir Han Detwiler, un Hollandais xénophobe. Le légendaire fondateur de la première et plus importante compagnie d'aviation américaine. Sur d'autres visages, il ne put mettre de nom mais il se rappelait les avoir vus dans des livres d'histoire. Certains portaient la moustache, y compris le beau jeune homme brun debout à côté d'un arrogant officier nazi aux yeux clairs dont le visage lui parut familier, bien qu'il connût mal l'histoire de l'Allemagne.

Non, pourvu que ce ne soit pas lui.

Il ne put identifier le nazi.

En revanche, le beau jeune homme était son père, sans aucun doute possible.

Max Hartman.

Sur la bordure blanche au bas de la photo, une légende dactylographiée annonçait : Zurich, 1945. SIGMA AG.

Il replaça la photo dans l'enveloppe qu'il glissa dans sa poche de poitrine. Elle lui brûla la peau.

Il en avait le cœur net à présent. Son père lui avait menti, il lui avait menti durant toute sa vie d'adulte. La tête lui tourna. Soudain une voix dissipa sa stupeur.

« Mr. Hartman ! Mr. Benjamin Hartman. Il y a un mandat d'arrêt contre vous ! Nous sommes dans l'obligation de vous retenir ici. »

Oh, doux Jésus.

C'était la voix du banquier, Bernard Suchet. Il avait dû contacter les autorités locales. Une recherche rapide auprès de la police des frontières révélerait que son entrée sur le territoire suisse n'était enregistrée nulle part. Les paroles glaciales de Schmid lui revinrent en mémoire : *Si jamais j'apprends que vous traînez encore par ici, ça bardera pour votre matricule.*

Suchet était flanqué de Matthias Deschner et de deux vigiles, arme au poing.

« Mr. Hartman, la *Kantonspolizei* m'a informé que vous aviez pénétré en fraude dans ce pays », dit le banquier. Le visage de Deschner n'exprimait pas le moindre sentiment.

« Qu'est-ce que cela signifie ? » s'écria Ben d'un air indigné. L'avaient-ils vu glisser la photo dans sa veste ?

« Il faut qu'on vous retienne ici jusqu'à l'arrivée de la police. Ce ne sera pas long. »

Ben le fixa sans rien dire.

« Vos agissements contreviennent au Code criminel fédéral suisse, poursuivit Suchet d'une voix forte. Vous semblez également être impliqué dans d'autres infractions. On ne vous laissera sortir d'ici que sous escorte policière. »

Deschner restait silencieux. Dans ses yeux, Ben voyait quelque chose qui ressemblait à de la peur. Pourquoi n'intervenait-il pas ?

« Gardes, s'il vous plaît, accompagnez Mr. Hartman jusqu'à la chambre forte n° 4. Mr. Hartman, vous n'emporterez rien avec vous. Vous êtes dès à présent sous notre surveillance, en attendant votre arrestation officielle. »

Les gardes s'approchèrent, leurs armes toujours pointées vers lui.

Ben se campa sur ses jambes, les mains ouvertes de chaque côté de lui, et s'avança dans le couloir, encadré des deux vigiles. En passant près de Deschner, il vit l'avocat hausser imperceptiblement les épaules.

Les paroles de mise en garde de Peter : *ils ont presque la moitié des flics* dans leur poche. Les paroles de menace de Schmid : *la* Einwanderungsbehörde *peut vous placer en détention administrative pendant un an avant que votre affaire passe en jugement.*

Il ne pouvait se laisser emprisonner. S'il était tué ou enfermé, ses recherches seraient arrêtées et cette perspective le révulsait, lui redonnait des forces. Dans ce cas, Peter se serait sacrifié en vain. La Corporation aurait gagné.

Il devait agir pour empêcher cela. A tout prix.

Ben savait que les chambres fortes, *die Stahlkammern,* servaient à exposer des objets ayant une valeur intrinsèque – de l'or, des pierres précieuses, des titres au porteur – avant d'être estimées par un audit officiel à la demande de leur propriétaire. Moins imprenables que les coffres, elles étaient quand même sûres, avec leurs portes d'acier blindées et leurs systèmes de vidéosurveillance en circuit fermé. A l'entrée de la *Zimmer vier,* l'un des vigiles agita un lecteur électronique près d'une lumière rouge clignotante ; quand la porte se déverrouilla, il fit signe à Ben d'entrer le premier. Les deux gardes le suivirent. Puis la porte se referma en faisant retentir une série de trois déclics bien audibles.

Ben regarda autour de lui. Dans cette pièce vivement éclairée et chichement meublée, il aurait été difficile de perdre ou de cacher le moindre bijou. Le sol pavé d'ardoise poli était d'un noir brillant. Il y avait une longue table de Plexiglas impeccable, et six chaises pliantes métalliques peintes en gris.

L'un des vigiles – un type souffrant d'embonpoint dont le visage rouge et joufflu laissait supposer qu'il s'astreignait à un régime sévère à base de bœuf et de bière – lui désigna une chaise. Ben ne s'exécuta pas aussitôt. Les deux gardes avaient rengainé leurs armes, mais à leur attitude, il était clair qu'ils n'hésiteraient pas à recourir aux arguments physiques les plus grossiers pour le faire tenir tranquille.

« Alors on attend, *ja ?* », dit l'autre, dans un anglais mêlé d'un fort accent. L'homme avait des cheveux châtain clair coupés court. Il était plus mince que son collègue et, d'après Ben, probablement plus rapide que lui. Il avait aussi l'esprit plus vif. Ben se tourna vers lui.

« Combien vous paient-ils ici ? Je suis très riche, vous savez. Je peux vous offrir une vie très agréable, si je le veux. Faites-moi une fleur, et je ne vous oublierai pas. » Il ne fit aucun effort pour dissimuler sa détresse ; soit ils répondaient, soit ils restaient inflexibles.

Le plus mince renifla en secouant la tête.

« Vous devriez parler plus fort, pour que les micros enregistrent bien ce que vous dites. »

Ils n'avaient aucune raison d'imaginer que Ben tiendrait parole et, dans sa position, il ne pouvait leur donner aucune garantie susceptible de les faire changer d'avis. Pourtant leur mépris amusé était encourageant. Il fallait qu'ils le sous-estiment, c'était son meilleur atout. Ben se leva en grognant et en se tenant le ventre.

« Assis, ordonna le garde d'une voix ferme.

— Claustrophobie... Je ne supporte pas les... petites pièces fermées ! » Le ton sur lequel Ben s'exprimait grimpait dans l'affolement, frôlant l'hystérie.

Les deux vigiles se regardèrent et se mirent à rire avec dédain – ils ne se laisseraient pas prendre à un stratagème aussi grossier.

« Non, non, je suis sérieux, dit Ben de plus en plus agité. Mon Dieu ! Comment dois-je vous expliquer cela ? J'ai... l'estomac délicat. Il faut que j'aille aux toilettes immédiatement ou je vais... avoir un accident. » Il jouait à fond le rôle de l'Américain frivole.

« Le stress ne me vaut rien ! J'ai besoin de mes pilules. Bon sang ! Mon valium ! Un sédatif. Je souffre de claustrophobie – je ne supporte pas les lieux fermés. Je vous en prie ! » Tout en parlant, il se mit à gesticuler frénétiquement, comme en proie à une crise de panique.

Le plus mince des vigiles se contentait de le regarder avec un petit sourire plein de morgue.

« Il faudra vous débrouiller avec l'infirmerie de la prison. »

Le visage ravagé, l'air hagard, Ben se rapprocha de lui tout en portant un regard furtif sur l'arme rangée dans son étui. Puis il s'adressa de nouveau à l'homme.

« Je vous en supplie, vous ne comprenez pas ! » Ses gestes se firent encore plus frénétiques.

« Je vais avoir une crise de panique ! Il faut que j'aille aux toilettes ! Il faut que je prenne un *tranquillisant* ! » A la vitesse de l'éclair, il tendit ses deux mains vers le holster que le garde portait à la hanche et s'empara du revolver à canon court. Puis, mettant fin à sa petite comédie, il recula de deux pas, en brandissant l'arme devant lui.

« Levez les mains ! lança-t-il au garde solidement charpenté. Ou alors je tire et vous y passez tous les deux. »

Les vigiles échangèrent des regards.

« A présent, l'un de vous va me sortir d'ici. Ou vous mourrez. C'est un marché équitable. Acceptez-le avant que l'offre n'expire. »

Les gardes s'entretinrent brièvement en suisse allemand puis le mince prit la parole.

« Ce serait stupide de votre part d'utiliser cette arme, à supposer d'abord que vous sachiez vous en servir, ce dont je doute. Vous finirez vos jours en prison. »

Le ton adopté par le vigile ne lui disait rien qui vaille : une voix inquiète, alarmée, mais exempte de terreur. Ben n'avait pas réussi à lui faire perdre son sang-froid. Ben avait peut-être *trop* bien joué la faiblesse tout à l'heure. Dans l'expression et la tenue des deux hommes, subsistait un certain scepticisme. Soudain, il sut ce qu'il avait à dire.

« Vous pensez que je ne m'en servirai pas ? » Ben parlait d'une voix lasse mais ses yeux brillaient.

« J'ai tué cinq personnes sur la Bahnhofplatz. Deux de plus ou deux de moins, ça ne fait pas grande différence. »

A ces mots, les vigiles se raidirent, perdant aussitôt toute leur condescendance.

« *Das Monster von Bahnhofplatz* », dit le balèze d'une voix rauque à son collègue, le visage tordu par l'épouvante. De rougeaud, son teint devint blême.

« Vous ! aboya Ben, profitant de son avantage. Sortez-moi d'ici. » Quelques secondes plus tard, le plus corpulent des deux gardes ouvrait la porte avec son lecteur électronique.

« Et vous, si vous tenez à la vie, restez là », dit-il au plus mince qui semblait aussi le plus malin. La porte se referma derrière lui. Les trois déclics assourdis indiquèrent que le système électronique venait de replacer les serrures dans leur position initiale.

Poussant le garde devant lui, Ben parcourut rapidement le corridor moquetté de beige. Les bandes vidéo du circuit de surveillance étaient probablement stockées pour être visionnées plus tard. Mais c'était une simple supposition de sa part.

« Comment vous appelez-vous ? demanda Ben. *Wie heissen Sie ?*

— Laemmel, grogna le garde. Christoph Laemmel. » Il atteignit l'extrémité du corridor et entreprit de tourner à gauche.

« *Non,* siffla Ben. *Pas* par là ! Nous n'allons pas passer par-devant. Emmenez-moi jusqu'à la porte de derrière. L'entrée de service. Celle par où l'on sort les poubelles. »

Pendant un instant, Laemmel sembla hésiter, comme troublé. Ben posa le revolver sur son oreille rouge sang pour lui faire éprouver le contact du métal froid. Ce geste produisit un effet stimulant et le garde, retrouvant sa vivacité, l'entraîna vers l'escalier de service. Sa laideur contrastait avec l'élégance raffinée des espaces consacrés à l'accueil des clients. La lueur glauque baignant la cage d'escalier était à peine rehaussée par les ampoules nues et de faible voltage qui dépassaient du mur à chaque palier.

Les grosses chaussures du garde résonnaient sur les marches métalliques.

« Silence, dit Ben en allemand. Ne faites pas un bruit ou je vous montrerai ce que c'est qu'un bruit vraiment assourdissant, mais ce sera la dernière chose que vous entendrez.

— Vous n'avez aucune chance, chuchota Laemmel d'une voix apeurée. Pas la moindre. »

Ils finirent par atteindre les larges portes donnant sur la ruelle derrière la banque. Ben pressa sur la poignée cruciforme pour s'assurer que les portes s'ouvraient bien de l'intérieur.

« Ici s'achève notre petite promenade », fit-il.

Laemmel marmonna :

« Vous pensez que vous serez plus en sécurité à l'extérieur de cet immeuble ? »

Ben s'engagea dans la ruelle sombre. L'air frais caressa son visage brûlant.

« Les affaires de la *Polizei* ne vous concernent pas », dit-il en gardant son arme braquée vers lui.

« *Die Polizei ?* répondit Laemmel. Ce n'est pas d'*eux* que je parle. » Il cracha.

Les entrailles de Ben se crispèrent sous le coup de la peur.

« Que voulez-vous dire ? » demanda-t-il d'une voix pressante. Agrippant l'arme à deux mains, Ben l'éleva à la hauteur des yeux de Laemmel.

« *Parlez !* lui intima-t-il sans le lâcher du regard. Dites-moi ce que vous savez ! »

Un souffle sortit soudain de la gorge de Laemmel, une fine pluie rouge et tiède éclaboussa le visage de Ben. Le cou de l'homme venait d'être transpercé par une balle. Ben avait-il pressé sur la détente sans s'en rendre compte ? Une deuxième détonation, à quelques centimètres de sa tête, apporta une réponse à sa question. On leur tirait dessus.

Oh, bon Dieu ! Ça ne va pas recommencer !

Tandis que le vigile se recroquevillait et tombait en avant, Ben dévalait l'allée humide et froide. Il entendit un bruit sec, comme celui que produirait un pistolet à bouchon, puis il y eut un reflet métallique et un point rouge apparut sur la grande benne à ordures posée à sa gauche. Le tueur avait dû tirer à partir de la droite.

Quelque chose de chaud lui frôla l'épaule quand il plongea derrière la benne à ordures : un refuge temporaire, mais ce havre au milieu de la tempête valait mieux que rien. Du coin de l'œil, il vit bouger une petite forme sombre – un rat, dérangé par son intrusion. *Allez, vas-y!* Le rebord du mur de ciment séparant la façade arrière de la banque de celle de l'immeuble voisin lui arrivait à l'épaule ; Ben enfonça le pistolet dans la ceinture de son pantalon et, se servant de ses deux mains, se hissa en haut du mur, l'enjamba et retomba dans une venelle donnant sur Usteristrasse. Empoignant son revolver, il ouvrit le feu sans hésiter dans trois directions différentes. Il voulait que le tireur sorte de sa cachette, qu'il se croit repéré. Ben avait besoin de temps. Chaque seconde comptait.

D'autres coups de feu répondirent aux siens. Il entendit les balles percuter le mur en béton, mais Ben était en sécurité de l'autre côté.

Alors, il prit ses jambes à son cou. Il descendit la ruelle comme un fou, pour rejoindre Usteristrasse. Plus vite. Encore plus vite ! « Cours comme si ta vie en dépendait », lui répétait son entraîneur avant les compétitions. En ce moment, c'était le cas.

Et si le tireur n'était pas seul ? Non, les choses s'étaient déroulées trop rapidement pour qu'ils aient eu le temps de placer tout une équipe en embuscade. Les pensées se bousculaient dans l'esprit de Ben. *Concentre-toi, bon sang!*

L'odeur saumâtre qui lui chatouillait les narines lui indiqua la direction à prendre : c'était une brise venant de la Sihl, le cours d'eau navigable se détachant de la Limmat au niveau de la Platz-promenade. Sans guère se préoccuper de la circulation, il traversa Gessner Allee et passa en trombe devant un taxi dont le chauffeur barbu se mit à klaxonner et à l'invectiver avant d'écraser sa pédale de frein. Mais il avait déjà atteint le trottoir d'en face. La Sihl, dont les rives pentues étaient recouvertes de parpaings noircis, s'étendait devant lui. Son regard balaya la rivière avant de se fixer sur un petit bateau à moteur. Ce genre d'embarcation était monnaie courante sur la Sihl ; à bord du canot, il n'y avait qu'une seule personne, un homme au physique de buveur de bière, portant des lunettes de soleil et muni d'une canne à pêche qu'il n'utilisait pas encore. Son gilet de sauvetage ajoutait encore à sa corpulence. Il suivait le fleuve pour rejoindre le Sihlwald, une réserve naturelle située à dix kilomètres au sud de Zurich. Là, les berges sillonnées de ruisseaux s'aplanissaient avant de s'enfoncer dans les bois. C'était un lieu de prédilection pour les Zurichois.

L'homme sortit un sandwich au pain de mie d'un emballage en plastique qu'il jeta dans l'eau. Un geste notoirement antisocial, selon les normes suisses. Ben plongea sans prendre la peine de se dévêtir et se mit à nager vers le bateau. Ses vêtements entravaient son crawl puissant.

Le fleuve glacé charriait le froid mordant des glaciers où il prenait sa source et Ben sentit son corps se raidir peu à peu tandis qu'il fendait le courant paresseux.

L'homme dans le canot, tout occupé à dévorer son sandwich en sirotant une bouteille de Kronenberg, ne se rendit compte de rien jusqu'à ce que le petit bateau se mette à tanguer. D'abord, il vit deux mains aux doigts légèrement bleuis par le froid, puis l'individu tout habillé qui se hissait à bord de son embarcation, son costume chic ruisselant d'eau.

« *Was ist das ?* », hurla-t-il. De stupeur, il laissa tomber sa bière. « *Wer sind Sie ?*

— J'ai besoin d'emprunter votre bateau », lui déclara Ben en allemand tout en s'efforçant de maîtriser le tremblement qui le faisait claquer des dents.

« *Nie ! Raus !* » Fichez le camp ! L'homme ramassa sa grosse canne à pêche et la brandit d'un air menaçant.

« C'est comme vous voulez », dit Ben en s'élançant vers l'homme qui bascula par-dessus bord et rebondit comiquement à la surface de l'eau, retenu par son gilet de sauvetage. Position délicate qui ne l'empêchait pas d'exprimer son indignation à grand renfort de crachotements.

« Economisez votre souffle. » Ben désigna le pont de la Zollstrasse qui se profilait non loin de là.

« Le tramway vous conduira là où vous voudrez aller. » Il saisit la manette des gaz et la poussa vers le haut. Le moteur toussa puis se mit à vrombir et le bateau fila vers le sud. Il avait l'intention de s'arrêter avant le Sihlwald, la réserve forestière. A sept cents mètres de là, la rivière décrivait un coude. Cela lui convenait. Couché de tout son long au fond du canot, sur la structure râpeuse en fibre de verre, il apercevait les immeubles les plus hauts et les devantures des magasins qui s'alignaient le long de la Sihl, l'immense hypermarché Migros, un bâtiment cubique sans rien de remarquable ; les cimes charbonneuses de la Schwarzenkirche, les murs du Klathaus et leurs fresques complexes. Ben savait qu'il constituait une cible idéale pour un tireur embusqué, mais il se disait aussi que sa réaction imprévisible avait considérablement réduit le champ d'action de ses poursuivants. Il tâta la poche de sa veste pour vérifier la présence de l'enveloppe et le papier sulfurisé émit un craquement rassurant. Il devait être étanche, mais ce n'était pas le moment de s'en assurer.

Le canot prit de la vitesse et passa sous la maçonnerie couverte d'algues du pont de la Stauffacherstrasse. Il ne restait plus que deux cents mètres à parcourir. Puis il reconnut les bruits venant d'une autoroute, le sifflement des pneus crissant sur l'asphalte, le souffle de l'air sur les carrosseries des camions et des automobiles. Et de temps à autre la plainte, tantôt grave tantôt aiguë, des klaxons, le concert d'embrayages exécuté par une centaine de véhicules filant comme le vent. Tous ces sons mélangés formaient une rumeur sourde dont l'intensité croissait et décroissait, les vibrations sonores des véhicules de transport industriel s'unissant au sein d'une grande vague mécanique.

Ben fit obliquer le canot et accosta près du mur doucement incliné. La coque en fibre de verre vint frotter contre la brique. D'un coup sec, il stoppa le moteur. Puis il bondit hors du bateau et courut jusqu'à la station-service où il avait laissé sa Range Rover de location, à quelques minutes seulement de la Nationale 3, le fleuve de béton où il allait pouvoir se fondre dans le flot des voitures.

Lorsque Ben tourna le volant pour changer de file, il sentit un tiraillement dans son épaule gauche. Il se massa avec la main droite, ce qui eut pour effet de redoubler sa première sensation. Quand il retira sa main, il vit que ses doigts étaient collés. Le sang coagulé les avait teintés de marron.

Matthias Deschner était assis sur le siège placé devant le bureau de Suchet, celui-là même qu'il avait occupé juste une heure auparavant. Suchet, lui, se tenait penché sur son bureau, les traits crispés.

« Vous auriez dû me prévenir plus tôt, dit le banquier en colère. Nous aurions pu l'empêcher d'accéder au coffre !

— Moi-même je ne m'y attendais pas ! objecta Deschner. Ils ne m'ont contacté qu'hier. Ils voulaient savoir si je lui offrais l'asile. *Grotesque* !

— Vous connaissez parfaitement la punition qui s'applique en cas de refus d'obéissance. » Sur le visage de Suchet se mêlaient la rage et la peur.

« Ils ont été très clairs là-dessus, fit Deschner d'une voix blême.

— Maintenant seulement ? Ils viennent juste d'apprendre votre éventuelle connexion avec le sujet ?

— Je vous l'assure. Croyez-vous que j'aurais pu imaginer une seconde que les deux frères étaient impliqués dans cette affaire ? Je ne savais rien. *Rien* !

— Si vous me permettez un parallèle historique, ce genre d'excuse n'a pas sauvé les chevaliers teutoniques.

— Une parente éloignée m'a demandé de lui rendre un service, protesta Deschner. J'ignorais ce que cela pouvait impliquer à plus vaste échelle.

— Et vous ne vous êtes pas renseigné ?

— Dans notre métier, on *évite* de poser trop de questions. Je croyais que vous saviez cela.

— Désormais, à cause de vous, nous sommes tous les deux en danger ! fit Suchet d'un ton brusque.

— A la minute où il s'est montré, on m'a appelé. Je supposais qu'ils *voulaient* le laisser accéder au coffre ! »

On entendit frapper à la porte. La secrétaire de Suchet entra en brandissant une petite cassette vidéo.

« Cela vient d'arriver pour vous du service de sécurité, monsieur.

— Merci, Inge, dit Suchet sur un ton fort aimable. Un coursier va passer dans quelques minutes. J'aimerais que vous glissiez cette cassette dans une enveloppe cachetée et que vous la lui donniez.

— Très bien, monsieur », fit la secrétaire avant de sortir du bureau aussi discrètement qu'elle y était entrée.

CHAPITRE 15

ON loin de l'Université de Zurich, s'élevait un immeuble moderne de sept étages donnant sur la Schaffensserstrasse. Dans une pièce remplie de puissants ordinateurs et de moniteurs vidéo haute résolution, trois hommes étaient assis. Ce studio avait été loué à une société de production multimédia ayant pour vocation d'effectuer des duplicata et des restaurations de films vidéo, et offrant également ses services aux entreprises et aux sociétés de surveillance.

Il y avait là un homme en manche de chemise. Maigre, les cheveux blancs, il faisait bien plus que ses quarante-six ans. Il sortit une cassette vidéo d'un magnétoscope digital Composite D2 et l'inséra dans le lecteur d'un ordinateur graphique Quantel Sapphire. Il venait de copier la cassette de surveillance qu'on lui avait remise. A présent, grâce à son ordinateur graphique fabriqué en Angleterre et conçu à l'origine pour le Home Office, le MI-5 britannique, il s'apprêtait à agrandir l'image.

L'homme aux cheveux blancs travaillait en silence. Avant qu'une société privée de sécurité londonienne le débauche en lui offrant le double de son salaire, il avait fait partie du Home Office en tant qu'expert en vidéo, l'un des meilleurs. Les deux individus qui se trouvaient avec lui l'avaient engagé, par l'intermédiaire de la société de sécurité en question, pour une courte mission à Zurich. Il ne les connaissait pas. Il savait seulement qu'ils lui verseraient une bonne prime. Ils lui avaient déjà payé le voyage Londres-Zurich en classe affaires.

Les deux mystérieux personnages se tenaient un peu en retrait et discutaient entre eux. On aurait pu les prendre pour des hommes d'affaires venant de n'importe quel pays du monde, bien qu'ils s'expriment en hollandais, une langue que l'expert comprenait relativement bien.

A l'autre bout de la pièce, le technicien fixait l'écran de son ordinateur. En bas, étaient inscrits CAM2, la date et l'heure. L'image était saccadée, comme si elle clignotait. Il lança à ses clients :

« Très bien, maintenant dites-moi ce que vous aimeriez obtenir. Vous voulez effectuer une comparaison entre le type sur la bande et une photo que vous possédez de lui ?

— Non, répondit le premier Hollandais. Nous savons qui il est. Nous voulons voir ce qu'il lit.

— J'aurais dû m'en douter, grommela le technicien. Bon Dieu, le bout de papier qu'il tient est dans l'ombre.

— Que pensez-vous de la qualité de cette cassette ? demanda le deuxième homme.

— Pas mauvaise, dit le technicien. Deux images-seconde, c'est le standard. La plupart des banques utilisent un équipement vraiment nul, mais par chance celle-ci avait une caméra haute résolution. Enfin, cela dit, on aurait pu la placer un peu mieux, mais c'est très courant aussi. »

Le deuxième homme d'affaires demanda :

« Donc vous pouvez zoomer sur le papier qu'il tient dans la main ?

— Bien sûr, le logiciel de ce Quantel a été conçu pour compenser tous les problèmes qu'on a coutume de rencontrer au cours de l'agrandissement digital – le *blockiness* et tout le reste. La difficulté réside ailleurs. L'embêtant c'est l'ombre.

— Il paraît que vous êtes le meilleur, dit le premier d'une voix aigre. En tout cas, vous êtes le plus cher.

— Je sais, je sais, fit le technicien. C'est vrai. Bon, je peux augmenter le contraste. » Il cliqua sur un menu déroulant qui annonçait DÉFINITION, ZOOM, COULEUR et CONTRASTE. En cliquant sur le « + » il réduisit les gris jusqu'à ce que le papier que regardait l'homme dans la salle des coffres soit presque lisible, puis augmenta la résolution en cliquant sur un autre chiffre. Il retoucha encore un peu le contraste puis cliqua sur DÉFINITION pour affiner encore l'image.

« Parfait, fit-il enfin.

— Pouvez-vous voir ce qu'il est en train de lire ? demanda le deuxième homme.

— En fait, c'est une photo.

— Une *photo* ?

— Ouais. Un vieux cliché. Un portrait de groupe. Plusieurs individus habillés de manière classique. On dirait des hommes d'affaires. Deux officiers allemands, aussi. Oui, un portrait de groupe. Des montagnes à l'arrière-plan...

— Pouvez-vous faire apparaître leurs visages ?

— Si vous me donnez... juste... ah, nous y sommes. » Il zooma sur la photographie jusqu'à ce qu'elle occupe tout l'écran. « Je vois écrit "Zurich 1945". "Sig" quelque chose... ? »

Le deuxième homme jeta un coup d'œil à son compagnon.

« Dieu du ciel. » Il s'approcha de l'écran de l'ordinateur.

Le technicien dit : « Sigma AG ? »

Le deuxième homme marmonna entre ses dents.

« Il l'a trouvé.

— C'est ce que je pensais, répliqua son collègue.

— Très bien, lança le deuxième homme au technicien. Je veux que vous m'en fassiez une sortie imprimante. Je veux aussi un portrait de ce gars, le meilleur que vous puissiez obtenir.

— Tirez-le en cinquante exemplaires », ajouta le premier, en se levant.

Le deuxième homme traversa la pièce pour discuter avec son collègue.

« Faites passer le mot, dit-il calmement.

— Nos précautions n'ont servi à rien. L'Américain représente une menace sérieuse à présent. »

Washington DC

Assise face à Bartlett, Anna Navarro se recroquevilla sur son siège. Le bureau d'Alan Bartlett était aussi vide que d'habitude, l'expression de l'homme toujours aussi opaque.

« J'ai suivi la trace des transferts de fonds effectués par Robert Mailhot à partir de la Novia Scotia National Bank et je suis remontée jusqu'à un compte dans les îles Caïman. Mais là, j'ai peur de m'être heurtée à une impasse, précisa Anna. La seule source que nous ayons là-bas confirme l'existence d'activités récentes sur le compte, concernant également des capitaux appartenant à Prosperi. Mais ensuite, comme je disais, on perd la trace de l'argent. Découvrir où aboutit l'argent est une chose. C'en est une autre que de savoir qui l'a apporté. Maintenant, nous devrions passer par les voies habituelles, non ?

— C'est hors de question, dit Bartlett, un tantinet grincheux. Cela compromettrait la sécurité de toute l'opération. Quiconque ayant intérêt à arrêter l'enquête pourrait le faire facilement. En outre, nous risquerions de mettre en péril la vie d'autres personnes, des cibles potentielles.

— Je comprends, répondit Anna. Mais je ne veux pas non plus que l'incident d'Asunción se reproduise. C'est le prix à payer quand on passe par les réseaux parallèles. Ceux qui sont derrière cette... je cherche le mot juste, cette conspiration... ont eu le bras assez long pour nous empêcher d'agir.

— Je vous l'accorde. Mais si jamais nous passons l'affaire au niveau A-II, si nous lançons une enquête officielle, c'en est fini du secret. On aurait plus vite fait de sortir une publicité dans le *New York Times* ou d'expliquer notre stratégie aux personnes qui font l'objet de cette investigation. Nous ne pouvons ignorer qu'il existe au sein des services secrets des individus qui mangent à tous les râteliers.

— Un dossier classé A-II bénéficie d'une haute confidentialité. Je ne suis pas d'accord...

— Ça je m'en doute, fit-il d'une voix glaciale. Je me suis peut-être trompé... peut-être n'êtes-vous finalement qu'une bureaucrate bête et disciplinée. »

Elle ignora son attaque.

« J'ai participé à de nombreuses enquêtes internationales, y compris des enquêtes sur des homicides. Et je suis sûre que rien n'a jamais filtré. Surtout quand on sait que des hommes d'Etat peuvent être impliqués. Au Salvador, lorsque des membres du gouvernement ont fait tuer des Américains pour couvrir...

— Comme vous le savez, je suis *parfaitement* renseigné sur vos brillants états de service, agent Navarro, dit Bartlett avec une certaine impatience. Mais vous citez l'exemple d'un seul et unique gouvernement étranger. Moi, je parle d'une demi-douzaine ou plus. Ça fait une sacrée différence.

— Vous dites qu'il y a eu une victime à Oslo ?

— D'après nos tout derniers renseignements, oui.

— Alors il faut que le ministère de la Justice lance un appel confidentiel au Bureau du Procureur norvégien, requérant le silence absolu.

— Non. Si nous contactons directement les autorités norvégiennes, nous courons un trop grand risque.

— Alors je veux la liste. Pas celle des cadavres. Je veux le nom des personnes figurant dans les dossiers Sigma. Votre "liste rouge".

— C'est impossible.

— *Je vois....* je n'ai le droit de les approcher qu'une fois morts. Eh bien, dans ce cas, je souhaite être déchargée de l'affaire. »

Il hésita.

« Ne jouez pas au plus fin, Miss Navarro. Cette mission vous a été attribuée. » Bartlett ne prenait plus la peine de se composer une attitude noble et bienveillante. A présent, Anna entrevoyait la dureté du personnage, cette volonté d'acier qui avait mené Bartlett jusqu'au sommet de l'une des administrations les plus puissantes du pays.

« Vous n'avez vraiment pas le choix.

— Je peux tomber malade, me trouver soudain dans l'incapacité de faire mon boulot. De voyager.

— Vous ne feriez pas cela.

— Non, si vous me donnez la liste rouge.

— Je vous l'ai dit. C'est impossible. Cette opération doit respecter certaines règles et ces règles impliquent parfois des contraintes que vous devez accepter comme les paramètres de votre enquête.

— Ecoutez, dit-elle, treize des vieillards figurant sur votre liste Sigma sont morts dans des "circonstances douteuses", dirons-nous. Trois restent en vie, d'accord ?

— D'après ce que nous savons.

— Alors laissez-moi vous soumettre un scénario. L'un de ces types meurt, assassiné ou peu importe... nous ne pouvons nous rendre auprès du corps sans la mise en œuvre d'une sorte de coopération gouvernementale, à un niveau ou à un autre. D'accord ? Mais si nous contactons l'un d'eux *avant* qu'il soit tué... Ecoutez, je comprends que je suis censée enquêter sur des morts, pas sur des vivants. Pourtant, si nous les considérons comme des témoins potentiels et que nous les plaçons sous surveillance vingt-quatre heures sur vingt-quatre – en toute discrétion, bien sûr... »

Bartlett l'observait avec attention. Sur son visage, défilaient des considérations conflictuelles. Il lui tend une feuille de papier portant divers tampons : SECRET, NOFORN ET NOCONTRACT. Ces classifications servaient à préciser qu'en plus des contraintes habituelles, liées à la confidentialité, ce document ne devait en aucun cas se voir divulgué auprès d'employés de nationalité étrangère ou travaillant sous contrat.

« La liste », dit-il d'une voix posée.

Elle en parcourut rapidement les colonnes – les pseudonymes, les vrais noms, ceux des parents encore en vie et les numéros des fichiers correspondants. Trois vieillards étaient encore de ce monde. Pays d'origine : Portugal, Italie, Suisse.

« Pas d'adresses ? demanda-t-elle.

— Rien que celles de leurs anciens domiciles. Nous n'avons pas réussi à nous procurer leurs nouvelles adresses par les voies classiques. Ils ont tous déménagé au cours de l'année dernière.

— L'*année* dernière ? Ils pourraient vivre n'importe où sur cette planète.

— C'est une éventualité. Mais selon toute probabilité, ces personnes n'ont pas quitté leurs pays d'origine, ni même leurs régions – quand on atteint un certain âge, on se trouve pris dans une sorte de champ gravitationnel. Les vieillards répugnent à se déraciner complètement. Même quand leur sécurité est en jeu, ils refusent de bouleverser leur vie privée. D'un autre côté, ils n'ont pas laissé d'adresse où faire suivre leur courrier. De toute évidence, ils évitent de se faire remarquer.

— Ils se cachent, dit Anna. Ils ont peur.

— Il semblerait qu'ils aient des raisons pour cela.

— C'est comme si se jouait une sorte de compétition gériatrique. Comment se peut-il qu'une entité ayant pris naissance avant la fondation de la CIA puisse encore avoir un tel pouvoir ? »

Bartlett tendit le cou, posa son regard sur la petite vitrine tendue de velours avant de se retourner vers Anna.

« Certaines choses gagnent en puissance avec le temps. De plus, il ne faut surtout pas confondre la taille et l'influence. Aujourd'hui, la CIA est une institution gouvernementale vaste et solide reposant sur d'innombrables couches bureaucratiques. Au début, les réseaux personnels étaient intimement liés aux instances du pouvoir. Ce fut le cas pour Bill Donovan, le fondateur de l'OSS, et plus encore pour Allen Dulles. Oui, on connaît Dulles pour le rôle qu'il a joué dans la création de la CIA, mais il possède à son actif des réalisations plus impressionnantes. Pour lui, il n'y avait qu'une bataille, celle menée contre la gauche révolutionnaire.

— On l'appelait l'"espion gentleman", n'est-ce pas ?

— Son côté "gentleman" faisait de lui un personnage aussi dangereux que son côté "espion". Il n'a jamais été aussi puissant qu'à l'époque où il était un citoyen ordinaire, celle où son frère Foster et lui dirigeaient le département des finances internationales chez Adler & Cooper.

— Le cabinet d'avocats ? Qu'y faisaient-ils ? Ils espionnaient leurs clients ? »

Bartlett lui lança un regard dédaigneux.

« C'est une erreur de débutant que de sous-estimer la portée des affaires privées. Adler & Cooper était plus qu'un simple cabinet d'avocats. Il avait une véritable envergure internationale. En voyageant autour du monde, Dulles a tissé une sorte de toile d'araignée couvrant toute l'Europe. Il a dressé la liste des confédérés de toutes les grandes cités, aussi bien chez les Alliés que parmi les puissances de l'Axe *et* chez les neutres.

— Les confédérés ? l'interrompit Anna. Que voulez-vous dire ?

— Des individus très haut placés – des contacts, des amis, des "atouts", appelez-les comme vous voudrez – qui étaient effectivement sous contrat avec Allen Dulles. Ils lui servaient d'informateurs, de conseillers, mais aussi d'agents d'influence. Dulles savait comment éveiller l'intérêt des gens. Après tout, il a facilité une quantité incroyable de transactions impliquant des gouvernements et des firmes internationales, et cela faisait de lui un individu qu'il fallait à tout prix compter au nombre de ses connaissances. Si vous étiez un homme d'affaires, il pouvait vous assurer la conclusion d'un énorme contrat public. Si vous étiez un haut fonctionnaire, il pouvait vous fournir une information cruciale susceptible de vous faire monter en grade. L'argent et les renseignements – Dulles savait qu'on pouvait aisément convertir l'un dans l'autre, comme on ferait entre deux devises, bien qu'en la matière les taux de change soient très instables. Et, bien sûr, le rôle d'intermédiaire tenu par Dulles reposait sur le fait qu'il en savait juste un tout petit peu plus que les autres.

— Un intermédiaire ?

— Peut-être avez-vous entendu parler de la Bank for International Settlement de Bâle ?

— Je ne pense pas.

— C'était avant tout un service de comptabilité au sein duquel, pendant la guerre, les hommes d'affaires des deux bords pouvaient analyser la distribution des dividendes. Une institution fort utile – si vous étiez un homme d'affaires. Après tout, les affaires ne s'arrêtent pas aux premiers coups de canon. Mais les hostilités perturbaient le jeu des partenariats et des alliances commerciales, car elles créaient toutes sortes d'obstacles.

— Un tableau guère séduisant.

— C'est la réalité. Dulles, vous voyez, croyait dans le "réseau". C'est la clé qui nous permet de comprendre la mission à laquelle il a consacré sa vie. Un réseau était une toile constituée d'individus – une configuration complexe dont l'influence dépassait largement celle attachée à la somme de ses parties. C'est une chose vraiment étonnante quand on y pense. Vous voyez, on en revient toujours au bois tordu de l'humanité. »

Anna leva un sourcil.

« Ça fait un peu froid dans le dos. »

Une veine se mit à battre sur la tempe de Bartlett.

« Ça fait froid dans le dos, et pas qu'un peu. Le propre de ces réseaux est qu'ils restent invisibles pour ceux qui n'en font pas partie – et même pour ceux qui en font partie. Ils ont également tendance à survivre aux individus qui les ont tissés. On pourrait dire qu'ils possèdent une existence à part entière. En outre, ils peuvent avoir des effets redoutables sur les organisations qu'ils investissent. » Il ajusta de nouveau ses boutons de manchette.

« J'ai parlé de toiles d'araignée. A ce propos, il existe une curieuse guêpe parasite, minuscule, qui se classe sous le genre *Hymenoepimecis* – une petite créature intelligente capable de paralyser momentanément une araignée avant de déposer ses œufs dans son abdomen. Ensuite, l'araignée retourne à ses activités, comme si de rien n'était, pendant que les larves se développent en elle et se nourrissent de sa substance. Puis une nuit, les larves mutent et tuent l'araignée, après l'avoir amenée à modifier son comportement par des moyens chimiques. Cette nuit-là, elles obligent l'araignée à tisser un cocon dont elle n'a que faire mais que les larves utiliseront. Dès qu'elle a terminé son œuvre, les larves dévorent l'araignée et suspendent le cocon à la toile tissée à cet effet. C'est une chose assez extraordinaire, cette patiente manipulation destinée à changer le comportement de l'hôte. Mais ce n'est rien comparé à ce que les humains sont capables d'inventer. Voilà le genre de choses que j'ai en tête, Miss Navarro. Qui donc vit à l'intérieur de *nous* ? Quelles forces invisibles seraient capables de manipuler l'appareil gouvernemental en construisant une toile au service de leurs objectifs ? Quand le parasite décidera-t-il de dévorer son hôte ?

— OK, je prends le relais, intervint Anna. Disons que voilà un demi-siècle, quelque obscure conspiration nous pique – elle implante en nous une chose qui va grandir et causer des dommages. Mais comment pouvons-nous le savoir ?

— C'est une excellente question, Miss Navarro, répliqua Bartlett. Les toiles sont difficiles à voir, n'est-ce pas, même quand elles sont grandes. Avez-vous jamais pénétré dans une vieille cave ou un entrepôt plongé dans la pénombre ? Vous ne voyez rien d'autre que les ténèbres. Puis vous allumez une torche et constatez soudain que l'espace vide au-dessus de votre tête n'est pas si vide que cela – mais rempli de toiles d'araignées disposées en couches, un grand dôme constitué de filaments pareils à du verre. Vous dirigez le faisceau de la torche vers un autre endroit et le dôme disparaît – comme s'il n'avait jamais existé. Vous êtes-vous jamais imaginée dans ce genre de situation ? Vous levez les yeux. Rien. Puis vous orientez la lumière juste dans le bon angle, vous fixez un point intermédiaire et tout réapparaît. » Bartlett détailla le visage d'Anna pour voir si elle comprenait bien. « Les gens comme moi passent leur vie à rechercher l'angle improbable sous lequel les vieilles toiles d'araignées apparaissent. Parfois on regarde *trop* attentivement, on s'imagine des choses. Parfois on voit la pure réalité. Vous, Miss Navarro, me semblez peu portée sur les choses de l'imaginaire.

— A mon avis, vous vous fiez trop aux apparences, répondit Anna.

— Je ne veux pas dire par là que vous manquez d'imagination – mais que vous exercez sur elle un contrôle rigoureux. Peu importe. Disons simplement que des alliances se sont forgées entre des individus investis de moyens considérables. Cette affaire fait partie du passé. Mais qu'en est-il maintenant ? J'aimerais bien le savoir. Tout ce que nous avons ce sont ces quelques noms.

— Trois noms, dit Anna. Trois vieillards.

— J'aimerais attirer votre attention sur Gaston Rossignol. En son temps, c'était un très gros banquier. La personne la plus importante sur la liste, et la plus âgée.

— Très bien, dit-elle en levant les yeux. Le Zurichois. Je suppose que vous avez préparé un dossier sur lui. »

Bartlett ouvrit un tiroir de son bureau, en retira un dossier assorti des habituels tampons recommandant le secret et le fit glisser vers Anna.

« Il est assez complet, si l'on fait abstraction de tout ce que nous ignorons, évidemment.

— Bon, fit Anna. Je veux le voir avant qu'il y passe, comme les autres.

— A supposer que vous puissiez le localiser.

— Il a toujours vécu à Zurich. Comme vous le disiez, il existe un champ gravitationnel. Même s'il a déménagé, je suppose qu'il n'aura pas voulu quitter ses amis, les membres de sa famille. Les affluents mènent à la source.

— Ou au fossé qui entoure la forteresse. Un homme comme Rossignol possède des amis, haut placés, qui feront tout pour le protéger. Des amis *branchés*, comme disent les Français. Puissants et bien informés. Ils ont le pouvoir de le faire disparaître, de l'effacer des registres administratifs, des ordinateurs. Avez-vous quelque subterfuge génial en tête ?

— Rien de tel. De quoi se méfient-ils ? Voilà en quoi consiste mon subterfuge. Rossignol n'a rien à craindre de moi. Si ses amis et confédérés sont aussi bien informés que vous l'insinuez, ils le comprendront et passeront le mot.

— Donc vous envisagez une simple "visite de courtoisie" ? » Ces mots étaient empreints d'une ironie désabusée, cependant il semblait intrigué.

Anna haussa les épaules.

« En quelque sorte. J'ai idée que la meilleure route sera aussi la plus

directe. Mais je le découvrirai bien assez tôt. » Elle regarda sa montre.
« Je prends le prochain vol pour Zurich. »

Mettlenberg, Saint-Gallen, Suisse

Un peu plus de cinq heures plus tard, Ben Hartman, assis au volant de
sa Range Rover de location, sur le parking réservé au personnel du
Regionalspital Sankt Gallen Nord, regardait les gens aller et venir :
docteurs, infirmières et autres employés de l'hôpital. Le moteur puissant
tournait au ralenti. Heureusement, il n'y avait pas grand-monde, bien
qu'il soit 17 heures passées, heure de sortie des bureaux. Le soir commençait à tomber et les lumières de la rue s'allumaient.

Il avait appelé l'hôpital depuis Zurich et demandé le Dr Margarethe
Hubli. On lui avait aussitôt passé le service de pédiatrie où il avait
demandé, en anglais, si elle était là.

Oui, lui avait-on répondu ; souhaitez-vous prendre rendez-vous avec le
docteur ? L'infirmière parlait un anglais hésitant mais compréhensible.

« Non, avait-il dit. Je désirais juste m'assurer que le docteur était de
service ce soir. Mon enfant est malade et je voulais savoir si vous aviez
un pédiatre disponible en cas de besoin. » Il avait remercié l'infirmière
et raccroché non sans s'être renseigné au préalable sur l'heure à laquelle
le Dr Hubli quittait son travail.

Liesl était censée terminer sa journée à 4 heures de l'après-midi. Il
attendait depuis plus de deux heures ; elle avait déjà une bonne heure de
retard. Ben était certain qu'elle se trouvait encore à l'intérieur. De plus,
il avait repéré sa Renault garée sur le parking. Il se disait qu'elle faisait
partie de ces médecins qui se consacrent corps et âme à leur travail sans
trop prêter attention aux horaires.

Subitement il se rendit compte qu'il était assis là depuis un bon bout
de temps.

Le document de constitution de société auquel Peter avait fait allusion
ne se trouvait pas dans le coffre, mais il devait bien être quelque part. Il
avait prétendu l'avoir placé en lieu sûr. Liesl disait-elle la vérité quand
elle déclarait ignorer sa cachette ? Si oui, Peter aurait-il pu le dissimuler
au milieu de ses propres affaires, dans la cabane, et ce à l'insu de Liesl ?

Elle avait répondu trop rapidement quand Ben lui avait demandé si
Peter pouvait avoir caché un objet chez eux. Elle savait une chose dont
elle ne voulait pas parler.

Il fallait qu'il aille inspecter cette fameuse cabane.

Quarante minutes plus tard, Liesl sortit des urgences.

Elle plaisantait avec quelqu'un qu'elle salua bientôt d'un geste de la
main avant de remonter la fermeture Eclair de sa veste en cuir. Puis elle
se dirigea d'un pas rapide vers sa voiture, s'installa au volant et démarra.

Ben attendit qu'elle ait pris un peu d'avance sur la route pour quitter le parking. Elle ne risquait pas de reconnaître sa Range Rover et, bien qu'elle soit toujours sur ses gardes, n'avait aucune raison de se méfier de quoi que ce soit de particulier. Pourtant, mieux valait rester discret.

Dans une libraire spécialisée de Zurich, il s'était procuré une carte du canton de Saint-Gallen, ce qui lui avait permis d'étudier les routes de la région. Peter et Liesl avaient dit l'un comme l'autre qu'ils vivaient dans une « cabane ». Ben en déduisit que leur maison était probablement construite dans les bois. Il y avait une forêt à quelque huit kilomètres de l'hôpital, vers le nord-nord-ouest. La seule autre forêt dans un rayon de deux heures se trouvait à quarante kilomètres. Un trajet trop important, passant par des routes secondaires, pour quelqu'un qui devait se rendre à son travail tous les jours – et parfois même y retourner en cas d'urgence. Non, la cabane qu'il cherchait était probablement bâtie dans les bois les plus proches.

Ayant mémorisé les routes des environs, il savait que le prochain carrefour était à plus de deux kilomètres. Mais si elle s'arrêtait en chemin et prenait un embranchement, il risquait de la perdre. Il n'avait plus qu'à espérer qu'elle n'en ferait rien.

Cette région était parcourue de collines et de vallons et bientôt la route se mit à grimper. Arrivé en haut de la côte, il put enfin voir ce qui se passait loin devant lui, si bien qu'il repéra la Renault de Liesl, arrêtée à un feu. Au carrefour suivant, se trouvait l'embranchement de la Nationale 10. Si elle tournait à gauche sur la 10, elle se dirigerait vers la forêt qu'il avait remarquée sur la carte. Si elle prenait sur la droite, ou dépassait la 10, elle pouvait aller n'importe où ailleurs.

La Renault prit sur la gauche.

Ben accéléra et atteignit le carrefour quelques minutes après elle. La route était assez fréquentée pour qu'elle ne le remarque pas. Il était sûr qu'elle ne l'avait pas encore repéré.

La nationale à quatre voies longeait des rails de chemin de fer, passait devant plusieurs immenses fermes et des champs s'étendant à perte de vue.

Dès qu'il bifurqua sur la route étroite et sinueuse, il s'aperçut qu'il était seul à la suivre. Ennuyeux. La nuit était tombée et il n'y avait presque pas de circulation. D'une minute à l'autre, elle l'apercevrait derrière elle. Le contraire était impossible. Quand elle le verrait, soit elle ralentirait pour en avoir le cœur net, soit, plus probablement, elle tenterait de le semer. Dans un cas comme dans l'autre, il n'aurait d'autre solution que de se montrer.

Par chance, les lacets l'aidèrent à se dissimuler. Il lui suffisait de laisser un virage entre elle et lui. A présent, ils traversaient une zone d'abord légèrement boisée mais dont la végétation devenait de plus en plus dense au fur et à mesure de leur avancée. De temps à autre, il apercevait la lumière de ses phares. Un éclair qui apparaissait puis disparaissait à chaque tournant. Il pouvait ainsi la suivre de loin en lui laissant prendre de l'avance, juste au cas où elle aurait remarqué la Rover.

Mais quelques minutes plus tard, les phares avaient disparu.

Où était-elle passée ? Avait-elle quitté la route ? Il accéléra pour voir si elle l'avait distancé mais, après avoir parcouru un kilomètre à cette allure, il dut bien constater qu'il avait perdu sa trace.

Sans doute s'était-elle enfoncée dans les bois, et pourtant, Ben n'avait pas remarqué de route ni de sentier partant dans cette direction. Il s'arrêta, fit demi-tour – aucune voiture à l'horizon – et repartit au ralenti, pour ne pas rater les éventuels embranchements.

La tâche n'avait rien de facile ; il faisait très sombre.

Bientôt il distingua quelque chose qui ressemblait vaguement à une route. Disons plutôt un mauvais chemin, un sentier. En y regardant de plus près, il vit les ornières laissées par des pneus.

Il s'y engagea donc et comprit tout de suite qu'il convenait de ralentir. Il y avait tout juste assez de place pour une petite Renault. La Range Rover, elle, était bien trop large. Les branches et les rameaux raclaient les flancs de la voiture. Il relâcha encore un peu l'accélérateur pour éviter que le bruit du moteur n'attire l'attention de Liesl.

Grâce à la carte de Saint-Gallen, il savait que la forêt où il avait pénétré n'était pas très vaste. Elle entourait un petit lac – un étang, en fait – et, apparemment, la seule voie d'accès était le chemin sur lequel il roulait.

Bon.

A supposer que la carte soit exacte.

Ben arriva à un croisement. Il freina, sortit de son véhicule et vit que l'une des deux branches de la fourche menait à un cul-de-sac, une trentaine de mètres plus loin. L'autre, un sentier creusé d'ornières, continuait tout droit. Il s'y engagea et poursuivit sa pénible progression en se demandant comment la Renault de Liesl pouvait passer par là alors que la Range Rover avait tant de mal à y parvenir.

Peu de temps après, il constata que ce sentier lui aussi aboutissait à une impasse.

C'est alors qu'il aperçut la Renault.

Il gara la Range Rover à côté et descendit. Il faisait totalement nuit, à présent, et on n'y voyait goutte. Dès que le moteur de la voiture cessa de tourner, un silence presque absolu s'abattit sur les bois. De temps à autre, on percevait de légers bruissements, sans doute produits par de petits animaux. Des gazouillis, des pépiements d'oiseaux.

Lorsque ses yeux se furent accoutumés à l'obscurité, il découvrit un autre sentier, encore plus étroit que les autres et recouvert d'un dôme de branchages. Il courba les épaules, passa sous une branche et entama sa progression. A plusieurs reprises, il perdit l'équilibre. A cause des brindilles, il devait se protéger les yeux avec les mains.

Il vit une lueur. Une clairière abritait une petite cabane de rondins grossièrement recouverts de plâtre. Elle possédait plusieurs fenêtres vitrées ; cette maison n'était pas aussi rustique qu'elle le paraissait au premier abord ; l'entrée devait se situer de l'autre côté. Ben se trouvait à l'arrière de la cabane ; une lumière brillait à l'intérieur. Avançant à pas de loup, il s'approcha du bâtiment, le contourna pour atteindre la façade.

Soudain un déclic métallique brisa le silence. Ben sursauta et leva les yeux.

Liesl se tenait devant lui, une arme braquée dans sa direction.

« *Restez où vous êtes !* cria-t-elle.

— Attendez ! », repartit Ben sur le même ton. Mon Dieu, elle n'avait peur de rien, affronter ainsi un intrus. Il lui suffirait d'une fraction de seconde pour le tuer.

« C'est vous ! lâcha-t-elle en le reconnaissant soudain. Que diable faites-vous ici ? » Elle abaissa son arme.

« J'ai besoin de votre aide, Liesl », dit-il.

Dans la lueur oblique de la lune, son visage indistinct semblait déformé par la rage.

« Vous avez dû me suivre depuis l'hôpital ! Quel culot !

— Il faut que vous m'aidiez à découvrir quelque chose, Liesl, je vous en prie. » Il devait faire en sorte qu'elle l'écoute.

Elle agita furieusement la tête de droite à gauche.

« Vous avez compromis ma sécurité ! Allez vous faire voir !

— Liesl, on ne m'a pas suivi.

— Comment pouvez-vous en être sûr ? C'est une voiture de location ?

— Oui, je l'ai prise à Zurich.

— Bien entendu. *Quel imbécile !* S'ils vous surveillaient quand vous étiez à Zurich, ils savent que vous avez loué ce véhicule.

— Mais personne ne m'a suivi jusqu'ici.

— Qu'est-ce que vous en savez ? lança-t-elle. Vous êtes un amateur !

— Et vous aussi.

— Oui, mais une amatrice qui côtoie la mort depuis quatre ans. Maintenant, allez-vous-en. *Partez !*

— Non, Liesl, dit-il avec une calme assurance. Il faut que nous parlions. »

CHAPITRE 16

L A cabane était simple mais douillette, avec un plafond bas et des murs couverts de livres. Peter avait construit les bibliothèques de ses propres mains, déclara Liesl non sans fierté. Le parquet était en pin. Il y avait une cheminée de pierre, près d'un tas de bûches impeccablement empilées, un four à bois et une petite cuisine. Ça sentait la fumée.

Il faisait froid ; elle alluma le four à bois pour réchauffer la pièce. Ben ôta sa veste.

« Vous êtes blessé, dit Liesl. Vous avez été touché. »

Ben regarda son épaule gauche ; sa chemise était imprégnée de sang séché. Chose curieuse, il n'avait ressenti aucune douleur – la tension et l'épuisement avaient dû le rendre insensible et, durant sa longue course à travers les montagnes, sa blessure lui était sortie de l'esprit.

« Je suis sûr que ça a l'air plus sérieux que ça ne l'est réellement, dit Ben.

— Tout dépend de l'aspect de la blessure, dit-elle. Enlevez votre chemise. » Elle s'exprimait comme le médecin qu'elle était.

Ben dégrafa les boutons de sa chemise de fine toile blanche. Le tissu adhérait à son épaule et, quand il tira dessus, il ressentit un élancement.

Liesl prit une éponge propre qu'elle imbiba d'eau tiède afin d'humidifier le tissu, puis elle le décolla précautionneusement de la plaie.

« Vous avez eu une chance incroyable : la balle n'a fait que vous effleurer. Dites-moi ce qui s'est passé. »

Tandis que Leisl s'occupait de son épaule, Ben lui narra la série d'événements qui s'étaient déroulés quelques heures auparavant.

« Il y a des débris. Il faut nettoyer la blessure avec le plus grand soin ou ça risque de s'infecter. » Elle le conduisit près de l'évier, saisit une bouilloire, versa un peu d'eau très chaude dans un bol de porcelaine pour qu'elle refroidisse et quitta la pièce pendant quelques minutes. Elle revint avec une grande quantité de gaze et un flacon de plastique jaune contenant un antiseptique.

Ben fit la grimace quand elle entreprit de nettoyer la plaie puis il grimaça de nouveau lorsqu'elle y pressa un bout de coton imbibé d'un désinfectant de couleur brune.

« Ça fait plus mal quand on la nettoie que quand on la reçoit », lança Ben.

Liesl appliqua quatre couches de bande adhésive pour maintenir le pansement bien en place.

« Vous n'aurez pas autant de chance la prochaine fois, dit-elle sèchement.

— Ce n'est pas de chance dont j'ai besoin pour l'instant, fit Ben. J'ai besoin de savoir. De savoir ce qui se passe. Il faut que je sache ce qu'est Sigma. Parce que, de leur côté, ils semblent savoir qui je suis.

— Chance, savoir... faites-moi confiance, vous aurez besoin des deux. » Elle lui tendit une chemise. Une chemise épaisse en coton. Ayant appartenu à Peter.

Soudain les événements de ces derniers jours – qu'il avait essayé de tenir à distance – ressurgirent dans toute leur crudité et il fut pris de vertige. Panique, chagrin et désespoir fondirent sur lui.

« Je vais vous aider à l'enfiler », dit-elle, discernant l'angoisse qui se peignait sur son visage.

Il fallait qu'il se reprenne, songea-t-il, ne serait-ce que pour elle. Il pouvait difficilement concevoir la douleur atroce qu'elle éprouvait. Quand la chemise fut passée, Liesl observa Ben quelques instants.

« Vous lui ressemblez tellement. Peter ne me l'a jamais dit. Je pense qu'il ne s'en était jamais aperçu.

— Les jumeaux ne se reconnaissent jamais l'un dans l'autre.

— C'était plus que cela. Je ne parle pas de l'aspect physique. Certaines personnes auraient pu qualifier Peter de futile. Je n'étais pas de cet avis. Il était comme une voile qui pend mollement jusqu'à ce qu'elle prenne le vent et s'emplisse de sa force. » Elle secoua la tête, comme si elle ne parvenait pas à exprimer le fond de sa pensée malgré ses efforts maladroits. « Je veux dire que Peter était un homme très déterminé.

— J'avais compris. C'est ce que j'admirais le plus chez lui, la vie qu'il a réussi à se bâtir.

— C'était une passion, dit Liesl, les yeux tristes et brillants, une passion pour la justice qui possédait toutes les fibres de son être.

— "Une passion pour la justice." Ces mots ne signifient pas grand-chose dans le monde des affaires, répondit Ben amèrement.

— Un monde qui vous étouffait, ajouta Liesl. Qui vous étranglait peu à peu, n'est-ce pas ? C'est ce que prédisait Peter.

— Il y a des manières plus rapides de mourir, répliqua Ben. Je l'ai appris sur le tard.

— Parlez-moi de l'école où vous avez enseigné. Elle se trouve à New York, disait Peter. Je suis allée à New York deux fois, la première quand j'étais adolescente et la seconde quelques années plus tard, pour un congrès médical.

— Cette école est à New York, en effet. Mais un New York que les touristes ne visitent jamais. J'enseignais dans un quartier qu'on appelle l'East New York. Quelque douze kilomètres carrés regroupant les citoyens les plus misérables de la ville. On y trouve quelques self-services, des bodegas, des endroits où se vendent des cigarettes et des boissons alcoolisées, et d'autres où on vous encaisse vos chèques. La Soixante-Quinzième circonscription – les flics l'appellent la Soixante-Quinze, du moins ceux qui ont le malheur d'y être affectés. Durant la période où j'y ai habité, il s'est produit plus de cent homicides. Certaines nuits, on se serait cru à Beyrouth. On s'endormait au son des armes à feu. Un endroit privé de tout avenir. Considéré comme irrécupérable par le reste de la société.

— Et c'est là que vous avez enseigné.

— J'estimais qu'en Amérique, la nation la plus riche du monde, il était obscène de tolérer une telle misère. Comparé à ce quartier, Soweto ressemblait à Scarsdale. Bien sûr, il y avait les mesures sociales dont on connaît l'inefficacité, mais au fond tout le monde était persuadé sans l'avouer que le moindre effort était inutile. "Il y aura toujours des pauvres" – les gens n'osaient pas le dire mais c'est bien ce qu'ils pensaient. Ils utilisaient un autre langage, un langage codé, ils parlaient de "structurel" ceci et "comportemental" cela. Et tant que la classe moyenne va, tout va, pas vrai ? Alors je me suis accroché. Je n'avais pas l'intention de sauver le monde, je n'étais pas si naïf. Mais je me disais que si je pouvais sauver un seul gamin, peut-être deux, peut-être trois, mes efforts n'auraient pas été vains.

— Et vous l'avez fait ?

— C'est possible, dit Ben, soudain gagné par la fatigue. C'est possible. J'ai quitté le quartier, alors comment savoir ? » Il cracha ces mots avec un certain dégoût : « Pendant ce temps-là, je commandais des timbales de truffes à l'Auréole, je sifflais du Cristal avec mes clients.

— Un tel changement a dû représenter un énorme contraste pour vous », remarqua gentiment Liesl. Elle écoutait attentivement ce que racontait Ben, peut-être parce qu'elle avait besoin d'oublier sa propre souffrance.

« C'était surtout abrutissant. Le plus terrible là-dedans c'est que j'étais vraiment doué pour ce petit jeu. J'avais bien assimilé le rituel du courtisan. Si vous aviez besoin de quelqu'un qui sache passer commande dans les restaurants les plus chers de la ville sans même jeter un coup d'œil au menu, j'étais votre homme. Et puis, dès que j'en avais l'occasion, j'allais risquer ma peau – pour m'amuser, bien sûr. J'étais accro aux sports de l'extrême. J'allais escalader les Vermillion Cliffs, en Arizona. Faire de la voile en solitaire dans les Bermudes. Du paraski à Cameron Pass. Courtney – une de mes anciennes petites amies – me répétait que j'étais possédé par une pulsion de mort, mais c'était faux. Je faisais tout cela pour me sentir vivre. » Il secoua la tête. « Ça paraît stupide maintenant, n'est-ce pas ? Les vains divertissements d'un gosse de riche, d'un type qui ne sait même pas pourquoi il doit se lever le matin.

— C'est peut-être parce qu'on vous avait sorti de votre environnement naturel, dit Liesl.

— Et quel était cet environnement ? Je ne suis pas sûr non plus que sauver des âmes dans l'East New York aurait été une vocation éternelle. De toute façon, je n'ai jamais eu l'occasion de le découvrir.

— Je pense que vous étiez une voile, comme Peter. Il fallait simplement que vous trouviez le vent qui vous convenait. » Liesl sourit sans gaieté.

« C'est le vent qui m'a trouvé, à ce qu'il semble. Une sacrée mousson. Un complot fomenté voilà un demi-siècle et qui réclame encore des vies. En se focalisant de préférence sur les gens que j'aime. Vous n'avez sans doute jamais essuyé de tempête à bord d'un petit bateau, Liesl. Moi si. Et la première chose qu'on fait dans ce cas-là, c'est amener la voile.

— En avez-vous vraiment la possibilité aujourd'hui ? » Elle lui versa quelques gouttes de cognac dans un verre à eau.

« Je ne les connais même pas, les possibilités. Peter et vous avez passé beaucoup plus de temps que moi à y réfléchir. A quelles conclusions étiez-vous arrivés ?

— A celles dont je vous ai parlé, c'est tout. Des conjectures essentiellement. Peter a effectué de nombreuses recherches sur cette période historique. Ce qu'il a découvert l'a démoralisé. La Seconde Guerre mondiale était un conflit où le bien et le mal se différenciaient nettement et pourtant nombre de ses acteurs se désintéressaient de ce qui était en jeu. Il existait des tas de sociétés commerciales dont l'unique souci consistait à garantir leur chiffre d'affaires. Certaines, hélas, ont même vu dans la guerre une occasion à exploiter – une occasion de s'enrichir. Les vainqueurs n'ont jamais réussi à maîtriser correctement l'héritage du double jeu commercial. Ils n'ont d'ailleurs jamais essayé. » Liesl eut un petit sourire sardonique qui rappela à Ben l'indignation contenue de son frère, la rage qui couvait en lui.

« Et pourquoi cela ?

— Il aurait fallu sanctionner tellement d'entreprises américaines et britanniques pour commerce avec l'ennemi, collaboration. Il valait mieux glisser tout ça sous le tapis. Les frères Dulles s'en sont chargés, comme vous le savez. Traquer les vrais collaborateurs, ç'aurait fait moche. La séparation entre le bien et le mal s'en serait trouvée perturbée ; quant au mythe de l'innocence des Alliés, il en aurait pris un coup. Pardonnez-moi si mes explications sont un peu confuses – ce sont des histoires que j'ai entendues tant de fois. A l'époque, un jeune procureur du ministère de la Justice a osé prononcer un discours fustigeant la collaboration entre hommes d'affaires américains et nazis. On l'a renvoyé sur-le-champ. Après la guerre, les dirigeants allemands ont été condamnés, certains d'entre eux du moins. Mais on n'a jamais ouvert d'enquête sur la citadelle imprenable des industriels de l'Axe. Ceux-là n'ont jamais été inquiétés. Pourquoi poursuivre les industriels allemands qui avaient fait des affaires avec Hitler – qui avaient contribué à son avènement et à ses victoires, pour dire les choses comme elles sont – puisque ces mêmes personnes n'avaient de cesse à présent que de traiter avec l'Amérique ? Quand, à Nuremberg, des fonctionnaires excessivement zélés sont parvenus à prouver la culpabilité de certains d'entre eux, votre John J. McCloy, le haut commissaire américain, a fait commuer les sentences. Les "excès" du fascisme étaient certes regrettables, mais entre industriels on se serre les coudes, n'est-ce pas ? »

De nouveau, il parvint presque à détecter la voix passionnée de Peter dans le discours de la jeune femme. D'un ton morose, il répondit :

« J'ai moi-même passé du temps à réfléchir à cela – les partenariats financiers passés entre belligérants.

— Il faut se méfier des apparences. L'officier de renseignements le plus proche d'Hitler, Reinhard Gehlen, avait prévu sa reddition dès 1944. Le haut commandement savait d'où venait le vent, ils savaient qu'Hitler était fou, irrationnel. Ils ont donc cherché à négocier. Ils ont placé sur microfilms leurs dossiers concernant l'URSS, les ont enterrés dans des caissons étanches, au milieu des alpages, à moins de deux cents kilomètres d'ici, et se sont présentés devant les chefs du contre-espionnage américain pour leur proposer un marché. Après la guerre, vous les Américains avez installé le fameux Gehlen à la tête de l' "Organisation pour le Développement industriel de l'Allemagne du Sud". »

Ben hocha la tête d'un air pensif.

« On dirait que vous étiez tous les deux très impliqués dans cette affaire. Et on dirait que je suis en train de perdre mes dernières illusions. » Il avala d'un trait le reste de son cognac.

« Oui, je pense que Peter et moi nous sommes pas mal impliqués. Il le fallait. Je me souviens d'une chose qu'il m'a dite. Il prétendait que le vrai problème n'était pas de savoir où ils étaient. Mais où ils n'étaient pas. Qu'il ne fallait pas se demander de qui on doit se méfier, mais à qui on peut faire confiance. A l'époque, ça ressemblait à de la paranoïa.

— Mais plus maintenant.

— Non, plus maintenant, acquiesça Liesl d'une voix qui tremblait un peu. Et voilà qu'à présent, ils se retournent contre vous, en se servant aussi bien des voies officieuses qu'officielles. » Elle hésita.

« Je dois vous donner quelque chose d'autre. »

Une nouvelle fois, elle disparut dans la chambre. Quand elle revint, elle portait une boîte en carton, le genre d'emballage qu'on vous donne au pressing pour transporter vos chemises propres. Elle la posa devant eux, sur la table rustique, et l'ouvrit. Des papiers. Des cartes d'identité plastifiées. Des passeports. Autant de produits de la bureaucratie moderne.

« Ils appartenaient à Peter, dit Liesl. Les vestiges de quatre années de clandestinité. »

Les doigts de Ben feuilletèrent rapidement les documents comme s'il s'agissait de cartes à jouer. Trois noms différents pour le même visage. Celui de Peter. Et, par la même occasion, le sien.

« "Robert Simon". Génial. Il doit y avoir des milliers de gens qui portent ce nom en Amérique du Nord. "Michael Johnson". Pareil. "John Freedman". Ils m'ont l'air d'être bien exécutés, l'œuvre d'un professionnel, autant que je puisse en juger.

— Peter était un perfectionniste, dit Liesl. Je suis sûre qu'ils sont sans défaut. »

Ben qui continuait d'examiner les papiers s'aperçut que les passeports correspondaient aux cartes de crédit. En outre, certains étaient établis au nom de « Paula Simon » et d'autres noms d'épouse : si Robert Simon avait besoin de voyager avec sa « femme », tout était prévu. Ben en fut impressionné mais son admiration se mêla d'une profonde tristesse. Peter avait pris toutes ses précautions, de manière méticuleuse, obsessionnelle – et pourtant, elles n'avaient servi à rien.

« Je dois vous demander une chose, Liesl : sommes-nous certains que les ennemis de Peter – le groupe Sigma ou autre – ne sont pas au courant de ceci ? Certains de ces papiers ont pu être repérés.

— Possible, mais peu probable.

— Quand a-t-il utilisé le nom de "Robert Simon" pour la dernière fois ? Et dans quelles circonstances ? »

Liesl réfléchit un instant en fermant les yeux. Elle rapporta les détails avec une remarquable précision. Au bout de vingt minutes, Ben avait acquis la certitude que deux des pseudonymes au moins ne pouvaient avoir été découverts, puisqu'ils n'avaient pas été utilisés une seule fois en deux ans. Il enfonça les documents dans les vastes poches intérieures de sa veste de cuir.

Posant sa main sur celle de Liesl, il la regarda au fond des yeux. Des yeux si clairs et si bleus.

« Merci, Liesl », dit-il. Quelle femme étonnante, pensa-t-il de nouveau. Quelle chance son frère avait eue de la rencontrer !

« Votre épaule cicatrisera en quelques jours. Elle sera vite guérie, répondit-elle. En revanche, vous aurez du mal à changer d'identité, malgré ces documents. »

Liesl ouvrit une bouteille de vin rouge et emplit deux verres. Le vin était excellent, profond, si riche et corsé que Ben commença à se détendre.

Pendant quelques instants, ils contemplèrent le feu en silence. Ben pensait : *si jamais Peter avait caché le document ici, où pourrait-il bien être ? Et s'il n'est pas ici, où est-il alors ?* Peter avait dit qu'il était en lieu sûr. L'avait-il laissé chez Matthias Deschner ? Mais cela n'avait aucun sens : pourquoi aurait-il été jusqu'à ouvrir un compte en banque afin de bénéficier du coffre qui allait avec, pour ensuite s'abstenir de déposer le document d'enregistrement à l'intérieur ?

Pourquoi n'y avait-il aucun papier dans le coffre ?

Il s'interrogea au sujet de Deschner. S'il jouait un rôle, quel était-il ? Que s'était-il passé à la banque ? Avait-il avisé en cachette le banquier de l'entrée illégale de Ben dans le pays ? Dans ce cas, il y avait quelque chose qui clochait dans le timing : Deschner aurait très bien pu le faire avant que Ben soit admis dans la salle des coffres. Se pouvait-il que Deschner ait eu accès au coffre – fallait-il le croire quand il prétendait que non ? – des mois ou des années auparavant, et se soit emparé du document pour le remettre aux ennemis de Peter ? Pourtant Liesl avait dit qu'elle faisait confiance à son cousin... Des pensées contradictoires tournoyaient dans son cerveau, s'annulant l'une l'autre. Bientôt Ben sombra dans la plus grande confusion.

Liesl interrompit ses ruminations.

« Le fait que vous ayez pu si facilement me suivre me tracasse, dit-elle. Je ne veux pas vous offenser mais je le répète, vous êtes un amateur. Pour un professionnel, cette filature aurait été un jeu d'enfant. »

Elle avait peut-être raison, mais avant tout il fallait la rassurer, pensa Ben.

« N'oubliez pas, Liesl, que Peter m'avait dit que vous viviez tous les deux dans une cabane au fond des bois, près d'un lac. Dès que j'ai compris de quel hôpital il s'agissait, les possibilités se sont considérablement amenuisées. Si j'avais ignoré ce détail, vous m'auriez semé. »

Elle ne répondit rien, se contentant de fixer le feu d'un air embarrassé.

« Vous savez comment fonctionne cet objet ? demanda Ben, en jetant un œil sur le revolver qu'elle avait posé sur une table près de la porte.

— Mon frère était dans l'armée. En Suisse, tous les jeunes hommes savent tirer. Les garçons s'exercent au tir lors de la fête nationale, chaque année. Il se trouve que mon père ne faisait pas de différence entre son fils et sa fille. Par conséquent, il estimait que je devais apprendre à me servir d'une arme. Je suis donc préparée à cette vie. » Elle se leva.

« Bon, je meurs de faim. Je vais m'occuper du dîner. » Ben la suivit dans la cuisine.

Elle alluma le four à bois, sortit un poulet entier du minuscule refrigérateur, le beurra, le saupoudra de fines herbes séchées et le glissa dans le four. Pendant qu'elle faisait bouillir les pommes de terre et sauter quelques légumes, ils causèrent de son travail, de celui de Ben, et de Peter.

Au bout d'un moment, Ben sortit la photo de la poche de sa veste. Sur la route, il avait vérifié que l'enveloppe sulfurisée l'avait bien protégée de l'eau. Il lui montra le cliché.

« Qui donc peuvent être ces hommes ? Vous avez une idée ? », demanda-t-il.

Un subit émoi passa dans le regard de Liesl.

« Oh, mon Dieu, c'est votre père sans doute ! Il vous ressemble tellement à tous les deux. Quel bel homme !

— Et les autres ? »

Elle hésita, hocha la tête pour exprimer son ignorance.

« Ils ont l'air de personnages importants mais, à cette époque, tous les hommes s'habillaient de cette manière stricte. Je suis désolée, je ne sais pas. Peter ne m'a jamais montré cette photo. Il m'en a seulement parlé.

— Et le document auquel j'ai fait allusion – les statuts de société – a-t-il jamais fait allusion à l'endroit où il aurait pu le cacher ? Dans cette maison peut-être ? »

Elle cessa de remuer les légumes.

« Jamais de la vie. » Sa voix trahissait une absolue certitude.

« Vous en êtes sûre ? Il n'était pas dans le coffre.

— S'il l'avait caché ici, il me l'aurait dit.

— Pas nécessairement. Il s'est bien abstenu de vous montrer cette photo. Il voulait peut-être vous protéger ou éviter que vous vous fassiez du souci.

— Eh bien, puisque nous en sommes aux suppositions, la vôtre et la mienne se valent.

— Ça vous ennuie si je jette un œil ?

— Faites donc. »

Pendant qu'elle finissait de préparer le dîner, il fouilla la cabane avec méthode en essayant de se mettre à la place de son frère. Où Peter aurait-il pu le cacher ? Il élimina les endroits que Liesl avait dû nettoyer régulièrement ou ceux où elle avait sans doute déjà regardé. En dehors du salon, il n'y avait que deux petites pièces : la chambre de Liesl et Peter, et le bureau de Peter. Toutes deux meublées de manière spartiate, elles ne révélèrent aucune cachette.

Il inspecta le parquet puis les murs en rondins enduits de plâtre, mais se retrouva bredouille.

« Avez-vous une torche ? demanda Ben, de retour dans la cuisine. Je veux jeter un coup d'œil à l'extérieur.

— Bien sûr. Il y a une torche dans chaque pièce – les coupures de courant sont fréquentes ici. Vous en trouverez une sur la table près de la porte. Mais le dîner sera prêt dans quelques minutes.

— Je n'en ai pas pour longtemps. » Il prit la torche et sortit. La nuit était noire et froide. Il fit rapidement le tour de la cabane. Au milieu de l'étendue herbeuse s'étalait une surface nue ayant apparemment servi à cuisiner au grand air, ainsi qu'un haut tas de bois recouvert d'une bâche goudronnée. Peter avait pu glisser le document dans un réceptacle quelconque et le dissimuler sous une pierre, mais pour en avoir le cœur net, il faudrait attendre la lumière du matin. Ben balaya de la torche les abords de la cabane, en longea lentement les murs, passa la main sur les flancs d'un réservoir de propane, mais encore une fois ne découvrit rien.

Quand il rentra, Liesl avait déjà disposé deux assiettes et des couverts en argent sur une nappe à carreaux rouges et blancs recouvrant une petite table ronde posée contre une fenêtre.

« Ça sent délicieusement bon, remarqua Ben.

— Je vous en prie, asseyez-vous. »

Elle remplit encore deux verres de vin qu'elle posa devant eux. Les plats étaient accommodés à merveille. Ben se jeta sur son assiette. Concentrés sur leur repas, ils ne commencèrent à discuter qu'après avoir apaisé leur faim. Le deuxième verre de vin eut pour effet de rendre Liesl mélancolique. Elle parla de Peter, de leur rencontre et se mit à pleurer. Elle répéta que Peter avait mis un point d'honneur à meubler lui-même cette cabane, leur foyer, à fabriquer les bibliothèques et la plupart des autres meubles de ses propres mains.

Les bibliothèques, pensa Ben. Peter avait fabriqué les bibliothèques...

Il se leva d'un bond.

« Ça vous ennuie si je regarde d'un peu plus près les étagères ?

— Pourquoi pas ? » dit Liesl avec un geste las.

Les bibliothèques semblaient avoir été fabriquées séparément puis assemblées sur place. Elles possédaient toutes un fond en bois cachant les murs en rondins contre lesquels elles reposaient.

Une étagère après l'autre, Ben enleva tous les livres et regarda ce qu'il y avait derrière.

« Que faites-vous ? lança Liesl contrariée.

— Je les remettrai à leur place, ne vous en faites pas », la rassura Ben.

Au bout d'une demi-heure de recherche, il n'avait rien trouvé. Liesl avait fini de laver la vaisselle. Elle déclara qu'elle était épuisée. Mais Ben n'abandonnait pas, vidant chaque étagère de ses livres pour regarder derrière. Il allait de déception en déception. Quand il en arriva aux ouvrages de F. Scott Fitzgerald, il sourit tristement. *Gatsby le magnifique* était le roman préféré de Peter.

Puis, derrière les Fitzgerald, il tomba sur un petit compartiment presque invisible, encastré dans le fond en bois.

Le travail de menuiserie était impeccable : même en enlevant tous les livres de l'étagère, on voyait à peine le tracé rectangulaire du compartiment. Il y enfonça les ongles, mais il ne céda pas. Il poussa, appuya et enfin l'ouvrit d'un coup sec. Un petit chef-d'œuvre. Peter le perfectionniste.

Le document était là, soigneusement roulé et maintenu par un élastique. Ben s'en saisit, enleva le lien et déroula le papier.

C'était une feuille fragile, jaunie par le temps et couverte de caractères ronéotypés. Juste une page. La première page d'un dossier d'entreprise.

Il était intitulé SIGMA AG et portait une date : le 6 avril 1945

En dessous, se déroulait la liste des cadres et des dirigeants de la compagnie.

Bon Dieu, pensa-t-il, abasourdi. Peter était dans le vrai : certains noms lui parurent familiers. Quelques-unes de ces sociétés existaient encore et fabriquaient des automobiles, des armes, des biens de consommation. Il vit le nom de plusieurs nababs et autres PDG de grandes entreprises. En plus des personnages qu'il avait reconnus sur la photo, il y avait le légendaire magnat de l'acier, Cyrus Weston, dont l'empire avait même surpassé celui d'Andrew Carnegie, et Avery Henderson, considéré par les économistes comme le financier le plus important du XXe siècle après John Pierpont Morgan. On y trouvait les PDG de plusieurs grandes firmes automobiles ; les patrons de certaines sociétés situées autrefois à l'avant-garde de la recherche technologique, de celles qui avaient été à l'origine du développement du radar, des systèmes de micro-onde et de réfrigération – techniques dont tout le potentiel ne serait exploité que plusieurs décennies plus tard. Les patrons des trois plus grandes compagnies pétrolières, basées en Amérique, en Grande-Bretagne et aux Pays-Bas. Des géants des télécommunications, à l'époque où ce terme n'existait pas encore. Certaines de ces gigantesques corporations avaient conservé toute leur puissance, d'autres avaient été absorbées depuis par des entités encore plus vastes. Des industriels originaires d'Amérique, d'Europe occidentale et, en effet, de l'Allemagne nazie. Tout en haut de la liste figurait le nom du trésorier :

MAX HARTMAN (OBERSTURMFÜRHER, SS)

Son cœur battait à tout rompre. Max Hartman, lieutenant dans la SS d'Hitler. Si c'était un faux... il était bien imité. Ben avait très souvent eu l'occasion de lire des documents d'entreprise et celui-ci leur ressemblait à s'y méprendre.

Liesl apparut à la porte de la cuisine.

« Vous avez trouvé quelque chose ? »

Le feu mourait et la pièce commençait à se refroidir.

« Certains de ces noms vous parlent-ils ? demanda Ben.

— Les plus célèbres, oui. Les "grands capitaines d'industrie", comme les appelait Peter.

— Mais la plupart d'entre eux sont morts à présent.

— Ils avaient sûrement des héritiers, des successeurs.

— Oui. Des gens bien protégés, dit Ben. On remarque d'autres noms ici, que je ne connais pas. Je ne suis pas historien. » Il en désigna quelques-uns n'ayant pas une consonance anglaise. « Et parmi ceux-là ? A supposer qu'ils soient encore de ce monde ? »

Elle soupira.

« Je sais que Gaston Rossignol doit vivre à Zurich, tout le monde a entendu parler de lui. Il a dominé la communauté bancaire suisse, après la guerre. Gerhard Lenz était l'un des associés de Josef Mengele, l'homme qui a effectué ces terribles expériences médicales sur des prisonniers. Un monstre. Il est mort quelque part en Amérique du Sud voilà de nombreuses années. Et, bien sûr... » Elle n'acheva pas sa phrase.

« Peter avait raison, dit Ben.

— Au sujet de votre père ?

— Oui.

— C'est étrange. *Der Apfel fällt nicht weit vom Stamm,* dit-on chez moi – la pomme ne tombe pas loin de l'arbre. Vous et Peter êtes vraiment si semblables. Et quand je regarde Max Hartman jeune homme, c'est vous que je vois à travers lui. Pourtant vous êtes tous les deux si différents de votre père. On ne doit pas se fier aux apparences.

— C'est un homme mauvais.

— Je suis désolée. » Elle le contempla un long moment. Ben ne pouvait déterminer si son expression trahissait la douleur, la pitié ou quelque chose de plus.

« En ce moment, vous ressemblez plus que jamais à Peter.

— Que voulez-vous dire ?

— Vous avez l'air... hanté. Il était ainsi dans les derniers temps – les derniers mois. » Elle ferma les yeux en ravalant ses larmes. Au bout d'un moment, elle dit : « Le canapé qui se trouve dans le bureau de Peter se transforme en lit. Laissez-moi vous le préparer.

— C'est bon, dit-il. Je peux m'en charger.

— Je vais vous chercher des draps. Ensuite j'irai me coucher. J'ai sommeil et j'ai bu trop de vin. Je n'ai pas l'habitude de l'alcool.

— Vous avez vécu des moments difficiles, récemment. Nous en avons vécu tous les deux. »

Il lui souhaita bonne nuit, se déshabilla, puis replia soigneusement le document et l'enfonça dans la poche de sa veste de cuir, près des papiers d'identité de Peter. Il ne lui fallut pas longtemps pour sombrer dans un sommeil comateux.

Son frère et lui étaient enfermés dans un wagon avec d'autres gens. Il faisait une chaleur insupportable, l'air était vicié parce que les prisonniers ne s'étaient pas lavés depuis des jours. Incapable de remuer, il finit par s'évanouir et, quand il revint à lui, il s'aperçut qu'ils se trouvaient ailleurs, toujours au milieu d'une foule de déportés, des squelettes ambulants aux crânes rasés. Toutefois Peter semblait soulagé : il allait enfin pouvoir se doucher. Et si c'était une douche commune ? Ben se mit à paniquer, parce qu'il savait. Il savait. Il tenta de crier : « Peter ! Non ! Ce n'est pas une douche – c'est une chambre à gaz ! Sors d'ici ! C'est une chambre à gaz ! » Mais aucun son ne sortit de sa bouche. Les autres restaient là, comme des zombies, et Peter se contentait de le regarder fixement, sans comprendre. Un bébé pleurait, bientôt rejoint par quelques jeunes femmes. De nouveau, il essaya de crier, mais rien ne sortait.

Fou de terreur, il suffoquait, en proie à une crise de claustrophobie. Il vit son frère, la tête penchée en arrière, tout heureux à la perspective de la bonne douche qui allait sortir des becs placés au-dessus d'eux. En même temps, il entendait les robinets qu'on tournait, le crissement rouillé des valves qu'on ouvrait, le sifflement du gaz. Il hurla : « Non ! », ouvrit les yeux et regarda autour de lui le bureau plongé dans l'obscurité.

Il s'assit, l'oreille dressée. Pas de crissement rouillé ; il avait rêvé. Il se trouvait dans la cabane forestière de son frère défunt et il venait de se réveiller.

Mais il avait entendu un bruit, ou ce bruit faisait-il partie de son rêve ?

Puis il perçut le claquement d'une portière qu'on ferme.

Un son bien reconnaissable ; il n'y en avait pas d'autre semblable. Et c'était une grosse voiture. Sa Range Rover ?

Il bondit du lit, s'empara de la torche, se glissa vite dans son jeans et ses tennis et enfila à la hâte sa veste de cuir. Il pensa : se pourrait-il que Liesl ait eu besoin de monter dans la Range Rover ? Il alla jusqu'à sa chambre et poussa la porte.

Elle était couchée, les yeux fermés, endormie.

Il courut vers l'entrée, saisit le revolver posé sur la table, ouvrit silencieusement la porte et se mit à observer la clairière nimbée de la lueur pâle qui s'écoulait de la lune croissante. Il ne voulait pas allumer la torche de peur d'attirer l'attention sur lui ou d'alerter les éventuels visiteurs.

Puis il entendit qu'on tournait une clé de contact. S'ensuivit le vrombissement d'un moteur qui démarre. Il se précipita dehors, vit la Range Rover toujours garée au même emplacement et aperçut les feux de position d'une camionnette.

« Hé ! », cria-t-il en courant après le véhicule.

La camionnette s'engagea en cahotant sur l'étroit sentier. Elle roulait très vite, seulement gênée par la proximité des arbres. L'arme dans une main, la torche Mag-Lite dans l'autre, Ben allongea sa foulée, comme s'il participait à l'une des courses de relais qu'il disputait autrefois, à l'université. Il courait à perdre haleine, sans prêter grande attention aux branches qui lui fouettaient le visage, et pourtant les feux de position s'éloignaient inexorablement. De nouveau, il n'était plus qu'une machine, une machine à courir, une étoile filante. Il ne les laisserait pas s'enfuir et, tandis qu'il dévalait la route poussiéreuse faisant suite au sentier de la cabane, il pensait : Ont-ils entendu un bruit à l'intérieur ? Comptaient-ils entrer par effraction avant d'être alertés par quelque chose ? et il continuait à courir, toujours plus vite, et les lumières rouges diminuaient toujours plus. C'est alors qu'il comprit qu'il ne rattraperait jamais la camionnette. Elle avait disparu. Se souvenant soudain de la Range Rover, il fit demi-tour et revint vers la cabane. Il pouvait les prendre en chasse ! La camionnette avait le choix entre deux directions ;

il les poursuivrait avec son propre véhicule. Il remontait en courant le sentier menant à la cabane quand une explosion effroyable retentit devant lui. Une explosion qui colora le ciel nocturne d'orange et de rouge comme une énorme chandelle romaine. Puis il vit la maison en flammes, telle une grosse boule de feu.

CHAPITRE 17

Washington DC

L A fermeture Eclair de la housse à vêtements se coinça sur l'une des robes d'Anna, au moment même où le taxi arrivait en klaxonnant impatiemment.

« Ça va, ça va, grommela-t-elle. Du calme. »

De nouveau, elle tira d'un coup sec sur le zip, sans rencontrer plus de succès. Puis la sonnerie du téléphone retentit.

« Grands dieux ! »

Elle risquait déjà de rater le vol de nuit pour Zurich, partant de Reagan National Airport. Pas le temps de répondre. Elle décida de laisser la boîte vocale s'en charger à sa place ; puis elle changea d'avis.

« Agent Navarro, je suis désolé de vous déranger chez vous. » Bien qu'elle ne l'ait entendue qu'une seule fois, elle reconnut aussitôt cette voix rauque.

« J'ai eu votre numéro par le sergent Arsenault. Je suis Denis Weese du département chimie du Laboratoire de médecine légale de Nouvelle-Ecosse. »

Il parlait avec une lenteur exaspérante.

« Oui, dit-elle impatiemment, le toxicologue. Qu'y a-t-il ?

— Eh bien, le fluide oculaire que vous m'avez demandé d'examiner... »

Elle parvint enfin à libérer le tissu des dents de la fermeture Eclair, tout en s'efforçant d'oublier ce que cette robe lui avait coûté. Le mal était fait ; avec un peu de chance, l'accroc ne se remarquerait pas trop.

« Vous avez trouvé quelque chose ?

— C'est extrêmement intéressant. » Le klaxon du taxi se fit plus insistant.

« Pouvez-vous patienter une seconde ? dit-elle en laissant tomber le téléphone sur le tapis pour courir vers la fenêtre.

— Je descends dans deux minutes », cria-t-elle.

Le chauffeur lui hurla :

« Navarro ? Vous avez demandé un taxi ?

— Laissez tourner le compteur. J'arrive tout de suite. » Elle revint en courant vers le téléphone.

« Désolée. Le fluide oculaire, vous disiez.

— La bande a fait ressortir de l'électrofluoresis, poursuivit le toxicologue. Ce n'est pas une protéine qu'on rencontre à l'état naturel. Il s'agit d'un peptide, une sorte de chaîne repliée d'acides aminés... »

La housse glissa sur le sol.

« Un composant synthétique, c'est ce que vous voulez dire ? » Pas une protéine qu'on rencontre à l'état naturel. Une substance créée en laboratoire. *Qu'est-ce que cela peut signifier ?*

« Une protéine qui s'attache de manière sélective aux neurorécepteurs. Ce qui explique pourquoi nous n'en avons décelé aucune trace dans le flux sanguin. Elle n'est détectable en quantités traçables que dans les fluides rachidien et oculaire.

— Ça veut dire qu'elle va droit au cerveau, en somme.

— Eh bien, oui.

— De quelle sorte de composant est-il question en l'occurrence ?

— D'un truc exotique. Pour le comparer à une substance naturelle, je dirais qu'il ressemble à un venin peptide, comme un venin de serpent. Mais cette molécule-là est synthétique, cela ne fait aucun doute.

— C'est un poison, alors.

— Une molécule totalement nouvelle, une de ces toxines que les scientifiques sont aujourd'hui capables de synthétiser. Je suppose qu'elle a pour effet d'induire un arrêt cardiaque. Elle va droit au cerveau, traverse la barrière sang-cerveau sans laisser de traces dans le sérum sanguin. C'est vraiment quelque chose. »

Une molécule totalement nouvelle.

« Permettez-moi de vous poser une question. Selon vous, à quoi cette molécule est-elle censée servir ? A la guerre biologique ? »

Il eut un rire embarrassé.

« Non, non, non, rien de ce genre. Dans la recherche fondamentale en matière de biotechnologie, on voit souvent apparaître de tels peptides synthétiques, comme modelés sur les poisons d'origine naturelle qu'on trouve chez les crapauds, les serpents ou autres. Voyez-vous, le fait qu'ils s'attachent de manière sélective à certaines protéines permet de les utiliser comme marqueurs. Cette particularité fait aussi d'eux des agents toxiques, mais ce n'est pas pour cette raison qu'on les conçoit.

— Donc cette... cette substance... aurait très bien pu être fabriquée par une compagnie biotechnologique.

— Ou tout autre compagnie possédant un secteur consacré à la biochimie moléculaire. Il pourrait tout aussi bien s'agir de n'importe quelle grosse société agro-alimentaire. Monsanto, Archer Daniels Midland, tout ce que vous pouvez imaginer. Bien entendu, j'ignore où cette chose a été créée.

— Je vais vous demander une faveur, dit-elle. Pourriez-vous faxer les résultats de vos recherches à ce numéro ? » Anna lui donna un numéro de fax, le remercia, raccrocha et appela l'ICU. Si elle manquait l'avion, tant pis. A présent, il y avait plus important.

« Pouvez-vous me mettre en relation avec une personne ayant des contacts à l'Institut américain de la propriété industrielle ? » demanda-t-elle. Quand on lui passa la communication, elle reprit : « Agent Stanley, ici l'agent Anna Navarro. Je veux que vous vérifiiez quelque chose pour moi et que vous me rendiez la réponse. Il faut agir très vite. Dans deux minutes, vous allez recevoir un fax du Laboratoire de médecine légale de Nouvelle-Ecosse. Il s'agit de la description d'une molécule synthétique. J'ai besoin que vous recherchiez auprès de l'Institut américain de la propriété industrielle si une compagnie a déposé un brevet pour cette substance. »

Trouver qui la fabrique revient à trouver le tueur. L'un mène à l'autre.

Elle aurait aimé que cela fût aussi simple.

Le chauffeur de taxi recommençait à klaxonner. Anna se pencha à la fenêtre pour lui crier de la mettre en veilleuse.

Suisse

Au bord de la catatonie, Ben roulait vers Zurich. De retour dans la gueule du lion, se dit-il amèrement. Certes, il était persona non grata dans cette ville, mais Zurich comptait près de quatre cent mille habitants ; il s'en sortirait aussi longtemps qu'il ferait profil bas et éviterait les chausse-trappes. Mais les pièges pouvaient se nicher n'importe où. C'était un risque à prendre, un risque précis, calculé, pourtant il fallait s'enlever de l'idée qu'il existait quelque part un endroit où se réfugier. Liesl lui avait répété les avertissements prononcés par Peter : la question n'est pas de savoir où ils sont, mais où ils ne sont pas.

Oh, mon Dieu, Liesl ! L'odeur de la fumée de bois imprégnant ses vêtements ne cessait de lui rappeler la jeune femme, la cabane autrefois confortable, l'explosion à laquelle il avait assisté mais qu'il avait du mal à expliquer.

Il s'accrochait à un dernier espoir, le seul qui l'empêchât de sombrer dans la folie. Liesl devait déjà être morte au moment où la cabane avait pris feu.

Il avait réussi à reconstituer le déroulement des faits ; c'était à vous donner le frisson. Le crissement qu'il avait entendu au cœur de la nuit, qu'il avait inclus dans son rêve atroce, provenait de la valve du réservoir de propane. Quelqu'un l'avait ouverte et la cabane s'était rapidement emplie de ce gaz inodore – à ce moment-là, il était déjà sorti – qui devait avoir pour effet de terrasser, d'endormir puis d'asphyxier les occupants des lieux. Pour dissimuler les preuves, on avait fait sauter un plomb. Le gaz s'était certainement enflammé en un clin d'œil. Les autorités locales concluaient à un accident causé par un réservoir de propane en mauvais état, le genre de drame qui se produit fréquemment dans les zones rurales.

Ensuite, l'assassin avait rejoint sa camionnette pour fuir les lieux de son crime.

Quand Ben était revenu sur ses pas... quelques secondes, en fait, après l'explosion... la maison avait presque disparu sous les flammes.

Liesl n'avait pas souffert. Elle devait être endormie ou morte quand la petite cabane s'était transformée en fournaise.

Cette pensée le rendait malade !

Liesl et Peter avaient vécu là pendant quatre ans, à l'abri des regards, dans une peur permanente. Mais au fond, ils avaient mené une existence relativement paisible et ils auraient pu continuer ainsi pendant des années.

Puis Ben avait débarqué à Zurich.

En ameutant cette bande de fanatiques, Ben avait sans le vouloir signé l'arrêt de mort de son frère.

Il avait conduit ces fanatiques anonymes jusqu'à Liesl, la femme qui avait sauvé la vie de Peter.

Ben était au-delà de la douleur, tellement engourdi qu'il ne sentait plus la lame aiguisée de la culpabilité lui triturer les chairs. Il n'éprouvait plus rien. Le choc l'avait transformé en cadavre roulant à travers la nuit, droit devant lui, tel un robot.

Tandis qu'il approchait de la ville enténébrée, une émotion naquit en lui, une seule : une colère terrible qui montait peu à peu. Une fureur dirigée contre ces individus qui avaient choisi pour cibles des innocents dont le seul tort était d'avoir appris certaines choses par le plus grand des hasards.

Ces tueurs, et leurs commanditaires, n'avaient pas de visage. Ben ne pouvait se les représenter, mais il était déterminé à les démasquer. Ils voulaient sa mort ; ils comptaient l'effrayer pour le faire taire. Mais au lieu de s'enfuir, au lieu de se terrer, il avait décidé de les assaillir, de leur fondre dessus en les prenant par surprise. Ils souhaitaient agir dans l'ombre ; il les placerait sous les feux des projecteurs. Ils préféraient l'anonymat ; il les exposerait à la vue de tous.

Et si son père faisait partie du lot...

A présent, il lui fallait creuser dans le passé pour déterrer la vérité, apprendre qui étaient ces meurtriers, d'où ils venaient, et par-dessus tout, ce qu'ils cachaient. Ben savait que la réaction la plus rationnelle dans ce genre de situation était la peur. Il ressentait la peur mais sa rage était encore plus grande.

Sa quête obsessionnelle lui avait fait franchir la limite de la rationalité.

Mais qui étaient ces ennemis sans visage ?

Des hommes recrutés par le conseil d'administration de la société dont Max Hartman était l'un des fondateurs. Des fous ? Des exaltés ? Ou de simples mercenaires, engagés par une corporation créée, quelques décennies plus tôt, par un groupe de puissants industriels et de dignitaires nazis... parmi lesquels son propre père... qui tentaient maintenant de dissimuler les origines frauduleuses de leur fortune ? Des mercenaires sans pitié, sans autre idéologie que la recherche du profit, le tout-puissant dollar, le deutschmark, le franc suisse...

Toutes les explications possibles étaient là, imbriquées les unes dans les autres, entassées en couches superposées.

Il avait terriblement besoin d'y voir clair.

Ben se rappelait avoir entendu dire que l'université de Zurich abritait l'une des grandes bibliothèques universitaires suisses, sur les collines dominant la ville. Telle était sa prochaine étape. L'endroit le plus logique pour commencer à déterrer le passé.

Washington DC

Anna était dans ses petits souliers. Elle regardait le stewart expliquer l'utilisation de cet objet insignifiant qu'on se colle devant le nez et la bouche pour pouvoir respirer si jamais l'avion tombe. Dans un magazine en ligne, elle avait lu que personne n'avait jamais survécu à un atterrissage d'urgence sur l'eau. Jamais. Elle prit un flacon d'Ativan dans son sac. La date de péremption était dépassée mais cela lui était presque égal. Pour elle, c'était la seule façon de traverser l'Atlantique.

Elle fut très étonnée d'entendre le StarTac de l'ICU vibrer dans les profondeurs de son sac à main. La cryptotéléphonie fournie par le gouvernement, un modèle à peine plus encombrant que les téléphones destinés au commun des mortels. Elle avait oublié de l'éteindre.

Elle sortit l'appareil.

« Navarro.

— Ne quittez pas, je vous passe Alan Bartlett », prononça une voix teintée d'un léger accent jamaïcain.

Elle sentit qu'on lui tapotait l'épaule. C'était un stewart.

« Je suis désolé, m'dame, l'usage des téléphones cellulaires n'est pas autorisé durant le vol.

— On n'a pas encore décollé, fit remarquer Anna.

— Agent Navarro, dit Bartlett. Je suis ravi de vous avoir.

— M'dame, insista le stewart, le règlement de la compagnie interdit l'usage des téléphones cellulaires dès que l'avion a quitté la zone d'embarquement.

— Désolée, ça ne prendra qu'une minute ». Puis, à l'intention de Bartlett, elle poursuivit : « Avez-vous trouvé quelque chose qui m'intéresse ? Je suis à bord d'un avion en partance pour Zurich.

— M'dame », cria le stewart exaspéré.

Sans le regarder, elle sortit de sa main libre sa carte du ministère de la Justice et la lui colla sous le nez.

« Nous en avons perdu un autre, dit Bartlett.

— Un autre ? » Les tueurs mettaient les bouchées doubles.

Le stewart battit en retraite.

« Mes excuses.

— Vous me faites marcher, grommela Anna.

— En Hollande. Dans une ville appelée Tilburg, à deux heures au sud d'Amsterdam. Vous pourriez attraper une correspondance à Zurich pour vous rendre là-bas.

— Non, dit-elle. Je vais à Zurich. Il me suffit de demander une autopsie par l'intermédiaire du correspondant du FBI à Amsterdam. Au moins, cette fois-ci nous pouvons leur dire exactement quels poisons rechercher.

— Vous croyez ?

— Monsieur le directeur, je vais à Zurich pour voir un homme vivant. Les morts ne parlent pas. A présent, dites-moi comment se nomme la victime de Tilburg ? »

Bartlett fit une pause.

« C'est un certain Hendrik Korsgaard.

— Attendez un instant ! dit sèchement Anna. Ce nom ne figurait pas sur ma liste. » Il y eut un silence à l'autre bout de la ligne.

« Mais Bon Dieu, parlez, Bartlett !

— Il existe d'autres listes, agent Navarro, articula Bartlett. J'espérais qu'elles seraient... hors propos.

— Je fais peut-être erreur mais j'estime qu'il s'agit là d'une violation de notre accord », dit tranquillement Anna tout en regardant autour d'elle pour vérifier que personne ne l'avait entendue.

« Pas du tout, Miss Navarro. Mon service fonctionne comme tous les autres, par la division du travail. Nous avions des raisons de croire que les noms portés sur la liste que je vous ai remise, venant des dossiers archivés, étaient ceux des cibles. Comment aurions-nous pu savoir que... les autres aussi étaient en danger.

— Et saviez-vous où résidait la victime de Tilburg ?

— Nous ignorions même qu'il était encore en vie. Tous nos efforts pour le localiser ont été vains.

— Donc nous pouvons écarter la possibilité que les tueurs aient trouvé leurs informations dans vos dossiers.

— C'est bien pire que cela, répliqua Bartlett d'un ton cassant. Les individus qui ont assassiné ces vieillards avaient accès à des sources mieux renseignées que les nôtres. »

*

Il était à peine 4 heures du matin lorsque Ben repéra l'*Universitäts-bibliothek* sur Zahringerplatz. La bibliothèque n'ouvrirait que dans cinq heures.

Il calcula qu'à New York, il était 10 heures du soir. Son père était sans doute encore debout... il avait coutume de se coucher tard et de se lever tôt, c'était ainsi depuis toujours... et même à supposer qu'il fût endormi, Ben n'éprouvait guère de scrupules à l'idée de le réveiller. Plus maintenant.

Pour se dégourdir les jambes, il musarda le long de l'Universität-strasse tout en vérifiant que son téléphone cellulaire était bien branché sur le standard GMS utilisé en Europe, puis il appela Bedford.

Ce fut la gouvernante, Mrs. Walsh, qui répondit.

Mrs. Walsh était une version irlandaise de la Mrs. Danvers de *Rebecca*. Ben l'avait toujours connue ainsi. Elle servait sa famille depuis vingt ans et Ben n'avait jamais eu raison de sa réserve dédaigneuse.

« Benjamin, dit-elle sur un ton étrange.

— Bonsoir, Mrs. Walsh, fit Ben d'une voix lasse. J'ai besoin de parler à mon père. » Il s'apprêtait à parlementer avec la fidèle gardienne de son père.

« Benjamin, votre père est parti. »

Il se raidit.

« Parti ? Où cela ?

— Eh bien parti, juste parti, j'ignore où.

— Qui serait susceptible de le savoir ?

— Personne. Une voiture est venue chercher Mr. Hartman ce matin, et il n'a pas voulu indiquer où il allait. Pas un mot à ce sujet. Il a seulement précisé qu'il n'en avait "pas pour longtemps".

— Une voiture ? Etait-ce Gianni ? » Gianni était le chauffeur de son père, un brave type que le vieil homme considérait avec une certaine indulgence mêlée d'affection.

« Pas Gianni. Ce n'était pas une voiture de la compagnie. Il est parti, c'est tout. Sans donner d'explication.

— Je ne comprends pas. Il n'avait jamais fait cela auparavant, n'est-ce pas ?

— Jamais. Je sais qu'il a emporté son passeport, parce qu'il n'est plus là.

— Son passeport ? Eh bien, voilà une indication, non ?

— Mais j'ai appelé son bureau, j'ai parlé à sa secrétaire et elle n'a jamais entendu parler d'un vol international. J'espérais qu'il vous aurait confié quelque chose.

— Rien du tout. A-t-il reçu des appels téléphoniques... ?

— Non, je ne... Je vais regarder le registre des messages. » Elle reprit l'écouteur une minute plus tard.

« Juste un Mr. Godwin.

— Godwin ?

— Eh bien, en fait, il s'agit du professeur Godwin. »

Ce nom le surprit. L'homme auquel il appartenait lui avait servi de mentor à l'université de Princeton. L'historien John Barnes Godwin. Puis il comprit. Il n'y avait rien d'étrange dans cet appel : quelques années auparavant, impressionné par les éloges que Ben lui avait faits du fameux historien, Max avait donné une somme d'argent à l'université de Princeton pour la construction d'un Centre d'études sur les valeurs humaines, centre dont Godwin était devenu le directeur. Pourtant son père n'avait pas fait allusion à Godwin. Pourquoi s'étaient-ils entretenus au téléphone justement le matin où Max avait disparu ?

« Donnez-moi ce numéro », fit-il.

Il la remercia et raccrocha.

Bizarre, pensa-t-il. Pendant un bref instant, il imagina que son père s'était enfui après avoir appris que son passé avait été découvert ou qu'il était sur le point de l'être. Mais cela n'avait aucun sens – fuir quoi ? Fuir où ?

Epuisé physiquement et moralement, Ben se rendait compte que ses pensées manquaient de clarté. Il avait grand besoin de dormir. Ses associations d'idées n'étaient pas très logiques.

Il songea : Peter savait des choses, des choses concernant le passé de leur père, concernant la compagnie dont Max avait contribué à la création, et Peter avait été tué.

Et ensuite...

Et ensuite j'ai trouvé une photo réunissant les fondateurs de ladite compagnie, parmi lesquels mon père. Puis je me suis mis en quête de la cabane où vivaient Liesl et Peter, et là j'ai trouvé la première page du document d'enregistrement de la compagnie. Enfin, ils ont tenté de nous tuer, Liesl et moi, en faisant croire à l'explosion accidentelle de la cabane.

Aussi est-il possible qu'ils... toujours ce Ils, ces êtres anonymes, sans visage... aient contacté mon père pour l'informer que le secret était éventé, le secret de son passé, ou peut-être le secret entourant cette étrange société ? Ou les deux ?

Oui, bien sûr, c'était possible. Puisqu'ils semblent vouloir éliminer toutes les personnes connaissant l'existence de cette compagnie...

Sinon, pourquoi Max aurait-il disparu de manière si soudaine, si mystérieuse ?

L'aurait-on obligé à se rendre quelque part, à rencontrer telle ou telle personne...

Ben n'était sûr que d'une chose : la brusque disparition de son père était, d'une façon ou d'une autre, à mettre en relation avec les meurtres de Peter et de Liesl, et avec la découverte de ce document.

Il retourna à la Range Rover, remarqua dans la lumière du soleil levant les profondes éraflures qui couraient le long des portières, s'assit au volant et regagna Zähringerplatz.

Puis il s'installa confortablement sur son siège et passa un appel à Princeton, New Jersey.

« Professeur Godwin ? »

On aurait dit que Ben venait de tirer le vieux professeur de son lit.

« C'est Ben Hartman. »

John Barnes Godwin, historien spécialiste de l'Europe du XXe siècle, à la retraite depuis plusieurs années, avait été jadis le conférencier le plus populaire de Princeton. Agé de quatre-vingt-deux ans, il se rendait encore tous les jours à son bureau pour travailler.

Ben se le représenta tel qu'il l'avait connu – grand, maigre, les cheveux blancs, le visage creusé de profondes rides.

Godwin n'avait pas seulement fait office de conseiller universitaire auprès de Ben. C'était aussi une sorte de figure paternelle. Ben se revit assis dans le bureau rempli de livres, à Dickinson Hall. La lumière ambrée, l'odeur de vanille chancie émanant des vieux livres.

Ils avaient discuté de la façon dont Roosevelt s'y était pris pour pousser les Etats-Unis isolationnistes à s'engager dans la Seconde Guerre mondiale. Ben qui écrivait sa thèse d'Etat sur Roosevelt avait confié à Godwin que la ruse employée par le Président le choquait.

« Ah, Mr. Hartman, répondit Godwin. C'était ainsi qu'il appelait Ben à cette époque. Souvenez-vous de vos cours de latin. *Honesta turpitudo est pro causa bona.* »

Ben le regarda d'un air interdit.

« "Quand la cause est bonne", traduisit Godwin avec un petit sourire rusé, "mal agir est vertueux". Publilius Syrus, qui avait vécu à Rome un siècle avant Jésus-Christ et dit des tas de choses fort intelligentes.

— Je ne suis pas certain d'être d'accord, répliqua Ben, jeune diplômé prompt à l'indignation. Ça m'a tout l'air d'une rationalisation destinée à tromper les gens. J'espère que je ne me surprendrai jamais à proférer une pareille chose. »

Godwin le regarda avec une expression proche de la perplexité.

« Je suppose que c'est pour cette raison que vous refusez de participer aux affaires de votre père, dit-il sur un ton plein de sous-entendus. Vous voulez rester pur.

— Je préférerais enseigner.

— Mais pourquoi êtes-vous si sûr de vouloir enseigner ? avait demandé Godwin, en sirotant un verre de porto rouge.

— Parce que j'adore cela.

— Vous en êtes certain ?

— Non, admit Ben. Comment un jeune de vingt ans peut-il avoir une quelconque certitude ?

— Oh, je trouve que les jeunes de vingt ans ont pas mal de certitudes.

— Mais pourquoi m'investirais-je dans un domaine qui ne m'intéresse pas, en choisissant de travailler pour une société que mon père a bâtie, tout cela afin d'amasser un argent dont je n'ai que faire ? Je veux dire, quel bien notre argent apporte-t-il à la société qui nous entoure ? Pour-quoi devrais-je être immensément riche alors que d'autres n'ont rien à manger ? »

Godwin ferma les yeux.

« Mépriser l'argent est le plus grand des luxes. J'ai vu passer des étudiants extrêmement riches dans ma classe, même un Rockfeller. Et ils se confrontent tous au même dilemme... ne pas laisser l'argent régir sa vie ou déterminer son destin, mais au contraire, tenter de donner du sens à son existence. Aujourd'hui, votre père fait partie des plus grands philanthropes de notre nation...

— Ouais, mais Reinhold Niebuhr n'a-t-il pas affirmé que la philan-thropie était l'une des formes du paternalisme ? La classe privilégiée tente de préserver son statut en distribuant des fonds aux nécessiteux. »

Godwin le regarda, impressionné, pendant que Ben s'efforçait de ravaler son sourire. Il venait d'étudier cette phrase durant son cours de théologie, et elle lui était restée en tête.

« Une question, Ben. Devenir professeur de lycée est vraiment votre manière à vous de vous rebeller contre votre père ?

— Peut-être », dit Ben en optant pour la sincérité. Il voulut ajouter que c'était Godwin lui-même qui lui avait inspiré cette vocation, mais ce genre de déclaration risquait de paraître trop...

Il fut surpris d'entendre Godwin répondre : « Vous êtes un dur. Il faut du cran. Et vous deviendrez un grand professeur, je n'ai aucun doute là-dessus. »

A présent qu'il l'avait au bout du fil, Ben dit à Godwin :

« Je suis navré de vous déranger à cette heure...

— Vous ne me dérangez pas, Ben. Où êtes-vous ? La communication...

— En Suisse. Ecoutez, mon père a disparu...

— Qu'entendez-vous par "disparu" ?

— Il a quitté la maison ce matin, pour une destination inconnue, et comme vous l'avez appelé juste avant que...

— En fait, c'est lui qui a d'abord essayé de me joindre. Il voulait me parler d'une donation qu'il prévoyait de faire en faveur du Centre.

— C'est cela ?

— J'en ai peur. Rien que de très banal, d'après mes souvenirs. Mais si jamais il me contacte de nouveau, ai-je un moyen de vous joindre ? »

Ben donna à Godwin le numéro de son portable.

« Une autre question. Connaissez-vous quelqu'un à l'Université de Zurich ? Quelqu'un qui enseigne votre matière... l'histoire de l'Europe contemporaine ? »

Godwin réfléchit un instant.

« A l'université de Zurich ? Vous ne pouvez trouver mieux que Carl Mercandetti. Un chercheur de premier ordre. L'histoire de l'économie est sa spécialité, mais c'est un érudit fidèle à la grande tradition euro-péenne. Ce brave homme possède aussi une stupéfiante cave de grappa, bien que cela n'ait rien à voir avec la question, à mon sens. En tout état de cause, Mercandetti est l'homme que vous cherchez.

— Merci beaucoup », dit Ben avant de raccrocher.

Ensuite, il rabattit le dossier de son siège et décida de dormir quelques heures.

Il dormit par à-coups car des cauchemars ne cessaient de venir perturber son sommeil. Des cauchemars où on l'obligeait à regarder la cabane exploser encore et encore.

Quand il s'éveilla, quelques minutes après neuf heures, il vit son visage dans le rétroviseur. Il était sale et mal rasé, de profonds cernes soulignaient ses yeux, mais il n'avait rien pour se raser ni se laver.

De toute façon, il n'avait pas le temps.

Le moment était venu de creuser un passé qui avait une fâcheuse tendance à s'actualiser.

CHAPITRE 18

UNE simple plaque de cuivre indiquait les bureaux du Groupe TransEuroTech SA, situés au deuxième étage d'un immeuble en pierre de taille sur l'avenue Marceau, dans le VIIIe arrondissement. La plaque, fixée à la pierre, à gauche de la porte d'entrée, faisait partie d'une série de sept, toutes semblables, sur lesquelles on pouvait lire le nom de plusieurs cabinets d'avocats et d'autres petites sociétés. Elle attirait donc peu l'attention.

TransEuroTech ne recevait que sur rendez-vous, mais les personnes qui passaient de temps à autre par ce deuxième étage n'y voyaient rien que de très banal : un jeune standardiste assis derrière un hygiaphone blindé en polycarbonate ressemblant à du verre ordinaire. Derrière lui, une petite pièce austère, meublée de quelques chaises en plastique moulé, et une porte anodine menant aux bureaux.

Bien entendu, personne ne savait que le réceptionniste était en fait un ancien commando, aguerri et dûment armé, ni ne remarquait les caméras de surveillance cachées, les détecteurs de mouvements à infrarouge et les commutateurs magnétiques enchâssés dans chaque porte.

La salle de conférence placée dans le fond était en réalité une pièce à l'intérieur d'une pièce : un module séparé des murs en béton qui l'entouraient par des blocs de caoutchouc de trente centimètres d'épaisseur, destinés à empêcher les vibrations sonores (surtout les voix humaines) de se propager à l'extérieur. Jouxtant la salle de conférence, une antenne conçue pour recevoir vingt-quatre heures sur vingt-quatre les transmissions HF, UHF, VHF et les micro-ondes – en somme, toutes les discussions qui avaient lieu à l'intérieur de la pièce. Relié à l'antenne, un analyseur spectrographique était programmé pour rechercher les anomalies du spectre.

Au bout d'une table de conférence en acajou en forme de cercueil, deux hommes étaient assis. Un générateur de bruit blanc et une « bande de brouillage » produisant un son pareil au brouhaha régnant dans un bar bondé au moment de l'happy hour, protégeaient le secret de leur conversation. Même si quelqu'un avait réussi à déjouer le système de sécurité très perfectionné, il aurait été bien en peine de différencier du bruit de fond les paroles prononcées par les deux hommes.

Le plus âgé des deux parlait dans un téléphone stérile, une boîte noire plate de fabrication suisse. L'homme au teint cireux et à l'expression inquiète devait avoir dans les cinquante-cinq ans. Il portait des lunettes cerclées d'or, son visage mou et luisant s'ornait d'une paire de bajoues et ses cheveux dégarnis avaient une couleur rousse peu naturelle. Il s'appelait Paul Marquand et travaillait pour la Corporation en tant que directeur adjoint des services de sécurité. Marquand était arrivé à ce poste comme tous les autres directeurs des services de sécurité des grandes entreprises internationales : il avait traîné ses guêtres dans l'infanterie française, s'en était fait renvoyer pour mauvaise conduite et, après un passage dans la Légion étrangère, avait émigré aux USA où il avait exercé la fonction de briseur de grève pour une compagnie minière, avant d'être embauché dans le service de sécurité d'une multinationale.

Marquand parla rapidement, d'une voix calme, puis reposa le combiné.

« Le secteur de Vienne est sens dessus dessous », dit-il à l'homme assis à côté de lui, un dénommé Jean-Luc Passard, son cadet d'une vingtaine d'années, un Français aux cheveux noirs et au teint olivâtre.

« L'Américain a survécu à l'explosion de Saint-Gallen. »

Il ajouta d'un air sombre : « Nous ne pouvons nous permettre d'autres erreurs. Pas après la débâcle de la Bahnhofplatz.

— Ce n'est pas vous qui avez décidé d'engager un soldat américain, dit aimablement Jean-Luc.

— Bien sûr que non, mais je ne m'y suis pas opposé non plus. Les arguments en faveur de ce choix étaient convaincants : l'homme avait passé du temps en compagnie du sujet et il était en mesure de le repérer dans une foule en l'espace de quelques secondes. Même si l'on regarde la photo de quelqu'un des dizaines de fois, on n'obtient pas un temps de réaction aussi rapide ni aussi sûr que si l'on connaît personnellement la cible.

— A présent, nous avons avec nous le top du top, dit Passard. Avec l'Architecte sur le coup, il faut s'attendre à ce que le problème soit rapidement résolu.

— Son perfectionnisme confine à l'obstination, observa Marquand. Pourtant nous ne devons pas sous-estimer ce gosse de riche.

— Le plus étonnant, c'est que cet amateur soit encore en vie, approuva Passard.

— Il est peut-être dans une forme olympique, mais sûrement pas un expert de la survie en milieu hostile. » Il renifla et ajouta sur un ton ironique, dans un anglais mêlé d'un fort accent. « Il pratique peut-être le tir au pigeon mais pas la chasse à l'homme.

— C'est tout comme, dit Marquand, rien de tel que la chance des débutants.

— Ce n'est plus un débutant », fit observer Passard.

Vienne

Le vieil Américain franchit la porte d'arrivée, une petite valise à la main. Elégamment vêtu, il marchait avec lenteur et une certaine raideur tout en tenant son bagage à main. Il balaya la foule du regard et s'arrêta sur le chauffeur qui brandissait une petite pancarte portant son nom.

Le vieillard fit un signe de la main et le chauffeur, suivi d'une femme vêtue d'un uniforme blanc d'infirmière, se précipita vers lui. L'homme en livrée prit le sac de l'Américain tandis que l'infirmière lui demandait :

« Votre vol s'est-il bien passé, monsieur ? »

Elle parlait anglais avec un accent austro-allemand. Le vieil homme fit en ronchonnant :

« J'ai horreur des voyages. Je ne les supporte plus. »

L'infirmière l'escorta à travers la foule. Dans la rue, était garée une limousine Daimler noire. La jeune femme aida le vieillard à pénétrer dans l'habitacle équipé des habituels aménagements – téléphone, TV et bar. Discrètement encastrée dans un coin, on apercevait une série d'appareils destinés aux premiers secours, dont une petite bouteille d'oxygène, des tuyaux et un masque, des palettes de défibrillation et un goutte-à-goutte.

« Eh bien, monsieur », le rassura l'infirmière dès qu'il eut pris place dans les profonds fauteuils en cuir, « sachez que vous serez bientôt arrivé à destination. »

Le vieil homme grommela, inclina son dossier et ferma les yeux.

« Si vous avez besoin de quoi que ce soit, veuillez avoir l'obligeance de me le faire savoir », ajouta l'infirmière.

CHAPITRE 19

Zurich

UN officier de liaison travaillant pour le Procureur du canton de Zurich retrouva Anna à son hôtel. Bernard Kesting était un homme jeune, pas très grand mais puissamment bâti. Il avait des cheveux noirs, une barbe épaisse et des sourcils fournis qui formaient un trait continu au-dessus de ses yeux. Kesting ne souriait pas, il avait l'air préoccupé, très professionnel : le fonctionnaire suisse dans toute sa splendeur.

Ils discutèrent quelques minutes, histoire de faire connaissance, puis Kesting la mena jusqu'à sa voiture, une BMW 728 garée dans l'allée semi-circulaire, devant l'hôtel.

« Rossignol est connu comme le loup blanc par ici, dit Kesting en lui tenant la portière. Un personnage fort respecté dans le monde de la banque, et cela depuis de nombreuses années. Il va sans dire que nous n'avons jamais rien eu à lui reprocher. » Elle s'installa dans la voiture. Lui demeura immobile, sans lâcher la portière.

« Je crains que la nature de votre enquête ne demeure quelque peu obscure. Ce monsieur n'a jamais été accusé d'aucun crime, vous le savez.

— Je comprends. » Anna allongea le bras pour saisir la poignée et referma elle-même la portière. Ce type l'énervait.

Kesting s'installa au volant, quitta l'allée et, tout en poursuivant son discours, descendit Steinwiesstrasse, une paisible rue résidentielle près du Kunsthaus.

« C'était un brillant financier et il l'est encore.

— Je n'ai pas le droit de dévoiler la nature de nos recherches, dit Anna, mais je peux vous assurer qu'il n'en est pas le sujet principal. »

Il garda le silence quelques instants puis ajouta d'un air embarrassé : « Vous avez demandé qu'on organise une surveillance rapprochée. Comme vous le savez, nous n'avons pas pu le localiser précisément.

— C'est une habitude chez les grands banquiers suisses ? De disparaître comme ça... du jour au lendemain ?

— Une habitude ? Non. Mais il est à la retraite, après tout. Il a bien droit à quelques excentricités.

— Et ses opérations financières ?

— Elles sont traitées par les représentants basés en Suisse d'une entité offshore qui demeure totalement opaque, même à leurs yeux.

— La transparence n'est pas votre fort, à vous autres Suisses. »

Kesting lui jeta un rapide coup d'œil, ne sachant s'il fallait la prendre au sérieux.

« Il semble qu'à un certain moment, l'année dernière je crois, il ait décidé de, eh bien, disons de se montrer plus discret. Il avait peut-être l'impression d'être traqué, poursuivi – il a dans les quatre-vingt-dix ans, après tout, et à cet âge-là, quand vous commencez à perdre la tête, le délire paranoïaque n'est pas loin.

— Ce n'était peut-être pas un simple délire de sa part. »

Kesting lui lança un regard acéré mais ne répondit rien.

Quand Ben lui apprit qu'il était un ami du professeur John Barnes Godwin, Herr Professor Doktor Mercandetti devint l'exubérance même.

« Ça ne m'ennuie pas du tout et vous n'avez pas à vous excuser. Je possède un bureau à la bibliothèque. Pourquoi ne m'y retrouveriez-vous pas en milieu de matinée ? J'y serai de toute façon. J'espère que Godwin ne vous l'a pas dit – je suis censé publier une monographie entrant dans une collection dont il s'occupe chez Cambridge University Press, et j'ai déjà deux ans de retard ! Il prétend que mon sens du timing est typiquement méditerranéen. » Mercandetti partit d'un rire tonitruant que la ligne téléphonique restitua à la perfection.

Ben ne lui avait pas expliqué ce qu'il voulait de lui et Mercandetti, se fiant à son ton jovial, avait sans doute supposé qu'il s'agissait d'un coup de fil de politesse.

Ben passa la première partie de la matinée à descendre tous les annuaires des sociétés suisses qu'il put trouver. Il effectua même une recherche informatique sur les listings téléphoniques. Mais il ne trouva pas la moindre trace d'une société nommée Sigma AG. Pour autant qu'il puisse le constater, elle n'apparaissait dans aucun répertoire ouvert au public.

Carl Mercandetti avait un aspect plus austère que Ben ne l'avait imaginé au téléphone. Âgé d'une cinquantaine d'années, il était mince, portait des lunettes ovales à monture de métal et ses cheveux gris étaient coupés ras. Pourtant, lorsque Ben se présenta, son regard s'éclaira et il lui serra chaleureusement la main.

« Les amis de God... dit Mercandetti.

— Je croyais que seuls les étudiants de Princeton l'appelaient ainsi. »

Mercandetti secoua la tête en souriant.

« Depuis que je le connais, je dirais que je l'ai vu évoluer et coller de plus en plus à son surnom. Je suis assez terrifié à l'idée de le rencontrer aux portes du paradis et qu'il me dise : " Maintenant, une petite question à propos de la note page 43 dans votre dernier article..." »

Au bout de quelques minutes, Ben aborda le sujet qui l'amenait. Il exposa à Mercandetti son désir de retrouver la trace d'une corporation nommée Sigma AG, fondée à Zurich à la fin de la Seconde Guerre mondiale. Il ne fournit pas d'autres explications : l'universitaire ne s'étonnerait sans doute pas qu'un banquier international se livre à ce genre de recherches, peut-être dans le cadre de son travail. En tout cas, Ben savait que moins il en dirait, plus il en apprendrait.

Quand il comprit quelles étaient les préoccupations immédiates de Ben, Mercandetti se montra poli mais évasif. Apparemment, le nom de Sigma ne lui évoquait pas grand-chose.

« Vous dites qu'elle a été fondée en 1945 ? s'enquit l'historien.

— C'est bien cela.

— Une magnifique année pour le bordeaux, saviez-vous cela ? » Il haussa les épaules. « Il s'agit d'une chose fort ancienne. Nombreuses furent les compagnies fondées durant la guerre, ou juste après, qui ont aujourd'hui disparu. Dans ces années-là, l'économie n'était pas aussi stable que de nos jours.

— J'ai des raisons de penser qu'elle existe encore », affirma Ben.

Mercandetti dressa l'oreille.

« Quelle sorte d'information possédez-vous ?

— Rien de très solide, en fait. Je tire surtout mon savoir de... certains témoignages. Des sources sûres. »

Mercandetti semblait à la fois amusé et sceptique.

« Ces personnes détiennent-elles d'autres renseignements ? Le nom aurait très bien pu être modifié.

— Mais n'existe-t-il pas des registres inventoriant les changements de nom des entreprises ? »

Les yeux de l'historien se promenèrent sur le plafond voûté de la bibliothèque.

« Il y a un endroit où vous pourriez aller voir. Ça s'appelle le *Handelsregisteramt des Kantons Zürich* – le registre de toutes les entreprises fondées à Zurich. Les compagnies qui s'installent ici doivent s'y inscrire.

— Très bien. Permettez-moi de vous poser une autre question. Cette liste-ci. » Il fit glisser, sur la robuste table de chêne, la liste des administrateurs de Sigma AG, qu'il avait recopiée de sa propre main.

« Reconnaissez-vous certains de ces noms ? »

Mercandetti chaussa une paire de lunettes de lecture.

« La plupart de ces noms appartiennent à des industriels bien connus, vous savez. Prosperi, que je vois là, fait un peu partie du milieu – je crois qu'il est mort récemment. Au Brésil ou au Paraguay, j'ai oublié où. La plupart de ces hommes ont disparu ou alors ils ont atteint un âge très avancé. Tiens, Gaston Rossignol, le banquier – il doit vivre à Zurich.

— Est-il encore vivant ?

— Je n'ai pas entendu dire le contraire. En tout cas, s'il est encore de ce monde, il doit avoir entre quatre-vingts et quatre-vingt-dix ans.

— Comment pourrais-je le trouver ?

— Avez-vous essayé l'annuaire ? » Un regard réjoui.

« Il y a bien quelques Rossignol. Mais l'initiale de leurs prénoms ne correspond pas à celui que je cherche. »

Mercandetti haussa les épaules.

« Rossignol était un financier de premier ordre. Il a contribué à restaurer notre système bancaire, au lendemain de la Seconde Guerre mondiale. Il avait de nombreux amis ici. Mais peut-être s'est-il retiré au Cap d'Antibes. Pendant que nous parlons, il est sans doute en train d'étaler de l'huile de noix de coco sur ses épaules couvertes de taches de son. Ou peut-être veut-il éviter d'attirer l'attention sur lui, pour une raison connue de lui seul. Avec les récentes controverses sur l'or suisse et la Seconde Guerre mondiale, sont apparus des agitateurs, des groupes d'autodéfense. Même un banquier suisse ne peut vivre enfermé dans un coffre, vous en conviendrez. Il faut donc prendre ses précautions. »

Il faut prendre ses précautions.

« Merci, dit Ben. Vous m'êtes d'une grande utilité. » Il sortit la photo en noir et blanc qu'il avait récupérée à la Handelsbank et la tendit au professeur.

« Connaissez-vous certains de ces hommes ?

— Finalement, je me demande si vous êtes un banquier ou un mordu d'histoire, lança Mercandetti d'un air joyeux. Ou encore un négociant en photographies anciennes – un sacré commerce de nos jours. Les collectionneurs paient des fortunes pour des ferrotypes du XIXᵉ siècle. Ce n'est pas du tout mon style. Je préfère la couleur.

— Il ne s'agit pas exactement d'une photo de vacances », répliqua Ben avec amabilité.

Mercandetti sourit et saisit la photo.

« Ce doit être Cyrus Weston – oui, avec son inimitable couvre-chef », dit-il. Il posa son gros doigt sur le cliché.

« On dirait Avery Henderson, mort il y a de nombreuses années. Voilà Emile Ménard, qui a créé Trianon, le premier conglomérat moderne. Là, ce doit être Rossignol, mais je n'en suis pas sûr. On l'imagine toujours avec son gros crâne chauve, pas avec cette crinière de cheveux bruns, mais sur ce portrait de groupe, il est beaucoup plus jeune. Et là-bas... » Il y eut une minute de silence avant que Mercandetti ne laisse tomber la photo. Son sourire avait disparu.

« Quel tour me jouez-vous là ? », demanda-t-il à Ben, en le regardant par-dessus ses lunettes de lecture. Une expression de stupeur se peignait sur son visage.

« Que voulez-vous dire ?

— Ce doit être une sorte de montage, une photographie truquée ».
L'universitaire semblait contrarié.

« Pourquoi dites-vous cela ? Weston et Henderson se connaissaient
certainement.

— Weston et Henderson ? Bien sûr. Mais il est impossible qu'ils se
soient fait photographier aux côtés de Sven Norquist, le grand armateur
suédois, de Cecil Benson, le magnat britannique de l'automobile, de
Drake Parker, le patron de la pétrochimie, et de Wolgang Siebing,
l'industriel allemand dont la société familiale fabriquait autrefois de
l'équipement militaire et s'est fait connaître depuis pour ses cafetières.
Je pourrais vous en citer encore une douzaine. Certains de ces hommes
étaient des rivaux acharnés, certains œuvraient dans des secteurs différents. Supposer que ces personnes se soient rencontrées impliquerait de
réécrire entièrement l'histoire des affaires au XXe siècle.

— Pourrait-il s'agir d'une conférence économique comme celle de
Davos ? hasarda Ben. Annonciatrice des conférences de Bilderberg,
peut-être ? Une rencontre entre titans de l'industrie ? »

L'historien pointa une autre silhouette.

« Cette image est l'œuvre d'un petit plaisantin sacrément intelligent et
habile.

— Qui désignez-vous ainsi ?

— Cet homme-ci, c'est Gerhard Lenz, le scientifique viennois. » Le
ton de Mercandetti se durcit.

Ce nom lui rappelait vaguement quelque chose, mais Ben ne savait
pas trop dans quel contexte le replacer.

« Qui est ce monsieur ?

— Etait. Il est mort en Amérique du Sud. Le Dr Gerhard Lenz était un
esprit brillant, tout le monde s'accordait à le dire, sans compter qu'il a
suivi une excellente formation médicale à Vienne. Un pur produit de la
civilisation viennoise. Désolé, je suis sarcastique et ce ton ne sied pas à
un historien. Le fait est que Lenz, comme son ami Josef Mengele, s'était
bâti une sordide réputation grâce aux expériences qu'il avait menées sur
les prisonniers des camps de concentration et sur les enfants handicapés.
Il avait déjà presque cinquante ans à la fin de la guerre. Son fils vit
encore à Vienne. »

Mon Dieu. Ben fut pris de vertiges. Cet officier nazi aux yeux clairs
qui se tenait juste à côté de Max Hartman n'était autre que l'un des plus
grands monstres du XXe siècle. Mercandetti pêcha une loupe 8x dans la
poche de sa veste – il devait avoir souvent recours au grossissement dans
ses recherches archivistiques, se dit Ben – et observa attentivement
l'image. Puis il examina le support en carton jauni sur lequel l'émulsion
était fixée. Au bout de quelques minutes, il hocha la tête.

« En effet, elle a l'air vrai. Et pourtant c'est impossible. Elle ne peut
pas être vraie. » Mercandetti parlait d'une voix tranquille où perçait
quand même une certaine véhémence. Il semblait vouloir se persuader

lui-même. Car tandis qu'il niait l'existence de ce qu'il avait devant les yeux, l'historien était devenu pâle comme la mort.

« Dites-moi », fit-il sur un ton plus tendu, son expression ayant perdu toute trace de bonhomie. « Où avez-vous eu ce truc-là ? »

Il fallait prendre ses précautions. Gaston Rossignol était vivant : la mort d'un si auguste personnage ne serait pas passée inaperçue. Et pourtant, après une heure de recherches, Mercandetti et lui durent s'avouer vaincus.

« Pardonnez-moi de n'avoir rien trouvé, fit Mercandetti d'un air résigné. Mais je suis historien, pas détective privé. En plus, j'imagine que ce genre de choses est plutôt dans vos cordes, puisque vous avez l'habitude des stratagèmes financiers. »

Le professeur avait raison ; Ben aurait pu y penser plus tôt. L'allusion de Mercandetti – les stratagèmes financiers, comme il les appelait – portait sur la fameuse protection des capitaux, système que Ben connaissait bien. A présent, c'était à lui de s'enfoncer dans son siège et de réfléchir. Les hommes importants ne se contentaient pas de disparaître ; ils édifiaient des barrières légales derrière lesquelles s'abriter. Dissimuler une résidence aux yeux de ses ennemis ou la dissimuler à ceux de ses créanciers ou des services fiscaux revenait à peu près au même. Rossignol voulait garder le contrôle sur ses biens tout en faisant semblant d'en avoir été dépouillé. Rien de plus difficile que de surveiller un homme qui ne possède rien.

Ben Hartman se souvint d'un client de Hartman Capital Management, un type particulièrement pingre, obsédé par la protection des biens. Ben avait fini par le détester et rechignait à lui consacrer du temps. Pourtant ce qu'il avait appris, grâce à lui, sur la « protection des biens » et ses ficelles lui serait utile à présent.

« Gaston Rossignol doit avoir des parents dans le coin, dit Ben à l'intention de Carl Mercandetti. Je veux parler d'un parent qui serait à la fois fiable et accommodant. Quelqu'un d'assez proche pour faire ce qu'il lui demande mais incontestablement plus jeune que lui. » Ben n'ignorait pas que toutes les variantes de la donation cession-bail comportaient une complication indésirable dans le cas où le pseudo-bénéficiaire devançait le donateur dans la mort. Quant au secret de n'importe quelle manœuvre financière, il dépendait de la discrétion du partenaire.

« Vous parlez d'Yves-Alain, bien sûr, indiqua le professeur.

— Ah oui ?

— Vous venez d'en dresser le portrait. Yves-Alain Taillé, le neveu du banquier. Un élu local qui jouit d'une certaine renommée par ici, grâce à sa famille. En revanche, on le connaît moins en tant que banquier, à cause de sa médiocrité intellectuelle. Un type faible mais brave, selon l'avis général. On lui a attribué une sinécure dans une banque privée. Vice-président de quelque chose. Assez facile à trouver.

— Et si je voulais savoir si Taillé possède une propriété dans le canton en plus de sa résidence principale ? Existe-t-il des documents fiscaux
ayant trait aux transferts de propriété ?

— Les registres municipaux sont regroupés au Rathaus, sur les rives
de la Limmat. Mais s'il s'agit d'un transfert récent, remontant à moins
de cinq ans, vous pouvez lancer une recherche sur internet. Même chose
pour les documents fiscaux. Ils sont censés être à la disposition du
public, mais en fait on les stocke sur un serveur sécurisé. N'oubliez pas
que les Suisses ont deux grandes passions : le chocolat et le secret. Je
possède un nom d'utilisateur et un mot de passe. Il n'y a pas si longtemps, voyez-vous, les édiles m'ont demandé d'écrire un texte dans une
brochure destinée à célébrer le six cent cinquantième anniversaire de
l'entrée de Zurich dans la confédération suisse. Un peu éloigné de mon
domaine de recherches, mais comme ils ne regardaient pas à la dépense... »

Une heure plus tard, Ben avait obtenu l'adresse qu'il cherchait. Il
s'agissait d'une résidence nettement plus modeste que celle autrefois
occupée par Rossignol. Deux heures plus tard, après s'être immergé
dans une ribambelle de documents fiscaux d'une complexité renver-
sante, il avait acquis la conviction qu'il s'agissait bien de celle de
Gaston Rossignol. En effet, le titre était établi au nom de Taillé, et
pourtant ce n'était pas son domicile principal. Une résidence secondaire
en plein Zurich ? Peu probable. Le pied-à-terre d'une maîtresse ? La
maison était trop grande pour cela. En plus, une société d'investissement
immobilier en partageait la propriété. Taillé ne disposait pas de la pleine
et entière jouissance de ce bien ; il ne pouvait ni le vendre ni en transférer le titre sans la permission de la société en question. Et où se trouvait
le siège social de la fameuse société ? Sur une île anglo-normande,
Jersey. Ben eut un sourire. Quelle habileté ! Un paradis fiscal mais un
paradis ayant meilleure réputation que certains autres, comme Nauru,
par exemple. Pourtant, le système bancaire de Jersey était d'une complexité encore plus effarante, donc plus difficile à infiltrer.

De nouveau, Ben jeta un coup d'œil à l'adresse qu'il venait de griffonner. C'était incroyable. Il était à quelques minutes en voiture de l'un
des fondateurs de Sigma. Peter avait été éliminé alors qu'il tentait de se
cacher de Sigma. Ben prit une profonde inspiration. La colère accumulée
en lui s'enflamma soudain. *Eh bien, les règles ont changé,* pensa-t-il.
Maintenant, c'est à Sigma de se cacher de moi.

CHAPITRE 20

GASTON Rossignol habitait Hottingen, un quartier de Zurich s'étageant sur les flancs d'une colline qui dominait la ville. Chaque villa, entourée d'un vaste terrain, était protégée des regards par des rangées d'arbres. Une zone résidentielle très privée, très retirée.

La propriété donnait sur Hauserstrasse, à deux pas du Grand Hôtel Dolder, le plus beau palace de Zurich et le plus raffiné d'Europe, disait-on. La maison elle-même, basse et spacieuse, construite en pierres brunâtres, datait apparemment du début du XXe siècle.

Elle ne ressemblait guère à la cachette-type, songea Ben, mais cet aspect anodin lui assurait sans doute la meilleure protection qui fût. Bien qu'ayant grandi à Zurich, Rossignol avait mené l'essentiel de sa carrière à Berne. Il connaissait bien sûr quelques Zurichois possédant du pouvoir et de l'influence, mais la plupart de ses relations habitaient ailleurs. En outre, les résidents de la Hauserstrasse étaient du genre discret; personne ne connaissait personne. Un vieillard cultivant son jardin n'avait en soit rien d'extraordinaire. Une vie confortable sans doute mais terne également.

Ben gara la Range Rover dans une rue en pente au pied de la zone résidentielle, et mit le frein moteur pour l'empêcher de partir en roue libre. Il prit le revolver de Liesl dans la boîte à gants. Quatre balles restaient dans le chargeur. S'il voulait se servir de cette arme pour se protéger, il devrait se procurer d'autres munitions. S'assurant que la sécurité était mise, il la glissa dans la poche de sa veste.

Quand il sonna à la porte, il n'obtint pas de réponse. Au bout de quelques minutes, il réessaya.

Toujours rien.

Il tourna la poignée mais le verrou était mis.

Sur un côté de la maison, il remarqua une Mercedes dernier modèle, garée sous un auvent. La voiture de Rossignol ou de quelqu'un d'autre, impossible de savoir.

Il rebroussait chemin quand il eut l'idée d'essayer toutes les portes. Il entreprit donc de faire le tour. La pelouse venait d'être tondue, les parterres de fleurs étaient bien entretenus. On prenait grand soin de cette propriété. L'arrière de la maison était plus impressionnant que la façade. On y trouvait un vaste terrain bordé de parterres encore plus nombreux, baignés par le soleil matinal. Un belvédère trônait au centre d'une grande terrasse, près de quelques chaises longues.

Ben s'approcha de la porte de derrière. Il tira la double porte en verre puis tenta d'actionner la poignée.

La poignée tourna.

Craignant le déclenchement d'une alarme, il ouvrit, le cœur battant. Mais il n'entendit aucun bruit.

Rossignol était-il chez lui ? Ou bien y avait-il quelqu'un d'autre, un domestique, une gouvernante, un parent ?

Il pénétra dans une pièce sombre, carrelée. Des manteaux étaient suspendus à des patères, près d'un assortiment de cannes en bois à pommeau sculpté. Après avoir traversé cette première pièce, il entra dans une sorte de petit cabinet de travail, meublé d'un grand bureau et de quelques bibliothèques. Gaston Rossignol, l'ancien pilier de l'establishment bancaire suisse, semblait cultiver des goûts relativement modestes.

Sur le bureau était posé un registre vert, près d'un téléphone Panasonic noir et luisant, équipé des derniers gadgets : touche conférence, affichage du numéro, interphone, amplificateur, répondeur digital.

Comme il observait l'appareil, sa sonnerie retentit. On avait dû la régler sur le volume maximum car le bruit était assourdissant. Il s'immobilisa, s'attendant à voir surgir Rossignol et se demandant quelle explication il allait bien pouvoir lui fournir. Il y eut encore quatre sonneries puis le silence revint.

Ben attendit.

Personne n'était venu décrocher. Cela signifiait-il que la maison était vide ? Jetant un œil sur l'écran, il vit que le numéro comportait une longue série de chiffres. Un appel venant de l'étranger, de toute évidence.

Il décida de poursuivre sa visite. Alors qu'il longeait un corridor, il entendit une musique à peine audible – Bach, aurait-on dit – mais d'où provenait-elle ?

Y avait-il quelqu'un ici, tout compte fait ?

Du bout du couloir, lui parvint une faible lumière. Il s'avança vers la pièce d'où elle sortait. La musique devint plus forte.

Il entra dans une pièce qu'il identifia aussitôt comme une salle de séjour. Une longue table trônait au centre, recouverte d'une nappe en lin blanc amidonné, surmontée d'une cafetière en argent posée sur un plateau du même métal. Un seul couvert était dressé, une assiette contenant des œufs et une saucisse. Le petit déjeuner semblait avoir été servi par une gouvernante, mais où donc était cette personne ? Du lecteur de cassettes portable posé sur le buffet appuyé contre un mur, sortait une suite pour violoncelle de Bach.

Un vieillard dans une chaise roulante était assis à la table, tournant le dos à Ben. Un crâne chauve et bronzé, frangé de cheveux gris, un cou de taureau, des épaules massives.

Le vieil homme ne semblait pas avoir entendu Ben entrer. Il était probablement dur d'oreille, se dit-il, supposition confirmée par l'appareil auditif fixé à son oreille droite.

Pourtant, par mesure de précaution, il glissa la main dans la poche de sa veste en cuir et empoigna le revolver dont il ôta le cran de sûreté. Le vieillard ne bougeait toujours pas. Il devait être sourd comme un pot, à moins que son appareil ne soit débranché.

Soudain la sonnerie du téléphone fit sursauter Ben. Elle était aussi forte que celle entendue dans le bureau, une minute plus tôt.

Toutefois le vieillard ne réagit pas davantage.

Elle retentit encore trois, quatre fois puis s'arrêta.

Ensuite Ben perçut la voix d'un homme, venant du couloir. Il semblait hors de lui. Il lui fallut quelques secondes pour comprendre que cette voix sortait du répondeur-enregistreur mais il ne put saisir ce qu'elle disait.

Il fit quelques pas et posa le canon du revolver sur le crâne du vieillard.

« Pas un geste. »

La tête de l'homme bascula en avant, retombant mollement sur sa poitrine.

De sa main libre, Ben agrippa l'accoudoir du fauteuil roulant pour le faire pivoter.

Le menton de l'homme reposait sur sa poitrine, ses yeux grands ouverts fixaient le sol. Il était mort.

Ben sentit la panique envahir ses membres.

Il effleura la nourriture posée dans l'assiette. Les œufs et la saucisse étaient encore tièdes.

On aurait dit que la mort remontait à quelques petites minutes. Etait-ce un meurtre ?

Dans ce cas, l'assassin pouvait très bien se trouver encore à l'intérieur de la maison !

Il remontait en courant le corridor qu'il avait emprunté tout à l'heure, quand le téléphone se remit à sonner. Parvenu dans le bureau, il regarda l'affichage du numéro à l'écran : la même longue série de chiffres, commençant par 431. D'où provenait cet appel ? Ce type de numéro lui évoquait quelque chose. Un pays européen, à coup sûr.

Le répondeur s'enclencha.

« Gaston ? Gaston ? », hurla une voix masculine.

L'homme s'exprimait en français, mais ce n'était pas sa langue maternelle. Ben réussit à déchiffrer quelques mots déformés par un fort accent.

Qui donc appelait Rossignol et pour quelle raison ?

Une autre sonnerie, à la porte d'entrée cette fois !

Il se précipita vers la porte de derrière qu'il avait laissée entrouverte. Personne.

Sauve-toi !

Il sortit, contourna rapidement la maison et ralentit sa course en arrivant près de la façade. Caché derrière un haut buisson, il vit passer au ralenti une voiture de police blanche. Un véhicule de patrouille, supposa-t-il.

Une barrière basse en fer forgé séparait le terrain de Rossignol de celui de son voisin. Il courut jusque-là, sauta la clôture et atterrit dans l'autre jardin, aussi vaste que celui de Rossignol mais moins bien arrangé. Il prenait un risque énorme. Le voisin aurait très bien pu le repérer, mais personne ne l'interpella, il n'y eut aucun cri ; aussi poursuivit-il sa course, puis il tourna au coin de la maison et s'engagea sur la Hauserstrasse. La Rover était garée à une trentaine de mètres. Il se précipita vers elle, s'engouffra à l'intérieur et tourna la clé de contact. Le moteur se mit à ronronner.

Très vite, il fit demi-tour puis descendit la rue en s'efforçant de modérer son allure pour avoir l'air d'un riverain se rendant à son travail.

Quelqu'un avait tenté de joindre Rossignol. Quelqu'un qui appelait d'une région dont l'indicatif téléphonique était 431.

Les chiffres tournoyèrent dans son cerveau jusqu'à ce que la réponse s'affiche d'un coup.

Vienne, Autriche.

L'appel venait de Vienne. Ces hommes ont des successeurs, des héritiers, avait dit Liesl. D'après Mercandetti, l'un d'eux habitait Vienne : le fils du monstrueux Gerhard Lenz. Maintenant que Rossignol était mort, cette piste en valait une autre. Ce n'était pas une certitude – loin de là – mais une possibilité. Et les pistes étaient plutôt rares.

Quelques minutes plus tard, il avait rejoint le centre-ville. Il approchait à présent de la Bahnhofplatz, l'endroit où Jimmy Cavanaugh avait essayé de le tuer. Là où tout avait commencé.

Il fallait absolument qu'il attrape le prochain train pour Vienne.

Alpes autrichiennes

On frappa un léger coup à la porte et le vieillard cria d'une voix irritée : « Oui ? »

Un médecin en blouse blanche entra. C'était un petit homme ventripotent aux épaules rondes.

« Comment vous sentez-vous, monsieur ? demanda le médecin. Votre suite vous convient-elle ?

— Vous appelez ça une suite ? », s'exclama le patient numéro dix-huit. Il était couché sur l'étroit lit à une place, dans son costume trois-pièces fripé.

« C'est une foutue cellule de moine, oui ! »

En effet, la pièce était meublée avec simplicité d'une chaise et d'un bureau surmonté d'une lampe. Il y avait aussi un poste de télévision. Le sol dallé était nu.

Le médecin eut un petit sourire poli.

« Je suis le Dr Löfquist, dit-il en s'asseyant sur la chaise posée près du lit. Je venais vous souhaiter la bienvenue, mais aussi vous prévenir. Les dix jours qui vous attendent seront très pénibles. Vous serez soumis aux examens physiques et psychologiques les plus approfondis que vous ayez jamais subis. »

Le numéro Dix-huit ne prit pas la peine de se relever et de s'asseoir sur son lit.

« Pourquoi diable des examens psychologiques ?

— Parce que, voyez-vous, nous n'admettons pas n'importe qui.

— Et qu'est-ce qui se passera si vous découvrez que je suis dingue ?

— Ceux qui ne répondent pas à nos critères sont renvoyés chez eux, avec tous nos regrets. »

Le patient ne répondit rien.

« Vous devriez peut-être vous reposer, monsieur. Cet après-midi sera fatigant. On va vous faire passer un scanner, vous radiographier les poumons, puis vous subirez une série de tests cognitifs. Et, bien sûr, l'examen standard destiné au dépistage de la dépression.

— Je ne suis pas déprimé », s'écria le patient.

Le docteur ignora sa réplique.

« Ce soir, on vous demandera de rester à jeun, afin que nous puissions mesurer votre cholestérol, vos tryglycérides, vos lipoprotéines, etc.

— A jeun ? Vous voulez dire que je ne vais rien manger ? Il n'est pas question que je me laisse affamer !

— Monsieur, dit le docteur en se levant, vous êtes libre de partir quand vous le voulez. Si vous restez et si vous êtes convié à nous rejoindre, vous trouverez la procédure interminable et relativement pénible, je dois être honnête. Mais cela ne ressemblera à rien de ce que vous avez pu connaître durant votre longue existence. A aucun moment. Je vous en fais la promesse. »

*

Kesting ne cacha pas sa surprise lorsque Anna réapparut quelques heures plus tard, munie d'une adresse ; et, pour tout dire, Anna était presque aussi surprise que lui. Elle avait agi comme elle l'avait décidé et ça avait marché. Après s'être plongée quelques minutes dans le dossier Rossignol, elle était tombée sur un nom qui pouvait lui servir : celui d'un fonctionnaire, un certain Daniel Taine. Ce nom apparaissait à plusieurs reprises dans des contextes différents. Une recherche plus poussée avait confirmé son intuition. Gaston Rossignol avait été le premier employeur de Taine ainsi que son mentor, en quelque sorte. Dans les années 70, Taine et Rossignol avaient fait partie d'une même société anonyme reposant sur des euro-obligations de fort rapport. Rossignol avait lui-même parrainé Taine pour le faire admettre au sein de la société Kifkintler, un club privé réservé au gratin de la société zurichoise. Ayant amassé un petit magot, Taine exerçait à présent diverses fonctions honorifiques au sein du canton. Ce type possédait le genre d'introductions et de moyens susceptibles d'assurer la réalisation des plans de son mentor.

Anna avait débarqué chez Taine sans prévenir. Après s'être présentée, elle avait mis cartes sur table. Le message qu'elle avait à lui transmettre était très simple. Gaston Rossignol courait un danger sérieux et imminent.

Taine parut ébranlé mais resta muet, comme elle s'y attendait.

« Je ne peux pas vous aider. Il a déménagé. Nul ne sait où et tout le monde s'en fiche, d'ailleurs.

— Sauf les tueurs.

— Même si ces soi-disant assassins existent, répliqua Taine, qui dit qu'ils sauront le trouver, alors que vous-mêmes en êtes incapables. Vos ressources m'ont pourtant l'air considérables. » Il faisait preuve de scepticisme tout en entrant trop facilement dans le jeu d'Anna.

« J'ai des raisons de croire qu'ils ont une bonne longueur d'avance. »

Il eut un regard acéré.

« Vraiment ? Et pourquoi cela ? »

Anna secoua la tête.

« Il y a certains sujets que je ne peux aborder qu'avec Gaston Rossignol en personne.

— Et pourquoi imaginez-vous qu'on voudrait le tuer ? Il fait partie des Zurichois les plus en vue.

— Ce qui explique pourquoi il vit caché.

— Ce que vous dites est absurde », avança Taine après un instant de réflexion.

Anna le fixa calmement durant quelques secondes. Puis elle lui tendit une carte sur laquelle étaient indiqués son nom et les numéros où l'on pouvait la joindre à l'OSI.

« Je reviendrai dans une heure. J'ai dans l'idée que vous possédez vous aussi des ressources tout à fait considérables. Vérifiez mon identité. Assurez-vous de ma bonne foi. Faites tout ce qui vous chantera pour savoir si je suis bien celle que je prétends être, et ce que je représente précisément...

— Comment le pourrais-je ? Je ne suis qu'un simple citoyen suisse...

— Vous en avez les moyens, Mr. Taine. Sinon, demandez à votre ami. Je suis certaine que vous ne refuserez pas de l'aider. Je pense que nous nous comprenons. »

Deux heures plus tard, Anna Navarro appelait Taine sur son lieu de travail. Le ministère des Affaires économiques était situé dans un immeuble de marbre construit dans le style Beaux-Arts qui prévalait à la fin du XIXe siècle. Son bureau était vaste, ensoleillé et tapissé de livres. Dès qu'elle arriva, on la fit entrer. La porte à panneaux de bois sombre se referma discrètement derrière elle.

Taine était assis derrière son énorme bureau de noyer.

« Ce n'est pas moi qui ai pris cette décision, insista-t-il, mais monsieur Rossignol. Je ne la cautionne pas.

— Vous vous êtes renseigné sur mon compte.

— On m'a renseigné », répondit Taine en employant par précaution le pronom indéfini. Il lui rendit sa carte de visite.

« Au revoir, Miss Navarro. »

L'adresse était tracée au stylo en petits caractères, dans l'espace situé à la gauche de son nom.

Son premier appel fut pour Bartlett. Elle l'informa de l'avancée de son enquête.

« Vous ne cessez de m'étonner, Miss Navarro », avait-il répondu avec un véritable et surprenant accent de sincérité dans la voix.

Tandis que Kesting et elle roulaient vers l'adresse indiquée par Taine, dans le quartier de Hottingen, le policier lui dit : « Votre demande de mise sous surveillance a été acceptée ce matin. Plusieurs véhicules de police banalisés seront mobilisés dans ce but.

— Et son téléphone.

— Oui, nous pouvons installer des écoutes en l'espace de quelques heures. Un officier de la *Kantonspolizei* sera affecté à cette tâche, dans les locaux de la *Mutterhaus*.

— La *Mutterhaus* ?

— Le quartier général de la police. La Maison Mère, comme on l'appelle. »

Leur voiture grimpait résolument la côte de la Hottingerstrasse. Au fur et à mesure, les demeures devenaient plus vastes, plus luxueuses, les arbres plus feuillus. Ils arrivèrent enfin sur la Hauserstrasse et s'arrêtèrent dans l'allée d'une maison basse en grès brun, plantée au centre d'un charmant jardin paysager. Anna ne remarqua aucune voiture de police banalisée dans les parages.

« C'est la bonne adresse », dit Kesting.

Elle hocha la tête. Encore un banquier suisse avec une grande maison et un beau jardin, pensa-t-elle.

Ils descendirent de voiture et marchèrent jusqu'à l'entrée. Kesting sonna.

« Ça ne vous ennuie pas, j'espère, si c'est moi qui mène l'interrogatoire.

— Pas du tout », répondit Anna. Sur le papier, l'expression « coopération internationale » avait peut-être un sens mais, en réalité, il fallait d'abord respecter le protocole, ce qu'ils savaient l'un comme l'autre.

Après avoir attendu quelques minutes, Kesting sonna de nouveau.

« C'est un vieil homme et ça fait plusieurs années qu'il est rivé à son fauteuil roulant. Il doit lui falloir du temps pour se déplacer dans cette maison. »

Quelques minutes passèrent encore, puis Kesting reprit :

« J'imagine qu'il ne sort pas beaucoup, à son âge. » Il sonna de nouveau.

Je savais que c'était trop facile, pensa Anna. *Quel travail bâclé !*

« Il est peut-être souffrant », dit Kesting. Mal à l'aise, il tourna la poignée mais la porte était verrouillée. Ensemble, ils firent le tour de la maison. La porte de derrière s'ouvrit sans peine. Sur le seuil, il se mit à crier : « Docteur Rossignol, c'est Kesting du bureau du Procureur. » Le « docteur » semblait purement honorifique.

Silence.

« Docteur Rossignol ? »

Kesting pénétra dans la maison, suivi d'Anna. Les lumières étaient allumées et elle entendait de la musique classique.

« Docteur Rossignol ? », répéta Kesting un ton au-dessus. Il se risqua plus avant. Bientôt ils se retrouvèrent dans la salle à manger. Les lumières étaient allumées, une cassette se déroulait dans un magnétophone. Anna reconnut l'odeur du café, des œufs et de la viande frite.

« Docteur... Oh, mon Dieu ! »

Horrifiée, Anna vit à son tour ce que Kesting venait d'apercevoir.

Un vieillard était assis à une table, dans un fauteuil roulant, un petit déjeuner posé devant lui. Sa tête reposait sur sa poitrine, ses yeux étaient fixes et dilatés. Il était mort.

Ils l'avaient eu lui aussi ! La chose en elle-même ne la surprenait guère. Ce qui la sidérait, c'était le timing – le crime avait dû se commettre juste avant leur arrivée. Comme s'ils avaient su que la police allait débarquer sur les lieux.

Elle ressentit le goût amer de la peur.

« Bordel, s'écria-t-elle. Appelez vite une ambulance. Et la brigade criminelle. Je vous en prie, veillez surtout à ce qu'on ne touche à rien. »

CHAPITRE 21

UNE équipe d'officiers de la brigade des homicides de Zurich arriva une heure plus tard. Ils filmèrent les lieux, prirent des photos, aspergèrent de poudre la maison pour relever les empreintes, en insistant sur les deux portes, à l'avant et à l'arrière, et sur les trois fenêtres accessibles à partir du jardin. Anna demanda au spécialiste de relever les empreintes sur le fauteuil roulant de Rossignol et sur la peau du défunt, aux endroits non recouverts par les vêtements. Avant qu'on enlève le corps, on prit également les empreintes de Rossignol, afin de pouvoir les différencier de celles des éventuels assassins.

Si les Américains ne s'étaient pas intéressés à Rossignol avant son meurtre au point de demander une mise sous surveillance, la mort du vieil homme aurait certainement été traitée comme un fait naturel. Gaston Rossignol avait quatre-vingt-onze ans, après tout.

En l'occurrence, une autopsie fut ordonnée, avec l'indication d'examiner tout particulièrement le fluide oculaire. Elle serait pratiquée dans les locaux de l'Institut de médecine légale de l'Université de Zurich, ce qui était normal, puisque Zurich ne possédait pas d'examinateur médical adéquat.

Anna regagna son hôtel. Epuisée – elle n'avait pas dormi dans l'avion et s'était refusée à avaler un Ativan –, elle tira les rideaux, se glissa dans son T-shirt trop grand et se mit au lit.

Elle fut réveillée en sursaut par le téléphone. Il lui fallut quelques instants pour reprendre ses esprits. Elle se croyait à Washington, au beau milieu de la nuit. Quand elle jeta un coup d'œil au cadran phosporescent de sa montre, elle vit qu'il était deux heures et demie de l'après-midi, heure de Zurich. Elle décrocha le téléphone.

« Vous êtes Miss Navarro ? demanda une voix masculine.

— C'est bien moi, maugréa-t-elle. Qui est à l'appareil ?

— Je suis le sergent-major Schmid de la *Kantonspolizei*. Inspecteur à la brigade criminelle. Je suis désolé, je vous ai réveillée peut-être ?

— Non, non, je ne faisais que sommeiller. Que se passe-t-il ?

— Les résultats de l'examen des empreintes sont intéressants. Pouvez-vous passer au quartier général de la police ? »

*

Schmid était un homme aimable au visage large. Il portait les cheveux courts avec une ridicule petite frange et une chemise bleu marine ouverte sur une chaîne en or.

Son bureau était agréable, inondé de lumière et presque vide. Deux tables de bois clair se faisaient face ; elle s'assit derrière l'une, lui derrière l'autre.

Schmid tripotait un trombone.

« Les empreintes ont été transférées à la *Kriminaltechnik*. Une fois éliminées celles de Rossignol, il en restait pas mal d'autres, la plupart non identifiées. Comme il était veuf, on suppose qu'elles appartiennent à sa gouvernante et aux quelques personnes qui travaillaient chez lui. La gouvernante est restée à son service toute la nuit. Ce matin, elle est partie après avoir préparé le petit déjeuner de son patron. Ils devaient surveiller la maison et l'ont vue sortir.

— Il n'avait pas d'infirmière ?

— Non, dit Schmid sans cesser de triturer son trombone. Vous savez, nous possédons à présent une base de données informatisée pour les empreintes tout à fait semblables à la vôtre. » Il faisait référence à l'Automated Fingerprint Identification Service qui stockait des millions d'empreintes.

« On les a scannées, entrées dans l'ordinateur, digitalisées et envoyées par modem au registre central à Berne, où elles ont été comparées à toutes les bases de données disponibles. La recherche n'a pas pris beaucoup de temps. Nous avons vite trouvé la correspondance. »

Elle se redressa sur son siège.

« Oh ?

— Oui, c'est la raison pour laquelle l'affaire m'a été attribuée. Les empreintes appartiennent à un Américain que nous avons interrogé voilà quelques jours, ici même, au sujet d'une fusillade qui a eu lieu dans le secteur de la Bahnhofplatz.

— Qui est-ce ?

— Un dénommé Benjamin Hartman. »

Ce nom ne lui évoquait rien.

« Que savez-vous de lui ?

— Pas mal de choses. J'ai procédé moi-même à son interrogatoire. » Il lui tendit un dossier contenant des photocopies du passeport américain de Hartman, de son permis de conduire, de ses cartes de crédit ainsi que les rapports de la police suisse contenant des photos du suspect.

Captivée, elle examina attentivement les documents. Et si cet homme était le tueur qu'elle recherchait ? Un Américain ? Dans les trente-cinq ans, banquier d'affaires pour une société financière appelée Hartman Capital Management. Une affaire familiale, supposa-t-elle. Ce qui signifiait sans doute qu'il était riche. Vit à New York. Séjourne actuellement en Suisse pour les sports d'hiver, avait-il déclaré à Schmid.

Mais l'homme pouvait avoir menti.

Parmi les dernières victimes de Sigma, trois avaient été tuées durant la période où le type séjournait à Zurich. L'une d'elles vivait en Allemagne, une distance facile à parcourir en train. Une autre habitait l'Autriche : tout aussi facile.

Mais le Paraguay ? Le bout du monde.

Toutefois cette possibilité n'était pas à écarter pour autant. En outre, il pouvait ne pas travailler en solo.

« Que s'est-il passé sur la Bahnhofstrasse ? demanda-t-elle. Il a tiré sur quelqu'un ? »

Le trombone qui préoccupait tant Schmid se brisa d'un coup sec.

« Une fusillade a éclaté dans la rue et le centre commercial situé sous la Bahnhofplatz. On l'a interrogé à ce sujet. Personnellement, je ne pense pas qu'il en soit responsable. Il n'arrêtait pas de répéter qu'on avait tenté de l'assassiner.

— Il y a eu des morts ?

— Plusieurs passants. Dont le fameux individu qui voulait le tuer, à l'en croire.

— Hum », fit-elle, perplexe. Une histoire à dormir debout : qu'y avait-il de vrai là-dedans ? Qui était ce type ? « Vous l'avez relâché ?

— Nous ne disposions d'aucun chef d'inculpation. Et sa société a fait jouer ses relations pour le faire sortir. On lui a ordonné de quitter le canton. »

Pas de ça chez nous : telle était donc la position des autorités de Zurich sur le maintien de l'ordre ? songea amèrement Anna.

« Vous avez une idée de l'endroit où il se trouve ?

— Il disait avoir l'intention de se rendre à Saint-Moritz. A l'hôtel Carlton. Mais depuis, nous avons appris qu'il ne s'y est jamais présenté. Hier, on nous a informés qu'il avait ressurgi à Zurich, à la Handelsbank Schweiz. Nous avons tenté de l'amener ici pour l'interroger plus avant, mais il s'est échappé. Une autre mésaventure assortie d'une fusillade. Ça lui colle aux semelles.

— Comme c'est étonnant ! fit Anna. Avez-vous le moyen de savoir si Hartman est descendu dans un hôtel à Zurich ou ailleurs en Suisse ? »

Schmid hocha la tête.

« Je peux contacter le contrôle hôtelier de chacun des cantons. Des copies de tous les registres d'hôtel sont transmis à la police locale.

— Ils sont à jour ?

— Pas forcément, admit Schmid.

— Au moins, ça nous donnera une idée.

— S'il s'est inscrit sous son vrai nom.

— En temps normal, les hôtels exigent de voir le passeport de leurs clients étrangers.

— Il possède peut-être plus d'un passeport. Peut-être n'est-il pas descendu dans un hôtel "normal". Peut-être a-t-il des amis ici. »

Schmid semblait ennuyé.

« Oui mais, voyez-vous, je l'ai rencontré, et je peux vous dire que ce type n'avait pas la tête de quelqu'un qui circule avec de faux papiers.

— Vous savez, il arrive que ces hommes d'affaires internationaux possèdent un deuxième passeport. Des passeports panaméens, irlandais, israéliens. Ils leur sont parfois bien utiles.

— D'accord, mais ces passeports-là indiquent quand même leur véritable identité, non ?

— Des fois oui, des fois non. Existe-t-il un moyen de savoir s'il a quitté le pays ?

— On peut quitter le pays de différentes manières – l'avion, l'automobile, le train, et même à pied.

— La police des frontières ne tient-elle pas des registres ?

— Eh bien, la police des frontières est censée contrôler les passeports, reconnut Schmid, mais ce n'est pas toujours le cas. Les compagnies d'aviation seraient notre meilleur atout. Elles conservent une trace des passagers.

— Et si jamais il avait pris le train ?

— Alors, il est très possible que nous ne trouvions rien, à moins qu'il ait effectué une réservation sur un parcours international. Mais cela me semble improbable.

— Mouais, marmonna Anna. Pouvez-vous entamer les recherches ?

— Bien sûr, s'exclama Schmid sur un ton indigné. Cela va de soi.

— Quand puis-je espérer obtenir le rapport d'autopsie ? Je m'intéresse plus particulièrement à l'aspect toxicologique. » Elle avait conscience de malmener quelque peu son interlocuteur. Mais elle n'avait pas le choix.

Schmid haussa les épaules.

« Dans une semaine peut-être. Je pourrais demander qu'on active le rythme.

— Je souhaiterais qu'ils recherchent une certaine neurotoxine, ajouta-t-elle.

— Cela ne devrait pas prendre trop de temps. Je peux les appeler.

— Très bien. J'ai aussi besoin des relevés bancaires de Rossignol sur ces deux dernières années. Les banques suisses coopéreront-elles ou vont-elles nous faire le coup du secret professionnel ?

— Elles coopéreront avec la police puisqu'il s'agit d'un homicide, répondit Schmid, froissé.

— Quelle agréable surprise ! Oh, autre chose. Les photocopies que vous avez faites de ses cartes de crédit, pourrais-je les avoir ?

— Je n'y vois pas d'inconvénient.

— Merveilleux », dit-elle. Ce type commençait vraiment à lui plaire.

São Paulo, Brésil

La noce avait lieu dans le club privé le plus fermé de tout le Brésil, les Hipica Jardins.

La plupart des membres du club faisaient partie de l'aristocratie brésilienne, ceux qu'on appelait les quatrocentos, descendants des premiers colons portugais, installés dans le pays depuis au moins quatre cents ans. Il y avait là de grands propriétaires terriens, des patrons de presse, de maisons d'éditions, des magnats de l'hôtellerie, des propriétaires d'usines fabriquant des cartes à jouer – le haut du panier, comme en témoignait la longue file de Bentley et de Rolls Royce garées devant l'établissement.

Ce soir-là, ils avaient revêtu leurs plus brillants atours et s'étaient assemblés en foule pour assister au mariage de la fille d'un ploutocrate brésilien, le Doutor Otavio Carvalho Pinto. Fernanda épousait le rejeton d'une famille tout aussi illustre que la sienne, les Alcantara Machados.

Au nombre des invités figurait un digne vieillard à la chevelure de neige, qui devait avoir dans les quatre-vingt-dix ans. Il ne faisait pas partie des quatrocentos – natif de Lisbonne, il avait immigré à São Paulo dans les années 50 ; c'était néanmoins un homme extrêmement riche, banquier, propriétaire terrien mais aussi ami de longue date et partenaire d'affaires du père de la mariée.

Le vieil homme en question, Jorge Ramago, assis devant des noisettes de veau Périgourdine, regardait les couples danser sans toucher à son plat qui refroidissait. L'une des serveuses, une jeune femme brune, s'approcha timidement du vieillard et lui dit en portugais :

« Señor Ramago, il y a un appel pour vous. »

Ramago se tourna lentement vers elle.

« Téléphone ?

— Oui, señor, il paraît que c'est urgent. Ça vient de chez vous. Votre femme. »

Aussitôt Ramago prit un air inquiet.

« Où ça ?... Où ça ?, bredouilla-t-il.

— Par ici, monsieur », dit la serveuse en l'aidant à se lever. Ils traversèrent la salle du banquet à petits pas, car le vieux Lisbonnais, par ailleurs en excellente santé, souffrait de rhumatismes.

La serveuse escorta Ramago jusqu'à une antique cabine téléphonique en bois et l'aida à y entrer tout en lissant, pleine de sollicitude, les plis qui froissaient sa veste de cérémonie.

Dès que Ramago attrapa le combiné, il ressentit un élancement en haut de la cuisse. Il hoqueta, regarda autour de lui. La serveuse avait disparu. La douleur s'évanouit rapidement. Il porta le combiné à son oreille mais n'entendit rien d'autre que la tonalité.

« Il n'y a personne au bout du fil », parvint à articuler Ramago avant de perdre connaissance.

Une minute ou deux plus tard, l'un des serveurs remarqua le vieil homme évanoui dans la cabine téléphonique. Alarmé, il appela de l'aide.

Alpes autrichiennes

Le patient dix-huit fut réveillé à minuit.

L'une des infirmières lui posa délicatement un garrot sur le bras pour lui faire une prise de sang.

« Qu'est-ce que c'est que ça ? maugréa-t-il.

— Je suis désolée, monsieur, dit l'infirmière. Son anglais était teinté d'un accent prononcé. On nous a demandé de prélever des échantillons de sang veineux toutes les quatre heures à partir de minuit, et ce durant toute la journée.

— Pour quoi faire ?

— Afin de mesurer votre taux d'Epo – l'érythropoïétine.

— J'ignorais que j'avais ce truc-là dans le sang. » Tout cet environnement médical l'inquiétait fort, mais il savait que le pire restait à venir.

« Je vous en prie, rendormez-vous, monsieur. La journée sera longue. »

Le petit déjeuner fut servi dans une somptueuse salle de banquet. Le buffet regorgeait de fruits frais, de biscuits et de pains à peine sortis du four, de saucisses, d'œufs, de bacon et de jambon.

Quand le patient Dix-huit eut terminé son assiette, on l'escorta jusqu'à la salle d'examen qui se trouvait dans une autre aile du bâtiment.

Là, une autre infirmière incisa précautionneusement la peau de la partie interne de son bras au moyen d'un petit scalpel.

Il grommela.

« Pardonnez-moi si je vous ai fait mal, dit l'infirmière.

— Tout mon fichu corps n'est que douleur. A quoi sert ce que vous venez de me faire ?

— Nous allons effectuer une biopsie de la peau afin d'examiner les fibres élastiques du derme réticulaire », répondit-elle en lui appliquant un pansement.

Au fond de la salle, deux médecins en blouse blanche discutaient en allemand. Le patient dix-huit comprenait tout ce qu'ils disaient.

« Ses fonctions cérébrales sont quelque peu diminuées, dit le petit gros, mais ce n'est guère étonnant chez un homme de son âge. Aucun signe de démence sénile ni d'Alzheimer. »

L'autre médecin, un grand type au teint cireux, répondit :

« Et en ce qui concerne sa masse musculaire cardiaque ?

— Acceptable. Mais nous avons mesuré la pression sanguine dans l'artère tibiale postérieure, cette fois au moyen de l'ultrasonographie Doppler, et nous avons décelé une faiblesse artérielle périphérique.

— Sa pression artérielle est donc élevée.

— Un peu, mais nous nous y attendions.

— Avez-vous dénombré les plaquettes ?

— Je crois qu'ils sont en train de le faire au labo.

— Bien. Je crois que nous tenons un bon candidat. Je suggère que nous accélérions les tests. »

Un bon candidat, pensa le patient dix-huit. Alors la chose allait avoir lieu, finalement. Il se tourna vers les médecins et leur adressa un large sourire empli d'une feinte gratitude.

CHAPITRE 22

L E détective privé avait presque une heure et demie de retard. Ben était assis dans le vaste hall de son hôtel, sur Kärntner Strasse, devant le mélange qu'il n'avait pas touché. Il attendait l'homme dont il avait relevé le nom dans les pages jaunes, à la rubrique Enquêtes et Filatures.

Il savait qu'il existait des moyens plus efficaces que l'annuaire du téléphone de Vienne pour trouver le nom d'un détective – par exemple, il aurait pu appeler l'une de ses nombreuses relations d'affaires pour lui demander conseil. Mais son instinct lui dictait d'éviter toutes les personnes qu'il connaissait et qui seraient susceptibles de l'aider.

Il avait pris le premier train, s'était présenté au comptoir d'un petit hôtel sans avoir effectué de réservation, avait eu la chance d'obtenir une chambre et s'était inscrit sous le nom de Robert Simon, l'un des pseudonymes de son frère. On lui demanda son passeport. Pendant qu'on l'examinait, il retint son souffle, mais apparemment tout semblait en règle. Le document était usé et tamponné comme tout passeport ayant plusieurs années d'usage.

Sans attendre, il avait cherché dans l'annuaire les coordonnées d'un détective, en décidant de se fier à l'encart publicitaire pour juger de sa réputation. Il y en avait plusieurs dans le premier district, au centre-ville, non loin de son hôtel ; l'un d'entre eux se disait spécialisé dans la recherche des parents disparus. Ben l'avait engagé par téléphone en lui proposant d'enquêter sur un citoyen autrichien.

A présent, il commençait à se demander si le détective allait finir par apparaître.

Soudain, un homme corpulent d'une quarantaine d'années s'enfonça bruyamment dans le fauteuil placé de l'autre côté de la table basse.

« Vous êtes Mr. Simon ? » Il posa sur la table un portfolio de cuir râpé.

« C'est moi.

— Hans Hoffman, dit le détective. Vous avez l'argent ?

— Enchanté », répliqua Ben d'un ton sardonique. Il sortit son porte-feuille et compta quatre cents dollars qu'il glissa sur la table.

Hoffman les contempla un instant.

« Quelque chose ne va pas ? s'enquit Ben. Vous préférez des shillings autrichiens ? Désolé, je n'ai pas eu le temps de passer à la banque.

— Il y a une petite dépense supplémentaire, fit remarquer le détective.

— Ah, vraiment ?

— Une petite somme pour dédommager un vieux pote à moi qui travaille au HNA, le *Heeres Nachrichtenamt* – les services secrets militaires autrichiens.

— Un pot-de-vin, en langage clair », dit Ben.

Hoffman haussa les épaules.

« Je ne pense pas que votre pote vous ait fourni de facture ? »

Hoffman soupira.

« Ça se passe comme ça ici. On ne peut obtenir le genre d'information que vous cherchez sans explorer divers canaux. Cet ami devra utiliser sa carte des renseignements militaires. Ça fera deux cents dollars de plus. Je peux vous avoir le numéro tout de suite – il est sur liste rouge, naturellement – et l'adresse. »

Ben inspecta le contenu de son portefeuille ; c'étaient ses derniers billets.

Le détective compta l'argent.

« Je ne sais pas pourquoi vous voulez le numéro de cette personne et son adresse, mais je suis sûr que l'affaire qui vous occupe doit être intéressante.

— Pourquoi dites-vous cela ?

— Votre homme est une personnalité viennoise très en vue. » Il fit signe à la serveuse ; quand elle arriva, il lui commanda un mélange et une Maximilian Torte.

Il sortit de sa serviette un ordinateur portable qu'il ouvrit d'un coup sec et alluma.

« Le dernier cri en matière de biométrie, dit-il fièrement. Sensibilité digitale. Mes empreintes servent de mot de passe. Sinon, l'ordinateur est verrouillé. Personne n'arrive à la cheville des Allemands dans ce domaine. »

Le détective tapota quelques secondes, puis tourna le portable vers Ben. L'écran ne montrait rien d'autre que le nom et l'adresse de Jürgen Lenz.

« Vous le connaissez ? demanda Hoffman, en replaçant l'ordinateur face à lui. Il fait partie de vos relations ?

— Pas exactement. Parlez-moi de lui.

— Eh bien, le Dr Lenz, grand philanthrope et mécène, est l'un des hommes les plus fortunés de Vienne. Sa fondation construit des cliniques pour les pauvres. Il fait également partie du conseil d'administration du Philharmonique de Vienne. »

La serveuse posa un café et une pâtisserie devant Hoffman. Le détective se jeta dessus avant même que la femme soit repartie.

« Quelle sorte de docteur est-ce ?

— Un docteur en médecine, mais il n'exerce plus depuis des années.

— Quel âge a-t-il ?

— La cinquantaine, je dirais.

— La médecine doit être une sorte de tradition familiale. »

Hoffman se mit à rire.

« Vous vous souvenez de son père, Gerhard Lenz. Un cas intéressant. J'avoue qu'à certains égards notre pays n'est pas très progressiste. Mes compatriotes préféreraient oublier ce désagréable épisode. Les Autrichiens sont ainsi : comme le prétend le dicton, nous avons réussi à nous persuader que Beethoven était autrichien et Hitler allemand. Mais Jürgen est d'une autre trempe. Il cherche à racheter les crimes de son père.

— Vraiment ?

— Absolument. Jürgen Lenz est perçu dans certains milieux comme quelqu'un qui ne mâche pas ses mots. Il va jusqu'à dénoncer les méfaits de son propre père. On dit qu'il en a honte. » Il considéra sa Torte d'un air impatient.

« Mais contrairement à beaucoup d'enfants de nazis, il ne reste pas inactif. La fondation Lenz est la première à subventionner les études sur l'Holocauste en Autriche, elle offre des bourses de recherches, finance des bibliothèques en Israël... elle soutient tous ceux qui combattent les crimes de haine, les attentats racistes, ce genre de choses. » Il retourna à sa dégustation et engloutit son gâteau comme s'il craignait qu'on ne le lui enlève.

Le fils de Lenz était donc un antinazi notoire ? Ils avaient peut-être plus de choses en commun qu'il ne l'avait supposé au premier abord.

« Très bien », dit Ben, en faisant signe à la serveuse de lui apporter l'addition, de ce geste universel qui consiste à griffonner quelque chose dans l'air.

« Je vous remercie.

— Je peux faire autre chose pour vous ? », demanda le détective tout en époussetant les miettes tombées sur le revers de sa veste.

Trevor Griffith quitta son hôtel situé sur Kärntner Ring à quelques pâtés de maisons de l'Opéra. L'Impérial n'était pas seulement le meilleur hôtel de Vienne, songea Trevor, il devait aussi sa réputation au fait d'avoir servi de quartier général aux nazis durant la guerre. C'était de là qu'ils gouvernaient la ville. Quoi qu'il en fût, il aimait cet hôtel.

Il n'y avait que quelques minutes de marche pour se rendre de la Mariahilfer Strasse au petit bar de la Neubaugasse. Son nom clignotait sur l'enseigne au néon d'un rouge criard : BROADWAY CLUB. Il s'assit dans un renfoncement de la salle mal éclairée du rez-de-chaussée et attendit. Dans son complet croisé en worsted gris fait sur mesure, il semblait quelque peu déplacé. Il avait plutôt l'air d'un homme d'affaires, un dirigeant de société peut-être, ou d'un avocat prospère.

Le bar était saturé de fumée de cigarette. Trevor détestait cela. Ses cheveux et ses vêtements allaient encore empester le tabac. Il jeta un œil sur sa montre, une Audemars Piguet, haut de gamme, l'un des rares petits plaisirs qu'il s'accordait. Les costumes chics, les montres et les bonnes baises. Que vous restait-il en fin de compte, quand vous n'éprouviez d'intérêt ni pour la nourriture, ni pour l'art, ni pour la musique ?

Il trouvait le temps long. Son contact autrichien était en retard et Trevor ne supportait pas le manque de ponctualité.

Finalement, au bout d'une demi-heure, l'Autrichien fit son apparition. Un troglodyte à la carrure de déménageur répondant au nom d'Otto. Otto se glissa dans le renfoncement et posa devant Trevor un sac de feutre rouge élimé.

« Vous êtes anglais, non ? »

Trevor acquiesça de la tête et fit coulisser la fermeture Eclair du sac. Il y trouva deux grosses pièces de métal, un Makarov 9 mm sur le canon duquel pouvait s'adapter un silencieux, et le silencieux lui-même, un long tube perforé.

« Munitions ? demanda Trevor.

— Dedans, dit Otto. Neuf boîtes de dix-huit. Plus qu'il n'en faut. »

Le Makarov était un bon choix. Contrairement au Parabellum 9 mm, il était subsonique.

« Fabrication ? demanda Trevor. Hongroise ? Chinoise ?

— Russe. Mais c'est un bon.

— Combien ?

— Trois mille shillings. »

Trevor grimaça. L'argent n'était pas un problème pour lui mais il avait horreur qu'on le prenne pour un pigeon. Il passa à l'allemand, afin qu'Otto dont l'anglais était médiocre, comprenne bien tout ce qu'il allait dire.

« *Der Markt ist mit Makarovs überschwemmt.* » Le marché regorge de Makarovs.

Otto eut l'air de se réveiller d'un coup.

« Ces trucs se vendent comme des petits pains, poursuivit Trevor en allemand. Tout le monde en fabrique, on en trouve partout. Si je vous en donne mille shillings, vous aurez de la chance. »

L'expression d'Otto se teinta de respect.

« Vous êtes allemand ? », demanda-t-il, intrigué. En fait, si Otto avait eu l'ouïe plus fine, il aurait perçu une légère pointe d'accent dans l'allemand de Trevor. L'accent de la région de Dresde.

Cela faisait pas mal de temps que Trevor ne s'était pas exprimé dans cette langue ; il n'en avait pas eu l'occasion. Mais elle lui revenait facilement.

Après tout, c'était sa langue maternelle.

*

Anna dînait seule au restaurant Mövenpick, à quelques dizaines de mètres de son hôtel. Sur le menu, aucun plat ne l'attirait et elle en conclut qu'elle ne connaissait rien à la cuisine suisse.

Habituellement, elle trouvait déprimant de dîner seule dans une ville étrangère mais, ce soir-là, elle était trop absorbée dans ses pensées pour se laisser aller à la mélancolie. Elle était installée près de la fenêtre, au milieu d'une longue rangée de clients solitaires, dont la plupart étaient plongés dans la lecture de journaux ou de livres.

Au consulat américain, elle s'était servie d'un fax branché sur une ligne sécurisée pour transmettre à l'ICU tout ce qu'elle avait trouvé au sujet de Hartman, dont ses cartes de crédit, et demander que le service de l'identité contacte toutes les sociétés de crédit et active le système de détection instantanée. De la sorte, si jamais Hartman utilisait l'une de ses cartes, ils en seraient presque aussitôt informés.

Elle leur avait aussi réclamé une recherche portant sur Hartman lui-même. Moins d'une heure plus tard, on l'avait rappelée sur son cellulaire crypté.

Ils avaient décroché le gros lot.

La secrétaire de Hartman leur avait confié que son patron était en vacances en Suisse, mais qu'il n'avait pas donné de nouvelles depuis plusieurs jours. Ses collaborateurs ne connaissaient pas l'itinéraire de son voyage ; il ne le leur avait pas fourni. Et ils n'avaient aucun moyen de le contacter.

Mais le technicien du service de l'identité avait appris quelque chose d'intéressant : l'unique frère de Hartman, son jumeau, était mort dans un accident d'avion en Suisse quatre ans plus tôt. Apparemment, avant sa disparition, il s'était engagé dans une croisade contre l'or suisse. Elle ignorait ce qu'il fallait en conclure mais il n'en demeurait pas moins que cette nouvelle soulevait toutes sortes de questions.

Le technicien lui apprit que Benjamin Hartman était bourré de fric. La compagnie pour laquelle il travaillait, Hartman Capital Management, s'occupait d'investissements et avait été fondée par son père.

Ce dernier était un philanthrope bien connu doublé d'un survivant de l'Holocauste.

Sachant cela, on pouvait aisément imaginer la suite. Un pauvre gosse de riche, fils d'un rescapé des camps, se met en tête de réparer l'injustice commise par les banquiers suisses envers les victimes de l'Holocauste. Aujourd'hui, son jumeau reprend le flambeau et s'efforce avec maladresse de se venger sur les grosses légumes de l'establishment bancaire suisse. Une vendetta bâclée menée par un golden boy.

A moins qu'il ne joue un rôle plus essentiel – et ne trempe dans les activités de l'équipe Sigma. Pour quelque insondable raison.

Il y avait une autre question : où avait-il trouvé les noms et les adresses de tous ces vieillards si bien cachés ?

Et quel était le lien avec la mort de son frère – si lien il y avait ?

Peu après 9 heures du soir, quand elle regagna son hôtel, le veilleur de nuit lui remit un message. Thomas Schmid, l'inspecteur de la criminelle, avait tenté de la joindre.

Elle le rappela immédiatement depuis sa chambre. Il était encore à son bureau.

« Nous avons reçu une partie des résultats de l'autopsie, l'informa-t-il. Vous vous souvenez de ce poison que vous leur avez demandé de rechercher ?

— Oui ?

— Ils ont trouvé cette neurotoxine dans le fluide oculaire. Résultat positif. Rossignol a bien été empoisonné. »

Anna s'assit sur la chaise près du téléphone. On progressait. Elle ressentit l'agréable frisson qui lui venait toujours devant une découverte capitale.

« Ont-ils trouvé une trace d'injection sur le corps ?

— Pas encore, mais ils disent que des marques aussi minuscules sont difficiles à déceler. Ils poursuivent leurs recherches.

— Quand a-t-il été tué ?

— Ce matin, apparemment, peu avant que nous n'arrivions.

— Ce qui veut dire que Hartman peut encore se trouver à Zurich. Vous vous en occupez ? »

Après une seconde de silence, Schmid répondit froidement.

« Je m'en occupe.

— Où en est-on avec les relevés de compte ?

— Les banques ont accepté de coopérer, mais elles prennent leur temps. Elles doivent respecter certaines procédures, elles aussi.

— Bien entendu.

— Nous devrions recevoir les relevés de Rossignol demain... »

Schmid s'interrompit. Il avait entendu un bip sur la ligne d'Anna.

« Une seconde, dit-elle, je crois qu'on essaie de m'appeler. » Elle appuya sur le bouton « flash ». Le standardiste de l'hôtel l'informa qu'il s'agissait d'un appel provenant de son bureau à Washington.

« Miss Navarro, c'est Robert Polozzi de l'identité.

— Merci d'appeler. Vous avez trouvé quelque chose ?

— La sécurité de MasterCard vient de me prévenir que Hartman a utilisé sa carte voilà quelques minutes pour payer une note de restaurant à Vienne. »

*

Kent, Angleterre

Dans la roseraie de sa maison de campagne de Westerham, au cœur du Kent, Sir Edward Downey, l'ancien Premier ministre anglais, à présent à la retraite, disputait une partie d'échecs avec son petit-fils quand le téléphone sonna.

« Encore ! maugréa Christopher âgé de huit ans.

— Gare à tes cavaliers, jeune homme, lâcha Sir Edward d'un ton débonnaire.

— Sir Edward, c'est Mr. Holland, dit la voix au bout du fil.

— Tout va bien, Mr. Holland ? demanda Sir Edward, soudain inquiet. Notre rencontre a toujours bien lieu comme prévu ?

— Oh, certainement. Mais un problème s'est fait jour et je me demandais si vous seriez en mesure de m'aider à le résoudre. »

Tout en écoutant, Sir Edward lança un regard assassin à son petit-fils qui se mit à pouffer de rire, comme à son habitude.

« Eh bien, Mr. Holland, je vais passer quelques coups de fil et voir ce que je peux faire pour vous. »

Vienne

Jürgen Lenz habitait un quartier huppé et boisé, au sud-ouest de Vienne, appelé Hietzing : une enclave réservée aux Viennois de la haute société. La maison de Lenz, ou plus exactement sa villa, était un vaste bâtiment moderne. Une architecture composite d'une étrange beauté où le style tyrolien se mêlait aux lignes pures de Frank Lloyd Wright.

L'effet de surprise, pensait Ben. *J'en aurai besoin quand je serai devant Lenz.* C'était aussi une question de survie. Il ne voulait pas que les assassins de Peter découvrent sa présence à Vienne et, malgré le léger doute qu'Hoffman avait semé en lui, il soupçonnait fort que Lenz fasse partie de la conspiration.

Bien entendu, il n'allait pas se présenter sur le pas de la porte en espérant qu'on l'inviterait à entrer. Il lui fallait imaginer une approche plus élaborée. Ben passa mentalement en revue la liste de ses relations les plus influentes, des personnes susceptibles de se porter garantes de lui et même de mentir pour l'aider.

Le président d'une des plus importantes œuvres de bienfaisance américaines était venu le voir à plusieurs reprises pour lui demander de l'argent. La famille Hartman et sa société s'étaient toujours montrées généreuses envers lui.

Donnant donnant, pensa Ben.

Ce monsieur, un certain Winston Rockwell, souffrait d'une grave hépatite. Aux dernières nouvelles, il était hospitalisé et injoignable. C'était regrettable pour Rockwell – mais pain bénit pour Ben.

Il appela chez Lenz, demanda à parler à Jürgen Lenz en ajoutant à l'intention de la femme qui lui répondit – l'épouse ? – qu'il était un ami de Winston Rockwell et s'intéressait à la Fondation Lenz. Une expression codée signifiant : j'ai de l'argent pour vous. Même les plus riches fondations ne crachent pas sur les donations.

Mrs. Lenz répondit dans un excellent anglais que son mari rentrerait vers 5 heures. Mr. Robert Simon accepterait-il de venir prendre un verre chez eux ? Jürgen serait ravi de rencontrer un ami de Winston.

La femme qui lui ouvrit était une personne élégante et fine, de cinquante ans à peine. Elle portait une robe de laine grise, un rang de perles et des boucles d'oreilles assorties.

« Je vous en prie, entrez, dit-elle. Mr. Simon, n'est-ce pas ? Je suis Ilse Lenz. Enchantée de vous connaître.

— Moi de même, dit Ben. Merci d'avoir accepté de me recevoir, surtout si rapidement.

— Oh, ne dites pas de bêtises, c'est un vrai plaisir de rencontrer les personnes recommandées par Winston. Vous venez de... d'où cela déjà ?

— De Los Angeles, répondit-il.

— Nous y avons séjourné voilà trois ans pour assister à une abominable conférence sur la technologie. Jürgen ne devrait pas tarder... Ah, le voilà ! »

Un homme mince et athlétique dévalait les escaliers.

« Salut ! » lança Jürgen Lenz. Avec son blazer bleu, son pantalon de flanelle grise et sa cravate de reps, on aurait pu le prendre pour un PDG américain, voire un président de l'Ivy League. Son visage lisse rayonnait de santé ; son sourire était lumineux.

Ben ne s'attendait pas du tout à cela. Sous son blouson, l'arme de Liesl, enfoncée dans son holster d'épaule et dûment chargée – il s'était arrêté dans une boutique d'articles de sport sur Kärntner Strasse – lui parut soudain encombrante.

Lenz lui serra vigoureusement la main.

« Tous les amis de Winston Rockwell sont mes amis ! » Sa voix se fit plus douce, plus caressante.

« Comment va-t-il en ce moment ?

— Pas très bien, dit Ben. Il est au Centre médical de l'Université George Washington depuis quelques semaines et les médecins disent qu'il en a encore pour deux bonnes semaines d'hospitalisation.

— Je suis désolé de l'apprendre, dit Lenz, en passant son bras autour de la taille étroite de sa femme. C'est un type formidable. Bon, ne restons pas debout. Un verre, ça vous dit ? Quelle expression les Américains emploient-ils déjà – on dirait que 6 heures approchent, hein ? »

Trevor gara sa Peugeot volée de l'autre côté de la rue, face à la maison de Lenz, à Hietzing. Il coupa le moteur et s'installa pour attendre. Quand la cible sortirait de la maison, il descendrait de voiture, traverserait la rue et s'approcherait d'elle. Il n'avait pas l'intention de la rater.

CHAPITRE 23

ELLE n'avait pas le temps.

Pas le temps de suivre les filières traditionnelles, se dit Anna.

Hartman venait de régler une note dans un hôtel du premier district de Vienne. Le montant était faible, l'équivalent de quinze dollars environ. Cela signifiait-il qu'il s'était contenté d'y faire halte pour prendre un verre, un café ou un déjeuner tardif ? Dans ce cas, il devait en être parti depuis longtemps. Mais si jamais il y était descendu, il était fait comme un rat.

Elle pouvait passer par le légat du FBI à Vienne, mais le temps que le bureau prenne contact avec la police locale par l'intermédiaire du ministre de la Justice autrichien, Benjamin Hartman risquait d'avoir changé de ville.

Aussi s'était-elle précipitée à l'aéroport de Zurich-Kloten. Après avoir acheté un billet sur le prochain vol d'Austrian Airlines pour Vienne, elle avait avisé une cabine téléphonique.

Elle appela d'abord l'un de ses contacts au sein de la police viennoise, la *Bundespolizeidirektion*. L'homme en question était le Dr Fritz Weber, chef du *Sicherheitbüro*, service spécialisé dans les crimes commis avec violence. Elle n'avait pas vraiment besoin de ce service particulier mais elle savait que Weber serait heureux de lui apporter son soutien.

Elle avait fait sa connaissance quelques années plus tôt, quand on l'avait envoyée à Vienne pour enquêter sur les agissements d'un attaché culturel auprès de l'ambassade américaine impliqué dans un réseau de prostitution détournant des *Mädchen* mineures.

Weber, homme affable et fin politicien, avait beaucoup apprécié son aide et sa discrétion dans la résolution d'un problème qui risquait fort de générer des tensions entre leurs deux pays. Il l'avait même invitée à dîner avant son départ. Au bout du fil, il sembla ravi d'avoir des nouvelles de l'agent Navarro et promit de placer sans tarder quelqu'un sur cette affaire.

En second lieu, elle joignit le légat du FBI à Vienne, un homme répondant au nom de Tom Murphy, qu'elle ne connaissait pas personnellement mais dont on lui avait dit le plus grand bien. Elle lui résuma la raison de son voyage à Vienne, en évitant les aspects trop délicats. Il lui demanda si elle souhaitait qu'il la mette en relation avec la police viennoise, mais elle repoussa son offre, arguant qu'elle possédait déjà ses propres contacts. Murphy, un malade du règlement, ne sembla pas apprécier sa réponse mais ne formula aucune critique.

Dès son arrivée à l'aéroport Schwechat de Vienne, elle appela de nouveau Fritz Weber qui lui fournit le nom et le numéro de téléphone de l'inspecteur de district chapeautant l'équipe de surveillance qu'il avait placée sur l'affaire.

Le sergent Walter Heisler ne parlait pas très bien anglais mais il parvenait à se faire comprendre.

« Nous sommes passés à l'hôtel où Hartman a utilisé sa carte de crédit, expliqua Heisler. Il y est effectivement descendu. »

Le sergent travaillait vite. C'était prometteur.

« Superbe boulot, dit-elle. Avons-nous une chance de retrouver la voiture ? »

Le compliment sembla le stimuler. Il comprenait aussi que la participation d'une représentante du gouvernement américain lui éviterait de crouler sous la paperasserie et les problèmes de juridiction que l'appréhension d'un ressortissant des Etats-Unis aurait occasionnés en temps normal.

« Nous le tenons déjà, comment dites-vous, à l'œil, fit Heisler avec un certain enthousiasme.

— Vous plaisantez ! Comment avez-vous fait ?

— Eh bien, dès que nous avons repéré son hôtel, nous y avons mis deux hommes en planque. Ils l'ont vu prendre place au volant d'une voiture de location, une Opel Vectra, et l'ont suivi jusqu'à Hietzing, le quartier de Vienne où il se trouve actuellement.

— Que fait-il là-bas ?

— Il rend peut-être visite à quelqu'un. Un particulier. Nous tentons de savoir de qui il s'agit.

— Stupéfiant. Un travail fantastique. » Elle était sincère.

« Merci, s'exclama-t-il, toujours aussi exubérant. Souhaitez-vous que je passe vous chercher à l'aéroport ? »

Ils discutèrent de choses et d'autres pendant quelques minutes, ce qui engendra une certaine tension nerveuse chez Ben qui redoutait que sa fausse identité ne soit découverte. Le mythique Robert Simon dirigeait une société de management prospère basée à LA – Ben se disait que s'il collait à la réalité, il risquerait moins de commettre une grosse gaffe – s'occupant de gérer les biens des stars de cinéma, des nababs de l'immobilier et des milliardaires de la Silicon Valley. Ben s'excusa en disant que la liste de ses clients devait demeurer confidentielle, mais qu'il ne voyait pas d'inconvénient à en citer un ou deux dont ils avaient sûrement entendu parler.

Pendant tout ce temps, la même question repassait dans sa tête : Qui est cet homme ? L'unique héritier de Gerhard Lenz – savant de sinistre réputation et membre fondateur d'une organisation nommée Sigma.

Pendant qu'ils papotaient tout en sirotant de l'armagnac, Ben inspectait le salon à la dérobée. C'était une pièce confortable, garnie de meubles anciens, anglais et français. Dans leurs cadres dorés, les tableaux de maîtres étaient parfaitement éclairés. Sur une table, près du canapé, il remarqua une série de photographies dans des cadres argentés. Des portraits de famille, sans doute. Celui du père de Lenz avait été volontairement omis.

« Mais assez parlé de mon travail, dit Ben. Je souhaitais vous poser quelques questions au sujet de la Fondation Lenz. Je sais que son objectif premier consiste à promouvoir les études sur l'Holocauste.

— Nous finançons la recherche historique, oui, et nous subventionnons certaines bibliothèques israéliennes, expliqua Jürgen Lenz. Nous investissons de grosses sommes dans le combat contre la haine: A nos yeux, il est essentiel que les écoliers autrichiens étudient les crimes perpétrés par les nazis. N'oubliez pas que la grande majorité des Autrichiens les ont accueillis à bras ouverts. Quand Hitler est arrivé ici, dans les années 30, et qu'il a prononcé son discours au balcon de l'Imperial, des foules entières sont venues l'écouter, les femmes pleuraient à la vue de ce grand homme. » Lenz soupira. « Une abomination.

— Mais votre père... si cela ne vous ennuie pas que j'évoque... commença Ben.

— *L'Histoire a rangé mon père parmi les êtres inhumains*, s'enflamma Lenz. Oui, et je lui donne tout à fait raison. Il a accompli les expériences les plus horribles, les plus indescriptibles qui soient sur des prisonniers d'Auschwitz, sur des enfants...

— Excusez-moi, je vous prie, dit Ilse Lenz, en se levant. Je ne supporte pas d'entendre parler de son père », murmura-t-elle. Elle sortit de la pièce.

« Chérie, je suis désolé », lui lança Lenz. Puis il regarda Ben d'un air angoissé. « Je ne peux la blâmer. Rien ne l'oblige à vivre avec cet héritage. Son père a été tué pendant la guerre, alors qu'elle n'était qu'une enfant.

— Je suis navré d'avoir abordé ce sujet, souffla Ben.

— Je vous en prie, ne le soyez pas. C'est une question parfaitement naturelle. Le fils du sinistre Gerhard Lenz passe son temps à distribuer de l'argent pour qu'on dissèque les crimes de son père ; je suis sûr que cette étrange situation doit choquer les Américains. Vous devez comprendre que nous autres, enfants de dignitaires nazis, avons été confrontés à cette triste réalité du simple fait d'être nés, mais qu'il existe différentes manières d'y réagir. Il y a ceux qui, comme Wolf, le fils de Rudolph Hess, ont passé leur existence à tenter de laver le nom de leur père. Et il y a ceux qui baignent dans la confusion et s'acharnent désespérément à donner un sens à tout cela. Moi, je suis né trop tard, je ne me souviens pas très bien de mon père, mais ils sont nombreux ceux qui gardent du leur l'image d'un simple père de famille et pas celle d'un des sbires d'Hitler. »

Jürgen Lenz parlait sur un ton de plus en plus passionné.

« Nous avons grandi dans des foyers privilégiés. Nous traversions le ghetto de Varsovie à l'arrière d'une limousine, sans comprendre pourquoi les enfants dans les rues avaient l'air si tristes. Quand le Führer en personne appelait pour souhaiter un joyeux Noël à toute la famille, nous regardions la lueur de fierté qui s'allumait dans les yeux de nos parents. Dès que nous fûmes en âge de réfléchir, certains d'entre nous ont commencé à les détester, eux ainsi que tout ce qu'ils représentaient. A les rejeter de toutes les fibres de notre corps. »

Le visage étonnamment jeune de Lenz s'était empourpré.

« Pour moi, cet homme n'est pas mon père, voyez-vous. C'est quelqu'un d'autre, un étranger. Vous n'ignorez pas que, peu après la fin de la guerre, il a fui en Argentine en quittant l'Allemagne sous une fausse identité. Il nous a laissés sans un sou, ma mère et moi. Nous avons vécu dans un camp de détention militaire. » Il fit une pause.

« Comme vous le voyez, je n'ai jamais nourri aucun doute ni aucun scrupule sur la question du nazisme. Créer cette fondation était le moins que je puisse faire. »

Il y eut un court silence.

« Je suis venu en Autriche pour faire ma médecine, poursuivit Lenz. Dans un certain sens, ce fut un soulagement de quitter l'Allemagne. J'ai aimé ce pays – j'y suis né – et j'y ai exercé ma profession tout en m'efforçant de conserver l'anonymat. Quand j'ai rencontré Ilse, la femme de ma vie, nous nous sommes demandé comment employer l'argent de son héritage – son père avait fait fortune en publiant des ouvrages religieux et des livres de cantiques – et nous avons décidé que j'abandonnerais la médecine pour consacrer ma vie à combattre ce pour quoi mon père avait lutté. Rien ne pourra jamais effacer les ténèbres qui ont régné durant le Troisième Reich, mais, à mon petit niveau, j'ai essayé de toutes mes forces de contribuer à l'amélioration de l'être humain. » Le discours de Lenz manquait de spontanéité, comme s'il avait été répété des milliers de fois auparavant. C'était sans doute le cas. Pourtant, Ben n'y percevait aucune fausse note. Sous sa calme assurance, Lenz était un homme tourmenté.

« Vous n'avez jamais revu votre père ?

— Je l'ai vu en Allemagne deux ou trois fois avant sa mort. Il était revenu d'Argentine pour de simples visites. Il vivait sous un nouveau nom, une nouvelle identité. Mais ma mère n'a jamais voulu le rencontrer. Moi si, mais je ne ressentais rien pour lui. Il n'était plus qu'un étranger à mes yeux.

— Votre mère a rompu tout lien avec lui ?

— Elle ne l'a revu que le jour de ses funérailles en Argentine. Elle y est allée comme si elle avait eu besoin de constater qu'il était bien mort. Le plus drôle, c'est qu'elle a aimé le pays. C'est là-bas qu'elle a fini par se retirer. »

Il y eut un autre silence que Ben rompit d'une voix posée mais ferme : « Je dois avouer que je suis impressionné par toutes les ressources que vous avez consacrées à faire la lumière sur votre héritage paternel. Je me demande, à cet égard, si vous pouvez me parler d'une organisation du nom de Sigma. » Au moment où il prononça ce nom, il étudia attentivement le visage de Lenz.

Le regard de Lenz se fixa sur celui de son interlocuteur pendant quelques longues secondes. Ben entendait son cœur cogner dans le silence de la pièce.

Lenz se décida à répondre.

« Vous mentionnez Sigma comme si l'idée venait de vous traverser l'esprit mais je crois que vous êtes venu ici uniquement pour m'interroger à ce sujet, dit Lenz. Dites-moi la vérité, Mr. Simon. »

Ben se glaça. Il s'était fourré dans un fameux pétrin. A présent, un choix s'offrait à lui : soit il conservait sa fausse identité, soit il avouait tout.

Plus question de tergiverser. Il fallait débusquer la proie.

« Mr. Lenz, je souhaiterais que vous explicitiez la nature de votre implication au sein de Sigma. »

Lenz fronça les sourcils.

« Pourquoi êtes-vous venu, Mr. Simon ? Pourquoi vous introduisez-vous chez moi en me racontant des sornettes ? » Lenz souriait étrangement, sa voix restait calme. Vous êtes de la CIA, Mr. Simon, n'est-ce pas ?

— De quoi parlez-vous donc ? s'exclama Ben, à la fois dérouté et effrayé.

— Qui êtes-vous réellement, Mr. "Simon" ? », murmura Lenz.

« Charmante maison, dit Anna.

— A qui appartient-elle ? »

Elle était assise à l'avant d'une BMW bleue saturée de fumée, une voiture de police banalisée. Le sergent Walter Heisler se tenait derrière le volant. C'était un homme costaud et vigoureux, la trentaine bien sonnée. Il fumait des Casablancas et se montrait plutôt cordial.

« A l'un de nos citoyens les plus, euh, éminents, répondit Heisler, en tirant une bouffée de sa cigarette. Jürgen Lenz.

— Qui est-ce ? »

Ils étaient en train de contempler une magnifique villa située à une centaine de mètres de la Adolfstorgasse. Anna remarqua que la plupart des voitures garées dans les parages possédaient des plaques d'immatriculation noires avec des lettres blanches. Heisler lui expliqua que ces plaques n'étaient pas gratuites ; pour les gens de la haute, c'était une façon de se distinguer.

Il souffla un nuage de fumée.

« Lenz et sa femme participent activement à la vie mondaine de cette ville, ils s'occupent du Bal de l'Opéra et tout ça. Je pense qu'on peut les appeler des, comment dites-vous déjà, des philo – des philanthropes ? Lenz dirige la fondation familiale. Il s'est installé ici voilà vingt-deux ans. Il venait d'Allemagne.

— Hum. » La fumée lui irritait les yeux mais elle n'avait pas l'intention de se plaindre. Heisler lui faisait une grande faveur. Elle préférait rester assise ici, dans cette voiture de flic enfumée.

« Quel âge ?

— Cinquante-sept ans, je crois.

— Un type important.

— Très. »

Trois autres véhicules banalisés étaient stationnés dans la rue, l'un près d'eux, les deux autres quelques centaines de mètres plus bas, le long du trottoir d'en face. Les voitures étaient disposées en formation classique, en carré. Ainsi, quel que soit le chemin qu'emprunterait Hartman pour quitter le quartier, il serait pris au piège. Les officiers de police assis à l'intérieur, des hommes aguerris, faisaient tous partie de l'escouade de surveillance. Ils étaient armés et équipés de talkies-walkies.

Anna, elle, n'avait pas d'arme. Elle estimait hautement improbable que Hartman oppose une quelconque résistance. Selon les rapports, il n'avait jamais possédé de revolver ni déposé de demande de port d'armes. Les vieux messieurs étaient tous morts empoisonnés, à la suite d'une injection. Le suspect était sûrement venu sans arme.

En fait, elle ne connaissait pas grand-chose de lui. Et ses collègues viennois en savaient encore moins. Elle avait seulement dit à son ami Fritz Weber que l'Américain avait laissé ses empreintes sur les lieux du crime à Zurich, rien de plus. Quant à Heisler, il savait juste que Hartman était recherché pour le meurtre de Rossignol. Mais c'était suffisant pour que la *Bundespolizei* accepte de l'appréhender et, sur la demande officielle du légat du FBI à Vienne, de le placer en état d'arrestation.

Jusqu'à quel point pouvait-elle faire confiance à la police locale ?

Ce n'était pas une question théorique. Hartman se trouvait dans cette villa avec un homme qui...

Une pensée lui vint à l'esprit.

« Ce type, Lenz, dit-elle en plissant ses paupières rougies par la fumée. Ma question va peut-être vous sembler bizarre, mais a-t-il quelque chose à voir avec les nazis ? »

Heisler écrasa sa cigarette dans un cendrier débordant de mégots.

« Eh bien, en effet, c'est une question bizarre, répondit-il. Son père. vous n'avez jamais entendu parler du Dr Gerhard Lenz ?

— Non, j'aurais dû ? »

Il haussa les épaules : que ces Américains peuvent être naïfs ! « C'était l'un des pires. Un collègue de Josef Mengele. Il a commis toutes sortes d'expériences atroces à l'intérieur des camps.

— Ah. » Une autre idée se présenta à elle. Hartman, fils de survivant, pourchassait les enfants des nazis dans le but d'apaiser sa soif de vengeance.

« Son fils est un brave type. Il consacre sa vie à réparer le mal commis par son père. »

Elle fixa Heisler, avant de porter ses regards vers la somptueuse villa de Lenz. Le fils était un antinazi ? Stupéfiant. Elle se demanda si Hartman le savait. Il pouvait tout ignorer de Jürgen Lenz mais pas qu'il était le fils de Gerhard, le fils d'un nazi. S'il était vraiment fanatique, peu lui importerait que Lenz junior puisse changer l'eau en vin.

Ce qui signifiait que Hartman pouvait déjà avoir pratiqué l'injection mortelle sur Lenz.

Doux Jésus, pensa-t-elle, tandis qu'Heisler allumait une autre Casablanca. *Que faisons-nous à attendre ici ?*

« C'est à vous ? demanda soudain Heisler.

— Quoi donc ?

— Cette voiture. » Il désigna une Peugeot garée de l'autre côté de la rue, en face de la villa de Lenz.

« Elle est ici depuis que nous sommes arrivés.

— Non. Ce n'est pas l'une des vôtres ?

— Absolument pas. Je peux vous le dire d'après les plaques.

— C'est peut-être un voisin, ou un ami ?

— Et si vos collègues américains s'étaient mis dans l'idée de se mêler de cette affaire, pour vous surveiller, qui sait ? lança Heisler avec fougue. Parce que dans ce cas, je demanderais qu'on arrête immédiatement cette opération ! »

Décontenancée, elle répliqua en restant sur la défensive :

« C'est impossible. Si Tom Murphy avait dépêché quelqu'un sur les lieux, il me l'aurait fait savoir. » En était-elle si sûre ? « De toute façon, il m'a semblé à peine *intéressé* par ce que je lui racontais quand je l'ai mis au courant de tout cela. »

Et pourtant, si jamais il la faisait surveiller ? Etait-ce envisageable ?

« Alors, qui est-ce ? » demanda Heisler.

« Qui êtes-vous ? » répéta Jürgen Lenz. A présent, la peur se lisait sur son visage. « Vous n'êtes pas un ami de Winston Rockwell.

— Je le connais un peu, admit Ben. Je veux dire par là que c'est une relation professionnelle. Je m'appelle Benjamin Hartman. Mon père est Max Hartman. » De nouveau, il observa Lenz pour jauger sa réaction.

Lenz blêmit, puis son expression se radoucit.

« Grands dieux, murmura-t-il. Je perçois la ressemblance. Je suis horrifié par ce qui est arrivé à votre frère. »

Ben eut l'impression qu'on le frappait à l'estomac.

« Que savez-vous ? », hurla-t-il.

La radio de la police crépita.

« *Korporal, wer ist das ?*

— *Keine Ahnung.*

— *Keiner von uns, oder ?*

— *Richtig.* »

L'autre équipe voulait savoir si la Peugeot était l'une des leurs ; Heisler confirma qu'il n'avait aucune idée de son appartenance. Il saisit une longue-vue à infra-rouge sur le siège arrière et la porta à son œil. La rue était sombre à présent et le véhicule non identifié avait éteint ses lumières. De plus, il n'y avait aucun réverbère dans les parages, aussi était-il impossible d'apercevoir le visage du conducteur. La longue-vue à infra-rouge était une riche idée, pensa Anna.

« Il tient un journal devant lui, dit Heisler.

— Un quotidien populaire. *Die Kronen Zeitung...* J'arrive à peine à le distinguer.

— Ça ne doit pas être facile de lire un journal dans le noir, hein ? » Elle songea : *Lenz Junior est peut-être mort à l'heure qu'il est, et nous sommes là à nous tourner les pouces.*

« Je ne pense pas qu'il ait beaucoup avancé dans sa lecture. » Heisler semblait partager son sens de l'humour.

« Ça vous ennuie si je jette un coup d'œil ? »

Il lui tendit la longue-vue. Elle ne vit que le journal.

« Il se cache, c'est évident », dit-elle. Et si ce type appartenait vraiment au Bureau ? « Cela nous apprend au moins quelque chose. Je peux utiliser votre portable ?

— Pas de problème. » Il lui passa son vieil Ericsson, sur lequel elle composa le numéro de l'ambassade américaine à Vienne.

« Tom, dit-elle lorsque Murphy décrocha. C'est Anna Navarro. Dites-moi, avez-vous envoyé quelqu'un à Heitzing ?

— A Heitzing ? Ici à Vienne ?

— Sur mon enquête. »

Une seconde s'écoula.

« Non, vous ne m'avez pas demandé de le faire, n'est-ce pas ?

— Eh bien, quelqu'un est en train de bousiller ma planque. Une personne de chez vous aurait-elle pu prendre l'initiative de me suivre sans vous en parler ?

— Ils n'ont pas intérêt. De toute façon, tout le monde est ici, pour autant que je le sache.

— Merci. » Elle se déconnecta et rendit le téléphone à Heisler.

« Etrange.
— Alors qui est dans cette voiture ? » demanda Heisler.

« Puis-je vous demander pourquoi vous pensiez que j'appartenais à la CIA ?

— Il existe dans cette institution quelques vieux de la vieille qui m'ont un peu pris en grippe, dit Lenz en haussant les épaules. Connaissez-vous le projet Paper Clip ? » Ils étaient passés à la vodka. Ilse Lenz avait quitté le salon depuis plus d'une heure et n'était pas revenue.

« Peut-être sous un autre nom. Vous n'ignorez pas qu'après la guerre, le gouvernement américain – et plus précisément l'OSS, le prédécesseur de la CIA – a fait sortir clandestinement d'Allemagne quelques éminents savants nazis pour les accueillir aux Etats-Unis. Paper Clip était le nom de code attribué à cette opération. Les Américains ont épuré les dossiers de ces Allemands et leur ont refait une virginité en éludant leur passé de tueurs de masse. Tout cela parce que, dès la fin de la guerre, l'Amérique s'est consacrée à un nouveau conflit – la Guerre froide. Désormais, leur seule priorité était le combat contre l'Union soviétique. L'Amérique avait passé quatre années et sacrifié d'innombrables vies humaines dans la lutte contre les nazis et du jour au lendemain, ces mêmes nazis étaient devenus leurs amis – dans la mesure où ils pouvaient les aider à combattre les communistes, à fabriquer des armes et autres. Ces savants étaient des hommes brillants. Les incroyables avancées scientifiques réalisées au cours du Troisième Reich sont l'œuvre de leur génie.

— C'étaient surtout des criminels de guerre.

— Précisément. Certains d'entre eux avaient torturé et tué des milliers de déportés. Werner von Braun et le Dr Hubertus Strughold, par exemple, inventèrent la plupart des armes de guerre nazies. Arthur Rudolph, qui fit assassiner vingt mille innocents à Nordhausen, s'est vu attribuer la plus haute décoration civile de la NASA ! »

C'était le crépuscule. Lenz se leva pour allumer les lampes du salon.

« Les Américains ont fait venir chez eux l'homme qui s'occupait des camps de la mort en Pologne. Ils ont donné asile à un savant nazi responsable des épouvantables expériences menées à Dachau – ce type s'est retrouvé engagé sur la base Randolph de l'Air Force à San Antonio, en tant que professeur de médecine spatiale. Les membres de la CIA qui ont arrangé cette opération, en tout cas les rares encore vivants, n'ont guère apprécié les efforts que j'ai déployés dans le but de faire toute la lumière sur ce regrettable épisode.

— Vos efforts ?

— Oui, et ceux de ma fondation. Ce genre d'action occupe une place importante dans les recherches que nous finançons.

— Mais quel genre de menaces pourrait exercer la CIA ?

— Certes, la CIA n'a été fondée que quelques années après la fin de la guerre, mais elle a hérité du contrôle opérationnel de ces agents. Il existe certains aspects du passé que des membres de la vieille garde préfèrent ne pas remuer. Quelques-uns parmi eux ne reculeraient devant rien pour protéger leur impunité.

— Je suis navré, mais je n'arrive pas y croire. La CIA ne tue pas les gens si facilement.

— Non, plus maintenant, admit Lenz, avec un soupçon de sarcasme dans la voix. Pas depuis qu'ils ont éliminé Allende au Chili, Lumumba au Congo belge, et qu'ils ont tenté d'assassiner Castro. Non, la loi leur interdit de commettre de pareilles exactions. Maintenant ils "délocalisent", selon votre expression favorite à vous, les hommes d'affaires américains. Ils engagent des travailleurs indépendants, des mercenaires ou passent par des organisations fantoches, de telle sorte que les tueurs ne sont jamais en contact direct avec le gouvernement américain. » Il s'interrompit.

« Le monde est plus compliqué que vous ne l'imaginez.

— Mais c'est de l'histoire ancienne, cela n'a plus rien à voir avec ce qui se passe de nos jours !

— De l'histoire ancienne ? Pas vraiment si vous faites partie de la vieille garde et que vous risquez de vous faire démasquer, insista Lenz. Je veux parler des anciens chefs d'Etat, des diplomates à la retraite, des ex-dignitaires qui ont collaboré dans leur jeunesse avec l'OSS. Tout en menant leur petite vie peinarde dans les bibliothèques où ils rédigent leurs Mémoires, ils ne peuvent se départir d'un certain malaise. » Il contempla le liquide clair contenu dans son verre comme s'il y voyait se dessiner une forme.

« Ce sont des hommes habitués au pouvoir, et aux égards. Ils n'ont pas envie de voir leur glorieux passé assombri par certaines révélations. Oh, bien sûr, ils tenteront de se persuader qu'ils agissent pour le bien de leur pays, pour protéger l'honneur des Etats-Unis. La plupart des atrocités sont commises au nom du bien public. Et cela, Mr. Hartman, je n'en démordrai pas. Les vieux chiens malades sont parfois les plus dangereux. Ceux-là n'ont qu'à décrocher leur téléphone pour solliciter une faveur. En appeler à la loyauté des personnes auxquelles ils ont servi de mentors. Ce sont des vieillards apeurés et bien déterminés à laisser derrière eux une réputation intacte. J'aimerais qu'il en soit autrement. Mais je connais trop ce genre de personnages. Je n'ai plus d'illusion sur la nature humaine. »

Ilse réapparut. Elle tenait un petit livre relié cuir sur le dos duquel était gravé le nom d'Hölderlin, en lettres d'or.

« Je vois que vous êtes encore en pleine discussion, messieurs, fit-elle.

— Vous comprenez, n'est-ce pas, que nous soyons un peu sur nos gardes, déclara calmement Lenz à l'intention de Ben. Nous avons beaucoup d'ennemis.

— Mon mari a reçu énormément de menaces, ajouta Ilse. Certains fanatiques de droite le considèrent comme un renégat, comme l'homme qui a trahi l'œuvre de son père. » Elle fit un sourire vague et se dirigea vers la pièce voisine.

« Pour être franc, ces gens-là m'inquiètent moins que les esprits rationnels, qui ne poursuivent que leurs propres intérêts. Ceux-là ne comprennent pas pourquoi nous voulons réveiller le chat qui dort. » Les yeux de Lenz lançaient des éclairs. « Et comme je le disais, ces gens ont des amis qui peuvent être tentés de prendre des mesures radicales pour leur assurer une vieillesse tranquille, loin des scandales. Mais je m'égare. Vous aviez certaines questions à me poser sur l'après-guerre. »

Jürgen Lenz examina la photographie, en la tenant à deux mains. Son visage était tendu.

« C'est mon père, déclara-t-il. Oui, c'est bien lui.

— Vous lui ressemblez beaucoup, dit Ben.

— Sacré héritage, hein ? », fit Lenz d'un air piteux. L'hôte charmant et affable du début avait disparu. A présent, Lenz fixait intensément les autres personnages de la photo.

« Mon Dieu, non. C'est impossible. » Il s'enfonça dans son siège, le visage décomposé.

« De quoi parlez-vous ? fit Ben implacable. Dites-moi ce que vous savez.

— Est-elle authentique ? » Il réagissait comme Carl Mercandetti.

« Oui. » Ben prit une profonde inspiration et répéta en chargeant sa voix de la plus grande intensité.

« Oui. » Peter, Liesl et Dieu sait combien d'autres personnes étaient mortes à cause de cette photo ; ils étaient les garants de son authenticité.

« Mais Sigma était un mythe ! Une histoire à dormir debout ! Nous en étions tous convaincus.

— Alors, vous savez ce que c'est ? »

Lenz se pencha vers lui.

« Rappelez-vous. Dans le chaos qui a suivi la guerre, sont apparues toutes sortes de légendes. L'une d'entre elles était la légende de Sigma, une histoire vague et fumeuse. On racontait que les grands industriels du monde entier avaient forgé une sorte d'alliance. » Il désigna deux visages.

« Que des hommes comme le remarquable Sir Alford Kittredge et l'immonde Wolfgang Sieber avaient fait cause commune. Qu'ils se rencontraient en secret et avaient formé un pacte clandestin.

— Et quelle était la nature de ce pacte ? »

Lenz secoua la tête d'un air désespéré.

« J'aimerais bien le savoir, Mr. Hartman – puis-je vous appeler Ben ? Je suis désolé. Je n'ai jamais pris ces histoires au sérieux. Jusqu'à ce jour.

— Votre père, quel rôle jouait-il là-dedans ? »

Lenz hocha lentement la tête.

« Vous m'en demandez trop. Vous devriez peut-être aller voir Jacob Sonnenfeld. »

Sonnenfeld – Sonnenfeld était le plus grand chasseur de nazis encore vivant.

« Acceptera-t-il de m'aider ?

— Je suis le plus important bienfaiteur de son institution, répondit Lenz, et à ce titre, je puis vous assurer qu'il fera de son mieux. » Il se versa une bonne rasade d'alcool.

« Pour l'instant, nous n'avons évoqué qu'un seul sujet, n'est-ce pas ? Il vous reste encore à m'expliquer comment vous en êtes venu à vous intéresser à cette affaire.

— Reconnaissez-vous l'homme qui se trouve à côté de votre père ?

— Non », dit Lenz. Il plissa les yeux. « Il ressemble un peu... mais c'est impossible.

— Si. C'est bien mon père qui se tient là, près du vôtre. » Pour dire cela, Ben avait adopté un ton purement déclaratif.

« Ça n'a aucun sens, protesta Lenz. Dans mon milieu, tout le monde connaît votre père. C'est un grand philanthrope. Une force du bien. Et un survivant de l'Holocauste, en plus. Oui, cet homme lui ressemble – il vous ressemble, certes. Mais je le répète : ça n'a aucun sens. »

Ben se mit à rire amèrement.

« Je suis désolé. Mais les choses ont cessé d'avoir un sens pour moi le jour où mon vieux camarade d'université a tenté de me tuer sur la Bahnhofstrasse. »

Lenz posa sur lui un regard empli d'affliction.

« Racontez-moi comment vous avez découvert la vérité. »

Ben lui fit le récit des derniers événements en se gardant de toute passion.

« Alors vous aussi, vous connaissez le danger, dit Lenz d'un air solennel.

— Des fils invisibles relient cette photographie à cette série de morts violentes. »

Ben faisait des efforts désespérés pour donner un sens à tout ce que lui apprenait Lenz. Il aurait tant voulu obtenir une image cohérente à partir des bribes d'information glanées çà et là. Mais il n'y parvenait pas et la frustration montait en lui. Au lieu de s'éclaircir, les choses devenaient plus déroutantes, plus affolantes encore.

A son parfum, Ben comprit qu'Ilse les avait rejoints dans le salon.

« Ce jeune homme apporte le danger avec lui », dit-elle à son mari d'une voix râpeuse comme du papier de verre. Elle se tourna vers Ben.

« Pardonnez-moi, mais je ne peux pas continuer à me taire. Vous faites entrer la mort dans cette maison. A cause de son combat en faveur de la justice, mon mari reçoit des menaces de la part d'extrémistes, et ce depuis de nombreuses années. Je suis désolée pour ce que vous avez subi. Mais vous agissez sans réfléchir, comme tous les Américains. Vous rendez visite à mon mari sous un faux prétexte, sans vous préoccuper d'autre chose que de votre petite vendetta personnelle.

— S'il te plaît, Ilse, réussit à placer Lenz.

— Et maintenant vous avez fait entrer la mort ici, comme un hôte qui débarque sans s'annoncer. Je vous serais reconnaissante de débarrasser le plancher. Mon mari a assez donné pour la cause. Doit-il aussi lui offrir sa vie ?

— Ilse est déprimée, expliqua Lenz pour l'excuser. Il y a des aspects de ma vie auxquels elle ne s'est jamais habituée.

— Non, dit Ben. Elle a probablement raison. J'ai déjà mis trop d'existences en péril. » Il s'exprimait d'une voix caverneuse.

Le visage de Ilse n'était plus qu'un masque figé par la peur.

« *Gute Nacht* », conclut-elle d'un ton ferme et calme.

En reconduisant Ben jusqu'au hall d'entrée, Lenz lui chuchota quelques paroles insistantes.

« Si vous avez besoin de mon aide, je serai heureux de vous l'offrir. Je ferai ce que je peux. J'ai des relations, je vous obtiendrai des contacts utiles. Mais Ilse a raison sur une chose. Vous ne pouvez imaginer ce à quoi vous vous exposez. Je vous conseille la plus grande prudence, mon ami. » Il y avait quelque chose de familier dans l'expression torturée qui déformait les traits de Lenz. Au bout d'un moment, Ben comprit qu'elle lui rappelait celle qu'il avait vue sur le visage de Peter. Les deux hommes semblaient possédés par une même passion pour la justice, une passion laminée par des forces qui les dépassaient. Deux êtres authentiques.

Ben sortit hébété de la maison de Lenz. Il était complètement dépassé. Pourquoi ne pouvait-il admettre son impuissance ? Il était bien incapable de mener à bien cette tâche devant laquelle son propre frère avait succombé. Tous les éléments qu'il avait pu rassembler jusqu'à présent s'enfonçaient profondément dans son psychisme, tels des bouts de verre sous ses pieds. Max Hartman, le grand philanthrope, le survivant de l'Holocauste, l'humaniste – était-il en réalité de la même trempe que ce Gerhard Lenz, un barbare comme lui ? Ces pensées lui donnaient la nausée. Max avait-il été complice du meurtre de Peter ? Avait-il fomenté la mort de son propre fils ?

Etait-ce pour cette raison qu'il avait si soudainement disparu ? Afin de ne pas affronter les conséquences de son acte ? Et le rôle joué par la CIA ? Comment diable un *Obersturmführer* de la SS d'Hitler avait-il pu émigrer et s'installer aux Etats-Unis sans l'aide du gouvernement américain ? D'autres que lui s'étaient chargés de commettre ces actes horribles ? Des complices, de très vieux amis à lui ? Ces gens pouvaient-ils avoir agi à l'insu de son père, pour se protéger et le protéger lui ?

Tu parles de choses que tu ne peux comprendre, avait déclaré son père. En disant cela, le vieil homme s'adressait aussi à lui-même.

Ben était traversé par des pulsions contradictoires, déchiré en deux. Dans un coin de son esprit, il restait un fils dévoué et loyal, cherchant désespérément quelque autre explication. Il s'y efforçait depuis que Peter lui avait fait cette terrible révélation. Il voulait se convaincre que son propre père n'était pas un... un quoi ? Un monstre. Il entendait la voix éteinte de sa mère sur son lit de mort, le suppliant de comprendre, de refermer la plaie, de se réconcilier avec son père. D'aimer en dépit de tout cet homme si compliqué, si difficile qu'était Max Hartman.

Pendant ce temps, dans un autre recoin de son esprit, une grande lucidité se faisait jour.

J'ai accompli de gros efforts pour parvenir à te comprendre, espèce de salaud ! hurlait Ben au-dedans de lui-même. *J'ai tout essayé pour parvenir à t'aimer. Mais tu m'as trompé, tu m'as caché la laideur de ta vie – comment puis-je ressentir pour toi autre chose que de la haine ?*

Comme d'habitude, il s'était garé à une certaine distance de la maison de Lenz pour éviter que ses poursuivants ne le repèrent grâce à sa plaque d'immatriculation. Il avait pris cette précaution car il avait cru que Lenz faisait partie du complot. Mais tout était différent maintenant.

Il descendit l'allée devant la maison de Lenz et juste avant d'atteindre la rue, discerna une lumière à l'extrémité de son champ de vision.

Cette lumière venait de l'habitacle d'une voiture stationnée à quelques mètres de là.

Quelqu'un sortit du véhicule et se dirigea vers lui.

Quand Trevor vit une lumière percer l'obscurité, de l'autre côté de la rue, il tourna la tête. On avait ouvert la porte d'entrée. La cible discutait avec un homme plus âgé qu'elle, un homme qui ne pouvait être que Lenz. Trevor attendit qu'ils se serrent la main et que la cible descende l'allée sans se douter de rien, puis il sortit de la voiture.

CHAPITRE 24

« JE veux que vous vous occupiez des plaques », dit Heisler dans le micro de la radio de la police. Il se tourna vers Anna.

« Si ce n'est pas vous, si ce n'est pas nous, alors qui est-ce ? Vous devez bien avoir une idée.

— Nous ne sommes pas les seuls à surveiller cette maison, répondit-elle. Je n'aime pas cela. »

Elle pensa : *il se trame quelque chose d'autre. Devrais-je lui confier mes soupçons au sujet de Hartman ?* Pourtant ses spéculations ne tenaient pas debout – après tout, Hartman était peut-être venu dans l'unique intention d'obtenir de Lenz certaines informations sur les domiciles actuels des vieux amis de son père, et pas pour le tuer.

Toutefois... étant donné les circonstances, ils étaient parfaitement en droit de prendre d'assaut la villa. Que se passerait-il si jamais l'un des plus importants citoyens de cette ville se faisait assassiner chez lui, au nez et la barbe des policiers postés à quelques mètres de là ? Ce serait un tollé général ; on qualifierait la chose d'incident international et c'est elle qui devrait payer les pots cassés.

Heisler interrompit le fil de ses pensées.

« J'aimerais que vous vous approchiez de cette voiture pour voir le visage de l'homme », dit-il. Cela ressemblait plus à un ordre qu'à une requête.

« Assurez-vous que vous ne le connaissez pas. »

Elle acquiesça car elle souhaitait en avoir le cœur net.

« J'ai besoin d'une arme », lança-t-elle.

Heisler lui tendit la sienne.

« Vous l'avez ramassée sur le plancher de la voiture. J'ai dû la laisser traîner. Je ne vous l'ai jamais donnée. »

Elle sortit du véhicule et se dirigea vers la villa de Lenz.

La porte d'entrée s'ouvrit.

Deux hommes apparurent, ils discutaient. L'un plus âgé que l'autre.

Lenz et Hartman.

Lenz est vivant, constata-t-elle à son grand soulagement.

Les deux hommes se serrèrent la main avec chaleur. Puis Hartman se mit à descendre la petite allée menant à la rue.

Soudain une lumière s'alluma à l'intérieur de la Peugeot et son conducteur en descendit, un trench-coat sur le bras.

Elle découvrit son visage.

Ce visage !

Elle le connaissait. Elle l'avait déjà vu.

Mais où ?

L'homme au trench-coat referma la portière. Au même moment, Hartman atteignait la rue. Ils se trouvaient à moins de cinq mètres l'un de l'autre.

L'espace d'un instant, elle aperçut le profil de l'inconnu.

Et ce profil remua en elle de vieux souvenirs.

Une vue de profil. Elle avait vu un cliché de cet individu. Des portraits de face et de profil. Cette association d'idées suscita en elle une impression désagréable, une impression de danger.

Des photos de travail. Au travail. Des photos de piètre qualité prises de face et de profil, représentant cet homme. Un sale type.

Oui, ces photos elle les avait vues une ou deux fois, lors du briefing hebdomadaire.

Pourtant ce n'était pas des photos de travail à proprement parler mais des prises de vue éloignées, effectuées au cours d'une filature et tellement agrandies que le grain était énorme.

Oui.

Pas un criminel ordinaire, assurément.

Un assassin.

L'homme était un assassin d'envergure internationale et pas n'importe lequel. Un as dans sa partie. On savait peu de chose sur lui – seuls des fragments de preuves avaient été rassemblés ; quant à ses employeurs, à supposer qu'il ne travaillât pas en indépendant, ils étaient inconnus. Les quelques informations collectées sur le personnage indiquaient qu'il ne manquait ni de ressources ni d'envergure. Une autre photo lui revint soudain en mémoire, celle prise à Barcelone : le cadavre d'un leader syndical soi-disant mort au champ d'honneur. L'image s'était logée dans son esprit, peut-être à cause de la manière dont le sang jaillissait de la chemise de l'homme, en lui dessinant une sorte de cravate rouge. Une autre photo : un candidat aux élections en Italie du Sud, un leader populaire qui avait mené un mouvement de réforme national. Au début, on avait mis sa mort sur le compte de la mafia, mais l'affaire avait été considérée sous un jour nouveau lorsqu'on était tombé sur certaines bribes d'information concernant un individu surnommé l'Architecte. Elle se souvenait que l'Italien, ayant reçu des menaces de la part du syndicat du crime, avait bénéficié d'une protection spéciale. L'assassinat avait été exécuté de main de maître, autant du point de vue de la balistique que sur le plan politique. En effet, le politicien avait été abattu dans un bordel tenu par des immigrants somaliens. Les circonstances délicates de sa mort empêchèrent ses partisans de faire de lui un martyr.

L'Architecte. Un assassin international de premier ordre.

Qui pistait Hartman.

Elle tenta d'y voir un peu plus clair : *Bon, Hartman poursuit une vendetta,* pensa-t-elle. *Mais l'autre ?*

Que dois-je faire à présent ? Essayer d'appréhender le tueur ?

Portant le transmetteur à ses lèvres, elle appuya sur le bouton TALK.

« Je connais ce type, dit-elle à Heisler. C'est un tueur professionnel. Je vais tenter de le descendre. Vous, occupez-vous de Hartman. »

« Pardonnez-moi », lança l'homme à Ben tout en s'avançant rapidement vers lui.

Quelque chose cloche chez ce type, pensa Ben. *Quelque chose ne va pas.*

Le manteau enroulé sur son bras droit.

Le pas vif qu'il adoptait pour s'approcher de lui.

Son visage – un visage qui ne lui était pas inconnu. Un visage qu'il ne pourrait jamais oublier.

Ben glissa sa main droite sous le revers gauche de sa veste, toucha l'acier froid et dur de son arme et prit peur.

Il lui fallait Hartman vivant ; une fois mort, il ne lui serait plus d'aucune utilité.

L'assassin s'apprêtait à abattre Hartman, elle en était certaine. Soudain, tout lui parut ressortir d'un même calcul complexe. D'après elle, il valait mieux voir un suspect s'enfuir que se faire tuer. En tout cas, elle devrait compter sur les autres pour s'occuper de Hartman.

Elle leva le Glock prêté par Heisler.

L'assassin ne sembla pas la remarquer. Il ne s'intéressait qu'à Hartman. Elle savait qu'il avait son talon d'Achille, comme tout grand professionnel : un jour, il avait manqué une cible par excès de concentration en ignorant délibérément ce qui se passait autour de lui. Au moment où ils s'apprêtent à bondir, les grands félins sont des proies faciles pour les chasseurs.

Ce petit défaut lui fournirait peut-être l'avantage dont elle avait besoin.

A présent, il lui fallait briser sa concentration, détourner son attention.

« Pas un geste ! cria-t-elle. Halte, nom de Dieu ! »

Elle vit Hartman se tourner vers elle et la regarder.

L'assassin tourna légèrement la tête vers la gauche mais sans détourner le regard. Le félin fixait Hartman.

Anna visa la poitrine du tueur, le point central de sa masse corporelle. C'était un réflexe pour elle ; on lui avait appris à tirer pour tuer, pas pour blesser.

Mais que faisait-il à présent ? Il était de nouveau face à Hartman qui, lui aussi, venait de sortir une arme.

L'Architecte ne quittait pas sa cible des yeux ; il devait estimer que la personne qui venait de crier ne constituait pas une menace immédiate. En tout cas, après un rapide calcul, il avait dû conclure que le fait de se retourner et d'attaquer ce tiers personnage risquait de lui faire rater sa cible. Et il n'en avait pas l'intention.

Soudain l'assassin se mit à pivoter...

Elle l'avait mésestimé.

L'homme se mouvait avec la fluidité surnaturelle d'un danseur de ballet. Il braqua son arme et pivota de 180 degrés tout en tirant à intervalles réguliers. Le pistolet bougeait à peine dans son poing puissant. Elle ne saisit pas tout de suite ce qu'il venait de faire. Quand elle se retourna pour observer ce qui se passait, elle comprit enfin. Grands dieux ! Un instant auparavant, quatre policiers le tenaient en joue. Ces policiers avaient tous été abattus ! Chacun de ses tirs avait atteint son but. Les hommes gisaient à terre !

La manière dont il s'y était pris était proprement hallucinante. De sa vie elle n'avait jamais assisté à pareille démonstration de virtuosité. Elle était terrorisée.

Elle entendit des bruits de panique, les hoquets et les braillements des victimes clouées au sol.

L'homme était un professionnel ; avant de se consacrer à sa cible, il avait décidé d'éliminer tous les obstacles – et son dernier obstacle n'était autre qu'elle-même.

Sans lui laisser le temps de s'occuper d'elle, Anna visa. Elle entendit Hartman crier. A présent, c'était à son tour de se concentrer. Elle pressa sur la détente.

En plein dans le mille !

Le tueur s'écroula, son arme tomba bruyamment sur le côté.

Elle l'avait eu.

Etait-il mort ?

Tout n'était plus que chaos. Le suspect, Hartman, prenait ses jambes à son cou.

Mais elle savait que la rue était bloquée dans les deux sens par des barrages de police. Elle courut vers l'homme inerte, ramassa son arme et se mit à poursuivre Hartman. Au milieu des hurlements des blessés, elle entendit des cris en allemand. Des cris qu'elle ne comprenait pas.

« *Er steht auf !*

— *Er lebt, er steht !*

— *Nein, nimm den Verdächtigen !* »

Parvenu au coin de la rue, Hartman s'était précipité droit sur l'équipe de surveillance. Les policiers avaient tous sorti leurs armes et le tenaient en joue. Elle entendit d'autres appels...

« *Halt ! Keinen Schritt weiter !*

— *Polizei ! Sie sind verhaftet !* »

Un bruit derrière elle attira son attention. Il venait de l'endroit où gisait l'assassin. Elle eut à peine le temps de le voir monter en titubant dans sa Peugeot et claquer la portière.

Il n'était que blessé et il s'enfuyait !

« Hé, hurla-t-elle à la cantonade, arrêtez-le ! La Peugeot ! Ne le laissez pas s'échapper ! »

Ils avaient attrapé Hartman ; l'homme était encerclé de cinq *Polizei*. Pour l'instant, elle avait d'autres chats à fouetter. Elle se précipita vers la Peugeot juste au moment où son moteur se mettait à rugir. Un instant plus tard, la voiture lui fonçait dessus.

Il lui était arrivé plusieurs fois de repenser à sa sinistre rencontre avec la Lincoln Town Car à Halifax et, chaque fois, elle s'était imaginée tenant une arme à feu et tirant sur le conducteur. C'était ce qu'elle faisait à présent. Elle appuya sur la détente une fois, puis une deuxième mais ne parvint qu'à faire un petit trou dans le pare-brise qui se fendilla comme une toile d'araignée. La voiture ne dévia pas sa route. Elle se jeta de côté pour l'éviter à l'instant même où la Peugeot passait comme la foudre auprès d'elle, dans un crissement de pneus. Puis elle dépassa deux voitures de surveillance vides – leurs conducteurs et passagers étaient dans la rue. On la perdit de vue.

L'homme avait réussi à s'enfuir !

« Merde ! », cria-t-elle. Elle tourna son regard vers Hartman qui avait toujours les mains levées.

Secouée par les derniers événements, elle courut vers son suspect. Au moins, lui, elle le tenait.

CHAPITRE 25

L E patient dix-huit trottinait sur un tapis de jogging.
Un engin en forme de tuba, relié à deux longs tuyaux, lui sortait de la bouche. On lui avait bouché le nez.

Douze fils connectés à un moniteur EKG adhéraient à son torse nu et creux. Un autre sortait d'un petit appareil fixé à l'extrémité de son index. L'homme était pâle et couvert de sueur.

« Comment vous sentez-vous ? », s'enquit le médecin, un homme de haute taille au visage terreux.

Incapable de parler, le patient leva deux pouces tremblants.

« N'oubliez pas, vous avez un bouton d'appel d'urgence devant vous, rappela le médecin. Utilisez-le en cas de besoin. »

Le patient continua son jogging.

Le médecin dit à son petit collègue grassouillet :

« Je pense que nous avons atteint la capacité d'effort maximale. Il semble avoir franchi le rapport d'échange respiratoire – il est au-dessus de un. Pas de signe d'ischémie. Il est costaud, celui-là. Très bien, laissons-le se reposer jusqu'à demain. Ensuite, nous commencerons le traitement. »

Pour la première fois de la journée, le médecin au visage terreux se permit un sourire.

Princeton, New Jersey

Le fameux historien de Princeton travaillait dans son bureau du Dickinson Hall quand le téléphone sonna.

Tout ce qui se trouvait dans le cabinet de travail du professeur John Arnes Godwin datait des années 40 ou 50, du téléphone noir à cadran rotatif jusqu'aux armoires de classement en chêne, en passant par la machine à écrire Royal (il n'avait que faire des ordinateurs). Il se plaisait ainsi, il aimait l'aspect, la solidité des objets fabriqués au temps où la bakélite, le bois et l'acier n'avaient pas encore été détrônés par le plastique, le plastique et le plastique.

Il ne faisait pourtant pas partie de ces vieillards qui se complaisent dans le passé. Il adorait le monde moderne. Souvent il se prenait à regretter que sa chère Sarah, la femme qui avait partagé cinquante-sept ans de sa vie, ne soit plus là pour en profiter avec lui. Ils s'étaient promis de consacrer beaucoup de temps aux voyages au moment où il prendrait sa retraite.

Lauréat du prix Pulitzer, Godwin était spécialiste du XXe siècle européen. Ses cours bénéficiaient d'une excellente réputation sur le campus de Princeton. Nombre de ses anciens étudiants occupaient à présent des positions très importantes, chacun dans son domaine. Le président de la Federal Reserve avait été l'un de ses plus brillants disciples, tout comme le PDG de WorldCom, ainsi que le Secrétaire à la Défense et son adjoint, l'ambassadeur des Etats-Unis d'Amérique auprès des Nations Unies, d'innombrables membres du Council on Economic Advisers, et même l'actuel président du Comité national républicain.

Le professeur Godwin s'éclaircit la gorge avant de répondre au téléphone.

« Allô. »

Il reconnut aussitôt la voix.

« Oh, oui, Mr. Holland, je suis content de vous entendre. Nous restons en contact, j'espère ? »

Il écouta un instant.

« Bien sûr que je le connais, c'était l'un de mes étudiants. Eh bien, si vous voulez mon opinion, je me souviens de lui comme d'un garçon charmant quoique un peu forte tête, un jeune homme très brillant mais pas vraiment un intellectuel, enfin je dirais qu'il n'était pas intéressé par les idées en elles-mêmes. Un très haut sens de l'impératif moral, cela n'a jamais fait aucun doute pour moi. Ben Hartman m'a toujours étonné par sa raison et son équilibre. »

Il écouta de nouveau.

« Non, il n'est pas du genre à partir en croisade. Ce n'est vraiment pas dans son tempérament. Et il n'a rien d'un martyr. Je pense qu'on peut arriver à le raisonner. »

Une autre pause.

« Eh bien, aucun d'entre nous ne souhaite voir le projet s'interrompre. Mais j'espère vraiment que vous lui laisserez sa chance. Cela me contrarierait beaucoup qu'il lui arrive quelque chose. »

Vienne

La salle d'interrogatoire était froide et nue. On y retrouvait les objets qui peuplent toutes les salles d'interrogatoire du monde entier. *Je deviens un expert en la matière,* se dit Ben, maussade. Le lourd miroir sans tain était aussi grand qu'une baie vitrée. La fenêtre surmontée d'un enchevêtrement de fils donnait sur une cour intérieure lugubre.

Vêtue d'un tailleur gris, l'Américaine était assise à l'autre bout de la petite pièce, sur une chaise pliante en métal ressemblant à un ressort de pendule. Elle s'était présentée comme l'agent spécial Anna Navarro du ministère américain de la Justice, Bureau des Enquêtes Spéciales, en sortant sa carte pour appuyer ses dires. C'était une vraie beauté : des cheveux bruns ondulés, des yeux caramel, la peau mate ; grande, mince, de longues jambes. Agréablement vêtue, aussi – un sens du style, ce qui, à n'en point douter, était chose rare au ministère de la Justice. Pourtant elle semblait absorbée par sa mission et ne se permettait pas l'ombre d'un sourire. Elle ne portait pas d'alliance, ce qui signifiait probablement qu'elle était divorcée. En général, les femmes superbes comme elle se mariaient très jeunes. Dans son cas, un charmant inspecteur au menton volontaire avait dû lui faire la cour en en rajoutant sur sa bravoure et ses hauts faits d'armes... jusqu'au jour où la tension engendrée par leurs deux carrières parallèles avait eu raison de leur union...

La chaise pliante à côté de la sienne était occupée par un gros malabar de flic, une armoire à glace qui ne décrochait pas un mot, se contentant de ruminer et de fumer ses Casablancas l'une après l'autre. Ben ignorait si le flic comprenait l'anglais. Il lui avait juste donné son nom : sergent Walter Heisler du *Sicherheitsbüro*, la brigade criminelle de la police viennoise.

Après une demi-heure d'interrogatoire, Ben en eut plus qu'assez. Assez d'être raisonnable, assez de parler de manière intelligente. Mais ses interrogateurs étaient implacables.

« Suis-je en état d'arrestation ? finit-il par demander.

— C'est ce que vous voulez ? », répliqua l'agent Navarro, d'un ton sec.

Oh, mon Dieu, ça ne va pas recommencer !

« A-t-elle le droit de faire cela ? », demanda Ben au gros flic viennois qui ne cessait de fumer en le fixant de son regard bovin.

Silence.

« Alors ? demanda Ben. Qui est le responsable ici ?

— Tant que vous répondez à mes questions, je n'ai aucune raison de vous arrêter, dit l'agent Navarro. Pour l'instant.

— Je suis donc libre de m'en aller.

— On vous garde ici pour vous interroger. Pourquoi rendiez-vous visite à Jürgen Lenz ? Vous ne nous avez pas encore fourni de réponse satisfaisante.

— Comme je l'ai dit, c'était une visite de courtoisie. Demandez à Lenz.

— Etes-vous à Vienne pour vos affaires ou pour des vacances ?

— Les deux.

— Vous n'avez pas prévu de rendez-vous professionnel. Est-ce la manière dont vous avez coutume de procéder durant vos voyages d'affaires ?

— J'aime la spontanéité.

— Vous aviez réservé cinq nuits d'hôtel dans les Alpes suisses, mais vous n'y êtes pas allé.

— J'ai changé d'avis.

— Je ne sais pas pourquoi mais j'en doute.

— J'avais envie de visiter Vienne.

— Donc, vous êtes arrivé ici sans avoir effectué de réservation.

— Je vous l'ai dit, j'aime la spontanéité.

— Je vois cela, fit l'agent Navarro, apparemment déçue. Et votre visite à Gaston Rossignol, à Zurich, c'était pour affaires également ? »

Mon Dieu, ils étaient aussi au courant de cela ! Mais comment ? Il sentit monter en lui une vague de panique.

« Ce monsieur était l'ami d'un ami.

— Et c'est ainsi que vous traitez les amis de vos amis – en les tuant ? »

Oh, doux Jésus.

« Il était mort quand je suis arrivé !

— Vraiment ? fit Navarro d'un ton dubitatif. Vous attendait-il ?

— Non. J'ai débarqué sans m'annoncer.

— Parce que vous aimez la spontanéité.

— Je voulais lui faire une surprise.

— Au lieu de cela, c'est lui qui vous a surpris, hein ?

— Ce fut un choc, oui.

— Comment êtes-vous parvenu jusqu'à Rossignol ? Qui vous a mis en contact avec lui ? »

Ben hésita un peu trop longtemps.

« Je préfère ne pas répondre. »

Elle renchérit aussitôt.

« Parce qu'en somme, cet homme vous ne l'aviez jamais rencontré, n'est-ce pas ? Rossignol était-il en rapport avec votre père ? »

Que signifiait donc ce discours ? Que savait-elle exactement ? Ben lui lança un regard insistant.

« Laissez-moi vous dire une chose, fit Anna Navarro. Je connais les types dans votre genre. Les gosses de riches qui obtiennent toujours ce qu'ils désirent. Dès que vous vous retrouvez dans la merde, Papa accourt pour vous sauver, ou alors l'avocat de la famille vous fait libérer sous caution. Vous avez pour habitude de faire tout ce qui vous passe par la tête en croyant qu'on ne vous présentera jamais la note. Eh bien, cette fois-ci, il en sera autrement, cher ami. »

Ben sourit mais se garda de la contredire. Elle aurait été trop contente.

« Votre père est un survivant de l'Holocauste, c'est bien cela ? », insista-t-elle.

Donc elle ne sait pas tout.

Ben haussa les épaules.

« C'est ce qu'on m'a dit. » Pourquoi lui aurait-il appris la vérité ? Elle n'avait aucun droit de la connaître.

« Et Rossignol était un puissant banquier suisse ? » Elle le regardait attentivement.

Où voulait-elle en venir ? « Voilà pourquoi vous et ces flics autrichiens étiez postés devant la maison de Lenz, dit-il. Vous étiez venus m'arrêter.

— Non, je vous assure, répondit l'Américaine d'une voix calme. Nous voulions discuter avec vous.

— Vous auriez pu vous contenter de me le demander. Pas besoin d'ameuter la moitié de la police viennoise pour cela. Je parie que vous avez l'intention de me coller le meurtre de Rossignol sur le dos. Pour que la CIA s'en tire sans dommages, hein ? A moins que les gars du ministère de la Justice ne puissent pas sentir la CIA ? C'est tellement compliqué chez vous ! »

Quand l'agent Navarro se pencha vers lui, ses doux yeux bruns se firent plus durs.

« Pourquoi portiez-vous une arme ? »

Ben hésita, rien qu'une ou deux secondes.

« Pour me protéger.

— C'est vrai. » Une affirmation formulée d'un ton sceptique, pas une question. « Les autorités autrichiennes vous ont-elles délivré un permis de port d'armes ?

— Je crois que c'est une question qui ne concerne que moi et les autorités en question.

— Il se trouve que les autorités autrichiennes sont assises sur cette chaise à côté de moi. Si ce monsieur décide de vous poursuivre pour port d'armes illégal, je ne m'y opposerai pas. Les Autrichiens ont horreur des visiteurs étrangers qui transportent des armes non autorisées. »

Ben haussa les épaules. Elle avait marqué un point. Mais, en ce moment même, c'était le cadet de ses soucis.

« Laissez-moi vous dire une chose, Mr. Hartman, poursuivit l'agent Navarro. J'éprouve quelque difficulté à croire que vous ayez besoin d'une arme pour rendre visite à "l'ami d'un ami". Surtout que nous avons trouvé vos empreintes digitales un peu partout dans la maison de Rossignol. Pigé ?

— Non, pas tout à fait. Etes-vous en train de m'accuser de meurtre ? Si c'est ce que vous pensez, pourquoi tous ces détours ? Dites-le donc carrément. » Il avait du mal à respirer, sa tension montait en flèche.

« Les Suisses pensent que votre frère menait une vendetta contre l'institution bancaire. Vous avez peut-être repris le flambeau après sa mort, en poursuivant son combat d'une manière plus expéditive. Le mobile ne devrait pas être difficile à découvrir. Et puis, il y a vos empreintes digitales. Je pense que, dans ces circonstances, une cour suisse n'aura pas grand mal à vous déclarer coupable. »

Croyait-elle qu'il avait assassiné Rossignol – et si oui, pourquoi cette inspectrice spéciale du ministère de la Justice s'intéressait-elle tant à cette affaire ? Il ignorait tout des pouvoirs dont elle était investie, il ne savait pas ce qu'il encourait et cette incertitude le rendait anxieux. *Ne reste pas sur la défensive*, se dit-il en lui-même. *Réplique.*

Ben se carra dans son siège.

« Vous n'avez aucune autorité dans ce pays.

— Tout à fait juste. Mais je n'ai pas besoin d'autorité. »

Que diable entendait-elle par là ? « Bon, que voulez-vous de moi ?

— Des informations. Je veux savoir pourquoi vous avez rendu visite à Rossignol. Pourquoi vous avez rendu visite à Jürgen Lenz. Ce que vous êtes en train de manigancer, Mr. Hartman.

— Supposez que je n'aie pas envie de vous faire mes confidences. » Il tentait d'adopter un ton détaché et sûr de lui.

Elle dressa la tête.

« Vous voulez savoir ce qui arriverait ? Pourquoi ne changez-vous pas votre fusil d'épaule, juste pour voir ? »

Elle était habile, pensa Ben. Il respira profondément. Les murs de la pièce semblèrent se refermer sur lui. Il contrôla l'expression de son visage de peur de trahir ses émotions.

Elle continua ainsi : « Savez-vous qu'il existe un mandat d'arrêt contre vous à Zurich ? »

Ben haussa les épaules.

« C'est une blague. » Il décida qu'il était temps de se montrer agressif, blessé, désemparé – comme un Américain arrêté à tort pourrait l'être.

« Je crois que je connais un peu mieux que vous les façons de faire des Suisses. D'abord, ils sont du genre à lancer un mandat d'arrêt parce que vous avez craché votre chewing-gum sur le trottoir. Ensuite, vous pouvez toujours courir pour qu'ils vous accordent une extradition. » Cette science, il la tenait surtout de ses conversations avec Howie.

« Le canton de Zurich a remué ciel et terre pour s'assurer la coopération de la *Polizei* des autres cantons suisses. Et comme il est de notoriété publique que les Suisses abritent des fraudeurs fiscaux, vous pensez bien que les autres pays ont tendance à ignorer les requêtes d'extradition émanant de la Suisse. C'est une question politique. » Il reprenait les paroles d'Howie en les martelant d'un air imperturbable, avec une expression de défi. Il fallait lui montrer qu'elle ne l'impressionnait pas.

« Les "taureaux" de Zurich prétendent qu'ils me recherchent pour "m'interroger". Mais ils sont incapables de dire sur quoi. Pourquoi on n'arrête pas les conneries tout de suite ? »

Elle se pencha vers lui.

« Votre frère a essayé de monter un dossier contre l'establishment bancaire suisse. Nous le savons parfaitement. Or Gaston Rossignol était un important banquier suisse. Vous allez le voir chez lui et, comme par hasard, on le découvre mort. Nous y reviendrons. Ensuite, on vous retrouve à Vienne, où vous rendez visite au fils d'un nazi de la pire espèce. Or votre père a été emprisonné dans un camp de concentration. Tout cela ressemble fort à une sorte de vengeance personnelle. »

C'était donc ça. Peut-être les choses apparaissaient-elles ainsi aux yeux de ceux qui ignoraient la vérité. *Mais cette vérité, je ne peux pas la lui dire !*

« C'est grotesque, lança Ben. Je ne veux même pas écouter vos élucubrations. Vos histoires de vendettas et de violence. Vous parlez des banquiers suisses. Je travaille tous les jours avec ces gens-là, agent Navarro. C'est mon boulot. La finance internationale n'a pas grand-chose à voir avec le meurtre et les effusions de sang, croyez-moi. Dans mon monde, les plus graves blessures on se les fait en se coupant avec des feuilles de papier.

— Alors expliquez-moi ce qui s'est passé sur la Bahnhofplatz.

— Je ne peux pas. Je l'ai dit et répété aux "taureaux" suisses.

— Racontez-moi comment vous avez trouvé la trace de Rossignol. »

Ben secoua la tête.

« Et les autres. Allons. Je veux savoir où vous avez eu leurs noms et leurs adresses. »

Ben se contenta de la regarder.

« Où étiez-vous mercredi ?

— Je ne m'en souviens pas.

— Pas en Nouvelle-Ecosse, par hasard ?

— Ça me revient, j'étais en garde à vue à Zurich, répliqua-t-il. Vous pouvez vérifier auprès de vos amis de la police. Vous voyez, je suis comme ça, j'adore me faire arrêter dans tous les pays que je visite. C'est le meilleur moyen d'apprécier pleinement les coutumes locales. »

Elle ignora sa repartie.

« Dites-moi pourquoi on vous a arrêté.

— Vous le savez aussi bien que moi. »

Navarro se tourna vers son collègue qui, d'un air songeur, exhalait un filet de fumée, puis elle revint à Ben.

« A plusieurs reprises, au cours de ces deux derniers jours, vous avez vous-même failli vous faire tuer. Aujourd'hui encore... »

Malgré son angoisse et sa mauvaise humeur, il s'aperçut à sa grande surprise qu'il éprouvait envers elle un sentiment de gratitude.

« Vous m'avez sauvé la vie. Je suppose que je devrais vous remercier.

— Un peu, oui, répondit-elle. A présent, dites-moi, à votre avis, pourquoi voulait-on vous tuer ? Qui pouvait connaître vos intentions ? »

Habile tentative, madame.

« Je n'en ai aucune idée.

— Je parie que si.

— Désolé. Et si vous questionniez vos amis de la CIA ? Demandez-leur ce qu'ils essaient de couvrir en ce moment. Ou alors votre service trempe-t-il lui aussi dans cette machination ?

— Mister Hartman, votre frère jumeau a trouvé la mort en Suisse, lors d'un accident d'avion douteux. Plus récemment, et toujours en Suisse, vous avez été impliqué dans une fusillade encore inexpliquée. La mort semble vous coller à la peau comme une eau de Cologne de supermarché. Que suis-je censée en conclure ?

— Concluez ce que vous voulez. Je n'ai commis aucun crime.

— Je vais vous poser la question encore une fois : Où avez-vous trouvé leurs noms et adresses ?

— A qui ?

— A Rossignol et à Lenz.

— Je vous l'ai dit, des amis communs

— Je ne vous crois pas.

— Croyez ce que vous voulez.

— Que cachez-vous ? Pourquoi ne pas jouer franc-jeu avec moi, Mister Hartman ?

— Désolé, je n'ai rien à cacher. »

L'agent Navarro croisait et décroisait ses longues jambes galbées.

« Mister Hartman, dit-elle, profondément exaspérée. Je vais vous proposer un marché. Vous coopérez avec moi et je ferai de mon mieux pour que les Suisses et les Autrichiens classent votre affaire. »

Etait-elle sincère ? Chez lui, la défiance était presque devenue un réflexe.

« Etant donné que sans votre intervention, ils ne me chercheraient pas d'ennuis, vos paroles résonnent à mes oreilles comme une promesse creuse. Je ne suis pas obligé de rester ici plus longtemps, n'est-ce pas ? »

Elle le regarda sans mot dire, en se mordillant l'intérieur de la joue.

« Non. » Elle sortit une carte de visite et griffonna quelque chose au dos avant de la lui tendre.

« Si vous changez d'avis, voici l'adresse de mon hôtel à Vienne. »

C'était fini. Dieu merci. Il respira, sentit l'air atteindre le tréfonds de ses poumons et son angoisse s'apaiser soudain.

« Heureux d'avoir fait votre connaissance, agent Navarro, dit Ben en se levant. Et merci encore de m'avoir sauvé la vie. »

CHAPITRE 26

L A souffrance était intense, accablante ; un autre que lui aurait renoncé. Rassemblant toute sa puissance de concentration, Trevor tenta de se dédoubler et de faire passer sa douleur dans le corps d'un double imaginaire – un *doppelgänger* expressionniste, tordu par l'angoisse. Quelqu'un d'autre que lui. Par la simple force de la volonté, il parcourut les rues de Vienne jusqu'à Taborstrasse.

Puis, se rappelant qu'il conduisait une voiture volée – ses pensées étaient confuses, ce qui l'alarmait plus que tout –, il roula encore une centaine de mètres et l'abandonna en laissant les clés sur le contact. Quelque idiot aurait peut-être la bonne idée de la voler et de se faire arrêter dans l'immense rafle que la police ne manquerait pas d'organiser sous peu.

Sans prendre garde aux regards des passants, il descendit la rue en boitant. Il savait que son veston était imbibé de sang ; la tache avait même traversé le trench-coat. L'hémorragie était si importante qu'elle lui causait des vertiges.

Il réussit à gagner l'immeuble de Taborstrasse et se dirigea vers le bureau situé au rez-de-chaussée. Une plaque de cuivre annonçait :

« DR THEODOR SCHREIBER, SPÉCIALISTE DES MALADIES ORGANIQUES & CHIRURGIE GÉNÉRALE. »

Le bureau était sombre et, lorsqu'il sonna, il n'obtint aucune réponse. Trevor n'en fut pas surpris ; après tout, il était plus de 20 heures et le Dr Schreiber avait des horaires réguliers. Pourtant, il insista. Schreiber vivait dans l'appartement attenant à son petit cabinet mais Trevor savait qu'il pouvait entendre la sonnette de chez lui.

Au bout de cinq minutes, une lumière s'alluma dans le bureau, puis une voix puissante et bourrue jaillit de l'interphone :

« *Ja ?*

— *Dr Schreiber, es is Christoph. Es ist ein Notfall.* »

La porte d'entrée du bâtiment se déverrouilla électroniquement, puis celle du couloir, marquée du nom du médecin sur une autre plaque de cuivre.

Le Dr Schreiber était de mauvaise humeur.

« J'étais en train de dîner, dit-il avec gravité. J'espère que c'est important... » Il remarqua le trench-coat imbibé de sang. « Très bien, très bien, suivez-moi. » Le médecin fit demi-tour et se dirigea vers la salle d'examen.

Le Dr Schreiber avait une sœur qui vivait à Dresde, en Allemagne de l'Est, depuis plusieurs dizaines d'années. Jusqu'à la chute du Mur, ce simple accident géographique – il avait fui Berlin-Est en 1961, alors que sa sœur avait dû rester – avait permis aux services de renseignements est-allemands d'exercer une certaine influence sur le praticien.

La Stasi n'avait cependant jamais cherché à exercer de chantage sur lui, ni à le transformer en une sorte d'espion, puisque, en tant que médecin, il possédait sa propre utilité. Non, elle lui avait attribué un emploi bien plus terre à terre que celui d'espion : prodiguer des soins d'urgence à ses agents en mission en Autriche. Les médecins autrichiens, comme ceux de la plupart des pays du monde, ont l'obligation légale de signaler à la police toute blessure par balle. Le Dr Schreiber, lui, était la discrétion même quand, de temps à autre, un agent de la Stasi apparaissait dans son bureau, très souvent au cœur de la nuit, pour qu'il panse ses plaies.

Trevor avait vécu de nombreuses années à Londres quand il travaillait clandestinement pour la Stasi avant que Sigma ne l'embauche. Il avait fait plusieurs séjours à Vienne, de soi-disant voyages d'affaires, et avait eu recours à deux reprises aux talents du brave docteur.

La Guerre Froide était un lointain souvenir et l'époque où Schreiber œuvrait en secret pour le bloc de l'Est définitivement révolue, mais Trevor était à peu près assuré de sa coopération. Schreiber pouvait encore être poursuivi pour collaboration avec la Stasi. Chose qu'il préférait éviter.

Malgré sa position de faiblesse, le Dr Schreiber ne se priva pas d'exprimer sa colère et son ressentiment.

« Vous êtes un homme très chanceux, dit-il d'un ton brusque. La balle a pénétré juste au-dessus du cœur, voyez-vous. Si elle avait suivi une trajectoire plus droite, vous seriez mort sur le coup. Seulement, elle semble être entrée à l'oblique, en creusant une petite rainure dans la peau et les tissus graisseux situés en dessous. Elle a même déchiré certaines fibres superficielles du pectoral majeur, le muscle de votre poitrine. Et elle est ressortie exactement là, au niveau de l'aisselle. Vous avez dû vous retourner juste à temps. »

Le Dr Schreiber lança un coup d'œil à Trevor par-dessus ses lunettes en demi-lune. Ce dernier ne répondit rien.

Quand le médecin fourragea dans la plaie avec une paire de forceps, Trevor grimaça. La douleur était insupportable. Une chaleur désagréable fourmillait dans son corps.

« Il s'en est fallu d'un cheveu qu'elle endommage les nerfs et les vaisseaux sanguins du plexus brachial. Si cela s'était produit, vous auriez définitivement perdu l'usage de votre bras droit. Peut-être auriez-vous même perdu votre bras.

— Je suis gaucher, dit Trevor. En tout cas, je n'ai pas besoin de connaître ces détails sanglants.

— Oui, fit le médecin d'un air absent. Pour bien faire, il faudrait que vous alliez à l'hôpital.

— C'est hors de question et vous le savez. » Un violent élancement lui traversa le bras.

Le médecin se lava soigneusement les mains et injecta dans la plaie plusieurs doses d'anesthésique. Avec une paire de petits ciseaux et des forceps, il excisa les tissus noircis, irrigua la plaie, puis entreprit de la suturer.

Trevor ne ressentait pas de véritable douleur, plutôt une gêne profonde et intermittente. Il grinça des dents.

« Je veux que vous fassiez en sorte que la blessure ne se rouvre pas si je bouge, ordonna-t-il.

— Vous devriez rester tranquille pendant un petit bout de temps.

— Je cicatrise vite.

— C'est exact, dit le médecin. Je me rappelle maintenant. » L'homme cicatrisait vite – incroyablement vite.

« Le temps est le seul luxe que je ne puisse m'offrir, ajouta Trevor. Je veux que vous me recousiez bien serré.

— Alors je peux utiliser des fils de suture plus épais – du nylon 3-0, disons – mais la cicatrice risque d'être assez laide.

— Cela m'est égal.

— Parfait », fit le médecin en retournant à son chariot à instruments.

Quand il en eut terminé, il dit :

« Pour la douleur, je peux vous donner du Demerol. » Puis sur un ton sec : « A moins que vous ne préfériez ne rien prendre du tout ?

— De l'ibuprofène suffira, dit Trevor.

— Comme vous voulez. »

Trevor se leva en grimaçant.

« Bon, eh bien, je vous remercie pour votre aide. » Il tendit au médecin quelques billets de mille shillings.

Le docteur le regarda et lui lança, sans grande conviction :

« A la prochaine. »

Anna s'aspergea le visage d'eau chaude. Trente fois, comme sa mère lui avait appris à le faire : sa seule coquetterie. Ça garde le teint frais et rayonnant.

Malgré le bruit de l'eau, elle entendit la sonnerie du téléphone. Attrapant une serviette pour s'essuyer la figure, elle se précipita vers l'appareil.

« Anna, c'est Robert Polozzi. Je ne vous dérange pas à cette heure tardive ? »

Robert Polozzi du département de l'Identification.

« Non, pas du tout, Robert. Que se passe-t-il ?

— Ecoutez : c'est au sujet des recherches sur le brevet. »

Elle les avait oubliées. Elle épongea son visage ruisselant d'eau.

Il dit : « La neurotoxine...

— Ah oui. Vous avez découvert quelque chose ?

— Ecoutez cela. Le 16 mai de cette année, un numéro de brevet – il est long – peu importe, un brevet concernant ce composé synthétique a été déposé par Vortex, une petite compagnie de biotechnologie implantée à Philadelphie. C'est un, je vous lis, "un analogue synthétique du venin de l'escargot marin, le conus, qu'on utilise dans des expériences *in vitro*". » Il fit une pause. Puis il reprit, d'une voix hésitante. « Je les ai appelés. Vortex, je veux dire. Sous un faux prétexte, bien sûr. »

Pas très orthodoxe comme procédé, mais c'était le cadet de ses soucis.

« Et vous avez appris quelque chose d'intéressant ?

— Eh bien, pas exactement. Ils ne possèdent que d'infimes réserves de cette toxine et elles sont placées sous haute surveillance. Elle est difficile à produire, ce qui explique qu'ils n'en aient pas beaucoup et, de toute façon, elle s'emploie en quantité ridiculement faible. De plus, elle est encore au stade expérimental. Je leur ai demandé si on pouvait l'utiliser comme poison. Mon interlocuteur, le directeur scientifique de la société, m'a répondu que oui, évidemment – à l'état naturel, le venin de l'escargot de mer conus est mortel. Il suffit d'une dose infime pour provoquer un arrêt cardiaque immédiat. »

Elle sentit l'excitation monter en elle.

« Il vous a dit que le produit était placé sous haute surveillance, cela signifie-t-il qu'ils le gardent sous clé ?

— Exact.

— Et ce type vous a semblé réglo ?

— Je le crois, mais on ne sait jamais.

— Bon travail, merci. Pourriez-vous leur demander si une partie du produit aurait été portée manquante ou bien égarée ?

— C'est déjà fait, dit fièrement l'enquêteur. La réponse est non. »

Son enthousiasme retomba.

« J'ai besoin de tout ce que vous pourrez me trouver au sujet de Vortex. Les propriétaires, les directeurs, les salariés, etc.

— Je m'en charge. »

Elle raccrocha et resta assise au bord du lit, songeuse. Il était possible qu'en tirant sur ce fil, elle parvienne à démêler l'écheveau de la conspiration à l'origine des meurtres. Mais elle pouvait aussi ne rien démêler du tout.

Toute cette enquête se révélait de plus en plus décevante. La police viennoise n'avait pas réussi à retrouver la trace du tueur. La Peugeot que conduisait l'homme avait été signalée comme volée quelque temps auparavant – comme c'était étonnant ! Encore une impasse.

Ce Hartman était si déconcertant. Bien malgré elle, elle l'avait trouvé attirant et même séduisant. Mais c'était un cas. Un golden boy né dans l'opulence, doté d'un physique avantageux, trop sûr de lui. C'était un autre Brad, le footballeur qui l'avait violée. Le monde produisait en série ce genre de personnage. Une de ses amies qui n'avait pas sa langue dans sa poche, disait que ces gars-là croyaient que leur merde sentait la rose. Ils se pensaient à l'abri de tout.

De là à le prendre pour un tueur... il y avait un monde. Elle l'avait cru quand il lui avait exposé ses faits et gestes au moment de la mort de Rossignol à Zurich ; ça collait avec le relevé des empreintes digitales et, de toutes manières, elle ne le voyait pas dans la peau d'un assassin. Pourtant il portait une arme, le contrôle des passeports n'avait pas enregistré son entrée en Autriche et il n'avait fourni aucune explication à ce sujet... D'un autre côté, on avait fouillé sa voiture sans rien trouver. Pas de seringue, pas de poison, rien.

Trempait-il dans le complot ? C'était difficile à dire. Il pensait que son frère était mort assassiné ; ce crime vieux de quatre années aurait-il été le catalyseur des meurtres qui se produiraient plus tard ? Mais pourquoi tant de morts, et dans un laps de temps aussi court ?

Le fait n'en demeurait pas moins : Benjamin Hartman en savait plus long qu'il ne le prétendait. Pourtant, elle n'avait ni le pouvoir ni de raison de l'enfermer. C'était profondément frustrant. Elle se demandait si son désir – bon, d'accord, son obsession – de le coincer avait quelque chose à voir avec cette histoire de viol, ses vieilles blessures, Brad...

Elle prit son carnet d'adresses posé sur la table basse, vérifia un numéro de téléphone et le composa.

Après plusieurs sonneries, une voix masculine rocailleuse répondit : « Donahue. » Donahue était le gourou du blanchiment de fonds au DOJ. Elle avait sollicité son aide avant de partir pour la Suisse, sans rien lui dire du contexte, se contentant de lui faire un résumé de la situation. Donahue se souciait peu de connaître ou non la nature de son enquête ; ce qui semblait l'intéresser c'était relever le défi qu'elle lui lançait.

« Anna Navarro, dit-elle.

— Ah ouais, comment ça va, Anna ? »

Elle retrouva vite le ton à adopter. C'était facile pour elle ; quand elle était jeune, les copains de son père s'exprimaient ainsi, de même que ses voisins.

« Ça roule, merci. On a retrouvé la trace du fric ?

— Non, que dalle. On s'cogne la tête à un grand mur de briques. On croirait que tous ces macchabées touchaient des sommes d'argent tout ce qu'il y a de légal. Elles étaient virées sur leurs comptes dans les paradis fiscaux. Les Îles Caïmans, les Îles Vierges, Curaçao. C'est là qu'on se cogne au mur.

— Que se passe-t-il quand on s'amène dans une banque offshore avec une requête officielle ? »

Donahue émit un petit grognement de dérision.

« On vous envoie sur les roses. Quand on leur présente une requête MLAT pour qu'ils nous ouvrent leurs registres, ils disent qu'ils s'en occuperont d'ici quelques années. » Le MLAT était le traité d'assistance mutuelle régissant, en principe, les relations entre les Etats-Unis et la plupart des paradis fiscaux.

« Les Îles Vierges et les Îles Caïmans sont les pires. Là-bas, ils estiment que ça leur prendra peut-être deux ou trois ans.

— Oh.

— Même à supposer qu'ils nous ouvrent toutes grandes les portes magiques, tout ce que nous apprendrons c'est la provenance de l'argent : une autre banque offshore, je te parie ce que tu veux. L'Île de Man, les Bahamas, les Bermudes, Lux, San Marin, Anguilla. Probablement toute une série de compagnies offshore et de sociétés-écran. Aujourd'hui, l'argent peut faire le tour de la terre en sautant d'un compte à un autre, comme ça, en quelques secondes.

— Ça t'ennuie si je te demande un truc ?

— Vas-y.

— Comment vous faites pour obtenir des renseignements sur le blanchiment de fonds ?

— Oh, on s'en sort, dit-il, un peu sur la défensive. Ça prend des années, c'est tout.

— Génial, répliqua-t-elle.

— Merci bien. »

Au milieu d'une pièce exiguë au quatrième étage du *Sicherheitsbüro*, le quartier général de la police viennoise situé sur Rossauer Lände, un jeune homme coiffé d'une paire d'écouteurs était assis devant un écran d'ordinateur. De temps à autre, il écrasait une cigarette dans un grand cendrier doré, posé sur une table en Formica gris, près d'une affichette DÉFENSE DE FUMER.

Dans une petite fenêtre ouverte en haut à gauche de l'écran, s'affichait le numéro de téléphone qu'il était en train de surveiller ainsi que la date, l'heure de début et la durée de l'appel, mesurée au dixième de seconde, ainsi que le numéro appelé. Sur une autre partie de l'écran, on voyait une liste de numéros, chacun correspondant à un appel passé à partir du poste placé sous écoute. Il suffisait de bouger le curseur jusqu'au numéro voulu puis de double-cliquer pour que la conversation enregistrée sur support numérique passe dans les écouteurs et les enceintes externes. De petites barres rouges dansaient au rythme des changements de volume. On pouvait non seulement régler la tonalité mais aussi la vitesse de lecture.

Tous les appels téléphoniques que la femme avait passés de sa chambre d'hôtel étaient consignés dans la mémoire de cet ordinateur. Une technologie fort impressionnante, fournie à la police viennoise par les Israéliens.

La porte s'ouvrit, le sergent Walter Heisler entra et traversa la petite pièce au sol recouvert d'un linoléum vert très institutionnel. Lui aussi fumait. Il hocha à peine la tête pour dire bonjour. Le technicien ôta ses écouteurs, éteignit sa cigarette et leva les yeux.

« Quelque chose d'intéressant ? demanda le détective.

— La plupart des appels étaient à destination de Washington.

— Strictement parlant, nous sommes censés informer Interpol quand nous enregistrons des appels internationaux. » Il y eut une étincelle dans l'œil du détective.

Le technicien leva les sourcils en signe de complicité tacite.

Heisler tira une chaise.

« Ça vous ennuie si je me joins à vous ? »

Californie

Le jeune milliardaire Arnold Carr, le roi de l'informatique, se promenait au milieu d'une forêt de séquoias dans le nord de la Californie avec son vieil ami et mentor, le génie de la finance Ross Cameron, quand il reçut un appel sur son portable.

Les deux hommes passaient un week-end en compagnie de quelques-uns des personnages les plus riches et les plus puissants d'Amérique, dans une retraite huppée nommée Bohemian Grove. Dans le campement, on jouait à des jeux débiles, comme le paint-ball, présidés par le PDG de la BankAmerica et l'ambassadeur américain à la Cour de Saint-James.

Mais Carr, heureux fondateur d'une société de logiciels, avait rarement la chance de se balader avec son copain milliardaire, Ross Cameron, celui qu'on appelait le sage de Santa-Fe. Ils avaient donc passé pas mal de temps à visiter les bois environnants tout en parlant argent et affaires, philanthropie et collections d'art, enfants, sans oublier le projet extraordinaire et hautement confidentiel qu'ils avaient été invités à rejoindre l'un comme l'autre.

Avec une expression d'ennui profond, Carr sortit le minuscule téléphone qui grésillait dans la poche de sa chemise à carreaux Pendleton. Rares étaient ceux qui possédaient son numéro et les quelques employés qui auraient pu avoir le courage de l'appeler avaient été prévenus. En aucun cas il ne souhaitait être dérangé durant sa retraite du week-end.

« Ouais, dit Carr.

— Mister Carr, pardonnez-moi si je vous téléphone un dimanche matin, ronronna la voix. Mister Holland à l'appareil. J'espère que je ne vous réveille pas. »

Carr identifia aussitôt son interlocuteur.

« Oh, pas du tout, s'écria-t-il, soudain cordial. Je suis debout depuis des heures. Que se passe-t-il ? »

Quand « Mr. Holland » eut fini de parler, Carr répondit : « Je vais voir ce que je peux faire. »

CHAPITRE 27

BEN regagna son hôtel aux alentours de 9 heures du soir, affamé mais incapable de manger, énervé par la caféine qu'il avait absorbée en trop grande quantité. Il avait hélé un taxi en sortant du quartier général de la police, puisqu'il n'était plus question pour lui d'utiliser son Opel Vectra. Deux de ses vitres avaient explosé lors de la fusillade et les sièges de cuir étaient couverts d'éclats de verre.

Dans le hall, tout était calme. Les clients avaient dû sortir dîner ou se retirer dans leurs chambres. Entre les petits tapis d'Orient qui se chevauchaient sur le sol, apparaissaient ici ou là des dalles de marbre bien astiquées.

Le concierge, un homme entre deux âges au sourire trop mielleux, avec des yeux qui pétillaient derrière ses lunettes à monture d'acier, tendit à Ben la clé de sa chambre sans lui laisser le temps de dire un seul mot.

« Merci, fit Ben. Des messages pour moi ? » Peut-être le détective privé.

Le concierge tapota sur le clavier de son ordinateur.

« Non, monsieur, seulement celui dont vous avez déjà pris connaissance.

— Qu'est-ce que c'était ? » *Quoi ?* pensa-t-il, alarmé. *Je n'ai pas reçu le moindre message depuis mon arrivée à Vienne.*

« Je ne sais pas, monsieur. Vous avez appelé il y a quelques heures. » Il se remit à tapoter. « A 6 h 20 ce soir, le standardiste de l'hôtel vous a transmis un message.

— Pouvez-vous me le redonner ? » Soit il s'agissait d'une erreur, soit...

« Je suis navré, monsieur, dès que les clients reçoivent un message, l'ordinateur l'efface automatiquement. » Il adressa à Ben un sourire féroce.

« Nous ne pouvons pas les conserver éternellement, vous savez. »

Ben prit le petit ascenseur en cuivre jusqu'au troisième étage, en tripotant avec nervosité la grosse sphère de cuivre qui pendait à la clé de sa chambre. L'agent Navarro aurait bien été capable de demander à l'un de ses collègues masculins d'appeler l'hôtel pour prendre connaissance de ses messages, histoire de se renseigner sur ses contacts.

Mais qui donc avait pu laisser le message en question ? En dehors de l'agent Navarro, seul le détective privé savait où il était descendu. Il était sans doute trop tard pour appeler Hans Hoffman ; il n'était sûrement plus à son bureau.

Navarro nourrissait certains doutes quant aux intentions de Ben ; mais elle ne pouvait le croire coupable de la mort de Rossignol. A moins que si... Elle devait pourtant se rendre compte qu'il n'avait rien d'un tueur en série. Après tout, elle avait dit elle-même qu'elle s'y connaissait en homicides ; elle savait donc qui correspondait au profil et qui n'y correspondait pas.

Alors que cherchait-elle réellement ?

Peut-être travaillait-elle vraiment pour la CIA ou pour quelque vénérable ancêtre lié à l'Agence. On l'aurait alors chargée de nettoyer le terrain et de couvrir les véritables malfaiteurs en détournant les soupçons sur lui.

Quoi qu'il en fût, il n'en demeurait pas moins que Gaston Rossignol, l'un des fondateurs de cette mystérieuse corporation ayant ou pas des liens avec la CIA, venait d'être assassiné. Tout comme Peter dont la seule erreur, semblait-il, était d'avoir exhumé la liste des membres du conseil d'administration. Avaient-ils été victimes des mêmes personnes tous les deux ? La chose semblait fort probable.

Les assassins étaient-ils américains ? La CIA ?

C'était difficile à déterminer. Jimmy Cavanaugh était américain... N'aurait-il pu se mettre au service de ressortissants étrangers ?

Il y avait aussi la déconcertante absence de Max.

Pourquoi avait-il disparu ? Godwin n'avait aucunement éclairci ce mystère. Pourquoi Max avait-il appelé Godwin juste avant de partir ?

Son père était-il mort lui aussi ?

Il était temps de passer un autre appel à Bedford.

Il parcourut le corridor, se battit un instant avec la clé de sa chambre puis la porte s'ouvrit. Il s'arrêta net.

Les lumières étaient éteintes.

Il les avait pourtant laissées allumées en sortant, tout à l'heure. Quelqu'un aurait-il éteint ?

Allons, se dit-il en lui-même. C'était sans doute la femme de chambre. Les Autrichiens sont très à cheval sur les questions d'environnement et les économies d'énergie.

Accordait-il trop d'importance à un fait mineur ? Devenait-il paranoïaque ? Les événements de ces derniers jours l'avaient-ils perturbé à ce point ?

Pourtant...

Au lieu d'entrer, il referma calmement la porte, tourna la clé dans la serrure et arpenta le couloir à la recherche d'un porteur ou d'un garçon d'étage. Ne remarquant personne, il revint sur ses pas et descendit les escaliers jusqu'au deuxième étage. Là, au bout d'un autre long couloir, il vit un porteur sortir d'une chambre.

« Excusez-moi, cria Ben, en accélérant le pas. Pouvez-vous m'aider ? »

Le jeune homme se retourna.

« Monsieur ?

— Ecoutez, dit Ben, la porte de ma chambre est fermée, j'ai laissé mes clés à l'intérieur. Pouvez-vous m'ouvrir ? » Il gratifia l'homme d'un billet de cinquante shillings, environ huit dollars, et ajouta d'un air penaud : « C'est la deuxième fois que ça m'arrive. Je n'ai pas envie de retourner voir le concierge. C'est à l'étage du dessus. Quatre-seize.

— Mais oui, certainement, monsieur. Un moment, je vous prie. » Il inspecta le porte-clé en forme d'anneau qu'il avait à la ceinture.

« Oui, monsieur, je vous en prie. »

Ils empruntèrent l'ascenseur pour atteindre l'étage supérieur. Le porteur ouvrit la porte de la 416. Se sentant légèrement ridicule, Ben se tenait derrière lui, un peu sur le côté, afin de pouvoir examiner la pièce de loin, sans qu'on le voie de l'intérieur.

Il remarqua une forme, une silhouette ! Celle d'un homme se dessinant à contre-jour devant la porte ouverte de la salle de bains. L'homme accroupi pointait une arme à canon long dans leur direction !

L'individu se tourna un peu, si bien que Ben put discerner son visage. C'était l'assassin qui avait tenté de le tuer quelques heures auparavant devant la villa de Jürgen Lenz ! L'assassin de l'auberge suisse.

L'homme qui avait tué son frère.

Le porteur hurla : « Non ! » et s'enfuit dans le couloir.

Le tueur eut quelques secondes d'hésitation – il attendait Ben, pas un chasseur en livrée. La confusion dura assez longtemps pour que Ben s'esquive. Derrière lui, retentit une série de crachotements muets suivis du bruit, plus puissant, des balles qui s'enfonçaient dans les murs. Les cris du porteur redoublèrent d'intensité, frisant à présent l'hystérie. Les coups de feu se rapprochèrent puis on entendit les pas précipités du tueur. C'est alors que Ben prit ses jambes à son cou. Devant lui, il vit la porte des escaliers mais renonça vite à l'emprunter, mieux valait éviter de se retrouver coincé dans une cage d'escalier avec un meurtrier à ses trousses. Il préféra bifurquer et s'engouffrer dans le couloir de droite. Un chariot de ménage était arrêté devant une chambre ouverte. Il bondit à l'intérieur de la pièce et claqua la porte derrière lui. Le dos collé à la porte, il s'efforça de retrouver son souffle en se demandant si le tueur l'avait vu entrer ou pas. Des bruits de pas sourds s'approchèrent rapidement puis s'éloignèrent : le tueur était passé sans rien remarquer. Il entendit le porteur hurler, appeler à l'aide ; fort heureusement, il ne semblait pas blessé.

Ben entendit un cri non loin de lui. Une petite femme de chambre à la peau mate, vêtue d'un uniforme bleu clair, était tapie dans un coin.

« Silence ! souffla Ben.

— Qui êtes-vous ? », hoqueta la bonne, terrifiée. Elle parlait anglais avec un fort accent. « Je vous en prie, ne me faites pas de mal !

— Silence, répéta Ben. Baissez-vous. Si vous restez tranquille, il ne vous arrivera rien ! »

En gémissant de terreur, la femme de chambre s'allongea sur la moquette.

« Des allumettes ! s'écria Ben. J'ai besoin d'allumettes !

— Le cendrier ! Je vous en prie – le bureau près de la télévision ! »

Ben les trouva et repéra le détecteur de fumée placé dans le plafond au-dessus de lui. Il monta sur une chaise, craqua une allumette et l'approcha du détecteur. Quelques secondes plus tard, l'alarme incendie se mit à carillonner à l'intérieur de la chambre et dans le corridor – une sorte d'épouvantable hurlement métallique jaillissant par intervalles courts et réguliers. Une vraie cacophonie ! Les clients de l'hôtel se précipitèrent hors de leurs chambres, ce qui engendra un véritable tumulte dans le couloir. Quelques petites secondes plus tard, l'eau se mit à gicler du système d'arrosage installé dans le plafond, détrempant le tapis et le lit. Lorsque Ben ouvrit la porte pour regarder ce qui se passait dehors, la femme de chambre se remit à crier. Dans le couloir régnait un incroyable chaos : les gens couraient, certains s'étaient rassemblés et, d'un air hagard, désignaient telle ou telle direction en s'interpellant, tandis que l'eau continuait de jaillir des douches alignées dans le plafond sur toute la longueur du couloir. Ben sortit en courant de la chambre, se mêla à la foule paniquée et se dirigea vers la cage d'escalier. Il savait, d'après la hauteur du grand escalier qui menait à l'entrée principale de l'hôtel, qu'il devait déboucher sur la rue ou la venelle passant derrière l'hôtel.

La porte ouvrait sur un corridor sombre, chichement éclairé par une applique dont l'ampoule grésillait en tremblotant, mais c'était suffisant pour entrevoir les doubles portes de l'office. Il se rua vers elles, les poussa sans ralentir sa course, et tomba sur l'inévitable entrée de service. Quand il arriva devant, il sentit l'air froid du dehors. Il tourna le lourd verrou d'acier et tira sur le battant massif. Une rampe descendait vers une allée étroite encombrée de poubelles. Il dévala la pente inclinée et s'enfonça dans l'obscurité. Les sirènes des pompiers retentissaient au loin.

Vingt minutes plus tard, il atteignait un grand immeuble moderne surplombant le canal du Danube, de l'autre côté du Stadtpark. Un hôtel américain dépourvu de caractère, faisant partie d'une chaîne internationale. D'un pas résolu, il traversa le hall en direction des ascenseurs, comme n'importe quel client.

Il frappa au 1423.

L'agent spécial Anna Navarro entrouvrit la porte. Elle était démaquillée et avait passé une chemise de nuit de flanelle. Pourtant elle était belle comme le jour.

« Je crois que je suis prêt à coopérer », annonça Ben.

Anna Navarro prit une mignonnette de scotch et une petite bouteille verte d'eau minérale dans le mini-bar de sa chambre puis retira quelques glaçons miniatures du freezer. Elle lui tendit son verre en arborant une expression encore plus sérieuse qu'au poste de police. Sur sa chemise de nuit en flanelle, elle avait passé un peignoir blanc noué à la taille. Le fait de voir débarquer un drôle d'individu dans sa chambre d'hôtel alors qu'on est en tenue de nuit ne contribue sans doute pas à détendre l'atmosphère, se dit Ben.

Ben accepta le verre avec empressement. L'alcool était allongé d'eau. L'agent Navarro n'avait pas l'habitude de boire. Mais, secoué comme il l'était, Ben avait un besoin urgent d'un remontant, et ce verre-ci ferait l'affaire.

Malgré le canapé sur lequel il était assis, la pièce n'était pas conçue pour recevoir des visiteurs. D'abord Anna s'installa en face de lui, sur le bord du lit, puis se rabattit sur une grande bergère qu'elle tira afin de la placer de biais par rapport au canapé.

La baie vitrée ressemblait à un canevas pointilliste sur fond noir. De là-haut, on avait une vue imprenable sur Vienne ; ses néons dessinaient une multitude de lumières clignotant sous le ciel étoilé.

Navarro se pencha en avant, croisa les jambes. Elle ne portait pas de chaussures. Il vit ses pieds fins et délicatement cambrés, ses ongles vernis.

« C'était le même individu, d'après vous ? » Elle avait renoncé à son air revêche.

Ben prit une autre gorgée.

« Sans aucun doute. Je n'oublierai jamais son visage. »

Elle soupira.

« Et moi qui pensais l'avoir blessé. D'après ce que j'ai pu entendre, ce type est incroyablement dangereux. Et ce qu'il a fait à ces quatre policiers – est hallucinant. On aurait dit une machine à tuer. Vous avez eu de la chance. Ou peut-être devrais-je parler de perspicacité – sentant que quelque chose clochait, vous vous êtes servi du chasseur pour désorienter notre ami, ce qui vous a laissé le temps de fuir. Remarquable. »

Il haussa les épaules par modestie mais, en lui-même, il était ravi de ce compliment inattendu.

« Vous savez quelque chose sur ce type ?

— J'ai étudié un dossier sur lui, mais il est incomplet. On pense qu'il vit en Angleterre, probablement à Londres.

— Il est anglais ?

— Il a fait partie des services secrets est-allemands – la Stasi. Leurs agents de terrain comptaient parmi les plus aguerris. Certains de ces hommes étaient des monstres de cruauté. Il semble avoir quitté l'organisation depuis un bon bout de temps.

— Qu'est-ce qu'il fabrique en Angleterre ?

— Qui sait ? Il évite peut-être les autorités allemandes, comme la plupart de ses ex-collègues. Ce que nous ne savons pas, c'est s'il s'agit d'un tueur à gages ou s'il est employé par quelque groupuscule servant divers intérêts.

— Son nom ?

— Vogler, je crois. Hans Vogler. De toute évidence, il est ici pour exécuter une sorte de contrat. »

Une sorte de contrat. *Je suis le prochain sur sa liste.* Ben était abasourdi.

« Vous disiez qu'il pourrait être employé par un groupuscule.

— C'est ce que nous disons toujours quand nous n'avons pas de certitude. » Elle fit la moue. « Vous-même pouvez être employé par un groupuscule, une organisation, et bien sûr, en disant cela, je ne veux pas parler de Hartman Capital Management.

— Vous ne me croyez toujours pas, n'est-ce pas ?

— Eh bien, dites-moi qui vous êtes. Quels sont vraiment vos objectifs ?

— Allons, s'exclama-t-il débonnaire. Ne me faites pas croire que vous n'avez aucun dossier sur moi ! »

Elle lui lança un regard furibond.

« Tout ce que je sais de vous consiste en des faits isolés dépourvus de tout lien logique. A vous en croire, vous étiez à Zurich quand soudain quelqu'un a ressurgi de votre passé pour tenter de vous tuer. Il n'y parvient pas et c'est lui qui meurt. Ensuite le corps disparaît. Je sais encore autre chose : vous êtes entré en Suisse illégalement. Puis on retrouve vos empreintes digitales disséminées à travers la maison d'un banquier suisse nommé Rossignol. Toujours d'après vous, Rossignol était mort quand vous êtes arrivé chez lui. Vous portez une arme, mais vous ne dites pas où – ni pourquoi – vous vous l'êtes procurée. »

Ben écoutait en silence sans chercher à l'interrompre.

« Pourquoi avez-vous tenu à rencontrer ce Lenz, le fils d'un ancien nazi ? »

Ben cligna les yeux, ne sachant pas très bien ce qu'il devait divulguer. Mais sans lui laisser le loisir de répondre, elle se remit à parler.

« Voilà ce que je veux savoir. Quel point commun y a-t-il entre Lenz et Rossignol ? »

Ben vida son verre de scotch.

« Mon frère..., commença-t-il.

— Celui qui est mort il y a quatre ans.

— C'est ce que je croyais. Mais en réalité, il se cachait de certains individus dangereux dont il ne connaissait pas l'identité ; moi-même, à l'heure actuelle, je ne la connais toujours pas. Est-ce un clan formé par des industriels, ou par leurs successeurs, s'agit-il de laquais de la CIA ou de quelque chose de radicalement différent – comment savoir ? Mais apparemment, il avait découvert une liste de noms... »

Les yeux caramel de l'agent Navarro s'agrandirent.

« Quel genre de liste ?

— Le genre ancien. »

Le rouge monta aux joues d'Anna.

« Où s'est-il procuré cette liste ?

— Il est tombé dessus en fouillant dans les archives d'une banque suisse.

— Une banque suisse ?

— Sur cette liste figurent les administrateurs d'une société fondée dans les derniers jours de la Seconde Guerre mondiale.

— Doux Jésus, dit-elle dans un souffle. C'est donc cela. »

Ben sortit de la poche de poitrine de sa veste une feuille de papier crasseuse, pliée en plusieurs morceaux et la lui tendit.

« Désolé, elle est un peu sale. Je l'avais cachée dans ma chaussure. Pour que les gens comme vous ne la trouvent pas. »

Elle lut en fronçant les sourcils.

« Max Hartman, votre père.

— Hélas.

— Vous avait-il parlé de cette corporation ?

— Evidemment non. C'est mon frère qui a découvert par hasard son existence.

— Mais votre père n'est-il pas un survivant de l'Holocauste... ?

— Et maintenant nous arrivons à la question à un million.

— Ne portait-il pas une marque sur le corps... un tatouage ou quelque chose du même genre ?

— Un tatouage ? A Auschwitz, oui. A Dachau, non. »

Elle ne semblait pas l'écouter.

« Mon Dieu, dit-elle. Le lien entre les mystérieux homicides... tous les noms sont ici. » Elle semblait s'adresser à elle-même, pas à Ben.

« Rossignol... Prosperi... Ramago... ils sont tous là. Non, ils ne figurent pas tous sur ma liste. Certains manquent, mais... » Elle leva les yeux. « Qu'espériez-vous apprendre de Rossignol ? »

Où voulait-elle en venir ? « Je pensais qu'il pourrait me dire pourquoi mon frère avait été tué et me donner le nom de son assassin.

— Mais il a subi le même sort avant que vous ne le rencontriez.

— A ce qu'il semble.

— Avez-vous fait des recherches sur la compagnie Sigma, tenté de la localiser, de retracer son histoire ? »

Ben opina du chef.

« Je n'ai abouti à rien. Finalement, elle n'a peut-être jamais existé, si vous voyez ce que je veux dire. » Remarquant son froncement de sourcils, il poursuivit.

« Un simple concept, comme une société-écran.

— Quel genre de société-écran ? »

Ben exprima son ignorance d'un mouvement de tête.

« Je ne sais pas. Un truc monté par les services de renseignements de l'Armée américaine, peut-être. » Il lui parla des inquiétudes de Lenz.

« Je n'y crois guère.

— Pourquoi cela ?

— Je travaille pour le gouvernement, ne l'oubliez pas. Le système bureaucratique est une véritable passoire. Ils n'auraient jamais été capables de combiner une telle série de meurtres sans que cela ne se sache.

— Alors, d'après vous, quel est le lien ? Le lien profond, je veux dire.

— Je ne sais pas ce que je suis en droit de vous révéler.

— Ecoutez, rétorqua Ben d'un ton vif, si nous devons partager les informations – si nous devons nous entraider – vous ne pouvez pas rester en retrait. Vous devez me faire confiance. »

Elle hocha la tête, puis sembla prendre une décision.

« Eh bien voilà, ces gens ne sont pas, ou n'étaient pas, des gagne-petits, croyez-moi, aucun d'entre eux. Ils étaient tous extrêmement riches et vivaient sur un grand pied, enfin presque. Le seul à mener une existence modeste, à ce que j'ai pu constater, avait quand même un énorme magot à la banque. » Elle dépeignit à grands traits les événements ayant jalonné son enquête.

« Vous disiez que l'un d'entre eux travaillait pour Charles Highsmith, non ? C'est comme si on reconstituait la pyramide, avec les géants au sommet puis les types qui travaillent pour eux, leurs fidèles lieutenants et ainsi de suite. Et aux alentours de 1945, Allen Dulles se charge de les faire surveiller, parce qu'ils s'entendent trop bien et que Dulles n'aime pas que ses petits copains s'amusent dans son dos.

— Ce qui laisse en suspens la question la plus importante. Quel est ce jeu ? Pourquoi Sigma a-t-elle été créée ? Dans quel but ?

— L'explication est peut-être toute simple, dit Ben. Dans les années 1944, 1945, quelques nababs s'associent pour puiser dans les caisses du Troisième Reich. Ils se partagent le butin et de riches ils deviennent extrêmement riches. Ils ont dû se dire qu'ils récupéraient leur mise ; c'est comme cela que raisonnent les hommes dans leur genre. »

Elle avait l'air perplexe.

« OK, mais ici, il y a un truc qui cloche. Vous avez là des gens qui, jusqu'à leur mort, c'est-à-dire jusqu'à ces derniers jours, recevaient des sommes importantes sous forme de virements effectués sur leurs comptes en banque. Les montants allaient d'un quart à un demi-million de dollars.

— Des virements provenant d'où ?

— Du blanchiment. Nous ne connaissons pas l'origine de cet argent ; nous avons seulement localisé les derniers maillons de la chaîne – des endroits comme les Îles Caïmans, Turks et Caicos.

— Des paradis fiscaux, commenta Ben.

— Précisément. Au-delà, il est impossible d'obtenir la moindre information.

— Il existe des moyens, dit Ben. Il faut simplement s'adresser aux bonnes personnes. Et ne pas craindre de contourner légèrement la loi. Graisser quelques pattes.

— Il n'est pas question de contourner la loi. » L'agent Navarro prononça ces paroles avec une fierté frisant le dédain.

« Alors ne vous étonnez pas de vous retrouver le bec dans l'eau. »

Elle semblait sidérée, comme s'il l'avait giflée. Puis elle se mit à rire.

« Que savez-vous du blanchiment de fonds ?

— Moi rien, si tel est le sens de votre question, mais ma compagnie possède un département offshore chargé de gérer certains capitaux – pour leur éviter les taxes, les règlements nationaux, tout le tintouin. J'ai aussi des clients qui sont passés maîtres dans l'art de dissimuler leurs capitaux aux yeux des personnes dans votre genre. Je connais des gens capables d'obtenir des renseignements sur les banques offshore. C'est leur spécialité. Ça coûte une fortune mais ils vous dégotent des informations financières n'importe où dans le monde, grâce à leur réseau de relations. Ils savent à qui s'adresser. »

Au bout de quelques secondes, elle proposa : « Que diriez-vous si je vous offrais de travailler avec moi sur cette affaire ? De manière informelle, bien sûr. »

Surpris, Ben s'enquit : « Et en quoi cela consisterait-il exactement ?

— Un échange d'informations. Nos objectifs se recoupent. Vous voulez savoir qui a tué votre frère et pourquoi. Je veux savoir qui a tué ces vieillards. »

Est-elle fiable ? se demanda-t-il. Ou était-ce une ruse ? Que cherchait-elle en réalité ?

« Pensez-vous que les meurtriers, ceux qui ont tué mon frère et les hommes de votre liste, fassent partie de la même organisation ?

— J'en suis convaincue à présent. Les pièces d'un même puzzle, la même mosaïque.

— Qu'est-ce que j'y gagne ? » Il la regarda avec impudence puis adoucit son expression d'un sourire.

« Rien d'officiel, je vous le dis carrément. Peut-être une petite protection. Regardez les choses en face – ils ont déjà tenté de vous tuer plus d'une fois. Combien de temps votre chance durera-t-elle ?

— Et si je reste près de vous, je ne risquerai plus rien ?

— Les risques seront moindres, sans doute. Vous avez une meilleure idée ? Je ne vous ai pas obligé à venir ici, après tout. De toute façon, les flics vous ont pris votre arme, pas vrai ? »

Exact.

« Je suis sûr que vous comprenez mes réticences – n'oubliez pas, il n'y a pas très longtemps encore vous rêviez de m'expédier derrière les barreaux.

— Ecoutez, vous êtes libre de regagner votre hôtel. Passez une bonne nuit.

— Bon, je me rends. Votre offre me paraît généreuse. Je serais peut-être stupide de la repousser. Je... je ne sais pas.

— Eh bien, la nuit porte conseil...

— En parlant de nuit... »

Les yeux d'Anna balayèrent l'espace qui les entourait.

« Je...

— Je vais appeler l'accueil pour qu'ils me trouvent une chambre.

— Je doute qu'ils vous en donnent une. Il se tient une conférence en ville et l'hôtel est complet. J'ai réussi à obtenir la dernière disponible. Pourquoi ne dormiriez-vous pas sur le canapé ? »

Il lui lança un bref coup d'œil. L'agent spécial Navarro venait-elle de l'inviter à passer la nuit dans sa chambre ? Non. Il se faisait des illusions. Son comportement envers lui, toutes ses attitudes ne laissaient planer aucun doute : elle l'avait invité à se cacher dans sa chambre, pas dans son lit.

« Merci, dit-il.

— Il y a juste un problème : le canapé est un peu petit, peut-être un poil trop court pour vous.

— J'ai connu pire, croyez-moi. »

Elle se leva et s'avança vers un placard où elle prit une couverture qu'elle lui tendit.

« Je peux demander au service d'étage de vous apporter une brosse à dents. Demain matin, il nous faudra récupérer vos vêtements et vos bagages à votre hôtel.

— Je ne prévois pas d'y retourner.

— C'est sûr, ce ne serait pas une bonne idée. Je m'arrangerai. »

Comme si elle venait de s'apercevoir qu'elle se tenait un peu trop près de lui, elle recula maladroitement d'un pas.

« Bon, je vais aller me coucher », dit-elle.

Une pensée lui traversa soudain l'esprit, une idée qui le taraudait depuis le moment où il avait quitté la villa de Lenz.

« Jakob Sonnenfeld, le vieux chasseur de nazis, réside bien dans cette ville, n'est-ce pas ? »

Elle se tourna vers lui.

« Il me semble que oui.

— J'ai lu récemment que, malgré son grand âge, il n'avait rien perdu de sa sagacité. En plus, il est censé posséder des dossiers complets. Je me demande...

— Vous pensez qu'il acceptera de vous recevoir ?

— Cela vaut le coup d'essayer.

— Eh bien, soyez prudent si vous y allez. Prenez vos précautions. Ne laissez personne vous suivre. Ne le mettez pas en danger.

« — Bon, je respecterai tous les conseils que vous voudrez bien me donner. »

Tandis qu'elle se préparait pour la nuit, il appela Bedford sur son téléphone digital.

Mrs. Walsh répondit. Elle semblait en proie à la plus grande agitation.

« Non, Benjamin, il n'a donné aucune nouvelle. Pas un mot ! Il a disparu sans laisser de trace. J'ai... eh bien, j'ai alerté la police. Je suis folle d'inquiétude ! »

Ben sentit monter une sourde migraine : la tension revenait, après s'être calmée un certain temps. Décontenancé, il marmonna quelques paroles creuses juste pour la rassurer, coupa la communication, enleva sa veste et la posa sur le dossier de la chaise de bureau. Puis, toujours vêtu de son pantalon et de sa chemise, il s'allongea sur le canapé et rabattit la couverture.

Qu'est-ce que cela signifiait ? Pourquoi son père avait-il disparu sans prévenir ? Il était monté dans cette limousine de son propre gré ; ce n'était pas un enlèvement. Il devait connaître sa destination.

Où allait-il ?

Il se retourna pour s'installer plus confortablement, mais Navarro avait raison, ce canapé était trop petit pour lui. Il la vit assise dans son lit, à parcourir un dossier sous la lumière de la lampe de chevet. Le halo lumineux faisait briller ses yeux bruns.

« C'était au sujet de votre père ? demanda-t-elle. Je suis navrée, je sais que je n'aurais pas dû écouter, mais...

— Aucune importance. Eh bien oui, mon père a disparu voilà quelques jours. Il est parti pour l'aéroport à bord d'une limousine et depuis il ne s'est plus manifesté. »

Elle posa son dossier et se redressa.

« Il s'agit peut-être d'un enlèvement. Ça regarde les fédéraux. »

Il avala péniblement sa salive. Il avait la bouche sèche. Et si on l'avait kidnappé, tout compte fait !

« Dites-moi tout », lança-t-elle.

Quelques heures plus tard, la sonnerie du téléphone retentit, les tirant du sommeil.

Anna décrocha.

« Oui ?

— Anna Navarro ?

— Oui, qui est à l'appareil ?

— Anna, c'est Phil Ostrow, de l'ambassade américaine à Vienne. J'espère que je ne vous dérange pas. » Il avait l'accent du Midwest et prononçait les voyelles comme les gens de Chicago.

« J'étais couchée, répondit-elle sèchement. Que puis-je faire pour vous ? » Qu'est-ce qu'il leur prenait, au Département d'Etat, d'appeler à minuit ?

« Je... eh bien, c'est Jack Hampton qui m'a suggéré d'appeler. » Il fit une pause pour qu'elle prenne bien toute la mesure de ce qu'il venait de dire.

Hampton dirigeait des missions pour la CIA. Il lui avait été d'un très grand secours, lors d'une enquête précédente. Un brave homme, aussi franc et loyal qu'on pouvait l'être dans un microcosme où ces qualités n'avaient pas droit de cité. Elle se rappela les paroles de Bartlett au sujet du « bois tordu de l'humanité ». Mais Hampton n'était pas de ce bois-là.

« Je détiens quelques informations au sujet de l'affaire sur laquelle vous travaillez.

— Quel est votre... Qui êtes-vous ? Si je ne suis pas trop indiscrète.

— Je préférerais ne pas entrer dans ce genre de détail au téléphone. Je suis un collègue de Jack. »

Elle savait ce que cela signifiait : la CIA. La « Hampton connection ».

« Quelles sont ces informations, à moins que vous préfériez ne pas entrer dans ce genre de détails-là non plus ?

— Disons seulement que c'est important. Pouvez-vous passer à mon bureau demain matin ? 7 heures, c'est trop tôt pour vous ? » Que pouvait-il y avoir de si urgent ? se demanda-t-elle.

« Vous commencez de bonne heure, on dirait ? Ouais, je pense que je peux m'arranger.

— Très bien... alors à demain matin. Vous êtes déjà venue ?

— A l'ambassade ?

— Vous voyez la section consulaire. C'est de l'autre côté de la rue. »

Il lui indiqua la route à prendre. Elle raccrocha, interloquée. A l'autre bout de la chambre, Ben s'enquit : « Tout va bien ?

— Mouais, répondit-elle sans conviction. Tout va bien.

— Nous ne pouvons pas rester ici.

— Exact. Demain nous déménageons tous les deux.

— Vous semblez inquiète, agent Navarro.

— Je ne cesse d'être inquiète, répliqua-t-elle. Ma vie n'est qu'inquiétude. Au fait, appelez-moi Anna.

— Moi, je ne suis pas du genre inquiet, dit-il. Bonne nuit, Anna. »

CHAPITRE 28

C E fut le bruit d'un sèche-cheveux qui réveilla Ben; émergeant de sa torpeur, il se rendit compte qu'il se trouvait dans une chambre d'hôtel à Vienne et qu'après une nuit passée sur le canapé, son dos le faisait souffrir.

Il pencha la tête en avant et entendit ses vertèbres craquer. Son cou retrouva un peu de sa souplesse.

Lorsque la porte de la salle de bains s'ouvrit, la lumière se répandit dans la chambre. Anna Navarro apparut, maquillée et vêtue d'un tailleur de tweed marron un peu démodé mais qui ne lui allait pas trop mal.

« Je serai de retour dans une heure ou deux, fit-elle sèchement. Rendormez-vous. »

Comme Ostrow le lui avait indiqué, en face de la section consulaire de l'ambassade américaine, se dressait un immeuble de bureaux moderne et triste. Dans le hall, un panonceau annonçait la liste des divers services américains et autrichiens installés dans les locaux. Le Bureau du Représentant du Commerce américain – la couverture de l'antenne de la CIA à Vienne – se trouvait au dixième étage. Ces émanations des agences sur lesquelles elle enquêtait étaient loin d'être inhabituelles; elles constituaient parfois ses meilleures pistes.

Anna pénétra dans un hall de réception tout ce qu'il y avait de plus banal. Sous la Grande Aigle des Etats-Unis, la jeune femme installée derrière un bureau venant des stocks du gouvernement répondait au téléphone tout en tapant sur le clavier d'un ordinateur. Elle ne leva pas les yeux. Anna se présenta, l'hôtesse pressa sur un bouton et l'annonça.

Moins d'une minute plus tard, un homme pâle comme un bureaucrate condamné à perpétuité apparut, l'air affairé. Ses joues creuses étaient couvertes de cicatrices d'acné, ses cheveux auburn grisonnaient. Il posa sur elle ses petits yeux gris cachés derrière de grosses lunettes cerclées de métal.

« Miss Navarro ? lança-t-il en lui serrant vigoureusement la main. Je suis Phil Ostrow. »

La réceptionniste ouvrit à distance la porte par laquelle Ostrow avait surgi. Ce dernier conduisit Anna jusqu'à une petite salle de conférence où un bel homme mince et bronzé était assis à une table en Formica imitation bois. Il avait des cheveux poivre et sel coupés en brosse et des yeux bruns frangés de longs cils noirs. La trentaine bien sonnée, il devait être originaire d'un pays du Proche-Orient. Ostrow et Anna s'installèrent de chaque côté de lui.

« Yossi, je vous présente Anna Navarro. Anna, voilà Yossi. »

Impossible de déterminer si les profondes rides d'expression entourant les yeux de Yossi étaient dues au soleil ou bien aux tourments d'une vie trop stressante. Son menton carré était partagé par une fossette. Paradoxalement, il y avait presque quelque chose de joli dans ce visage de baroudeur, buriné et mal rasé.

« Enchantée de faire votre connaissance, Yossi », lança-t-elle.

Elle hocha la tête avec une certaine réserve, sans sourire ; il fit de même et ne lui tendit pas la main.

« Yossi est agent secret – cela ne vous ennuie pas si je lui raconte tout cela, n'est-ce pas, Yossi ? s'enquit Ostrow. Il exerce ici à Vienne sous une excellente couverture commerciale. Une combine impeccable. Il a quitté Israël à la fin de son adolescence pour émigrer aux Etats-Unis. Tout le monde le croit israélien – ce qui signifie qu'à chaque fois qu'il fait une bêtise, c'est quelqu'un d'autre qui en subit les conséquences. » Ostrow gloussa.

« Ostrow, ça suffit, arrête », dit Yossi. Sa voix bourrue avait les riches tonalités du baryton et son anglais était ponctué de R gutturaux dus à son accent hébreu.

« A présent, nous sommes sur la même longueur d'onde : au cours des dernières semaines, plusieurs hommes ont été retrouvés morts dans des pays différents. Vous enquêtez sur ces disparitions. Vous savez qu'il s'agit de meurtres, mais pas qui se cache derrière. »

Anna le contempla d'un air las.

« Vous avez interrogé Benjamin Hartman au *Sicherheitsbüro*. Et depuis vous êtes restée en contact étroit avec lui. C'est bien cela ?

— Où voulez-vous en venir ? »

Ostrow prit la parole.

« Nous sommes en train de former une requête officielle inter-agences afin que vous nous remettiez Hartman.

— Que diable... ?

— Vous jouez dans la cour des grands, ici, madame. » Ostrow lui retourna calmement son regard.

« Je ne vous suis pas.

— Hartman représente un risque pour la sécurité. Un bigame, vous pigez ? »

Anna connaissait ce terme tiré du jargon usité à l'Agence – il désignait les agents doubles, les Américains recrutés par des parties adverses.

« Je ne comprends pas. Insinuez-vous que Hartman serait l'un des vôtres ? » C'était pure folie. Ou bien... Pourtant cette nouvelle donnée avait le mérite d'éclaircir certains faits insolites qui l'avaient intriguée. Par exemple, comment s'y était-il pris pour voyager à travers l'Europe au nez et à la barbe de la police des frontières ? En outre, sa couverture de financier international lui donnait des multitudes d'introductions. L'héritier en titre d'une firme réputée – jamais aucune fable n'apparaîtrait plus crédible.

Yossi et Ostrow échangèrent des coups d'œil.

« Non, pas exactement.

— Ah bon ? Alors avec qui est-il ?

— D'après nos théories, il travaillait sous contrat pour un membre de notre équipe qui, lui, exerçait en indépendant, dirons-nous. Il pourrait s'agir d'un agent infiltré.

— Et c'est pour me parler de vos théories que vous m'avez fait venir ?

— Il faut qu'il rentre aux Etats-Unis, nous en avons besoin. Essayez de comprendre, agent Navarro. Vous ne savez vraiment pas à qui vous avez affaire.

— J'ai affaire à un homme plongé dans la plus grande confusion, à cause d'un certain nombre d'événements. Un homme qui est encore sous le choc de la mort de son frère jumeau – assassiné, croit-il.

— Nous savons tout cela. Il ne vous est pas venu à l'esprit qu'il aurait pu le tuer ?

— Vous plaisantez. » Cette accusation était inconcevable, affreuse ; devait-on y ajouter foi ?

« Que savez-vous réellement au sujet de Benjamin Hartman ? demanda Ostrow d'un ton irrité. Je vais vous poser une autre question. A votre avis, comment les personnes figurant sur votre liste ont-elles commencé à devenir des cibles ? Les renseignements ne sont pas gratuits, agent Navarro. Les renseignements suivent le cours du dollar et quelqu'un comme Benjamin Hartman a les moyens de se les offrir. »

Graisser quelques pattes : les paroles mêmes de Hartman.

« Mais pourquoi ? Quel est son programme ?

— Nous ne le découvrirons pas tant qu'il se donnera du bon temps en Europe, pas vrai ? » Ostrow fit une pause.

« Yossi a entendu certaines choses de la bouche de ses anciens compatriotes. Le Mossad lui aussi, possède des agents dans cette ville. Il y a une connexion possible avec vos victimes.

— Un groupe dissident ? demanda-t-elle. A moins que vous ne soyez en train de parler du Kidon ? » Elle évoquait l'unité du Mossad chargée des basses œuvres.

« Non. Rien d'officiel. C'est une affaire privée.

— Impliquant des agents du Mossad ?

— Et les quelques indépendants qui travaillent pour eux. Mais ces meurtres ne portent pas leur signature.

— Je vous en prie », dit Yossi. Une moue méprisante plissa son visage. « Ne soyez pas naïve. Vous pensez que mes compatriotes ont l'habitude de laisser leurs cartes de visite ? Quand ils veulent être crédités, d'accord. Allons !

— Alors ils ne veulent pas être crédités.

— Bien sûr que non. Cette affaire est trop délicate. Dans le climat actuel, il n'en faudrait pas davantage pour mettre le feu aux poudres. Israël ne veut pas être mis en cause.

— Alors pour qui travaillent-ils ? »

Yossi lança un coup d'œil à Ostrow, puis revint à Anna. Il haussa les épaules.

« Pas pour le Mossad, si c'est ce que vous voulez savoir.

— Quand le Mossad ordonne un assassinat, il doit respecter la procédure officielle. Il existe un système interne, une "liste d'exécution", que le Premier ministre doit corroborer. S'il ne paraphe pas chaque nom sur la liste, ça ne sert à rien. Or il arrive que les gens du Mossad et du Shin Bet soient obligés de se passer de l'approbation du sommet. Voilà pourquoi je vous dis qu'il ne s'agit pas d'une sanction autorisée.

— Je vous repose donc la question. Pour qui travaillent-ils ? »

De nouveau, Yossi observa Ostrow, mais cette fois-ci, avec un regard de connivence.

« Tout cela reste entre nous, n'est-ce pas ? », reprit Ostrow.

Elle avait la chair de poule. Abasourdie, elle murmura : « Vous me menez en bateau.

— Ecoutez, l'Agence ne se salira pas les mains, dit Ostrow. Plus jamais. Au bon vieux temps, nous n'hésitions pas à liquider tel ou tel dictateur fantoche qui nous paraissait s'engager sur la mauvaise pente. Aujourd'hui, nous avons des directives présidentielles, le Congrès nomme des comités de supervision et on a coupé les couilles aux directeurs de la CIA. On tremble rien qu'à l'idée qu'un ressortissant étranger puisse attraper un rhume de cerveau à cause de nous. »

On frappa à la porte. Un jeune homme passa la tête dans l'embrasure.

« Langley sur la trois, Phil, informa-t-il.

— Dis-leur que je ne suis pas encore rentré ». La porte se referma et Ostrow leva les yeux au ciel.

« Laissez-moi réfléchir deux secondes, dit Anna à l'intention d'Ostrow. Vos gars ont transmis des renseignements à des types du Mossad travaillant en free-lance ?

— Quelqu'un l'a fait. C'est tout ce que je sais. Selon la rumeur, Ben Hartman aurait servi d'intermédiaire.

— Vous avez une preuve irréfutable ?

— Yossi est tombé sur certains détails révélateurs, répondit tranquillement Ostrow. Il m'a décrit assez de "filigranes", de procédures "d'hygiène publique", les marquages interoffice, pour que je me fasse mon opinion. Toute cette histoire vient en droite ligne de la CIA. Je parle de la merde qu'on ne peut maquiller, les marques et les glyphes qui circulent tous les jours. »

Pour Anna, c'était clair comme de l'eau de roche : Yossi lui-même avait dû travailler pour les Etats-Unis en tant qu'agent infiltré, un élément ultra-secret, chargé d'espionner le Mossad pour le compte de la CIA. Elle eut envie de s'adresser directement à lui mais y renonça, par pur respect de la déontologie.

« Qui serait en cause, à Langley ? demanda-t-elle.

— Je vous l'ai dit, je ne sais pas.

— Vous ne savez pas ou vous ne voulez pas me le dire ? »

Amusé par cette joute opposant deux Américains, Yossi sourit pour la première fois. D'un sourire éblouissant.

« Vous ne me connaissez pas, ajouta Ostrow. Mais les gens qui me connaissent savent que je suis impitoyable. Quand quelqu'un ne me revient pas, je finis toujours par le baiser. Si j'avais le nom de ce type, je vous l'offrirais sur un plateau rien que pour le plaisir. »

Sa sortie sonnait juste : n'importe quel individu confronté aux querelles intestines de l'Agence aurait répondu de la même façon. Mais elle se garda bien de lui laisser voir qu'il l'avait convaincue.

« Quel serait le mobile, en l'occurrence ? Vous pensez que la CIA abrite des fanatiques ? »

Il secoua la tête.

« Mes collègues ne sont fanatiques de rien, hormis des congés payés.

— Alors quoi ? Quel serait le mobile ?

— Vous voulez savoir ce que je pense ? Laissez-moi vous dire un truc. » Ostrow ôta ses lunettes et entreprit de les essuyer avec sa chemise.

« Imaginez une bande d'escrocs et de capitalistes, du menu fretin travaillant pour des gros poissons. Quand leur liste tombe entre les mains de la CIA et des nazis, juste après la guerre, on s'empresse d'enterrer les cadavres. Ma théorie ? Quelqu'un de haut placé, je veux dire de très haut placé, a dû constater que quelques noms datant de Mathusalem étaient sur le point d'être exhumés.

— Ce qui signifie ? »

Il remit ses lunettes.

« Les noms de ces vieillards n'avaient guère d'intérêt, c'était de l'histoire ancienne. Des gars qui, pour la plupart, se sont évanouis dans les brumes de l'histoire, OK ? Soudain une liste surgit et devinez quoi ? Elle comporte les noms d'anciens responsables de l'Agence, des types qui ont trempé dans cette merde. On peut imaginer certains petits arrangements financiers, permettant de manger à tous les râteliers. Je vous en fiche mon billet, les vieux schnocks vont se mettre à couiner comme des cochons qu'on mène à l'abattoir. Alors à qui fera-t-on appel ? Eh bien, aux fanatiques israéliens. Clair et net. On réveille les vieux fantômes de la Seconde Guerre mondiale, on agite certaines vengeances inexplicables. Comme ça les vieux croûtons sauvent leurs culs – et tout le monde est content. »

Ouais, pensa-t-elle, écœurée. *Tout le monde est content.*

« Ecoutez-moi. Nos intérêts convergent. Vous tentez d'élucider une série d'homicides. Nous tentons d'élucider une série d'atteintes à la sécurité. Mais nous n'arriverons à rien sans Ben Hartman. Je ne vais pas vous écraser sous toutes les présomptions que nous formons. Il y a pas mal de chances pour que ses employeurs soient justement ceux qui le pourchassent. Quand ils commencent à nettoyer, ils ne savent pas s'arrêter – c'est bien le problème avec eux. »

Nettoyer : c'était peut-être ce qu'elle était en train de faire elle-même ?

Ostrow sembla répondre à l'hésitation qui se peignait sur son visage.

« Nous avons simplement besoin de démêler le vrai du faux.

— Vous avez la paperasse ? » demanda Anna.

D'un doigt nerveux, Ostrow tapota un document agrafé. Le titre imprimé en lettres capitales disait : TRANSFERT SOUS BONNE GARDE D'UN CITOYEN AMERICAIN.

« Oui, je l'ai. A présent, je n'ai plus besoin que du bonhomme. Jack Hampton a dit que vous comprendriez.

— Qu'avez-vous imaginé pour la livraison ?

— Ecoutez, l'extraterritorialité est une question délicate, ici...

— Ce qui veut dire que vous ne voulez pas que je vous l'amène.

— Vous avez bien compris. Mais nous pouvons passer chercher le paquet. Vous lui mettez les menottes et à votre signal on arrive avec la cavalerie. En plus, ça vous permettra de garder les mains propres. Donnez-nous l'heure et l'endroit, de préférence un lieu assez discret, et...

— Et nous nous occuperons du reste. » Yossi avait retrouvé son air sombre.

« Vous êtes de vrais cow-boys, pas vrai ? s'exclama Anna.

— Des cow-boys à cheval sur des sièges éjectables, pour la plupart d'entre nous, répondit Ostrow avec une ironie désabusée. Mais, une chose est sûre : nous sommes encore capables d'exécuter une exfiltration quand c'est nécessaire. Personne ne sera blessé. Une extraction claire et nette – du travail de chirurgien.

— La chirurgie, ça fait mal.

— Ne vous prenez pas la tête avec ça. C'est la seule chose à faire. En plus, comme ça, nous aurons tous rempli notre mission.

— Vous pensez à tout, dit Anna en grimaçant.

— J'ai aussi pensé à cela. » Ostrow sortit une feuille de papier où étaient inscrits les horaires des vols sans escale partant de Vienne pour l'aéroport international Dulles de Washington et l'aéroport Kennedy à New York.

« Ce qui compte le plus, c'est le temps. »

Dans un bureau sombre, au premier étage d'un immeuble de Wallnerstrasse, le corpulent *Berufsdetektiv* Hans Hoffman reposa brutalement le combiné et poussa un juron. Il était 10 heures du matin et cela faisait quatre fois qu'il appelait l'Américain à son hôtel sans parvenir à le joindre. Déjà la nuit précédente, le message qu'il avait laissé était resté sans réponse. L'hôtel ne disposait d'aucun autre numéro de téléphone où joindre Hartman et personne n'avait voulu lui dire s'il avait ou non passé la nuit dans sa chambre.

Or le détective privé avait besoin de le contacter immédiatement.

C'était urgent. Il avait mal orienté l'Américain, l'avait lancé sur une piste dangereuse. Quoi que les gens disent de lui par ailleurs, Hans Hoffman passait à juste titre pour un homme scrupuleux. Il fallait qu'il parle à Hartman avant que ce dernier ne se rende chez Jürgen Lenz. C'était une question de la plus haute importance.

En effet, ce que le détective avait découvert la veille en fin d'après-midi était rien moins que sensationnel. Les enquêtes de routine qu'il avait menées au sujet de Jürgen Lenz avaient donné des résultats fort inattendus.

Le Dr Lenz ne pratiquait plus la médecine ; Hoffman avait voulu savoir pourquoi. A cette fin, il avait demandé copie du diplôme de Lenz auprès de *l'Arztekammer*, les archives regroupant les diplômes d'Etat de tous les médecins autrichiens.

Il n'y en avait aucun au nom de Jürgen Lenz.

Il n'y en avait jamais eu.

Hoffman s'était interrogé. Comment était-ce possible ? Lenz mentait-il ? N'avait-il jamais pratiqué la médecine ?

D'après la biographie officielle de Lenz, généreusement distribuée par les bureaux de la Fondation Lenz, il était soi-disant diplômé de la faculté de médecine d'Innsbruck. Hoffman vérifia donc auprès d'eux.

Jürgen Lenz n'avait jamais mis les pieds à la faculté d'Innsbruck.

Ensuite, poussé par une insatiable curiosité, Hoffman s'était rendu à l'Université de Vienne, où sont conservés les registres des examens menant à l'obtention du diplôme de médecin, et ce pour tous les praticiens autrichiens.

Rien.

Hans Hoffman avait fourni à son client le nom et l'adresse d'un homme à la biographie falsifiée. Décidément, quelque chose ne tournait pas rond.

Hoffman avait étudié de près les notes emmagasinées dans la mémoire de son ordinateur portable, s'efforçant d'y trouver un sens, tâchant d'assembler les faits d'une autre manière.

A présent, toujours devant son écran, il passait en revue la liste des dossiers qu'il avait déjà examinés. Peut-être en avait-il laissé passer un, ce qui pourrait expliquer cette étrange situation.

Une forte sonnerie le fit sursauter. Quelqu'un avait appuyé sur le bouton de l'interphone, à la porte de l'immeuble. Il se leva et se dirigea vers le combiné fixé au mur.

« Oui ?

— Je cherche Mr. Hoffman.

— Oui ?

— Je m'appelle Leitner. Je n'ai pas rendez-vous, mais je souhaiterais m'entretenir avec lui d'une affaire importante.

— Quel genre d'affaire ? », demanda Hoffman. Pourvu que ce ne soit pas un représentant, songea-t-il.

« Le genre confidentiel. J'ai besoin de son aide.

— Montez, c'est au premier. » Hoffman appuya sur le bouton qui déverrouillait électroniquement la porte d'entrée.

Il sauvegarda le dossier Lenz, referma son ordinateur et ouvrit la porte de son bureau.

Un homme vêtu d'une veste de cuir noir, avec des cheveux gris acier, un bouc et une boucle à l'oreille gauche, se tenait sur le seuil.

« Mr. Hoffman ?

— Oui ? » Hoffman le jaugea comme il le faisait avec tous ses clients potentiels, pour tenter d'évaluer combien d'argent le gars pouvait se permettre de dépenser. Le visage de l'homme était lisse, sans rides, sa peau presque tendue sur ses hautes pommettes. Malgré ses cheveux gris, il n'avait certainement pas plus de quarante ans. C'était un spécimen impressionnant et pourtant ses traits n'avaient rien d'extraordinaire. On remarquait surtout ses yeux gris, dépourvus d'expression. Un homme austère.

« Entrez donc, dit Hoffman sur un ton cordial. Alors, que puis-je faire pour vous ? »

Il n'était que 9 heures du matin lorsque Anna regagna son hôtel.

Comme elle insérait sa carte électronique dans la fente prévue à cet effet, au-dessus de la poignée de la porte, elle entendit un bruit d'eau. Elle entra vivement, suspendit son manteau dans le placard du vestibule et pénétra dans la chambre. Elle avait une grave décision à prendre : il faudrait qu'elle se fie à son intuition, elle le savait.

Elle entendit Ben fermer le robinet de la douche puis il apparut à la porte de la salle de bains. De toute évidence, il ne l'avait pas entendue arriver.

Il était encore trempé, une serviette de bain passée autour de ses hanches, son corps musclé admirablement sculpté. Autrefois ce genre de physique était le propre des travailleurs de force, aujourd'hui il était l'apanage des jeunes gens de la classe privilégiée – la pratique intensive du sport, un professeur particulier. D'un regard inquisiteur, elle passa en revue tous les signes distinctifs de l'athlète – les abdominaux saillants, les pectoraux comme deux boucliers jumeaux, les biceps gonflés. L'eau perlait sur sa peau cuivrée. Il avait enlevé le pansement qui recouvrait sa blessure et l'on voyait une petite tache rouge vif sur son épaule.

« Vous êtes rentrée, dit-il, s'apercevant enfin de sa présence. Quoi de neuf ?

— Laissez-moi jeter un coup d'œil à cette épaule », ordonna-t-elle. Il s'avança vers elle. L'intérêt qu'elle éprouvait pour lui était-il purement professionnel ? Le léger pincement qu'elle ressentit au creux de l'estomac lui indiqua que cette réflexion n'était pas anodine.

« La blessure est presque cicatrisée », articula-t-elle. Elle passa un doigt léger autour de la zone rougie.

« Vous n'avez pas vraiment besoin de pansement. Une fine couche de Bacitracine, peut-être. J'ai une trousse de secours dans mes bagages. »

Elle alla la chercher. Quand elle revint, il avait passé un boxer-short mais pas de chemise.

« Hier, vous disiez quelque chose à propos de la CIA, fit-elle en se débattant avec le tube de pommade.

— Je me trompe peut-être, je n'en sais pas plus, dit-il. Lenz formait des soupçons. Mais je ne peux me résoudre à le croire. »

Mentait-il ? Lui avait-il raconté des histoires, la nuit dernière ? La chose paraissait incroyable. Son instinct, toute son intuition, lui dictait de le croire. Dans sa voix, elle ne décelait aucune bravade, aucune tension – signes révélateurs de la duplicité.

Elle lui massa l'épaule avec la pommade antiseptique, son visage tout près du sien. Il sentait le savon et le shampooing à la pomme verte fournis par l'hôtel, plus quelque chose d'autre, un parfum qui lui rappelait vaguement l'odeur de la terre. L'odeur de l'homme. Elle inspira calmement, profondément, puis, soudain assaillie par une tempête d'émotions, s'éloigna de lui.

Ses facultés de jugement, son esprit critique seraient-ils perturbés par certains sentiments inopportuns ? Dans sa situation, et surtout dans les circonstances présentes, elle ne pouvait se permettre le moindre écart.

D'un autre côté, les officiers de la CIA avaient peut-être été mal informés. De qui tenaient-ils leurs sources ? Aucun enquêteur n'était infaillible. Elle connaissait aussi bien que quiconque les faiblesses du système. Et si jamais la CIA était impliquée, serait-il sage de leur livrer Ben ? Il y avait trop d'incertitude dans le monde qui l'entourait : elle devait se fier à son instinct, ou elle était perdue.

Elle composa le numéro de Walter Heisler.

« Je vais vous demander une faveur, dit-elle. J'ai appelé l'hôtel de Hartman. Il semble être parti sans régler sa note. Il y a eu une fusillade. Evidemment il a laissé ses bagages là-bas. Je veux inspecter ses valises sans avoir à me presser.

— Eh bien, voyez-vous, à partir du moment où une enquête est ouverte, les bagages sont à nous.

— L'enquête est ouverte ?

— Non, pas encore, mais...

— Alors pouvez-vous m'accorder une immense faveur ? Me faire porter les bagages ici, à mon hôtel.

— Eh bien, je suppose qu'on peut arranger cela, marmonna Heisler d'une voix maussade. Bien que ce ne soit... guère orthodoxe.

— Merci, Walter », répondit-elle chaleureusement, avant de raccrocher.

Ben s'avança vers elle d'un pas nonchalant. Il ne portait toujours que son boxer-short.

« Ça, c'est ce que j'appelle une affaire rondement menée », dit-il avec un grand sourire.

Elle lui tendit un maillot de corps.

« Il fait un peu frisquet dehors », dit-elle, la gorge sèche.

Ben Hartman sortit de l'hôtel en regardant autour de lui avec nervosité. Douché, rasé, il se sentait assez présentable, bien qu'il portât encore les vêtements fripés dans lesquels il avait dormi. Il enfila la grande avenue encombrée et traversa la pelouse du Stadtpark. Dans ce vaste espace découvert, il se sentait vulnérable, exposé à tous les regards. Puis il tourna à droite et se dirigea vers le premier district.

Il avait passé la dernière demi-heure au téléphone. D'abord il avait réveillé un contact basé aux Îles Caïmans. L'ami d'un ami qui dirigeait un bureau d'« enquêtes » censé prospecter pour le compte d'entreprises multinationales désireuses de louer des terrains. En réalité, cette petite société consacrait l'essentiel de ses activités aux individus fortunés ou aux multinationales qui, de temps à autre, avaient besoin de pénétrer le secret des banques du secteur.

O'Connor Security Investigations, firme hautement confidentielle, avait été fondée par un immigré irlandais, un ancien officier de gendarmerie répondant au nom de Fergus O'Connor. Il était venu aux Caïmans pour travailler comme vigile dans une banque britannique et y était resté. Gravissant les échelons, il s'était retrouvé officier de sécurité, puis chef de service. Le jour où il avait compris que son réseau de relations et son expérience possédaient une certaine valeur marchande – il connaissait tous ses homologues des autres banques, savait à qui faire confiance ou pas, les dessous de la profession n'avaient plus eu de mystère pour lui – il s'était installé à son compte.

« Il vaut mieux que ce soit important, avait grommelé Fergus au téléphone.

— Ça, je n'en sais rien, répondit Ben. Mais ce sera terriblement lucratif.

— Bon, alors on discute », dit Fergus, radouci.

Ben lui lut une liste de codes de routage et de numéros de virements et ajouta qu'il rappellerait en fin de journée.

« Ça va me prendre plus de temps, objecta Fergus.

— Même si nous doublons vos honoraires habituels ? Est-ce que cela accélérerait les choses ?

— Ah ça, vous pouvez me croire, ça va les accélérer. » Il y eut un silence. « Au fait, vous savez qu'on raconte les pires choses à votre sujet ?

— C'est-à-dire ?

— Tout un tas de conneries. Vous connaissez le téléphone arabe. On prétend que vous avez trempé dans une affaire de meurtre.

— Vous plaisantez.

— On dit que vous avez tué votre propre frère. »

Ben ne répondit pas, mais eut un haut-le-cœur. N'y avait-il pas un peu de vrai là-dedans ?

« Rien que des trucs dingues dans ce genre-là. C'est pas ma spécialité mais j'ai ma petite idée sur la manière dont les rumeurs se propagent dans le monde de la finance. Il y a des types qui ne reculent devant rien pour tirer leur épingle du jeu. Un tas de conneries, tout ça. Pourtant, il serait intéressant de savoir qui a décidé de lancer cette rumeur.

— Merci pour le scoop, Fergus », dit Ben d'une voix moins ferme qu'il ne l'aurait voulue.

Il respira profondément plusieurs fois pour retrouver son calme avant de passer un deuxième appel, celui-ci à une jeune femme travaillant pour la succursale new-yorkaise d'un autre cabinet de consultants, une grande compagnie internationale tout ce qu'il y avait de plus légal, cette fois-ci, comptant parmi son personnel d'anciens agents du FBI et même quelques ex-officiers de la CIA. Knapp Incorporated avait pour spécialité d'aider les corporations à « contrôler » leurs éventuels partenaires d'affaires, de repérer les criminels en col blanc se livrant à des détournements de fonds et autres indélicatesses – une agence secrète fonctionnant sur une échelle globale. Hartman Capital Management avait déjà eu recours à leurs services.

Megan Crosby était l'une des plus brillantes consultantes de Knapp. Juriste diplômée de Harvard, elle n'avait pas son pareil pour décortiquer l'environnement des sociétés. Elle faisait montre d'un flair exceptionnel quand il s'agissait de démêler les structures byzantines de certaines entreprises, structures conçues pour échapper à la vigilance des régulateurs, des investisseurs les plus prudents ou des concurrents. Elle devinait très vite qui possédait qui, qui se cachait derrière telle ou telle société-écran, mais ne dévoilait jamais ses méthodes à ses clients. Un magicien ne doit jamais divulguer ses trucs. Ben avait invité Megan à déjeuner plusieurs fois et, comme il lui arrivait parfois d'avoir besoin de l'appeler lors de ses voyages en Europe, elle lui avait donné son numéro de téléphone personnel.

« Il est 3 heures du matin. Qui est à l'appareil ? maugréa-t-elle en décrochant.

— Ben Hartman, Megan. Pardonnez-moi, c'est important. »

Megan retrouva aussitôt ses esprits. Ben était un bon client.

« Pas de problème. Que puis-je faire pour vous ?

— Je suis en pleine réunion à Amsterdam. Une grosse négociation, expliqua-t-il en baissant la voix. Il existe à Philadelphie une petite firme bio-tech qui s'appelle Vortex Laboratories. Cette société m'intrigue. » Anna avait mentionné Vortex devant lui, en espérant qu'il l'aiderait. « Je désire savoir à qui elle appartient, avec quelle autre société Vortex pourrait raisonnablement passer un accord de partenariat, ce genre de choses.

— Je ferai mon possible, dit-elle, mais je ne promets rien.

— A la fin de la journée, ça vous va ?

— Comme vous y allez ! » Elle marqua une pause. « De la fin de quelle journée parlez-vous ? La vôtre ou la mienne ? Six heures de plus, ça fait une sacrée différence.

— Alors, disons pour la fin de votre journée. Faites ce que vous pouvez.

— Entendu, répondit-elle.

— Encore une chose. On m'a parlé d'un type à Paris, un certain Oscar Peyaud. HCM l'a embauché pour s'occuper du "contrôle" en France. Il est sous contrat avec Knapp. J'ai besoin qu'il me fournisse des informations de première main. »

Vers 10 heures, le Graben, l'une des grandes rues piétonnières de Vienne, fourmillait de badauds, d'hommes et de femmes d'affaires, de touristes. Ben passa par le Kohlmarkt et longea le Café Demel, la célèbre pâtisserie dont les somptueuses vitrines attirèrent son regard. Dans le reflet, il vit quelqu'un l'observer en douce avant de détourner les yeux.

Un homme de haute taille, avec une allure de voyou, vêtu d'un méchant imperméable bleu foncé. Sous une touffe de cheveux hirsutes poivre et sel, on apercevait un visage rougeaud et des sourcils anormalement épais, des bottes de foin de presque trois centimètres d'épaisseur, noir aile de corbeau mêlé de quelques poils blancs. Les joues de l'homme étaient couvertes de couperose, ces réseaux de vaisseaux capillaires dilatés qui apparaissent sur la peau des alcooliques.

Ben l'avait déjà vu. Il en était convaincu.

Quelque part, au cours de ces deux derniers jours, il avait croisé cet homme rubicond aux sourcils touffus.

A moins que... ?

Devenait-il paranoïaque ? Voyait-il derrière chaque visage se profiler un ennemi potentiel ?

Pour en avoir le cœur net, Ben se retourna mais l'homme avait disparu.

« Ma chère Miss Navarro, dit Alan Bartlett. J'ai l'impression que nous avons certaines divergences quant à la façon de mener cette enquête. Je dois avouer que je suis déçu. Vous m'aviez laissé espérer bien mieux. »

Lorsque Anna avait appelé Robert Polozzi, du service ID, on lui avait directement passé Bartlett, sans la prévenir.

« Ecoutez, protesta-t-elle, le combiné coincé entre le menton et l'épaule gauche. Je pense être sur le point... »

Bartlett lui coupa la parole.

« Vous êtes censée jouer franc-jeu et signaler tous vos déplacements, agent Navarro. Au lieu de cela, vous faites l'école buissonnière.

— Si vous écoutiez ce que j'ai à vous dire... commença Anna, exaspérée.

— Non, c'est vous qui allez m'écouter, agent Navarro. On vous a donné pour instruction de boucler cette affaire, et c'est ce que vous allez faire. Nous avons appris que Ramago avait déjà été mis hors jeu. Rossignol était notre dernière carte. Je ne parlerai pas de la façon dont vous avez fini par le trouver, mais en tout cas, il en est mort. Apparemment, on m'a induit en erreur quand on m'a vanté votre discrétion. » La voix de Bartlett était aussi froide qu'un iceberg.

« Mais la liste Sigma...

— Vous m'aviez dit que vous comptiez le placer sous surveillance et le rencontrer avant qu'il ne soit trop tard. Vous avez oublié de préciser que vous alliez sortir la grosse artillerie. Combien de fois ai-je insisté sur la délicatesse de votre mission ? Combien de fois ? »

Anna eut l'impression de recevoir un coup de poing dans l'estomac.

« Veuillez me pardonner si j'ai pu commettre une erreur qui...

— Non, agent Navarro, je suis le seul à blâmer. C'est moi qui vous ai confié cette mission. Et pourtant, on a tenté de m'en dissuader, croyez-moi. Je me suis entêté et j'ai eu tort. Tort de vous faire confiance. C'est moi qui ai commis une erreur. J'en assume toute la responsabilité.

— Arrêtez vos conneries, s'écria Anna, soudain excédée. Vous m'accusez sans connaître toutes les données du problème.

— Vous avez des formalités administratives à accomplir. Je vous attends dans mon bureau demain avant 17 heures. Soyez au rendez-vous, même si pour ça vous avez besoin d'affréter un jet privé. »

Il fallut quelques secondes à Anna pour s'apercevoir qu'il avait raccroché. Son cœur cognait dans sa poitrine, elle avait chaud aux joues. S'il n'avait pas coupé la communication, elle l'aurait envoyé au diable, ce qui aurait sans doute eu pour effet de mettre un terme immédiat et définitif à sa carrière.

Non, pensa-t-elle, c'est déjà fait. Terminé. Quand Dupree apprendrait qu'elle s'était mise à dos l'Internal Compliance Unit, il lui retirerait ses prérogatives en moins de temps qu'il n'en faudrait pour le dire.

Bon, au moins fais ta sortie en beauté.

Le sentiment de l'inéluctable lui procurait une délicieuse impression. Un peu comme si elle se trouvait enfermée à bord d'un train fou. L'ivresse de la vitesse.

CHAPITRE 29

LE bureau de Jakob Sonnenfeld, personnage légendaire de réputation planétaire – le grand chasseur de nazis avait posé pour la
couverture d'une multitude de magazines, fait l'objet d'innombrables portraits et documentaires et avait même effectué de brèves
apparitions dans des films –, était situé dans un petit immeuble lugubre
et relativement moderne de Salztorgasse, une rue sans attrait, remplie de
magasins de vente au rabais et de cafés sinistres. Le numéro de téléphone de Sonnenfeld figurait dans l'annuaire de Vienne mais aucune
adresse n'était indiquée ; Ben l'avait appelé vers 8 heures 30 ce matin-là,
surpris qu'on lui réponde. Une femme à la voix bourrue lui demanda de
quel genre d'affaire il s'occupait, et pourquoi il désirait voir le grand
homme.

Ben lui répondit qu'il était le fils d'un survivant de l'Holocauste et
qu'il se trouvait à Vienne pour effectuer des recherches personnelles sur
le régime nazi. Par principe, il voulait s'en tenir aux faits connus. Il fut
encore plus surpris lorsque la femme consentit à lui fixer un rendez-vous
dans la matinée.

La nuit précédente, Anna Navarro lui avait indiqué quelques « tan-
gentes » comme elle les appelait, des petits trucs de métier auxquels il
pourrait recourir afin de semer d'éventuels poursuivants. Après avoir
vu l'homme au visage rubicond et aux sourcils touffus, il avait emprunté un chemin détourné puis était revenu plusieurs fois sur ses pas,
avait traversé la rue sans crier gare, s'était engouffré dans une librairie
dont il avait arpenté les rayons, histoire de laisser passer un peu de
temps. Apparemment, l'homme avait perdu sa trace, à moins que, pour
une raison ou une autre, il ait préféré éviter de se faire repérer de
nouveau.

Il arriva devant l'immeuble de Sonnenfeld sur Salztorgasse, sonna à la
porte pour qu'on lui ouvre et prit l'ascenseur qui le conduisit au troisième étage où un gardien solitaire lui fit signe de passer. Une jeune
femme l'accueillit et lui désigna un siège inconfortable, dans un vesti-

bule aux murs tapissés de plaques, de récompenses et de témoignages en l'honneur de Sonnenfeld.

Pendant qu'il attendait, il sortit son téléphone digital et laissa un message à Oscar Peyaud, l'enquêteur basé à Paris. Puis il appela l'hôtel qu'il avait si cavalièrement quitté la nuit précédente.

« Oui, Mr. Simon, répondit le standardiste sur un ton qui le surprit par sa familiarité déplacée. Oui, monsieur, il y a un message pour vous – il provient, si vous voulez bien attendre, oui, d'un certain Hans Hoffman. Il dit que c'est urgent.

— Merci, dit Ben.

— S'il vous plaît, Mr. Simon, veuillez ne pas raccrocher. Le directeur vient de me signaler qu'il souhaiterait vous parler. »

Le directeur de l'hôtel s'empara du combiné. S'il avait suivi son premier réflexe, Ben aurait coupé la communication ; mais, pour l'instant, il était plus important de savoir ce que l'homme avait en tête, son rôle éventuel dans cette affaire.

« Mr. Simon, dit le directeur d'une voix de basse puissante et autoritaire, l'une de nos femmes de chambre me dit que vous l'avez menacée et, pis encore, il y a eu un incident ici la nuit dernière, assorti d'une fusillade. La police souhaite que vous reveniez immédiatement ; elle veut vous interroger. »

Ben appuya sur le bouton *Fin*.

Rien d'étonnant à ce que le directeur désire lui parler. Il y avait eu des dégâts dans l'hôtel ; l'homme n'avait fait que son devoir en prévenant la police. Mais quelque chose dans sa voix, la brusque arrogance de qui se sent soutenu par la force publique, alarma Ben.

Que lui voulait donc Hoffman, le détective privé ?

La porte du bureau de Sonnenfeld s'ouvrit, un petit vieillard voûté apparut et, d'un geste presque imperceptible, invita Ben à s'approcher. Il lui donna une poignée de main tremblotante avant de s'asseoir derrière un bureau en grand désordre. Jakob Sonnenfeld avait une moustache grise en broussaille, un visage ouvert, de grandes oreilles et des yeux humides, bordés de rouge, aux paupières tombantes. Il portait une cravate d'une largeur démodée, nouée avec maladresse, et un gilet de laine marron mangé aux mites sous une veste à carreaux.

« Beaucoup de gens s'intéressent à mes archives, déclara Sonnenfeld abruptement. Certains pour de bonnes raisons, d'autres pour de moins bonnes raisons. Et vous ? »

Ben s'éclaircit la gorge, mais Sonnenfeld ne lui laissa pas le temps de répondre.

« Vous dites que votre père est un survivant de l'Holocauste. Tiens donc ! Il en subsiste des milliers. Pourquoi mon travail vous intéresse-t-il tant que cela ? »

Est-ce que je joue franc-jeu avec cet homme ? se demanda-t-il.

« Vous chassez les nazis depuis des dizaines d'années maintenant, commença-t-il sans préambule. Vous devez les haïr de tout votre cœur, comme moi. »

Sonnenfeld fit un geste de dénégation.

« Non. Je n'ai pas de haine en moi. Je n'aurais jamais pu accomplir la mission que je me suis fixée voilà plus de cinquante ans, si j'avais été mû par la haine. Elle m'aurait rongé de l'intérieur. »

L'humilité de Sonnenfeld déclencha aussitôt en Ben un certain scepticisme mâtiné d'embarras.

« Il m'arrive de penser que ces criminels de guerre ne devraient pas être laissés en liberté.

— Mais ce ne sont pas vraiment des criminels de guerre, n'est-ce pas ? Un criminel de guerre commet ses forfaits dans le cadre d'une opération militaire, nous sommes bien d'accord ? Il tue et torture afin de contribuer à la victoire de son camp. Mais dites-moi : les nazis avaient-ils besoin de massacrer et de gazer des millions d'innocents pour gagner ? Bien sûr que non. Ils l'ont fait pour des raisons idéologiques, voilà tout. Pour nettoyer la planète, croyaient-ils. C'était inutile. Cette activité annexe a englouti des sommes folles normalement destinées à l'Armée. Je dirais que leur campagne de génocide a compromis leur effort de guerre jusqu'à leur défaite. Non, ces gens n'étaient certainement pas des criminels de guerre.

— Comment faut-il les appeler, dans ce cas ? », demanda Ben qui comprenait enfin.

Sonnenfeld eut un sourire qui fit étinceler quelques dents en or.

« Des monstres. »

Ben prit une profonde inspiration. Il devrait faire confiance au vieux chasseur de nazis. C'était la seule manière de s'assurer sa coopération. Sonnenfeld était trop intelligent.

« Permettez-moi de vous parler sans détours, Mr. Sonnenfeld. Mon frère – mon frère jumeau, l'ami le plus proche que j'aie jamais eu – a été assassiné par des gens qui, selon moi, sont en relation avec certains de ces monstres. »

Sonnenfeld se pencha en avant.

« Vous me voyez perplexe, articula-t-il. Vous et votre frère êtes beaucoup trop jeunes pour avoir connu la guerre.

— La chose s'est passée il y a une semaine seulement », précisa Ben.

Sonnenfeld fronça les sourcils, ses yeux se plissèrent. L'image même du doute.

« Qu'est-ce que vous racontez ? Cela n'a aucun sens. »

Ben lui exposa les découvertes de Peter.

« Si ce document a retenu l'attention de mon frère, c'est que l'un des administrateurs était notre propre père. » Il fit une pause. « Max Hartman. »

Silence de mort. Puis : « Ce nom me dit quelque chose. Il a donné beaucoup d'argent pour de bonnes causes.

— Durant l'année 1945, l'une de ces causes s'appelait Sigma, poursuivit Ben d'une voix lapidaire. A part lui, cette société comptait de nombreux industriels occidentaux et une petite poignée d'officiers nazis. Le trésorier portait le titre d'*Obersturmfürher* et se nommait Max Hartman. »

Les yeux chassieux de Sonnenfeld ne clignèrent pas.

« Extraordinaire. Vous avez bien dit "Sigma", n'est-ce pas ? Dieu du ciel. »

*

« Je crains que ce ne soit l'histoire classique, dit le visiteur à la veste de cuir noir.

— Votre épouse », suggéra le détective privé, avec un clin d'œil.

L'homme sourit d'un air penaud.

« Elle est jeune et très jolie, non ? »

Un soupir.

« Si.

— Les jolies femmes sont les pires, déclara Hoffman en jouant la solidarité masculine. Je vous conseillerais de l'oublier purement et simplement. Vous ne pourrez plus jamais lui faire confiance. »

L'œil du visiteur semblait braqué sur l'ordinateur portable dernier cri.

« Pas mal, fit l'homme.

— Je ne sais pas comment je faisais avant de l'avoir, dit Hoffman. Je ne suis pas un as de la technique, mais il est facile à utiliser. Aujourd'hui plus besoin de classeurs. Tout est rangé là-dedans.

— Ça vous ennuie si je jette un œil ? »

Hoffman hésita. Il ne savait pas d'où sortait ce type – ce pouvait très bien être un voleur, après tout. Il le regarda de nouveau, considéra ses larges épaules, ses hanches étroites. Pas un gramme de graisse. Sans avoir l'air de rien, en se servant de son coude, il entrouvrit le long tiroir de métal de son bureau, juste au-dessus de ses cuisses, et vérifia que le Glock s'y trouvait.

« Une autre fois peut-être, lâcha Hoffman. Il contient tous mes dossiers confidentiels. Bien, donnez-moi je vous prie quelques détails au sujet de votre jeune et charmante épouse et du salopard qu'elle s'envoie.

— Pourquoi ne l'allumez-vous pas ? », demanda le visiteur. Hoffman leva les yeux et l'observa intensément. Ce n'était pas une question mais un ordre.

« Qu'êtes-vous venu faire ici ? », s'écria Hoffman une seconde avant de se rendre compte qu'il était en train de fixer le canon d'un Makarov muni d'un silencieux.

« Allumez cet ordinateur, dit l'homme sans hausser le ton. Ouvrez vos fichiers. »

« Je vais vous dire une chose. Ce document n'était pas censé sortir des tiroirs, dit Sonnenfeld. C'est un formulaire à usage interne, destiné à une banque suisse, un point c'est tout. Pour les gnomes de Zurich uniquement.

— Je ne comprends pas.

— Sigma a longtemps fait l'objet d'une légende. Mais on n'a jamais mis la main sur le début de preuve qui aurait permis d'esquisser l'ombre d'une supposition. Je le saurais. Croyez-moi.

— Enfin, jusqu'à présent, n'est-ce pas ?

— A ce qu'il semble. De toute évidence, c'est une entreprise fictive. Une façade, une ruse – un moyen pour des industriels des deux bords de s'assurer une paix séparée, quels que soient les termes de l'armistice. Elle n'a peut-être jamais eu de réalité matérielle en dehors du papier découvert par votre frère.

— Vous parlez d'une légende, j'aimerais bien que vous me la racontiez.

— On a prétendu que des hommes d'affaires et des politiciens de haut vol s'étaient secrètement alliés pour organiser le transfert des biens innombrables volés à la Mère patrie. Tous les adversaires d'Hitler n'étaient pas des héros, je ne vous apprends rien. Nombre d'entre eux étaient des hommes froidement pragmatiques. Ils savaient que l'effort de guerre était condamné et à qui en revenait la faute. Ce qui les inquiétait le plus, c'était la perspective du rapatriement, de la nationalisation. Ils devaient s'occuper de leurs propres empires. Des empires industriels. De tels projets ont bel et bien existé. Les preuves ne manquent pas. Mais nous avons toujours cru qu'ils étaient restés à l'état de projets. Et que presque tous ces gens étaient morts et enterrés depuis des lustres.

— Vous avez dit "presque tous ces gens", répéta Ben d'un ton sec. Parlez-moi de ces quelques administrateurs qui sont apparus dans vos recherches. Les nazis. Gerhard Lenz. Josef Strasser. » Il observa une pause avant de prononcer le dernier nom. « Max Hartman. »

Sonnenfeld garda un instant le silence en enfouissant sa tête dans ses larges mains crevassées.

« Qui sont ces gens ? », dit-il comme s'il se parlait à lui-même. Une question de pure rhétorique. « C'est bien ce que vous voulez savoir ? En guise de réponse, moi aussi je vais vous poser une question, toujours la même : Pourquoi voulez-vous savoir ? »

« Posez cette arme, lança Hoffman. Ne faites pas l'idiot.

— Fermez le tiroir du bureau, dit l'intrus. Je vous ai à l'œil. Au premier geste déplacé, je n'hésiterai pas à vous tuer.

— Dans ce cas, vous n'accéderez jamais à mes fichiers, lança Hoffman d'un air triomphant. L'ordinateur est équipé d'un dispositif d'identification biométrique – un scanner d'empreintes digitales. Sans mes empreintes, personne ne peut se connecter. Donc vous voyez, il serait vraiment stupide de votre part de me tuer.

— Oh, je n'ai pas besoin d'en arriver à cette extrémité », répondit le visiteur d'un ton serein.

« Connaissez-vous la vérité sur mon père ? demanda Ben. Je me disais que vous auriez pu constituer un dossier sur un survivant aussi presti-gieux et – pardonnez-moi – un éventuel mécène. Vous étiez mieux placé que quiconque pour percer à jour ses mensonges. Vous disposez de toutes les listes des victimes des camps de concentration, la base de données la plus exhaustive qui soit. C'est pourquoi je dois vous deman-der ceci : Connaissiez-vous la vérité au sujet de mon père ?

— Et vous ? répliqua sèchement Sonnenfeld.

— J'ai vu la vérité noir sur blanc.

— Vous avez vu du noir et du blanc, oui, mais vous n'avez pas vu la vérité. Une erreur de débutant. Pardonnez-moi, Mr. Hartman, mais dans ce domaine, les choses ne sont ni toutes blanches ni toutes noires. La situation à laquelle vous êtes confronté comporte des ambiguïtés qui me sont très familières. Je ne sais pas grand-chose du cas de votre père, mais par malheur il s'agit d'une histoire fort banale. Préparez-vous à entrer dans le royaume du clair-obscur. Un royaume où règnent les ombres et le flou éthique. D'abord, sachez que lorsqu'un Juif avait de l'argent, les nazis ne demandaient pas mieux que de traiter avec lui. Cela fait partie des vilains secrets de la guerre dont les gens parlent rarement. Il arrivait de manière fréquente que des Juifs fortunés payent pour s'assurer une certaine sécurité. Les nazis acceptaient leur or, leurs bijoux, leurs valeurs, tout était bon. De l'extorsion pure et simple. Ils avaient même établi un barème de prix – trois cent mille francs suisses pour une vie ! L'un des Rothschild a troqué ses aciéries contre sa liberté – il en a fait don aux Œuvres Hermann Goering. Mais vous ne lirez jamais rien à ce sujet. Personne n'en parle. Je vous citerai l'exemple d'une famille juive hongroise, des gens très riches, les Weiss – ils possédaient des affaires dans vingt-trois pays à travers le monde. Ils ont donné toute leur fortune aux SS. En échange, on les a fait passer en Suisse et ils ont eu la vie sauve. »

Ben était bouleversé.

« Mais un *Obersturmführer*...

— Un *Obersturmführer* juif ? Vous y croyez vraiment ? Un peu de patience, je vous prie. » Sonnenfeld fit une pause avant de poursuivre.

« Je peux vous parler d'un colonel SS, Kurt Becher, qui était chargé de traiter des affaires comme celle-là pour le compte de Eichmann et de Himmler. Becher a passé un accord avec un Hongrois, le Dr Rudolph Kastner – mille sept cents Juifs à mille dollars pièce. Tout un train. A Budapest, des Juifs se sont battus pour monter dedans. Vous n'ignorez pas que votre famille avait de l'argent avant la guerre, n'est-ce pas ? Quand on s'appelait Max Hartman, tout fonctionnait très simplement. Un jour l'*Obergruppenführer* Becher vient vous voir. Vous passez un marché. A quoi bon être riche si vous êtes mort ? Alors vous payez pour sauver votre famille. Vos sœurs, vous. On ne s'embarrassait pas de considérations éthiques. On faisait l'impossible pour rester en vie. »

Ben n'avait jamais imaginé son père en jeune homme apeuré et désespéré. Les pensées se pressaient dans son esprit. Sa tante Sarah était morte avant sa naissance, mais il se souvenait de sa tante Leah, qui avait disparu alors qu'il était au lycée ; une femme menue, douce et gentille, qui coulait des jours paisibles à Philadelphie où elle tenait une bibliothèque. L'affection qu'elle avait pour son frère était réelle mais elle reconnaissait aussi qu'il possédait une grande force de caractère ; elle s'en remettait à lui pour toutes choses. Elle n'était pas femme à dévoiler les secrets qu'on lui confiait.

Mais son père – que gardait-il au fond de lui ?

« Si ce que vous dites est exact, pourquoi ne nous en a-t-il jamais parlé ? demanda Ben.

— Vous pensez vraiment qu'il avait envie de vous raconter cela ? » Ben décela une pointe de dédain dans la voix de Sonnenfeld.

« Vous pensez peut-être que vous étiez capable de comprendre ? Des millions de gens brûlés dans les fours et, pendant ce temps-là, Max Hartman débarque en Amérique, juste parce qu'il a la chance d'être plus riche que ces malheureux ? Quand on a vécu cela, on n'en parle jamais à personne, mon ami. On fait de son mieux pour tenter d'oublier. Ces choses-là, je les connais parce que c'est mon boulot, mais il vaut mieux les laisser dans l'ombre. »

Ben ne savait que répondre, alors il se tut.

« Même Churchill et Roosevelt – Himmler leur a fait une offre, vous savez. En mai 1944. Il était prêt à leur remettre tous les Juifs détenus par les nazis, à condition que les Alliés leur donnent des camions en échange. Un camion pour cent Juifs. Les nazis proposaient de démanteler les chambres à gaz, d'arrêter le génocide sur-le-champ – tout cela pour les quelques camions dont ils avaient besoin contre les Russes. Les Juifs étaient à vendre, mais Himmler n'a pas trouvé preneur ! Roosevelt et Churchill ont dit non, ils n'avaient pas l'intention de livrer leur âme au diable. Facile à dire pour eux, non ? Ils auraient pu sauver un million de Juifs européens. Certains dirigeants juifs se sont évertués à faire accepter ce marché. Vous voyez, vous parlez de moralité, mais ce n'était pas si simple, hein ? » Sonnenfeld s'exprimait d'un ton amer.

« A présent, il est facile de donner des leçons de morale. Mais le résultat de tout cela c'est que vous êtes ici aujourd'hui. Si vous existez, c'est parce que votre père a passé ce marché répugnant pour sauver sa vie. »

Dans l'esprit de Ben surgirent deux images de son père, celle du frêle vieillard de Bedford et celle du jeune homme énergique aux traits ciselés figurant sur la photo en noir et blanc. Par quoi avait-il dû passer pour en arriver là ? Quels autres secrets avait-il tenus enfouis ?

« Mais cela ne résout pas la question du nom inscrit sur ce document, suggéra Ben, un nom qui l'identifie comme un SS...

— Ce n'est qu'une façade, j'en suis sûr.

— Ce qui veut dire ?

— Que savez-vous de votre père ? »

Bonne question, songea Ben.

« De moins en moins de choses, semble-t-il. » Max Hartman, l'homme puissant et intimidant, qui présidait son conseil d'administration avec l'assurance d'un gladiateur entrant dans l'arène. Tenant Ben à bout de bras pour le faire sauter dans les airs, quand il avait six ans. Lisant le *Financial Times* au petit déjeuner d'un air distant, inaccessible.

J'aurais tant voulu mériter son amour, son respect ! Et quand il m'approuvait, ce qu'il faisait si rarement, quel ravissement c'était pour moi !

Cet homme avait toujours été une énigme.

« Je peux vous dire une chose, fit Sonnenfeld d'un air impavide. Quand votre père était jeune, il s'était déjà bâti une solide réputation dans les cercles financiers allemands. On parlait de lui comme d'un génie. Mais il était juif. Au début de la guerre, lorsqu'on a commencé à déporter les Juifs, on lui a proposé de travailler pour la *Reichsbank*. Les nazis le chargèrent de concevoir un système financier complexe destiné à déjouer l'embargo mis en place par les Alliés. On lui a donné ce titre SS comme couverture, en quelque sorte.

— On peut donc en conclure qu'il a contribué à financer le régime nazi », répliqua Ben d'une voix monocorde. Ce n'était pas une surprise, mais il sentit quand même son estomac se nouer en entendant que ses doutes étaient fondés.

« Malheureusement oui. Je suis sûr qu'il avait ses raisons – il subissait des pressions, il n'avait pas le choix. On l'aurait enrôlé dans le projet Sigma de toute façon. » Il observa une nouvelle pause en regardant Ben droit dans les yeux.

« Je pense que vous avez du mal à bien percevoir les nuances de gris.

— Etrange discours pour un chasseur de nazis.

— Voilà que vous recommencez avec ce refrain journalistique, s'écria Sonnenfeld. Je me bats pour la justice et dans le combat pour la justice, on doit être capable de distinguer entre le véniel et le majeur, entre l'erreur ordinaire et la vraie malfaisance. Ne vous leurrez pas : les épreuves qu'on endure ne suppriment pas ce qu'on a de meilleur en soi. »

Le pièce semblait tournoyer autour de lui. Ben croisa les bras sur la poitrine et respira profondément pour tenter d'accéder à un moment de calme, un moment de clarté.

Tout à coup, il revit son père assis dans la pénombre de son bureau, dans le fauteuil bien rembourré qu'il préférait, en train d'écouter le *Don Giovanni* de Mozart. Souvent le soir, après dîner, Max restait seul dans le noir, pendant que *Don Giovanni* passait sur la chaîne stéréo. Combien cet homme avait dû se sentir seul, comme il avait dû trembler à l'idée que son horrible passé paraisse au grand jour. A sa grande surprise, Ben sentit monter en lui une vague de tendresse. *Le vieil homme m'aimait à sa manière. Comment puis-je le mépriser ?* Il songea alors que si Lenz en était venu à haïr son père ce n'était pas tant à cause de son ignoble passé que parce qu'il les avait abandonnés, sa mère et lui.

« Parlez-moi de Strasser », fit Ben, comprenant que seul un changement de sujet pourrait apaiser le vertige qu'il éprouvait.

Sonnenfeld ferma les yeux.

« Strasser était conseiller scientifique auprès d'Hitler. Il n'avait rien d'un être humain. Strasser était un grand savant. Il fut l'un des dirigeants de I.G. Farben, vous connaissez I.G. Farben, la fameuse société industrielle contrôlée par les nazis ? C'est dans ce cadre qu'il a participé à la création d'un nouveau gaz se présentant sous forme de granulés, le Zyklon-B. Vous agitiez les granulés et ils se transformaient en gaz. Comme par miracle ! Ils l'ont d'abord essayé dans les douches d'Auschwitz. Une invention fantastique. Le gaz empoisonné s'élevait à l'intérieur des chambres à gaz et, pendant que le nuage montait, les plus grands marchaient sur les autres pour tenter de respirer. Mais tout le monde finissait par mourir en l'espace de quatre minutes. »

Sonnenfeld s'interrompit, le regard perdu dans le vague. Durant ce long silence, Ben entendait le tic-tac de l'horloge.

« Très efficace, reprit enfin Sonnenfeld. Tout cela grâce au Dr Strasser. Et savez-vous que, dans les années 50, Allen Dulles, le directeur de votre chère CIA, s'est fait l'avocat de I.G. Farben et son loyal défenseur ? Mais oui, je ne vous mens pas. »

Ben avait déjà entendu cette histoire quelque part, mais ne parvenait toujours pas à s'y faire. D'une voix posée, il demanda :

« Donc on peut dire que Strasser et Lenz étaient associés, dans un certain sens.

— Oui. Deux savants nazis, parmi les plus brillants et les plus cruels. On connaît Lenz pour ses expériences sur les enfants, sur les jumeaux. Un grand savant, très en avance sur son temps. Lenz s'intéressait tout particulièrement au métabolisme des enfants. Il les laissait mourir de faim pour observer la façon dont ils cessaient peu à peu de grandir. Il les soumettait au froid pour en étudier les conséquences sur leur croissance. Il tenait à ce qu'on lui envoie tous les enfants souffrant de progéria, cette horrible maladie qui se manifeste par un vieillissement prématuré. Toujours pour ses recherches. » Il poursuivit sur un ton amer : « Un joli monsieur, ce Dr Lenz. Très proche du haut commandement, bien sûr. En tant que scientifique, on lui faisait plus confiance qu'à la plupart des politiciens. On lui prêtait des "intentions pures". Lenz est parti pour Buenos Aires, comme tant d'autres nazis l'ont fait après la guerre. Avez-vous eu l'occasion de visiter cette ville ? C'est un endroit charmant. Vraiment. Le Paris de l'Amérique du Sud. Pas étonnant que tous les nazis aient choisi d'y vivre. C'est là que Lenz est mort.

— Et Strasser ?

— La veuve de Lenz connaît peut-être le domicile de Strasser mais je ne vous conseille pas de lui poser la question. Elle ne le révélera jamais.

— La veuve de Lenz ? s'écria Ben en se redressant sur son siège. Oui, en effet, Jürgen Lenz a fait allusion au fait que sa mère s'était retirée là-bas.

— Vous avez parlé à Jürgen Lenz ?

— Oui. J'en conclus que vous le connaissez !

— Ah, c'est une histoire compliquée, ce Jürgen Lenz. Je dois vous avouer qu'au départ j'ai éprouvé beaucoup de réticences à recevoir de l'argent de cet homme. Inutile de vous dire que, sans subventions, nous aurions été contraints de mettre la clé sous la porte. Dans ce pays qui a toujours protégé les nazis et qui les protège encore de nos jours, je ne reçois aucune aide de l'Etat. Pas un centime ! En plus de vingt ans, l'Autriche n'a pas mené un seul procès contre les nazis ! Pendant des années, on m'a considéré comme l'ennemi public numéro un. Les gens me crachaient dessus dans la rue. Quant à Lenz, eh bien, je ne voulais rien de lui parce que j'étais persuadé que son argent était sale. Mais j'ai rencontré l'homme et j'ai vite changé d'avis. Il est sincèrement engagé du côté du bien. Par exemple, il est le seul souscripteur de la fondation contre la progéria à Vienne. Il ne fait aucun doute qu'il souhaite réparer le mal commis par son père. Nous ne devons pas lui tenir rigueur de crimes dont il n'est pas coupable. »

Les paroles de Sonnenfeld résonnaient dans la tête de Ben. *Le mal commis par son père. Quelle étrange similitude entre la situation de Lenz et la mienne.*

« Le prophète Jérémie nous a dit, "On ne dira plus : les pères ont mangé du raisin vert et ce sont les enfants qui en ont les dents rongées !" Quant à Ezéchiel, ses paroles sont les suivantes : "Le fils ne portera pas l'iniquité du père." C'est on ne peut plus clair. »

Ben restait silencieux.

« Vous dites que Strasser est peut-être encore en vie.

— Mais il peut tout aussi bien être mort, répondit rapidement Sonnenfeld. Qui sait ce que sont devenus ces vieillards ? Moi-même je n'ai aucune certitude.

— Vous devez bien posséder un dossier sur lui.

— Ne comptez pas là-dessus. Seriez-vous obsédé par le fantasme de retrouver cette ignoble créature pour lui poser les questions qui vous taraudent, comme s'il était une sorte de génie de conte de fées ? » Sonnenfeld s'exprimait sur un ton évasif. « Pendant des années, j'ai été poursuivi par de jeunes fanatiques assoiffés de vengeance, frissonnant de plaisir à l'idée de répandre le sang d'un vrai, d'un authentique méchant. C'est une quête puérile qui se termine mal pour tout le monde. Je vous ai écouté et je suis persuadé que vous n'êtes pas comme eux. Mais l'Argentine est un autre pays et le scélérat est certainement mort. »

La jeune femme qui avait accueilli Ben réapparut. S'ensuivit un échange de propos murmurés.

« Un appel téléphonique urgent. Il faut que j'aille répondre », dit Sonnenfeld pour s'excuser, et il se retira dans la pièce du fond.

Ben regarda autour de lui les immenses armoires de classement couleur ardoise. Quand il avait abordé le sujet du domicile actuel de Strasser, Sonnenfeld avait semblé éluder la question. Lui cachait-il quelque chose ? Et si oui, pourquoi ?

A la façon dont Sonnenfeld s'était excusé, Ben se dit que l'appel téléphonique risquait d'être long. Peut-être assez pour lui permettre une rapide recherche. Sans réfléchir davantage, Ben s'avança vers une grande armoire à cinq tiroirs marquée R-S. Les tiroirs étaient verrouillés mais la clé reposait tout en haut du meuble : pas très élaboré comme système de sécurité, pensa Ben. Il ouvrit le tiroir du bas. S'y entassaient nombre de dossiers jaunis et de papiers en grand désordre. Stefans. Sterngeld. Streitfeld.

STRASSER. Le nom était écrit au stylo-plume dans une encre marron décolorée. Il entreprenait de l'extirper quand une pensée lui vint et il passa au classeur marqué K-M. Il y avait là un épais dossier concernant Gerhard Lenz, pourtant ce n'était pas celui-là qui l'intéressait mais le dossier jumeau qui se trouvait à côté – celui de sa veuve.

Il était bien enfoncé. Des bruits de pas se firent entendre : Sonnenfeld revenait, plus rapidement que Ben ne l'avait prévu ! Il tira sur le dossier, en le prenant sur les bords et, après avoir beaucoup insisté, le dégagea des autres. S'emparant de l'imperméable qu'il avait étalé sur un siège voisin, il glissa vite le dossier jauni en dessous et regagna son siège juste au moment où Sonnenfeld entrait.

« Il est dangereux d'importuner un vieillard paisible, déclara Sonnenfeld en le rejoignant. Vous pensez peut-être que ce sont des créatures édentées et racornies. Vous avez raison, certes, mais ils bénéficient d'un réseau d'alliés puissants. Aujourd'hui encore. Surtout en Amérique du Sud où ils ont de nombreux fidèles. Des assassins comme ceux qui composent le *Kamaradenwerk*. Ils les protègent comme les animaux sauvages protègent leurs aînés faibles et malades. Ils vont même jusqu'à tuer si besoin est – ils n'hésitent pas.

— A Buenos Aires ?

— Plus que n'importe où ailleurs. Ils ne sont nulle part aussi puissants. » Il semblait fatigué. « Voilà pourquoi je vous déconseille de vous rendre là-bas. Laissez tomber les vieux Allemands. »

Sonnenfeld se leva en vacillant.

« Voyez-vous, j'ai encore besoin d'un garde du corps vingt-quatre heures sur vingt-quatre. Ce n'est pas grand-chose mais nous ne pouvons pas nous permettre de dépenser plus pour ma sécurité.

— Comment faites-vous pour vivre dans une ville où les gens refusent d'affronter leur passé ? Vous pourriez vous en aller ! », s'étonna Ben.

Sonnenfeld lui posa la main sur l'épaule.

« Eh bien, voyez-vous, quand on étudie la malaria, il vaut mieux vivre au milieu des marais. Ne pensez-vous pas, Mr. Hartman ? »

*

Julian Bennett, chargé de missions auprès de l'Agence pour la Sécurité Nationale, était assis en face de Joel Skolnik, directeur adjoint du ministère de la Justice dans le petit réfectoire réservé aux cadres supérieurs, installé au sein des quartiers généraux de la NSA à Fort Mead. Bien que Skolnik, un type efflanqué au crâne dégarni, occupât un poste supérieur au sien, Bennett ne prenait pas de gants avec lui. L'Agence pour la Sécurité Nationale était structurée de telle manière que ses membres échappaient au contrôle des autres administrations. Cette relative impunité encourageait une certaine arrogance et Bennett n'était pas homme à s'en priver.

Une côtelette d'agneau trop cuite et une motte d'épinards fumants reposaient presque intacts dans l'assiette de Skolnik. Il avait perdu l'appétit depuis longtemps. L'amabilité de Bennett était un fin vernis qui, une fois gratté, révélait des manières subtiles mais autoritaires. Ses paroles raisonnaient comme une alarme.

« Vous êtes dans un sacré pétrin », lui répétait Bennett pour la énième fois. Ses petits yeux très écartés et ses sourcils clairs lui donnaient une apparence porcine.

« Je le conçois parfaitement.

— Vous êtes censé naviguer serré, ici », dit Bennett. Son assiette à lui était vide ; il avait engouffré son filet de bœuf en deux temps trois mouvements. De toute évidence, il faisait partie de ces hommes qui ne mangent que pour recharger leurs batteries.

« Et le truc que nous venons de traverser est sacrément inquiétant.

— Vous avez été clair à ce sujet », répondit Skolnik en regrettant le ton qu'il venait d'employer – un ton respectueux, frisant la veulerie. A des individus comme Bennett, il ne fallait jamais montrer qu'on avait peur. C'était comme saigner dans une eau infestée de requins.

« Vos gens ont fait preuve d'une incroyable imprudence. Il s'agit de la sécurité nationale. Nous avons tous été compromis. Quand je considère la manière dont vos équipiers se sont comportés, je ne sais si je dois rire ou pleurer. A quoi sert de verrouiller la porte de devant quand celle de derrière claque au vent ?

— N'exagérons pas. Rien n'a filtré », répliqua Skolnik. Même à ses propres oreilles, les paroles affectées qu'il venait de prononcer sonnaient comme une excuse.

« Je veux que vous m'assuriez que les problèmes se limitent à Navarro. » Bennett se pencha et tapota l'avant-bras de Skolnik d'un geste qui tenait à la fois de l'amitié et de la menace. « Et que vous emploierez tous les moyens dont vous disposez pour ramener cette femme ici.

— Cela va sans dire », fit le type du DOJ en avalant péniblement sa salive.

*

« Maintenant debout, rugit l'homme en agitant le Makarov dans sa main gauche.

— C'est inutile. Je ne poserai pas mon doigt sur le scanner, déclara le détective Hans Hoffman. Maintenant, sortez d'ici ou vous le regretterez.

— Je n'ai jamais de regrets, repartit l'homme d'un ton narquois. Debout. »

Hoffman se leva avec réticence.

« Je vous dis... »

L'intrus se leva lui aussi et s'approcha de lui.

« Je vous répète, dit Hoffman, que cela ne vous servira à rien de me tuer.

— Je n'ai pas besoin de vous tuer », fit l'homme d'un ton narquois. Sa main bougea à une vitesse fulgurante.

Hoffman vit la lueur métallique avant même de sentir l'incroyable douleur exploser au bout de son bras. Il baissa les yeux. Son index n'était plus qu'un moignon. Parfaitement sectionné. A la base de son doigt manquant, il découvrit le cercle blanc formé par l'os, entouré de chair. Dans la fraction de seconde qui s'écoula avant qu'il ne se mette à hurler, il vit le couteau de chasse acéré que tenait l'homme et remarqua, éperdu de stupeur, le doigt coupé, tombé sur le tapis, tel un déchet de viande qu'un boucher négligent aurait abandonné là.

Il beugla, un hurlement suraigu traduisant l'incrédulité, la terreur et cette souffrance inimaginable qui ne cessait de croître.

« Oh mon Dieu ! Oh mon Dieu ! Oh mon Dieu ! »

Trevor ramassa le doigt amputé et le tendit devant lui. Du côté de la coupure, le sang coulait encore.

CHAPITRE 30

ANNA appela David Denneen.

« C'est toi, Anna ? » énonça-t-il laconiquement. Lui, si chaleureux d'habitude, paraissait curieusement circonspect.

« C'est la merde.

— Parle-moi, David. Dis-moi ce qui se trame.

— Un truc dingue. Ils disent que tu es... » Sa voix se perdit.

« Quoi ?

— Un truc dingue. Tu appelles sur une ligne stérile ?

— Bien sûr. »

Il marqua une pause.

« Ecoute, Anna. Le département a ordonné de te placer sous P-47... ton courrier, tes messages électroniques, ton téléphone sont sous surveillance.

— Doux Jésus ! s'exclama Anna. Je ne le crois pas.

— Et ça empire. Depuis ce matin, tu as été mise en 12-44 : arrestation immédiate. Ils emploieront tous les moyens nécessaires pour te ramener. Bon sang, je ne sais pas ce qui t'est arrivé, mais tu es devenue un risque pour la sécurité nationale, à les croire. Ils disent que tu touches de l'argent de l'ennemi depuis des années. Je ne devrais même pas te parler.

— Quoi ?

— On dit que le FBI a découvert de l'argent et des bijoux dans ton appartement. Des vêtements de luxe. Des comptes dans des banques offshore.

— Mensonges, explosa Anna. Rien que des mensonges. »

Il y eut une longue pause.

« Je le savais, Anna. Mais je suis quand même heureux de te l'entendre dire. Quelqu'un est en train de te traîner dans la boue. Pourquoi ?

— Pourquoi ? » Anna ferma un instant les yeux. « Je ne suis pas en position de découvrir pourquoi. Voilà ce que je me dis. » Elle raccrocha en toute hâte.

Que diable se passait-il ? « Yossi » ou Phil Ostrow l'avaient-ils dénoncée à Bartlett ? Elle ne les avait pas appelés ; bien qu'elle n'y fût pour rien, Bartlett n'avait peut-être pas apprécié qu'ils aient eu vent de son enquête. A moins que Bartlett ne soit mécontent qu'elle ait refusé de leur livrer Hartman.

Elle s'aperçut soudain que ni l'un ni l'autre n'avait fait allusion à Hans Vogler, l'assassin de l'ex-Stasi. Cela signifiait-il que « Yossi » n'était pas au courant ? Dans ce cas, on pouvait penser que les indépendants du Mossad n'étaient pour rien dans l'embauche de Vogler ? Anna retrouva la carte de Phil Ostrow et composa son numéro. Elle tomba sur son répondeur automatique et décida de ne pas laisser de message.

Peut-être Jack Hampton saurait-il quelque chose. Elle l'appela chez lui, à Chevy Chase.

« Jack, commença-t-elle. C'est...

— Bon sang, je n'en reviens pas que tu m'appelles, murmura Hampton dans un souffle. Tu ne vas quand même pas griller tes amis par un coup de fil imprudent.

— Ta ligne est-elle sur écoute ?

— Ma ligne ? » Hampton marqua une pause.

« Non. Absolument pas. J'ai vérifié.

— Alors tu ne cours aucun danger. Moi aussi, je suis sur une ligne sécurisée. Je ne vois pas comment on pourrait intercepter notre communication.

— Admettons que tu aies raison, Anna, dit-il sur un ton dubitatif. Pourtant, à cause de toi, je me trouve devant un sacré dilemme. Ici, tu passes pour une traîtresse de premier ordre – à les entendre, tu tiens à la fois de Ma Baker et de Mata Hari. Avec la garde-robe d'Imelda Marcos.

— Des conneries. Tu le sais bien.

— Peut-être que oui, Anna, mais peut-être que non. J'ai entendu parler de sommes d'argent terriblement tentantes. Achète-toi un gentil bout de terrain à Virgin Gorda. Ce sable rose, ce ciel bleu. Tu feras de la plongée en apnée tous les jours...

— Nom de Dieu, Jack !

— Un conseil. N'accepte pas les kopeks et ne fiche plus de dérouillées aux banquiers suisses.

— C'est ce qu'on raconte sur moi ?

— Entre autres. Disons seulement que je n'ai pas entendu parler d'un tel magot depuis Wen Ho Lee. C'est un peu exagéré, pour dire la vérité. Je n'arrête pas de me demander, qui pourrait bien gaspiller un tel paquet de fric ? La Russie est tellement fauchée que la plupart de ses savants atomistes sont partis faire le taxi à New York. Quant à la Chine, je ne vois pas ce qu'elle pourrait t'offrir comme devise solide – ce pays, c'est la Zambie dotée de l'arme atomique. Enfin, ouvrons les yeux. » La voix de Hampton sembla s'adoucir. « Alors pour quelle raison m'appelles-tu ?

Tu veux que je te donne nos codes de missiles pour les vendre à la Chine communiste ? Attends, je note ton numéro de fax.

— Arrête une minute, tu veux ?

— J'ai du lait sur le feu », fit Hampton taquin. On sentait qu'il se détendait vraiment.

« Va te faire foutre. Ecoute, avant que toute cette merde ne me tombe sur la tête, j'ai rencontré ton ami Paul Ostrow...

— Ostrow ? s'enquit Hampton d'une voix circonspecte. Où ça ?

— A Vienne. »

Il éclata soudain : « Qu'es-tu en train de manigancer, Navarro ?

— Attends un peu. Je ne comprends pas ce que tu veux dire. »

Quelque chose dans la voix de la jeune femme le fit hésiter.

« Tu me bourres le mou ou c'est à toi qu'on bourre le mou ?

— Ostrow n'appartient pas à l'antenne de Vienne ? demanda-t-elle d'une voix hésitante.

— Il est sur O-15.

— En clair ?

— Ça veut dire que, officiellement, il figure encore sur les listes mais qu'en réalité, il est sur la touche. Un stratagème pour semer la confusion parmi les mauvais garçons. Diabolique, non ?

— Sur la touche comment ?

— Il est aux Etats-Unis depuis quelques mois. Dépression, si tu veux savoir. Il a eu son heure de gloire mais ça a fini par mal tourner pour lui. Pour tout dire, on l'a hospitalisé à Walter Reed... Et c'est là qu'il se trouve actuellement. » Un frisson lui parcourut l'échine ; elle s'efforça de réprimer une bouffée d'angoisse.

« C'est là qu'il se trouve. Regrettable mais vrai. Dans une de ces salles où toutes les infirmières possèdent des habilitations spéciales.

— Si je te disais qu'Ostrow est un homme de petite taille, cheveux bruns grisonnants, teint pâle, lunettes à monture métallique... ?

— Je te répondrais de revoir ta description. Ostrow ressemble à un bon à rien de surfeur sur le retour – grand, mince, blond et tout le bazar. »

Il y eut plusieurs secondes de silence.

« Anna, que diable t'arrive-t-il ? »

CHAPITRE 31

A BASOURDIE, elle se redressa sur son lit.

« Qu'est-ce qui ne va pas ? demanda Ben.

— Je n'arrive vraiment pas à m'y faire.

— Si cela concerne l'affaire sur laquelle nous travaillons tous les deux...

— Non. Pas celle-là. *Les salauds* !

— Que s'est-il passé ?

— S'il vous plaît, s'écria-t-elle. *Laissez-moi réfléchir !*

— Très bien. » D'un air irrité, Ben prit son téléphone digital dans la poche de sa veste.

Elle pensa : Pas étonnant que « Phil Ostrow » l'ait appelée en pleine nuit... à une heure bien trop tardive pour qu'elle puisse vérifier ses dires auprès de l'ambassade américaine. Mais alors, qui était le type qu'elle avait rencontré à l'antenne de la CIA ?

Mais était-ce bien l'antenne de la CIA ?

Qui étaient « Ostrow » et « Yossi » ?

Elle entendit Ben s'exprimer dans un français rapide. Puis il se tut et écouta un moment.

« Oscar, tu es un génie », finit-il par déclarer.

Quelques minutes plus tard, il passait une deuxième communication.

« Megan Crosby, je vous prie. »

Si « Phil Ostrow » était un imposteur, ce devait être un fameux comédien. Et que fabriquait-il ? « Yossi » pouvait aussi bien être israélien qu'originaire d'un autre pays du Moyen-Orient ; c'était difficile à déterminer.

« Megan, c'est Ben », dit-il.

Qui *étaient* ces hommes ? se demandait-elle.

Elle saisit le combiné et appela de nouveau Jack Hampton.

« Jack, j'ai besoin du numéro de l'antenne de la CIA.

— Pour qui tu me prends, les renseignements téléphoniques ?

— Elle est dans l'immeuble en face du consulat, c'est bien cela ?

— L'antenne de la CIA se trouve dans le bâtiment principal de l'ambassade, Anna.

— Non, l'annexe. Un immeuble de bureaux de l'autre côté de la rue. Sous couvert de la Chambre de commerce des Etats-Unis.

— Je ne vois pas de quoi tu parles. La CIA ne possède aucun bureau sous couverture en dehors de celui qui se trouve dans l'ambassade. Pas que je sache, en tout cas. »

Elle raccrocha. La panique envahissait son corps. Si l'endroit où elle avait rencontré Ostrow n'était pas un site de la CIA, qu'est-ce que c'était ? Le cadre, le contexte... chaque détail était exact. *Trop* exact, *trop* convaincant ?

Elle entendit Ben s'exclamer : « Vous me faites marcher. Bon sang, vous êtes une rapide. »

On était en train de la manipuler. Mais qui ? Et à quelle fin ? Il s'agissait évidemment d'un individu ou d'un groupe d'individus qui la savaient à Vienne, connaissaient la raison de sa venue et le nom de son hôtel.

Si Ostrow était un imposteur, il y avait de fortes chances pour que son histoire sur le Mossad soit fausse. Elle avait été victime d'une arnaque des mieux montées. Ils avaient eu l'intention d'enlever Hartman... et de se servir d'elle pour qu'elle leur livre le « paquet » tout ficelé.

Elle se sentait perdue.

Dans son esprit, elle passait tout en revue, depuis l'appel de « Ostrow » jusqu'à l'endroit où « Yossi » et lui l'avaient reçue. Alors, tout cela n'aurait été qu'un leurre impeccablement conçu ?

Elle entendit Hartman dire :

« Parfait ! Attendez, je note. Magnifique travail, ma petite. Formidable. »

Ainsi donc cette histoire de Mossad, où les rumeurs le disputaient aux allusions murmurées, corroborées par aucun témoignage, n'était rien de plus qu'une fable tissée à partir d'éléments plausibles. Qu'y avait-il de vrai dans tout ce qu'elle avait appris ?

Qui donc s'ingéniait à la lancer sur une mauvaise piste... et dans quel but ?

Où était la vérité ? Où donc était la vérité ?

« Ben », dit-elle.

Il leva l'index pour lui faire signe d'attendre, conclut sa conversation téléphonique et referma son portable d'un geste.

Changeant brusquement d'avis, elle décida de ne rien lui révéler de ce qu'elle venait de découvrir. Pas encore. Elle se contenta de lui demander : « Avez-vous appris quelque chose par l'intermédiaire de Sonnenfeld ? »

Hartman lui narra sa rencontre et lui exposa les opinions émises par le vieil homme. De temps à autre, Anna l'interrompait pour éclaircir tel ou tel point ou lui demander de plus amples explications.

« Votre père n'était pas un nazi, en fin de compte.

— Non, d'après Sonnenfeld du moins.

— Alors, que représente Sigma pour lui ?

— Il ne s'est guère étendu sur le sujet. Et il est resté franchement évasif quand on a abordé celui de Strasser.

— Et la raison de l'assassinat de votre frère ?

— On l'aurait tué parce qu'il représentait une menace, pour l'empêcher de *tout révéler*. Une personne, ou un groupe de personnes, craignaient qu'il ne divulgue les noms en question.

— Ou que l'existence de cette corporation ne s'ébruite. De toute évidence, il s'agissait d'un ou plusieurs individus protégeant de gros intérêts financiers. Ce qui veut dire que ces vieillards étaient... » Elle s'interrompit.

« Bien sûr ! L'argent blanchi ! Ces vieillards étaient rétribués. Peut-être par quelqu'un ayant pris le contrôle de la corporation qu'ils avaient constituée tous ensemble.

— Rétribués soit par le versement de *pots-de-vin*, ajouta Ben, soit par une redistribution des bénéfices. »

Anna se leva.

« Eliminez les bénéficiaires et adieu les virements. Les vieux gâteux ne réclameront plus leur chèque de fin de mois. Ce qui signifie que les commanditaires de ces meurtres entendent en tirer un avantage *financier*. Certainement. Quelqu'un comme Strasser, ou même votre père. » Elle le regarda. Elle ne pouvait se résoudre à éliminer cette hypothèse. Même si cela ne faisait pas plaisir à Ben. Son père avait pu commettre des meurtres... avoir du sang sur les mains, ou du moins avoir ordonné ces exécutions.

Mais comment expliquer la savante mise en scène d'Ostrow, le faux agent de la CIA ? Pouvait-il avoir un lien quelconque avec les héritiers de quelque vaste fortune occulte ?

« Théoriquement, on peut imaginer que mon père fait partie de cette bande de malfrats, répondit Ben. Mais je ne le pense pas.

— Et pourquoi cela ? » Elle se demandait jusqu'où elle pouvait le pousser sur ce sujet.

« Parce que mon père ne sait déjà pas quoi faire de tout son argent. Parce qu'il a beau être un homme d'affaires implacable doublé d'un fieffé menteur, ma discussion avec Sonnenfeld me porte à croire qu'il n'est pas foncièrement mauvais. »

Elle doutait que Hartman lui fasse des cachotteries, mais sa loyauté envers son père faussait sans conteste son jugement. En effet, Ben lui apparaissait comme un être loyal... admirable qualité qui hélas vous aveugle parfois.

« Il y a un truc que je ne pige pas, poursuivit Hartman. Ces types sont vieux et malades. Alors pourquoi prendre la peine d'engager un tueur pour les éliminer ? Le jeu n'en vaut pas la chandelle.

— Certes. A moins qu'on ne redoute leur indiscrétion.

— Mais s'ils n'ont pas parlé pendant un demi-siècle, pourquoi le feraient-ils à présent ?

— Les autorités ont peut-être exercé une pression sur eux, après l'apparition de cette liste. Confronté à la menace d'un procès, l'un d'entre eux aurait pu lâcher le morceau. Autre solution. La Corporation passe par une nouvelle phase et cette transition la rend particulièrement vulnérable.

— Il s'agit là d'un monceau de présomptions, dit-il. Nous avons besoin de faits tangibles. »

Elle fit une pause.

« A qui parliez-vous tout à l'heure au téléphone ?

— Une consultante dont j'ai déjà utilisé les services. Elle m'a dit que Vortex Laboratories baignait dans un environnement quelque peu étrange. »

Aussitôt Anna dressa l'oreille.

« Oui ?

— Cette boîte est aux mains du géant européen de la chimie et de la technologie, Armakon AG. Une compagnie autrichienne.

— Autrichienne..., murmura-t-elle. Voilà qui est intéressant.

— Ces gigantesques sociétés technologiques ne cessent de racheter de petites start-up, dans l'espoir de rafler les brevets des inventions qui ont échappé à leurs ingénieurs maison. Et autre chose. Mon ami des îles Caïmans a réussi à remonter la piste de quelques virements. »

Et dire que son contact du DOJ s'en était montré incapable. Elle fit de son mieux pour dissimuler son excitation.

« Racontez-moi.

— L'argent était envoyé par une compagnie immatriculée dans les Îles anglo-normandes, quelques secondes après avoir transité par une *Anstalt* basée au Liechtenstein. Une sorte d'entité aveugle.

— S'il provenait d'une compagnie, les noms des vrais titulaires doivent figurer dans des fichiers, quelque part ?

— Voilà le hic. En général, les *Anstalts* sont dirigées par un agent, souvent un homme de loi. Ce sont pour la plupart des corporations factices qui n'existent que sur le papier. Un seul agent basé au Liechtenstein peut en contrôler des milliers.

— Votre ami a-t-il pu obtenir le nom de celui qui s'occupe de cette *Anstalt* ?

— Je crois que oui. Seulement voilà, il faudrait recourir à la torture pour soutirer à l'un de ces agents la moindre information sur les *Anstalts* qu'il dirige. Ils ont une réputation à préserver. C'est pour leur discrétion qu'on a recours à eux. Mais mon ami s'emploie à soulever le voile. »

Elle fit un grand sourire. Ce type lui plaisait de plus en plus.

Le téléphone sonna.

Elle décrocha.

« Navarro.

— Anna, c'est Walter Heisler. J'ai vos résultats.

— Mes résultats ?

— Concernant l'arme qui a été abandonnée par le tireur à Hietzing. Les empreintes que vous m'avez demandé de faire examiner. Elles correspondent à d'autres empreintes connues d'Interpol. Un certain Hans Vogler, ex-Stasi. Il ne devait pas s'attendre à rater son coup ni à ce qu'on lui mette des bâtons dans les roues, parce qu'il ne portait pas de gants. »

Heisler ne lui apprenait rien de nouveau, mais les empreintes digitales constitueraient une solide pièce à conviction.

« Fantastique. Walter, écoutez, j'ai besoin que vous me rendiez un autre service.

— Vous ne semblez pas surprise, fit Heisler boudeur. J'ai dit qu'il appartenait à la Stasi, vous avez bien compris ? Les services secrets de l'ancienne Allemagne de l'Est.

— Oui, Walter, j'ai bien compris, et je vous remercie. Très impressionnant. » Voilà qu'elle adoptait de nouveau ce ton trop brusque, trop strict. Aussi tenta-t-elle ensuite d'adoucir sa remarque.

« Merci mille fois, Walter. Juste une dernière chose... »

D'une voix lasse, il laissa tomber : « Oui ? »

— Une seconde. » Elle couvrit le micro du téléphone et dit à Ben : « Vous n'avez pas encore réussi à joindre Hoffman ?

— Pas un mot. Pas de réponse... c'est bizarre. »

Elle ôta sa main du combiné.

« Walter, j'aimerais que vous me fournissiez toutes les informations disponibles sur un détective privé viennois nommé Hans Hoffman ? »

Il y eut un silence.

« Allô ?

— Oui, Anna, je suis là. Pourquoi ce Hans Hoffman vous préoccupe-t-il tant ?

— J'ai besoin d'une aide extérieure, répondit-elle après s'être accordé une fraction de seconde de réflexion, et on m'a donné son nom...

— Eh bien, je pense que vous allez devoir trouver quelqu'un d'autre.

— Pourquoi cela ?

— Il y a une heure, la collaboratrice d'un *Berufsdetektiv* nommé Hans Hoffman a appelé le *Sicherheitsbüro*. En arrivant au travail, l'enquêtrice a découvert son patron mort. Tué à bout portant d'une balle en plein front. Et, chose bizarre... son index droit était sectionné. S'agirait-il du même Hans Hoffman ? »

Ben fixait Anna d'un regard incrédule pendant qu'elle lui exposait ce qu'elle venait d'apprendre.

« Bon sang, il semble qu'ils ne nous lâchent pas d'une semelle, quoi que nous fassions, murmura-t-il.

— Il serait peut-être plus juste de dire qu'ils nous "précèdent". »

Ben se massa les tempes du bout des doigts puis s'exprima d'une voix posée.

« L'ennemi de mon ennemi est mon ami.

— Que voulez-vous dire ?

— Sigma m'a tout l'air d'éliminer ses propres membres. Or ces victimes qui vous intéressent tant ont toutes un point commun avec moi. Un ennemi commun. Nous avons bien décrit le dispositif – des vieillards apeurés disparaissent de la circulation et vivent leurs dernières années sous des noms d'emprunt. Il est certain qu'ils savaient de quoi il retournait. De ce fait, notre seul espoir consiste à établir un contact avec l'un des survivants de la liste. Un homme avec lequel je puisse trouver un terrain d'entente, une certaine affinité, afin de l'inciter à me fournir son aide, sachant que sa propre sauvegarde dépendra de sa coopération. »

Anna se leva et se mit à arpenter la pièce.

« C'est-à-dire, s'il en reste un en vie, Ben. »

Il la fixa un long moment, sans rien dire. Dans son regard se lisait une certaine hésitation. Elle voyait qu'il désirait ardemment lui faire confiance, de la même façon qu'elle espérait ardemment pouvoir lui faire confiance. Il répondit d'une voix lente et incertaine : « J'ai le sentiment – ce n'est qu'un sentiment, un peu plus qu'une intuition – qu'il doit en rester un en vie.

— Lequel ?

— Un Français nommé Georges Chardin. »

Elle hocha légèrement la tête.

« Georges Chardin... J'ai vu ce nom sur la liste Sigma – mais il est mort depuis quatre ans.

— Pourtant le fait que son nom figure dans les dossiers Sigma signifie qu'Allen Dulles s'est penché sur son cas.

— Dans les années 50, ouais. Mais rappelez-vous, la plupart de ces personnes ont disparu depuis un bon bout de temps. Je me suis surtout occupée de celles qui sont tombées lors de cette dernière recrudescence de meurtres – ou des victimes potentielles. Chardin n'entre dans aucune de ces deux catégories. En outre, ce n'est pas un *fondateur*, aussi ne figure-t-il pas sur votre document d'enregistrement. La liste Sigma ne contient pas uniquement les noms des premiers membres. » Elle lui lança un regard insistant. « Ma question est la suivante : comment en êtes-vous venu à vous préoccuper de lui ? Me cachez-vous quelque chose ? »

Ben secoua la tête.

« Nous n'avons pas le temps de jouer à ce petit jeu, dit Anna.

— Georges Chardin, j'ai dû lire quelque chose sur lui. Mais ce n'est pas un homme célèbre, personne n'a jamais entendu parler de lui. Alors quel intérêt revêt-il ?

— Son intérêt, c'est son patron, un fameux industriel français faisant partie des fondateurs présents sur la photo. Un homme du nom d'Emil Ménard. A son époque, c'était un grand chevalier d'industrie. Il était déjà vieux en 1945 ; sa mort remonte à des dizaines d'années.

— Je le connais. C'est lui qui a fondé Trianon, le premier conglomérat moderne, n'est-ce pas ?

— C'est cela même. Trianon est l'un des plus gros empires industriels français. Emil Ménard a fait de Trianon un géant français de la pétrochimie auprès duquel même Schlumberger passe pour une quincaillerie de village.

— Ainsi donc, ce Georges Chardin a travaillé pour le légendaire Emil Ménard ?

— Travaillé ? Dites plutôt qu'il respirait à sa place. Chardin était son fidèle lieutenant, son aide de camp, son factotum et tout ce que vous pouvez imaginer d'autre. L'expression "bras droit" n'a jamais été plus appropriée. Chardin fut engagé en 1950 alors qu'il n'avait que vingt ans et, en l'espace de quelques années, ce blanc-bec a révolutionné les mentalités. La notion de capital n'a plus été la même après lui, il a introduit une manière nouvelle et sophistiquée de calculer le retour sur investissement et restructuré la compagnie en fonction de ses idées. Il était très en avance sur son temps. Une figure majeure.

— Dans votre monde peut-être.

— Je vous l'accorde. Le fait est que le vieil homme a placé toute sa confiance en son jeune protégé ; il le consultait sur chaque détail concernant le fonctionnement de sa vaste entreprise. Dès 1950, Emil Ménard et Chardin sont devenus inséparables. On disait que Chardin avait en tête toute la comptabilité de la société. C'était un ordinateur ambulant. » Ben produisit la photo jaunie du groupe Sigma et la plaça devant Anna en lui désignant le visage de Ménard.

« Que voyez-vous ?

— A dire vrai, Ménard a l'air plutôt hagard. Pas du tout à son aise.

— En effet. Il était assez gravement malade à ce moment-là. Il a passé les dix dernières années de sa vie à se battre contre un cancer, mais c'était un personnage remarquable et il l'est resté jusqu'à la fin. Il est mort persuadé que sa société demeurerait forte et continuerait à croître, grâce à son jeune et brillant directeur financier.

— Emettriez-vous l'hypothèse que Ménard aurait confié à Georges Chardin le secret de l'entreprise Sigma ?

— J'en suis quasiment certain. Il ne fait aucun doute que Chardin est resté au second plan. Mais il était l'ombre de Ménard et il paraît inconcevable qu'il ait ignoré l'existence de Sigma, quels que soient ses objectifs et ses méthodes. Si l'on envisage la situation en se plaçant du côté de Sigma, on comprend aisément que pour rester active, l'entreprise avait besoin, en plus de ses activités ordinaires, de recruter de nouveaux dirigeants capables de remplacer les fondateurs. Il a donc bien fallu que

Chardin y tienne une place significative, probablement en tant que membre de son conseil interne – Ménard a dû y veiller.

— OK, OK, vous m'avez convaincue, lança Anna. Mais où est-ce que cela nous mène aujourd'hui ? Nous savons que Chardin est mort voilà quatre ans. Vous pensez qu'il a pu laisser des dossiers, des papiers, ou autres ?

— On nous a dit que Chardin était mort depuis quatre ans, je le sais. A l'époque même où mon frère Peter a organisé sa fausse disparition. Et si Chardin avait eu la même idée que Peter – disparaître, se cacher pour échapper aux tueurs lancés à ses trousses ?

— Allons, Ben ! Les conclusions auxquelles vous aboutissez ne sont basées que sur des monceaux de suppositions. Où sont les preuves ?

— Sur votre liste, il est dit qu'il a péri dans un incendie, c'est bien cela ? La vieille ruse : "rendu méconnaissable par le feu". Comme mon frère. Désolé, mais on ne m'aura pas deux fois. » Il sembla déceler un certain scepticisme sur les traits de la jeune femme.

« Ecoutez-moi : Vous l'avez dit vous-même. Nous avons affaire à une série de vieillards qui ont été tués probablement parce que quelqu'un les considérait comme une menace. Sigma, ses héritiers ou ses nouveaux dirigeants. Donc posons-nous la question : comment une poignée de types arrivés au soir de leur vie pourraient-ils représenter une menace assez sérieuse pour qu'on les assassine ? » Il se leva et se mit à faire les cent pas. « Vous voyez, depuis le début je commets l'erreur de considérer Sigma comme une simple organisation de façade, une fausse corporation – alors qu'elle est bien réelle.

— Que voulez-vous dire ?

— La chose aurait dû me sauter aux yeux ! Je peux vous donner une centaine d'exemples tirés de mon expérience de banquier à Wall Street. En 1992, un type est devenu le grand patron de Time Warner après avoir évincé un rival, et devinez quelle a été sa première décision en tant que directeur ? Epurer son conseil d'administration et en expulser les membres qui lui étaient hostiles. Il vaut mieux se débarrasser de ses adversaires !

— Mais le type de Time Warner ne les a pas tués, je présume, répliqua-t-elle sèchement.

— A Wall Street nous avons d'autres techniques pour éliminer nos ennemis. » Ben fit un sourire en coin. « Mais il les a quand même éliminés. C'est ce qui arrive quand survient un brusque changement au niveau de la direction.

— Vous suggérez donc qu'il s'est produit un "changement au niveau de la direction" chez Sigma.

— Exactement. Une purge au sein des administrateurs dissidents, pourrait-on dire.

— Rossignol, Mailhot, Prosperi et les autres – ils seraient tous des dissidents ? Des brebis galeuses aux yeux de la nouvelle direction ?

— Quelque chose dans ce goût-là. Georges Chardin avait la réputation d'être un homme brillant. Il a dû voir le vent venir et s'est arrangé pour disparaître.

— Peut-être que oui, peut-être que non. Tout cela n'est encore que pure spéculation.

— Pas vraiment », dit Ben doucement. Il se tourna pour faire face à Anna. « En me fiant au principe consacré : "Cherchez l'argent", j'ai engagé un enquêteur français aux services duquel nous avons déjà eu recours chez Hartman Capital Management. Un petit génie nommé Oscar Peyaud. Nous lui avons confié des tâches délicates sur Paris et, à chaque fois, il nous a épatés par la rapidité et la qualité de son travail. Et la longueur de sa note de frais, mais ça c'est une autre histoire.

— Merci de me tenir au courant de ce que vous faites, fit remarquer Anna sur un ton fortement sarcastique. C'est la moindre des choses entre partenaires.

— Ecoutez-moi. Personne ne peut vivre sans une forme de soutien financier. Je vous explique mon raisonnement. Que se passerait-il si vous pouviez retrouver la trace de l'exécuteur testamentaire de Chardin – savoir sous quelle forme se présente son héritage, comment il a pu en conserver l'accès. » Il fit une pause puis sortit une feuille de papier de la poche de sa veste.

« Ceci est arrivé de Paris, il y a une heure. Ça vient d'Oscar Peyaud. » Sur la feuille, quelques signes étaient tracés :

Roger Chabot
1554 rue des Vignoles
Paris XX

Anna leva les yeux, sa curiosité soudain en éveil.
« Chabot ?

— Le pseudonyme de Georges Chardin, je parie. Je pense que nous tenons notre homme. A présent, il s'agit de parvenir jusqu'à lui avant que Sigma ne nous coupe l'herbe sous le pied. »

Une heure plus tard, le téléphone sonnait sur le bureau de Walter Heisler. Deux courtes sonneries : une ligne interne. Heisler fumait comme un pompier – il en était à son troisième paquet de Casablancas de la journée – quand il décrocha. Il écouta deux secondes avant de se décider à parler : « Heisler. »

C'était le technicien travaillant dans la petite pièce du quatrième étage.

« Avez-vous eu le bulletin de l'Américaine, Navarro ?

— Quel bulletin ? » Heisler laissa le filet de fumée tiède sortir lentement de ses narines.

« Il vient d'arriver.

— Dans ce cas, il est probablement resté au service du courrier toute la matinée. » Le service du courrier du *Sicherheitsbüro* était une véritable malédiction pour lui.

« Alors, que se passe-t-il ? A moins que j'aie plus vite fait d'allumer la radio pour l'apprendre ? » Un jour, il avait effectivement découvert la cachette d'un fugitif en écoutant une station de radio locale, les employés du courrier ayant égaré le message faxé le matin même, quelque part entre leur service et son bureau.

« Une belle coquine, on dirait. Elle nous a bien eus. Le gouvernement américain a lancé un mandat contre elle. Ça ne me regarde pas, mais je pensais que quelqu'un vous aurait refilé le scoop.

— Seigneur ! » dit Heisler. La cigarette coincée entre ses lèvres tomba dans sa tasse de café ; on entendit le bref grésillement du mégot. « Merde ! Foutu problème.

— Pas si problématique que ça, si c'est vous qui lui mettez la main dessus, hein ? », dit prudemment le technicien.

« La note de la chambre 1423 », lança Anna au concierge qui se tenait à l'accueil, l'air tourmenté. Elle déposa deux cartes-clés sur le comptoir de granit noir.

« Un instant, je vous prie. J'ai seulement besoin de votre signature sur la note, *ja ?* » L'homme, un quadragénaire fatigué aux joues creuses et aux cheveux d'un blond sale – teints ? – peignés en arrière et collés au crâne, pour faire plus jeune sans doute, portait une veste d'uniforme ajustée, coupée dans une sorte de tissu synthétique marron, ornée d'épaulettes effilochées. Anna l'imagina un bref instant dans un autre cadre, après sa journée de travail – vêtu de cuir noir, copieusement aspergé d'une eau de Cologne musquée, hantant les night-clubs en comptant sur la lumière tamisée pour séduire quelque *schöne Mädchen*.

« Bien sûr, fit Anna.

— J'espère que vous avez apprécié votre séjour, Miss Navarro. » Il tapa des chiffres sur un clavier, puis leva les yeux vers elle. Un sourire découvrit ses dents jaunâtres.

« Toutes mes excuses. Il va falloir attendre un moment pour accéder au dossier. Un problème avec le système. L'informatique, n'est-ce pas ? » Son sourire s'épanouit comme s'il venait de sortir une bonne blague. « Ces machines nous facilitent bien le travail. Quand elles marchent. Permettez-moi d'appeler le directeur. » Il s'empara d'un casque rouge et dit quelques mots en allemand.

« Que se passe-t-il ? demanda Ben, debout derrière Anna.

— Un problème informatique, à ce qu'il paraît », murmura-t-elle.

Un petit homme ventripotent vêtu d'un complet noir émergea de derrière le comptoir.

« Je suis le directeur. Je suis navré pour ce contretemps ». L'employé et lui échangèrent un regard.

« Une panne. Il va falloir quelques minutes pour récupérer le dossier. Des appels téléphoniques, rien que ça. Nous allons bientôt pouvoir vous présenter la note afin que vous y jetiez un coup d'œil pour accord. Je ne voudrais pas vous facturer les appels de la chambre 1422. Ce genre de désagrément se produit parfois avec le nouveau système. Le miracle de la technologie moderne. »

Quelque chose ne tournait pas rond, certes, mais ce n'était pas le système informatique.

Le directeur se montrait jovial, rassurant, expansif et pourtant, bien qu'il fasse assez frais dans le hall, Anna remarqua les gouttes de sueur qui perlaient sur son front.

« Venez vous asseoir dans mon bureau pendant que nous arrangeons cela. Allons, ne restez pas debout ! Vous partez pour l'aéroport, hein ? Vous avez déjà prévu comment vous y rendre, hein ? Pourquoi ne pas emprunter la voiture de l'hôtel ? – cadeau ! Nous vous devons bien cela.

— C'est très aimable à vous », fit Anna. Elle avait rencontré maintes fois ce type de comportement au cours de ses enquêtes – la nervosité rendait bavard. L'homme avait reçu l'ordre de les retenir. C'était parfaitement clair.

Mais on n'avait pas dû lui dire pourquoi ni s'ils étaient dangereux. On lui avait sans doute demandé de prévenir la sécurité, mais la sécurité n'était certainement pas encore arrivée, sinon il n'aurait pas été aussi anxieux. Elle quittait l'hôtel de façon prématurée. Ce qui signifiait... eh bien, il y avait plusieurs possibilités. Peut-être venaient-ils à peine de lancer un mandat contre elle – ou contre Ben ? Ou les deux ? Dans ce cas, leur départ avait dû les prendre de court.

« Ecoutez, dit-elle. Vous n'avez pas besoin de moi pour résoudre votre problème informatique. Vous m'enverrez la note plus tard. C'est faisable, non ?

— Cela ne prendra que quelques minutes », repartit le directeur. Mais au lieu de poser les yeux sur elle en parlant, il échangea un regard avec le garde posté de l'autre côté du hall.

Anna consulta ostensiblement sa montre.

« Vos cousins vont se demander ce qui nous arrive, dit-elle à Ben. Nous ferions mieux d'y aller. »

Le directeur fit le tour du comptoir et lui posa une main moite sur le bras.

« Quelques petites minutes », insista-t-il. Il était tellement proche d'elle qu'elle pouvait sentir l'odeur qui se dégageait de lui, un mélange peu ragoûtant de fromage gratiné et de brillantine.

« Ne me touchez pas », s'écria Anna d'un ton vaguement menaçant. Ben fut étonné par la soudaine froideur de sa voix.

« Nous pouvons vous conduire là où vous le souhaitez », protesta le directeur, sur un ton plus cajoleur qu'agressif.

De l'autre côté du hall, le vigile s'approchait d'eux à grands pas.

Anna coinça la lanière de son sac sur son épaule et se dirigea vers la sortie.

« Suivez-moi », dit-elle à Ben.

Ils avancèrent rapidement vers la porte. Elle savait que le garde serait bien obligé de s'entretenir quelques secondes avec le directeur avant de les poursuivre à l'extérieur du bâtiment.

Arrivée sur le trottoir, elle examina les alentours. Au coin du pâté de maisons, un officier de police parlait dans un talkie-walkie. Il était probablement en train d'indiquer sa position. Ce qui signifiait qu'il était encore seul sur les lieux.

Elle lança son sac à Ben et fonça droit vers le policier.

« Bon sang, Anna ! », s'exclama Ben.

Anna interpella le policier et s'adressa à lui d'une voix forte et autoritaire.

« Vous parlez anglais ?

— Oui, répondit le flic mal assuré.

— Anglais, oui. » Il avait les cheveux coupés en brosse, une carrure d'athlète et une bonne vingtaine d'années.

« Je fais partie du Bureau Fédéral d'Investigation américain, dit Anna. Le Bureau Fédéral d'Investigation, vous comprenez ? Le FBI. Nous recherchons une Américaine en fuite et j'ai besoin de votre aide. La femme s'appelle Anna Navarro. » Elle sortit rapidement son badge OSI tout en soutenant son regard ; il y posa les yeux mais ne s'y attarda pas.

« Anna Navarro, vous dites ? dit le policier avec reconnaissance et soulagement. Oui. On nous a prévenus. Dans l'hôtel, c'est cela ?

— Elle s'est barricadée dans sa chambre, dit Anna. Treizième étage. Chambre 1423. Et elle voyage avec quelqu'un, n'est-ce pas ? »

Le policier haussa les épaules.

« Anna Navarro. C'est bien le nom que nous avons », dit-il.

Anna hocha la tête. C'était une information importante.

« J'ai deux agents sur place. Mais juste des observateurs. Nous ne pouvons pas intervenir en territoire autrichien. C'est à vous de jouer. Je vais vous demander d'emprunter l'entrée de service, sur le côté du bâtiment, et de monter au treizième étage. Vous êtes d'accord ?

— Oui, oui, abonda le policier.

— Et passez le mot, OK ? »

Il hocha vigoureusement la tête.

« Nous allons vous la chercher. L'Autriche est – comment dites-vous ? –, un pays où règnent la paix et d'ordre, n'est-ce pas ? »

Anna lui adressa son plus chaleureux sourire.

« Nous comptons sur vous. »

Quelques minutes plus tard, Ben et Anna étaient à bord d'un taxi en route pour l'aéroport.

« C'était plutôt gonflé, estima Ben d'une voix tranquille. Foncer sur le flic de cette manière.

— Pas tant que ça. Je fais le même métier qu'eux. S'ils avaient eu toutes les données en main, ils auraient pris plus de précautions. Ils ne connaissent pas mon signalement. Tout ce qu'ils savent, c'est qu'ils cherchent une Américaine, pour le compte des Américains. Mais ils ignorent si je suis la proie ou le chasseur.

— Si vous le dites... » Ben secoua la tête. « Mais pourquoi vous courent-ils après ?

— Je n'ai pas encore de réponse. Quelqu'un a répandu une rumeur selon laquelle j'aurais trahi mon pays. En vendant des secrets d'Etat ou autres. La question est qui, comment et pourquoi.

— Il me semble que Sigma se cache là-dessous. Ils manipulent la police.

— Ça m'en a tout l'air.

— Pas bon pour nous, dit Ben. Nous risquons d'avoir tous les flics d'Europe au cul, en plus des tueurs fous dépêchés par Sigma – ça va nous mettre de sérieux bâtons dans les roues.

— On peut présenter les choses comme cela, fit Anna.

— Nous sommes morts.

— Là, vous y allez un peu fort. » Anna haussa les épaules. « Et si nous évitions de mettre la charrue avant les bœufs ?

— Comment ça ?

— En bien, disons pour l'instant que Ben Hartman et Anna Navarro sont sur le point d'arriver à l'aéroport de Graz où ils réserveront deux allers pour Munich, cent cinquante kilomètres au sud.

— Et qu'allons-nous faire à Munich ?

— Nous n'allons pas à Munich. Le hic, c'est que j'ai demandé qu'on surveille vos cartes de crédit. Ce qui est fait est fait. Pas moyen de faire rentrer le génie dans sa bouteille. Si vous utilisez vos propres cartes, une alarme va se mettre à carillonner à Washington et Dieu sait dans lesquels de nos bureaux à l'étranger.

— Donc, nous sommes coincés.

— Nous en avons l'habitude. J'ai besoin que vous vous concentriez, Ben. Ecoutez, votre frère avait prévu tous les papiers nécessaires à ses éventuels déplacements. Au cas où Liesl et lui auraient eu besoin de voyager incognito. Pour autant qu'on le sache, les papiers d'identité sont encore bons et la carte de crédit doit toujours fonctionner. Robert et Paula Simon vont acheter des billets pour le prochain Vienne-Paris. Un couple d'Américains basique, un parmi les dizaines de milliers qui transitent par cet aéroport chaque jour.

— Très bien, dit Ben. Très bien. Je suis désolé, Anna. Je n'ai pas les idées claires. Mais il subsiste certains risques, n'est-ce pas ?

— Bien sûr qu'il y a des risques. Tout ce que nous faisons comporte des risques. Mais si nous partons maintenant, ils n'auront peut-être pas eu le temps de diffuser nos photos et de lancer une recherche pour retrouver Mr. et Mrs. Simon. Le principal est de rester calme et vigilant. Prêt à improviser, si besoin est.

— Bien sûr », ajouta Ben, mais il n'avait pas l'air si sûr que cela.

Elle posa les yeux sur lui. Il faisait jeune, plus jeune que son âge ; son arrogance s'était évanouie et elle sentait qu'il avait besoin d'être rassuré.

« Après tout ce par quoi vous êtes passé, je sais que vous n'allez pas perdre la tête. Vous ne l'avez pas fait jusqu'à présent. Et en ce moment, c'est probablement la chose la plus importante.

— La chose la plus importante c'est trouver Chardin.

— Nous le trouverons, dit Anna en serrant les mâchoires d'un air résolu. Nous le trouverons. »

Zurich

Matthias Deschner enfouit son visage dans ses deux mains, en espérant qu'un éclair de lucidité transperce les ténèbres. On avait fini par se servir de l'une des cartes de crédit que le petit ami de Liesl avait obtenue, grâce à lui. Le compte n'ayant pas été utilisé depuis quelque temps, on l'avait appelé, comme il se doit. Les employés des services de crédit-sécurité étaient censés vérifier par un coup de fil si la carte n'était pas portée manquante.

Peter avait veillé à ce que la redevance annuelle soit prélevée automatiquement ; le nom, le numéro de téléphone, l'adresse étaient ceux de la société commerciale que Matthias avait créée à sa demande ; toutes les communications parvenaient à Deschner, en tant que représentant légal. Deschner avait un peu rechigné à se lancer dans cette affaire – une affaire pour le moins illicite – mais Liesl l'avait imploré de les aider, et, il avait fini par accepter. Rétrospectivement, il se disait qu'il aurait dû prendre ses jambes à son cou. Deschner se savait un homme honorable, en revanche il ne s'était jamais pris pour un héros.

Pour la deuxième fois en quelques jours, voilà qu'il se trouvait confronté à un terrible dilemme. Fichu Ben Hartman. Fichus jumeaux Hartman.

Deschner tenait à respecter la parole donnée à Peter et Liesl – il y tenait bien qu'ils soient morts tous les deux, à présent. Mais ils étaient *bel et bien* morts, et son serment avec eux. Il fallait tenir compte d'autres considérations.

Seule sa propre survie comptait.

Devant Bernard Suchet de la Handelsbank, il avait prétendu ignorer l'affaire où avait trempé Peter Hartman. Mais le banquier était trop malin pour avoir ajouté foi à ses affirmations. En vérité, il aurait préféré ne rien savoir, adopter la politique de l'autruche.

Ce n'était plus possible.

Plus il réfléchissait à la question, plus sa colère grimpait.

Liesl était une jolie fille – il avait la gorge serrée quand il pensait au temps passé – mais elle avait eu tort de s'adresser à lui. Ils étaient parents, certes, pourtant elle avait trop exigé de lui. Mentalement, il se mit à se disputer avec sa cousine décédée. Il n'aurait jamais dû lui céder, jamais. Leur croisade ne le concernait pas. Avait-elle la moindre idée du pétrin dans lequel elle l'avait mis ?

Ses paroles lui revinrent : *Nous avons besoin de ton aide. C'est tout. Nous n'avons personne d'autre vers qui nous tourner.* Deschner revoyait ses grands yeux bleus si lumineux, aussi clairs qu'un lac de montagne, son regard franc qui semblait réclamer, de la part de son interlocuteur, une semblable franchise.

Deschner sentit monter un furieux mal de tête. La jeune femme avait trop exigé, un point c'est tout. Du monde sans doute et de lui surtout.

Elle s'était mis à dos une organisation qui assassinait les gens aussi facilement qu'une contractuelle distribue des PV. A présent, Liesl était morte et il risquait fort de se voir entraîné dans sa chute.

Ils apprendraient que la carte avait été activée, que le Dr Matthias Deschner le savait et n'en avait rien dit. Bientôt le Dr Matthias Deschner n'existerait plus. Il pensa à sa fille, Alma, qui allait se marier dans deux mois seulement. Alma attendait avec une telle impatience que son père la conduise à l'autel. Sa gorge se serra quand il l'imagina remontant seule la nef de l'église. Non, c'était impossible. S'il permettait cela, il se montrerait non seulement imprudent mais égoïste.

La douleur derrière ses yeux ne faisait que croître. Il fouilla dans le tiroir de son bureau, trouva un flacon de Panadol et avala d'un trait une tablette amère et crayeuse.

Il regarda la pendule.

Il signalerait l'appel d'activation de la carte. Mais pas tout de suite. Il laisserait s'écouler quelques heures. Puis il appellerait.

Ce retard serait facile à justifier et ils lui seraient reconnaissants de leur avoir livré l'information. Sans aucun doute.

Et grâce à ce délai, le fils Hartman aurait peut-être le temps de se mettre à l'abri. De toute façon, il lui permettrait de prolonger de quelques heures son séjour sur cette terre. Il lui devait bien cela, décida Deschner, mais sa générosité s'arrêterait là.

CHAPITRE 32

Paris

L'EST du XXᵉ arrondissement. Le quartier le plus mal famé, le plus louche de Paris, s'étageant sur une butte tout près de l'autoroute qui délimite la ville, le *périphérique**. Au XVIIIᵉ siècle, sur ce périmètre se dressait un village de vignerons appelé Charonne. Au fil des ans, les vignes laissèrent place à de petites maisons et les maisons, à leur tour, disparurent presque toutes au profit d'immeubles en béton d'une laideur consommée. Les quelques noms de rues qui subsistent encore, tels que la rue des Vignoles, semblent ridiculement déplacés dans cet environnement urbain tyrannisé.

Le voyage vers Paris avait été éprouvant pour les nerfs ; le moindre coup d'œil fortuit semblait revêtir une signification ; sur le visage impassible des *douaniers**, elle déchiffrait de sombres arrière-pensées. Mais Anna avait assez d'expérience pour savoir que les états d'alerte internationaux se voyaient souvent entravés par les lenteurs bureaucratiques. Les fonctionnaires de la police des frontières, quel que soit le pays, faisaient rarement preuve d'un zèle excessif dans l'application des consignes de sécurité. Ils passèrent au travers et cela ne la surprit guère. Elle savait aussi que, la prochaine fois, il vaudrait mieux ne pas trop tenter le diable.

Ce n'est qu'en s'installant dans le demi-anonymat du RER bondé au départ de l'aéroport Charles-de-Gaulle qu'ils commencèrent à se détendre. Ensuite, Anna et Ben prirent le métro, s'arrêtèrent à la station Gambetta, longèrent la grande *Mairie** et descendirent la rue Vitruve en direction de la rue des Orteaux, puis tournèrent à droite. Face à eux, de l'autre côté de la rue des Vignoles, débutaient plusieurs rues étroites qui suivaient précisément le tracé des vignobles qu'elles avaient supplantés.

Charonne, juste au sud de Belleville, faisait partie des quartiers les moins typiquement parisiens de la capitale, plus volontiers peuplé d'Africains, d'Espagnols ou d'Antillais que de Français. Les bourgeois l'avaient déserté bien avant les récentes vagues d'immigration. Classes défavorisées et délinquants de tous poils semblaient s'être assemblés dans cet endroit où jadis, les insurgés de la Commune de Paris, encouragés par la débâcle du Second Empire, avaient trouvé soutien auprès du peuple. Le quartier des mal-aimés, des laissés-pour-compte. La seule fierté du XXᵉ arrondissement était le cimetière du Père-Lachaise, un jardin funéraire de quarante-deux hectares ; dès le XIXᵉ siècle, des Parisiens qui n'auraient jamais daigné visiter cet arrondissement, et encore moins y vivre, avaient consenti à lui confier leur dépouille mortelle.

Vêtus comme des touristes américains moyens, Anna et Ben marchaient le long des rues en s'imprégnant de l'ambiance : l'arôme des baraques de falafels, le martèlement sourd des rythmes nord-africains se déversant par les fenêtres ouvertes, les vendeurs de rue colportant des chaussettes et des exemplaires de *Paris-Match* cornés. Les passants étaient de toutes les couleurs et parlaient avec une infinité d'accents. Il y avait les jeunes artistes arborant des piercings alambiqués et se prenant sans doute pour les dignes successeurs de Marcel Duchamp ; il y avait les émigrés venus du Maghreb gagner l'argent nécessaire à l'entretien de leur famille restée en Tunisie ou en Algérie. De-ci, de-là, au sortir d'une allée, on reniflait les fortes senteurs résineuses du cannabis et du haschisch.

« Difficile d'imaginer qu'un chevalier d'industrie ait choisi ce genre de quartier pour y passer ses vieux jours, fit remarquer Anna. Eh quoi, on ne trouve plus de villas les pieds dans l'eau, sur la Côte d'Azur ?

— En fait, l'endroit est presque parfait, dit Ben, méditatif. Pour qui veut disparaître, il n'y a pas mieux. Personne ne remarque personne, personne ne *connaît* personne. Si pour une raison ou une autre, on préfère vivre en ville, ce lieu est le plus hétérogène qu'on puisse trouver, bourré d'étrangers, de nouveaux immigrants, d'artistes, d'excentriques de tout acabit. » Contrairement à Anna, Ben connaissait Paris et cette familiarité lui procurait l'assurance dont il avait besoin.

Anna hocha la tête.

« Des cachettes à foison.

— En plus, on bénéficie de tous les moyens de circulation possibles, un labyrinthe de rues, un train qui vous permet de quitter rapidement la ville, et le périphérique. Un dispositif parfait comportant de multiples échappatoires. »

Anna sourit.

« Vous apprenez vite. Vous êtes sûr de ne pas vouloir postuler un emploi d'enquêteur auprès du gouvernement ? Nous pouvons vous offrir un salaire de quarante-cinq mille dollars et une place de parking.

— Tentant », répliqua Ben.

Ils passèrent devant La Flèche d'Or, un restaurant au toit de tuiles rouges, perché tout en haut d'une ruelle lugubre. Puis Ben la conduisit jusqu'à un petit café marocain dont l'air humide était saturé de divers fumets orientaux.

« Je ne réponds pas de la nourriture, dit-il. Mais la vue vaut le détour. »

A travers la vitre, ils apercevaient le triangle de pierre du 1554, rue des Vignoles. Haut de six étages, le bâtiment formait un bloc indépendant cerné de ruelles étroites sur trois côtés. Sa façade, couverte de taches noires, résidus des gaz d'échappement, était mouchetée par les déjections acides des oiseaux. En plissant les yeux, Anna discernait les vestiges plus ou moins bien conservés de plusieurs gargouilles décoratives ; à cause de l'érosion qui entamait la pierre, elles avaient l'air d'avoir fondu sous le soleil. Les saillies de marbre, le revêtement ornemental et les parapets semblaient issus de la folie visionnaire d'un architecte. Un bond dans le passé, vers une époque où certains rêvaient encore de faire de cet arrondissement un repère du bon goût. L'immeuble, fort banal, respirait la douce décrépitude qu'engendrent la négligence et l'indifférence.

« D'après Peyaud, on l'appelle "L'Ermite". Il occupe la totalité du dernier étage. On l'entend remuer de temps à autre, ce qui permet de savoir qu'il est chez lui. Le bruit et les produits qu'il se fait livrer – épicerie et autres. Mais les livreurs eux-mêmes ne l'ont jamais vu. Ils jettent les courses dans le monte-charge et récupèrent leur argent quand le monte-charge redescend. Les rares personnes qui lui prêtent attention le considèrent comme un excentrique pur et dur. Et comme ce quartier est peuplé d'excentriques... » Il attaqua voracement son tagine d'agneau.

« Il vit donc reclus.

— *Totalement* reclus. Il ne se contente pas d'éviter les livreurs – *personne* ne l'a jamais vu. Peyaud a discuté avec la femme qui vit au rez-de-chaussée. Elle et tous les autres occupants de l'immeuble ont fini par conclure qu'ils avaient affaire à un vieux *rentier** paranoïaque doublé d'un timide maladif. Un beau sujet d'étude sur l'agoraphobie. Ils ignorent tous que le bâtiment lui appartient.

— Et vous comptez rendre une petite visite impromptue à cet individu déséquilibré, probablement paranoïaque, probablement dangereux et certainement dérangé ? Vous croyez peut-être qu'il va nous servir un décaféiné en répondant avec amabilité à nos questions ?

— Non, je ne prétends pas cela du tout. » Ben lui adressa un sourire rassurant. « Ce ne sera peut-être pas du décaféiné.

— Vous avez une confiance illimitée en votre charme, je vous l'accorde. » Anna regarda son couscous végétarien d'un air dubitatif. « Il parle anglais ?

— Couramment. Comme la plupart des hommes d'affaires français, ce qui permet de les différencier des intellectuels français. » Il s'essuya la bouche avec une fine serviette en papier. « Je nous ai conduits jusqu'ici. Voilà ma contribution. Mais c'est vous la professionnelle ; à vous de jouer maintenant. Que dit le manuel ? Que doit-on faire dans semblable situation – quel est le *modus operandi* ?

— Laissez-moi réfléchir. Le MO pour une visite amicale à un psychotique que tout le monde croit mort et qui, d'après vous, détient certains secrets sur une dangereuse organisation mondiale ? Je ne suis pas vraiment sûre que le manuel ait prévu ce cas de figure, Ben. »

Le tagine d'agneau qu'il venait d'engloutir commençait à lui peser sur l'estomac.

Quand ils se levèrent, elle lui prit la main.

« Regardez et prenez-en de la graine. »

Thérèse Broussard jeta un œil morne par la fenêtre, vers les piétons qui circulaient rue des Vignoles, six étages plus bas. Elle regardait les passants comme elle aurait regardé le feu dans la cheminée, mais sa cheminée était bouchée par du béton depuis des années. Elle regardait les passants comme elle aurait regardé son petit téléviseur, mais son téléviseur était *détraqué** depuis le mois dernier. Elle regardait pour se soulager les nerfs et distraire son ennui ; elle regardait parce qu'elle n'avait rien de mieux à faire. En plus, elle venait de passer dix minutes à repasser ses amples sous-vêtements déformés et elle avait besoin de souffler un peu.

Thérèse était une femme de soixante-quatorze ans, corpulente, affligée d'un teint cireux, d'un visage porcin et de cheveux raides et ternes, teints en noir. Elle se prétendait couturière mais n'avait confectionné aucun vêtement depuis dix ans. D'ailleurs, la couture n'avait jamais été son fort. Elle avait grandi à Belleville, quitté l'école à l'âge de quatorze ans et, à cause de son physique ingrat, avait vite renoncé à séduire le genre d'hommes capables de l'entretenir. En bref, elle avait dû apprendre un métier. Une amie de sa grand-mère, couturière de son état, avait accepté de prendre la jeune fille en apprentissage. Les mains de la vieille dame étaient déformées par l'arthrite et sa vue avait baissé ; Thérèse pouvait lui être utile, mais la vieille – Tati Jeanne, comme on enjoignit Thérèse de l'appeler – se défaisait toujours d'un air réticent des quelques pièces qu'elle versait chaque semaine à son apprentie. La clientèle déjà réduite de Tati Jeanne diminuait et avec elle ses revenus ; il était pénible d'avoir à partager de si petites sommes avec quelqu'un d'autre.

Un jour de 1945, comme elle descendait vers la Porte de la Chapelle, une bombe explosa près de Thérèse. Elle s'en sortit indemne mais la déflagration se mit à hanter ses rêves et lui ôta le sommeil. Son état ne fit qu'empirer avec le temps. Elle sursautait au moindre bruit et mangeait avec avidité tout ce qui lui tombait sous la main. A la mort de Tati Jeanne, Thérèse récupéra sa maigre clientèle, mais ce qu'elle gagnait suffisait à peine pour subsister.

Elle était seule, comme elle l'avait toujours craint, mais elle savait qu'il existait des choses bien pires que la solitude : elle en voulait d'autant plus à Laurent. Peu après son soixante-cinquième anniversaire, elle avait rencontré Laurent rue Ramponeau, devant les Sœurs de

Nazareth où elle venait chercher son colis de nourriture hebdomadaire. Laurent, lui aussi originaire de Ménilmontant, avait dix ans de plus qu'elle et faisait plus que son âge. Bossu, chauve, il portait une veste de cuir aux manches trop longues. Il promenait un petit chien, un terrier. Elle lui demanda comment s'appelait l'animal et de fil en aiguille ils se mirent à discuter. Il lui expliqua qu'il nourrissait son chien, Poupée, avant de se mettre à table lui-même et lui réservait les meilleurs morceaux. Elle lui parla de ses crises de panique et lui confia qu'un responsable des services sociaux l'avait inscrite aux *Assedic*. Le fonctionnaire avait fait en sorte que l'Etat lui verse cinq cents francs par semaine. Dès que Laurent sut qu'elle touchait une pension, son intérêt pour elle s'accrut. Un mois plus tard, ils se mariaient. Il emménagea dans l'appartement de son épouse, près de Charonne ; pour un œil impartial, il aurait pu sembler petit, chiche et minable, mais il était quand même bien plus agréable que le sien, duquel il était sur le point de se faire expulser. Peu après leur mariage, Laurent insista pour qu'elle reprenne son ancien métier : ils avaient besoin d'argent, les colis de nourriture des Sœurs leur faisaient à peine la moitié de la semaine, les chèques des Assedic étaient insuffisants. Elle racontait bien à tout le monde qu'elle était couturière, n'est-ce pas ? Alors, pourquoi ne cousait-elle pas ? Elle résista mollement au début, en lui montrant ses doigts gourds et boudinés. Elle avait perdu toute dextérité. Il lui fit des remontrances, beaucoup moins molles que les réticences de Thérèse. Cette dernière répliqua non sans véhémence, en lui faisant remarquer qu'il avait le chic pour se faire virer même des boulots les moins prestigieux, et qu'elle ne l'aurait jamais épousé si elle avait su quel ivrogne il était. Sept mois plus tard, dans le feu de l'une de leurs disputes de plus en plus fréquentes, Laurent tomba dans les pommes. Ses derniers mots furent « *T'es grasse comme une truie* »*. Thérèse attendit quelques minutes que sa colère s'apaise avant d'appeler une ambulance. Plus tard, elle apprit que son mari avait succombé à une hémorragie cérébrale – due à une rupture d'anévrisme. Un médecin à l'expression tourmentée lui expliqua que les vaisseaux sanguins étaient comme des tubes internes et que la paroi endommagée d'un vaisseau pouvait se rompre à tout moment. Elle aurait préféré que les derniers mots de Laurent à son endroit eussent été plus aimables.

A ses quelques amis, elle parlait de son mari comme d'un saint, mais personne n'était dupe. A certains égards, cette expérience lui avait beaucoup appris. Elle avait toujours cru que le mariage comblerait son existence. Son expérience avec Laurent lui avait enseigné que tous les hommes étaient fondamentalement perfides. Derrière ses rideaux, elle regardait les silhouettes des gens qui passaient au coin de la rue, près de son immeuble bétonné, et elle imaginait leurs travers. Celui-ci se droguait. Cet autre était un voleur. Celui-là battait sa petite amie.

On frappa à sa porte, des coups sonores et pressants qui la tirèrent de sa rêverie.

« *Je suis des Assedic, laissez-moi entrer, s'il vous plaît !**

— Pourquoi vous n'avez pas sonné ? hurla Madame Broussard.

— Mais j'ai sonné. Plusieurs fois. La sonnette est cassée. Tout comme la porte du bas. Ne me dites pas que vous n'êtes pas au courant.

— Que faites-vous ici ? Mon statut n'a pas changé, protesta-t-elle. Ma pension...

— Est en train d'être révisée, dit l'homme sur un ton officiel. Je pense que nous pourrons arranger cela. Il faut juste vérifier quelques trucs. Autrement, vous ne toucherez plus rien. Je ne vous le souhaite pas. »

Thérèse s'avança jusqu'à la porte en traînant les pieds et regarda par le judas. L'homme arborait cette attitude arrogante qu'elle associait à tous les *fonctionnaires** de l'Etat français – des petits employés qui se prenaient pour les serviteurs de la société, des hommes qui se transformaient en despotes dès qu'on leur donnait le moindre pouvoir. En revanche, quelque chose dans sa voix, son accent, lui parut moins familier. Il était peut-être d'origine belge. Thérèse n'aimait pas *les Belges**.

Elle plissa les yeux. L'homme des services sociaux était vêtu d'un fin veston de lainage et d'une cravate bon marché, tenue conforme à ce genre de boulot, d'après elle ; il avait des cheveux épais, poivre et sel, et ne possédait aucun signe distinctif hormis son visage lisse et sans rides ; si elle n'avait pas été si tendue, sa peau aurait pu ressembler à celle d'un bébé.

Thérèse tourna les deux verrous et décrocha la chaîne avant de défaire le dernier loquet et d'ouvrir la porte.

Sans quitter des yeux le 1554 rue des Vignoles, Ben suivit Anna qui sortait du café. Il aurait aimé percer le mystère de ce bâtiment, l'image même de la déliquescence – trop miteux pour attirer l'admiration de quiconque et pas assez pour qu'on y prête attention. Mais en l'observant – un exercice, se dit Ben, auquel personne n'avait dû s'essayer depuis de nombreuses années – on devinait son élégance passée. On la devinait à ses fenêtres en oriel, surmontées de linteaux de calcaire sculptés, à présent ébréchés et fracturés par endroits. On la devinait à ses pierres angulaires, disposées de manière à dessiner un appareillage faisant alterner les blocs, grands et petits ; à son toit mansardé, bordé d'un parapet effrité. On la devinait aux étroits rebords ayant jadis servi de balcons, avant qu'on enlève les rambardes de fer forgé qui avaient dû subir les attaques de la rouille et de l'érosion et devenir dangereuses à l'excès pour tout un chacun. Un siècle auparavant, on avait construit cet immeuble dans les règles de l'art et les décennies de négligence qui avaient suivi n'étaient pas parvenues à effacer totalement son ancien raffinement.

Les instructions d'Anna étaient claires. Ils traverseraient la rue en se mêlant à un groupe de passants auxquels ils emboîteraient le pas. On ne les distinguerait pas des gens qui se dirigeaient vers la boutique voisine vendant de l'alcool bon marché et des cigarettes, ou l'échoppe de *shawarmas* où tournait une grosse pièce de viande ovale et graisseuse, si proche du trottoir que les passants auraient pu la toucher rien qu'en tendant la main ; elle devait faire le bonheur des mouches des environs. Vus des fenêtres, ils auraient l'air de piétons comme les autres ; jusqu'au moment où ils s'arrêteraient devant la porte.

« On sonne ? demanda Ben quand ils atteignirent l'entrée principale de l'immeuble.

— Si on sonne, fini l'effet de surprise, non ? Je pensais que la surprise faisait partie du plan. » Jetant un rapide coup d'œil autour d'elle, Anna introduisit dans la serrure une tige d'acier qu'elle fit jouer quelques instants.

Rien.

Ben sentit la panique monter en lui. Jusqu'à présent, ils avaient eu la prudence de se mêler aux allées et venues des promeneurs. Mais maintenant qu'ils étaient immobiles, ils devenaient voyants. Leur attitude étrange risquait de sauter aux yeux de n'importe quel observateur. On voyait bien qu'ils n'étaient pas du coin.

« Anna », murmura-t-il d'une voix pressante mais calme.

Elle était penchée sur son travail, le front couvert de sueur.

« Sortez votre portefeuille et comptez vos billets, chuchota-t-elle. Prenez votre téléphone et consultez vos messages. Faites quelque chose. Posément. Lentement. *Mollement.* »

Le léger frottement du métal continuait pendant qu'elle parlait.

Finalement, on entendit jouer la serrure. Anna tourna le loquet et ouvrit la porte.

« Ces serrures ont parfois besoin qu'on les cajole un peu. En tout cas, on a vu mieux comme verrou de sûreté.

— Caché mais à la vue de tous, c'est ça l'idée, je crois.

— Caché, de toute façon. Ne disiez-vous pas que personne ne l'avait jamais vu ?

— C'est vrai.

— Peut-être était-il sain d'esprit au début. Il a pu devenir fou à la longue. Avez-vous pris le temps de réfléchir à cela ? Certaines personnes perdent la raison à force d'être coupées du monde. » Anna ouvrit la marche et se posta devant l'ascenseur déglingué. Quand elle appuya sur le bouton d'appel, ils perçurent le cliquetis d'une chaîne. Il semblait plus prudent d'emprunter l'escalier. Ils escaladèrent les sept étages en prenant soin de faire le moins de bruit possible.

Au dernier, ils trouvèrent un long couloir recouvert de carreaux de faïence d'un blanc crasseux.

Il n'y avait qu'une seule porte et, curieusement, elle était déjà en train de s'ouvrir.

« Monsieur Chabot ! », cria Anna.

Elle n'obtint aucune réponse.

« Monsieur *Chardin*! » répéta-t-elle, en échangeant un regard avec Ben.

Ils virent quelque chose bouger à l'intérieur, dans l'obscurité.

« Georges Chardin! reprit Anna d'une voix forte. Nous vous apportons des informations qui pourraient bien vous intéresser. »

Quelques instants s'écoulèrent dans le silence – puis une détonation assourdissante retentit.

Que s'était-il passé?

Il leur suffit de jeter un œil sur le mur en face de la porte ouverte pour comprendre : il était criblé de plombs.

L'homme se trouvant à l'intérieur de l'appartement était en train de leur tirer dessus.

« Je ne sais pas ce qui vous prend tout d'un coup, dit Thérèse Broussard, le feu aux joues. Rien n'a changé dans mon statut depuis la mort de mon mari. *Rien*, vous dis-je. »

L'homme portait une grosse valise noire. Il lui passa devant et s'avança d'un bon pas vers la fenêtre sans faire attention à elle. Etrange individu.

« Jolie vue, dit l'homme.

— Il n'y a jamais de soleil dans cet appartement, répliqua Thérèse sur un ton irrité. Il fait sombre presque toute la journée. On pourrait développer une pellicule ici.

— Pour certaines activités, ce peut être un avantage. »

Quelque chose la dérangeait chez ce type. Son accent devenait plus prononcé. Son intonation perdait de sa fermeté, il ne parlait plus comme un fonctionnaire mais comme n'importe qui. Ce qui lui donnait l'air moins *français*, en quelque sorte.

Thérèse s'éloigna un peu de lui. Son pouls s'accéléra. Elle se souvenait qu'un violeur avait agressé des femmes près de la Place de la Réunion. Certaines de ces victimes étaient des personnes âgées. L'homme était certainement un imposteur, elle en avait la nette intuition. Sa façon de se déplacer, la puissance et la fluidité reptiliennes de ses mouvements confirmaient les soupçons qui l'envahissaient. Elle se trouvait bien devant le violeur de la Réunion. *Mon Dieu!* Elle avait entendu dire que l'homme s'arrangeait pour gagner la confiance de ses victimes – au point qu'elles le laissaient entrer chez elles!

Toute sa vie, on lui avait répété qu'elle souffrait d'une *maladie nerveuse**. Elle n'en croyait rien : elle voyait des choses, sentait des choses que les autres gens ignoraient. Mais aujourd'hui son instinct lui avait fait défaut. Comment avait-elle pu se montrer si stupide! Elle regarda autour d'elle, affolée, en quête d'un objet qui lui permît de se défendre et s'empara d'un lourd pot de terre contenant un caoutchouc quelque peu flétri.

« Je veux que sortiez d'ici tout de suite ! dit-elle d'une voix trem-blante.

— Madame, votre volonté m'est totalement indifférente », répondit tranquillement l'homme au visage lisse. Il posa sur elle un regard calme et menaçant, comme un prédateur contemplant sa proie, persuadé qu'il n'en fera qu'une bouchée.

Elle vit l'éclair argenté produit par la longue lame courbe qu'il dégaina. Rassemblant toutes ses forces, elle balança le pot. Mais l'objet était trop lourd : il décrivit un arc et retomba vite, heurtant l'homme aux jambes sans le blesser. Il recula de quelques pas. *Seigneur Dieu !* Que lui restait-il pour se défendre ? Sa petite télé en panne ! Elle la souleva du meuble où elle était posée, la hissa péniblement au-dessus de sa tête et la jeta comme si elle visait le plafond. L'homme sourit, fit un pas de côté pour éviter le projectile rudimentaire. Le poste cogna contre le mur avec un bruit sourd et s'écrasa par terre. La coque de plastique et le tube cathodique éclatèrent.

Mon Dieu, non ! Il lui fallait autre chose. Oui – le fer posé sur la table à repasser ! L'avait-elle même éteint ? Thérèse se précipita sur le fer, mais au moment même où elle l'attrapait, l'intrus comprit son intention.

« Restez où vous êtes, espèce de vieille vache répugnante, cria l'homme avec une grimace de dégoût. *Putain de merde !* » D'un geste vif, il saisit un couteau plus petit qu'il lança à travers la pièce. L'acier taillé en biseau se terminait sur un fil acéré comme un rasoir, courant tout le long de la lame en forme de flèche ; la poignée creusée constituait un contrepoids aérodynamique.

Thérèse ne vit rien arriver, mais sentit le choc au moment où la lame s'enfonça dans son sein droit. D'abord, pensant avoir été heurtée par quelque chose, elle s'écarta d'un bond. Puis elle baissa les yeux et vit la poignée d'acier dépasser de son chemisier. Bizarrement, ça ne faisait pas mal, pensa-t-elle ; c'est alors que la douleur – mordante comme de la glace – se mit à croître, puis une corolle écarlate s'épanouit autour de la lame. En elle, la peur fit place à la rage. Il la prenait pour une proie facile, comme les autres, mais il se trompait sur son compte. Elle se souvint de sa jeunesse. Elle avait quatorze ans lorsque son ivrogne de père avait commencé à la visiter la nuit. Son haleine sentait le lait caillé quand il fourrageait à l'intérieur de son corps avec ses doigts boudinés et la blessait de ses ongles ébréchés. Elle se souvint de Laurent et de ses derniers mots. L'indignation bouillonnait en elle comme l'eau jaillissant d'une poche souterraine, l'indignation accumulée durant toute une vie où on l'avait raillée, dupée, brutalisée, maltraitée.

Forte de ses cent trente kilos, elle fonça en mugissant sur l'être malfaisant qui s'était introduit chez elle.

Et elle le saisit à bras-le-corps, le précipitant sur le sol sans le moindre effort, se servant simplement de son poids.

Thérèse aurait été fière de ce qu'elle avait accompli, elle la *grosse* *truie**, si l'homme ne l'avait abattue d'un coup de feu, une fraction de seconde avant que son corps ne s'écrase sur celui de son agresseur.

Trevor frémit de dégoût en écartant la masse de chair qui reposait inerte sur lui. La femme était à peine moins répugnante morte que vivante, se dit-il en replaçant dans son holster son pistolet muni d'un silencieux. Il sentit la chaleur du canon contre sa cuisse. Les deux trous qui rougissaient le front de la vieille lui faisaient comme une seconde paire d'yeux. Il tira le cadavre loin de la fenêtre. En y réfléchissant, il aurait dû la tuer tout de suite après être entré, mais comment aurait-il pu savoir qu'il aurait affaire à une maniaque pareille ? Son métier comportait une grande part d'imprévu. C'était justement pour cela qu'il l'aimait. On ne tombait jamais dans la routine ; il y avait toujours des surprises, de nouveaux défis à relever. Rien d'insurmontable pour lui, bien sûr. L'Architecte trouvait toujours des solutions.

« *Mon Dieu* », chuchota Anna. Les balles étaient passées à cinquante centimètres d'elle.

« Drôle de comité d'accueil. »

Mais où était caché le tireur ?

Les détonations continuaient à retentir à intervalles réguliers. Le bruit provenait de l'intérieur de l'appartement enténébré. Apparemment, l'homme tirait par la porte entrouverte, à travers l'espace compris entre le lourd battant d'acier et le chambranle.

Le cœur de Ben battait à tout rompre.

« Georges Chardin, lança-t-il, Nous ne vous voulons aucun mal. Nous sommes venus vous *aider* – et pour vous demander votre aide, aussi ! Je vous en prie, *écoutez*-nous ! Ecoutez-nous jusqu'au bout ! »

Des recoins sombres de l'appartement émana une sorte de grincement bizarre, un effroyable gémissement de terreur, sans doute involontaire, comme le cri d'un animal blessé retentissant au cœur de la nuit. Pourtant l'homme demeurait invisible, tapi dans l'obscurité. Quand ils entendirent le déclic d'une cartouche glissant dans la chambre d'un fusil, ils coururent chacun de son côté se poster aux deux extrémités du long couloir.

Une autre détonation ! Une pluie de plombs fusa par la porte ouverte, déchiquetant les boiseries du hall, creusant des crevasses dentelées dans les cloisons de plâtre. L'air était chargé de l'odeur piquante de la cordite. Le couloir avait pris l'aspect d'un champ de bataille.

« *Ecoutez !* cria Ben à son adversaire invisible. Vous voyez bien que nous ne répondons pas à vos coups de feu. Nous ne sommes pas là pour vous faire du mal ! » Il y eut une pause : l'homme replié à l'intérieur de l'appartement prêtait-il vraiment attention à leurs paroles ? « Nous sommes ici pour vous protéger contre Sigma ! »

Silence.

L'homme écoutait ! Sigma, le nom avait été lâché et il résonnait comme un mot de passe évoquant une conspiration enterrée depuis longtemps mais lui faisant néanmoins l'effet d'un coup de tonnerre.

Au même instant, Ben vit Anna agiter la main. Elle lui signifiait de rester où il était pendant qu'elle s'introduisait dans l'appartement de Chardin. Mais *comment* ? Son regard glissa vers une grande fenêtre au lourd châssis. Sans faire de bruit, elle l'ouvrit d'un coup de coude. Ben sentit l'air froid de la rue s'engouffrer dans le couloir et comprit avec horreur qu'elle allait sortir par là et progresser le long de l'étroite corniche jusqu'à une fenêtre donnant dans l'appartement du Français. C'était pure folie ! L'épouvante le saisit. Un coup de vent inopiné et ce serait la chute mortelle. Mais il était trop tard pour l'en dissuader ; elle avait déjà ouvert la vitre et se tenait en équilibre sur le rebord du toit. *Dieu tout-puissant !* voulait-il hurler. *Ne faites pas cela !*

Une étrange et profonde voix de baryton finit par émerger des profondeurs de l'appartement :

« Alors comme ça, ils envoient un Américain, cette fois.

— Il n'y a pas de "ils", Chardin, répliqua Ben. Il n'y a que nous deux.

— Et qui êtes-vous ? répondit la voix empreinte de scepticisme.

— Nous sommes américains, oui, et nous avons besoin de votre aide pour... des raisons personnelles. Sigma a tué mon frère, comprenez-vous ? »

Un autre long silence s'ensuivit. Puis :

« Je ne suis pas si stupide. Vous voulez me faire sortir et ensuite vous me tomberez dessus, pour me prendre vivant. Eh bien, dites-vous que vous ne m'aurez *jamais* vivant !

— Si telle était notre intention, ce serait fait depuis longtemps. Je vous en prie, laissez-nous entrer, laissez-nous vous parler, rien qu'une minute. Rien ne vous empêche de nous tenir en joue pendant ce temps-là.

— Pour quelle raison voulez-vous me parler ?

— Nous avons besoin de vous pour les vaincre. »

Une pause. Puis, un éclat de rire moqueur, bref et acerbe.

« Vaincre Sigma ? Impossible ! Jusqu'à cet instant, je pensais que la seule échappatoire consistait à se cacher. Comment m'avez-vous trouvé ?

— Nous avons mené une enquête et je vous jure qu'il a fallu faire marcher ses méninges. Mais vous avez droit à ma plus grande admiration : je dois dire que vous êtes très doué pour effacer les traces. Sacrément doué. C'est difficile de renoncer à son patrimoine. Je comprends cela. Alors vous avez utilisé une *fictio juris*. Un intermédiaire. Quelle habilité ! Mais vous avez toujours été un brillant stratège. Ce n'est pas pour rien que vous êtes devenu le *Directeur général du Département des Finances* de Trianon. »

De nouveau, il y eut un long silence, suivi du raclement d'une chaise sur le plancher de l'appartement. Chardin comptait-il se montrer ? Avec appréhension, Ben regarda ce qui se passait de l'autre côté du couloir et vit Anna glisser avec précaution, un pied après l'autre, le long de la corniche tout en s'accrochant des deux mains au parapet. Ses cheveux volaient dans le vent. Puis elle disparut de son champ de vision.

Il devait distraire Chardin, l'empêcher de remarquer l'apparition d'Anna à sa fenêtre. *Il fallait qu'il détourne l'attention de Chardin.*

« Que voulez-vous de moi ? », fit la voix de Chardin. Son ton était plus posé, à présent. *Il écoutait ; c'était une première étape.*

« Monsieur Chardin, nous possédons des informations qui risquent fort de vous intéresser. Nous savons beaucoup de choses sur Sigma, sur les héritiers, la nouvelle génération qui a pris le contrôle de l'organisation. Notre seule façon de nous protéger – vous comme nous – c'est d'en savoir le plus possible.

— Contre eux, il n'y a pas de protection qui tienne, imbécile ! »

Ben haussa la voix.

« *Bordel !* Autrefois, tout le monde vantait votre esprit rationnel. Si vous l'avez perdu, Chardin, c'est qu'ils ont déjà gagné, quoi qu'il advienne ! Vous rendez-vous compte à quel point vous êtes déraisonnable ? » Il se radoucit pour ajouter : « Si vous nous renvoyez, vous n'en finirez pas de vous demander ce que vous auriez pu apprendre. Ou peut-être n'aurez-vous jamais l'occasion... »

Soudain, on entendit un bruit de verre brisé à l'intérieur de l'appartement, immédiatement suivi d'un puissant fracas et d'un cliquetis.

Anna était-elle entrée saine et sauve chez Chardin ? Quelques secondes plus tard, sa voix retentit, forte et claire.

« J'ai son arme ! Et c'est lui qui est au bout du canon, à présent. » De toute évidence, elle parlait autant pour Chardin que pour Ben.

Ben s'avança à grands pas vers la porte ouverte et entra dans la pièce encore sombre. Il ne distinguait que des formes vagues ; au bout de quelques secondes, lorsque ses yeux se furent habitués à l'obscurité, il aperçut la silhouette d'Anna se profilant contre une épaisse tenture. Elle tenait l'arme à canon long.

Un homme vêtu d'une lourde et étrange tunique à capuchon, se leva lentement en vacillant. Il paraissait faible et fragile ; c'était bien un reclus.

Ben comprit aisément ce qui venait de se passer. Anna était apparue à la fenêtre et avait plongé sur le fusil pour le plaquer contre le sol ; l'homme avait dû être renversé par le choc.

Pendant quelques instants, tous trois gardèrent le silence. On entendait la respiration de Chardin – lourde, aussi laborieuse que celle d'un mourant – dont le visage disparaissait dans l'ombre de son capuchon.

Tout en surveillant Chardin pour s'assurer qu'il ne sortait pas une autre arme des plis de son habit monacal, Ben se mit en quête d'un interrupteur. Quand les lumières furent allumées, Chardin se détourna brusquement et fit face au mur. Que fabriquait-il ?

« Pas un geste ! hurla Anna.

— Servez-vous de votre fameuse puissance de raisonnement, Chardin, dit Ben.

— Si nous voulions vous tuer, vous seriez déjà mort. Ce n'est évidemment *pas* pour cela que nous sommes ici !

— Tournez-vous vers nous », ordonna Anna.

Chardin resta silencieux quelques secondes.

« Prenez garde à ce que vous me demandez, fit-il d'une voix grinçante.

— *Tout de suite*, bon sang ! »

Bougeant comme dans un film défilant au ralenti, Chardin s'exécuta. Lorsque Ben parvint à analyser ce qu'il avait devant les yeux, son estomac se souleva et il faillit vomir. Anna ne put dissimuler un hoquet de stupéfaction. On ne pouvait imaginer vision plus horrible.

Ils étaient en train de contempler une masse informe de tissus sillonnés de cicatrices séparant des zones de textures variées. Sur certaines de ces zones, la chair semblait découpée, presque festonnée ; sur d'autres, elle était lisse et brillante, comme laquée ou couverte d'une pellicule de plastique. Les vaisseaux capillaires apparaissant à fleur de peau donnaient à la forme ovale qui jadis avait été un visage une teinte rouge colérique, sanguine, mouchetée de varicosités formant des boucles violacées. Ses yeux gris, au regard fixe et vitreux, semblaient étonnamment déplacés – deux grosses billes abandonnées sur le bitume luisant par un enfant négligent.

Ben détourna le regard, puis se força à le contempler de nouveau. D'autres détails lui apparurent. Enchâssés dans un renflement horriblement plissé s'ouvraient deux orifices nasaux. Les narines auraient dû se trouver plus bas. En dessous, il découvrit une bouche semblable à une balafre, une plaie dans une plaie.

« *Oh, Dieu du ciel.* » Ben articula ces mots dans un souffle.

« Vous êtes surpris ? », demanda Chardin. On avait du mal à savoir si ses paroles sortaient effectivement de l'orifice torturé qui lui servait de bouche. Il était comme la marionnette d'un ventriloque fou et sadique. Un rire pareil à une toux.

« Les rapports concernant ma mort étaient exacts, à un détail près : ma mort elle-même. "Rendu méconnaissable par le feu" – oui, c'était le cas. J'aurais dû périr dans le brasier. Souvent je me dis que ç'aurait été préférable. Ma survie n'est qu'un monstrueux accident. Une énormité. Un être humain ne peut connaître pire destin.

— Ils ont tenté de vous tuer, murmura Anna. Et ils ont échoué.

— Oh non. Je pense qu'à de nombreux égards, ils y sont parvenus », répliqua Chardin. La grimace qu'il esquissa alors fit tressauter un muscle rouge foncé cerclant l'une de ses orbites. Le simple fait de parler lui causait d'atroces douleurs. On sentait qu'il s'appliquait pour qu'on le comprenne mais certaines consonnes demeuraient confuses.

« L'un de mes proches amis soupçonnait quelque chose ; selon lui, on prévoyait de m'éliminer. Ils avaient déjà commencé à se débarrasser des *angeli rebelli*. Il voulut me rejoindre dans ma maison de campagne – mais trop tard. Elle n'était plus que cendres, charbon de bois et ruines carbonisées. Quant à mon corps, du moins ce qu'il en restait, il était de la même couleur que le reste. Mon ami eut l'idée de me prendre le pouls. Il me conduisit dans un petit hôpital, à trente kilomètres de là, leur raconta une fable sur une lampe au kérosène mal réglée et leur fournit une fausse identité. Il était malin. Il savait que si mes ennemis apprenaient que j'avais survécu, ils feraient une autre tentative. J'ai passé des mois dans cette petite clinique. J'étais brûlé à plus de quatre-vingt-quinze pour cent. On croyait que je ne survivrais pas. » Il parlait de manière hachée mais comme sous hypnose, récitant un conte que personne n'avait jamais entendu. Ensuite, visiblement épuisé, il s'assit sur un siège de bois à haut dossier.

« Mais vous avez survécu, dit Ben.

— Je n'ai pas eu la force d'arrêter de respirer », fit Chardin. Il se ménagea une nouvelle pause, le souvenir des douleurs anciennes ravivant ses souffrances présentes.

« Ils voulaient me transférer dans un grand hôpital, mais bien sûr, je n'ai pas accepté. Mon cas était désespéré de toute façon. Pouvez-vous imaginer ce qu'on ressent lorsque la conscience n'est plus que la conscience de la douleur ?

— Et pourtant, vous avez *survécu*, répéta Ben.

— Ce que j'ai enduré dépassait tout ce que notre espèce est capable d'endurer. Les pansements représentaient une torture inimaginable. Moi-même j'étais incapable de supporter la puanteur de mes chairs nécrosées et souvent, les garçons de salle avaient des haut-le-cœur quand ils entraient dans ma chambre. Puis, lorsque ma peau se couvrit de granulations, une nouvelle épreuve commença pour moi – les contractures. Les cicatrices rétrécissaient, exacerbant la douleur. Aujourd'hui encore, je souffre constamment. Jamais au cours de ma vie antérieure – quand j'*avais* une vie –, je n'ai souffert de manière aussi intense. Vous ne pouvez pas me regarder, n'est-ce pas ? Personne ne le peut. Mais rassurez-vous, moi non plus. »

Anna prit la parole, bien consciente qu'il fallait rétablir le contact entre cet homme et ses semblables.

« La force que vous avez dû avoir – c'est extraordinaire. Aucun manuel de médecine ne pourra jamais élucider ce mystère. L'instinct de survie. Vous avez émergé de ce brasier. Vous en êtes sorti. Quelque chose en vous luttait pour survivre. C'était sûrement pour une raison précise ! »

Chardin lui répondit d'une voix posée.

« Un jour, on a posé cette question à un poète : "Si ta maison était en feu, que sauverais-tu ?" Et il a dit : "Je sauverais le feu. Sans feu, rien n'est possible." » Son rire éclata en un grondement sourd, surprenant.

« Après tout, le feu est indispensable à la civilisation : mais il peut tout aussi bien se transformer en instrument de barbarie. »

Après avoir enlevé la dernière cartouche, Anna rendit son fusil à Chardin.

« Nous avons besoin de votre aide, dit-elle d'un ton pressant.

— Ai-je l'air d'un homme en position d'aider qui que ce soit ? Je ne suis même pas capable de m'aider moi-même.

— Si vous voulez que vos ennemis paient pour ce qu'ils vous ont fait, nous représentons sans doute votre meilleur atout, dit Ben d'une voix morne.

— Je n'entretiens aucun désir de vengeance. Ce n'est pas la rage qui m'a permis de survivre. » Il sortit un petit atomiseur en plastique des plis de sa tunique et s'aspergea les yeux.

« Pendant des années, vous avez dirigé un grand trust pétrochimique, nommé Trianon », répliqua Ben. Il fallait qu'il montre à Chardin qu'ils avaient élucidé le début du mystère, il avait besoin de l'*enrôler* dans leur quête.

« Un chevalier d'industrie, c'est cela que vous étiez. Le bras droit d'Emile Ménard, le cerveau à l'origine de la restructuration de Trianon, dans les années 50. Ménart faisait partie des fondateurs de Sigma. A un moment ou à un autre, vous avez bien dû entrer vous aussi dans l'équipe dirigeante.

— Sigma, répéta-t-il d'une voix chevrotante. Là où tout commence.

— Et je ne doute pas que vos talents de comptable aient grandement contribué à l'immense opération qui consistait à subtiliser les biens du Troisième Reich.

— Hein ? Vous pensez vraiment que c'était cela le grand projet ? Ce n'était *rien*, une broutille. Le grand projet... le *grand projet**.... » Sa voix s'éteignit, puis : « Le grand projet n'avait rien à voir avec cela. Mais vous seriez bien incapable de comprendre.

— Je peux toujours essayer, dit Ben.

— Vous attendez de moi que je divulgue des secrets que j'ai passé ma vie à protéger ?

— Vous le disiez vous-même : quelle vie ? » Ben fit un pas vers Chardin. Il voulait capter son regard, malgré sa répugnance. « Que vous reste-t-il à perdre ?

— Enfin, vous parlez franchement », lança Chardin d'une voix douce. Ses yeux sans paupières semblèrent tourner dans leurs orbites et se fixer sur ceux de Ben.

Il garda le silence un long moment. Puis il se mit à parler, lentement, comme sous hypnose.

« L'histoire commence avant moi et continuera, sans doute, après moi. Mais elle trouve son origine dans les derniers mois de la Seconde Guerre mondiale, quand un consortium formé par plusieurs des plus puissants industriels mondiaux se rassembla à Zurich pour décider de l'orientation à donner au monde de l'après-guerre. »

Ben brandit la vieille photo devant les terribles yeux de Chardin.

« C'étaient des hommes en colère, poursuivit-il, qui avaient appris ce que Franklin Roosevelt manigançait – il comptait annoncer à Staline qu'il ne s'opposerait pas à l'accaparement par les Soviétiques d'une partie de l'Europe. C'est d'ailleurs ce qu'il fit avant sa mort, en cédant la moitié de l'Europe aux communistes ! Immonde trahison ! Ces hommes d'affaires se savaient incapables de faire capoter le scandaleux marché de Yalta. Aussi constituèrent-ils une Corporation censée servir de tête de pont et destinée à récolter d'énormes sommes d'argent pour combattre le communisme et renforcer la domination de l'Occident. Une nouvelle guerre mondiale venait de commencer. »

A la fois fasciné et sidéré par les paroles de Chardin, Ben regarda Anna puis fixa un point dans l'espace.

« Ces maîtres du système capitaliste prévoyaient à juste titre que les peuples d'Europe, aigris, écœurés par le fascisme, se tourneraient vers la gauche. Suivant un réflexe bien compréhensible. Leurs pays avaient été pilonnés, anéantis par les nazis et sans un apport massif de capitaux, intervenant aux bons moments, le socialisme n'allait pas tarder à s'implanter. D'abord l'Europe et ensuite le monde. Ces grands patrons s'estimaient investis d'une mission : préserver, renforcer l'Etat industriel. Pour l'accomplir, il fallait étouffer toutes les oppositions. Leurs craintes étaient-elles excessives ? Pas tant que cela. Ils savaient comment fonctionne le pendule de l'histoire. Et, d'après eux, si jamais un régime socialiste faisait suite à un régime fasciste, ils risquaient fort de perdre le marché européen.

« C'est par simple prudence qu'ils ont enrôlé certains grands dignitaires nazis qui, ayant compris d'où venait le vent, souhaitaient lutter contre le stalinisme. Et dès que l'organisation eut établi ses fondations, aussi bien politiques que financières, elle se mit à œuvrer dans l'ombre. Orientant les événements mondiaux, finançant des partis politiques. Comme un marionnettiste fait vivre ses poupées, bien caché derrière son rideau de scène. Ils ont réussi leur coup, et au-delà de toute espérance ! Leur argent, judicieusement employé, a permis l'éclosion de la Quatrième République du général de Gaulle, a maintenu en place le régime de Franco. Dans les années qui suivirent, les Généraux furent placés aux commandes de la Grèce, ce qui sonna le glas du gouvernement de gauche démocratiquement élu. En Italie, l'Opération Gladio organisa une grossière campagne de subversion destinée à déjouer les ambitions des hommes politiques de gauche. On avait même élaboré des plans censés permettre à la police paramilitaire, les *carabinieri*, de s'emparer des stations de radio et de télévision, en cas de nécessité. Nous avions rassemblé un nombre incroyable de dossiers sur des politiciens, des syndicalistes, des prêtres. Zurich soutenait en secret tous les partis d'extrême-droite, afin de redorer le blason des conservateurs qui finirent par passer pour des modérés en comparaison. On truquait les élections, on versait des pots-de-vin, on assassinait des dirigeants de gauche – tout cela à partir de Zurich sans que jamais rien ne filtre. On arrosait des hommes politiques, tels que le sénateur Joseph McCarthy. Des coups d'Etat furent financés en Europe, en Afrique et en Asie. A gauche, des groupes extrémistes furent créés de toutes pièces pour servir d'*agents provocateurs** et monter les masses populaires contre la cause qu'ils feignaient de soutenir.

« Cette cabale imaginée par des industriels et des banquiers avait pour objectif de veiller à ce que le monde entier soit un havre pour le capitalisme. Votre président Eisenhower qui avait vu venir avec inquiétude la montée du complexe militaro-industriel, n'avait aperçu que la partie émergée de l'iceberg. En réalité, l'histoire du siècle dernier a été écrite en majeure partie par les hommes de Zurich et leurs successeurs.

— *Bon sang !* l'interrompit Ben. Vous parlez de...

— Oui, dit Chardin, en hochant sa hideuse tête sans visage. Leur cabale a donné naissance à la Guerre froide. C'est leur œuvre. Ou peut-être devrais-je dire notre œuvre. Vous commencez à comprendre, à présent ? »

Les doigts prestes de Trevor ouvrirent la valise et assemblèrent la carabine calibre .50, une version du BMG AR-15 fabriquée sur mesure. Selon lui, c'était une pure merveille, une arme réservée aux tireurs d'élite. Elle avait assez peu de parties amovibles et une portée dépassant les sept cent quarante mètres. A une distance plus réduite, elle possédait une étonnante capacité de pénétration : elle pouvait traverser une plaque d'acier de huit centimètres, transpercer une automobile de part en part ou démolir un coin d'immeuble. Elle trouait le mortier comme une motte de beurre. La balle filait à plus de neuf cents mètres à la seconde. Posée sur un bipied et équipée d'une lunette Leupold Vari-X à image thermique, la carabine aurait la précision dont il avait besoin. Il sourit en installant l'arme. Ils ne s'étaient pas fichus de lui en lui fournissant ce matériel.

En plus, sa cible était juste de l'autre côté de la rue.

CHAPITRE 33

« C'EST incroyable, s'exclama Anna. C'est... c'est trop énorme !
— J'ai si longtemps vécu avec ce secret qu'il en est devenu banal pour moi, dit Chardin. Mais j'imagine bien les immenses bouleversements qui s'ensuivraient si les gens apprenaient que la plupart des événements de l'histoire contemporaine étaient écrits d'avance – et par des hommes comme moi : des hommes d'affaires, des financiers, des industriels, opérant par l'intermédiaire de complices largement disséminés à travers la planète. Ecrits par Sigma. Il faudrait revoir les livres d'histoire. Les grandes vocations, les vies exemplaires perdraient toute valeur. Elles ne seraient plus que d'infimes secousses agitant les fils d'une marionnette. Sigma a fait chuter les puissants, se relever les déchus. Cette histoire, personne ne devra jamais la connaître. Vous comprenez cela ? *Jamais.*

— Mais qui serait assez imprudent – assez *fou* – pour s'engager dans une telle entreprise ? » Ben posa son regard sur l'ample tunique marron de Chardin. A présent, il comprenait la nécessité de cet accoutrement.

« D'abord, vous devez saisir l'esprit qui animait la corporation au milieu du XXe siècle. Les notions de mission, d'avenir glorieux, les visions triomphalistes qui étaient en jeu, dit Chardin.

— Rappelez-vous, à cette époque, le destin de l'humanité avait déjà amorcé un tournant irréversible. L'automobile, l'avion, bientôt le jet : l'homme pouvait se déplacer à des vitesses inconcevables pour nos ancêtres, il traversait les cieux ! Les ondes radio et les ondes sonores étaient comme un sixième sens, elles procuraient un au-delà de la vision. Les calculs eux-mêmes pouvaient être automatisés. Sans parler des découvertes capitales accomplies dans le domaine des sciences de la matière – la métallurgie, les matières plastiques, les nouvelles techniques de production du caoutchouc, des adhésifs et des textiles. Et le reste. Notre quotidien était en train de changer. L'industrie moderne, sous tous ses aspects, subissait une véritable révolution.

— Une deuxième révolution industrielle, commenta Ben.

— Une deuxième, une troisième, une quatrième, une *cinquième*, répondit Chardin. Les possibilités semblaient infinies et les capacités de la corporation moderne illimitées. Et nous étions à l'aube de l'ère nucléaire – mon Dieu, le champ qui s'ouvrait devant nous était vertigineux. À Raytheon, Vannevar Bush, Lawrence Marshall et Charles Smith accomplissaient un travail de pionnier dans toutes les disciplines, allant de la génération micro-onde aux systèmes de guidage des missiles en passant par l'équipement radar. Toutes les techniques qui furent largement diffusées durant les décennies suivantes – la xérographie, les technologies micro-onde, le calcul binaire, l'électronique à circuits intégrés – avaient été conçues et expérimentées par Bell Labs, General Electrics, Westinghouse, RCA, IBM et d'autres grands trusts. Le monde matériel pliait devant nous. Pourquoi pas le monde politique ?

— Et vous, où étiez-vous, pendant tout ce temps ? », demanda Ben.

Les yeux de Chardin fixaient un point dans l'espace. Des plis de son habit, il sortit l'atomiseur et humidifia de nouveau ses yeux. Il pressa un mouchoir blanc sur une zone placée sous la balafre de sa bouche luisante de salive. Puis, d'une voix d'abord saccadée, il se remit à parler.

« *J'étais enfant – j'avais huit ans quand la guerre a éclaté. Je fréquentais une petite école minable, le lycée Beaumont, à Lyon. Mon père, ingénieur civil, travaillait pour la ville et ma mère était institutrice. J'étais leur fils unique, un petit prodige. A l'âge de douze ans, je suivais les cours de mathématiques appliquées à l'Ecole nationale supérieure de Lyon. J'étais vraiment doué pour le calcul mais l'enseignement ne m'attirait pas. Je rêvais d'autre chose. Les arcanes aux odeurs d'ozone de la théorie des nombres ne revêtaient aucun prestige à mes yeux. Je voulais influer sur le monde réel, le royaume du quotidien. J'ai menti sur mon âge lorsque j'ai postulé un emploi au service comptabilité de Trianon. Emile Ménard était déjà reconnu comme un prophète par ses pairs. Un authentique visionnaire. Un homme qui avait bâti une compagnie à partir de pièces disparates que personne n'aurait pu imaginer concordantes. Un homme qui avait compris qu'en réunissant des opérations autrefois segmentées, on pouvait créer une puissance industrielle infiniment plus grande que la somme des parties. A mes yeux d'analyste financier, Trianon représentait un chef-d'œuvre – la Chapelle Sixtine de la conception d'entreprise.*

En l'espace de quelques mois, la rumeur de mes prouesses statistiques était arrivée aux oreilles de mon chef de service, M. Arteaux. C'était un employé à l'ancienne mode, un type qui consacrait peu de temps aux loisirs et vouait une admiration sans bornes à la stratégie de Ménard. Certains de mes collègues me trouvaient froid, mais pas M. Arteaux. Nous discutions avec autant d'entrain que deux fanatiques de sport. Nous pouvions débattre des avantages relatifs des marchés de capitaux internes ou des mesures des primes de risque, et cela pendant des heures. Des sujets qui auraient sidéré la plupart des gens, mais qui mettaient en question l'architecture du capital lui-même – rationalisant les décisions portant sur où investir et réinvestir, comment mieux répartir le risque. Arteaux, qui était proche de la retraite, fit tout son possible pour que je sois présenté au grand homme en personne. Il m'a catapulté vers les hautes sphères directoriales. Ménard, amusé par mon évidente jeunesse, me posa quelques questions condescendantes. J'y répondis avec un sérieux pimenté d'une certaine provocation – en réalité, mes réponses frisaient l'insolence. Arteaux lui-même en fut épouvanté. En revanche, Ménard, lui, semblait captivé. Cette réaction inattendue de sa part était la preuve de son génie. Il me confia plus tard que ce mélange d'irrespect et de considération lui avait rappelé le jeune homme qu'il avait été. C'était un grand égotiste, mais il en avait le droit. Ma propre arrogance – même étant enfant, on me disait arrogant – n'était peut-être pas si vaine, elle non plus. L'humilité est une qualité chez les hommes d'Eglise. Mais la raison commande que chacun soit conscient de ses propres capacités. J'excellais dans les techniques d'évaluation. Pourquoi ces compétences n'auraient-elles pas servi à m'évaluer moi-même ? Je savais mon père handicapé par sa trop grande déférence ; il se sous-estimait et par là même persuadait autrui de le sous-estimer à son tour. Je ne commettrais pas la même erreur.

En quelques semaines, je devins l'assistant de Ménard. Je l'accompagnais absolument partout. Personne ne savait si l'on devait me considérer comme un secrétaire ou un conseiller. En vérité, je suis tout doucement passé du premier rôle au second. Le grand homme me traitait bien plus comme un fils adoptif que comme un employé. J'étais son unique protégé, le seul acolyte qui méritât de suivre son exemple. Mes propositions étaient parfois audacieuses. Il arrivait même qu'elles bouleversent des années de planning. Par exemple, j'ai suggéré de vendre une entreprise d'exploitation pétrolière que ses directeurs avaient passé des années à développer. Je recommandais qu'on investisse massivement dans les technologies expérimentales. Il suivait souvent mes avis et, la plupart du temps, il n'avait qu'à s'en féliciter. Au début des années 50, on m'affubla d'un surnom : L'ombre de Ménard. *Même à l'époque où il luttait contre le lymphome qui finirait par l'emporter, il s'en remettait de plus en plus à mes avis, et Trianon avec lui. J'avais des idées hardies, inouïes, démentes – qui furent bientôt largement copiées. Ménard m'étudiait tout autant que je l'étudiais, avec un certain détachement et une authentique affection. Nos qualités respectives ont facilité et illuminé notre coexistence.*

Pourtant, malgré tous les privilèges dont il m'avait gratifié, j'avais le sentiment, depuis un certain temps, qu'il existait un lieu sacré auquel je n'avais pas encore droit d'accès. Parfois, il partait en voyage sans me dire où il allait. L'affectation de certains budgets m'échappait et lui se refusait à éclairer ma lanterne. Puis le jour arriva où il décida de mon intronisation dans une société dont je ne connaissais rien, l'organisation qui vous préoccupe, Sigma.

J'étais encore le wunderkind *de Ménard, le petit prodige des affaires. Vingt ans à peine. Quand j'ai assisté à ma première réunion au sommet, j'ai vu des choses auxquelles je n'étais pas préparé. Cela se passait dans un magnifique château au fin fond de la campagne suisse, un ancien manoir appartenant à l'un des administrateurs. L'homme avait installé un système de sécurité extraordinaire : le parc et les arbres entourant la propriété, jusqu'au moindre buisson, tout était conçu pour permettre aux visiteurs de circuler en toute discrétion. Ainsi, lors de ma première visite, je n'ai vu personne arriver. Aucun équipement de surveillance n'aurait pu résister aux pulsations électromagnétiques de basse et haute fréquences, la dernière innovation technologique de l'époque. Tous les objets métalliques devaient obligatoirement être déposés dans des conteneurs d'osmium dense ; autrement, même une simple montre-bracelet aurait été détruite par les pulsations. Ménard et moi avons débarqué sur les lieux dans la soirée. On nous mena jusqu'à nos chambres. Il eut droit à une superbe suite donnant sur un petit lac glaciaire, et moi à une chambre adjacente, moins grande mais extrêmement confortable.*

Les réunions commencèrent le lendemain matin. Je ne me rappelle pas grand-chose de la teneur de ces discussions, en fait. Il s'agissait de questions ayant déjà fait l'objet de débats et dont je ne savais rien – un nouveau-venu avait du mal à s'y retrouver. Mais je connaissais les visages des hommes assis autour de la table et, pour moi, ce fut une expérience vraiment surréaliste, quelque chose qu'un doux rêveur aurait pu tenter de mettre en scène. Ménard avait peu d'égaux, que ce soit par la fortune, le pouvoir ou l'intelligence spéculative. Les seuls hommes capables de se mesurer à lui se tenaient là, dans cette pièce. Les patrons de deux puissants conglomérats de l'acier, des adversaires. L'industrie lourde. La pétrochimie. La technologie. Les inventeurs du soi-disant siècle américain. Leurs homologues européens. Le plus fameux baron de la presse mondiale. Les PDG de compagnies de portefeuille largement diversifiées. Des hommes qui, tous ensemble, exerçaient un contrôle sur une masse de richesses dépassant le produit national brut de la plupart des Etats de la planète, mis bout à bout.

Ma vision du monde en fut totalement bouleversée, et à jamais.

En cours d'histoire, les enfants apprennent les noms, découvrent les visages des chefs politiques et militaires. Voilà Winston Churchill, voilà Dwight Eisenhower, voilà Franco et de Gaulle, Atlee et Macmillan. Ces hommes ont compté. Mais en réalité, ils n'étaient guère plus que des porte-parole. Des attachés de presse, des grands commis. Sigma y veillait. Les hommes qui avaient réellement les mains sur les commandes étaient assis autour de cette longue table d'acajou. C'étaient eux les vrais marionnettistes.

Les heures passaient, nous buvions du café en grignotant des pâtisseries, et moi je réalisais peu à peu de quoi j'étais témoin : la réunion du conseil d'administration d'une mégasociété chapeautant toutes les autres.

Un conseil d'administration régissant l'Histoire de l'Occident !

Leur attitude, leur vision des choses restèrent gravées en moi, bien plus que les paroles qu'ils prononcèrent. C'étaient de grands managers ; ils n'avaient pas de temps à consacrer aux émotions futiles ou aux sentiments irrationnels. Ils croyaient au développement de la productivité, à l'ordre mondial, à la concentration du capital. En d'autres termes, ils estimaient que l'histoire — la destinée même de la race humaine — était trop importante pour qu'on la laisse entre les mains des masses. C'est ce que les bouleversements des deux guerres mondiales leur avaient appris. L'Histoire devait être gérée et les décisions prises par des professionnels froids et dépassionnés. En outre, le chaos — les troubles, la redistribution des richesses — que le communisme menaçait de répandre sur le monde conférait à leur grand projet un caractère d'urgence. Loin d'être une utopie, c'était un plan de sauvetage pour la planète.

Ils se confortaient mutuellement dans l'idée qu'il fallait à tout prix créer un monde où le véritable esprit d'entreprise serait à jamais hors de portée de l'envie et de l'avarice des masses. Après tout, personne ne souhaitait léguer à ses enfants un monde infesté par le communisme et le fascisme, n'est-ce pas ? Le capitalisme moderne nous montrait le chemin — mais l'avenir de l'Etat industriel devait être protégé, placé à l'abri des orages. Telle était leur conception des choses. Bien que les origines de cette théorie futuriste reposent sur la grande dépression ayant précédé la guerre, l'urgence de son instauration se fit plus cruellement sentir au lendemain du conflit mondial.

Ce jour-là, je n'ai guère pris la parole, non parce que j'étais d'un naturel taciturne, mais parce que j'étais littéralement sans voix. J'avais l'impression d'être un pygmée parmi les géants. Un paysan assis à la table des empereurs. Je n'étais plus moi-même et, pendant tout ce temps, je tentais de me composer une attitude digne, en imitant mon grand mentor. Qu'aurais-je pu faire de mieux ? Telles furent mes premières heures chez Sigma. Ma vie ne serait plus jamais la même. La pitance que nous servait la presse jour après jour — une grève ici, un rassemblement politique là, un assassinat quelque part ailleurs — n'avait désormais plus rien à voir avec le hasard. Derrière ces événements, se profilait à présent une sorte de schéma directeur — les mouvements complexes et imbriqués d'un mécanisme complexe et imbriqué.

Il est certain que les fondateurs, les directeurs de Sigma, ont vu s'accroître leurs profits. Toutes leurs sociétés se développaient rapidement, pendant que tant d'autres, n'ayant pas la chance de participer au grand projet Sigma, dépérissaient. Mais ce qui comptait avant tout c'était leur vision de l'avenir : on devait unifier l'Occident contre l'ennemi commun, ou bien ce serait la décadence et la disparition pure et simple. Pour asseoir ce combat, il fallait procéder avec prudence et discrétion. Une avancée trop agressive, trop précipitée, aurait pu provoquer un retour de bâton. Les réformes devaient être distillées. Les tâches étaient réparties. Pendant que certains se consacraient aux assassinats, de manière à fragiliser la gauche, d'autres entreprenaient de forger – le mot est approprié – les groupements extrémistes, les Baader-Meinhof, les Brigades rouges, dont l'action violente provoquerait l'hostilité des sympathisants modérés.

On connaissait d'avance la réaction de l'Occident et de la plupart des autres nations. Ils avaleraient sans sourciller les histoires bidon qu'on leur servirait. En Italie, nous avons créé un réseau de vingt mille "comités civiques", chargés de canaliser l'argent vers les démocrates chrétiens. Le plan Marshall lui-même, comme tant d'autres choses, fut élaboré par Sigma – qui allait jusqu'à rédiger le texte même des lois soumises à l'approbation du Congrès américain! Tous les programmes de reconstruction européenne, les agences de coopération économique, et jusqu'à l'OTAN lui-même, passèrent sous la coupe de l'invisible Sigma – invisible parce que douée d'ubiquité. Des rouages à l'intérieur d'autres rouages – c'était ainsi que nous fonctionnions. Dans tous les manuels scolaires, vous trouvez un paragraphe sur la reconstruction de l'Europe, assorti d'une photo du général Marshall. Seulement voilà, le moindre détail de cette gigantesque entreprise avait été conçu et mis en œuvre par nos soins, longtemps auparavant.

Il n'a jamais traversé l'esprit de personne que l'Occident était tombé sous l'administration d'un consortium caché. L'idée même en aurait été inconcevable. Car cela aurait signifié que plus de la moitié de la planète était placée sous l'emprise d'une seule mégacorporation.

Sigma.

Avec le temps, les vieux nababs ont disparu, leurs jeunes protégés les ont remplacés. Sigma perdura, changeant de forme quand le besoin s'en faisait sentir. Nous n'étions pas des idéologues mais des pragmatiques. Sigma avait simplement l'ambition de remodeler l'ensemble du monde moderne. Elle voulait écrire l'histoire et en être l'unique maîtresse.

Et elle y est parvenue. »

*

En plissant les yeux, Trevor Griffith se pencha sur la lunette à imagerie thermique. Les lourdes tentures obscurcissant la pièce d'en face étaient opaques, mais à travers la lentille, elles n'étaient rien de plus qu'un écran de vapeur. Les silhouettes ressemblaient à des taches vertes et brumeuses; on aurait dit des gouttes de mercure changeant de forme dès qu'elles passaient près des piliers ou des meubles. D'abord, il s'occuperait de la forme assise. Une fois cette cible atteinte, les deux autres s'éloigneraient des fenêtres pour se mettre à l'abri, mais rien n'y ferait : il les abattrait même à travers le mur de briques. La première balle ouvrirait le passage ; la deuxième détruirait la cible. Les autres projectiles termineraient le travail.

« Si ce que vous dites est vrai... commença Ben.

— La plupart du temps, les gens mentent pour sauver la face. Comme vous pouvez le constater, ce genre de préoccupation m'est étrangère. » La fente qui lui servait de bouche se releva aux commissures, dans un sourire qui tenait beaucoup de la grimace. « Je vous ai prévenus que mes paroles seraient difficiles à entendre. Vous n'y êtes guère préparés. Mais, à présent, vous comprenez peut-être un peu mieux la situation. Encore aujourd'hui, des hommes de pouvoir vivant aux quatre coins du monde ont tout intérêt à ce que la vérité reste enfouie. Aujourd'hui plus que jamais, en fait. Car Sigma, au cours de ces dernières années, a pris une nouvelle orientation. La rançon du succès. Désormais, le communisme ne représente plus une menace – il serait ridicule de continuer à dépenser des milliards pour régenter la vie publique et les équilibres politiques. Alors qu'il existe sans doute un moyen largement plus efficace d'atteindre les objectifs de Sigma.

— Les objectifs de Sigma, fit Ben en écho.

— La stabilité. Etouffer les dissensions, "faire disparaître" les fauteurs de trouble et les menaces contre l'état industriel. Lorsque Gorbatchev est devenu encombrant, nous avons fait en sorte qu'il s'en aille. Lorsque certains régimes de la Ceinture Pacifique se sont avérés récalcitrants, nous avons organisé une fuite soudaine et massive des capitaux étrangers, ce qui plongea leurs économies dans la récession. Quand les dirigeants du Mexique ont commencé à se rebeller, nous avons fomenté un changement de gouvernement.

— *Mon Dieu !* s'exclama Ben, la bouche sèche. Vous mesurez bien ce que vous dites...

— Oh oui. On se réunissait en séance, une décision était prise et, peu après, exécutée. Franchement, nous étions imbattables à ce petit jeu – nous manipulions les gouvernements du monde entier comme des pions sur un échiquier. Et bientôt Sigma s'est retrouvée à la tête d'un gigantesque portefeuille d'actions concernant des milliers de compagnies privées cotées en bourse. Mais au sein même de Sigma, un petit cénacle est apparu, prônant le changement. Pour eux, une nouvelle ère était née. On ne devait plus se contenter d'orienter les courants, de résoudre les crises cycliques. Il fallait voir plus grand, établir une domination stable et durable. C'est ainsi qu'un projet très particulier est apparu sur le devant de la scène. S'il réussissait, la nature même de notre hégémonie en serait révolutionnée. Il ne s'agirait plus seulement d'allouer des fonds, de répartir les ressources, mais de déterminer qui seraient les "élus". Je me suis élevé contre ce projet.

— Vous vous êtes brouillé avec Sigma, dit Ben. Vous êtes devenu un suspect. Et pourtant vous protégez ses secrets.

— Je le répète : si jamais la vérité devait se faire jour, si le monde devait apprendre que la plupart des grands événements de l'après-guerre ont été combinés en sous-main, échafaudés par quelques conjurés, il réagirait par la violence. Les gens descendraient dans les rues.

— Pourquoi cette soudaine recrudescence d'activité ? – le processus que vous décrivez s'est prolongé sur des *dizaines d'années* ! s'enquit Ben.

— Oui, mais c'est maintenant une question de *jours*, répliqua Chardin.

— Et vous êtes au courant de tout ?

— Cela vous surprend qu'un reclus comme moi se tienne au courant de ce qui se passe ? On apprend à lire dans le marc de café. Si l'on veut survivre, on apprend. Et puis, que pourrais-je faire d'autre pour tuer le temps ? J'ai passé des années dans leur entourage et je sais détecter les signes. Là où vous n'entendez que des parasites, du bruit, moi je perçois du sens. » Il désigna le côté de sa tête. Malgré le capuchon, Ben voyait bien que l'homme n'avait plus d'oreille. Son canal auditif n'était qu'un trou à l'intérieur d'une excroissance de chair à vif.

« Et cela explique cette soudaine multiplication d'assassinats ?

— Je vous l'ai dit : tout dernièrement, Sigma a initié son ultime mutation. Un changement de direction, si vous préférez.

— Changement auquel vous vous êtes opposé.

— C'était une pratique à laquelle nous étions habitués. Sigma s'est toujours arrogé le droit de "sanctionner" certains de ses membres dont l'absolue loyauté était sujette à caution. J'étais trop arrogant pour comprendre que mes prises de position passionnées me privaient de toute protection. Pis encore, elles me faisaient courir un réel danger. Pourtant, le nettoyage par le vide, la grande purge n'ont vraiment commencé qu'il y a quelques semaines. Les membres jugés hostiles à la nouvelle direction – ainsi que les gens travaillant pour nous – ont été désignés comme traîtres. On nous a appelés les *angeli rebelli* : les anges rebelles. Rappelez-vous, dans la Bible on raconte la révolte des *angeli rebelli* contre le Tout-Puissant. L'analogie est claire. Elle vous donne une idée du pouvoir et des prérogatives que s'accordent les suzerains de Sigma, à l'heure actuelle. Ou peut-être devrais-je dire *le* suzerain, puisque le consortium est passé sous la coupe d'un seul individu... redoutable. En l'occurrence, Sigma joue contre la montre, si vous me permettez l'expression.

— Contre la montre ? *Expliquez*-moi », commença Ben. Tant de questions se pressaient dans son esprit.

« C'est une question de jours, répéta Chardin. Et il faut que vous soyez fous pour être venus me voir. Comme si le fait de connaître la vérité pouvait vous apporter quoi que ce soit. Venir me voir alors qu'il reste si peu de temps ! Alors qu'il est sûrement déjà trop tard.

— De quoi parlez-vous ?

— Au début, j'ai cru qu'on vous avait envoyés pour cela. Ils n'ignorent pas qu'à la veille de leur ultime ascension vers le sommet, leur vulnérabilité est plus grande que jamais. Je vous l'ai dit, l'heure est venue des dernières purges. On désinfecte, on stérilise, on élimine tout indice susceptible de les exposer.

— Je vous repose la question : *pourquoi maintenant ? »*

De nouveau, Chardin sortit son atomiseur pour humidifier ses yeux gris et vitreux. C'est alors qu'une explosion retentit, une explosion d'une puissance proprement ahurissante qui renversa Chardin et le projeta en arrière, sur le sol. Ben et Anna se levèrent d'un coup et contemplèrent, terrorisés, le trou de cinq centimètres de diamètre qui perçait le mur de plâtre. Un trou qu'on aurait dit foré par une énorme perceuse.

« Abritez-vous ! », hurla Anna.

D'où venait ce projectile – bien trop gros pour sortir d'un simple fusil ? Anna courut se réfugier dans un coin de la pièce, Ben bondit vers un autre, puis il effectua un quart de tour pour regarder le corps déchiqueté du légendaire financier. Il fit l'effort d'observer, une fois de plus, les horribles cicatrices ravageant le visage de Chardin et remarqua ses yeux. Ils avaient roulé dans leurs orbites, laissant apparaître les blancs.

Une volute de fumée s'élevait d'un morceau de tissu carbonisé provenant du capuchon. Le formidable projectile avait traversé le crâne de Chardin. L'homme sans visage – l'homme dont l'instinct de survie lui avait permis d'endurer pendant des années un supplice indescriptible – était mort.

Que s'était-il passé ? *Comment ?* Ben savait que s'ils ne trouvaient pas tout de suite un endroit où s'abriter, ils allaient mourir. Mais où aller ? Comment déjouer l'assaut s'ils ignoraient où se terrait l'ennemi ? Il vit Anna se précipiter de l'autre côté de la pièce. Elle se baissa vite et se coucha par terre. Il fit de même.

Il y eut une deuxième explosion. Un autre projectile percuta la façade de l'immeuble puis traversa la cloison intérieure en plâtre. Ben vit se dessiner un cercle de lumière à travers le mur de brique. Les tirs venaient de l'extérieur !

Quelle que soit l'arme employée par leur agresseur, elle était assez puissante pour percer un mur de brique aussi facilement qu'un rideau de perles. Le dernier tir avait failli atteindre Anna.

Ils n'étaient en sécurité nulle part.

« Oh, mon *Dieu* ! hurla Anna. Il faut qu'on sorte d'ici ! »

Ben se tourna pour regarder la fenêtre. Dans un reflet du soleil, il aperçut le visage d'un homme s'encadrant au milieu d'une fenêtre, juste de l'autre côté de la rue étroite.

Cette peau lisse, sans rides, ces hautes pommettes.

L'assassin de la villa de Lenz. L'assassin de l'auberge suisse...

L'assassin qui avait tué Peter.

Entrant dans une fureur noire, Ben poussa un grand cri. Un cri d'avertissement, d'incrédulité et de rage. Au même instant, Anna et lui se ruèrent vers la porte de l'appartement. Une autre détonation assourdissante, un autre orifice dans le mur extérieur ; Ben et Anna coururent jusqu'à l'escalier. Ces balles n'étaient pas de celles qui traversent la peau et se logent dans les chairs ; non, il s'agissait de véritables missiles capables de transpercer et de déchiqueter un corps humain comme une lance perce une toile d'araignée. Des missiles antichar, sans aucun doute. L'état dans lequel ils avaient mis le vieil immeuble était tout bonnement incroyable.

Ben suivit Anna dans l'escalier sombre dont il descendit les marches quatre à quatre. Pendant ce temps, les rafales continuaient, le plâtre et la brique s'écroulaient dans leur dos. Ils finirent par atteindre le petit hall d'entrée.

« Par ici ! », chuchota Anna tout en filant vers une porte ne donnant pas sur la rue des Vignoles mais sur une voie latérale où l'assassin serait bien en mal de les atteindre. Quand ils sortirent de l'immeuble, ils jetèrent des regards affolés autour d'eux.

Des gens les observaient. Au coin de la rue des Orteaux, une femme blonde, en jean et fourrure synthétique. A première vue, on aurait pu la prendre pour une pute, ou une droguée, mais quelque chose en elle attira l'attention de Ben. Elle faisait *tache* dans le décor. Ça recommençait. Il avait déjà *vu* ce visage. Mais où ?

Soudain, la scène de la Bahnhofstrasse lui revint en mémoire. Une blonde luxueusement vêtue, chargée de sacs venant d'une boutique chic. Le jeu de la séduction, les regards échangés.

C'était la même femme. Une sentinelle travaillant pour la Corporation ? Sur le trottoir d'en face, un adolescent en jeans et T-shirt déchiré : lui aussi lui parut familier et pourtant Ben ne parvenait pas à le remettre. Mon Dieu ! Encore un ?

Tout au bout de la rue se tenait un homme aux joues rouges et aux sourcils broussailleux.

Encore un visage connu.

Trois tueurs de la Corporation placés en position stratégique ? Des professionnels chargés de veiller à ce qu'ils ne se sauvent pas ?

« Nous sommes coincés, dit-il à Anna. Il y en a au moins un de chaque côté de la rue. » Ils s'immobilisèrent, ne sachant ni comment leur échapper ni où aller.

Les yeux d'Anna explorèrent la rue puis elle répliqua.

« Ecoutez, Ben. Vous disiez que Chardin n'avait pas choisi ce quartier, cet immeuble, par hasard. Nous ignorons les plans d'évacuation qu'il avait pu concocter en cas d'urgence, mais on peut supposer qu'il avait quelque chose en tête. Il était trop malin pour ne pas avoir prévu une sortie de secours.

— Une sortie de secours ?

— Suivez-moi. »

Elle courut tout droit vers l'immeuble où l'assassin était terré, dans son perchoir du septième étage. Lorsque Ben vit la direction qu'elle prenait, il protesta :

« C'est dément ! » sans pourtant omettre de lui emboîter le pas.

« Non, rétorqua Anna. Il ne peut pas atteindre le bas de l'immeuble. » La ruelle était sombre et fétide. On entendait trottiner des rats aussi nombreux que les ordures qui s'entassaient là. Un portail de métal cadenassé empêchait le passage vers la rue des Haies.

« Il faut grimper ? » D'un air incertain, Ben observa le sommet de la grille dont les pics, aussi pointus que des lances, se profilaient trois mètres au-dessus d'eux.

« *Vous* le pouvez, pas moi », dit Anna en dégainant un Glock. Elle visa, tira, et la chaîne qui fermait la barrière sauta.

« Le type utilisait un fusil calibre 0, dit Anna. Ces armes ont inondé le marché après l'opération Tempête du Désert. Elles avaient les faveurs de l'armée parce qu'avec les munitions appropriées, elles étaient capables de trouer les tanks iraquiens de part en part. Avec un seul de ces monstres, on détruit une ville comme celle-ci aussi facilement qu'une maquette en carton.

— Merde. Alors, qu'est-ce qu'on fait ? demanda Ben.

— Evitez de vous faire tirer dessus », répondit Anna laconique, avant de se remettre à courir, Ben sur les talons.

Soixante secondes plus tard, ils arrivaient rue de Bagnolet, devant le restaurant La Flèche d'Or. Soudain, Ben se précipita de l'autre côté de la rue.

« Suivez-moi. »

Un homme corpulent était en train de descendre d'une Vespa, un de ces petits *vélocipèdes** à moteur tant décriés par les automobilistes français qui les considèrent comme de véritables nuisances.

« *Monsieur,* dit Ben en français. *J'ai besoin de votre vélo. Pardonnez-moi, s'il vous plaît*. »

L'homme bâti comme un ours lui jeta un regard incrédule.

Ben pointa son arme vers lui et s'empara des clés. Le propriétaire de la Vespa fit un pas en arrière, craintif, tandis que Ben bondissait sur l'engin et mettait le contact.

« Montez, lança Ben à Anna.

— Vous êtes fou, protesta-t-elle. Dès que nous arriverons sur le périphérique, nous serons à la merci de nos poursuivants. Ces trucs ne dépassent pas les cinquante kilomètres-heure. Ils vont faire du tir au pigeon !

— Nous n'allons pas sur le périphérique, rétorqua Ben. Ni sur aucune autre route. En selle ! »

Abasourdie, Anna s'exécuta et s'installa derrière Ben.

Ben contourna La Flèche d'Or puis, en cahotant, la Vespa s'engagea sur un quai de béton conduisant à une ancienne voie ferrée. Anna remarqua que le restaurant était construit sur des rails.

A présent, Ben roulait au milieu des rails couverts de rouille. Ils traversèrent un tunnel avant de déboucher à nouveau sur un espace à ciel ouvert. La poussière volait sous les roues de la Vespa mais, avec les années, les rails s'étaient enfoncés dans la terre et bientôt le sol s'aplanit. Leur avancée s'en trouva facilitée.

« Qu'est-ce qui se passera si nous rencontrons un train ? hurla Anna en s'accrochant à Ben.

— Ça fait plus de cinquante ans que cette voie n'a pas vu passer un seul train.

— Vous en avez d'autres comme celle-là ?

— Les souvenirs de ma folle jeunesse, lui cria Ben. J'ai pas mal traîné dans le coin quand j'étais adolescent. Nous sommes sur une ligne de chemin de fer abandonnée qu'on appelle la *Petite Ceinture*. Elle court tout autour de la ville. Une voie fantôme. En réalité, le restaurant de La Flèche d'Or est une ancienne gare, construite au XIXe siècle. Ce chemin de fer formait une boucle reliant vingt stations sur la périphérie de Paris – Neuilly, Porte Maillot, Clichy, La Villette, Charonne, et des tas d'autres. L'automobile a signé son arrêt de mort. On n'a jamais réhabilité la Petite Ceinture. A présent, ce n'est plus qu'un terrain vague s'étirant en longueur. Je me demandais pourquoi Chardin avait choisi ce quartier plus qu'un autre quand je me suis souvenu de cette ligne abandonnée. Un vestige du passé qui s'avère fort utile. »

Ils traversèrent un autre tunnel, puis ressortirent à l'air libre.

« Où sommes-nous maintenant ? demanda Anna.

— Difficile d'en juger en l'absence de toute signalisation, dit Ben. Je dirais Fort d'Aubervilliers. Peut-être Simplon. Le bout du monde. Le centre de Paris n'est pas très vaste, j'en conviens. Dix hectares, pas plus. Si nous réussissons à nous enfoncer dans le métro et à nous mêler aux quelques centaines de milliers de Parisiens qui s'y trouvent actuellement, nous pourrons nous acheminer sans encombre vers notre prochain lieu de rendez-vous. »

Le Flann O'Brien – le nom du bar s'étalant sur une enseigne au néon était reproduit sur la vitre dans la même calligraphie encombrée de fioritures – se trouvait dans le Ier arrondissement, rue Bailleul, près de la station Louvre-Rivoli. C'était une brasserie mal éclairée remplie de vieux fûts. Le plancher était presque noir d'avoir aborbé les litres de Guiness qu'on y avait renversés au cours des années.

« Il nous a donné rendez-vous dans un bar irlandais ? », s'étonna Anna. Elle se mit à regarder partout autour d'elle, comme par réflexe, guettant le danger.

« Oscar est un type plein d'humour. Qu'y puis-je ?

— Rappelez-moi pourquoi vous lui faites aveuglément confiance. »

Ben redevint sérieux.

« Nous naviguons dans le domaine du probable, pas celui du possible, nous sommes d'accord là-dessus. Et jusqu'à présent, il a toujours été réglo. Ce qui rend Sigma si dangereuse c'est qu'elle exige pleine et entière loyauté de ses fidèles. Oscar est trop *cupide* pour entrer dans ce jeu-là. Nous l'avons toujours payé rubis sur l'ongle. Je pense que ce genre de détail est essentiel à ses yeux.

— L'honneur du cynique. »

Ben haussa les épaules.

« Je dois me fier à mon instinct. J'ai toujours apprécié Oscar. Je pense qu'il m'apprécie aussi. »

Il n'était pas très tard, mais dans le Flann O'Brien régnait un vacarme assourdissant. L'éclairage était tellement tamisé qu'ils durent attendre quelques secondes avant de voir ce qui se passait autour d'eux.

Oscar était caché sur une banquette dans le fond. Un tout petit homme aux cheveux gris, assis devant une énorme chope de bière brune et épaisse. Près de la chope était posé un journal bien plié. On y voyait un problème de mots croisés dont la moitié des cases étaient remplies. Une expression amusée passa sur son visage, comme s'il s'apprêtait à leur adresser un clin d'œil – Anna s'aperçut bientôt qu'il s'agissait de son expression habituelle. Il les salua tous deux d'un geste de la main.

« Ça fait quarante minutes que je vous attends », dit-il. Il saisit la main de Ben et la serra affectueusement comme s'il voulait chahuter.

« Quarante minutes qui valent de *l'or*. » Il fit rouler ce mot sur sa langue comme s'il le savourait.

« Notre précédent rendez-vous a duré un peu plus longtemps que prévu, dit Ben, laconique.

— J'imagine sans peine. » Oscar fit un signe de tête à l'intention d'Anna.

« Madame, la salua-t-il. Asseyez-vous, je vous prie. »

Ben et Anna se glissèrent sur la banquette de chaque côté du petit Français.

« Madame, dit-il sans la quitter des yeux. Vous êtes encore plus belle que sur la photo.

— Pardon ? répliqua Anna, perplexe.

— Dernièrement, mes collègues de la *Sûreté* ont reçu une série de photos de vous. Des images numériques. J'en possède moi-même quelques-unes. C'est bien commode.

— Pour son travail, expliqua Ben.

— Mes *artisans*, ajouta Oscar. Très bons et *très* chers. » Il tapota l'avant-bras de Ben.

« Je n'en attendais pas moins de toi.

— En revanche, Ben, on ne peut pas dire que tes photos te montrent à ton avantage. Ces paparazzi, ils ne trouvent jamais l'angle le plus flatteur, n'est-ce pas ? »

Le sourire de Ben s'évanouit.

« De quoi parles-tu ?

— Je suis très fier de moi. Je fais les mots croisés de l'*Herald Tribune*. Rares sont les Français qui en sont capables, tu me l'accorderas. Celui-ci je l'ai presque terminé. Il me manque seulement un mot de quinze lettres dont la définition est la suivante : fugitif recherché par les polices du monde entier. »

Il retourna le journal.

« "Benjamin Hartman" – est-ce que ça irait ? »

Lorsque Ben posa son regard sur la première page du *Tribune,* il eut l'impression de recevoir une douche froide. Le gros titre annonçait : ON RECHERCHE UN TUEUR EN SÉRIE. A côté, figurait une photo de lui, sûrement prise par une caméra de surveillance à en juger d'après sa médiocre définition. Son visage était dans l'ombre, l'image granuleuse, mais c'était lui, sans aucun doute possible.

« Qui aurait pu croire que j'avais un ami aussi célèbre ? », s'exclama Oscar en retournant de nouveau le journal. Il éclata de rire et Ben fit de même, avec un temps de décalage. C'était le seul moyen d'écarter l'attention, dans ce bar où tous les consommateurs cédaient à l'hilarité sous l'effet de l'alcool.

Sur la banquette voisine, un Français s'essayait à chanter « Danny Boy », mais le ton était mal assuré et les voyelles approximatives. *Oh, Danny Boy, ze peeps ze peeps are caaalling.*

« C'est un problème », dit Ben d'une voix inquiète qui démentait le sourire doucereux collé sur son visage. Son regard se reporta sur le journal. « Un problème aussi grand que la tour Eiffel.

— Tu me *tues* », lança Oscar en lui envoyant une grande claque dans le dos, comme si Ben venait d'en sortir une bien bonne.

« Les gens qui prétendent que rien ne vaut la mauvaise publicité n'ont jamais fait l'expérience de la mauvaise publicité. » Puis il sortit un paquet de sous la banquette et ajouta : « Prends ça. »

C'était un sac en plastique blanc venant d'une quelconque boutique de souvenirs. On y voyait, imprimé en caractères voyants : *I Love Paris in the Springtime*, déclaration soulignée par un cœur perché sur le mot « love ». Le sac était équipé de ces poignées rigides qui se referment quand on les presse l'une contre l'autre.

« Pour nous ? demanda Anna d'un air hésitant.

— Tous les touristes en ont », dit Oscar. Il arborait un regard enjoué et intensément grave à la fois.

Teez i'll be here in sunshine or in shaadow.

Oh, Danny Boy, I love you soo.

Sur la banquette voisine, le Français ivre fut rejoint par ses trois compagnons qui entonnèrent la même ritournelle dans des registres différents.

Ben s'enfonça plus profondément dans son siège. Sa situation lui apparaissait dans toute son horreur.

Oscar lui décocha une bourrade sur le bras ; un geste jovial mais qui faisait mal.

« Ne te tasse pas comme si tu avais peur, chuchota-t-il. Ne prends pas cet air furtif, n'évite pas les regards et n'essaie pas de passer inaperçu. Tu me rappelles ces stars de cinéma qui mettent des lunettes noires pour faire leurs courses chez Fred Segal. *Tu comprends ?*

— *Oui,* fit Ben faiblement.

— A présent, conclut Oscar, dis-moi, quelle est cette charmante expression qu'emploient les Américains ? "Va te faire voir ailleurs." »

Après avoir fait quelques achats dans les petites boutiques en plein air des rues transversales, ils redescendirent dans le métro où, pour l'observateur lambda, ils redevinrent un couple de touristes parmi tant d'autres.

« Il faut établir un plan pour déterminer ce que nous allons bien pouvoir faire ensuite, dit Ben.

— Ensuite ? Nous n'avons guère le choix, répondit Anna. Strasser est notre seule piste, puisque tous les autres sont morts. Il faut tout mettre en œuvre pour le rencontrer.

— Qui vous dit qu'il est encore en vie ?

— Nous ne pouvons pas nous permettre d'imaginer autre chose.

— Ils vont surveiller tous les aéroports, tous les terminaux, toutes les portes d'embarquement. J'espère que vous le savez.

— C'est une idée qui m'a effleurée, en effet, répliqua Anna. Vous commencez à penser comme un professionnel. Vous apprenez vite.

— Je crois qu'on appelle cela l'apprentissage sur le tas. »

Durant leur long voyage en métro vers l'une des *banlieues** de Paris, ces communes défavorisées qui entourent la capitale, ils conversèrent à voix basse comme des tourtereaux tirant des plans sur la comète – ou comme des fugitifs.

Ils descendirent à La Courneuve, un quartier ouvrier à l'architecture vieillotte. Bien que distant de Paris de quelques petits kilomètres seulement, c'était un monde différent – avec ses maisons à deux étages et ses boutiques discrètes ne vendant que des choses utiles, loin du luxe parisien. Dans les vitrines des bistrots et des commerces de proximité, des affiches du Red Star, l'équipe de football de deuxième division, étaient placées en évidence. La Courneuve, située au nord de Paris, se trouvait non loin de l'aéroport Charles-de-Gaulle, mais ce n'était pas là qu'ils prévoyaient de se rendre.

Ben désigna une Audi rouge vif, garée de l'autre côté de la rue.

« Que pensez-vous de celle-là ? »

Anna haussa les épaules.

« Je pense qu'on peut trouver quelque chose de moins voyant. » Quelques minutes plus tard, ils tombèrent sur une Renault bleue. La voiture était recouverte d'une fine couche de poussière. Sur le sol, à l'intérieur, traînaient des serviettes en papier jaune, provenant d'un fast-food, et quelques gobelets en carton.

« Je parie tout ce que vous voulez que le propriétaire est rentré chez lui pour la nuit », dit Ben. Anna se mit à œuvrer avec son passe et, une minute plus tard, la portière s'ouvrait. Il fallut encore un peu de temps pour démonter le cylindre du contact sur la colonne de direction, mais très vite le moteur se mit à tourner et ils descendirent la rue en respectant la limitation de vitesse.

Dix minutes plus tard, ils roulaient sur l'autoroute A1, vers l'aéroport de Lille-Lesquin, dans le Nord-Pas-de-Calais. Le voyage prendrait des heures et comporterait certains risques mais des risques calculés : le vol de voiture était monnaie courante à La Courneuve et la police se contenterait probablement d'ouvrir une enquête de routine auprès des petits malfrats du coin, les habitués de ce genre de délit. L'affaire ne serait sans doute pas portée à la connaissance de la *Police nationale** qui, elle, patrouillait sur les grandes artères.

Perdus dans leurs pensées, ils roulèrent en silence pendant une demi-heure.

Finalement Anna prit la parole.

« Toute cette histoire que Chardin nous a racontée – je trouve ça impossible à avaler. J'ai du mal à croire que tout ce que nous savons de l'histoire du XXe siècle est archifaux, d'un bout à l'autre. Comment est-ce possible ? » Ses yeux restaient fixés sur la route et elle semblait aussi épuisée que Ben.

« Je ne sais pas, Anna. Les choses ont cessé d'avoir un sens pour moi le jour de la Bahnhofplatz. » Ben tentait de se départir de la torpeur qui s'abattait sur lui. L'excitation de la fuite avait depuis longtemps fait place à une sensation plus prenante, faite d'épouvante, de terreur.

« Il y a quelques jours, je menais une enquête pour un homicide, peu m'importaient les fondements de notre civilisation. Vous vous rendez compte ? »

Ben ne répondit pas directement : qu'aurait-il pu dire ? « Les homicides, commença-t-il en sentant monter une sorte de malaise. Vous disiez que tout avait commencé en Nouvelle-Écosse, avec Mailhot, l'homme qui travaillait pour Charles Highsmith, l'un des fondateurs de Sigma. Ensuite il y a eu Marcel Prosperi qui, lui, faisait partie des directeurs. Rossignol, même chose.

— Trois points déterminent un plan, dit Anna. De la géométrie niveau collège. »

Il y eut un déclic dans l'esprit de Ben.

« Rossignol était vivant quand vous avez pris l'avion pour le rencontrer, mais il était mort au moment où vous êtes arrivée, c'est cela ?

— C'est cela, mais...

— Comment s'appelle l'homme qui vous a confié cette mission ? »

Elle hésita.

« Alan Bartlett.

— Et quand vous avez localisé Rossignol, à Zurich, vous le lui avez signalé, n'est-ce pas ?

— Tout de suite », répliqua Anna.

La bouche de Ben se dessécha.

« Oui. Bien entendu. C'est pour cela qu'il a eu recours à vous.

— De quoi parlez-vous donc ? » Elle tendit le cou pour mieux le regarder.

« Vous ne comprenez pas ? Vous étiez le pigeon de service, Anna. *Il vous utilisait.*

— Il m'utilisait *comment* ? »

Les derniers événements défilèrent dans le cerveau de Ben.

« Réfléchissez, bon Dieu ! C'est exactement comme cela qu'on procède avec les chiens de chasse. Alan Bartlett a commencé par vous faire renifler la piste. Il connaît la manière dont vous travaillez et il savait que la prochaine chose que vous demanderiez...

— Il savait que je lui demanderais la liste, dit Anna d'une voix caverneuse. C'est incroyable ! Et dire qu'il feignait la réticence – pour mieux m'avoir, parce qu'il savait que cela ne ferait que renforcer ma résolution. Même chose avec cette foutue voiture qui m'a foncé dessus à Halifax : il devait se douter que s'il me fichait la trouille, je m'accrocherais d'autant plus à cette affaire.

— Vous avez donc obtenu une liste de noms. Les noms de certaines personnes ayant un lien avec Sigma. Mais quelques-unes seulement : celles qui ont réussi à *se cacher.* Des gens que Sigma *ne peut pas débusquer* – pas sans les alerter. Aucun membre de Sigma n'était en mesure de les localiser. *Autrement ils les auraient déjà tués.*

— Parce que... commença lentement Anna. Parce que toutes les victimes étaient des *angeli rebelli.* Des apostats, des dissidents. Des gens auxquels on ne pouvait plus faire confiance.

— Et Chardin nous a dit que Sigma était en train d'amorcer une délicate phase de transition – un moment de vulnérabilité maximum. Sigma devait absolument éliminer ces personnes. Vous étiez la seule capable de dépister quelqu'un comme Rossignol, et ce précisément parce que *vous étiez celle que vous prétendiez être.* Vous avez *vraiment* tenté de lui sauver la vie. Et votre bonne foi pouvait se vérifier dans les moindres détails. Pourtant, sans le savoir, vous avez été *programmée* !

— Voilà pourquoi Bartlett a tenu à me rencontrer », dit Anna, d'une voix qui s'affirmait peu à peu tandis que la lumière se faisait dans son esprit.

« Il s'est servi de moi pour localiser les derniers *angeli rebelli.* » De rage, elle donna un coup sur le tableau de bord.

« Ensuite Bartlett s'arrangeait pour les faire disparaître. *Parce que Bartlett travaille pour Sigma.* » Tout en parlant, il se reprochait sa dureté envers elle, mais à présent tout devenait parfaitement net.

« Et par voie de conséquence, moi aussi. Nom de Dieu de nom de Dieu ! *Moi aussi.*

— Sans le vouloir, insista Ben. Comme un *pion*. Et quand vous êtes devenue trop difficile à contrôler, il a essayé de vous mettre hors circuit. Ils avaient trouvé Rossignol, ils n'avaient plus besoin de vous.

— *Bon sang !* s'exclama Anna.

— Evidemment, ce n'est qu'une théorie, dit Ben pourtant certain d'avoir énoncé la pure vérité.

— Une théorie, certes. Mais elle tient debout. »

Ben ne répondit pas. Le fait que cela tienne debout ou pas lui importait peu, curieusement. C'était un luxe. Les mots de Chardin repassaient sans cesse dans son esprit, aussi ignobles que le visage de l'homme qui les avait prononcés. *Des rouages à l'intérieur d'autres rouages – c'était ainsi que nous fonctionnions... sous la coupe de l'invisible Sigma... Le moindre détail... avait été conçu... par nos soins... longtemps auparavant... il n'a jamais traversé l'esprit de personne que l'Occident était tombé sous l'administration d'un consortium caché. L'idée même en aurait été inconcevable. Car cela aurait signifié que plus de la moitié de la planète était placée sous l'emprise d'une seule mégacorporation. Sigma.*

S'écoulèrent encore dix minutes avant que Ben reprenne d'une voix neutre :

« Il faut que nous déterminions la marche à suivre à partir de maintenant. »

Anna étudia de nouveau l'article de l'*Herald Tribune*.

« "On présume que le suspect a voyagé sous les noms de Robert Simon et de John Freedman." Ces identités sont donc éventées. »

Comment ? Ben se souvint que Liesl lui avait expliqué que les comptes correspondant aux cartes de crédit étaient toujours alimentés et que pour cela Peter avait eu recours aux services du très loyal cousin de Liesl.

« Deschner, dit Ben entre ses dents. Ils ont dû l'avoir. » Au bout d'un moment, il ajouta : « Je me demande pourquoi ils n'ont pas diffusé mon vrai nom. Ils ont fourni des pseudonymes mais pas "Benjamin Hartman".

— Non, c'était la seule chose à faire. Ecoutez, ils savent que vous ne voyagez pas sous votre vrai nom. Dévoiler votre véritable identité n'aurait fait que compliquer les choses. Les gens de votre proche entourage auraient réagi en clamant que le Benny qu'ils connaissaient n'aurait jamais commis pareille horreur. De plus, les Suisses ont en leur possession les résultats de l'analyse balistique. Ces résultats vous lavent de tout soupçon – or, ils sont consignés sous le nom de Benjamin Hartman. »

Aux abords de Croisilles, ils virent la pancarte d'un motel et s'arrêtèrent devant un bâtiment bas en béton, d'un style que Ben appelait le Laid International.

« Juste pour une nuit, dit Ben en sortant quelques centaines de francs.

— Passeport ? demanda l'employé au visage fermé.

— Ils sont avec nos bagages, répondit Ben sur un ton d'excuse. Je vous les amènerai plus tard.

— Juste une nuit ?

— C'est cela, fit Ben en lançant à Anna un regard plein de lascivité. Nous visitons la France pour notre lune de miel. »

Anna s'avança et posa la tête sur l'épaule de Ben.

« C'est un si beau pays, dit-elle à l'employé. Et si raffiné. Je n'en reviens pas.

— Votre lune de miel, répéta l'employé et, pour la première fois, il sourit.

— Si cela ne vous ennuie pas, nous sommes pressés, dit Ben. Nous roulons depuis des heures. Nous avons besoin de repos. » Il lui décocha un clin d'œil.

L'employé lui tendit une clé attachée à un lourd porte-clés en caoutchouc.

« Au fond du couloir. Chambre 125. Si vous avez besoin de quelque chose, vous appelez. »

La chambre était chichement meublée, le sol couvert d'une moquette triste, vert chiné, et le bruyant rafraîchisseur d'air parfumé à la cerise ne parvenait pas à dissimuler la légère mais bien reconnaissable odeur de moisissure.

Dès que la porte se referma derrière eux, ils vidèrent sur le lit le sac en plastique qu'Oscar leur avait remis, ainsi que leurs récents achats. Anna ramassa un passeport américain. C'était elle qui figurait sur la photographie, mais son visage avait été retouché par ordinateur. Anna prononça plusieurs fois son nouveau nom à haute voix en s'efforçant de s'y accoutumer.

« Je ne vois toujours pas comment ça va marcher, dit Ben.

— Comme l'a dit votre ami Oscar, ils vous rangent dans une catégorie avant de prendre la peine de vous regarder vraiment. Ça s'appelle établir le profil. Si vous ne correspondez pas au type de suspect qu'ils recherchent, ils vous laissent passer. » Anna sortit un tube de rouge à lèvres et, en se regardant dans un miroir, entreprit de se maquiller. Elle effaça le rouge plusieurs fois avant d'obtenir un résultat satisfaisant.

Au même moment, Ben dans la salle de bains s'enduisait les cheveux d'une teinture mousseuse et gluante qui sentait le goudron et l'ammoniaque. D'après les instructions imprimées sur la boîte, il fallait attendre vingt minutes avant de rincer. Il fallait aussi éviter de se teindre les sourcils, au risque de devenir aveugle. Ben décida de courir le risque. Avec un tampon de coton, il appliqua le produit sur ses sourcils en tenant un mouchoir en papier pressé contre ses yeux, pour leur éviter le contact avec la teinture.

Les vingt minutes requises s'écoulèrent qui parurent durer deux heures. Finalement, il passa sous la douche, se rinça à grande eau et n'ouvrit les yeux que lorsqu'il fut certain que le peroxide avait été entièrement évacué par le syphon.

Quand il sortit de la douche, il se regarda dans le miroir. Il faisait un blond tout à fait acceptable.

« Dites bonjour à David Paine », lança-t-il à Anna.

Elle secoua la tête.

« Vos cheveux sont trop longs. » Elle brandit des ciseaux électriques chromés munis d'une poignée en caoutchouc clair.

« C'est à cela que sert ce petit objet. »

Dix minutes plus tard, ses boucles disparaissaient dans la cuvette des toilettes. Il était prêt à enfiler le treillis de l'armée américaine bien plié qu'Oscar Peyaud lui avait fourni. Blond, les cheveux bien coupés, il ressemblait tout à fait à un officier, avec son uniforme vert couvert d'insignes et de galons indiquant qu'il servait outremer. Il savait que les officiers de l'armée américaine portaient des badges d'identification quand ils prenaient l'avion. Il existait des manières plus discrètes de voyager ; mais en se faisant remarquer à bon escient il avait une chance de passer inaperçu.

« Mieux vaut y aller tout de suite, dit Anna. Plus vite nous serons sortis de ce pays, plus vite nous serons en sécurité. Le temps joue *pour* eux, et contre nous. »

Chargés de toutes leurs affaires, ils traversèrent le hall et sortirent sur le parking.

Ils posèrent le sac d'Anna sur le siège arrière de la Renault bleue, ainsi que le sac en plastique blanc qu'Oscar leur avait donné. Il contenait le flacon de teinture vide et quelques autres détritus qu'ils ne voulaient pas laisser derrière eux. Le moindre détail pouvait les trahir.

« Comme je disais, nous jouons notre dernière carte, notre dernière partie, dit Anna comme ils s'engageaient sur l'autoroute en direction du nord. Strasser est un membre fondateur. Nous devons le trouver.

— S'il est encore vivant.

— Avez-vous découvert une quelconque indication dans le dossier de Sonnenfeld ?

— Je l'ai relu ce matin, dit Ben. Pour être honnête, je ne crois pas. En outre, Sonnenfeld pensait que Strasser pouvait très bien être mort depuis plusieurs *années*.

— Ou peut-être pas.

— Peut-être pas. Vous êtes d'un optimisme indécrottable. Mais qu'est-ce qui vous fait penser que nous ne serons pas arrêtés à Buenos Aires ?

— Bon sang, c'est bien vous qui l'avez dit ! Des nazis de sinistre réputation ont vécu là-bas sans éprouver le besoin de se cacher. Nous n'aurons guère à nous soucier de la police locale.

— Et Interpol ?

— C'est à eux que je pensais, ils pourraient bien nous aider à localiser Strasser.

— Etes-vous folle ? Vous voulez qu'on se jette dans la gueule du loup ? Ils doivent avoir votre nom sur leurs listes ?

— Apparemment, vous ignorez tout du fonctionnement d'Interpol en Argentine. Ils se préoccupent peu de vérifier l'identité des gens. Pour eux, vous êtes qui vous prétendez être. Pas très compliqué comme système. Vous avez une meilleure idée ?

— D'après Sonnenfeld, la veuve de Gerhard Lenz serait encore en vie, dit Ben d'un air distrait. Elle sait peut-être quelque chose ?

— Tout est possible.

— J'essaierai de m'en souvenir, répliqua Ben. Vous pensez vraiment que nous avons une chance de sortir de ce pays sans nous faire repérer ?

— Dans cet aéroport, il n'y a pas de vols transatlantiques. Mais nous pouvons transiter par une capitale européenne. Je suggère que nous voyagions séparément. Il est probable qu'ils recherchent un couple.

— Bien sûr, dit-il. Je passerai par Madrid ; vous par Amsterdam. »

De nouveau, ils s'enfoncèrent dans le silence, mais un silence moins tendu, plus léger. De temps en temps, Ben levait les yeux vers Anna, il ne pouvait s'en empêcher. Malgré tout ce qu'ils avaient connu au cours de cette journée, elle demeurait extraordinairement belle. A un moment, leurs regards se croisèrent ; Anna dissipa la petite gêne qui menaçait de s'installer en lui adressant un sourire d'excuse.

« Désolée, j'ai du mal à m'habituer à votre nouveau look d'officier aryen », dit-elle.

Quelque temps plus tard, Anna sortit son téléphone cellulaire de son sac à main et composa un numéro.

La voix de David Denneen résonnait bizarrement dans le combiné. Elle semblait artificielle, métallique.

« Anna ! dit-il. Tout va bien ?

— Ecoute David. Il *faut* que tu m'aides – tu es le seul en qui j'aie confiance.

— Vas-y, j'écoute.

— David, j'ai besoin de tous les renseignements dont tu peux disposer sur Josef Strasser. Ce type était un peu comme le grand frère de Mengele, mais en plus futé.

— Je ferai tout mon possible, répondit Denneen d'une voix hésitante. Bien sûr. Mais où veux-tu que je t'envoie le résultat de mes recherches ?

— BA. »

Il comprit qu'il s'agissait de Buenos Aires.

« Mais j'imagine que tu ne reçois pas ton courrier à l'ambassade, n'est-ce pas ?

— Essaie plutôt le bureau de l'American Express. » Anna lui indiqua le nom qu'il devrait inscrire sur le pli.

« Bien. Il vaut mieux ne pas se faire remarquer, là-bas.

— C'est ce qu'on m'a dit. C'est vraiment si terrible ?

— Un grand pays, un grand peuple. Mais un lourd passé. Fais attention à toi. Je t'en prie, Anna. Je me mets au travail tout de suite. » Sur ces mots, Denneen raccrocha.

La grande salle abritant le service de contrôle des frontières à l'*aéroport** de Lille-Lesquin était un espace clos, terne et sans fenêtres, avec un plafond bas tapissé de dalles antibruit et un écran de projection blanc au fond. Les photos en couleur de criminels recherchés dans le monde entier étaient accrochées sous un écriteau DÉFENSE DE FUMER noir et blanc. Neuf fonctionnaires de l'immigration et du contrôle des frontières étaient assis sur des chaises pliantes en plastique beige et tubes de métal pendant que leur patron, Bruno Pagnol, le directeur de la sécurité, leur soumettait les nouvelles directives à suivre pour l'après-midi. L'un des hommes, un certain Marc Sully, faisait de gros efforts pour que son ennui ne transparaisse pas trop. Il n'aimait pas son boulot, mais il n'avait pas envie de le perdre.

Pas plus tard que la semaine dernière, ils avaient arrêté sept jeunes femmes turques en provenance de Berlin. Elles transportaient des marchandises illicites dans leur ventre. Ces femmes étaient ce qu'on appelle des « mules » ; elles avaient avalé des préservatifs bourrés de China White. Cette belle prise, ils la devaient en partie à la chance, mais toute la gloire en était revenue à Jean-Daniel Roux (bien déterminé à ne pas montrer sa fierté, Roux hocha la tête d'un air modeste lorsque le patron le cita), qui avait eu l'habileté d'attraper la première d'entre elles. La femme lui avait paru bizarre, comme saoule ; ils apprirent ensuite que l'un des préservatifs noués dans son côlon avait commencé à fuir. En réalité, elle avait frôlé l'overdose. A l'hôpital, ils avaient trouvé quinze petites boules, enveloppées d'une double épaisseur de latex et attachées avec du fil de pêche. Chacune contenait plusieurs grammes d'héroïne très pure.

« Comment ont-ils récupéré la drogue ? », demanda l'un des fonctionnaires.

Marc Sully, assis au fond de la salle, lâcha un pet bruyant.

« Extraction postérieure », dit-il.

Les autres s'esclaffèrent.

Le directeur de la sécurité de l'aéroport, un homme rougeaud, fronça les sourcils. Il ne voyait rien de drôle dans cette histoire.

« Le courrier a failli mourir. Ce sont des femmes désespérées. Elles feraient n'importe quoi pour s'en sortir. Combien pensez-vous qu'on les paie ? Un millier de francs, pas plus, et elle a failli mourir pour ça. A présent, elle risque plusieurs années de prison. Ces femmes sont des valises ambulantes. Elles cachent de la drogue dans leur merde. Et c'est notre boulot d'empêcher que le poison entre dans ce pays. Vous voulez que vos gosses deviennent accros ? Qu'un gros cul d'Asiatique s'enrichisse sur leur dos ? Ils pensent pouvoir nous berner. Vous allez leur démontrer le contraire, oui ou non ? »

Marc Sully faisait partie de la *police des frontières**, depuis quatre ans et il avait connu des centaines de briefings comme celui-ci. Chaque année, le visage de Pagnol devenait un peu plus vermeil, son col un peu plus serré. Pourtant, dans ce domaine, Sully n'avait pas vraiment de leçon à lui donner. Lui-même avait toujours été un peu enrobé, et il n'en concevait aucune honte. En plus, il se rongeait les ongles jusqu'au sang, sale habitude qu'il avait en vain tenté de perdre. Un jour, le patron lui avait reproché son aspect « négligé », mais quand Marc lui avait demandé de lui expliquer en quoi, il s'était contenté de hausser les épaules. En tout cas, il ne serait venu à l'idée de personne de le faire poser pour une affiche de recrutement.

Marc savait qu'il n'était guère apprécié de ses jeunes collègues, des types qui se baignaient tous les jours et qui avaient peur de sentir l'être humain. Des savons déodorants sur pattes. Les cheveux lavés de frais, ils se baladaient dans l'aéroport en souriant aimablement aux passagères les plus jolies, comme s'ils espéraient faire des rencontres pendant leurs heures de travail. Marc les trouvait stupides. C'était un boulot sans avenir. Les fouilles corporelles vous permettaient parfois de renifler, surtout quand elles se passaient dans le *cul* du tiers-monde, mais personne n'avait jamais réussi à ramener une femme chez lui de cette façon-là.

« Maintenant deux ordres de recherche qui viennent d'arriver de *la DCPAF.* » La *Direction centrale de la police aux frontières** était le service déterminant leur action au niveau national. Pagnol appuya sur quelques touches et commença à leur projeter des photos à partir d'un ordinateur.

« Priorité maximum. Cette femme est américaine. D'origine mexicaine. C'est une professionnelle. Si vous la trouvez, faites gaffe. Traitez-la comme un serpent venimeux, d'accord ? »

Les hommes émirent quelques grognements en guise d'assentiment.

Sully regarda les photos du coin de l'œil. Il lui aurait bien dit deux mots, à celle-là.

« Et en voilà un autre, poursuivit le directeur de la sécurité.

— Mâle de race blanche, dans les trente-cinq ans. Cheveux bruns bouclés, yeux verts ou noisette, dans les un mètre quatre-vingts. Probablement un tueur en série. Américain lui aussi, à ce qu'on suppose. Très dangereux. Il y a de fortes chances pour qu'il soit en France en ce moment et qu'il tente de quitter le pays. Nous enverrons des photos sur tous vos postes, mais je veux que vous ouvriez l'œil dès à présent. Si on apprend qu'ils sont passés par Lille-Lesquin pour se faire la malle et que nous sommes restés les bras croisés, je ne serai pas le seul à perdre mon boulot. Tout le monde a bien pigé ? »

Sully hocha la tête comme les autres. Ce sale petit macho de Roux avait encore le vent en poupe après son coup de bol avec cette pute de *Gastarbeiter*. Mais qui sait? Sully était peut-être dans son jour de chance. Il regarda les photos encore une fois.

Ben déposa Anna près d'un arrêt de bus, celui de la navette menant à l'aéroport, et gara la Renault bleue sur le parking de l'aéroport de Lille-Lesquin. Ils entreraient dans le hall séparément et prendraient deux vols différents.

Ils convinrent de se retrouver à Buenos Aires dans une dizaine d'heures.

A supposer que tout se passe bien.

Anna regarda l'officier américain, ses cheveux blonds rasés, et ressentit une vague de soulagement. Il était méconnaissable. Elle avait joué la courageuse devant Ben tout à l'heure mais elle n'en menait pas large. Ses cheveux à elle n'étaient ni coupés ni colorés. Elle les avait peignés différemment et changé de tenue, mais c'était un peu mince comme camouflage. Elle sentait l'angoisse lui nouer l'estomac mais restait stoïque, sachant que laisser paraître sa peur était le meilleur moyen de se faire repérer. Il fallait qu'elle se concentre. L'habitude qu'elle avait de regarder attentivement autour d'elle risquait de causer sa perte, à présent. Avant de pénétrer dans le terminal, elle devait se détendre et évacuer toute son anxiété. Elle s'imagina parcourant de vertes prairies parsemées de pissenlits. Elle s'imagina au bras d'un homme loyal et fort. Cet homme pouvait être n'importe qui – il ne s'agissait que d'un exercice mental, elle en était parfaitement consciente – mais en l'occurrence, il avait le visage de Ben.

Sully détailla les passagers qui arrivaient près de son poste. Il guettait sur leurs traits les moindres signes d'appréhension ou d'agitation, il cherchait les individus trop chargés ou pas assez, ceux qui correspondaient à la description qu'ils avaient reçue.

Le troisième homme dans la file retint son attention. Il avait approximativement la taille du suspect, des cheveux châtains bouclés, et ne cessait de faire sonner sa monnaie dans sa poche, un tic nerveux. A en juger d'après sa tenue, il était probablement américain. S'il était nerveux, c'était peut-être qu'il avait des choses à se reprocher.

Il attendit que l'homme montre son billet et son passeport à l'employé de la compagnie aérienne pour s'avancer vers lui.

« Juste quelques questions, monsieur, dit Sully en scrutant son interlocuteur.

— Ouais, d'accord, fit l'homme.

— Suivez-moi. » Sully le conduisit jusqu'à un poste de contrôle situé près du comptoir des billets.

« Qu'est-ce qui vous amène en France ?

— Conférence médicale.

— Vous êtes médecin ? »

Un soupir.

« Je suis représentant pour une compagnie pharmaceutique.

— Un vendeur de drogue ! fit Sully en souriant sans quitter l'homme des yeux.

— D'une certaine manière », répliqua le type d'une voix éteinte. A l'expression de son visage on l'aurait dit incommodé par une mauvaise odeur.

Les Américains et leur obsession de l'hygiène. Sully l'observa encore un moment. L'homme avait un visage anguleux, un menton carré, des cheveux bouclés, mais ces traits ne correspondaient pas vraiment à ceux du suspect – ils étaient trop délicats. De plus, Sully ne percevait pas de tension dans la voix de l'homme quand il répondait à ses questions. Il perdait son temps.

« OK, dit-il. Faites un bon voyage. »

Sully retourna à son poste d'observation, près du comptoir d'enregistrement. Une femme blonde à la peau bronzée retint son attention. La suspecte aurait pu se teindre les cheveux ; les autres signes distinctifs correspondaient. Il fonça sur elle.

« Pourrais-je voir votre passeport, madame ? », dit-il.

La femme lui lança un regard vide.

« *Votre passeport, s'il vous plaît, madame**.

— *Bien sûr. Vous me croyez anglaise ? Je suis italienne mais tous mes amis pensent que je suis allemande ou anglaise, ou n'importe quoi**. »

Son passeport indiquait qu'elle résidait à Milan. Sully se dit qu'une Américaine pouvait difficilement parler français avec un accent italien à couper au couteau.

Dans la file, aucune autre personne ne retint vraiment son attention. Devant l'Italienne blonde, il y avait une Indienne accompagnée de deux enfants braillards. A son avis, ces gens-là étaient déjà trop nombreux en France et il ne fallait pas compter sur lui pour les empêcher de partir. A l'allure où ça allait, le poulet aux épices allait finir par devenir le plat national. Evidemment, les musulmans étaient pires, mais les Indiens avec leurs noms imprononçables étaient carrément insupportables. L'année précédente, quand il s'était démis le bras, le docteur indien à la clinique avait tout bonnement refusé de lui administrer un calmant digne de ce nom. Comme s'il était censé contrôler son esprit à la manière des fakirs. Si son bras n'avait pas été à moitié déboîté, il lui aurait envoyé un bon coup de poing.

Après avoir jeté un vague coup d'œil sur le passeport de la femme, Sully lui fit signe de passer, elle et ses gosses pleurnichards. Cette salope d'Indienne puait le safran.

Un jeune Russe au visage couvert d'acné avec un nom à consonance allemande. Un Juif probablement. La *mafiya ?* Il avait d'autres chats à fouetter.

Un Français moyen et sa femme, partant en vacances.

Une autre foutue indienne en sari. Gayatri quelque chose, un nom imprononçable. *Cul* au curry.

D'autres hommes défilèrent devant lui. Aucun ne correspondait au profil : trop vieux, trop gros, trop jeune, trop petit.

Dommage. Finalement, aujourd'hui ne serait peut-être pas son jour de chance.

*

Anna s'installa dans son fauteuil, ajusta son sari en se répétant mentalement son nom : Gayatri Chandragupta. Si quelqu'un lui demandait comment elle s'appelait, il lui faudrait le prononcer sans l'écorcher. Ses longs cheveux bruns étaient tirés en arrière et, quand elle avait aperçu son reflet dans une vitre, elle avait eu du mal à se reconnaître.

CHAPITRE 34

Buenos Aires

ANNA regardait anxieusement à travers la vitrine du bureau de l'American Express donnant sur la place du Libertador General San Martín, un espace planté d'arbres où régnait une relative sérénité. Ce parc avait autrefois abrité des arènes puis un marché aux esclaves. A présent, il accueillait la grande statue de bronze du général José de San Martín, à califourchon sur son cheval. Le soleil tapait dur. A l'intérieur du bureau, il faisait froid à cause de la climatisation. Tout était calme.

« Señorita Acampo ? »

Quand elle se retourna, elle vit un homme élancé vêtu d'un blazer bleu cintré. Il portait de grosses lunettes à l'élégante monture noire.

« Je suis vraiment désolé, señorita, mais nous ne parvenons pas à retrouver ce pli.

— Je ne comprends pas. » Elle passa à l'espagnol pour éviter toute erreur : « *¿ Está registrado que lo recibió ?*

— Nous l'avons réceptionné, oui, madame, mais il est introuvable. »

Exaspérant, mais enfin on progressait. Le dernier employé auquel elle s'était adressée avait catégoriquement nié avoir reçu un pli à son nom.

« Seriez-vous en train de me dire qu'il est perdu ? »

L'homme eut un bref haussement d'épaules, comme une sorte de tic nerveux.

« Selon nos ordinateurs, il est parti de Washington DC et il est arrivé ici hier, mais ensuite, je ne peux pas dire. Si vous remplissez ce formulaire, nous entreprendrons une recherche informatique. Et si on ne le retrouve pas, vous serez remboursée intégralement. »

Bon sang ! Il lui semblait improbable que l'enveloppe se fût perdue. On l'avait sûrement volée. Mais qui ? Et pourquoi ? Qui donc connaissait son contenu ? Qui aurait pu avoir l'idée de regarder à l'intérieur ? Denneen l'avait-il lâchée ? C'était difficile à croire. Son téléphone avait peut-être été placé sur écoute, à son insu. En fait, les explications ne manquaient pas mais aucune d'entre elles ne modifiait les données de

base : si on avait volé ce pli, maintenant le voleur savait qui elle était –
et pourquoi elle était ici.

Le bureau d'Interpol Argentine se trouvait dans l'immeuble abritant le
quartier général de la *Policía Federal Argentina* sur Suipacha. Le
correspondant d'Interpol à Buenos Aires était un certain Miguel Antonio
Peralta, *Jefe Seccion Operaciónes*. La plaque sur sa porte indiquait :
SUBCOMISARIO DEPARTAMENTO INTERPOL. C'était un homme costaud,
large d'épaules et doté d'une grosse tête ronde. Les mèches de cheveux
noirs qui traversaient le sommet de son crâne, censées dissimuler sa
calvitie, avaient plutôt tendance à la rendre plus voyante.

Son bureau lambrissé était encombré d'objets divers, comme autant
d'hommages rendus à Interpol. Des plaques commémoratives venant du
monde entier, offertes par des forces de police reconnaissantes, tapis-
saient les murs, côtoyant des crucifix, des diplômes, des images pieuses.
Dans un cadre, on remarquait une bénédiction apostolique signée par le
pape en personne et s'étendant sur toute la famille Peralta. Placée bien
en évidence, une vieille photo sépia dans un cadre argenté montrait son
père en uniforme de policier.

Les yeux de lézard de Peralta étaient à demi fermés derrière ses lunettes d'écaille parfaitement rondes. Sur son impeccable bureau, on ne
voyait qu'une seule chose : un pistolet glissé dans son holster en cuir.
L'étui était vieux mais amoureusement entretenu. L'homme se montrait
affable et d'une grande courtoisie.

« Vous savez bien que nous n'avons de cesse que d'œuvrer en faveur
de la justice, déclara-t-il.

— Et comme vous l'a expliqué mon assistante, CBS est en butte à une
redoutable concurrence en ce moment, dit Anna. Apparemment, les gens
de *Dateline* sont sur le point de repérer et de démasquer cet homme.
S'ils sont plus rapides que nous, eh bien tant pis. Mais je ne suis pas
femme à baisser les bras. Autrement, je ne serais pas là où je suis. Le
producteur argentin avec qui je travaille estime que si jamais vous nous
donniez un petit coup de pouce, ce reportage serait pour nous.

— En Argentine, le football – le soccer, comme vous dites – est le
sport national. Je suppose que les chaînes de télé américaines jouent le
même rôle chez vous.

— On pourrait dire ça. » Anna le gratifia d'un sourire radieux et croisa les jambes.

« Et je ne rabaisse pas du tout mes collègues de *Dateline*. Mais nous
savons vous et moi quel genre d'enquête ils vont nous servir. Toujours
le même vieux refrain. L'Argentine est un pays arriéré qui donne asile à
des individus très très méchants. Ils vont nous pondre un produit facilement exploitable et bon marché. Nous ne sommes pas comme ça. Notre
projet est nettement plus élaboré et bien plus judicieux, je pense. Nous
voulons faire ressortir la réalité de l'Argentine *contemporaine*. Un pays

peuplé de gens qui, comme vous, sont attachés au respect de la justice. Un pays doté d'une police moderne et où l'on respecte néanmoins les valeurs démocratiques – elle fit un geste vague de la main – et tout et tout. » Un autre sourire éclatant.

« Et je vous promets que vos efforts seront grassement récompensés. Nous vous traiterons comme un consultant. Donc, Mr. Peralta, pouvons-nous travailler ensemble ? »

Peralta fit un sourire mi-figue mi-raisin.

« Si vous avez la preuve que Josef Strasser vit à Buenos Aires, dites-le-moi. Prouvez-le-moi. » Il pointa dans l'air son stylo Cross en argent pour souligner la simplicité de la chose.

« C'est tout.

— Mr. Peralta. Ce reportage sera tourné de toute façon. Que ce soit par mon équipe ou par la concurrence. » Le sourire d'Anna s'évanouit. « La seule question qui importe est la suivante : comment présentera-t-il les choses ? Insistera-t-il sur vos succès ou sur vos échecs ? Allons, vous devez bien avoir un dossier sur Strasser – quelque chose qui atteste qu'il vit ici, ajouta Anna. Je veux dire, vous ne *doutez* pas de sa présence à Buenos Aires, n'est-ce pas ? »

Le siège de Peralta grinça lorsqu'il s'y enfonça.

« Miss Reyes, dit-il sur le ton d'un homme qui s'apprête à sortir une bonne blague, voilà quelques années, mes services ont reçu une information de la part d'une habitante de Belgrano, l'un de nos quartiers les plus riches. Un tuyau crédible. Elle disait avoir vu Alois Brunner, le SS *Hauptsturmführer*, sortir d'une maison voisine de la sienne. Immédiatement, nous avons fait surveiller ladite maison vingt-quatre heures sur vingt-quatre. En fait, elle avait raison, le visage du vieil homme correspondait aux photos figurant dans le dossier que nous possédons sur Brunner. Nous avons donc été voir ce monsieur. Indigné, il nous a montré son vieux passeport allemand, vous savez, celui avec les aigles symbolisant le Troisième Reich – il y avait un gros J imprimé dessus, J comme Juif. L'homme s'appelait Katz. » Peralta se redressa sur son siège. « Alors, dites-moi un peu le genre d'excuses qu'on peut présenter à un homme comme celui-là, un homme qui a séjourné dans les camps ?

— Certes, reconnut Anna, l'incident a dû être terriblement embarrassant pour vous. Mais nos renseignements sur Strasser sont fiables. Pendant que nous parlons, *Dateline* est déjà en train de tourner les scènes additionnelles – des prises de vue des environs. Ils doivent être très sûrs de leur coup.

— *Dateline, 60 minutes, "20-20"* – je connais bien ces émissions de reportage. Si vous, les journalistes, étiez vraiment sûrs que Josef Strasser était, comme vous dites en Amérique, en vie et vivant en Argentine, vous l'auriez trouvé depuis longtemps, non ? » Ses yeux de lézard ne la lâchaient pas.

Elle ne pouvait se permettre de lui avouer la vérité – qu'elle ne s'intéressait pas à son passé nazi mais à ce qu'il avait manigancé par la suite. Comment, après avoir faussé compagnie à son führer, il avait rejoint les invisibles architectes de l'après-guerre.

« Par où dois-je commencer mes recherches, d'après vous ?

— Je ne peux pas vous répondre ! Si nous avions la certitude qu'un criminel de guerre résidait dans notre pays, nous l'arrêterions. Mais j'ai le regret de vous dire qu'il n'en existe plus un seul. » Il laissa tomber son stylo sur le bureau.

« Vraiment. » Pour donner le change, elle griffonna quelques mots inutiles sur son carnet jaune.

« Les temps ont changé en Argentine. La sale époque, celle où Josef Mengele pouvait se promener ici à la vue de tous, est révolue. La dictature de Perón, c'est de l'histoire ancienne. A présent, l'Argentine est une démocratie. Josef Schwammberger a été extradé. Erich Priebke a été extradé. Je ne me souviens même plus de la date à laquelle nous avons arrêté notre dernier nazi. »

Elle raya son griffonnage d'un trait de plume.

« Et les rapports de l'immigration ? Les registres où figurent les noms des personnes qui sont entrées dans le pays dans les années 40 et 50 ? »

Il fronça les sourcils.

« Il existe peut-être des registres inventoriant les entrées, les arrivées. Le Registre national, le Service de l'immigration – ils ont des fiches manuscrites, classées par ordre alphabétique. Mais nos côtes s'étirent sur des milliers de kilomètres. Qui sait combien de remorqueurs, de canots ou de chalutiers ont pu accoster autrefois sur l'une ou l'autre de nos centaines d'*estancias* – nos fermes – sans que personne n'ait rien remarqué ? Il y a des centaines de kilomètres de côtes en Patagonie, des côtes inhabitées. » De nouveau, il fit un geste pour accompagner ses dires. « Et puis en 1949, Perón a amnistié tous les immigrants qui ont pénétré en Argentine sous une fausse identité. Par conséquent, à supposer que Strasser soit effectivement sur notre territoire, il est fort improbable qu'on retrouve sa trace dans nos registres d'immigration. Vous pourriez peut-être vous rendre à Bariloche, la station de ski, pour y mener une enquête. Les Allemands adorent Bariloche. Ça leur rappelle leur chère Bavière. Mais à votre place, je ne compterais pas trop là-dessus. Je suis désolé de vous décevoir. »

Anna Navarro était sortie du bureau de Miguel Antonio Peralta depuis deux minutes à peine quand l'agent d'Interpol décrocha le téléphone.

« Mauricio, dit-il. Je viens de recevoir une visite très intéressante. »

À Vienne, dans un immeuble de bureaux moderne, un homme entre deux âges sans aucun signe distinctif hormis ses lunettes, observait d'un air blasé le démontage des murs en Placoplâtre ayant entouré une « aire de réception » et une « salle de conférence » moquettées. Une équipe d'ouvriers emportait les cloisons sur des chariots avant de les enfourner dans un monte-charge. Ensuite, ils déplacèrent une table en Formica, un bureau en métal et les divers objets qui le surmontaient, parmi lesquels un téléphone factice et un ordinateur.

L'homme était américain. Depuis dix ans, on ne cessait de le dépêcher aux quatre coins de la planète, pour y remplir diverses missions dont l'intérêt lui échappait. Il n'avait jamais rencontré le responsable de la compagnie et ignorait jusqu'à son nom. Il savait seulement que le mystérieux patron de la société qui l'employait faisait des affaires avec le propriétaire de l'immeuble où il se trouvait en ce moment et que ce dernier lui en avait aimablement loué le dixième étage.

Il avait l'impression d'assister au démontage d'un décor de théâtre.

« Hé, cria l'Américain à lunettes, quelqu'un devrait enlever cette pancarte dans le couloir. Et gardez-moi l'emblème des Etats-Unis, d'accord ? Ça peut toujours servir. »

New York

Le Dr Walter Reisinger, ancien secrétaire d'Etat, était installé à l'arrière de sa limousine. Le véhicule s'insinuait dans le flux intense des véhicules encombrant les rues de l'East Side de Manhattan, ce matin-là, quand le téléphone sonna.

Le Dr Reisinger n'aimait pas le téléphone, ce qui était fort regrettable étant donné que, ces derniers jours, il avait passé presque tout son temps au bout du fil. Sa société de consultants d'envergure internationale, Reisinger Associates, lui donnait encore plus de travail que son ancien poste gouvernemental.

Il ne l'avait confié à personne mais, après avoir quitté ses fonctions officielles et rédigé ses Mémoires, il avait craint de se retrouver sur la touche, qu'on ne le traite comme une éminence grise qu'on inviterait de temps en temps à l'émission *Nightline* et qu'on solliciterait à l'occasion pour rédiger des entrefilets dans les chroniques du *New York Times*.

Or, bien au contraire, sa célébrité avait grandi, et sa fortune avec elle. A présent, il ne cessait de sillonner le globe. Il ne voyageait pas autant lorsqu'il exerçait encore ses missions de bons offices au Moyen-Orient.

Il appuya sur le bouton de réception.

« Oui ?

— Dr Reisinger, fit la voix à l'autre bout du fil, c'est Mr. Holland.

— Ah, bonjour, Mr. Holland », s'écria Reisinger, jovial. Les deux hommes bavardèrent une minute environ puis Reisinger dit :

« Ça ne devrait pas poser de problème. J'ai de bons amis dans tous les gouvernements ou presque – mais je pense qu'il serait plus rapide de passer par Interpol. Connaissez-vous son secrétaire général ? Un homme fort intéressant. Je vais lui téléphoner. »

Le patient dix-huit était couché dans un lit d'hôpital, les yeux fermés, un goutte-à-goutte piqué dans son bras gauche. Il tremblait. Il n'arrêtait pas de trembler depuis le début du traitement. En outre, il avait la nausée et vomissait régulièrement dans un haricot placé près du lit. Une infirmière et un laborantin étaient campés près de lui à le surveiller.

Un médecin répondant au nom de Löfquist entra dans la salle d'examen et se dirigea vers l'infirmière.

« Il a toujours de la fièvre ? », demanda-t-il. Ils parlaient anglais parce que le médecin maîtrisait mieux cette langue que l'allemand, bien qu'il travaillât dans cette clinique depuis sept ans.

« Elle n'est pas tombée, répondit l'infirmière d'une voix tendue.

— Et les nausées ?

— Il n'arrête pas de vomir. »

Le Dr Löfquist haussa le ton pour s'adresser au patient dix-huit.

« Comment vous sentez-vous ? »

Le patient maugréa.

« J'ai sacrément mal aux *yeux*.

— Oui, c'est normal, dit le Dr Löfquist. Votre corps se rebelle. C'est un phénomène habituel dans ce type de traitement. »

Le patient dix-huit eut un haut-le-cœur, se pencha sur le haricot et vomit. L'infirmière lui essuya la bouche et le menton avec un gant de toilette humide.

« La première semaine est toujours la plus difficile, expliqua le Dr Löfquist avec entrain. Vous vous en sortez merveilleusement bien. »

CHAPITRE 35

NOTRE-Dame de la Miséricorde, Nuestra Señora de la Merced, basilique de style italianisant, dominait la grouillante Calle Defensa. En face, la succursale de la Banco de Galicia paraissait étonnamment moderne. La façade de granit de l'église s'effritait. Une barrière en fer forgé fermait son avant-cour pavée d'un damier noir et blanc, aux dalles délavées et craquelées. Une gitane et ses enfants se tenaient là, demandant l'aumône.

Ben regarda la mère assise sur les marches, adossée à ce qui restait d'un socle de colonne. Elle portait un jean, ses cheveux noirs étaient attachés. Les enfants grouillaient autour d'elle ; certains étalés sur son ventre, d'autres jouant à ses pieds. Au fond de la cour, un vieil homme en manteau et cravate faisait un somme, un bras replié sous la tête. Le sommet de son crâne chauve était tanné par le soleil.

A 13 h 15 exactement, comme convenu, Ben entra dans l'église. Il franchit les portes battantes en bois pour pénétrer dans les ténèbres terreuses du narthex. L'odeur des bougies à la cire d'abeille se mêlait à celle de la sueur. Dès que ses yeux furent habitués à l'obscurité, il se rendit compte de l'immensité de l'endroit. C'était impressionnant. Les hautes voûtes de style roman, le sol pavé d'antiques carreaux de céramique formaient un ensemble architectural admirablement conçu. Un prêtre égrenait des psalmodies en latin et son chant, amplifié par les haut-parleurs, résonnait dans l'espace caverneux. Les fidèles lui répondaient en s'appliquant. Un appel, une réponse. Tous en chœur.

Pour une messe de semaine, l'église semblait bien remplie. La moitié des chaises étaient occupées. *Il est vrai que l'Argentine est un pays catholique,* pensa Ben. Ici et là, on entendait les trilles des téléphones cellulaires. Cherchant à se repérer, il remarqua la chapelle sur sa droite.

Devant quelques rangées de bancs, se dressait un tabernacle protégé par une vitrine dans laquelle trônait un Christ ensanglanté. La légende disait : HUMILIDAD Y PACIENCIA. A gauche, une deuxième statue de Jésus, à l'air libre celle-là, était surmontée d'une autre phrase pieuse :

SAGRADO CORAZÓN EN VOS CONFIO. Ben s'assit sur le premier banc, comme convenu, et attendit.

Un prêtre en soutane priait près d'une jeune femme, une fausse blonde en mini-jupe et hauts talons. De temps à autre, les portes à battants s'ouvraient en grinçant, le vrombissement guttural d'une moto s'engouffrait dans l'église. Chaque fois, Ben se tournait vers l'entrée : qui était-ce ? Un homme d'affaires muni d'un téléphone portable pénétra dans le narthex, se signa puis s'enfonça dans la chapelle – était-ce lui ? – pour toucher la statue du Christ. Puis il ferma les yeux et se mit à prier. Les fidèles reprirent de plus belle, à l'unisson. Leur prière en latin résonnait toujours plus fort, grâce aux haut-parleurs. Ben s'arma de patience.

Il avait peur mais ne voulait pas le laisser paraître.

Quelques heures plus tôt, il avait composé un numéro figurant dans les dossiers de Sonnenfeld. Apparemment, ce numéro de téléphone avait appartenu à la veuve de Lenz.

Il lui appartenait toujours.

De toute évidence, la femme ne cherchait pas à se cacher. Pourtant, ce n'était pas elle qui avait répondu. Il avait entendu une voix de baryton parlant sur un ton rude, hostile : l'homme se disait son fils. Le frère de Lenz ? Son demi-frère ?

Ben s'était présenté comme un avocat d'affaires new-yorkais, en déplacement à Buenos Aires. Il s'occupait de la liquidation d'un très gros héritage. Non, il n'avait pas le droit de dévoiler le nom du défunt. Cette personne avait légué une belle somme d'argent à Vera Lenz, mais avant toute chose, il fallait qu'il la voie.

Un long silence s'ensuivit. Le fils ne savait quelle attitude adopter. Dans son discours, Ben réussit à placer un détail secondaire qui débloqua curieusement la situation.

« J'arrive d'Autriche », déclara-t-il. Il ne donna aucun nom, ne s'autorisa aucune allusion à Jürgen Lenz – rien qui permît d'établir une quelconque relation ou d'élever une quelconque objection. Moins on en disait, mieux cela valait.

« Je ne vous connais pas, répondit enfin le fils.

— Moi non plus, je ne vous connais pas, répliqua Ben sans sourciller. Si cela vous importune, vous ou votre mère...

— Non », se hâta-t-il de répondre. Il accepta de rencontrer Ben – « Mr. Johnson » – dans une certaine église, une certaine chapelle, sur un certain banc.

A présent, Ben était assis de dos à l'entrée et se retournait chaque fois que les portes grinçaient, chaque fois que les bruits de la rue s'engouffraient dans l'église.

Une demi-heure s'écoula.

Etait-ce un traquenard ? Le prêtre le regarda et, sans mot dire, lui présenta une paire de bougies à allumer.

« Non, merci », dit Ben en jetant un œil vers la porte.

Entra un groupe de touristes munis d'appareils photo et de guides verts. Ben se retourna vers Jésus dans sa vitrine et vit le prêtre s'approcher de lui. C'était un homme d'une cinquantaine d'années, grand, costaud et bronzé. Il avait un torse puissant et un crâne légèrement dégarni.

Le prêtre s'adressa à Ben de sa voix de baryton.

« Venez avec moi, Mr. Johnson », murmura-t-il.

Ben se leva, le suivit hors de la chapelle et descendit la nef avec lui, puis ils tournèrent à angle droit, longèrent une rangée de chaises vides avant d'atteindre un étroit passage aménagé entre la nef et un mur de pierre. Ils s'arrêtèrent avant d'entrer dans l'abside.

Le prêtre ouvrit une petite porte en bois qui semblait presque condamnée. A l'intérieur, il faisait noir comme dans un four. La pièce aux murs humides sentait le renfermé. Le prêtre appuya sur un interrupteur et une lumière jaunâtre éclaira une sorte de salon. Un portemanteau surmonté d'une soutane. Quelques sièges en bois rembourrés.

Le prêtre pointait une arme sur lui.

Ben eut un coup au cœur.

« Avez-vous quelque chose sur vous ? demanda le prêtre avec une courtoisie inattendue. Une arme, des appareils électroniques ? »

En Ben, la peur laissa place à la colère.

« Rien que mon portable, si vous considérez qu'un téléphone peut être une arme.

— Donnez-le-moi, je vous prie. Je vous le rendrai ensuite. »

Ben le lui tendit. Le prêtre passa sa main libre sur la veste de Ben. Devant et derrière, sous les aisselles. Puis il vérifia au niveau de la taille, des jambes et des hanches. Une fouille rapide, effectuée dans les règles de l'art.

« Montrez-moi votre passeport, quelque chose qui prouve votre identité. »

Ben produisit le passeport établi au nom de Michael Johnson ainsi qu'une carte de visite. Dans la matinée, il avait pris la précaution de s'arrêter dans une imprimerie de l'avenue 9 de Julio pour commander cinquante cartes. Il avait payé le prix fort parce qu'il les voulait tout de suite, mais une heure plus tard, c'était fait. Il possédait donc un paquet de cartes de visite tout à fait acceptables, marquées au nom de Michael Johnson, avocat associé dans un cabinet imaginaire, installé à Manhattan.

Le prêtre examina le bristol.

« Ecoutez, dit Ben d'un air offensé. Je n'ai vraiment pas le temps de m'amuser à cela. Et arrêtez de braquer ce putain de pistolet sur moi. »

Ignorant sa demande, le prêtre lui désigna la sortie.

« Par ici. »

Il tira la porte qui s'ouvrit sur une minuscule cour écrasée de soleil. Aussitôt, Ben vit les portes coulissantes d'une fourgonnette noire sans vitres.

« Je vous en prie. » L'homme lui désigna la fourgonnette avec son arme.

« Désolé », répliqua Ben. Ainsi, c'était le fils de la veuve ? Il avait du mal à y croire : ce type ne ressemblait pas du tout à Jürgen. Pourtant c'était au moins son demi-frère. « Pas question que je monte là-dedans. »

Les yeux du prêtre brillèrent.

« Dans ce cas, vous êtes libre de vous en aller. Mais si vous désirez voir ma mère, vous devez obéir. » Son ton s'adoucit. « Voyez-vous, vous n'êtes pas le premier à venir ici dans l'intention de lui parler. On a vu défiler des journalistes, mais aussi des chasseurs de trésors, des dingues qui se trimbalaient avec des armes. Peut-être des agents du Mossad. Ils n'hésitaient pas à la menacer pour lui faire avouer où se cache Lenz. Pendant longtemps, les gens n'ont pas cru à sa mort. Comme pour Mengele, ils pensaient à une supercherie. Désormais, aucun inconnu ne l'approchera sans que j'en aie le cœur net. C'est comme ça et pas autrement.

— Vous dites "Lenz" – ce n'est pas votre père ? »

Le prêtre lui lança un regard mauvais.

« Mon père a épousé la veuve de Lenz. Elle a enterré ses deux maris. C'est une femme forte. Je prends soin d'elle. Je vous en prie, montez. »

Tentons le coup. Il n'avait pas fait tout ce chemin pour renoncer au dernier moment. Cet individu pouvait finir par le conduire vers la vérité. Il prit le temps d'étudier l'étrange homme d'église puis se décida à grimper à l'arrière du van.

Le prêtre fit coulisser les portes qui se fermèrent avec un bruit de tonnerre. Pour seule lumière, il ne disposait que de la lueur filtrant à travers le toit. La fourgonnette était vide, hormis les sièges rabattables.

Tentons le coup.

Ben se demanda : *Qu'est-ce que j'ai fait ?*

Le moteur se mit à tourner et peina tout le temps qu'il resta en première.

C'est ainsi qu'ils exécutent les gens, pensa Ben. *Je ne connais pas cet homme, ce soi-disant prêtre. Peut-être fait-il partie de ces groupuscules dont Sonnenfeld m'a parlé, ces gens qui protègent les anciens nazis.*

Après quelque vingt minutes de route, la fourgonnette s'arrêta. Les portes s'ouvrirent sur une rue pavée, plantée d'arbres dont le feuillage en dôme projetait alentour des éclaboussures de lumière. Ils n'avaient pas roulé assez longtemps pour avoir quitté Buenos Aires, mais cette rue ne ressemblait à rien de ce qu'il avait pu voir jusqu'à présent. Elle était sereine et silencieuse. On n'entendait que des chants d'oiseaux et, quelque part, à peine perceptibles, des notes de piano.

Non, je ne vais pas me faire tuer.

Il se demanda ce que Anna penserait de cette situation. Elle serait sans doute choquée par le risque qu'il avait pris. Et elle aurait raison.

Ils s'étaient garés devant une élégante maison de briques à un étage, couverte d'un toit de tuiles arrondies. Elle n'était pas particulièrement grande. Ses volets de bois étaient fermés. La musique de piano, une sonate de Mozart, semblait venir de l'intérieur. Une haute barrière de fer forgé aux motifs sinueux entourait la maison et sa petite cour.

Le prêtre saisit Ben par le coude pour l'aider à sortir de la fourgonnette. L'arme avait disparu. Soit il l'avait cachée, soit, mais c'était moins probable, il l'avait laissée dans le véhicule. Une fois devant la barrière, il composa un code sur un pavé de touches et la porte s'ouvrit avec un bourdonnement électronique.

A l'intérieur de la maison régnait une fraîcheur sombre. Le disque de Mozart passait dans une pièce située juste devant eux. Il y eut une fausse note et le passage recommença. Ben réalisa sa méprise. Ce n'était pas un enregistrement ; quelqu'un jouait du piano, et avec un certain talent. La vieille dame ?

Il suivit le prêtre jusqu'à la pièce d'où provenait la musique. C'était un petit salon tapissé de livres, au sol recouvert de tapis d'Orient. Une femme minuscule, frêle comme un oiseau, était penchée au-dessus d'un piano de concert Steinway. Quand ils entrèrent, elle ne parut pas les remarquer. Ils s'assirent sur un divan inconfortable et attendirent sans prononcer un mot.

Lorsque le morceau fut terminé, la vieille dame garda un instant les mains levées au-dessus du clavier, avant de les ramener sur ses cuisses. Elle avait les manières d'une concertiste. Puis elle se tourna posément vers eux. Son visage était ridé comme un pruneau, ses yeux enfoncés, son cou fripé. Elle devait avoir dans les quatre-vingt-dix ans.

Ben la gratifia de quelques applaudissements.

Elle prit la parole, d'une petite voix rauque et tremblotante.

« *¿ Quién es éste ?*

— Mère, je te présente Mr. Johnson, dit le prêtre... Mr. Johnson, ma belle-mère. »

Ben s'avança vers elle et saisit sa main fragile.

Le prêtre poursuivit à l'attention de Ben :

« Je m'appelle Francisco.

— *Póngame en una silla cómoda »,* demanda la vieille dame.

Francisco passa son bras autour de la taille de sa belle-mère et l'aida à s'asseoir. Elle demanda dans un excellent anglais :

« Vous venez d'Autriche ?

— J'arrive de Vienne, oui.

— Pourquoi êtes-vous ici ? »

Ben s'apprêtait à répondre quand elle l'interrompit, apeurée :

« Vous appartenez à la compagnie ? »

La compagnie ? Voulait-elle dire Sigma ? Dans ce cas, il devait absolument la faire parler.

« Frau... Frau Lenz, je crains de m'être présenté à vous sous un faux prétexte. »

Francisco, furieux, tourna la tête vers Ben.

« Je vais vous tuer !

— Voyez-vous, Jürgen Lenz m'a demandé de venir vous voir », dit Ben en ignorant le beau-fils. Il n'offrit aucune explication hormis qu'il avait gagné la confiance de Jürgen Lenz. En cas d'urgence, il improviserait. Il s'y connaissait en matière d'improvisation. « Il m'a demandé de vous prévenir. Vous devez vous montrer particulièrement prudente, il en va peut-être de votre vie.

— Je ne suis *pas* Frau Lenz, lâcha-t-elle dédaigneusement. Je ne le suis plus depuis plus de trente ans. Je suis la Señora Acosta.

— Toutes mes excuses, señora. »

Mais le dédain de la vieille dame avait laissé place à la peur.

« Pourquoi Lenz vous a-t-il envoyé ? Que veut-il ?

— Señora Acosta, commença Ben, on m'a demandé...

— Pourquoi ? s'exclama-t-elle de sa voix chevrotante. *Pourquoi ?* Vous venez de Semmering ? Je n'ai rien fait de mal ! Je n'ai rien fait pour briser l'accord ! Laissez-nous tranquilles !

— *Non ! Taisez-vous*, mère ! », s'écria le prêtre.

A quoi faisait-elle allusion ? *L'accord*... Etait-ce sur *cela* que Peter était tombé ?

« Señora Acosta, votre fils m'a bien demandé...

— Mon fils ? fit la vieille dame d'une voix grinçante.

— En effet.

— Vous dites que mon fils est à V*ienne* ?

— Oui, votre fils Jürgen. »

Le prêtre se leva.

« Qui êtes-vous ? demanda-t-il.

— Dis-lui, Francisco, intervint la vieille dame. Francisco est mon *beau*-fils. Le fils de mon second mari. Je n'ai jamais eu d'enfant. » Son visage était déformé par la peur. « *Je n'ai pas de fils.* »

Le prêtre se dressa menaçant devant Ben.

« Vous êtes un menteur, lâcha-t-il. D'abord vous vous prétendez avocat d'affaires et à présent, vous continuez à mentir ! »

Pris de vertiges, Ben tenta de recouvrer ses esprits.

« Vous n'avez pas de fils ? Dans ce cas, je suis heureux d'être ici. A présent, je vois que je n'ai pas perdu mon temps, ni l'argent de ma société, en venant à Buenos Aires. »

Le prêtre lui lança un regard noir.

« Qui vous a envoyé ici ?

— Il n'appartient pas à la compagnie ! coassa sa belle-mère.

— Voilà exactement le genre de mystère que j'ai besoin d'élucider, dit Ben en feignant le triomphe. Si je comprends bien, ce Jürgen Lenz de Vienne – il se dit votre fils, mais il ne l'est pas. *Mais alors, qui est-il ?* »

Le prêtre se tourna vers sa belle-mère. La vieille femme semblait sur le point d'intervenir.

« Tais-toi ! ordonna-t-il. Ne lui réponds *pas* !

— Je ne peux pas parler de lui ! » dit la vieille femme. Puis à l'intention de son beau-fils, elle ajouta : « Pourquoi m'interroge-t-il au sujet de Lenz ? Pourquoi l'as-tu invité ici ?

— Ce type est un menteur et un imposteur ! s'écria le prêtre.

— Vienne nous aurait prévenus s'ils avaient envoyé un messager ! » Il glissa la main dans son dos et sortit un revolver qu'il pointa sur le front de Ben.

« Quel genre de prêtre êtes-vous donc ? », demanda Ben dans un murmure. *Cet homme n'est pas un religieux. Un prêtre ne braquerait pas une arme sur moi.*

« Je suis un homme de Dieu qui protège sa famille. Maintenant, partez. »

Il vint à Ben une pensée soudaine. C'était évident. Il dit à la vieille dame : « Votre mari avait une autre famille. Un fils d'une autre femme.

— Vous n'avez rien à faire dans cette maison, déclara le prêtre en secouant son arme. Dehors.

— *Gerhard Lenz n'avait pas d'enfant !* cria la vieille femme.

— *Silence !* tonna le prêtre. *Assez !* N'ajoute rien !

— Il se dit le fils de Gerhard Lenz, articula Ben à moitié pour lui-même. Pourquoi diable se targuerait-il d'être le fils de... d'un monstre ?

— Debout ! ordonna le prêtre.

— Gerhard Lenz n'est pas mort ici, n'est-ce pas ? dit Ben.

— Que dites-vous là ? fit la belle-mère dans un souffle.

— Si vous ne sortez pas de cette maison, je vous tue », menaça le prêtre.

Ben obéit et se leva mais sans quitter des yeux la vieille femme enfoncée dans son fauteuil rembourré.

« Les rumeurs disaient vrai, alors, fit-il. Gerhard Lenz n'a pas été enterré au cimetière de Chacarita en 1961, n'est-ce pas ? Il a fui Buenos Aires, il a échappé à ses poursuivants...

— Il est mort *ici* ! hurla la vieille dame, proche de l'hystérie. J'ai assisté à ses funérailles. J'ai moi-même jeté de la terre sur son cercueil !

— Mais vous n'avez jamais vu son corps, n'est-ce pas ? répliqua Ben.

— *Dehors !* aboya le prêtre.

— Pourquoi me dit-il ces choses-là ? », cria-t-elle.

Elle fut interrompue par la sonnerie du téléphone posé sur un buffet derrière le prêtre. Sans bouger son revolver, il avança la main pour attraper le combiné.

« *Sí ?* »

Il semblait écouter avec une grande attention. Ben profita de ce moment de distraction pour se déplacer discrètement vers lui.

« J'ai besoin de contacter Josef Strasser », confia-t-il à la vieille femme.

LE PROTOCOLE SIGMA

Elle cracha sa réponse : « Si vous veniez d'Autriche comme vous le prétendez, vous sauriez comment le contacter. Vous êtes un *menteur* ! »

Ainsi Strasser *était* vivant !

Ben se rapprochait imperceptiblement du prêtre tout en continuant à parler à la belle-mère.

« Moi aussi on m'a menti pour – m'induire en erreur ! » En fait, ce qu'il disait n'était guère logique. Pour que ses paroles fussent compréhensibles, il aurait dû fournir de plus amples explications mais tout ce qu'il souhaitait c'était troubler la vieille dame, l'affoler encore un peu plus.

« Tout se confirme, dit le prêtre en raccrochant. J'ai eu Vienne au téléphone. Cet homme est un imposteur. » Il regarda Ben.

« Vous nous avez menti, Mr. *Hartman* ! », dit-il en jetant un bref coup d'œil derrière lui. Ben en profita pour bondir sur lui. Il lui agrippa le poignet droit, celui qui tenait l'arme, et le tordit de toutes ses forces tout en écrasant son autre main sur la gorge du prêtre, l'index et le pouce écartés en forme de V. La vieille femme poussa un cri de terreur. Désorienté, le prêtre hurla de douleur. Il lâcha le revolver qui tomba avec fracas sur le sol.

D'un mouvement ample, Ben renversa le prêtre tout en resserrant son étreinte autour de son cou. Il sentit le cartilage du larynx glisser sur le côté. En s'écroulant sur le sol, l'homme se mit à pousser des cris toujours plus étranglés. Sa tête prit un angle bizarre. Il tenta de se redresser, de bouger sa main gauche, mais elle était coincée sous sa cage thoracique. Il se débattait de toutes ses forces, en ouvrant grand la bouche pour parvenir à respirer. La vieille dame porta les mains à son visage dans un étrange geste de protection.

L'arme ! Il fallait attraper l'arme !

Ben appuya encore plus fort sur la gorge de l'homme et lui enfonça un genou dans le ventre, à la hauteur du plexus solaire. Par réflexe, le prêtre expira le peu d'air qui restait dans ses poumons. Ben avait atteint son but. Les yeux sombres du prêtre se révulsèrent, on ne vit plus que les blancs. L'homme était paralysé. Il ne restait plus à Ben qu'à ramasser le revolver. Il le fit pivoter et le colla contre le front de son adversaire.

Il l'arma.

« Un geste et vous êtes mort ! »

Immédiatement les muscles du prêtre se décrispèrent.

« Non, dit-il d'une voix étouffée.

— Répondez à mes questions ! Dites-moi la vérité si vous tenez à la vie !

— Non, je vous en prie, ne faites pas cela ! Je suis un homme de Dieu.

— Très bien, lança Ben. Comment puis-je joindre Josef Strasser ?

— Il est... je ne sais pas... *je vous en prie*... ma *gorge* ! »

Ben relâcha un peu la pression, juste pour lui permettre de respirer et de parler.

« *Où est Strasser ?* », tonna-t-il.

Le prêtre avala une goulée d'air.

« Strasser – j'ignore comment le joindre – il vit à Buenos Aires, c'est tout ce que je sais ! » Un petit filet d'urine se forma sur le sol, entre les jambes de l'homme.

« Tu parles ! hurla Ben. Soit vous me donnez une adresse, un numéro de téléphone, soit votre belle-mère n'aura plus *personne* pour s'occuper d'elle !

— Non, je vous en supplie ! gémit la vieille dame toujours recroquevillée dans son fauteuil.

— Si... si vous me tuez, fit le prêtre dans un hoquet, vous ne quitterez pas Buenos Aires vivant ! Ils vous traqueront – ils vous feront des choses – vous les supplierez – vous les supplierez de vous tuer !

— L'*adresse* de Strasser !

— Je ne l'ai pas ! dit le prêtre. Je vous en prie, je n'ai aucun moyen de le joindre !

— Arrêtez de me raconter des histoires, dit Ben. Vous savez tout, l'un et l'autre. Vous appartenez au même réseau. Si vous avez besoin de joindre Strasser, vous en avez les moyens.

— Je ne suis rien ! Tuez-moi, je ne suis rien pour eux ! Ils vous trouveront ! »

Ben se demandait qui était « eux ». Mais il posa une autre question : « Qui est Jürgen Lenz ? » Il appuya le canon de l'arme contre le front du prêtre. Quelques gouttes de sang perlaient ; la peau était entamée.

« Il... s'il vous plaît, il est puissant, il contrôle – cette maison lui appartient, c'est sa propriété, l'homme qui se fait appeler Jürgen Lenz...

— Qui est-il en réalité ?

— *Baissez votre arme et éloignez-vous de lui.* »

La voix – une voix calme et posée, à l'accent espagnol – venait du seuil du salon, derrière Ben. Un homme de haute taille tenait un fusil à canon scié. Il était vêtu d'un gros pantalon vert, d'une chemise en jean et semblait avoir dans les vingt-neuf ou trente ans. Ses pectoraux très développés laissaient présager sa force.

« Roberto, à l'aide ! cria la veuve. Sauvez mon Francisco ! Mettez cet homme à la porte immédiatement !

— Señora, dois-je le tuer ? », demanda Roberto.

A en juger d'après son comportement, l'homme n'aurait pas hésité à tirer. Ben hésita, ne sachant que faire. Le prêtre était son otage, il aurait pu le tuer à bout portant et pourtant il savait qu'il n'aurait pas le courage d'appuyer sur la détente. Même s'il le faisait, l'homme au fusil à canon scié l'abattrait en un clin d'œil.

Mais je peux toujours bluffer, se dit-il.

« Roberto ! coassa la vieille dame. Allez-y !

— Baissez cette arme ou je tire, fit le jeune homme. Je me fiche de ce qui arrive à cette ordure. » Il désigna le prêtre.

« Oui, mais la señora n'est pas de votre avis, répliqua Ben. Nous allons baisser nos armes en même temps.

— Très bien, acquiesça le jeune homme. Eloignez ce revolver de sa tête, levez-vous et sortez d'ici. Si vous tenez à la vie. » Il abaissa le canon de son fusil, tandis que Ben écartait le revolver du front du prêtre. Il se leva lentement, son arme toujours dirigée vers le sol.

« Maintenant, avancez jusqu'à la porte », dit l'homme.

Ben recula, la main droite agrippée au revolver, la gauche balayant l'air derrière lui afin de repérer les meubles qui auraient pu lui barrer la route. Le jeune homme l'accompagna dans le hall, son fusil toujours pointé vers le bas.

« Je veux seulement que vous sortiez de cette maison, dit l'homme calmement. Si jamais vous remettez les pieds ici, je vous abats sans sommation. » Le prêtre s'était redressé et se tenait assis. Il semblait épuisé, humilié. Toujours à reculons, Ben franchit la porte ouverte – le prêtre l'avait peut-être laissée ainsi, à moins que Roberto ne l'ait empruntée pour entrer – puis, une fois passé, la referma.

Quelques secondes plus tard, il s'enfuyait à toutes jambes.

Anna paya le chauffeur de taxi et pénétra dans le petit hôtel, situé sur une rue tranquille de La Recoleta, un quartier de Buenos Aires. Dans ce genre d'endroit, une jeune femme seule n'avait guère de chances de passer inaperçue, pensa-t-elle, mal à l'aise.

Le concierge la salua en l'appelant par son nom, ce qui la troubla. Quelques heures auparavant, Ben et elle s'étaient présentés dans cet hôtel, chacun à une heure différente. Ils avaient pris des chambres séparées. Il était logique de descendre dans le même hôtel mais cela augmentait les risques.

Elle vit le chariot de la femme de ménage devant sa chambre et en fut contrariée. Elle voulait être seule pour prendre tranquillement connaissance des dossiers et passer quelques appels ; mais il lui faudrait attendre. En entrant, elle vit la bonne penchée sur sa valise ouverte.

Elle était en train de sortir les dossiers contenus dans le portfolio en cuir d'Anna.

Anna s'immobilisa. La femme de chambre leva les yeux, vit Anna et rejeta dossiers et portfolio dans la valise.

« Que diable faites-vous donc ? », demanda Anna en s'avançant vers elle.

La bonne protesta d'un air indigné. Elle s'exprimait en espagnol à grand renfort de dénégations hautaines. Anna la suivit dans le hall pour obtenir des explications.

« *¿ Eh, qué haces ? ¡ Ven para acá ! ¿ Qué cuernos haces revisando mi valija ?* »

Anna tenta de lire le nom inscrit sur le badge de la femme, mais celle-ci se mit à courir et dévala le corridor à toutes jambes.

La bonne ne chapardait pas. *Elle avait fouillé dans ses papiers.* Qu'elle lise ou non l'anglais n'était pas la question ; elle avait probablement été engagée pour subtiliser tous les documents, dossiers et notes qu'elle pourrait trouver.

Mais engagée par qui ?

Qui donc était en mesure de savoir qu'Anna se trouvait en Argentine, et quelle était la teneur de son enquête ? On la surveillait – mais qui ?

Qui sait que je suis ici ? Denneen, certes. En aurait-il parlé à quelqu'un, à un collègue ?

Peralta, le représentant d'Interpol, avait-il découvert sa véritable identité ? Etait-ce possible ?

Le téléphone sur la table de nuit sonna au moment où elle allait soulever le combiné pour passer un appel. Le gérant de l'hôtel voulait-il lui présenter ses excuses ? A moins que ce ne soit Ben ?

Elle décrocha.

« Allô ? »

Il n'y avait personne au bout du fil. Non, pas exactement : elle entendit le sifflement familier d'une cassette de surveillance. Puis des bruits de voix, d'abord faibles et indistincts, devenant plus nets, comme amplifiés.

Elle eut une montée d'adrénaline.

« Qui est-ce ? »

Une voix lui parvint : « *Et les rapports de l'immigration ? Les registres où figurent les noms des personnes qui sont entrées dans le pays dans les années 40 et 50 ?* » C'était sa propre voix. Puis il y eut celle d'un homme. Peralta.

Quelqu'un était en train de faire défiler l'enregistrement de la conversation qu'elle avait eue avec Peralta.

Ils avaient tout entendu et savaient précisément où elle était et ce qu'elle cherchait.

Elle s'assit au bord du lit, abasourdie, terrifiée. Malgré toutes ses précautions, on l'avait repérée. L'incident avec la femme de chambre n'était pas un phénomène isolé.

Le téléphone sonna de nouveau.

Frissonnante de terreur, elle s'empara du combiné.

« Oui ? »

— *Nous voulons faire ressortir la réalité de l'Argentine contemporaine. Un pays peuplé de gens qui, comme vous, sont attachés au respect de la justice. Un pays doté d'une police moderne et où l'on respecte néanmoins les valeurs démocratiques...* » Sa propre voix, affaiblie et durcie par les micros qui l'avaient enregistrée.

Un déclic.

Dans sa hâte, elle avait laissé la porte de la chambre ouverte ; elle courut la fermer. Il n'y avait personne dans le couloir. Elle tourna le verrou et mit la chaîne de sûreté.

Elle se précipita vers la fenêtre. Les lourdes tentures étaient ouvertes. N'importe qui aurait pu la voir à travers les vitres. Un tireur embusqué dans l'un de ces grands immeubles se dressant de l'autre côté de la rue aurait facilement pu l'atteindre. Elle tira sur les tentures d'un coup sec.

Le téléphone sonna de nouveau.

Elle s'avança vers l'appareil et colla le combiné à son oreille sans rien dire.

« *Mais je ne suis pas femme à baisser les bras. Autrement, je ne serais pas là où je suis...*

— Continuez comme ça, parvint-elle enfin à prononcer d'une voix faussement calme. Nous repérons les appels. »

Il n'y avait personne au bout du fil. Hormis le sifflement monotone de l'enregistrement.

Elle coupa la communication et, avant que le téléphone ne se remette à sonner, appela la réception.

« Je reçois des coups de fil obscènes, dit-elle en anglais.

— Obscènes... ? répéta l'opérateur, sans comprendre.

— *Amenazas,* dit-elle. *Palabrotas.*

— Oh, je suis vraiment désolé, señorita, voulez-vous que j'appelle la police ?

— Je veux que vous filtriez tous les appels.

— Oui, m'dame, certainement. »

Elle passa une minute à ruminer, puis sortit un bout de papier de son sac, une page arrachée à un carnet, dans la salle d'embarquement de Schiphol. Elle y avait griffonné le numéro de téléphone d'un détective privé argentin que Denneen lui avait recommandé. Quelqu'un de fiable, de très efficace, ayant des liens solides avec les autorités locales. Un type d'une grande honnêteté, lui avait assuré Denneen.

Elle composa le numéro et laissa sonner.

Un répondeur se déclencha. Sergio Machado se présenta, lui et son agence. Après le bip, elle laissa son nom et son numéro en précisant qu'elle connaissait Denneen. Puis elle appela de nouveau le standardiste de l'hôtel pour lui demander de ne lui passer que les appels venant d'un certain Sergio Machado.

Elle avait besoin de quelqu'un de compétent et d'inventif et, par-dessus tout, de sûr. On n'arrivait à rien, on n'apprenait rien à moins d'avoir ce genre de personne avec soi. Un contact fiable, ayant des entrées là où il le fallait. C'était cela qui lui manquait.

Elle alla dans la salle de bains, se pencha sur le lavabo et s'aspergea le visage d'eau froide, puis d'eau chaude. Le téléphone sonna.

Mollement, comme engluée de sommeil, elle se dirigea vers la table de chevet.

Le téléphone sonnait toujours.

Debout près de l'appareil, elle le regardait fixement en se demandant que faire.

Elle décrocha.

Et attendit sans rien dire.

Personne au bout du fil.

« Allô ? dit enfin une voix masculine. Il y a quelqu'un ? »

La bouche sèche, elle répondit posément : « Oui ?

— Vous êtes Anna Navarro ?

— Qui est à l'appareil ? » Elle s'efforçait de conserver un ton normal.

« Sergio Machado, vous avez essayé de me joindre. J'étais descendu chercher le courrier. »

Elle poussa un soupir de soulagement.

« Oh, mon Dieu, je suis désolée. Je viens de recevoir une série d'appels obscènes. Je pensais que ça recommençait.

— Qu'entendez-vous par appels obscènes – des souffles rauques, ce genre de choses ?

— Non. Rien de tout cela. C'est trop compliqué à expliquer.

— Vous avez des ennuis ?

— Non. Oui. Je ne sais pas. Probablement. De toute façon, écoutez, merci d'avoir rappelé. David Denneen pensait que vous seriez en mesure de m'aider.

— Bien entendu. Vous voulez une tasse de café ? Pas comme cette cochonnerie que vous buvez en Amérique. Du vrai café.

— Oui, bien sûr, ça me plairait. » Déjà son anxiété commençait à se dissiper.

Ils convinrent de se retrouver en début de soirée devant un café-restaurant non loin de son bureau.

« Je ferai ce que je pourrai, dit-il. Je ne peux vous promettre davantage.

— C'est déjà très bien », répondit-elle.

Elle raccrocha et resta un instant debout, devant le téléphone, à le contempler comme s'il s'agissait d'une forme de vie étrangère s'étant introduite dans la pièce.

Ben et elle devraient changer d'hôtel. Peut-être l'avait-on suivie jusqu'ici, après sa visite à Peralta. Peut-être la suivait-on depuis l'aéroport. On connaissait sa cachette, la raison de sa présence : tel était le message contenu dans ces appels. Elle avait tout intérêt à les prendre au sérieux.

On frappa à la porte.

Elle bondit, mue par une décharge d'adrénaline. La chaîne de sûreté formait une boucle allant de la coulisse de métal vissée dans la porte, jusqu'au chambranle.

Pour ouvrir, une clé ne suffisait pas.

A moins que...

Il n'y avait pas d'œilleton.

« Qui est-ce ? », fit-elle.

La voix masculine qui lui répondit rendait un son familier. Elle n'aurait jamais cru qu'elle serait si heureuse de l'entendre.

« C'est Ben, dit la voix.

— Dieu merci », murmura Anna.

CHAPITRE 36

I L était débraillé, la chemise et la cravate de guingois, les cheveux hirsutes.

« C'est quoi cette chaîne à la porte ? demanda-t-il. Vous avez vécu dans l'East New York, vous aussi ? »

Elle le fixa.

« Que vous est-il arrivé ? »

Après qu'ils eurent chacun raconté les événements vécus au cours des dernières heures, elle dit : « Il faut qu'on parte.

— Tout à fait d'accord, convint Ben. Il y a un hôtel dans le centre-ville, le *centro* – le genre nid à punaises mais il paraît qu'il est charmant. Tenu par des immigrés anglais. Le Sphinx. » Il avait acheté un guide de l'Amérique du Sud, à l'aéroport. Il le feuilleta et trouva les coordonnées.

« C'est là que nous allons. Nous pouvons nous y rendre directement ou l'appeler sur mon portable une fois que nous serons dans la rue. Pas d'ici. »

Elle hocha la tête.

« Peut-être devrions-nous prendre une seule et même chambre, cette fois-ci. Comme un couple marié.

— C'est vous la spécialiste », lança-t-il. Etait-ce une impression ou une lueur amusée était-elle passée dans son regard ?

Elle se crut en devoir d'expliquer : « Ils vont rechercher un Américain et une Américaine voyageant ensemble mais occupant deux chambres séparées. A votre avis, combien de temps leur faudra-t-il pour nous repérer ?

— Vous avez probablement raison. Ecoutez... j'ai quelque chose. » Il sortit une feuille de papier de la poche intérieure de sa veste.

« Qu'est-ce que c'est ?

— Un fax.

— De qui ?

— De mon enquêtrice à New York. Ce sont les noms des administrateurs d'Armakon AG, à Vienne. Les propriétaires de cette petite start-up biotechnologique basée à Philadelphie, celle qui fabrique le poison qui a tué les vieillards. »

Il lui tendit la feuille.

« Jürgen Lenz, fit-elle dans un souffle.

— Il fait partie des administrateurs. Quelle curieuse coïncidence, n'est-ce pas ? »

*

De nouveau, Arliss Dupree essaya de se concentrer sur la paperasse étalée devant lui et de nouveau, il en fut incapable. C'était un long rapport préparé par l'adjoint du PDG de US Trustees, l'organisme chargé de contrôler les mises en faillite ; le rapport exposait en détail les allégations de corruption impliquant les cours fédérales de banqueroute. Dupree lut la même phrase à trois reprises avant de renoncer à la comprendre et d'aller se chercher une autre tasse de l'infect café fourni par la machine qui crachotait au bout du couloir.

Il avait d'autres choses en tête – c'était bien ça le problème. L'affaire Navarro prenait un tour ennuyeux. Plus qu'ennuyeux. Il fallait s'attendre aux plus graves ennuis. Il se fichait bien de ce qui pouvait arriver à cette bonne femme. Mais si elle s'était rendue coupable d'infractions aux règles de sécurité, c'est lui qui devrait en répondre. Ce qui était parfaitement injuste. Il ne pouvait s'empêcher de penser que tout avait commencé avec l'intervention de ce foutu revenant sénile dirigeant l'Internal Compliance Unit, Alan Bartlett. Et cette mission dont personne ne savait fichtrement rien. Il avait déjà mené à bien plusieurs enquêtes – des enquêtes correctes, interdépartementales – et à chaque fois on l'avait écarté. Comme s'il était tout juste bon à accomplir les basses besognes de l'OSI. Comme si l'OSI lui-même était la cinquième roue du carrosse. Dès que Dupree s'abîmait dans ce genre de réflexions, il devait desserrer sa cravate. C'était *exaspérant*.

D'abord, parmi tous les membres de son équipe, ils avaient justement été choisir cette pute de Navarro pour l'envoyer courir le guilledou Dieu sait où. Ensuite, il y avait eu les rumeurs à son sujet ; on disait que Navarro était un agent double, qu'elle aurait vendu des informations à des trafiquants, à des ennemis ou autres. Dans ce cas, il fallait la considérer comme une pestiférée, susceptible de contaminer – et cela devenait une obsession – la personne sous les ordres de laquelle elle se trouvait. Devinez qui : Arliss Dupree. Dupree avait le nez fin – il avait basé toute sa carrière là-dessus – et en l'occurrence, son nez lui disait qu'un orage de merde n'allait pas tarder à lui tomber dessus.

Si jamais sa carrière se trouvait compromise par la mauvaise conduite de Navarro ou par le double jeu de Bartlett – puisque ces accusations lui faisaient surtout l'effet d'un ramassis de conneries –, c'en serait fait de lui. Dupree était un homme en sursis.

Parfois, quand on est en sursis, mieux vaut prendre le taureau par les cornes. Dupree avait des amis – des amis qui lui apprendraient ce qu'il avait besoin de savoir. Il irait peut-être faire une petite visite à l'Esprit, histoire de lui remettre les idées en place, au vieux. Bartlett était aussi impalpable qu'une foutue traînée de vapeur, mais il n'en demeurait pas moins le grand manitou du département, un mini J. Edgar Hoover. Dupree devrait user de prudence avec lui. Quand même, il faudrait bien qu'il comprenne que Dupree n'était pas le genre d'homme à se laisser faire. L'Esprit passait son temps à enquêter sur ses collègues ; mais lui, qui donc fourrait son nez dans ses affaires ?

Dupree déchira deux sachets de sucre dont il versa le contenu dans son café. Le breuvage était toujours aussi infect mais il le but quand même, en aspirant bruyamment. Il avait du pain sur la planche. Avec un peu de chance, Alan Bartlett serait châtié par où il avait péché.

Les chambres du Sphinx étaient vastes et claires. Quand ils découvrirent le grand lit, ils le contemplèrent avec circonspection, en remettant à plus tard l'inévitable discussion sur les dispositions à prendre pour la nuit.

« Ce que je ne comprends toujours pas, dit-elle, c'est comment on a su que j'étais ici et *pourquoi*.

— Le type d'Interpol...

— Sauf que je ne l'ai rencontré qu'*après* le vol du pli à l'American Express. » Elle se tenait près des hautes fenêtres et tripotait le voile translucide des rideaux.

« Dès qu'on l'a volé, les malfaiteurs ont su que je cherchais Strasser. La question qui se pose est la suivante : comment en ont-ils appris l'existence ? Vous n'avez confié à personne que vous partiez à Buenos Aires avec moi, n'est-ce pas ? »

Ce sous-entendu le choqua, mais il ne le releva pas.

« Non. Et vous, avez-vous passé des appels à partir de l'hôtel ? »

Elle resta un instant silencieuse.

« Ouais, je l'ai fait. J'ai téléphoné une fois à Washington.

— Pas compliqué de surveiller les lignes téléphoniques d'un hôtel, quand on sait à qui s'adresser, non ? »

Elle le regarda, visiblement impressionnée.

« Ceci pourrait expliquer le faux agent de la CIA. Oui. Avez-vous fourni à Lenz une quelconque indication...

— Je n'ai jamais dit à Lenz que je pensais me rendre à Buenos Aires, pour la bonne raison que lorsque je l'ai rencontré je n'en avais pas encore l'intention.

— J'aimerais pouvoir disposer des empreintes digitales de Lenz, les entrer dans toutes les bases de données possibles et imaginables, et voir ce qui en ressort. Vous a-t-il donné quelque chose – une carte de visite, ou autre ?

— Non rien, si je me rappelle bien – ah si, c'est vrai, je lui ai montré la photographie, celle que j'ai trouvée dans le coffre de Peter, à Zurich.

— A combien de personnes l'avez-vous présentée ?

— A vous. A un historien de l'Université de Zurich. A Liesl. Et à Lenz. C'est tout.

— Il l'a manipulée ?

— Oh oui. Recto verso, il l'a retournée. Il a collé ses doigts partout.

— Génial, j'en ferai une copie et j'enverrai l'original à l'AFIS.

— Comment ? J'avais cru comprendre que vos privilèges DOJ avaient été supprimés.

— Les miens oui, mais pas ceux de Denneen. Si je lui envoie la photo, il la remettra à un ami d'une autre agence, probablement le FBI. Il s'arrangera. »

Il hésita.

« Eh bien, si cela nous permet d'apprendre quelque chose sur Lenz. Ou de mettre la main sur les assassins de Peter...

— Excellent. Merci. » Elle jeta un œil à sa montre.

« Si nous poursuivions cette conversation à table ? Nous avons rendez-vous avec ce détective, Sergio machin, dans un quartier nommé La Boca. Nous pourrons trouver quelque chose à manger là-bas. »

Le chauffeur de taxi était une femme entre deux âges aux bras flasques, vêtue d'un débardeur. Sur le tableau de bord, trônait la photo en couleurs d'un enfant, probablement le sien. Un petit mocassin de cuir se balançait sur la lunette arrière.

« Un prêtre qui se balade avec une arme », lança Anna sur le ton de la plaisanterie. Et moi qui trouvais les Dominicaines effrayantes quand j'allais à l'église. » Elle s'était changée et avait passé une jupe grise plissée et un chemisier blanc. Un collier de perles soulignait la naissance de son cou de cygne. Un parfum piquant aux essences florales émanait d'elle.

« Il vous a dit que Jürgen Lenz était le véritable propriétaire de leur maison ?

— Il a employé cette expression : "l'homme qui se fait appeler Jürgen Lenz" ».

Ils pénétrèrent dans un barrio ouvrier, un quartier pauvre situé à l'extrémité sud de Buenos Aires. Sur leur gauche, ils repérèrent le Riachuelo Canal, un cours d'eau marécageux dont émergeaient des dragues échouées, des chalands et autres épaves rouillées et abandonnées. Le canal était bordé d'ateliers et d'usines de conserve de viande.

« Elle vous a dit que Gerhard Lenz n'avait *pas* d'enfants ? » Toute à ses réflexions, Anna fronçait les sourcils.

« J'oublie quelque chose ?

— Euh, euh. Il est Lenz et en même temps il ne l'est *pas*.

— Par conséquent, l'homme que vous avez rencontré à Vienne,

que tout le monde connaît sous le nom de Jürgen Lenz, serait un imposteur.

— On peut le dire comme ça.

— Pourtant, quelle que soit sa véritable identité, cette vieille femme et son beau-fils le craignent comme la peste.

— Cela ne fait aucun doute.

— Mais pourquoi diable Jürgen Lenz ferait-il semblant d'être le fils d'un pareil monstre ? dit-elle. Cela n'a aucun sens.

— Nous ne sommes pas en train de parler d'un sosie d'Elvis. Que savons-nous des arcanes successorales régnant au sein de Sigma ? Se présenter comme le descendant direct de l'un des fondateurs constitue peut-être un bon moyen de se faire accepter.

— A supposer que Jürgen Lenz fasse partie de Sigma.

— Pour l'instant, il est préférable de supposer cela que le contraire. Et, comme disait Chardin, mieux vaut se demander ce que ne contrôle *pas* Sigma plutôt que ce qu'elle contrôle. »

La nuit était tombée. Ils arrivèrent dans un quartier populeux dont les rues mal éclairées laissaient augurer du pire. Les maisons constituées de plaques de métal peintes en rose, ocre et turquoise, étaient surmontées de toits en tôle ondulée.

Le taxi s'arrêta devant un restaurant-bar grouillant d'habitués occupés à chahuter autour de tables en bois grinçantes ou le long du comptoir. Ça parlait, ça riait. Il eût été difficile d'ignorer le portrait d'Eva Perón, placé en évidence derrière le bar. Au plafond, les ventilateurs tournaient lentement.

Ils commandèrent des *empanadas*, un cabernet sauvignon San Telmo et une bouteille d'*agua mineral gaseosa*. Les verres à vin sentaient la vieille éponge. En guise de serviettes, ils devraient se contenter de minces carrés d'essuie-tout.

« La veuve pensait que vous veniez de "Semmering", dit Anna quand ils furent installés. Que croyez-vous que ce nom désigne – un lieu géographique ? Une compagnie ?

— Je ne sais pas. Un lieu géographique, je présume.

— Et quand elle a fait allusion à "la compagnie" ?

— J'ai cru comprendre qu'elle parlait de Sigma.

— Mais il existe une autre compagnie. Jürgen Lenz – ou machin chose, peu importe son vrai nom – fait partie du conseil d'administration d'Armakon.

— J'espère que vous n'allez pas tout raconter à ce Machado !

— Rassurez-vous, répliqua-t-elle. Je désire simplement qu'il localise Strasser pour nous. »

Ils terminèrent leur repas avec deux *humitas*, une pâte sucrée et crémeuse enveloppée dans des feuilles de maïs, et du café.

« Je suppose que le type d'Interpol ne vous pas beaucoup aidée, dit Ben.

— Il a écarté l'idée que Strasser puisse vivre ici et s'est montré terriblement méfiant. Pendant un temps, juste avant la Seconde Guerre mondiale, Interpol a été sous le contrôle des nazis, et certaines personnes pensent qu'ils ne sont pas encore tout à fait nets. Cela ne me surprendrait pas du tout si ce type avait partie liée avec le réseau qui protège les nazis. Et maintenant, votre cow-boy de prêtre...

— Mon cow-boy de prêtre répétait que Strasser était injoignable, mais je n'en crois rien.

— Je parierais qu'il a sauté sur le téléphone pour l'appeler, avant même que vous ayez franchi la porte. »

Ben réfléchit.

« S'il a appelé Strasser... Ne pourrait-on pas se procurer la liste des appels téléphoniques de la veuve ?

— Je peux demander à Machado. C'est peut-être dans ses cordes, sinon il s'adressera à quelqu'un d'autre.

— En parlant de Machado, savez-vous à quoi ressemble ce type ?

— Non, mais nous avons rendez-vous juste en face. »

La rue était bondée, bruyante et agitée – de la musique rock sortait des haut-parleurs posés sur les trottoirs. Un air d'opéra, du tango venaient d'une cantina voisine. Des *porteños* arpentaient les pavés du Caminito, une allée piétonne, en se baguenaudant le long des échoppes d'un marché à ciel ouvert. Les gens qui entraient et sortaient du restaurant ne cessaient de bousculer Ben et Anna sans prendre la peine de s'excuser.

Ben remarqua une troupe de jeunes gens de dix-huit ou vingt ans. Une petite dizaine de durs à cuire. Soudain ils s'avancèrent vers eux, hilares, le verbe haut, bourrés d'alcool et de testostérone. Anna marmonna entre ses dents quelque chose que Ben ne comprit pas très bien. Les voyous les observaient ouvertement avec, dans le regard, un peu plus que de la simple curiosité. Un instant plus tard, ils les encerclaient.

« Courez ! », hurla Ben juste avant de recevoir un violent coup de poing dans l'estomac.

Il se protégeait le ventre de ses deux bras quand un autre coup – un coup de pied ! – l'atteignit au rein gauche. Il bondit en avant pour parer l'attaque. Les cris d'Anna semblaient lui parvenir de très loin. Il était coincé, cerné ; malgré leur jeune âge, ses attaquants avaient l'air de savoir se battre. Les coups ne cessaient de pleuvoir sur lui, le contraignant à l'immobilité. Du coin de l'œil, il vit Anna se débarrasser de l'un de ses assaillants avec une force surprenante. Mais ensuite, ils se jetèrent sur elle à plusieurs. Ben tenta de se libérer mais on l'en empêcha à coups de poing et de pied.

Il vit briller des lames ; un couteau lui fit une entaille au côté. Une sensation plus vive s'ajouta à la douleur qui avait déjà envahi son corps. Il agrippa la main qui tenait le couteau, la tordit avec violence et entendit un glapissement. Il décocha une série de coups de pied à ses attaquants, balança quelques coups de poing qui atteignirent parfois leur cible et sentit un coude s'enfoncer dans sa cage thoracique, puis un genou dans son estomac. Il avait du mal à respirer. Il cherchait désespérément à reprendre son souffle quand il reçut un coup de pied aux testicules qui redoubla sa douleur.

Une sirène hurla. En même temps, Anna lui cria : « Par là ! Oh, dieu merci ! » Un pied le heurta sur le côté de la tête et il sentit le goût du sang dans sa bouche. Il tendit les mains, à moitié pour se protéger, à moitié dans l'espoir d'agripper tout ce qu'il pouvait, d'arrêter la pluie de coups ; il entendit des cris, des voix qu'il ne connaissait pas et quand il se redressa en vacillant, il vit deux policiers aux prises avec ses assaillants.

L'un des flics l'attrapa, en hurlant : « *¡ Vamos, vamos por acá, que los vamos a sacar de acá !* » Allez, venez par ici, on va vous sortir de là ! Un autre flic tirait Anna vers la voiture de patrouille. Ben parvint à rejoindre le véhicule, vit la portière ouverte, sentit qu'on le poussait et se retrouva à l'intérieur. La portière claqua derrière lui, atténuant les vociférations de la foule.

« Vous allez bien ? », lui demanda l'un des deux flics assis à l'avant.

Ben grogna.

Anna dit : « *¡ Gracias !* » Ben remarqua que son chemisier était déchiré et qu'elle avait perdu son collier de perles.

« Nous sommes américains..., commença-t-elle avant de s'interrompre, songeuse. Mon sac, dit-elle. Merde. J'avais mon argent à l'intérieur.

— Passeport ? parvint à articuler Ben.

— Dans la chambre. » La voiture se mit à rouler. Anna se tourna vers son compagnon.

« Mon Dieu, mais qu'est-ce que c'était ? Vous allez bien, Ben ?

— Je n'en suis pas très sûr. » La douleur stridente qui lui déchirait l'aine commençait à se calmer. A l'endroit où le couteau avait pénétré, il sentait couler un liquide tiède et gluant. Il se toucha le côté et ses doigts se tachèrent de sang.

La voiture de police s'enfonça à toute vitesse dans le flux de la circulation.

« Cette attaque n'est pas due au hasard, dit Anna. C'était un attentat parfaitement préparé. »

Ben lui lança un regard las.

« Merci », marmonna-t-il au policier assis sur le siège avant.

N'obtenant pas de réponse, il aperçut la vitre en Plexiglas séparant les sièges avant et arrière. Aussitôt, Anna fit remarquer : « La séparation... ? »

La vitre de Plexiglas n'était pas là tout à l'heure ; on venait de la monter. Il n'entendait aucun message sur la radio de la police, à moins que le Plexiglas n'empêche le son de passer.

Apparemment Anna venait de prendre conscience du problème, car elle s'était penchée et cognait contre la vitre. Les deux policiers ne réagirent même pas.

Les portières arrière se verrouillèrent automatiquement.

« Oh, mon Dieu, fit Anna dans un souffle. *Ce ne sont pas des policiers.* »

Ils tirèrent sur les poignées, ce qui ne produisit aucun effet. Ils agrippèrent les boutons de verrouillage qui ne bougèrent pas d'un millimètre.

« Où est votre arme ? murmura Ben.

— Je n'en ai pas ! »

Ils s'engagèrent sur une route à quatre voies. La voiture accéléra. Les phares des véhicules qui venaient en face lançaient des éclairs en les croisant. Ils avaient largement dépassé les limites de la ville. Ben cogna contre la cloison de Plexiglas avec ses deux poings, mais ni le chauffeur ni son passager ne prirent la peine de se retourner.

La voiture vira sur une bretelle de sortie. Quelques minutes plus tard, ils roulaient sur une route à deux voies mal éclairée, bordée de grands arbres. Puis, sans prévenir, ils bifurquèrent pour s'engager dans un cul-de-sac obscur, perdu au milieu d'une haute futaie.

On coupa le moteur. Pendant un moment, le silence régna, entrecoupé de temps en temps par le vrombissement des voitures qui passaient dans le coin.

Les deux hommes assis à l'avant semblaient s'entretenir. Puis le passager sortit et contourna l'arrière de la voiture. Le coffre s'ouvrit d'un coup.

Un moment plus tard, il regagnait sa place en serrant dans sa main gauche quelque chose qui ressemblait à un bout de tissu. Dans sa main droite, il tenait une arme. Puis le chauffeur sortit à son tour. Il prit l'arme glissée dans son holster d'épaule. Les portières arrière furent déverrouillées.

Le chauffeur, qui apparemment dirigeait les opérations, ouvrit la portière d'Anna et lui fit signe avec son arme. Elle sortit, les mains en l'air. L'homme recula et de sa main libre, referma la portière, laissant Ben seul sur la banquette.

Une route de campagne déserte, des armes... c'était une exécution en bonne et due forme.

L'autre faux policier – vrais ou faux, où était la différence ? – s'avança vers Anna et se mit à la fouiller en commençant par les aisselles. Ses mains s'attardèrent sur ses seins.

Il glissa ses doigts sur le côté, les fit courir vers son entrejambe où ils s'attardèrent de nouveau, puis il passa à l'intérieur des cuisses et decendit jusqu'aux chevilles. Il recula. A son expression, on comprenait qu'il n'avait pas trouvé d'arme. Ensuite il prit un sac en toile, le lui enfila sur la tête et le noua autour de son cou.

Le chauffeur aboya quelques mots. Anna se laissa tomber sur les genoux et joignit les mains derrière le dos.

Ben, horrifié, comprit ce qui était en train de lui arriver.

« *Non !* »

Le chauffeur hurla un autre ordre et le plus jeune flic ouvrit la portière en pointant son arme sur Ben.

« Descends lentement », dit-il dans un anglais parfait.

Inutile d'espérer s'enfuir en courant vers la route, ni attraper Anna par le bras pour l'emmener loin d'ici. Pas face à deux hommes armés. Il descendit de voiture, les mains en l'air, et le jeune flic se mit à le fouiller lui aussi, mais plus rudement.

« *No está enfierrado* », constata l'homme. Il n'a rien.

A l'intention de Ben, il ajouta d'un ton badin : « Au moindre geste, je te tue. Compris ? »

Oui, je comprends. Ils vont nous tuer tous les deux.

Un sac de toile lui recouvrit la tête. Il puait l'écurie. L'homme le noua étroitement autour de son cou, si serré qu'il l'étranglait. Tout était sombre. Ben s'écria d'une voix étouffée : « Hé, attention !

— La ferme, dit l'un des hommes, sans doute le plus vieux. Ou je te tue et personne ne trouvera ton corps avant des jours, tu m'entends ? »

Anna murmura :

« Faites ce qu'ils vous disent. On n'a pas vraiment le choix. »

On appliqua un objet dur contre la nuque de Ben.

« A genoux ! », ordonna une voix.

Il se mit à genoux et, sans qu'on le lui demande, joignit les mains derrière son dos.

« Que voulez-vous ? dit Ben.

— La ferme, nom de Dieu ! », hurla l'un des deux hommes. L'objet dur s'écrasa sur sa nuque. Ben grogna de douleur.

Ses ravisseurs n'avaient pas l'intention de discuter. Ils allaient mourir dans ce champ paumé, près d'une route sombre, au milieu d'un pays qu'ils ne connaissaient pas. Il songeait à la manière dont tout avait commencé, à la Bahnhofplatz à Zurich, à la mort qu'il avait frôlée. A moins que tout n'ait réellement commencé avec la disparition de Peter ? Il se remémora l'angoisse qu'il avait éprouvée lors du meurtre de Peter, dans cette auberge de campagne perdue au cœur de la Suisse, mais au lieu de le démoraliser, ce souvenir lui redonna du courage. S'il mourait ici, au moins aurait-il la satisfaction de savoir qu'il avait tout fait pour démasquer les meurtriers de son frère. Il n'aurait réussi ni à les traîner devant la justice ni à saisir leur mobile, mais au moins il se serait rapproché du but. Il ne laisserait derrière lui ni femme, ni enfants et, dans peu de temps, ses amis l'auraient oublié. Face à l'histoire de l'humanité, nos vies sont aussi brèves que le clignotement d'une luciole une nuit d'été. Il ne se prenait pas en pitié.

Il songea à son père, disparu il ne savait où. Il aurait tant aimé connaître toute la vérité sur cet homme.

De l'obscurité surgit une voix. Le plus âgé.

« Maintenant, vous allez répondre à quelques questions. Qu'est-ce que vous lui voulez, à Josef Strasser ? »

Enfin, ils se décidaient à parler.

Ces gangsters protégeaient Strasser.

Il attendit qu'Anna parle la première et, comme elle ne le faisait pas, il dit : « Je suis avocat. Un avocat américain. Je valide un testament dont il est le légataire – en clair, je fais en sorte qu'il puisse toucher l'argent qu'on lui a laissé. »

Quelque chose percuta sa tempe.

« Je veux la vérité, pas tes *conneries* !

— Je vous dis la vérité. Ben parlait d'une voix tremblante. Laissez cette femme en dehors de ça – c'est juste ma petite amie. Elle n'a rien à voir dans cette histoire. C'est moi qui l'ai amenée ici, elle n'a jamais mis les pieds à Buenos Aires...

— La ferme ! », rugit l'un des hommes. Ben reçut un coup au rein droit et s'affala dans la poussière. Son visage toujours recouvert du sac de toile heurta le sol. Il avait si mal qu'il ne pouvait même pas gémir. Puis on le frappa de nouveau à la tempe, un coup de pied sans doute, et une douleur insupportable éclata dans son crâne. Il sentit l'odeur et le goût du sang.

Il hurla : « *Arrêtez !* Que voulez-vous ? Je vous dirai tout ce que vous voulez savoir ! »

Il se pencha en avant, en se protégeant le visage avec les mains. La douleur le faisait hoqueter, du sang suintait de sa bouche. Il se recroquevilla pour parer le prochain coup, mais rien ne vint.

Puis la voix du plus âgé s'éleva. Il parlait d'un ton posé, comme s'ils bavardaient entre copains.

« Cette femme n'est pas "juste" ta petite amie. C'est l'agent Anna Navarro, et elle travaille pour le ministère de la Justice des Etats-Unis. Ça, c'est une chose. Mais toi, qui es-tu ?

— Je l'aide », parvint-il à articuler en reculant craintivement. Un coup vint s'écraser de l'autre côté de sa tête. Une intense douleur l'aveugla. Elle était tellement forte à présent, tellement constante et insoutenable, qu'il se dit que sa fin était proche.

Puis il y eut une pause, une interruption momentanée de la séance de torture, suivie d'un silence. Les deux hommes semblaient attendre la suite de sa déclaration.

Mais son esprit fonctionnait si lentement, comme englué dans une sorte de léthargie. D'où sortaient ces hommes ? Qui étaient-ils ? Des hommes de main envoyés par le dénommé Jürgen Lenz ? Par Sigma elle-même ? Non, leurs méthodes étaient trop rudimentaires. Le *Kamaradenwerk* ? C'était plus plausible. Quelle réponse fallait-il leur fournir pour les satisfaire, pour qu'ils cessent de frapper, pour qu'ils consentent enfin à l'achever ?

Anna prit la parole. Ben dont les oreilles étaient bouchées, par le sang probablement, entendait à peine ce qu'elle disait.

« Si vous protégez Strasser, dit-elle d'une voix étonnamment ferme, vous devez avoir envie de savoir ce que je fais ici. Je suis venue à Buenos Aires pour le mettre en garde – pas pour obtenir son extradition. »

L'un des hommes s'esclaffa, mais elle continua de parler, d'une voix qui paraissait lointaine.

« Savez-vous que plusieurs collègues de Strasser ont été assassinés durant ces dernières semaines ? »

Il n'y eut aucune réponse.

« Nous avons appris que Strasser était sur le point de subir le même sort. Sa capture n'intéresse aucunement le ministère de la Justice américain, autrement il serait depuis longtemps sous les verrous. Nous connaissons son triste passé, mais on ne le recherche pas pour crimes de guerre. Je m'efforce de lui éviter d'être assassiné. C'est pour cela que je veux lui parler.

— Menteuse ! hurla l'un des hommes. On entendit un bruit mat et Anna poussa un grand cri.

— Arrêtez ! hurla-t-elle d'une voix cassée. Il existe des moyens de vérifier mes dires ! Il faut que nous rencontrions Strasser, pour le prévenir ! Si vous nous tuez, vous signez son arrêt de mort !

— Anna ! », hurla Ben. Il avait besoin de rétablir le contact avec elle. « Anna, vous allez bien ? Dites-moi seulement que vous allez bien. »

Il y eut un silence, puis une voix étouffée :

« Je vais bien. »

Ce fut la dernière chose qu'il entendit avant que tout s'efface.

CHAPITRE 37

BEN s'éveilla dans un lit, au milieu d'une vaste chambre inconnue, avec de hauts plafonds et de grandes fenêtres donnant sur une rue qu'il n'avait jamais vue.

Le soir, le bruit de la circulation, les lumières clignotantes.

Une femme longue et fine le regardait, nonchalamment pelotonnée dans un fauteuil. Elle avait des cheveux bruns, des yeux noisette et portait un T-shirt et un cycliste en Lycra noir.

Anna.

Sa tête lui faisait mal.

D'une voix pâteuse, elle dit :

« Salut.

— Salut, répondit-il. Je suis vivant. » La scène de cauchemar qu'il avait vécue lui revenait peu à peu en mémoire mais il n'arrivait pas à se souvenir du moment où il avait perdu connaissance.

Elle sourit.

« Comment vous sentez-vous ? »

Il réfléchit un instant à la question.

« Un type tombe du haut d'un gratte-ciel et quand il arrive au vingtième étage, un autre se penche par une fenêtre pour lui demander comment il va. Le type répond, Eh bien, pour l'instant, je vais bien. Voilà comment je me sens. »

Anna gloussa.

« J'ai une migraine tout ce qu'il y a de plus banal. » Il tourna la tête d'un côté et de l'autre. Une douleur fulgurante éclata derrière ses globes oculaires.

« Peut-être pas si banale que cela.

— Eh bien, on vous a salement passé à tabac. Pendant un moment, j'ai craint la commotion cérébrale, mais je crois que vous y avez échappé. D'après ce que je peux constater. » Elle fit une pause. « Ils m'ont balancé quelques coups de pied mais ils semblent s'être focalisés sur vous.

— De vrais gentlemen. » Il réfléchit un instant, encore désorienté. « Comment suis-je arrivé ici ?

— Je suppose qu'ils ont dû se fatiguer, à force de vous taper dessus, ou peut-être ont-ils pris peur au moment où vous vous êtes évanoui. En tout cas, ils nous ont ramenés en ville et nous ont laissés quelque part à La Boca. »

La chambre était seulement éclairée par la lampe posée près du lit où il était couché. Il s'aperçut que son front et ses tempes étaient couverts de bandages.

« Qui a fait cela ?

— Vous voulez savoir qui vous a mis dans cet état ou qui vous a pansé ainsi ?

— Qui m'a harnaché comme ça ?

— *Moi*, dit-elle en inclinant la tête d'un air modeste. Matériel médical gracieusement fourni par le Sphinx, du peroxyde et de la Betadine.

— Merci. » Ses pensées flottaient dans un épais brouillard. « Alors, qui étaient ces types ?

— En tout cas, nous sommes vivants, dit-elle, ce qui laisse à présager qu'il s'agissait de petits malfrats du coin. Des *pistoleros*, comme on les appelle, des mercenaires.

— Mais la voiture de police...

— La police argentine est réputée pour sa corruption. Nombre d'entre eux travaillent au noir comme *pistoleros*. Mais je ne pense pas qu'ils soient en relation avec Sigma. Le *Kamaradenwerk*, ou quelque chose dans le même genre – des gangsters chargés de surveiller les vieux Allemands. Le réseau local a pu être alerté de multiples manières. Mon ami d'Interpol – je lui ai fourni une fausse identité mais on a pu lui montrer une photo de moi. Ou alors le paquet volé à l'American Express. Ou encore mon détective, Machado. Peut-être même votre prêtre canardeur. Mais assez de questions. Je veux que vous vous reposiez. »

Il tenta de s'asseoir, mais une douleur au côté le fit retomber sur le dos. A présent, il se souvenait des coups qu'il avait reçus dans le ventre, l'aine et les reins.

Ses paupières se fermaient d'elles-mêmes, la pièce autour de lui devenait trouble, puis elle retrouvait sa netteté. Bientôt, le sommeil s'empara de lui.

Quand il se réveilla, il faisait encore nuit et la chambre était presque entièrement plongée dans la pénombre. La faible lumière qui venait de la rue lui permettait de voir la forme allongée dans le lit près de lui. Le discret parfum d'Anna parvint jusqu'à ses narines. *Maintenant elle veut bien partager mon lit*, pensa-t-il.

Lorsqu'il ouvrit de nouveau les yeux, la pièce était emplie de soleil. La lumière lui faisait mal aux yeux. Il entendit de l'eau couler dans la salle de bains et, au prix de gros efforts, parvint à s'asseoir.

Anna, enveloppée dans un drap de bain, émergea d'un nuage de vapeur.

« Il est réveillé, fit-elle. Comment ça va ?

— Un peu mieux.

— Bon. Vous voulez que je commande du café au service d'étage ?

— Ils ont un service d'étage ici ?

— Ouais, je constate que vous vous sentez mieux, s'exclama-t-elle en riant. On commence à retrouver son légendaire sens de l'humour.

— J'ai faim.

— Cela n'a rien d'étonnant. Nous avons été privés de dîner, hier soir. » Elle regagna la salle de bains.

Il portait un T-shirt et un caleçon propres.

« Qui m'a mis ces vêtements ?

— Moi.

— Le caleçon aussi ?

— Mmm. Vous étiez couvert de sang. »

Bien, bien, pensa-t-il, amusé. *Notre premier moment d'intimité. Et moi je dormais.*

Elle entreprit de se brosser les dents et réapparut quelques minutes plus tard, maquillée, en T-shirt blanc et short violet.

« A votre avis, que s'est-il passé ? », demanda-t-il. Ses idées commençaient à s'éclaircir.

« Vous pensez que votre coup de fil à ce détective privé, machin-truc, a été intercepté ?

— C'est possible.

— Désormais, nous n'utiliserons plus que mon téléphone digital. Il faut se dire que le standard du Sphinx est peut-être sur écoute lui aussi. »

Elle glissa deux oreillers dans son dos. Elle n'était pas parfumée mais d'elle émanait une agréable odeur de savon et de shampooing.

« Ça vous ennuie si je m'en sers pour appeler notre précédent hôtel ? Mon ami de Washington pense que j'y suis toujours et il a pu tenter de m'y joindre. » Elle lui tendit un exemplaire de l'*International Herald Tribune.*

« Reposez-vous. Lisez, dormez, tout ce qui vous chante.

— Vérifiez qu'il est bien chargé. Il faut peut-être le brancher. »

Il s'adossa et se mit à feuilleter le journal. Un tremblement de terre en Inde, dans l'État du Gujarat. Une entreprise de service public californienne traduite devant la justice par ses propres actionnaires. Des hommes d'Etat participant au Forum international pour la Santé infantile. Il éloigna le journal et ferma les yeux. Il avait assez dormi, il voulait simplement se reposer. Anna parlait au téléphone avec l'employé de l'hôtel de La Recoleta. Sa voix le berçait. Elle partit d'un rire contagieux.

Elle semblait avoir renoncé à son ton coupant, son attitude défensive. Elle avait l'air à la fois sûre d'elle-même et détendue. La faiblesse actuelle de Ben l'encourageait à se montrer forte. Elle aimait peut-être jouer les infirmières. Ou bien était-ce une conséquence de l'aventure qu'ils venaient de vivre ensemble. Ou encore sa réponse à l'intérêt qu'il lui manifestait. A moins qu'elle ait seulement pitié de lui ou qu'elle se sente bêtement coupable de ce qui lui était arrivé. Ou tout cela à la fois.

Elle coupa la communication.

« Eh bien, voilà qui est intéressant.

— Hein ? » Il rouvrit les yeux. Elle se tenait debout près du lit, les cheveux en désordre, les seins moulés par son T-shirt en coton blanc. Il sentit son désir monter.

« J'ai reçu un message de Sergio, le privé. Il s'excuse pour son retard, il a été retenu par une affaire. Il semble innocent.

— L'appel a été intercepté à l'hôtel, probablement.

— Je vais aller le voir.

— Vous êtes folle ? Vous avez eu assez d'émotions pour tout le restant de vos jours. Ça ne vous suffit pas ?

— Je vais lui poser mes conditions.

— N'en faites rien.

— Je sais ce que je fais. Je peux me planter – ça m'est déjà arrivé – mais vous savez, dans mon boulot, on me considère vraiment comme une pro.

— Je n'en doute pas. Mais en ce moment, vous ne vous occupez pas de crime organisé ni de trafic de drogue, ni de tueurs à gages. Je pense que nous en avons par-dessus la tête, *vous comme moi.* »

Il avait curieusement envie de la protéger, bien qu'elle fût sans aucun doute plus douée que lui dans le maniement des armes et plus apte à se défendre. Et pourtant – chose qui n'en finissait pas de l'étonner – il se sentait plus en sécurité quand elle était dans les parages.

Elle s'approcha et s'assit à côté de lui. Il se poussa un peu pour lui laisser de la place.

« Que vous vous inquiétiez pour moi me touche beaucoup, dit-elle. Mais j'ai reçu une bonne formation, j'ai l'expérience du terrain, voyez-vous ?

— Je suis désolé, je ne voulais pas sous-entendre que...

— Ne vous excusez pas. Il n'y a pas de mal. »

Il lui lança un regard furtif. Il aurait voulu lui déclarer, *Mon Dieu, que vous êtes belle*, mais il ignorait comment elle le prendrait. Elle semblait encore un peu sur ses gardes.

« Vous faites cela pour votre frère ou pour votre père ? », demanda-t-elle.

Il ne s'attendait pas à une telle question, exprimée de manière si abrupte. Et il s'aperçut que la réponse n'était pas évidente.

« Les deux peut-être. Surtout pour Peter, bien sûr.

— Comment vous entendiez-vous, Peter et vous ?

— Vous ne connaissez pas de jumeaux ? demanda-t-il.

— Pas vraiment.

— Je crois qu'il n'existe pas de liens plus étroits entre deux êtres humains. Nous étions plus proches que la plupart des couples mariés. Bien que je n'aie pas d'expérience en la matière. Il me protégeait, je le protégeais. Nous pouvions presque lire dans l'esprit l'un de l'autre. Même quand nous nous battions – et cela nous arrivait souvent, croyez-moi – nous nous sentions ensuite plus coupables que furieux. Nous rivalisions dans la pratique des sports et ce genre de choses, mais pour le reste, nous étions solidaires. Quand il était heureux, j'étais heureux. Quand il lui arrivait quelque chose de bien, sa joie était la mienne. Et vice versa. »

A sa grande surprise, il vit des larmes perler dans les yeux d'Anna. Bizarrement, cela le toucha au point que lui aussi sentit ses yeux s'embuer.

Il poursuivit : « Quand je dis que nous étions proches, ce mot me semble faible. On n'est pas "proche" de sa jambe ou de sa main, n'est-ce pas ? Or, il était comme une partie de mon corps. »

Tout lui revint soudain à l'esprit. Des souvenirs enchevêtrés, des images. Le meurtre de Peter. Sa stupéfiante réapparition. Eux deux, enfants, en train de courir à travers la maison en riant. Les funérailles de Peter.

Gêné, il se détourna et se couvrit le visage de la main, incapable de réprimer le sanglot qui gonflait sa poitrine.

Au faible gémissement qu'il entendit, il se rendit compte qu'Anna pleurait elle aussi, ce qui le surprit et l'émut. Elle lui saisit la main, la serra, les joues brillantes de larmes, et lui passa doucement un bras autour des épaules, puis les deux bras. Elle l'étreignit en prenant garde à ses blessures et posa délicatement sa tête sur son épaule. Ben avait l'impression de vivre un moment d'intimité à la fois surprenant et naturel. Anna était ainsi, complexe et passionnée ; il la découvrait peu à peu. Sa présence le réconfortait ; il en était de même pour elle. Il sentait sa chaleur, les battements de son cœur contre sa poitrine. Elle souleva la tête et, lentement, en hésitant un peu au début, posa ses lèvres contre les siennes, les yeux fermés. D'abord, ils s'embrassèrent tendrement, puis leur baiser se fit plus profond, plus enflammé. Il enlaça son corps souple où il laissa courir ses doigts pendant que sa langue explorait sa bouche. Ils avaient franchi une frontière. Celle qu'ils avaient tracée chacun de son côté, quelques jours auparavant. Une frontière invisible mais bien nette, un rempart les prémunissant contre leurs pulsions naturelles, les préservant des puissantes décharges électriques qui, à présent, transperçaient leurs deux corps. Et curieusement, quand ils firent l'amour, ils ne furent pas aussi maladroits qu'il se l'était imaginé, les rares fois où il avait osé concevoir une chose aussi incroyable.

Ils finirent par s'endormir, épuisés, et restèrent une demi-heure ainsi, blottis dans les bras l'un de l'autre.

Quand il s'éveilla, elle était partie.

L'homme aux cheveux gris gara sa Mercedes de location et longea plusieurs pâtés de maisons sur Estomba jusqu'à ce qu'il tombe sur la villa qu'il cherchait. Il était au cœur de Belgrano, l'un des quartiers résidentiels les plus huppés de Buenos Aires. Un jeune homme passa non loin de là, tenant six chiens en laisse. L'homme aux cheveux gris, vêtu d'un costume bleu impeccablement coupé, lui adressa un sourire cordial.

C'était une grande villa de style géorgien, construite en briques rouges. Il passa devant, comme pour en admirer l'architecture, puis fit demi-tour après avoir repéré la guérite installée sur le trottoir : un édicule blanc cassé muni d'une fenêtre, abritant une sentinelle vêtue d'un uniforme et d'une veste orange fluo. On trouvait ce genre de guérite à tous les coins de rue.

Un quartier on ne peut plus paisible, pensa Trevor Griffiths. Bien. La sentinelle le regarda. Trevor lui fit un signe de tête et s'approcha d'elle comme pour lui poser une question.

Après avoir soigneusement enveloppé la photo de Ben, Anna la déposa dans un bureau DHL pour qu'elle arrive très vite chez Denneen, à Dupont Circle. Cette démarche comportait un certain nombre de risques mais elle n'avait pas mentionné le DHL au téléphone, elle n'en avait même pas parlé à Ben, et s'était assurée que personne ne l'avait suivie. Il y avait tout lieu de penser que la photo parviendrait à son destinataire.

A présent, elle était dans la rue qui menait à la *Facultad Medecina*. Postée sur le seuil d'une boutique, sous une pancarte rouge Lucky Strike, elle observait la devanture d'un café, au coin de Junin et de Viamonte. Le nom de l'établissement, Entre-Tiempo, était peint sur la vitrine. A en juger d'après le caractère fantaisiste de la calligraphie, on devait bien s'amuser à l'intérieur. Elle vit passer des couples qui marchaient d'un bon pas sans se préoccuper des autres, des troupeaux d'étudiants avec sac au dos. Un grand nombre de taxis jaune et noir.

Cette fois, il n'y aurait pas de mauvaise surprise.

Elle avait fixé rendez-vous à Machado à 6 h 30 précises. Elle était arrivée quarante-cinq minutes à l'avance, ce qui lui avait permis de repérer les lieux. L'endroit était fréquenté et il faisait grand jour. Elle lui avait demandé de s'asseoir à une table près de la vitrine ou pas très loin, en fonction des places disponibles. Et de prendre son portable. Machado avait paru plus amusé qu'ennuyé par sa requête.

A 6 h 25, un homme aux cheveux argentés, vêtu d'un blazer bleu et d'une chemise bleue au col ouvert, correspondant à la description qu'il avait fournie au téléphone, entra dans le café. Une minute plus tard, elle le vit s'asseoir à une table près de la vitre et regarder ostensiblement la rue. Elle se retrancha à l'intérieur de la boutique afin de passer inaperçue et de poursuivre sa surveillance à travers la porte vitrée. Elle avait pris la précaution d'expliquer au marchand qu'elle attendait son mari.

A 6 h 30, Machado appela un garçon.

Quelques minutes plus tard, le garçon posait sur la table une bouteille de Coca-Cola.

Si Machado avait eu quelque chose à voir dans leur enlèvement de la veille au soir, il aurait placé des complices aux abords du café. Or, elle ne voyait personne. Pas de faux lécheurs de vitrines, pas de flâneurs près du kiosque à journaux, pas d'individu louche au volant d'une voiture garée au bord du trottoir, moteur au point mort. Elle connaissait les signes. Machado était seul.

Les autres l'attendaient-ils dans le café ?

Peut-être. Elle avait pensé à tout ; rien ne la surprendrait.

A 6 h 45, elle alluma le téléphone de Ben et appela Machado.

Il n'y eut qu'une sonnerie.

« *Si ?*

— C'est Anna Navarro.

— Vous vous êtes perdue ?

— Dieu, cette ville est tellement *compliquée*, dit-elle. Je pense que je me suis trompée de café – cela vous ennuierait beaucoup de venir me rejoindre là où je suis ? Je suis sûre que je vais encore me perdre ! » Elle lui donna l'adresse d'un café à quelques pâtés de maison de là.

Elle le regarda se lever, jeter quelques pièces sur la table et, sans faire aucun geste particulier ni s'entretenir avec quelqu'un à l'intérieur du café, sortir. Elle savait à quoi il ressemblait, mais lui non.

Lorsqu'il traversa la rue et passa devant elle, elle lui jeta un petit coup d'œil. Ses cheveux étaient trop gris pour son âge ; il n'avait qu'une quarantaine d'années, de doux yeux bruns et une allure agréable. Il ne portait ni serviette ni dossier, juste son téléphone.

Elle attendit quelques secondes avant de le suivre.

Il repéra facilement le café et entra. Une minute plus tard, elle l'y retrouvait.

« Ça vous embêterait de m'expliquer ce que signifie tout cela ? » demanda Machado.

Elle lui raconta ce qui leur était arrivé, à Ben et à elle, la nuit précédente. Tout en parlant, elle ne le lâchait pas des yeux ; il semblait atterré.

Machado ressemblait aux acteurs italiens des années 60. Son bronzage était parfait et l'on sentait qu'il y consacrait du temps. Son cou s'ornait d'une fine chaîne en or, son poignet gauche également. Une profonde ride d'expression séparait ses yeux de biche un peu trop rapprochés. Il ne portait pas d'alliance.

« Dans ce pays, tous les policiers sont corrompus, vous avez parfaitement raison, dit-il. Ils m'ont engagé comme consultant externe pour la simple raison qu'ils n'ont pas confiance dans leurs propres hommes !

— Ça ne m'étonne pas. » La peur qu'elle avait ressentie lors de son enlèvement s'était muée en colère.

« Vous savez, en Argentine, on ne tourne pas de films sur les flics, comme chez vous en Amérique, parce qu'ici les flics ne sont pas des héros. Ce sont des pourris. Je le sais, j'ai fait partie de la Police fédérale pendant vingt et un ans. J'ai pris ma retraite et je suis parti. »

Près d'eux, autour d'une longue table de marbre, un groupe de jeunes gens, des étudiants à en juger d'après leur aspect extérieur, éclata de rire.

« Tout le monde a peur de la police, poursuivit-il avec animation. La brutalité policière. Ils sont censés nous protéger. Ils tirent sur tout ce qui bouge. Comment trouvez-vous leurs uniformes ?

— Ils ressemblent aux flics de New York.

— C'est parce que leurs uniformes sont copiés sur ceux de la NYPD. Mais c'est *tout* ce qu'ils ont copié. » Il lui lança un sourire sympathique.

« Bien, que puis-je faire pour vous ?

— Je recherche un nommé Josef Strasser. »

Il écarquilla les yeux.

« Ah, bien, vous savez, ce vieux salaud vit sous une fausse identité. J'ignore où il demeure, mais je peux me renseigner. Pas très facile. Vous voulez l'extrader ?

— Non, en fait, j'ai besoin de discuter avec lui. »

Il se raidit.

« Vraiment ?

— Je connais peut-être un moyen de le localiser, mais j'aurai besoin de votre aide. » Elle lui rapporta la rencontre de Ben avec la veuve de Lenz. « Si Vera Lenz ou son beau-fils sont en contact avec Strasser et qu'ils l'ont appelé pour le prévenir, disons... pourriez-vous retrouver le numéro qu'ils ont composé ?

— Ah », dit-il. Charmant. « Oui bien sûr, à condition d'avoir le numéro de téléphone de la señora Lenz. »

Elle lui tendit un bout de papier sur lequel était inscrit le numéro.

« En Argentine, les compagnies de téléphone enregistrent le début et la fin de toutes les conversations, le numéro appelé et la durée de l'appel. C'est le système Excalibur, comme ils l'appellent. Si l'on y met le prix, mes amis de la police me fourniront la liste de tous les appels passés à partir de ce poste. »

Et comme pour démontrer combien c'était facile, il ne se répandit pas en explications au téléphone et se contenta d'indiquer à son interlocuteur le numéro figurant sur le bout de papier.

« Pas de problème, fit-il. Nous saurons bientôt. Venez, je vous paie un steak. »

Ils marchèrent jusqu'à sa voiture, une Ford Escort blanche dont la banquette arrière avait été enlevée. Il l'emmena dans un restaurant à l'ancienne mode près du Cementerio de la Recoleta, un endroit appelé

Estilo Munich, aux murs décorés de têtes de sangliers et de cerfs empaillées. Le marbre qui pavait le sol ressemblait à du mauvais linoléum ; le plafond était tapissé de dalles antibruit. Des serveurs fatigués circulaient nonchalamment entre les tables.

« Je vais vous commander du *bife de chorizo*, dit Machado. Avec de la sauce *chimichurri*. *Jugoso*, ça vous va ?

— Oui, je l'aime saignant. Vous avez fait exprès de m'emmener dans un restaurant nommé Munich ?

— Ils servent l'un des meilleurs steaks de Buenos Aires et dans cette ville, on s'y connaît en matière de steaks. » Il lui lança un coup d'œil complice. « Il y a des tas de restaurants de ce nom à BA – ils ont connu leur heure de gloire. Elle est un peu passée maintenant.

— Il n'y a pas tellement d'Allemands. »

Il but une gorgée de Carrascal. Son portable sonna ; il dit deux ou trois mots et raccrocha.

« Ma petite amie, fit-il pour s'excuser. J'espérais qu'il s'agissait du résultat de notre recherche, mais non.

— Si Strasser a réussi à vivre ici pendant si longtemps sans que personne le trouve, c'est sûrement que ses papiers d'identité sont des faux très convaincants.

— Les gens comme lui savent comment se procurer d'excellents faux papiers d'identité. Pendant longtemps, seul Jakob Sonnenfeld était capable de retrouver leurs traces. Vous savez, pendant des années, une rumeur a couru selon laquelle Martin Bormann vivait encore en Argentine. Puis un jour, on a découvert son crâne en Allemagne. En 1972, à Berlin. Ils construisaient un pont. En creusant la terre, ils sont tombés sur un crâne humain. Qu'on a identifié comme celui de Bormann.

— C'était bien le sien ?

— Il y a deux ans, ils ont fini par effectuer un examen de l'ADN. C'était effectivement son crâne.

— Et le reste de son corps ?

— Jamais retrouvé. Je pense qu'il a été enterré ici, à Bariloche, et quelqu'un a transporté le crâne en Allemagne. Pour brouiller les pistes. » Ses yeux brillèrent d'amusement.

« Vous savez que le fils de Bormann vit ici ? C'est un prêtre catholique. Je vous jure. » Une autre lampée de Carrascal.

« C'est vrai. Il subsiste toujours des rumeurs autour de Bormann. C'est comme pour Josef Mengele. Après son enterrement, tout le monde a pensé qu'il avait mis en scène sa propre mort. Avec Lenz c'est pareil. Pendant des années après l'annonce de son décès, la rumeur disait qu'il était toujours en vie. Puis on a trouvé ses restes.

— Leur a-t-on fait subir un test ADN, à eux aussi ?

— Je ne crois pas.

— On n'a pas retrouvé son crâne.

— Pas de crâne.

— Se pourrait-il qu'il soit encore en vie ? »

Machado se mit à rire.

« Il aurait plus de cent vingt ans.

— Eh oui, ce sont toujours les meilleurs qui partent les premiers. Il est mort d'une attaque, n'est-ce pas ?

— C'est la version officielle. Mais je pense que Lenz a été assassiné par des agents israéliens. Vous savez, quand Eichmann a débarqué ici, sa femme et lui se sont cachés sous une fausse identité, mais leurs trois fils... ont continué à s'appeler Eichmann ! A l'école, tout le monde les connaissait sous ce nom-là. Mais personne ne les a ennuyés. Personne n'est venu les voir avant Sonnenfeld. »

Leurs steaks arrivèrent. Un vrai délice, pensa Anna. Elle n'était pas une carnivore invétérée, mais elle se dit qu'une viande aussi appétissante pourrait bien la convertir.

« Cela vous ennuie si je vous demande pourquoi vous voulez parler à Strasser ? demanda Machado.

— Désolée. Je ne peux rien dire. »

Il sembla accepter sa réponse de bonne grâce.

« Strasser a été l'un des inventeurs du Zyklon-B.

— Le gaz employé à Auschwitz.

— C'est lui qui a eu l'idée de l'utiliser sur des êtres humains. Un petit futé, ce Strasser. Il a permis aux nazis de se débarrasser des Juifs d'une manière bien plus expéditive. »

Après le dîner, ils marchèrent jusqu'au café voisin, La Biela, sur l'avenue Quintan. Après 11 heures, l'endroit était bondé et bruyant.

Assise devant une tasse de café, elle demanda :

« Pouvez-vous me trouver une arme ? »

Il la regarda du coin de l'œil.

« Je peux m'arranger.

— Demain matin ?

— Je vais voir ce que je peux faire. »

Le téléphone de Machado retentit de nouveau.

Cette fois, il griffonna quelques notes sur une petite serviette carrée.

« Son numéro de téléphone est au nom d'Albrecht, dit Machado quand il eut raccroché. L'âge correspond. Il a indiqué sa vraie date de naissance sur son dossier d'inscription. Je pense que vous avez trouvé votre homme.

— Ainsi donc, quelqu'un l'a bien appelé depuis le domicile de Vera Lenz.

— Oui. Grâce au numéro de téléphone, il a été facile d'obtenir le nom et l'adresse. Je pense qu'il a dû s'absenter pas mal de temps, parce qu'aucun appel n'a été passé sur son poste durant les cinq dernières semaines. Il y a deux jours, les coups de fil ont repris. »

Cela expliquait pourquoi Strasser n'avait pas encore grossi la liste des

victimes, pensa-t-elle. *Il n'était pas chez lui.* Cette absence lui avait
sauvé la vie.

« Votre contact, dit-elle. Celui qui vous a déniché cette information –
se doute-t-il de la raison de votre démarche ?

— Il croit sans doute que j'envisage une sorte d'extorsion.

— Il ne lui viendrait pas à l'idée de raconter à Strasser que vous le
cherchez ?

— Mes contacts dans la police sont trop stupides pour s'amuser à ce
petit jeu-là.

— Espérons-le. » Elle demeurait inquiète.

« En ce qui concerne les gangsters qui nous ont enlevés... »

Il fronça les sourcils.

« Les fils et les petits-fils des fugitifs n'oseront pas se frotter à moi.
J'ai trop d'amis dans la police. C'est trop dangereux pour eux. Parfois,
quand je fais ce genre de boulot, je trouve du Wagner sur mon répondeur
en rentrant chez moi. Des menaces déguisées. Parfois, il me suivent dans
la rue, ils prennent des photos de moi. Mais ils s'en tiennent là. Je ne
m'inquiète pas. » Il alluma une autre cigarette.

« Et vous-même n'avez pas de raisons de vous inquiéter. »

Non, pas de raison de s'inquiéter, pensa-t-elle.

Facile à dire pour vous.

« Je crains que Mr. Bartlett ne soit pas en mesure de recevoir de visites pour l'instant et votre nom ne figure pas sur la liste de ses rendez-
vous. » L'hôtesse d'accueil s'exprimait avec une autorité cinglante.

« C'est bien ce que je suis *en train* de faire. Je prends rendez-vous –
pour tout de suite, répliqua Arliss Dupree. Dites-lui que ma visite risque
de l'intéresser. C'est au sujet d'une affaire qui nous concerne tous les
deux. Un truc interdépartemental, OK ?

— Je suis vraiment désolée, Mister Dupree, mais...

— Epargnez-vous cette peine, je vais juste aller frapper à sa porte
pour voir s'il est là, d'accord ? » Un sourire se dessina sur la face lunaire
et rougeaude de Dupree. « Ne vous dérangez pas, ma petite. Tout va bien
se passer. »

L'hôtesse prononça quelques mots à voix basse, dans le micro de son
casque. Au bout d'un instant, elle se leva.

« Mr. Bartlett dit qu'il serait enchanté de vous voir. Je vous accompagne. »

Lorsque Dupree découvrit le bureau spartiate du directeur, il ressentit
pour la première fois une sorte d'inquiétude. Rien à voir avec le confort
qu'on trouve habituellement chez les fonctionnaires de carrière – ces
condamnés à perpète entourés de photos d'êtres chers et de piles de
papiers à classer. On avait même du mal à imaginer qu'un être humain
pût séjourner ici.

« Que puis-je faire pour vous, Mister Dupree ? » Alan Bartlett était debout derrière un grand bureau si bien rangé qu'on aurait pu l'exposer tel quel dans la vitrine d'un magasin de meubles. Il y avait quelque chose de glacial dans le sourire poli de cet homme, pensa Dupree, quelque chose d'impénétrable dans ces yeux gris qui le fixaient derrière des lunettes d'aviateur.

« Des tas de choses, je présume, dit Dupree. Et sans plus de cérémonie, il s'assit dans le fauteuil en bois clair disposé face au bureau de Bartlett. Pour commencer, vous pourriez me parler de l'affaire Navarro.

— Fort regrettables, les récentes révélations, fit Bartlett. C'est pas très bon pour nous.

— Comme vous le savez, je n'étais pas vraiment ravi par la TDY que vous avez organisée », poursuivit Dupree, en faisant allusion à la mission interdépartementale temporaire.

« Vous ne l'avez pas caché. Peut-être saviez-vous quelque chose sur elle que vous avez choisi de taire.

— Non, ce n'est pas cela. » Dupree s'efforça de soutenir le regard direct de Bartlett. Il avait l'impression de parler à un iceberg. « Franchement, le fait qu'un membre de mon équipe soit déplacé comme ça, sans que je le sache, sans mon consentement, a tendance à saper mon autorité. Mes autres collaborateurs risquent de prendre cela comme une sorte de promotion.

— Je suppose que vous n'êtes pas venu me voir pour discuter des difficultés que vous rencontrez avec votre personnel ou de votre style de management, Mr. Dupree.

— Diable, non ! s'exclama Dupree. J'en viens au fait. Nous autres, au ministère de la Justice, on a toujours essayé de vous tenir à distance, vous les gars de l'ICU. Vous vous occupez de vos affaires et la plupart du temps nous sommes très contents de ne pas en entendre parler. Mais cette fois-ci, vous avez entrepris un truc qui laisse des taches de confiture sur mon tapis, vous voyez ce que je veux dire ? Vous m'avez fourré dans le pétrin. Je ne formule aucune accusation, je dis seulement que cela me donne à penser.

— Une activité dont vous n'avez sans doute pas l'habitude. Vous verrez, cela devient plus facile avec la pratique. » Bartlett s'exprimait avec le dédain naturel du mandarin.

« Je n'ai peut-être pas inventé l'eau chaude, mais vous constaterez qu'on peut se brûler si on se frotte à moi.

— Comme c'est rassurant.

— Pour tout dire, il y a quelque chose qui sent mauvais dans cette histoire. »

Bartlett renifla.

« Aqua Velva, peut-être ? Ou Old Spice ? Votre after-shave vous précède. »

Dupree se contenta de secouer la tête, l'air du brave type un peu confus.

« J'ai donc un peu farfouillé et ça m'a permis d'en savoir plus long sur vous, sur d'où vous venez. J'ai appris que vous possédiez une grande propriété sur la côte Est. Pas très courant pour un fonctionnaire fédéral, non ?

— Le père de ma mère faisait partie des fondateurs de Holleran Industries. Elle a hérité d'une partie de ses biens. Cela n'a rien d'un secret. Mais je ne m'en vante pas non plus. Je n'apprécie guère les mondanités. La vie que j'ai décidé de mener est plutôt banale ; et mes goûts, dans l'ensemble, sont plutôt modestes. Alors quoi ?

— D'accord, votre mère était une héritière Holleran – je l'avais découvert par moi-même. Cela m'a surpris, je dois dire. A mon sens, c'est assez flatteur qu'un milliardaire daigne travailler avec nous.

— Nous avons tous des choix à faire, dans la vie.

— Ouais, je pense que vous avez raison. Mais alors je me suis dit : y aurait-il autre chose que j'ignore sur Alan Bartlett ? Des tas de trucs probablement, pas vrai ? Tous ces voyages en Suisse, par exemple. Bon, la Suisse – ça m'a sauté aux yeux parce qu'à l'OSI, on bosse tout le temps sur des affaires de blanchiment d'argent. Donc cela m'amène à m'interroger sur vos petits voyages. »

Un temps mort.

« Pardon ?

— Eh bien, vous avez un magot en Suisse, pas vrai ?

— Qu'est-ce qui vous fait penser cela ? »

Dupree tira une feuille de papier de la poche de sa veste. Elle était un peu froissée, mais il la posa à plat sur le bureau de Bartlett et la lissa. On y voyait une série de points vaguement disposés en cercle.

« Désolé, c'est mal fait, je l'ai dessiné moi-même. » Il désigna le point le plus haut.

« Là, nous avons Munich. En dessous, Innsbruck. En se déplaçant vers le sud, Milan. Turin. Puis, un peu plus à l'ouest et un peu plus au nord, Lyon. Dijon. Fribourg.

— Vous ne suivriez pas des cours de géographie pour adultes ?

— Non, répondit Dupree. Ça m'a pris un bout de temps pour obtenir ce truc. J'ai dû passer par les systèmes informatiques du contrôle des passeports et des grandes compagnies aériennes, aussi. Un travail de titan, croyez-moi. Ces points correspondent tous aux aéroports par lesquels vous êtes passé durant ces quinze dernières années. Souvent en partant directement de Dulles, parfois en effectuant une correspondance à Frankfort ou à Paris. Et je me retrouve à regarder tous ces points éparpillés. Tous ces foutus aéroports chiants comme la pluie. Qu'ont-ils en commun ?

— J'attends que vous me le disiez, lança Bartlett avec une froide ironie dans le regard.

— Eh bien, sacré bon Dieu, jetez donc un œil sur ces points. Qu'est-ce que vous en concluez ? C'est évident, non ? Ils forment un cercle d'un rayon de trois cents kilomètres autour de Zurich. Ils sont tous à un jet de pierre de la Suisse – voilà leur point commun. Ce sont des endroits par où l'on peut passer pour se rendre en Suisse tout en évitant d'avoir le tampon "Switzerland" sur son passeport. Un passeport ou un autre, d'ailleurs : j'ai été impressionné d'apprendre que vous possédiez deux passeports en règle.

— Ce qui est courant pour un fonctionnaire travaillant dans ma partie. Vous êtes absurde, Mister Dupree, mais je joue le jeu. Disons qu'il m'est effectivement arrivé de me rendre en Suisse – et alors ?

— Et alors ? Pas de quoi fouetter un chat. Seulement, pourquoi avez-vous prétendu le contraire ?

— Vous vous montrez abscons à plaisir, Mister Dupree, n'est-ce pas ? Si un jour je décide de discuter de mes projets de vacances avec vous, vous en serez le premier avisé. Votre comportement d'aujourd'hui m'amène à m'interroger sur votre aptitude à assumer vos responsabilités officielles. En outre, il frise l'insubordination, si je puis m'exprimer ainsi.

— Vous n'êtes pas mon supérieur, Bartlett.

— Non, parce qu'il y a sept ans, quand vous avez demandé un transfert dans notre unité, vous avez essuyé un refus. On a jugé que vous n'aviez pas la carrure. » La voix de Bartlett restait calme, mais ses joues s'étaient empourprées. Dupree comprit qu'il l'avait ébranlé. « Et maintenant, je crains de devoir clore cette conversation.

— Je n'en ai pas fini avec vous, Bartlett », lança Dupree en se levant.

L'autre ajouta avec un sourire lugubre :

« "Les grandes œuvres ne s'achèvent jamais. On les abandonne." C'est ce que disait Valéry.

— Harper ?

— Au revoir, Mister Dupree, conclut sereinement Bartlett. La route est longue jusqu'à Arlington, à cette heure-ci, et je sais que vous préférez éviter les heures de pointe. »

Lorsque Ben s'éveilla, il remarqua d'abord la douce lumière du petit matin, puis le souffle tranquille d'Anna. Ils avaient dormi dans le même lit. Il s'assit lentement. Une douleur sourde irradiait ses membres et son cou. Il ressentait la tiédeur du corps vêtu d'une chemise de nuit, couché à quelques centimètres de lui.

Il s'avança à pas de loup vers la salle de bains. La douleur elle aussi se réveilla pour de bon. Il s'aperçut qu'il avait dormi toute la journée et toute la nuit. Ben se savait mal en point mais il valait mieux bouger, conserver une certaine souplesse que rester confiné au fond de son lit. Sinon, il lui faudrait du temps pour se remettre.

Il revint dans la chambre et saisit le téléphone. Fergus O'Connor, dans les îles Caïmans, attendait son appel. Mais quand il tenta d'allumer l'appareil, il s'aperçut que la batterie était morte. Anna avait dû oublier de la recharger. Il l'entendit se retourner dans le lit.

Il glissa le téléphone sur sa base de chargement et appela Fergus.

« Hartman ! s'exclama chaleureusement Fergus, comme s'il attendait l'appel de Ben.

— Donne-moi des nouvelles, dit Ben, en clopinant vers la fenêtre pour regarder la circulation.

— Eh bien, j'en ai une bonne et une mauvaise. Par laquelle veux-tu que je commence ?

— Toujours la bonne en premier. »

Il y eut un bip sur la ligne – on essayait de l'appeler – mais il l'ignora.

« D'accord. Au Liechtenstein, en arrivant à son bureau ce matin, un avocat véreux a découvert qu'on avait forcé sa porte.

— Je suis désolé de l'apprendre.

— Oui. Surtout que l'un de ses dossiers avait disparu – celui concernant une *Anstalt* qu'il gère pour un type ou des types anonymes résidant à Vienne.

— Vienne. » Son estomac se serra.

« Pas de noms, malheureusement. Une série d'instructions données par télex, des codes d'identification, et tout le foutoir habituel. Mais Vienne, ça c'est sûr. Les propriétaires tenaient à garder l'anonymat, même vis-à-vis de ce type. Lequel, cela va de soi, se gardera bien d'appeler les flics du Liechtenstein pour signaler la disparition dudit dossier. Pas avec les magouilles dans lesquelles il trempe.

— Bien joué, Fergus. Et maintenant, la mauvaise nouvelle ?

— La note sera sacrément salée. Rien que pour le Liechtenstein ça va vous coûter cinquante mille. Ces types sont loin d'être des bénévoles. De foutus *voleurs*, oui ! » Dans la bouche de Fergus, cette accusation prenait tout son sens. Mais pour les renseignements qu'il avait obtenus – aucune police légale ne serait parvenue au même résultat – ça valait le coup.

« Je suppose que tu ne me fourniras pas de reçu », répliqua Ben.

Dès qu'ils coupèrent la communication, le téléphone sonna.

« Oui ?

— Anna Navarro, je vous prie ! hurla une voix masculine. J'ai besoin de lui parler !

— Elle est... qui est à l'appareil ?

— Dites-lui juste Sergio.

— Ah oui. Oui. Un moment. »

Le bruit de la sonnerie avait réveillé Anna.

« Machado ? » murmura-t-elle d'une voix ensommeillée. Ben lui tendit le combiné.

« Sergio, dit-elle. Je suis navrée, j'avais débranché le téléphone, je crois... Très bien, évidemment, c'est... Quoi ?... *Quoi ?*... Sergio, allô ? Vous êtes *là ?* Allô ? »

Elle appuya sur OFF.

« C'est bizarre, dit-elle.

— Quoi donc ? »

Elle le fixa d'un air perplexe.

« Il a dit qu'il avait tenté de me joindre toute la nuit. Il appelait de sa voiture. Il se trouve dans le quartier de San Telmo. Il souhaite me rencontrer au Bar Plaza Dorrego, je crois que c'est ce qu'il a dit – il m'a trouvé une arme.

— Pourquoi avait-il l'air si affolé ?

— Il a affirmé qu'il ne voulait plus se mêler de cette enquête.

— Ils l'ont trouvé.

— Il avait vraiment l'air effrayé, Ben. Il a dit – il a dit qu'on l'avait contacté, menacé – que ce n'était pas comme d'habitude. Il ne s'agissait pas de ces Argentins qui protègent les fugitifs. » Elle leva les yeux, profondément ébranlée.

« Et la communication a été coupée au beau milieu d'une phrase. »

Avant même d'atteindre la Plaza Dorrego, ils sentirent une odeur de brûlé. Quand leur taxi s'arrêta près du bar, ils virent une foule immense, des ambulances, des voitures de police et des camions de pompiers.

Le chauffeur de taxi se mit à parler comme une mitraillette.

« Qu'est-ce qu'il raconte ? demanda Ben.

— Il dit qu'on ne peut pas aller plus loin, il y a eu un accident. Venez. »

Elle demanda au chauffeur de les attendre, puis ils sortirent du taxi et coururent jusqu'à la place. Il n'y avait presque plus de fumée mais l'air sentait le soufre, le charbon et le carburant brûlé. Dans le parc au centre de la plaza, les camelots avaient abandonné leurs étals et laissé sans surveillance leur joaillerie de pacotille et leurs parfums pour s'attrouper devant le bar. Les habitants du quartier s'agglutinaient au seuil des vieux immeubles et contemplaient la scène avec une horreur mêlée de fascination.

On comprenait sans peine ce qui venait de se passer. Une voiture garée devant le bar Plaza Dorrego avait explosé, volatilisant la vitrine du bar et brisant les fenêtres de l'autre côté de la rue. Elle avait dû brûler pendant un bout de temps avant que les camions de pompiers parviennent à éteindre l'incendie. Tout était carbonisé, même les rayures blanches peintes sur la route près du lieu du drame.

Une vieille dame aux cheveux blancs, vêtue d'un chemisier marron imprimé ne cessait de hurler : « *¡ Madre de Dios ! ¡ Madre de Dios !* »

Ben sentit Anna lui attraper le bras et le serrer. Les équipes de secours d'urgence découpaient la carcasse d'une Ford Escort blanche et tentaient sans succès d'en extraire un corps calciné.

Il la sentit frémir lorsqu'un infirmier réussit à tordre une plaque de métal, révélant un bras carbonisé, un poignet cerclé d'une chaîne en or noircie, une main brûlée encore agrippée à un petit téléphone cellulaire.

CHAPITRE 38

I LS étaient assis à l'arrière du taxi, sidérés.
Avant de se décider à parler, ils attendirent d'avoir dépassé plusieurs pâtés de maisons.

« Oh, mon Dieu, Ben. Quelle horreur ! » Anna s'appuya au dossier, les yeux fermés.

Il posa une main sur son épaule, juste pour la réconforter. Il ne trouvait rien à lui dire, les mots auraient été inutiles.

« Quand Machado et moi sommes sortis dîner, dit-elle, il m'a confié que depuis qu'il faisait ce métier, il n'avait jamais connu la peur. Que moi non plus je ne devrais pas avoir peur. »

Ben ne savait que répondre. Il ne pouvait se départir de l'horreur ressentie en voyant le corps calciné de Machado. Cette main agrippée au téléphone portable. *On dit que le monde finira dans le feu.* En frémissant, il revit soudain les traits effacés de Chardin et ses paroles lui revinrent en mémoire. En effet, la survie était parfois bien plus atroce que la mort. Sigma semblait avoir un faible pour les incendies. D'une voix très douce, il murmura : « Anna, je devrais peut-être continuer seul.

— *Non*, Ben », s'écria-t-elle. Sa détermination était intacte. Elle regardait droit devant elle, le visage crispé, la mâchoire serrée.

On aurait dit que les derniers événements l'avaient galvanisée au lieu de la décourager. Elle avait la ferme intention de rendre visite à Strasser et de parvenir jusqu'à la racine de la conspiration. C'était peut-être une pure folie – ils étaient peut-être fous *tous les deux* – mais Ben savait que lui non plus ne reculerait pas.

« Pensez-vous que la vie reprendra comme avant, lorsque tout sera fini ? Pensez-vous qu'on nous le *permettra* ? »

De nouveau, il y eut une longue plage de silence.

« Nous allons faire le tour, dit-elle. Pour nous assurer que personne ne nous guette. Ils s'imaginaient peut-être qu'en éliminant Machado, ils supprimeraient tous les risques. » Dans sa voix transparaissait une sorte de soulagement, mais ce n'était sans doute qu'une impression.

Le taxi fonçait à travers les rues encombrées de Buenos Aires. Sa destination : le riche barrio de Belgrano. Un brave homme venait de perdre la vie pour leur permettre de sauver celle d'un scélérat. Le comble de l'ironie, songea Ben en se demandant si Anna prenait conscience de cet étrange et cruel paradoxe. *Et à présent, nous allons risquer notre vie pour sauver celle d'une ordure que le monde entier exècre,* songea-t-il.

Pouvait-on mesurer l'étendue de sa perversité ? Avec quels instruments ?

Les paroles déchirantes prononcées par Chardin lui revinrent en mémoire.

Des rouages à l'intérieur d'autres rouages – c'était ainsi que nous fonctionnions... Il n'a jamais traversé l'esprit de personne que l'Occident était tombé sous l'administration d'un consortium caché. L'idée même en aurait été inconcevable. Car cela aurait signifié que plus de la moitié de la planète était placée sous l'emprise d'une seule mégacorporation. Sigma. Un projet très particulier est apparu sur le devant de la scène. S'il réussissait, la nature même de notre hégémonie en serait révolutionnée. Il ne s'agirait plus seulement d'allouer des fonds, de répartir les ressources, mais de déterminer qui seraient les « élus ».

Strasser faisait-il partie des « élus » ? A moins qu'il ne soit mort lui aussi.

Ben dit : « J'ai parlé à Fergus, l'homme des îles Caïmans. Il a remonté la piste des virements jusqu'à Vienne.

— Vienne », répéta Anna d'une voix atone.

Elle n'ajouta rien. Il se demandait quelles pensées tournaient dans sa tête, mais n'eut pas le loisir de lui poser la question. Le taxi freina et s'arrêta devant une villa en briques rouges avec des volets blancs. Un break blanc était stationné dans la petite allée.

Anna s'adressa au chauffeur en espagnol, puis se tourna vers Ben.

« Je lui ai dit de faire le tour du pâté de maisons. Je veux voir s'il y a des voitures garées dans le coin, des gens qui traînent dans les rues, tout ce qui peut sembler suspect. »

Ben constata qu'elle reprenait les choses en main. Il devait se contenter de lui faire confiance. Elle savait ce qu'elle faisait.

« Comment allons-nous effectuer notre approche ? demanda-t-il.

— On s'arrange pour franchir le seuil de sa porte. Ensuite on le prévient, on lui dit que sa vie est en danger. J'ai emporté ma carte officielle du DOJ. Elle nous permettra peut-être de le convaincre de notre légitimité.

— Il se peut qu'on l'ait prévenu de notre présence – les gangsters du *Kamaradenwerk,* Vera Lenz, ses propres informateurs. Et si jamais sa vie n'était pas en danger ? Si c'était lui le commanditaire de tous ces meurtres ? Avez-vous pensé à *cela* ? »

Après un temps de silence, elle reconnut : « C'est une possibilité. »

Une possibilité. Quelle monumentale litote !

« Vous n'avez pas d'arme, lui rappela Ben.

— Il suffit qu'il nous accorde une seconde d'attention. Ensuite, si le sujet l'intéresse, on développera. »

Et s'il était le commanditaire de tous ces meurtres ? Mais il était inutile de tergiverser.

Quand ils eurent fait le tour du quartier, le taxi s'arrêta et ils sortirent.

Bien que la journée fût chaude et ensoleillée, Ben frissonna. De peur bien entendu. Il savait qu'Anna avait peur elle aussi. Elle ne le montrait pas. Il admira sa force de caractère.

Sur le trottoir, à moins de dix mètres de la maison Strasser, s'élevait une guérite occupée par une sentinelle, un vieil homme voûté aux cheveux blancs clairsemés et à la moustache tombante. Une casquette bleue était perchée au sommet de son crâne, produisant un effet presque comique. On se demandait à quoi servirait ce type si jamais un incident sérieux éclatait dans la rue, pensa Ben. Pourtant, mieux valait ne pas l'alerter ; ils continuèrent donc à marcher d'un bon pas, comme des habitants du quartier.

Ils s'arrêtèrent devant la maison de Strasser, entourée d'une barrière, comme la plupart de ses voisines. Elle était en bois sombre, pas en fer forgé, et arrivait à la poitrine de Ben. Une clôture purement décorative. Comme pour montrer que les occupants des lieux n'avaient rien à cacher. Anna souleva le loquet du portail en bois et ils pénétrèrent dans un petit jardin bien entretenu. Derrière eux, des pas résonnèrent sur le trottoir.

Inquiet, Ben se retourna. C'était le vigile. Il se trouvait à cinq ou six mètres d'eux. Ben se demanda si Anna avait réfléchi à un alibi. L'homme sourit, découvrant ses dents jaunes et déchaussées. Il dit quelque chose en espagnol.

Anna marmonna : « Il veut voir nos papiers. » A l'intention du vieillard, elle ajouta : « *¡ Cómo no, señor !* » Certainement.

Le garde porta la main à sa veste, d'un geste bizarre, comme s'il cherchait ses propres papiers.

Ben remarqua un léger mouvement de l'autre côté de la rue et se tourna pour regarder.

Un homme se tenait là. Un homme de haute taille avec un visage rougeaud, d'épais cheveux bruns virant au gris et des sourcils en broussaille.

Ben crut le reconnaître. Il avait déjà vu ce visage, et cette impression le mit horriblement mal à l'aise.

Où ai-je croisé ce type ?

Paris – rue des Vignoles.

Vienne. Le Graben.

Et quelque part ailleurs, avant cela.

L'un des tueurs.

Il braquait une arme sur eux.

Ben hurla :

« Anna, *baissez-vous* ! » tout en se jetant à plat ventre sur la petite allée cimentée du jardin.

Anna plongea sur sa gauche.

On entendit un petit bruit sec et le sang jaillit de la poitrine du garde qui tomba à la renverse sur le trottoir. L'homme au visage rubicond se précipita vers eux.

Ils étaient pris au piège dans le jardin de Strasser.

L'assassin avait tiré sur le garde ! Ben et Anna s'étaient baissés mais le pauvre homme, lui, était resté en plein dans la ligne de mire.

La prochaine fois, le tueur ne les raterait pas.

Même si je pouvais courir, pensa Ben, ce serait *en direction* du tueur.

Et ni lui ni elle n'étaient armés !

Il entendit l'homme hurler en anglais :

« C'est bon ! C'est bon ! Vous n'avez rien à craindre ! »

L'homme avait baissé son pistolet et courait vers eux.

« Hartman ! hurla-t-il. Benjamin Hartman ! »

Ben leva les yeux, éberlué.

Anna cria : « Je suis armée ! Reculez ! »

Mais le tueur ne se décidait toujours pas à lever son arme.

« C'est bon ! Vous n'avez rien à craindre ! » L'homme lança son pistolet devant lui sur le trottoir et tendit les mains vers eux.

« Il s'apprêtait à vous tuer, dit-il tout en se précipitant vers le corps du vieillard. Regardez ! »

Ce furent ses derniers mots.

Comme un mannequin s'éveillant soudain à la vie, la vieille sentinelle glissa la main vers son pantalon, et d'un mouvement mécanique, en sortit un petit revolver équipé d'un silencieux qu'il pointa vers l'homme penché au-dessus de lui. Il y eut un *phut*, un projectile s'enfonça dans son front et fit exploser l'arrière de son crâne.

Que diable se passait-il ?

A présent, le vieil homme se redressait sur son séant. Le sang coulait lentement sur le devant de sa chemise. Il était blessé, peut-être mortellement, mais son bras restait ferme.

Soudain, quelqu'un derrière eux poussa un cri terrible : « *Non!* »

Se retournant, Ben vit un autre homme, debout près d'un chêne : sur le même trottoir qu'eux mais à une vingtaine de mètres sur leur gauche. Il tenait un fusil d'une taille impressionnante, équipé d'une lunette, le genre d'arme qu'utilisent les tireurs d'élite.

Etait-il chargé de couvrir le tueur rubicond ?

Il les tenait en joue.

Cette fois, ils n'en réchapperaient pas.

A peine eut-il formulé cette pensée que Ben entendit la détonation produite par le fusil à longue portée. Paralysé par la peur, il ne sursauta même pas.

Deux balles, puis trois percutèrent la poitrine du vieil homme qui s'effondra de nouveau.

Encore une fois, on les avait épargnés. Pourquoi ? Avec ce fusil à lunette, le tueur était assuré d'atteindre sa cible.

Sans leur prêter la moindre attention, l'homme au fusil – un individu aux cheveux noirs et brillants et au teint olivâtre – se précipita vers le corps ensanglanté du garde.

Cela n'avait aucun sens. Pourquoi ces tueurs s'acharnaient-ils à éliminer ce vieux bonhomme ? Quelle était leur vraie cible ?

Ben se leva lentement et vit l'homme fouiller l'uniforme du vieillard. Il en sortit une autre arme : un petit automatique, avec un silencieux vissé sur le canon.

« Oh, mon Dieu », dit Anna.

La main de l'homme au teint olivâtre se referma sur une touffe de cheveux blancs. Lorsqu'il tira dessus, ils se décollèrent d'un seul coup, comme la peau d'un lapin, révélant une chevelure gris acier.

Ensuite, il passa à la moustache blanche qui partit tout aussi facilement, puis entreprit de soulever la peau du visage. Des lambeaux de caoutchouc couleur chair tombèrent sur le sol.

« Des prothèses en latex », dit l'homme. Lorsqu'il s'attaqua au nez et aux poches soulignant les yeux du vieillard, Ben reconnut le visage lisse et sans rides de l'individu qui avait tenté de le tuer devant la maison de Jürgen Lenz, à Vienne. L'individu qui avait tenté de les tuer tous les deux, à Paris.

L'homme qui avait tué son frère.

« L'Architecte », fit Anna dans un souffle.

*

Ben frissonna.

Hallucinant, incroyable mais vrai.

« Il était sur le point de vous abattre à bout portant », dit l'inconnu.

Ben examina son interlocuteur, sa peau tannée, ses cils étonnamment longs, sa mâchoire carrée. Il parlait avec un accent vaguement moyen-oriental.

« Et comme son apparence vous avait induits en erreur, il serait parvenu à ses fins. »

Ben se rappela le geste insolite du vieillard, au moment où il avait porté la main à sa veste, l'expression de son visage à ce moment-là. Il avait presque eu l'air de s'excuser.

« Attendez une minute, intervint Anna. Vous êtes "Yossi". De Vienne. L'Israélien de la CIA. Enfin, d'après ce que vous m'aviez dit.

— *Bon sang,* mais qui êtes-vous ? s'écria Ben.

— Mon nom n'a aucune importance, répliqua-t-il.

— Ah ouais, eh bien il en a une pour moi. Qui êtes-vous ?

— Yehuda Malkin. »

Ce nom ne lui disait rien.

« Vous m'avez suivi, dit Ben. J'ai vu votre associé, à Vienne et à Paris.

— Ouais, il a merdé et s'est fait repérer. Il vous a suivis toute la semaine dernière. Moi, je le couvrais. Il vaut mieux que vous le sachiez : c'est votre père qui nous a engagés, Ben. »

Mon père les a engagés. Mais pour quoi faire ?

« Il vous a engagés... ?

— C'est grâce à l'argent de Max Hartman que mes parents ont pu fuir l'Allemagne nazie, il y a plus de cinquante ans. Et l'homme qui a été tué n'était pas seulement mon associé. C'était mon cousin. » Il ferma un instant les yeux. « *Sacré nom de Dieu.* Avi ne devait pas mourir. Ce n'était pas son heure. Sacré nom de Dieu. » Il secoua violemment la tête. Il n'avait pas encore tout à fait réalisé que son cousin était mort et préférait ne pas y penser – ce n'était pas le moment. Il regarda Ben droit dans les yeux et y lut un profond désarroi.

« Mon cousin et moi devions notre vie à votre père. Je suppose qu'il était en cheville avec les nazis, parce qu'il a réussi à sauver quelques autres familles juives allemandes, en même temps que nous. »

L'argent de Max avait servi à racheter des Juifs – il avait payé pour les faire sortir des camps ? Alors quoi ? Sonnenfeld disait vrai.

Anna intervint.

« Où avez-vous été formés ? Pas en Amérique, en tout cas. »

L'homme se tourna vers elle.

« Je suis né en Israël, dans un kibboutz. Mes parents se sont réfugiés en Palestine après avoir fui l'Allemagne.

— Vous apparteniez à l'armée israélienne ?

— J'étais parachutiste. Nous nous sommes installés en Amérique en 68, à la suite de la guerre des Six Jours. Mes parents en avaient assez des combats. Après le lycée, j'ai rejoint l'armée israélienne.

— Et toute cette mise en scène autour de la CIA, à Vienne – à quoi diable cela rimait-il ? demanda Anna.

— Je me suis fait aider par un de mes camarades américains. Nos ordres étaient d'enlever Ben pour le placer hors de danger. De le ramener aux Etats-Unis sous bonne garde. D'assurer sa sécurité.

— Mais comment avez-vous..., commença Anna.

— Ecoutez, nous n'avons pas le temps d'en discuter. Si vous voulez interroger Strasser, il vaut mieux que vous le fassiez avant que les flics ne débarquent.

— Exact, convint Anna.

— Attendez, intervint Ben. Vous dites que mon père vous a engagés. *Quand ?* »

L'homme regarda autour de lui d'un air impatient.

« Il y a une semaine environ. Il nous a appelés, Avi et moi, en nous disant que vous couriez un danger. Que vous étiez en Suisse. Il nous a donné des noms et des adresses, il nous a indiqué les endroits où on risquait de vous trouver. Il voulait que nous fassions l'impossible pour vous protéger. Il disait qu'il ne voulait pas perdre son autre fils. » Il promena rapidement son regard autour de lui.

« A Vienne, vous avez failli vous faire tuer pendant qu'on vous surveillait. La deuxième fois, c'était à Paris. Et vous pouvez dire que vous l'avez échappé belle, ici. »

L'esprit de Ben fourmillait de questions.

« Où mon père est-il allé ?

— Je n'en sais rien. Il a parlé de l'Europe, sans rien préciser. Et c'est un vaste continent. Il a dit qu'il serait coupé du monde pendant plusieurs mois. Il nous a laissé un gros paquet de fric, pour nos frais de voyage. » L'homme sourit d'un air sinistre.

« Bien plus que nécessaire, à dire vrai. »

Pendant ce temps, Anna, penchée sur le corps de Vogler, avait saisi l'arme enfoncée dans le holster en nylon passé à l'épaule du cadavre. Elle dévissa le silencieux, le mit dans sa poche et glissa l'arme dans la ceinture de sa jupe afin de la cacher sous son blazer.

« Mais vous ne nous avez pas suivis *jusqu'ici*, n'est-ce pas ? dit-elle.

— Non, reconnut-il.

— Le nom de Strasser figurait sur la liste que Max Hartman nous avait donnée, avec son adresse et sa fausse identité.

— Il est au courant de ce qui se passe ! s'écria Ben. Il connaît tous les protagonistes. Il s'est dit que je finirais bien par retrouver Strasser.

— En revanche, nous avons réussi à filer Vogler qui, lui, ne se souciait guère d'être suivi. Aussi, dès que nous avons appris qu'il s'envolait pour l'Argentine, comme nous avions l'adresse de Strasser...

— Vous faites le guet devant la maison de Strasser depuis deux jours, dit Anna. En espérant que Ben se montre. »

De nouveau, l'homme jeta un coup œil autour de lui.

« Il ne faut pas rester ici.

— D'accord, mais dites-moi d'abord une chose, poursuivit-elle. Puisque que vous faisiez le guet, vous devez savoir si Strasser a regagné Buenos Aires récemment ?

— Apparemment oui. On aurait dit qu'il rentrait de vacances. Il avait des tas de bagages.

— Des visites depuis son retour ? »

L'homme s'accorda une seconde de réflexion.

« Pas à ma connaissance. Juste une infirmière qui est entrée ici, voilà une demi-heure peut-être...

— Une infirmière ! », s'exclama Anna. Elle regarda le break blanc garé devant la maison. Sur le véhicule étaient inscrits les mots PERMANENCIA EN CASA.

« On y va ! cria-t-elle.

— Oh, zut », s'exclama Ben en courant derrière elle. Anna sonnait déjà à la porte d'entrée.

« Merde, grogna-t-elle.

— Nous arrivons trop tard. » Yehuda Malkin se plaça derrière eux, sur le côté.

Moins d'une minute plus tard, la porte s'ouvrit lentement. Devant eux, se tenait un vieillard ratatiné. Son visage à la peau bronzée et parcheminée n'était qu'un tissu de rides.

Josef Strasser.

« ¿ Quien es éste ? s'enquit-il d'une voix revêche. *Se está metiendo en mis coses – ya llegó la enfermera que me tiene que revisar.*

— Il dit que son infirmière est venue l'examiner. » Anna haussa le ton.

« Non ! Herr Strasser – méfiez-vous de cette infirmière, je vous en conjure ! »

Une forme blanche s'approcha de la porte. Mécontente, elle lança quelques mots rapides à Strasser :

« ¡ *Vamos, Señor Albrecht, vamos para allá, que estoy apurada! ¡ Tengo que ver al próximo paciente todavía !*

— Elle lui dit de se dépêcher, traduisit Anna à l'intention de Ben. Elle a un autre patient à voir. Herr Strasser, cette femme n'est pas une vraie infirmière, je suggère que vous lui demandiez ses papiers ! »

La femme en uniforme blanc attrapa l'épaule du vieil homme et l'attira violemment vers elle.

« ¡ *Ya mismo,* cria-t-elle, *vamos !* »

De sa main libre, elle saisit la porte mais, sans lui laisser le temps de la refermer, Anna s'avança et bloqua le battant avec le genou.

Soudain l'infirmière poussa Strasser sur le côté, porta la main à son uniforme et, dans le même mouvement, sortit une arme.

Mais Anna la prit de vitesse.

« Pas un geste ! »

L'infirmière appuya sur la détente.

Au même moment, Anna se jeta de côté et projeta Ben contre le sol.

A l'instant où Ben roulait sur le flanc, il entendit une détonation suivie d'un grognement bestial.

Il comprit ce qui s'était passé : l'infirmière avait tiré sur Anna, mais cette dernière avait esquivé le tir. En revanche, le garde du corps israélien avait été touché.

Un ovale écarlate apparut sur le front de l'homme. Le sang jaillit de l'arrière de son crâne, par où la balle était ressortie.

Anna fit feu à deux reprises, la fausse infirmière se cambra en arrière avant de s'écrouler.

Soudain, tout se figea l'espace d'un instant. Dans le silence presque absolu, Ben perçut le chant lointain d'un oiseau.

« Ça va, Ben ? », demanda Anna.

Il marmonna : « Oui.

— Oh, doux Jésus », dit-elle en pivotant sur elle-même pour contempler la scène. Puis de nouveau, elle se tourna vers la porte.

Strasser, vêtu d'un peignoir bleu pâle, était accroupi sur le seuil et se protégeait le visage avec les mains sans cesse de geindre.

« Strasser ? répéta-t-elle.

— *Gott im Himmel,* pleurnichait-il. *Gott im Himmel. Sie haben mein Leben gerettet !* » Dieu du ciel. Vous m'avez sauvé la vie.

Des images. Floues, indistinctes, dépourvues de sens. Des lignes troubles comme des coulures grises, se dissolvant dans le néant, pareilles à la fumée dispersée par le vent dans le sillage d'un avion à réaction. Il n'était qu'une conscience, mais une conscience refermée sur elle-même. Il avait si froid. Tellement froid. Sauf au niveau de la poitrine.

Dans cette partie de son corps, se diffusait une étrange chaleur. Chaleur et douleur prenaient leur source au même endroit.

C'était bon. La douleur était bonne.

La douleur était sa vieille amie. L'Architecte savait la maîtriser, la juguler si besoin était. En même temps, elle lui indiquait qu'il était encore vivant.

Le froid, lui, n'était pas bon. Il signifiait qu'il avait perdu beaucoup de sang. Que son organisme s'était placé en état de choc pour juguler l'hémorragie ; son pouls était faible, son cœur avait ralenti ses battements, les vaisseaux irriguant l'extrémité de ses membres s'étaient contractés afin de réduire l'afflux du sang vers les parties non vitales de son corps.

Il dut procéder à une sorte d'inventaire. Il était couché à terre, immobile. Entendait-il ? Pendant un moment, rien ne vint rompre le profond silence qui bourdonnait dans sa tête. Puis, comme si l'on avait établi une connexion, il perçut des voix assourdies, venant sans doute de l'intérieur d'un bâtiment...

De l'intérieur d'une maison.

De quelle maison ?

Il avait dû perdre beaucoup de sang. Au prix d'un immense effort, il se remémora les événements qui s'étaient produits depuis une heure.

Argentine. Buenos Aires.

Strasser.

La maison de Strasser. Il attendait Benjamin Hartman et Anna Navarro et il était tombé sur... *les autres.* Dont un homme équipé d'un fusil à lunette.

Il avait reçu plusieurs balles dans la poitrine. Personne n'avait jamais survécu à cela. Non ! Il repoussa cette pensée. Elle ne servait strictement à rien. Une pensée digne d'un amateur.

On ne lui avait pas tiré dessus. Il se portait bien. Affaibli certes, mais pas pour longtemps. Il n'était pas hors jeu. Les autres le *croyaient* hors jeu. Tant mieux. Il en tirerait avantage. Les images ondulaient dans son esprit mais l'espace d'une seconde, il réussit à les immobiliser. Ces images ressemblaient à des photos collées sur un passeport. Ses trois cibles. Dans l'ordre : Benjamin Hartman ; Anna Navarro ; Josef Strasser.

Ses pensées s'écoulaient, opaques, visqueuses comme une vieille huile de moteur, mais... oui, son esprit fonctionnait. Ce n'était qu'une question de concentration : il lui suffisait de *transférer* mentalement ses blessures dans un autre corps – de concevoir très vite un *doppelgänger*, un double ensanglanté, choqué, qui certes lui ressemblait mais *qui n'était pas lui*. Lui, il allait bien. Dès qu'il aurait rassemblé ses forces, il serait capable de bouger, de marcher la tête haute. De tuer. La puissance de sa volonté lui avait toujours permis de triompher de l'adversité. Il en serait ainsi cette fois encore.

Si quelqu'un avait eu l'idée d'observer le corps de Hans Vogler, il n'aurait pu soupçonner le combat qui se livrait sous son crâne. Il aurait juste remarqué un imperceptible frémissement de paupières. Désormais, chacun de ses mouvements serait pensé, calculé à l'avance, de même qu'un homme perdu dans le désert économise l'eau de sa gourde. Il ne ferait aucun geste inutile.

L'Architecte était une machine à tuer. Il ne vivait que pour ça. Dans ce domaine, il était le meilleur. C'était comme une vocation singulière. Et à présent, il allait tuer juste pour prouver qu'il était encore vivant.

« Qui êtes-vous ? », demanda Strasser d'une voix cassée.

Ben regardait les quatre cadavres gisant autour de lui. La fausse infirmière dans son uniforme blanc imbibé de sang, l'assassin qui avait failli les tuer tous les deux, les mystérieux gardes du corps engagés par son père et qui reposaient sur les carreaux d'argile rouge du patio.

« Herr Strasser, commença Anna, la police sera là dans un instant. Nous disposons de peu de temps. »

Ben comprit ce qu'elle voulait dire : la police argentine n'était pas fiable ; mieux valait disparaître avant qu'elle n'arrive.

Il leur restait très peu de temps pour faire parler le vieil Allemand.

Le visage de Strasser était creusé de rides profondes, comme gravé d'innombrables lignes entrecroisées. Ses lèvres violacées s'abaissèrent en une grimace ; tout aussi ridées que son visage, elles ressemblaient à des pruneaux écrasés. De part et d'autre de son nez crevassé, creusé de larges narines, ses yeux sombres semblaient enfoncés dans leurs orbites comme des raisins secs dans une boule de pâte.

« Je ne suis pas Strasser, protesta-t-il. Vous vous trompez.

— Nous connaissons à la fois votre vrai nom et votre pseudonyme, l'interrompit Anna à bout de patience. Maintenant dites-moi : l'infirmière, vous l'aviez déjà vue ?

— Non. Mon infirmière habituelle est malade. Je fais de l'anémie et j'ai besoin de mes piqûres.

— Où étiez-vous ces deux derniers mois ? »

Strasser passa d'un pied sur l'autre.

« Il faut que je m'asseye », fit-il, le souffle court. Il traversa le hall d'entrée à pas lents.

Ils le suivirent dans une grande pièce lourdement décorée et tapissée de livres. C'était une bibliothèque, un atrium à un étage avec des murs et des étagères en acajou poli.

« Vous vivez reclus, dit Anna. Parce que vous êtes un criminel de guerre.

— Je ne suis *pas* un criminel de guerre ! siffla Strasser. Je suis innocent comme l'agneau qui vient de naître. »

Anna sourit.

« Si vous n'êtes pas un criminel de guerre, répliqua-t-elle, alors pourquoi vous cachez-vous ? »

Il resta interdit mais rétorqua bientôt :

« Dans ce pays, c'est devenu une mode d'expulser les anciens nazis. Bon d'accord, j'ai été membre du Parti National Socialiste. L'Argentine signe des accords avec Israël, l'Allemagne et l'Amérique – elle veut changer d'image. Maintenant, tout ce qui leur importe c'est de se faire bien voir par les Américains. Ils seraient capables de m'expulser rien que pour faire sourire le président des Etats-Unis. Et vous savez, ici à Buenos Aires, les chasseurs de nazis ont pignon sur rue ! Certains journalistes passent tout leur temps à cela, c'est leur gagne-pain ! Mais je n'ai jamais été un fidèle d'Hitler. Hitler était un fou qui courait à sa perte – on s'en est aperçu dès le début de la guerre. Il nous aurait tous entraînés dans sa chute. Je n'étais pas le seul à penser que d'autres dispositions devaient être prises. Nous avons songé à le tuer avant qu'il ne compromette encore plus notre capacité industrielle. Et nos prévisions se sont révélées exactes. A la fin de la guerre, l'Amérique possédait les trois quarts des capitaux mondiaux et les deux tiers de la capacité industrielle mondiale. » Il observa une pause et sourit.

« Ce type n'entendait rien aux affaires.

— Si vous vous êtes retourné contre Hitler, pourquoi êtes-vous sous la protection du *Kamaradenwerk* ? demanda Ben.

— Une bande de gangsters illettrés, fit Strasser, méprisant. Ils ne connaissent rien à l'histoire. Ils sont aussi ignorants que les justiciers qu'ils cherchent à combattre.

— Pourquoi avez-vous quitté la ville ? l'interrompit Anna.

— J'ai passé quelque temps en Patagonie, dans une *estancia* appartenant à la famille de mon épouse. La famille de feue mon épouse. Au pied des Andes, dans la province du Rio Negro. Un ranch avec des vaches et des moutons, mais très luxueux.

— Vous y rendez-vous régulièrement ?

— C'est la première fois que j'y vais. Mon épouse est morte l'année dernière et... Pourquoi me demandez-vous cela ?

— C'est pour cela qu'ils n'ont pas pu vous tuer, précisa Anna.

— Me tuer... Mais *qui* veut me tuer ? »

Ben posa sur Anna un regard qui l'enjoignait à poursuivre.

Elle répliqua : « La compagnie.

— La compagnie ?

— Sigma. »

Ben savait qu'elle bluffait, mais elle le faisait avec une grande conviction. Les paroles de Chardin repassèrent d'elles-mêmes dans son esprit. *On connaissait d'avance la réaction de l'Occident et de la plupart des autres nations. Ils avaleraient sans sourciller les histoires bidon qu'on leur servirait.*

Strasser se mit à ruminer.

« La nouvelle direction. Oui, je vois. Ah, oui. » Ses petits yeux noirs brillaient.

« Quelle est cette "nouvelle direction" ? insista Ben.

— Oui, bien sûr, poursuivit Strasser en ignorant son intervention. Ils croient que je sais des choses.

— *Qui cela ?* », hurla Ben.

Strasser le contempla d'un air ahuri.

« Je les ai aidés à tout mettre en place. Alford Kittredge, Siebert, Aldridge, Holleran, Conover – toutes les têtes couronnées de ces empires financiers. Ils me méprisaient mais ils avaient quand même besoin de moi. De mes relations au sein du gouvernement allemand. Leurs projets n'avaient de chance d'aboutir qu'en s'étendant à l'échelle internationale. Je bénéficiais de la confiance des plus hauts personnages de l'Etat. Ce que j'avais fait pour eux me plaçait définitivement au-dessus du commun des mortels. C'était pour eux que j'avais accompli cet ultime sacrifice, et ils le savaient. J'étais un intermédiaire idéal, puisque toutes les parties liées à l'affaire avaient confiance en moi. Et à présent cette confiance a été trahie, tout n'était que faux-semblants. Je comprends clairement qu'ils m'utilisaient à leurs propres fins.

— Vous parliez des nouveaux dirigeants, Jürgen Lenz en fait-il partie ? demanda Anna avec insistance.

— Le fils de Lenz ? Je n'ai jamais rencontré ce Jürgen Lenz. Je ne savais pas que Lenz avait un fils, mais nous n'étions pas intimes.

— Pourtant vous étiez des savants, tous les deux, dit Ben. En fait, c'est vous qui avez inventé le Zyklon-B, n'est-ce pas ?

— Je faisais partie de l'*équipe* qui a inventé le Zyklon-B », rectifia-t-il. Il tira sur son peignoir bleu et le resserra autour de son cou.

« Maintenant tous les apologistes me reprochent mon rôle dans cette histoire, mais ils oublient combien ce gaz était élégant.

— Elégant ? », répéta Ben. Un instant, il crut avoir mal entendu. *Elégant.* Cet homme était immonde.

« Avant le Zyklon-B, les soldats étaient obligés de tirer sur les prisonniers, dit Strasser. Une horrible boucherie. Le gaz était si propre, si simple, si élégant. Vous savez, en gazant les Juifs, nous leur avons épargné bien des souffrances. »

Ben fit écho : « *Epargné bien des souffrances.* » Il avait la nausée.

« Oui ! Il y avait tant de maladies mortelles dans ces camps ! Ils auraient souffert beaucoup plus, et beaucoup plus longtemps. En les gazant, nous avons appliqué l'option humanitaire. »

Humanitaire. *Je suis en train de contempler le visage du démon,* pensa Ben. *Un vieillard en peignoir prononçant des paroles charitables.*

« Charmant, dit Ben.

— Voilà pourquoi nous l'avons appelé "traitement spécial".

— L'euphémisme que vous employiez pour éviter de prononcer le mot extermination.

— Si vous voulez. » Il haussa les épaules. « Mais vous savez, je ne triais pas les gens qu'on envoyait à la chambre à gaz, comme le faisaient le Dr Mengele ou le Dr Lenz. On appelait Mengele l'Ange de la Mort mais en fait, c'était plutôt Lenz le véritable Ange de la Mort.

— Mais pas vous, bien sûr, répliqua Ben. Vous, vous étiez un homme de science. »

Strasser saisit le sarcasme.

« Que savez-vous de la science ? cracha-t-il. Etes-vous scientifique ? Avez-vous la moindre *idée* de la supériorité de nos hommes de science ? Nous avions des années d'avance sur le reste du monde. En avez-vous la moindre *idée* ? » Il parlait d'une voix aiguë et chevrotante. De la salive s'agglutinait aux commissures de ses lèvres.

« On critique les recherches de Mengele sur les jumeaux et pourtant ses découvertes sont encore citées par les plus grands généticiens mondiaux ! Les expériences qui ont été menées à Dachau sur la congélation des êtres humains – on en utilise encore les résultats ! Les découvertes qui ont été faites à Ravensbrück sur l'influence du stress sur le cycle menstruel – quand les femmes apprennent qu'elles vont être exécutées – ont constitué un énorme bond en avant ! Pareil pour les expériences sur le vieillissement menées par le Dr Lenz. Pareil pour les études sur la famine, avec les prisonniers de guerre soviétiques, pareil pour les greffes de membres – je pourrais continuer comme ça pendant des heures. Il paraît qu'il ne faut pas parler de ces choses-là, mais n'oubliez pas que vous avez tout récupéré pour vos propres recherches. Vous préférez ignorer la façon dont nous avons obtenu ces résultats, mais vous ne comprenez pas que si nous étions tellement en avance, c'est justement parce que nous disposions de cobayes humains ! »

Le visage ridé de Strasser avait perdu ses dernières couleurs. A présent, il était pâle comme la cire. Il s'essoufflait toujours plus.

« Nos recherches vous dégoûtent, vous les Américains, mais vous n'hésitez pas à utiliser pour vos greffes du tissu fœtal venant des avortements ! C'est acceptable ça ? »

Anna faisait les cent pas.

« Ben, ne discutez pas avec ce monstre. »

Strasser n'avait pas l'intention de s'en tenir là.

« Bien sûr, il y a eu des tas d'idées tordues. Transformer des filles en garçons ou l'inverse. » Il gloussa. « Ou créer des siamois en reliant les organes vitaux des jumeaux. Un échec total, nous avons perdu beaucoup de jumeaux dans cette histoire...

— Et après la création de Sigma, avez-vous gardé des contacts avec Lenz ? », le coupa Anna.

Strasser se tourna vers elle, visiblement troublé par cette interruption.

« Certainement. Lenz avait toute confiance en mes compétences et en mes relations.

— Ce qui veut dire ? », s'enquit Ben.

Le vieillard haussa les épaules.

« Il prétendait mener des recherches – dans le domaine *moléculaire* – susceptibles de changer la face du monde.

— Vous a-t-il expliqué en quoi consistaient ces recherches ?

— Non, pas à moi. Lenz était un homme secret, peu disert. Mais je me rappelle qu'il a dit une fois, "Jamais vous ne devinerez sur quoi je travaille". Il m'a demandé de lui procurer des microscopes électroniques particulièrement sophistiqués, très difficiles à trouver à l'époque. On venait de les inventer. Il voulait aussi que je lui fournisse toutes sortes de produits chimiques dont la plupart étaient sous le coup d'un embargo. C'était la guerre. Il voulait que tout soit mis en caisse et envoyé dans une clinique privée aménagée dans un ancien *Schloss*, un château, qu'il avait réquisitionné durant l'invasion de l'Autriche.

— Où cela en Autriche ? demanda Anna.

— Dans les Alpes autrichiennes.

— Où cela dans les Alpes ? Le nom de la ville ou du village. Vous en souvenez-vous ? insista Anna.

— Comment puis-je m'en souvenir, après toutes ces années ? Il ne me l'a peut-être jamais dit. Je me rappelle seulement que Lenz appelait cet endroit "L'Horlogerie", peut-être parce qu'on y avait autrefois fabriqué des montres. »

Lenz menait ses propres recherches.

« Un laboratoire, alors ? Pour quoi faire ? »

Les lèvres de Strasser s'abaissèrent. Il poussa un soupir de réprobation.

« Pour continuer ses recherches.

— Quelles recherches ? », demanda Ben.

Strasser se tut, comme s'il s'abîmait dans ses pensées.

« Allons ! fit Anna. *Quelles* recherches ?

— Je n'en sais rien. De nombreux programmes de la plus haute importance ont été initiés sous le Reich. C'était Gerhard Lenz qui s'en occupait. »

Gerhard Lenz : qu'avait dit Sonnenfeld au sujet des expériences atroces menées dans les camps ? Des expériences sur l'être humain... mais quoi ?

« Et vous ne connaissez pas la nature de ces travaux ?

— Pas aujourd'hui. La science et la politique, c'était du pareil au même pour ces gens-là. Dès le départ, Sigma a entrepris de subventionner certains groupements politiques et d'en subvertir d'autres. Les hommes dont nous parlons, ne nous ont pas attendus pour exercer une influence phénoménale sur le reste du monde. Mais grâce à Sigma, ils ont compris l'intérêt de l'union. Le tout est toujours plus fort que la somme des parties. Tous ensemble, ils ont étendu leur pouvoir et se sont mis à orchestrer l'essentiel des affaires de la planète. Mais, vous savez, Sigma était une entité vivante. Et comme toutes les choses vivantes, elle a évolué.

— Oui, dit Anna. Grâce à des fonds fournis par les plus grandes corporations mondiales, auxquels s'est ajouté l'argent dérobé à la *Reichsbank*. Nous connaissons les membres fondateurs. Vous êtes le dernier vivant. Mais qui sont vos successeurs ? »

Strasser regarda vaguement à travers le couloir.

« Qui est aux commandes *aujourd'hui* ? Donnez-nous des *noms* ! hurla Ben.

— Je ne sais pas ! coassa Strasser. Ils nous envoient régulièrement de l'argent pour qu'on se tienne tranquille. Mes semblables et moi n'étions que des larbins. Ils ont fini par nous exclure des cercles internes où se prenaient les vraies décisions. Nous devrions être milliardaires à l'heure qu'il est. Certes, nous avons touché des millions, mais ce n'était que des miettes, les reliefs du festin. » Les lèvres de Strasser s'ourlèrent d'un sourire répugnant. « Ils m'ont laissé les reliefs du festin, et maintenant ils veulent se débarrasser de moi. Ils veulent me tuer parce qu'ils en ont assez de me donner de l'argent. Ce sont des rapaces et ils ont honte. Après tout ce que j'ai fait pour eux, ils me considèrent comme une gêne. Un danger. Parce qu'ils estiment que j'en sais encore trop. Et pourtant, bien des portes m'ont été fermées depuis des années. Voilà comment ils me récompensent de leur avoir permis de devenir ce qu'ils sont. Ils me *méprisent* ! » La rage qui montait en lui – un sentiment d'injustice contenu depuis de nombreuses années – rendait ses paroles coupantes comme du métal.

« Ils me traitent comme un parent pauvre, une brebis galeuse, un déchet puant. Tous ces rupins se sont donné rendez-vous pour un bal masqué, un soi-disant forum, et leur plus grande crainte c'est que je gâche leur réception, comme un putois lâché au milieu d'une garden-party. Je sais où ils se réunissent. Je ne suis pas aussi stupide qu'ils le croient. Même s'ils me l'avaient *demandé*, je ne les aurais pas rejoints en Autriche. »

En Autriche.

« De quoi parlez-vous ? demanda Ben. Où se réunissent-ils ? Dites-moi. »

Strasser lui lança un regard où se mêlaient la fatigue et la méfiance. On devinait facilement qu'il s'en tiendrait là.

« Bon Dieu, répondez-moi !

— Vous êtes tous les mêmes, cracha Strasser. A mon âge, un homme mérite qu'on lui témoigne un minimum de respect ! Je n'ai rien à ajouter. »

Anna dressa l'oreille.

« J'entends des sirènes. C'est bien cela, Ben. Il faut partir. »

Ben se dressa devant Strasser.

« Herr Strasser, savez-vous qui je suis ?

— Qui vous êtes... ? bredouilla Strasser.

— Mon père s'appelle Max Hartman. Je suis sûr que ce nom vous est familier. »

Strasser plissa les yeux.

« Max Hartman... le Juif, notre trésorier... ?

— En effet. Et il était également officier SS, à ce qu'il paraît. » *Pourtant Sonnenfeld avait dit qu'il s'agissait sans doute d'une couverture, d'une ruse.* Son cœur se mit à cogner dans sa poitrine. Il redoutait d'entendre Strasser lui confirmer l'affreux passé de Max.

Strasser se mit à rire en découvrant ses dents gâtées.

« SS ! s'esclaffa-t-il. Il n'était pas SS pour un sou. Nous lui avons donné de faux papiers militaires pour qu'ODESSA le fasse passer d'Allemagne en Suisse sans éveiller les soupçons. Ça faisait partie du marché. »

Le sang bourdonnait dans les oreilles de Ben. Une vague de soulagement monta en lui, tout son corps se détendit.

« Bormann l'avait choisi pour la délégation allemande, poursuivit Strasser. Pas seulement parce qu'il savait manier l'argent, mais aussi parce que nous avions besoin... d'un prête-nom...

— Un homme de paille.

— Oui. En Amérique et ailleurs, les industriels n'appréciaient guère l'action des nazis. Nous avions besoin d'un représentant de la communauté juive pour obtenir une certaine légitimité – montrer que nous n'étions pas de méchants Allemands, des fanatiques, des disciples d'Hitler. En échange, votre père a eu ce qu'il voulait – il a sauvé des camps sa famille et pas mal d'autres gens et par-dessus le marché, il a touché quarante millions de francs suisses – presque un million de dollars américains. Une somme considérable. » Son visage se fendit en un horrible sourire.

« Maintenant il se fait appeler "le gueux milliardaire". Un gueux avec un million de dollars ! A d'autres !

— Ben ! », hurla Anna. Elle se dépêcha de sortir le portefeuille de cuir contenant ses accréditations.

« Maintenant, voulez-vous savoir qui je suis, Herr Strasser ? Je fais partie du Bureau des missions spéciales du ministère de la Justice américain. Je suis sûre que vous savez ce que c'est.

— Oh oh, fit Strasser. Eh bien, je suis navré de vous décevoir, mais je suis citoyen argentin et je ne reconnais pas votre autorité. »

Les sirènes se firent plus fortes. Elles n'étaient plus qu'à quelques centaines de mètres.

Anna se retourna vers lui.

« Nous verrons donc si le gouvernement argentin est vraiment sérieux quand il promet d'extrader les criminels de guerre. On sort par-derrière, Ben. »

La fureur se lisait sur le visage de Strasser.

« Hartman, dit-il d'une voix rauque.

— Venez, Ben ! »

D'un geste du doigt, Strasser attira Ben près de lui puis il se mit à murmurer d'une voix si ténue que Ben dut s'agenouiller pour entendre.

« Hartman, savez-vous que votre père était un faible ? dit Strasser. Il n'avait rien dans le ventre. C'est un lâche et un escroc qui veut se faire passer pour une victime. » Les lèvres de Strasser remuaient à quelques centimètres de l'oreille de Ben. Il psalmodiait : « Et vous, vous êtes le fils d'un escroc, rien de plus. Rien de plus, croyez-moi. »

Ben ferma les yeux. Il ne laisserait pas exploser sa colère.

Le fils d'un escroc.

Etait-ce la vérité ? Strasser avait-il raison ?

Strasser semblait satisfait de l'effet que ses paroles venaient de produire sur Ben.

« Oh, vous avez envie de me loger une balle dans le corps, n'est-ce pas, Hartman ? dit Strasser. Et pourtant vous ne le faites pas. Parce que vous êtes un lâche, comme votre père. »

Ben vit Anna s'engager dans le couloir.

« Non, dit-il. Je préfère de beaucoup qu'on vous enferme dans une cellule infecte, à Jérusalem, et que vous y passiez le temps qu'il vous reste à vivre. Je souhaite que vos derniers jours soient un véritable enfer. Vous tuer c'est gaspiller une balle. »

A la suite d'Anna, il parcourut très vite le corridor donnant sur l'arrière de la maison. Les voitures de police approchaient.

Rampe au lieu de marcher. L'Architecte savait que s'il se levait, son organisme aurait du mal à maintenir la pression orthostatique du sang dans la tête. Or il n'avait pas besoin de se lever. Il était encore capable de prendre des décisions rationnelles et cela le rassura autant que la présence du Glock enfoncé dans le holster passé à sa cheville.

La porte d'entrée était ouverte, le hall désert. Il rampa, comme on le fait souvent dans l'infanterie, sans se préoccuper de la large traînée de sang qu'il laissait derrière lui, sur le bois clair du parquet. Chaque mètre parcouru lui faisait l'effet d'un kilomètre, mais il n'abandonnerait pas.

Tu es le meilleur. Il avait dix-sept ans quand l'instructeur avait prononcé ces paroles devant tout le bataillon. *Vous êtes le meilleur.* Il en avait vingt-trois quand son officier de commandement à la Stasi avait écrit ces mots dans un rapport officiel qu'il avait montré au jeune Hans avant de le transmettre à son supérieur. *Vous êtes le meilleur.* C'était ce qu'avait dit le chef du grand conseil de la Stasi : Trevor revenait d'une "partie de chasse" à Berlin-Ouest au cours de laquelle il avait liquidé quatre physiciens de l'Université de Leipzig – membres d'une équipe de recherche de renommée internationale – qui s'étaient enfuis la veille. *Vous êtes le meilleur,* s'était exclamé l'un des plus hauts dirigeants de Sigma, un Américain aux cheveux blancs portant des lunettes à monture couleur chair. Trevor venait d'assassiner un célèbre homme politique de gauche italien et avait poussé le perfectionnisme jusqu'à organiser une mise en scène. Posté à la fenêtre de l'immeuble d'en face, il avait tiré sur sa victime alors qu'elle se donnait du bon temps avec une prostituée somalienne de quinze ans. Ces paroles, il les entendait encore. Parce qu'elles étaient vraies.

Et parce qu'elles étaient vraies, il n'abandonnerait pas. Il ne céderait pas à ce besoin presque irrépressible de se rendre, de dormir, de s'arrêter.

Avec des gestes précis comme ceux d'un robot, il déplaça ses mains, ses genoux, et se mit à progresser le long du couloir.

Il finit par se retrouver dans une vaste pièce, haute de plafond et tapissée de livres. Ses yeux de lézard entrèrent en action. Sa première cible n'était pas là. Dommage mais prévisible.

Faute de mieux, il restait Strasser, cette larve pleurnicharde, ce traître qui méritait la mort tout autant que les autres.

De combien de minutes de conscience l'Architecte disposait-il encore ? Il observa Strasser d'un regard avide, comme si lui ôter la vie pouvait contribuer à ranimer la sienne.

En tremblant, il se redressa et s'accroupit dans la position du tireur d'élite. Des spasmes musculaires raidissaient son corps mais ses bras restaient souples. Le petit Glock était aussi lourd qu'un canon et pourtant il réussit à le lever et à le maintenir dans la ligne de visée.

A cet instant, Strasser, peut-être alerté par l'odeur âcre du sang, s'aperçut enfin de sa présence.

L'Architecte vit les petits yeux noirs de sa victime s'agrandir de surprise, puis se fermer. Pour lui, appuyer sur la détente équivalait à soulever un bureau d'un seul doigt, mais il le ferait. *Et il le fit.*

Le fit-il vraiment ?

Il n'entendit pas la détonation. Aurait-il manqué à sa mission ? Puis il comprit que ses sens commençaient à faiblir.

L'obscurité emplissait rapidement la pièce : manquant d'oxygène, les cellules de son cerveau mouraient peu à peu – les fonctions auditives et optiques étaient les premières à s'éteindre, mais il perdrait bientôt jusqu'à la notion même de sa propre fin.

Avant de fermer les yeux, il voulait voir Strasser s'écrouler sur le sol. Et lorsque, enfin, il laissa retomber ses paupières, ce qui lui restait de conscience lui murmura que ses yeux ne se rouvriraient jamais plus ; et tout s'effaça.

De retour dans leur chambre d'hôtel, Ben et Anna passèrent en revue une pile de journaux qu'ils avaient achetés dans un kiosque sur la route. Chardin avait parlé d'un grand événement sur le point de se produire. Et le « bal masqué » organisé en Autriche auquel Strasser avait fait allusion leur rappelait une nouvelle qu'ils avaient lue récemment dans la presse : mais qu'était-ce exactement ?

La réponse était à portée de main.

Ce fut Anna qui tomba dessus. Dans *El Pais*, le plus grand quotidien espagnol, on annonçait brièvement la prochaine ouverture du Forum international pour la santé infantile – où des leaders mondiaux seraient amenés à débattre de questions urgentes d'intérêt mutuel et tout spécialement des problèmes concernant les pays en voie de développement. Mais cette fois-ci, son regard fut attiré par le nom de la ville où se tenait la conférence : Vienne, en Autriche.

Elle lut pour elle-même. Etait indiquée la liste des sponsors – parmi lesquels la Fondation Lenz. Puis elle traduisit l'article pour Ben.

Un frisson lui parcourut l'échine.

« Mon Dieu, dit-il. On y est ! C'est sûrement cela. Chardin disait que c'était une question de *jours*. Il voulait sans doute évoquer l'ouverture de cette conférence. Relisez la liste des sponsors. »

Anna s'exécuta.

Ben se mit à passer des coups de téléphone. Il appela des responsables de fondations, qui furent enchantés d'avoir des nouvelles de l'un de leurs donateurs. Ce rôle lui était familier. Ben s'y glissa facilement et s'adressa à ses interlocuteurs d'une voix franche et cordiale. Pourtant, les renseignements qu'il obtint étaient rien moins que déconcertants.

« Ils sont géniaux les gens de la Fondation Lenz », lui dit Geoffrey Baskin, le directeur des programmes de la Fondation Robinson, avec son accent suave de la Nouvelle-Orléans.

« Ils ont tout fait, mais sans se mettre en avant. Ils ont réglé tous les détails et en plus ils ont payé la note, presque entièrement – et c'est nous qui récoltons les lauriers, alors que nous ne les méritons pas. Mais je présume qu'ils souhaitaient donner à l'affaire une envergure internationale. Je le répète, ils sont vraiment altruistes.

— Ça fait plaisir à entendre », dit Ben. Malgré le sentiment d'effroi qui s'emparait de lui, il conservait un ton parfaitement calme. « Il se peut que nous montions un projet avec eux. Voilà pourquoi je voulais avoir votre opinion à leur sujet. Vraiment, ça fait plaisir à entendre. »

Des dignitaires et des dirigeants du monde entier allaient se réunir à Vienne, sous les auspices de la Fondation Lenz...

Il fallait absolument qu'ils se rendent à Vienne.

S'il y avait une ville au monde où ils devaient éviter de se montrer, c'était bien Vienne. Mais hélas, ils n'avaient pas le choix.

Tout en discutant, ils arpentaient la chambre de long en large. Ils prendraient leurs précautions – c'était devenu leur seconde nature : les déguisements, les faux papiers, les vols séparés.

Il leur semblait que les risques s'étaient accrus.

« Si nous ne pourchassons pas une chimère, nous devons nous attendre à ce que chaque vol commercial pour Vienne soit passé au peigne fin, dit Anna. Ils vont décréter l'état d'alerte maximum. »

Ben sentit poindre une idée.

« Répétez ce que vous venez de dire !

— Ils vont décréter l'état d'alerte maximum. Le passage de la frontière ne sera pas du gâteau.

— Avant cela.

— J'ai dit que nous devions nous attendre à ce que chaque vol commercial pour Vienne...

— C'est *cela*, s'exclama Ben.

— Quoi cela ?

— Anna, je vais prendre un risque. Mais un risque bien moindre que ceux que nous aurions à affronter autrement.

— J'écoute.

— Je vais téléphoner à Fred McCallan. Le drôle de vieux bonhomme que j'étais censé retrouver à Saint-Moritz.

— Vous étiez censé retrouver un "drôle de vieux bonhomme" à Saint-Moritz ? »

Ben rougit.

« Eh bien, à vrai dire, il voulait que je fasse la connaissance de sa petite-fille.

— Continuez.

— Pour l'heure, ce qui nous intéresse c'est son *jet* privé. Un Gulfstream. Je l'ai déjà pris. Entièrement rouge. Sièges rouges, moquette rouge, téléviseur rouge. Fred n'a pas encore quitté le Carlton de Saint-Moritz, et il est probable que l'avion se trouve sur le petit aérodrome de Chur.

— Si je comprends bien, vous allez l'appeler pour lui demander les clés. Comme on emprunte un break à un copain pour faire les courses au supermarché. C'est cela ?

— Eh bien... »

Anna secoua la tête.

« C'est bien ce qu'on dit – les riches ne fonctionnent pas comme vous et moi. » Elle lui décocha un regard. « Enfin je veux dire, surtout moi.

— Anna...

— J'ai une sacrée trouille, Ben. Ecoutez, ce type je ne le connais ni d'Eve ni d'Adam. Si vous estimez pouvoir lui faire confiance – si vous le sentez tout au fond de vous-même – alors c'est bon pour moi.

— Vous avez raison, ils vont surveiller les vols *commerciaux*... »

Anna hocha la tête.

« Tant qu'ils ne viennent pas de pays louches comme la Colombie, les vols privés passent sans trop de problèmes. Si le pilote de ce type peut faire voler le Gulfstream jusqu'à Bruxelles, disons...

— D'abord, nous allons directement à Bruxelles, en espérant que nous pouvons encore utiliser les papiers d'identité qu'Oscar nous a obtenus. Ensuite on monte dans le jet privé de Fred et on s'envole pour Vienne. C'est comme ça que voyagent les gros bonnets de Sigma. Personne ne s'attendra à découvrir deux fugitifs à bord d'un Gulfstream.

— OK, Ben, dit Anna. C'est ce que j'appelle un bon début. »

Ben composa le numéro de l'hôtel Carlton et attendit une minute que le standard effectue la connexion.

Nullement amoindrie par la distance, la voix de Fred McCallan surgit du combiné comme un coup de tonnerre.

« Bon Dieu, Benjamin, avez-vous idée de l'heure ? Peu importe, je suppose que vous appelez pour me présenter vos excuses. Bien que je ne sois pas le plus offensé dans cette histoire. Louise a été horriblement déçue. *Horriblement*. Vous avez *tant* de choses en commun, tous les deux.

— Je comprends, Fred, et je...

— Mais, à vrai dire, je suis content que vous vous décidiez à appeler. Vous rendez-vous compte qu'on raconte sur vous des choses absolument *ridicules* ? L'autre jour, au téléphone, un type m'en a appris de belles. Ils prétendent que...

— Il faut me croire, Fred, l'interrompit Ben, tout cela n'est qu'un tissu de mensonges – je veux dire, tout ce qu'ils veulent me mettre sur le dos, vous devez me croire quand je dis que...

— Et je lui ai ri au nez ! s'écria Fred qui avait continué à parler en même temps que Ben. Je lui ai dit, je ne sais pas ce qu'on vous apprend dans vos terrifiants internats à l'anglaise, mais moi qui ai fait mes classes à Deerfield, je peux vous dire que vous vous fourrez le doigt dans l'œil quand...

— J'apprécie votre confiance, Fred. Seulement...

— Première tête de série au tennis, je lui ai dit. Vous l'étiez, n'est-ce pas ?

— Eh bien, en fait...

— L'athlétisme ? J'ai moi-même pratiqué l'athlétisme – je ne vous ai jamais montré mes trophées ? Louise trouve ridicule que je m'en vante encore, cinquante ans après, et elle a raison. Mais je suis *incorrigible*.

— Fred, j'ai une très très grande faveur à vous demander.

— Ce que vous voudrez, Benny ! Vous faites pratiquement partie de la famille, vous le savez. Et un jour, il se peut bien que vous en fassiez vraiment partie. Allez-y, n'ayez pas peur. »

Comme disait Anna, c'était un bon début, rien de plus. Mais ils n'avaient pas le temps de concevoir un plan plus élaboré. Une seule chose comptait : ils devaient regagner Vienne aussi vite que possible. Avant qu'il ne soit trop tard.

A moins que, comme Chardin l'avait laissé entendre, il ne soit déjà trop tard.

CHAPITRE 39

L 'HÔTEL était situé dans le septième district de Vienne. Ils l'avaient choisi parce qu'il ressemblait à n'importe quel hôtel pour touristes. Y logeaient essentiellement des Allemands et des Autrichiens. Ben avait passé son uniforme et endossé l'identité de David Paine. Il arriva à Bruxelles plusieurs heures avant Anna qui, elle, circulait sous son pseudonyme indien, Gayari Chandragupta. Elle avait pris un vol différent, avec une correspondance à Amsterdam. Le pilote de McCallan, un Irlandais sympathique nommé Harry Hogan, ouvrit de grands yeux quand il vit ses deux passagers ainsi accoutrés. Sa perplexité grandit encore lorsqu'ils refusèrent de lui dire où ils comptaient se rendre. Mais les instructions de son patron étaient très strictes : il devrait se soumettre à toutes les volontés de Ben. Et sans poser de questions.

Comparé au luxe du Gulfstream et à la chaleureuse compagnie de Harry Hogan, l'hôtel paraissait morne et déprimant. D'autant plus qu'Anna n'était pas encore arrivée. Estimant que faire ensemble le chemin depuis l'aérodrome comportait certains risques, ils étaient convenus de rejoindre l'hôtel chacun de son côté, en empruntant deux itinéraires différents.

Seul dans cette chambre, Ben se sentait comme un lion en cage. Il était midi mais le temps était infect ; la pluie qui tambourinait contre les vitres des petites fenêtres ne faisait qu'accroître sa mélancolie.

Il songeait à la vie qu'avait menée Chardin, aux incroyables manipulations qu'avait subies l'Occident de la part de cette poignée de grands patrons. Et il pensait à son père. Une victime ? Un bourreau ? Les deux ?

Max avait envoyé des gens pour le protéger – des gardes du corps, des *baby-sitters* ! Dans un sens, ce geste lui ressemblait fort : puisque Ben ne pouvait pas s'empêcher de fourrer son nez dans les vieux secrets, alors Max s'arrangeait pour le surveiller, à sa façon. C'était énervant et touchant à la fois.

Quand Anna arriva – ils s'étaient incrits en tant que Mr. et Mrs. David

Paine – il la serra dans ses bras. Leurs visages se touchèrent et son anxiété se calma un peu.

Ils ressentirent le besoin de laver la saleté de ce long voyage. Anna passa un long moment sous la douche et lorsqu'elle sortit de la salle de bains, elle avait passé un peignoir et coiffé en arrière ses cheveux sombres. Des gouttes d'eau luisaient sur sa peau.

Elle alla prendre ses vêtements dans sa valise et, tandis qu'elle l'ouvrait, Ben lui dit : « Je ne veux pas que vous y alliez seule. »

Elle ne leva pas les yeux.

« Vraiment ?

— Anna, lança-t-il exaspéré, nous ne savons même pas qui est Jürgen Lenz. »

Un chemisier dans une main, une jupe bleu marine dans l'autre, elle se tourna vers lui. Ses yeux étincelaient.

« Au point où nous en sommes, cela n'a pas d'importance. Je *dois* lui parler.

— Ecoutez, il y a tout lieu de penser que ce monsieur est impliqué dans le meurtre de huit vieillards. Dans celui de mon frère, aussi. Et on peut supposer qu'il est devenu le fer de lance d'une conspiration tentaculaire, si nous en croyons Chardin. Lenz me connaît et maintenant, il sait d'où je viens et sans doute que je voyage avec vous. Ce qui suppose qu'il possède certainement une photo de vous. En allant le voir, vous vous jetez dans la gueule du loup.

— Je ne dirai pas le contraire, Ben. Mais la sécurité est un luxe que nous ne pouvons nous offrir. De toute façon, nous sommes en danger. Même si nous ne faisons rien. En plus, il ne peut se permettre de m'éliminer comme ça. Si jamais je disparais juste après l'avoir interrogé sur cette série de meurtres, les soupçons retomberont aussitôt sur lui – et je doute fort qu'il coure après ce genre de publicité.

— Qu'est-ce qui vous fait penser qu'il acceptera de vous rencontrer ? »

Elle posa ses vêtements au bord du lit.

« Le meilleur moyen de le manœuvrer, c'est de ne pas le manœuvrer.

— Ces paroles ne me disent rien qui vaille.

— C'est un homme qui a l'habitude de tout régenter, de manipuler les gens et les événements. Il m'ouvrira sa porte. Par curiosité ou bien par bravade, vous avez le choix.

— Ecoutez-moi, Anna...

— Ben, je n'ai pas besoin qu'on me tienne la main. Je suis une grande fille.

— Manifestement, protesta-t-il. C'est juste que... » Il s'arrêta. Elle le considérait d'un air étrange.

« Quoi ? Vous êtes du genre protecteur, n'est-ce pas ?

— Ce n'est pas tout à fait cela. Je suis juste... »

Elle s'approcha de lui en l'examinant comme une pièce de collection.

« Quand nous nous sommes rencontrés, je me suis dit : ce type n'est qu'un sale bourgeois, un gosse de riche, pourri gâté comme tous les autres.

— Vous aviez probablement raison.

— Non. Je ne pense pas. Alors comme ça, c'était vous le gardien du foyer, dans votre famille ? »

Ben ne savait que répondre. Elle avait peut-être raison mais bizarrement, il ne voulait pas en convenir. Eludant sa question, il l'attira à lui.

« Je ne veux pas vous perdre, Anna, avoua-t-il d'une voix douce. J'ai perdu trop de gens dans ma vie. »

Elle ferma les yeux et le serra contre elle ; ils étaient à bout de nerfs, à bout de forces et, pourtant, tandis qu'ils s'étreignaient, ils ressentirent le calme et la paix, l'espace d'un instant. Son subtil parfum fleuri monta vers lui et une douce chaleur se répandit dans tout son corps.

Puis elle s'éloigna sans brusquerie.

« Nous avons un plan et il faut le suivre, Ben », dit-elle d'une voix sereine mais résolue. A ces mots, elle se dépêcha d'enfiler ses vêtements.

« Il faut que je fasse un saut au bureau DHL, et ensuite je dois passer un coup de fil.

— Anna ! s'écria Ben.

— Il faut que j'y aille. Nous discuterons plus tard. »

« Oh, Seigneur ! », s'exclama l'agent Burt Connelly. Il avait rejoint l'équipe patrouillant sur l'I66 en Virginie depuis six mois seulement, et n'était pas encore accoutumé aux spectacles sanglants. Il eut un haut-le-cœur et courut vomir sur le bas-côté de la route, éclaboussant légèrement son uniforme tout neuf. Il essuya le tissu bleu avec un mouchoir en papier qu'il jeta au loin.

Le soir tombait et malgré l'obscurité, il ne voyait que trop bien le sang aspergeant le pare-brise et la tête de l'homme posée sur le tableau de bord – la « deuxième collision », comme on disait, c'est-à-dire le choc se produisant à l'intérieur du véhicule accidenté lui-même.

Le collègue de Connelly, l'agent Lamar Graydon, avait passé plus d'un an dans une patrouille routière. Ayant déjà assisté à quelques accidents épouvantables, il avait l'estomac mieux accroché.

« Sale accident, Burt », dit Graydon. Il s'approcha de son collègue et lui donna des petites tapes dans le dos. Dans son regard sombre, une expression passa, où se mêlaient la forfanterie et une grande lassitude. « Mais j'ai vu pire.

— T'as remarqué la tête du type !

— Au moins, il n'y a pas de gosses. Laisse-moi te raconter un truc. L'année dernière, je me suis rendu sur les lieux d'un accident. Un bébé avait été éjecté par la vitre d'une Impala et projeté à dix mètres dans les airs. Comme une foutue poupée de chiffons. Ça, c'était horrible. »

Connelly toussa plusieurs fois avant de se reprendre.

« Désolé, dit-il. C'est juste le visage de ce type... Ça va, maintenant. L'ambulance est en route ?

— Elle devrait arriver dans dix minutes. Au moins, il ne souffre pas. » D'un mouvement du menton, Graydon désigna la victime décapitée.

« Bon, qu'est-ce qu'on marque ? SVF ? » Selon les statistiques, les accidents mortels n'impliquant qu'un seul véhicule étaient les plus courants.

« Sûrement pas, dit Graydon. Un rail de sécurité ne produit pas ce genre de résultat. On dirait plutôt qu'il est rentré dans un camion Kenworth. Il en circule des tas sur cette route. De vrais monstres ! Ils ont le cul bas et tranchant comme une lame. Si on roule derrière eux et qu'ils se mettent à freiner d'un coup, soit on baisse la tête soit on la perd. J'parie que c'est ce que tu regardes.

— Dans ce cas, qu'est devenu l'autre conducteur ? Où est ce foutu camion ? » Connelly commençait à recouvrer son sang-froid. Bizarrement, il avait même un peu faim.

« On dirait qu'il a préféré se tirer sans demander son reste, dit Graydon.

— On va le retrouver ?

— J'ai passé un appel radio. Mais entre nous, les chances sont minces. Pour l'instant, le truc à faire, c'est d'identifier la victime. Fouille ses poches. »

Le toit de la Taurus rouge avait été arraché, mais la portière côté conducteur s'ouvrit sans peine. Connely enfila des gants de latex avant de plonger ses mains dans les poches de l'homme sans tête ; c'était la procédure dans le cas où les vêtements étaient imbibés de sang.

« Donne-moi son nom et je le transmettrai par radio, lança Graydon.

— Le permis de conduire est établi au nom de Dupree, Arliss Dupree, dit Connelly.

— Il habite Glebe Road, à Arlington.

— C'est tout ce que nous avons besoin de savoir, répondit Graydon. Inutile de rester ici à te geler le cul, Burt. On peut attendre dans la voiture de patrouille, maintenant. »

*

Le bâtiment abritant la Fondation Lenz était construit en verre et en marbre, dans le style du Bauhaus. Pour unique mobilier, le hall lumineux ne comportait que quelques fauteuils et canapés de cuir blanc.

Anna demanda à la réceptionniste d'appeler le bureau du directeur. Elle avait passé un coup de fil avant de venir, pour s'assurer que Lenz était bien là.

« Qui dois-je annoncer ? s'enquit l'employée.

— Je m'appelle Anna Navarro. Je travaille pour le ministère de la Justice américain. »

Elle avait hésité à se présenter sous une fausse identité. Mais ce n'était pas une bonne idée. Comme elle l'avait dit à Ben, le meilleur moyen de le manœuvrer c'était de ne pas le manœuvrer. Lenz n'avait qu'à passer un ou deux coups de fil pour tout savoir de sa situation irrégulière. Ensuite, quelle serait sa réaction ? La curiosité ou le rejet ? Si leurs théories sur Alan Bartlett étaient vraies, Jürgen Lenz était déjà bien renseigné sur son compte. En revanche, il ignorait – le contraire était impossible – ce qu'elle avait appris, et les renseignements qu'elle était susceptible d'avoir transmis. Elle devait compter sur sa curiosité, son arrogance et, avant tout, sur son désir de contrôler la situation. Il voudrait mesurer par lui-même la menace qu'elle représentait.

La réceptionniste souleva le combiné du téléphone posé sur son bureau et, après avoir prononcé quelques mots d'une voix posée, le tendit à Anna.

« Je vous en prie. »

La femme au bout du fil lui parla d'un ton courtois mais ferme.

« Je crains que le Dr Lenz n'ait pas une minute à vous consacrer aujourd'hui. Je vous conseille de prendre rendez-vous pour plus tard. Avec ce Forum international pour la santé infantile, vous aurez du mal à trouver un interlocuteur ici. »

Il l'évitait. Etait-ce parce qu'elle travaillait pour le gouvernement américain ou parce que son nom ne lui était pas inconnu ? Il y avait une troisième explication : la femme n'avait peut-être pas pris la peine de lui transmettre son message.

« C'est vraiment urgent, dit Anna. J'ai besoin de le voir le plus vite possible, pour une question de la plus haute importance.

— Pouvez-vous m'indiquer la raison de votre visite ? »

Elle hésita.

« Dites-lui que c'est personnel, je vous prie. »

Anna posa le téléphone et se mit à arpenter nerveusement le hall.

Je suis dans l'antre de la bête, pensa-t-elle. *Le cœur des ténèbres est un endroit spacieux et inondé de lumière.*

Sur les murs blancs en marbre de Carrare, s'alignait une série de photos grand format, illustrant toutes les causes humanitaires dont s'occupait la Fondation Lenz.

L'un des clichés montrait une famille de réfugiés ; trois générations étaient représentées : une vieille femme courbée et édentée, un homme et une femme marqués par les épreuves, accablés par la misère et, autour d'eux, leurs enfants en haillons. La légende annonçait laconiquement : KOSOVO.

Qu'est-ce que cela signifiait ? Qu'est-ce que la Fondation Lenz avait à voir avec le problème des réfugiés ?

Sur une autre photo, on voyait une petite fille étrangement ratatinée, avec un nez crochu, une peau parcheminée, des yeux globuleux et de longs cheveux évoquant une perruque. Son sourire découvrait une rangée de dents mal plantées. Elle tenait autant de la vieille femme que de la fillette. Le cliché s'intitulait PROGERIA OU SYNDROME D'HUTCHINSON-GILFORD.

On apercevait également l'une de ces images terribles et tristement célèbres, montrant des prisonniers de camps de concentration couchés sur leurs paillasses superposées et tournant vers l'objectif leurs visages émaciés. L'HOLOCAUSTE.

Quelle étrange série de causes humanitaires ! Quel était leur point commun ?

Anna sentit une présence et leva les yeux. Une femme aux allures de matrone venait d'apparaître. Une chaînette retenant des lunettes de lecture pendait à son cou.

« Miss Navarro, dit-elle. Vous avez beaucoup de chance. Le Dr Lenz a réussi à se libérer. Il va pouvoir vous consacrer quelques minutes. »

A l'étage du dessus, dans un poste de sécurité, un technicien se pencha sur un panneau de contrôle. A l'aide d'une manette, il fit pivoter et zoomer l'une des caméras fixées aux murs. Le visage mat de la visiteuse grossit jusqu'à occuper tout l'écran plasma. Il pressa sur un bouton et figea l'image. Grâce à un logiciel de physionomie, il compara ce visage aux milliers d'autres engrangés dans l'immense base de données du système. Quelque chose lui disait que le résultat n'allait pas tarder à s'afficher.

Il avait raison. Un signal électronique discret annonça que la correspondance avait été trouvée. Tandis que les colonnes d'informations défilaient sur le moniteur, il décrocha le téléphone et appela Lenz sur sa ligne directe.

Jürgen Lenz était exactement comme Ben l'avait décrit : un homme très mince, élégant, charmant, aux cheveux argentés. Il portait un costume en flanelle grise, parfaitement coupé, une chemise blanche bien repassée et une cravate-foulard. Il se tenait assis dans un fauteuil Chippendale posé face à elle, les mains croisées sur les genoux.

« Vous m'avez bien eu, hein ? dit-il en lui rendant ses papiers officiels.

— Pardon ?

— Vous avez piqué ma curiosité. Quand on me dit qu'une femme envoyée par le gouvernement américain désire me voir pour discuter d'une "affaire personnelle", je ne peux résister. »

Elle se demanda ce qu'il savait exactement à son sujet. L'homme avait une forte personnalité. Il était lisse et dur comme une pierre polie.

« Merci d'avoir accepté de me recevoir », rétorqua Anna en lui renvoyant la politesse. « Je suis en mission spéciale. J'enquête sur une série de meurtres commis à travers le monde.

— *Des meurtres ?* s'écria-t-il. En quoi pourrais-je vous être utile ? »

Elle savait qu'elle n'aurait pas de deuxième chance. Elle devrait frapper fort. A la moindre faiblesse, à la moindre hésitation, la partie serait perdue. Elle s'en tiendrait à un sujet bien précis : les homicides commis par Sigma.

« Les victimes faisaient toutes partie d'une corporation connue sous le nom de Sigma, dont Gerhard Lenz était l'un des fondateurs. Nous avons établi une relation directe entre ces assassinats et une filiale d'Armakon, le géant de l'industrie chimique, dont vous êtes membre... »

A sa grande surprise, Lenz sembla se détendre. Il partit d'un rire profond et mélodieux.

« Miss Navarro, au cours de toutes ces années passées à combattre le mal commis par mon père, on m'a reproché des choses terribles – j'étais un traître à ma famille, à mon pays, on m'a qualifié d'opportuniste, d'hypocrite, tout ce que vous pouvez imaginer – mais personne ne m'a jamais accusé de meurtre ! »

Anna s'attendait à cette repartie. Elle savait qu'il se montrerait sûr de lui, tout en restant allusif, évasif. Aussi avait-elle tenté d'imaginer par avance toutes ses réponses, afin de pouvoir y répliquer.

« Docteur Lenz, dit-elle, vous ne niez quand même pas faire partie du conseil d'Armakon.

— C'est une fonction purement honorifique. »

Elle hésita, puis déclara : « Je ne veux pas vous faire perdre votre temps. Comme vous le savez, Armakon possède en sous-main une start-up de biotechnologie, basée à Philadelphie. Vortex. »

Elle le regarda droit dans les yeux. Lenz n'avait pas bronché.

« Je suis sûr qu'Armakon possède des tas de petites start-up dans le monde entier. Et alors ?

— Vortex, poursuivit-elle, a inventé et fabrique une substance synthétique utilisée dans la recherche fondamentale pour le marquage moléculaire. C'est également un poison mortel. Une injection sur un être humain induit la mort immédiate par arrêt cardiaque. En plus, ce produit est indétectable dans le sang. »

Il répliqua d'un ton blasé.

« Comme c'est intéressant.

— Nous avons justement retrouvé cette toxine dans le fluide oculaire de plusieurs des victimes.

— En êtes-vous sûre ?

— Oui », répondit-elle tranquillement le regard braqué sur lui. Elle resta un instant interloquée par ce qu'elle vit : l'expression d'absolu mépris qui se peignait sur le visage de Lenz.

« Je possède la preuve de votre implication dans ces meurtres. »

Pendant quelques secondes, on n'entendit plus que le tic-tac d'une pendule. Lenz joignit les mains d'un air sombre. On aurait dit un pasteur luthérien.

« Agent Navarro, toutes ces terribles accusations dont vous m'accablez. Ces choses terribles que selon vous j'aurais commises. J'ai une journée terriblement chargée et pourtant j'ai pris le temps de vous recevoir – un temps que je ne peux guère me permettre de gaspiller. Tout cela parce que je pensais que nous pourrions nous aider mutuellement, d'une manière ou d'une autre. Je me suis dit qu'un ami à moi avait peut-être des ennuis. Que quelqu'un avait besoin de mon aide, ou l'inverse. Au lieu de cela, vous débarquez ici dans l'intention de réussir "un beau coup de filet", comme on dit ». Il se leva de son fauteuil. « Je crains de devoir vous signifier la fin de cette entrevue. »

Le cœur battant, elle pensa : *Pas si vite, salaud.*

« Je n'en ai pas terminé », rétorqua-t-elle avec une autorité qui parut le surprendre.

« Agent Navarro, rien ne m'oblige à vous parler. Corrigez-moi si je me trompe, mais quand un représentant des autorités américaines me rend visite, il doit se comporter comme un étranger invité par mon pays. Si vous souhaitez m'interroger sur le passé de mon père, vous devez en demander la permission au gouvernement autrichien, n'est-ce pas ? L'avez-vous fait ?

— Non, admit-elle en rougissant. Mais laissez-moi vous dire...

— Non, madame, tonna-t-il. C'est *moi* qui vais vous dire une chose. Vous ne l'avez pas fait parce que vous n'êtes plus au service de votre pays. En fait, c'est vous qui avez des comptes à rendre à la justice. Si nous jouions cartes sur table, *vous et moi*. Votre enquête dépasse largement votre sphère de compétence. Lorsque ma secrétaire m'a fait savoir qu'un agent américain insistait pour me voir, je lui ai demandé de vérifier votre identité. » Ses yeux ne quittaient pas le visage d'Anna. « Il lui a suffi de passer quelques coups de fil pour découvrir que vous étiez recherchée. Vous deviez vous attendre à ce que nous prenions de telles précautions. Et pourtant vous êtes venue me voir. Ce qui a redoublé ma curiosité.

— Qu'est-ce que vous ne feriez pas pour échapper à la monotonie de votre existence ! s'exclama Anna.

— Mettez-vous à ma place, Miss Navarro. Un agent véreux me porte un intérêt très particulier, ça n'arrive pas tous les jours. Naturellement, je me demande : a-t-elle quelque chose d'important à m'apprendre ? Suis-je en danger ? Vient-elle me mettre en garde, de sa propre initiative ? A-t-elle eu vent d'un complot fomenté contre moi par les services secrets américains ? Je sais que notre enquête sur l'Opération Paper Clip m'a valu des ennemis dans certains milieux, aux Etats-Unis. L'imagination s'affole. L'esprit se paralyse. Comment aurais-je pu résister à l'envie de vous rencontrer ? Vous saviez que c'était impossible.

— Nous sortons du sujet, dit Anna en revenant à la charge. Rien de tout cela... »

Lenz lui coupa la parole.

« Vous comprendrez donc mon amère déception lorsque j'ai compris que vous n'étiez venue que pour prononcer des accusations absurdes, infondées et facilement réfutables. D'après toutes les indications, vous n'êtes pas seulement sur la touche, comme disent vos compatriotes – vous avez perdu la tête. » Il désigna son bureau. « Il me suffit de décrocher ce téléphone et d'appeler un de mes amis, au ministère de la Justice, qui vous confiera aux bons soins des autorités américaines. »

Tu veux te battre, pensa-t-elle, *tu ne vas pas être déçu.* Elle ne se laisserait pas intimider. Pas avec ce qu'elle savait sur son compte.

« Vous avez raison, répondit-elle calmement. Vous pourriez décrocher ce téléphone et me faire arrêter. Mais je me demande si vous y avez vraiment intérêt. »

Lenz lui avait tourné le dos et se dirigeait vers la sortie.

« Miss Navarro, vos petits jeux stupides ne m'intéressent pas. A présent, veuillez quitter mon bureau sur-le-champ, ou je serai contraint de...

— Juste avant de venir ici, je me suis arrêtée au bureau DHL. Un document m'attendait, contenant les résultats d'une recherche que j'avais demandée. J'avais transmis au labo un jeu de vos empreintes digitales pour identification. Ça leur a pris un bout de temps. Notre service technique a dû creuser très profond. Mais ils y sont parvenus. » Elle reprit son souffle. « Docteur Lenz, je sais qui vous êtes. Je n'y comprends rien. Pour être honnête, je nage complètement. Mais je sais qui vous êtes. »

Elle était terrifiée. Jamais elle n'avait éprouvé une telle peur. Son cœur cognait dans sa poitrine ; le sang bourdonnait dans ses oreilles. Elle se savait seule face à l'ennemi.

Lenz s'arrêta net, à quelques pas de la sortie, et referma la porte. Quand il se retourna, son visage était tordu par la colère.

CHAPITRE 40

B EN se mêla aux quelques journalistes et cameramen assemblés à l'extérieur du Wiener Stadthalle Civic Center, le grand bâtiment de pierre beige où devait se dérouler le Forum international pour la santé infantile. Il croisa le regard d'un homme entre deux âges, vêtu d'un trench-coat élimé qui cachait mal sa bedaine. Il avait l'air frigorifié et pitoyable.

« Je suis Ron Adams, dit Ben en lui tendant la main. Du magazine *American Philanthropy*. Ça fait longtemps que vous êtes ici ?

— Des siècles », répondit l'homme mal fagoté. Ben remarqua son accent cockney.

« Jim Bowen, du *Financial Times*. Correspondant en Europe et pauvre diable pathétique. » Il lança à Ben un coup d'œil comique. Le journaliste était un pince-sans-rire.

« Mon rédacteur en chef m'a fait les yeux doux pour que je vienne ici. Il m'a fait miroiter schnitzel, strudel et *Sachertorte*, et je me suis dit en moi-même, "eh bien, ça te fera pas de mal". Higgins n'a pas fini d'en entendre parler : j'en fais le vœu solennel. Deux jours à me balader sous cette délicieuse pluie glaciale, à me geler les couilles, quasiment mon dernier boulot, et pour quel résultat ? Toujours les mêmes foutus communiqués de presse qu'ils faxent aux bureaux.

— Mais vous avez dû croiser quelques grands manitous dans le secteur, non ? J'ai vu la liste des invités.

— Eh bien, c'est ça le problème, je sais pas où ils sont passés. Le programme a dû les barber, comme tout le monde. Ils se sont peut-être tirés en douce pour aller skier. J'ai aperçu que du menu fretin. Notre photographe est parti boire un coup, vrai de vrai. Je crois qu'il n'a pas eu tort. Moi aussi, j'ai envie de me casser et d'aller m'enfiler une pinte, sauf que la bière est trop froide dans ce pays. Jamais remarqué ? En plus, le truc qu'ils fabriquent a un goût de pisse. »

Les gros bonnets n'étaient pas venus ? Cela signifiait-il que Sigma tenait sa conférence quelque part ailleurs ? L'estomac de Ben se noua :

l'avait-on mal orienté ? Strasser s'était peut-être trompé. A moins qu'Anna et lui n'aient commis une erreur de raisonnement.

« Personne ne sait où crèchent ces salopards ? », demanda Ben sans se départir de son ton badin.

Le scribe cockney émit une sorte de ronflement.

« Sacré bon sang. Tu sais ce que c'est ? C'est comme dans ces putains de night-clubs où les gars vraiment branchés vont montrer leur cul dans une salle spéciale, alors que les ringards restent coincés dans leur enclos à vaches. » Il fourragea dans un paquet de Silk Cut écrasé et presque vide.

« Sacré bon sang. »

L'esprit de Ben fonctionnait à toute allure. Jürgen Lenz convoquait les gens ici, c'était parfaitement clair. Mais les véritables pourparlers se déroulaient ailleurs, c'était tout aussi clair. La solution à cette énigme résidait sans aucun doute dans les activités de la Fondation Lenz. Afin d'obtenir des résultats rapides, il fallait opter pour une approche indirecte. De retour à l'hôtel, il resta longtemps au téléphone tout en surveillant sa montre. Il voulait rassembler le plus de renseignements possible avant la fin de la journée, moment où Anna et lui compareraient leurs notes.

« Fondation autrichienne contre le cancer.

— J'aimerais parler à l'administrateur responsable de la collecte des fonds, s'il vous plaît », dit Ben. Il y eut un déclic suivi de quelques secondes d'attente musicale – *Contes de la forêt viennoise*, naturellement – puis une autre voix de femme : « Schimmel.

— Frau Schimmel, je m'appelle Ron Adams et je suis à Vienne pour le compte de mon journal, le magazine *American Philanthropy*. On m'a chargé d'écrire un portrait de Jürgen Lenz. »

La voix de l'administratrice changea aussitôt, passant du mode agressif à l'exubérance :

« Mais oui, certainement ! Que puis-je faire pour vous ?

— J'aimerais bien que vous me parliez – à l'occasion du Forum international pour la santé infantile – de sa générosité, des dons qu'il accorde à votre fondation, de son engagement, ce genre de choses. »

Cette question vague suscita une réponse encore plus vague. La femme se répandit en détails inutiles, puis Ben raccrocha, désappointé. Il avait appelé la Fondation Lenz et il était tombé sur un simple collaborateur auquel il avait demandé la liste des œuvres financées par leur institution. On ne lui avait posé aucune question : pour bénéficier d'une exonération fiscale, la Fondation Lenz était tenue à une obligation de transparence. Tout le monde était en droit de connaître les bénéficiaires de ses bontés.

Mais Ben ne savait ni où ni quoi chercher. Il fallait qu'il se concentre davantage. Il devait bien y avoir un moyen de percer la façade de Jürgen

Lenz, le grand philanthrope. Pourtant les dons effectués par Lenz ne semblaient suivre aucune logique, les bénéficiaires n'avaient apparemment rien en commun. Le cancer – le Kosovo – la progéria – le dialogue entre Juifs et Allemands ? Voilà pour les principaux. Il existait peut-être un lien, mais Ben était bien en peine de le trouver, bien qu'il eût téléphoné à trois œuvres différentes.

Encore un essai, se dit-il, et après j'y vais. Il se leva, passa du bureau au réfrigérateur, prit un Pepsi, regagna sa place et composa le numéro suivant sur sa liste.

« Allô, Institut Progéria.

— Puis-je parler à l'administrateur chargé de la collecte des fonds, je vous prie ? »

Quelques secondes passèrent.

« Meitner.

— Oui, Frau Meitner. Je m'appelle Ron Adams... »

Sans grand espoir, il poursuivit l'interview qu'il avait déjà expérimentée trois fois. Comme tous les responsables auxquels il avait parlé jusqu'à présent, la femme, une fervente admiratrice de Jürgen Lenz, ne tarit pas d'éloges sur le grand homme.

« Mr. Lenz est sans conteste notre plus généreux bienfaiteur, dit-elle. Sans lui, je pense que nous n'existerions pas. Vous savez, c'est une maladie terrible et excessivement rare.

— Je n'y connais rien, répondit-il poliment tout en songeant qu'il était en train de perdre un temps précieux.

— En termes simples, je dirais qu'il s'agit d'un vieillissement prématuré. In extenso, cette maladie s'appelle syndrome d'Hutchinson-Gilford. Les enfants qui en sont atteints vieillissent sept à huit fois plus vite que la normale. Un enfant de dix ans affecté par ce mal ressemble à un vieillard de quatre-vingts ans. Il a de l'arthrite, des problèmes cardiaques et tout le reste. La plupart meurent vers l'âge de treize ans. Ils dépassent rarement la taille moyenne d'un enfant de cinq ans.

— Mon Dieu, s'exclama Ben consterné.

— Elle est si rare qu'elle fait partie de ce qu'on appelle les "maladies orphelines", ce qui veut dire que presque personne ne finance la recherche et que les compagnies pharmaceutiques, faute d'incitations financières, ne se préoccupent pas de leur découvrir un traitement. Voilà pourquoi l'aide fournie par Lenz est tellement importante. »

Des compagnies de biotechnologie... Vortex.

« A votre avis, pour quelle raison Mr. Lenz y attache-t-il un tel intérêt ? »

La femme marqua un temps avant de répondre : « Vous devriez le lui demander. »

Il la sentit se raidir.

« Si vous avez envie de me dire quelque chose de particulier, ça restera entre nous... », proposa Ben.

Il y eut un blanc.

« Savez-vous qui était le père de Jürgen Lenz ? », demanda la femme avec précaution.

Qui l'ignorait encore ?

« Gerhard Lenz, le médecin nazi, répondit Ben.

— Exact. Strictement entre nous, Mister Adams, j'ai entendu dire que Gerhard Lenz effectuait des expériences atroces sur les enfants atteints de progéria. Je présume que Jürgen souhaite simplement réparer le mal commis par son père. Mais je vous en prie, n'imprimez pas ce que je viens de vous dire.

— C'est promis », fit Ben. *Mais si Jürgen Lenz n'était pas le fils de Gerhard, comment s'expliquait cet intérêt pour les mêmes causes ? Quelle étrange mascarade était-ce là ?*

« Vous savez, la fondation de Mr. Lenz possède un sanatorium privé dans les Alpes autrichiennes. On y accueille quelques-uns de ces malheureux enfants.

— Un sanatorium ?

— Oui, je crois qu'on l'appelle l'Horlogerie. »

Ben se redressa d'un coup. L'Horlogerie : c'était l'endroit où Strasser avait fait parvenir les microscopes électroniques réclamés par le vieux Lenz. Si Jürgen *était* le fils de Gerhard, il avait dû en hériter. Mais l'utilisait-il vraiment comme un sanatorium ?

Il s'efforça d'adopter un ton jovial.

« Oh ! Et où se trouve cet établissement ?

— Dans les Alpes. Je ne sais pas où exactement. Je n'y suis jamais allée. C'est un endroit très fermé et très luxueux. Un vrai refuge face à l'agitation de la ville.

— J'aimerais beaucoup discuter avec l'un des petits pensionnaires. » *Et découvrir ce qui se trame dans cet endroit.*

« Mister Adams, répondit-elle sur un ton tragique, en général, les enfants qu'on accueille là-bas n'ont plus beaucoup de temps à vivre. Franchement, je n'en connais pas qui soient encore de ce monde. Mais je suis sûr que vous trouverez facilement des parents désireux de vous parler de l'altruisme de Mr. Lenz. »

L'homme habitait un immeuble lugubre du douzième district de Vienne, un petit appartement sombre au troisième étage sans ascenseur. L'endroit empestait le tabac froid et le graillon.

Après la mort, à l'âge de sept ans, de leur fils bien-aimé, expliqua l'homme, sa femme et lui avaient divorcé. Leur couple n'avait pas résisté à la tension engendrée par la maladie et le décès de leur fils. Une grande photo en couleur du garçon, Christoph, était placée bien en évidence près du canapé. On aurait eu du mal à lui donner un âge ; il aurait pu avoir huit ans comme quatre-vingts. Entièrement chauve, il avait un menton fuyant, une grosse tête et un petit visage, des yeux exorbités, et il se tenait recroquevillé comme un vieillard.

« Mon fils est mort au sanatorium », dit l'homme. Il portait une barbe grise, des verres à double foyer et une fine couronne de cheveux soulignant sa large calvitie. Ses yeux débordaient de larmes. « Mais je me dis qu'au moins, il a passé ses derniers jours dans la joie. Le Dr Lenz est un homme très généreux. Je suis content que Christoph soit mort heureux.

— Avez-vous rendu visite à Christoph à l'Horlogerie ? demanda Ben.

— Non, les parents n'y sont pas admis. C'est un endroit réservé aux enfants. Ils sont pris en charge par un personnel médical spécialisé. Mais il m'envoyait des cartes postales. » Il se leva et revint quelques minutes plus tard avec une carte couverte d'une grosse écriture, un griffonnage enfantin. Au recto, Ben découvrit un cliché en couleur représentant un sommet des Alpes. La légende sous la photo annonçait SEMMERING.

La veuve de Lenz avait fait allusion à Semmering.

Quant à Strasser, il avait dit que la clinique où Gerhard Lenz effectuait ses recherches se trouvait dans les Alpes autrichiennes.

Ces deux endroits n'en feraient-ils qu'un seul ?

Semmering.

Il devait absolument faire part de cette information à Anna. Et sans tarder.

Levant les yeux de la carte, il vit le père pleurer en silence. Une minute plus tard, l'homme fut de nouveau en mesure de parler.

« C'est ce que je ne cesse de me répéter. Mon Christoph est mort heureux. »

Ils étaient convenus de se retrouver à l'hôtel avant 7 heures, ce soir-là.

Anna avait même précisé qu'en cas d'empêchement, elle lui téléphonerait. Si pour une raison ou une autre, elle se trouvait dans l'impossibilité d'appeler, elle lui avait indiqué un point de rendez-vous : 9 heures à la Schweizerhaus dans le Prater.

A 8 heures, elle n'était toujours pas de retour et n'avait laissé aucun message.

Elle était partie depuis le matin. A supposer que Lenz ait accepté de la recevoir, leur entrevue n'avait pas pu durer plus d'une heure ou deux. Or, cela faisait douze heures qu'elle n'avait pas donné signe de vie.

Douze heures.

Il commençait à s'inquiéter.

A 8 h 30, comme elle n'avait toujours pas appelé, il se mit en route. La Schweizerhaus se trouvait sur la Strasse des Ersten Mai 2. Ben était terriblement nerveux. *Est-ce que j'exagère ?* se demanda-t-il. Elle n'était pas tenue de lui rendre compte de ses faits et gestes en permanence.

Pourtant...

C'était un restaurant animé, renommé pour ses jarrets de porc rôtis, servis avec de la moutarde et de la sauce au raifort. Ben s'assit seul à une table de deux et attendit en sirotant une Budweiser tchèque.

Il attendit.

La bière ne lui calma pas les nerfs. Il ne cessait de penser à Anna, et à ce qui avait pu lui arriver.

Vers 10 heures, comme il n'avait toujours aucune nouvelle d'elle, il appela l'hôtel. Non seulement elle n'était pas arrivée mais elle n'avait pas non plus laissé de message. Il vérifia de nouveau son téléphone pour voir s'il était bien allumé, au cas où elle essaierait de le joindre.

Il commanda un dîner pour deux, mais au moment où le garçon posa les plats sur la table, il avait perdu l'appétit.

Aux alentours de minuit, il regagna leur chambre d'hôtel et tenta de s'absorber dans la lecture. Il fut incapable de se concentrer.

Lui revenait en mémoire la voix crissante de Chardin : *Des rouages à l'intérieur d'autres rouages – c'était ainsi que nous fonctionnions...* Et celle de Strasser : *une cabale à l'intérieur d'une cabale... Lenz disait mener des recherches susceptibles de changer la face du monde.*

Il s'endormit tout habillé sur le lit, lumières allumées, et se réveilla plusieurs fois dans la nuit.

Peter et lui étaient sanglés sur deux brancards, posés côte à côte ; au-dessus d'eux, se dressait Gerhard Lenz, affublé d'une longue blouse de chirurgien et d'un masque. On le reconnaissait à ses yeux clairs.

« Grâce à nous, ces deux-là ne feront bientôt qu'une seule et même personne, disait-il à un assistant au visage taillé à la serpe. Nous allons relier leurs organes de telle manière que l'un ne pourra survivre sans l'autre. Ensemble, ils vivront – ou ensemble ils mourront. » Il vit une main gantée manier un scalpel comme un violoniste son archet, l'appuyant contre sa chair d'un geste ferme et assuré. La douleur qu'il ressentit dépassait toute imagination.

Comme il se débattait pour défaire ses liens, il se tourna vers son frère et le dévisagea, paralysé d'horreur.

« Peter ! », cria-t-il.

Son frère avait la bouche grande ouverte. Sous l'éclairage violent venant du plafond, Ben vit que Peter n'avait plus de langue. Il sentit une puissante odeur d'éther et on lui posa de force un masque noir sur le visage. Mais il ne perdit pas connaissance ; au contraire, la substance qu'on lui avait fait respirer décuplait les sensations, si bien qu'il avait pleinement conscience de toutes les horreurs qu'on pratiquait sur lui.

Il s'éveilla à trois heures du matin.

Anna n'était toujours pas rentrée.

*

S'ensuivit une longue nuit sans sommeil.

Il tenta de s'assoupir, en vain. Il n'avait personne à appeler, il ne pouvait rien faire pour la localiser. Cette impuissance l'horripilait.

Il s'assit et tenta de lire sans y parvenir. Anna l'obsédait.

Oh, mon Dieu, il l'aimait tant.

A 7 heures, assommé de fatigue, ne sachant vers qui se tourner, il appela la réception pour la cinquième fois. Anna avait peut-être cherché à le joindre au milieu de la nuit.

Pas de message.

Il prit une douche, se rasa et commanda un petit déjeuner au service d'étage.

Il savait qu'il lui était arrivé malheur ; il en était persuadé. Elle n'aurait jamais pris l'initiative de s'en aller sans le prévenir.

Il lui était arrivé malheur.

Il avala plusieurs tasses de café noir, puis se força à manger un petit pain.

Il était terrifié.

Sur Währinger Strasse, s'est installé un « cybercafé », un parmi les dizaines répertoriées dans l'annuaire de Vienne. Celui-ci s'intitulait présomptueusement Internet Bar/Kaffehaus mais se réduisait en fait à une salle éclairée par des néons aveuglants, où quelques iMac disposés sur de petites tables rondes en Formica côtoyaient une machine à expresso. Le sol était collant et l'endroit puait la bière. Il mit cinquante shillings autrichiens pour obtenir trente minutes d'accès à Internet.

Il entra le mot *Semmering* sur divers moteurs de recherche et obtint les mêmes données chaque fois : les pages d'accueil de plusieurs stations de ski, de quelques hôtels et des informations touristiques sur un village des Alpes autrichiennes, à environ quatre-vingt-dix kilomètres de Vienne.

Ne sachant plus que faire et bien conscient qu'il risquait de commettre une terrible erreur, il appela la Fondation Lenz à partir d'une cabine téléphonique. A sa connaissance, c'était le dernier endroit où elle s'était rendue. C'était un geste fou, presque absurde, mais que pouvait-il tenter d'autre ?

Il demanda qu'on lui passe le bureau de Jürgen Lenz et tomba sur sa secrétaire personnelle qu'il interrogea pour savoir si elle avait vu passer une femme nommée Anna Navarro.

Elle parut reconnaître le nom d'Anna sans aucune hésitation. Mais au lieu de répondre à sa question, elle lui enjoignit de se présenter.

Ben se fit passer pour un « attaché » de l'ambassade américaine.

« Comment vous appelez-vous ? », insista la femme.

Il inventa un nom.

« Le Dr Lenz m'a demandé de prendre votre numéro. Il vous rappellera.

— En fait, je ne serai pas à mon bureau de toute la journée. Passez-moi le Dr Lenz, si c'est possible, rétorqua-t-il.

— Le Dr Lenz n'est pas disponible.

— Dans ce cas, dites-moi quand je pourrai le joindre ? C'est une affaire d'extrême urgence.

— Le Dr Lenz n'est pas dans son bureau, lança-t-elle froidement.

— Très bien, j'ai son numéro personnel, je vais essayer de l'appeler chez lui. »

La secrétaire hésita.

« Le Dr Lenz n'est pas à Vienne », fit-elle.

Pas à Vienne. Ben répondit d'un ton doucereux :

« C'est que l'ambassadeur lui-même m'a demandé de le contacter. Pour une affaire très importante.

— Le Dr Lenz accompagne une délégation spéciale du Forum international pour la santé infantile – il leur fait visiter quelques-unes de nos installations. Cela n'a rien de secret. L'ambassadeur souhaitait-il le joindre ? Dans ce cas, je crains qu'il ne soit trop tard. »

Trop tard.

Après une pause, la secrétaire ajouta : « On peut vous appeler en composant le numéro du standard de l'ambassade américaine, je suppose ? »

Il raccrocha.

CHAPITRE 41

LE train pour Semmering quitta la Südbahnhof de Vienne quelques minutes après 9 heures. Ben était parti sans régler sa note d'hôtel. Il portait un jean, des chaussures de marche et sa parka de ski la plus chaude. En train, il franchirait plus rapidement les quatre-vingt-dix kilomètres du parcours qu'au volant d'une voiture de location. Les routes alpines étaient trop tortueuses.

Le train plongea sous de longs tunnels, franchit des défilés escarpés, traversa des champs verdoyants doucement vallonnés et passa devant des bâtiments de pierre blanchis à la chaux et ornés de toits rouges. Au loin, s'élevaient les montagnes grises. Puis il grimpa lentement en empruntant des viaducs étroits et se faufila entre d'époustouflantes gorges de calcaire.

Le compartiment était presque vide. Les sièges à hauts dossiers étaient recouverts d'une serge affreuse, de la même couleur que l'éclairage. Orange. Il pensait à Anna. Elle courait un danger. Il en était certain.

Il la connaissait assez pour savoir que sa disparition n'était pas volontaire. Soit elle était partie soudainement dans un endroit d'où elle ne pouvait pas le joindre, soit on l'avait emmenée de force quelque part.

Mais où ?

Après qu'ils s'étaient retrouvés à l'hôtel, à Vienne, ils avaient passé un long moment à discuter de Lenz. Ben se rappela ce que la veuve de Gerhard Lenz avait laissé échapper – *pourquoi Lenz vous envoie-t-il ? Vous venez de Semmering ?* Quant à Strasser, il leur avait appris qu'il avait fait parvenir des microscopes électroniques dans une vieille clinique dans les Alpes autrichiennes, une clinique nommée l'Horlogerie.

Mais qu'y avait-il aujourd'hui à Semmering qui effrayât tant la vieille dame ? De toute évidence, quelque chose d'important était en train de se jouer, peut-être en relation avec les meurtres en série.

Anna était déterminée à repérer cette clinique dans les Alpes, convaincue qu'elle y découvrirait certaines réponses.

Ce qui laissait supposer qu'elle était partie à la recherche de l'Horlogerie. Et s'il se trompait – si elle n'y était pas – au moins aurait-il tenté quelque chose pour la retrouver.

Il étudia la carte Freytag & Berndt de la région Semmering-Rax-Schneeberg qu'il avait achetée à Vienne avant de partir pour tâcher d'élaborer un plan. Toutefois, tant qu'il ignorait où se situait la clinique ou le laboratoire de recherches, il ne pouvait imaginer le moyen d'y accéder.

La gare de Semmering était un modeste bâtiment à un étage. Devant, un banc vert et un distributeur de Coca se dressaient, solitaires. Une bourrasque glaciale l'accueillit à la descente du train ; la différence de climat entre Vienne et les Alpes autrichiennes, pourtant plus au sud, était pour le moins surprenante. Il faisait un froid tonifiant. Il marcha quelques minutes sur la route escarpée et venteuse qui grimpait vers le bourg. Le gel lui brûlait les oreilles et les joues.

Au fur et à mesure de sa progression, il sentit monter une certaine appréhension. *Que suis-je en train de faire ?* se demanda-t-il. *Et si Anna n'était pas ici ?*

Semmering était un village minuscule. Juste une rue, la Hochstrasse, bordée de *Gasthauses* et d'auberges, sur le versant sud d'une montagne, dominée par deux vastes et luxueux complexes hôteliers et des sanatoriums. Vers le nord, s'enfonçait Höllental, la vallée de l'Enfer, une gorge encaissée traversée par la Schwarza.

Sur la Hochstrasse, au-dessus de la banque, se trouvait un petit office du tourisme, tenu par une jeune femme.

Ben lui expliqua qu'il voulait partir en randonnée dans la région de Semmering et lui demanda une *Wanderkarte* plus détaillée. La femme qui n'avait apparemment rien d'autre à faire, lui en fournit une et passa un long moment à lui indiquer les sentiers les plus pittoresques.

« Si vous le souhaitez, vous pouvez longer le chemin de fer historique de Semmering – vous trouverez un panorama d'où vous pourrez regarder le train emprunter le Weinzettlwand Tunnel. Il y a aussi un endroit merveilleux à ne pas manquer. Il figure sur les anciens billets de vingt shillings. Et de là, vous avez une vue superbe sur les ruines du château de Klamm.

— Vraiment ! », s'exclama Ben, faussement captivé. Puis il ajouta d'un ton badin : « On m'a dit qu'il y avait par ici une fameuse clinique privée, aménagée dans un ancien *Schloss*. L'Horlogerie, je crois qu'elle s'appelle.

— L'Horlogerie ? répondit-elle d'un air interdit. *Uhrwerken ?*

— Une clinique privée – ou plus probablement un centre de recherche, un institut scientifique, un sanatorium pour les enfants malades. »

Les yeux de la femme semblèrent s'éclairer l'espace d'une seconde – ou bien était-ce une illusion ? – mais finalement, elle hocha négativement la tête.

« Je ne vois pas ce dont vous parlez, monsieur, désolée.

— Je crois qu'on m'a dit que cette clinique appartenait au Dr Jürgen Lenz... ?

— Je suis désolée », répéta-t-elle un peu trop rapidement. Elle s'était soudain rembrunie.

« Il n'y a pas de clinique de ce genre dans la région. »

Il continua sur la Hochstrasse et s'arrêta devant un établissement tenant à la fois de la *Gasthaus* et du pub. Sur la devanture, une pancarte verte fixée sur un grand tableau noir vantait les mérites de la Bière Wieninger. Au-dessous était peint une sorte de rouleau de parchemin assorti d'une formule d'accueil : « *Herzlich Willkommen* » – Accueil chaleureux. Les plats du jour étaient annoncés en lettres épaisses tracées à la craie blanche.

A l'intérieur, il faisait sombre. Ça sentait la bière. Il n'était pas encore midi mais trois hommes corpulents étaient déjà installés à une petite table en bois devant des chopes mousseuses. Ben s'approcha d'eux.

« Je recherche un vieux *Schloss* qui abrite une clinique appartenant à un certain Jürgen Lenz. L'ancienne Horlogerie. »

Les hommes lui lancèrent un regard soupçonneux. L'un d'eux marmonna quelque chose à ses compagnons qui lui répondirent sur le même ton. Ben les entendit prononcer « Lenz » et « *Klinik* ».

« Non, c'est pas ici. »

Ben reconnut cette curieuse hostilité qu'il avait si souvent rencontrée. Pour lui, ces hommes lui cachaient quelque chose, aussi glissa-t-il plusieurs billets de mille shillings sur la table, en les manipulant l'air de rien. Pas le temps de faire dans la dentelle.

« Très bien, merci », dit-il et il fit le geste de s'en aller. Puis, comme s'il avait oublié quelque chose, il se retourna.

« Ecoutez, si l'un d'entre vous connaît quelqu'un susceptible de me renseigner sur cette clinique, sachez que je suis prêt à payer pour ce service. Je suis un entrepreneur américain et je cherche à investir dans la région. »

Il quitta le pub mais resta un moment devant. Plusieurs individus en jean et veste de cuir passèrent, les mains dans les poches. Ils parlaient russe. Inutile de les interroger.

Quelques secondes plus tard, il sentit qu'on lui tapait sur l'épaule. C'était l'un des clients du pub.

« Euh, combien donnez-vous pour ce renseignement ?

— Si l'information se révèle exacte, je dirais qu'elle vaut deux mille shillings. »

L'homme regarda autour de lui à la dérobée.

« L'argent d'abord, s'il vous plaît. »

Ben l'observa un instant, puis lui tendit deux billets. L'homme l'escorta pendant quelques mètres, le long de la route, avant de lui désigner le flanc de la montagne. Sur le versant d'un pic enneigé, entouré d'une épaisse forêt de sapins ployant sous la neige, s'élevait un château médiéval orné d'une façade baroque et d'une tour-horloge dorée.

Semmering.

La clinique où, voilà des décennies, le conseiller scientifique d'Hitler, Josef Strasser, avait fait livrer un équipement scientifique sophistiqué.

Où quelques enfants affligés d'une terrible maladie avaient la chance d'être accueillis par Jürgen Lenz.

Où – il reconstituait ce que lui avait appris la secrétaire de Lenz – une délégation de leaders et de dignitaires mondiaux séjournait actuellement.

Où Anna pouvait se trouver en ce moment même. Etait-ce possible ?

Mais oui, c'était possible ; en tout cas, il devrait se contenter de cette supposition.

L'Horlogerie était là depuis le début, bien en vue. Il l'avait même aperçue en sortant de la gare. C'était de loin la plus grande propriété du coin.

« Magnifique, dit Ben d'une voix douce. On y pénètre facilement ?

— Non. Personne n'a le droit d'y entrer. L'endroit est étroitement surveillé. C'est une propriété privée.

— Certes, mais ils doivent bien avoir recours aux habitants de la région pour trouver du personnel.

— Non. Tous les employés arrivent de Vienne par hélicoptère et ils sont hébergés dans les locaux. Il y a un héliport, là-bas. Vous pouvez le voir si vous regardez bien.

— Que font-ils là-dedans ? Vous le savez ?

— J'ai juste entendu des choses.

— Quel genre de choses ?

— On dit qu'il s'y passe des trucs étranges. Des enfants bizarres arrivent en autocar...

— Savez-vous à qui il appartient ?

— Lenz, comme vous l'avez dit. Son père était un nazi.

— Depuis combien de temps en est-il propriétaire ?

— Depuis longtemps. Je crois que son père en était propriétaire. Pendant la guerre, les nazis avaient transformé le Schloss en quartier général. On l'appelait le Schloss Zerwald – c'est le nom qu'on donnait à Semmering au Moyen Age. Il a été construit par un prince Esterhazy, au XVIIe siècle. A la fin du siècle dernier, il a été abandonné pendant quelque temps, puis reconverti en fabrique de montres. L'usine a fonctionné durant vingt ans environ. Les anciens l'appellent encore la *Uhrwerken*. Comment dites-vous... ?

— L'Horlogerie. Ben sortit un autre billet de mille shillings. J'ai encore quelques petites questions à vous poser. »

*

Se profilait au-dessus d'elle un homme tout de blanc vêtu dont elle discernait mal le visage. Il avait des cheveux gris, parlait d'une voix douce et souriait. Il semblait amical et elle aurait aimé comprendre ce qu'il disait.

Elle se demanda pourquoi elle se sentait incapable de s'asseoir : avait-elle eu un accident ? Avait-elle reçu un choc ? Soudain la panique l'envahit.

Elle entendit «... *dû vous le faire mais nous n'avions vraiment pas le choix.* »

Un accent, peut-être allemand ou suisse.

Où suis-je ?

Puis : « *tranquillisant dissociatif...* »

Quelqu'un parlant anglais avec un vague accent d'Europe centrale.

Et «... *à votre aise pendant que les effets de la kétamine se dissipent.* »

Certaines choses commençaient à lui revenir en mémoire. Elle n'était pas en sécurité ici. Elle avait éprouvé une grande curiosité pour cet endroit mais à présent, elle aurait voulu se trouver à des kilomètres de là.

Elle se souvenait vaguement d'une lutte. Plusieurs malabars s'étaient rués sur elle, elle avait senti une piqûre. Ensuite, plus rien.

L'homme aux cheveux gris, qu'elle percevait maintenant comme le mal incarné, était parti. Elle ferma les yeux.

Quand elle les rouvrit, elle était seule. Elle avait retrouvé toute sa tête et son corps lui faisait mal. C'est alors qu'elle comprit. On l'avait attachée à un lit.

Elle leva la tête le plus haut possible, mais la sangle passée autour de sa poitrine arrêta vite son geste.

Malgré tout, elle parvint à repérer les menottes et les courroies qui l'empêchaient de bouger. Ils avaient utilisé des entraves médicales en polyuréthane, le genre de sangles qui existent aussi en cuir et servent à immobiliser les patients les plus violents et les plus dangereux dans les hôpitaux psychiatriques. On les appelait des « entraves humaines ». Elle-même les avait employées autrefois, quand elle faisait ses classes.

Ses poignets liés l'un à l'autre étaient attachés par une longue chaîne à une ceinture passée autour de sa taille. Même chose pour les chevilles. Ses bras étaient endoloris et leur peau irritée. Elle avait dû se défendre comme une enragée.

Chaque sangle avait sa couleur : rouge pour les poignets, bleu pour les chevilles. Elles semblaient plus récentes que les sangles en cuir dont elle s'était servie autrefois, mais elle remarqua qu'elles se fermaient toujours de la même façon, avec une petite clé plate sans dents. Droite d'un côté, effilée de l'autre, une extrémité en forme de coin.

En fait, les sangles d'hôpital étaient relativement faciles à crocheter pour qui savait s'y prendre. Mais elle aurait besoin d'un trombone ou de quelque chose dans le même genre, un fil de métal bien rigide.

Elle pencha la tête d'un côté et de l'autre pour examiner l'énorme machine à anesthésie puis le chariot de métal posé à quelques dizaines de centimètres de son lit. Hélas, hors de portée.

Equipé de huit tiroirs, il était surmonté de quelques objets épars. Bandages, forceps, ciseaux et un petit emballage stérile rempli d'épingles de sûreté.

Mais pas moyen de l'atteindre.

Elle essaya de glisser son corps vers la gauche, tendue vers le chariot qui brillait à deux pas d'elle, en espérant que les sangles ne seraient pas trop serrées, mais il n'y avait presque pas de jeu. Elle recommença, plus brusquement cette fois, sans obtenir de résultats ; la secousse eut pour seul effet de déplacer très légèrement le lit à roulettes.

Des roulettes.

Un instant, elle retint son souffle, guettant les bruits de pas à l'extérieur. Puis elle tira de nouveau sur les sangles et sentit les roues tourner ; le lit avança de trois ou quatre centimètres.

Encouragée par ce succès, aussi minime fût-il, elle recommença. Le lit se déplaça encore un peu.

Mais le chariot lui semblait encore aussi lointain et inatteignable que le lac qui apparaît en mirage aux hommes perdus dans le désert.

Elle s'accorda une minute de repos, le temps que s'apaisent les crampes qui lui tordaient les muscles du cou.

Puis elle rassembla ses forces et tâchant d'ignorer la distance qui la séparait du chariot, elle se *secoua* et gagna encore quelque trois centimètres.

Trois centimètres, et il en restait plusieurs dizaines à parcourir. L'équivalent d'un pas dans le marathon de New York.

Elle entendit marcher dans le couloir, des bruits de voix qui se rapprochaient et elle frissonna, tout en reposant son cou fatigué. Les voix passèrent.

Un mouvement brusque vers la gauche et le lit avança encore de quelques centimètres.

Elle préférait ne pas songer à ce qu'elle ferait dès qu'elle aurait atteint le chariot ; c'était une tout autre affaire. Elle devrait procéder par étapes.

Centimètre par centimètre.

Trois centimètres, six. Le chariot n'était plus qu'à un pied d'elle. Elle s'agita de nouveau et progressa encore un peu. A ce moment-là, l'homme aux cheveux argentés pénétra dans la chambre.

Le soi-disant Jürgen Lenz. Mais à présent, elle connaissait l'incroyable vérité.

Jürgen-Lenz-n'était-pas-Jürgen-Lenz.

CHAPITRE 42

BEN entra dans un magasin d'articles de sport situé au bout de Hochstrasse. On y proposait toute une gamme de produits destinés aux randonneurs. Il loua une paire de skis de fond et se renseigna pour savoir où il pourrait se procurer une voiture.

La première agence de location se trouvait à plusieurs kilomètres de là.

Une moto BMW était garée juste devant. Malgré son grand âge, elle paraissait encore en état de marche. Après quelques tractations, le jeune homme qui tenait la boutique accepta de la lui vendre.

Il attacha les skis sur son dos et se mit en route. Une fois franchi le défilé de Semmering, il déboucha sur une route étroite dépourvue de tout panneau de signalisation. Elle grimpait à pic et traversait un ravin avant de rejoindre le *Schloss*. Le macadam verglacé était creusé d'ornières; des camions et autres poids lourds avaient dû l'emprunter récemment.

Quand il eut grimpé sur une distance d'environ trois cents mètres, il vit une pancarte rouge. BETRETEN VERBOTEN – PRIVATBESITZ : Défense d'entrer – Propriété privée.

Juste devant la pancarte, s'élevait un portail recouvert de bandes de peinture fluorescente jaune et noire. Il semblait s'ouvrir à distance mais Ben sauta facilement par-dessus puis il pencha la moto et la fit glisser en dessous.

Aucune alarme ne se déclencha.

Il se remit à rouler vers le sommet de la côte et traversa une épaisse forêt enneigée. Quelques minutes plus tard, un mur crénelé se dressa devant lui, une muraille sans doute vieille de plusieurs siècles, portant des marques de restauration.

Le sommet en était garni de fils de fer placés à l'horizontale. De loin, le dispositif était invisible mais à présent, Ben le voyait nettement. Il était probablement électrifié et Ben n'avait guère envie d'aller vérifier.

Il préféra suivre le mur sur quelques dizaines de mètres jusqu'à une porte en fer forgé décorée de volutes, large de deux mètres environ, haute de trois. Ce pouvait être l'entrée principale. Après un examen plus attentif, Ben vit que ce qu'il avait pris pour du fer forgé était en fait de l'acier peint pour imiter le fer. Et pour renforcer le dispositif, on avait placé derrière une sorte de panneau formé de mailles de métal. C'était certainement un système de haute sécurité conçu pour repousser les intrus.

Il se demanda si cette porte servait à empêcher les gens d'entrer – ou de sortir.

Anna avait-elle réussi à s'introduire à l'intérieur ? s'interrogea-t-il. Ou la gardait-on prisonnière ?

La mauvaise route qu'il venait d'emprunter se terminait quelques centaines de mètres après le portail. Au-delà, scintillait une vaste étendue de neige vierge. Il gara la moto, chaussa ses skis et se mit à suivre la muraille.

Il avait l'intention de faire le tour du domaine ou du moins, dans la mesure du possible, de repérer des failles éventuelles dans le dispositif de sécurité. Il devait bien y avoir des brèches dans la muraille. Pourtant rien ne le laissait présager.

Il s'enfonçait dans l'épaisse couche de neige molle. Les congères ne facilitaient rien. Et quand il trouva enfin un moyen pratique d'avancer, la pente devint plus raide, ce qui ralentit encore sa progression.

Bientôt le niveau du sol s'éleva suffisamment pour que Ben puisse voir ce qui se trouvait derrière le mur.

Il dut plisser les yeux à cause de la réverbération du soleil sur la neige mais, à présent, plus rien ne lui cachait le *Schloss*, grand bâtiment de pierre plus large que haut, tout en coins et recoins. Au premier coup d'œil, on aurait dit un simple monument historique ouvert aux touristes. Impression vite démentie par la présence de deux gardes patrouillant en uniforme paramilitaire, armés de mitraillettes.

Drôlement bien gardé pour un laboratoire de recherches.

Ce qu'il vit ensuite le plongea dans la plus grande stupeur. Des enfants, des dizaines d'enfants, déguenillés, tournaient en rond dehors, dans le froid. Il regarda mieux, entre les fentes de ses paupières.

Qui étaient-ils ?

Et que faisaient-ils là ?

Cet endroit n'avait rien d'un sanatorium ; ces gosses étaient-ils prisonniers ?

Toujours chaussé de ses skis, il escalada la butte pour se rapprocher de la scène. Il était maintenant assez près pour voir correctement, mais pas assez pour que le haut mur de pierre lui bouche la vue.

A l'intérieur, non loin du mur, on apercevait une surface fermée par une barrière, aussi grande qu'un pâté de maisons, où se dressaient plusieurs vastes tentes militaires, remplies d'enfants. On aurait dit un bidonville, un campement de fortune ayant pour seuls occupants de jeunes enfants originaires de quelque pays d'Europe centrale. La clôture d'acier était garnie de rouleaux de fils de fer barbelés.

Quelle étrange vision ! Mais ce n'était pas une illusion d'optique. Ben secoua la tête pour s'en convaincre, puis observa de nouveau l'incroyable spectacle. C'étaient bien des enfants, certains très jeunes, d'autres adolescents. Les garçons, mal rasés, cigarette au bec, s'interpellaient d'un air farouche. Les filles portaient des foulards, de méchantes robes de paysannes et des manteaux en loques. Des bambins grouillaient autour d'elles.

Il avait déjà vu ce genre d'image à la télévision. Les enfants réfugiés se ressemblaient tous, d'où qu'ils viennent. Des petits malheureux chassés de chez eux par la guerre – était-ce des Bosniaques, des rescapés des conflits du Kosovo et de Macédoine, ou alors des Albanais ?

Lenz abritait-il des réfugiés de guerre sur le terrain entourant sa clinique ?

Jürgen Lenz poussait-il la générosité jusqu'à donner refuge à des expatriés et à des enfants malades ?

Peu probable.

En outre, ce village de toile n'avait rien d'un refuge. Les petits paysans étaient parqués comme du bétail, habillés n'importe comment, malgré le froid glacial. Et il y avait les sentinelles. Cette installation évoquait davantage le camp d'internement.

Il entendit un cri, la voix d'un adolescent. L'un des gosses avait remarqué sa présence. Le premier cri s'enfla de dizaines d'autres. Et bientôt tous les petits pensionnaires se mirent à lui faire des signes et à l'appeler pour attirer son attention. Il comprit soudain ce qu'ils voulaient.

Ils voulaient qu'on les libère.

Ils voulaient qu'il intervienne. A leurs yeux, il était leur sauveur, un homme venu de l'extérieur pour les aider à s'enfuir. Son estomac se serra et il se mit à frissonner. Mais le froid n'en était pas la cause.

Que leur faisait-on subir là-dedans ?

Soudain un nouveau cri s'éleva, venant d'une autre direction. L'un des gardes l'avait aperçu. Il le hélait en lui faisant signe de partir.

La menace était claire : sortez de cette propriété privée ou on vous tire dessus.

Il entendit une détonation et, détournant le regard vers la gauche, vit une pluie de balles trouer la neige à quelques mètres de lui.

Ils ne plaisantaient pas et la patience n'était pas leur fort.

Les petits réfugiés étaient retenus prisonniers dans ces lieux. Et Anna ?

Anna se trouvait-elle entre ces murs elle aussi ?

S'il vous plaît, mon Dieu, faites qu'elle soit saine et sauve. Faites qu'elle soit vivante.

Il ne savait qu'espérer. Qu'elle soit à l'intérieur ou qu'elle n'y soit pas ?

Ben fit volte-face et repartit par où il était venu.

« Eh bien, je constate que vous avez recouvré vos esprits », dit Lenz dans un sourire radieux. Il s'immobilisa au pied du lit d'Anna et joignit les mains devant lui.

« A présent, si vous me disiez à qui vous avez révélé ma véritable identité.

— Allez vous faire foutre, cracha-t-elle.

— Désolé de vous décevoir, dit-il tranquillement. Mais dès que les effets de la kétamine se dissiperont – il jeta un coup d'œil à sa montre en or – ce qui ne prendra pas plus d'une demi-heure, on vous injectera environ cinq milligrammes d'un puissant opiacé appelé Versed. On vous en a déjà administré ? Lors d'une opération, peut-être ? »

Anna le regarda sans sourciller.

Il poursuivit, imperturbable.

« Cinq milligrammes suffiront pour vous détendre mais sans vous ôter vos réactions. D'abord, vous vous sentirez un peu nerveuse, mais au bout d'une dizaine de secondes, vous éprouverez une impression de calme absolu. Toute votre anxiété vous quittera. C'est une sensation merveilleuse. »

Il pencha la tête de côté, comme un oiseau.

« Si nous vous injections cette drogue d'un seul coup, vous cesseriez de respirer et la mort s'ensuivrait, très probablement. Aussi devrons-nous procéder lentement, pendant huit à dix minutes. Nous serions navrés qu'il vous arrive malheur. »

Anna émit un grognement chargé de scepticisme et de dérision. C'était du moins ce qu'elle voulait exprimer. La drogue l'avait calmée sans lui ôter sa profonde appréhension.

« On vous retrouvera morte au volant de votre voiture de location. L'alcool au volant fait toujours autant de ravages...

— Je n'ai pas loué de voiture, articula-t-elle.

— Oh si, vous l'avez fait. Ou plutôt, on l'a fait pour vous, en utilisant votre carte de crédit. On vous a arrêtée la nuit dernière, dans une ville voisine. Votre taux d'alcoolémie s'élevait à deux grammes cinq, ce qui explique votre accident. Vous avez passé la nuit en cellule et au matin on vous a relâchée. Mais vous savez ce que c'est, avec les alcooliques – rien ne leur sert de leçon. »

Elle ne montra aucune réaction. Mais son esprit fonctionnait à cent à l'heure. Il fallait qu'elle trouve la sortie de ce labyrinthe. Il y avait *sûrement* des défauts dans le système, mais lesquels ?

Lenz poursuivit : « Le Versed, voyez-vous, est un sérum de vérité, le plus efficace jamais inventé, bien qu'il n'ait pas été conçu à cet effet. Toutes les drogues employées par la CIA, comme le pentothal de sodium ou la scopolamine, n'ont jamais bien marché. Mais avec la bonne dose de Versed, vous serez à ce point libérée de vos inhibitions que vous me direz tout ce que je veux savoir. Et ce qui est vraiment génial c'est qu'ensuite vous ne vous souviendrez de rien. Vous parlerez, parlerez.

Avec une grande lucidité. Mais ensuite vous perdrez le souvenir de ce qui se sera passé. C'est tout à fait remarquable. »

Une infirmière entra dans la chambre, une petite femme d'une quarantaine d'années, aux hanches larges. Elle poussait devant elle un chariot surmonté de tubes, de garrots, de seringues... et commença à tout installer. Elle regardait Anna d'un air soupçonneux tout en remplissant plusieurs seringues avec le contenu de petites ampoules. Puis elle colla dessus des étiquettes préimprimées.

« Voici Gerta, votre infirmière-anesthésiste. L'un de nos meilleurs éléments. Vous êtes entre de bonnes mains. » En quittant la pièce, Lenz se tourna vers Anna et lui fit un petit signe de la main.

« Comment vous sentez-vous ? », demanda Gerta pour la forme. Elle s'exprimait sèchement de sa voix de contralto, tout en accrochant une poche contenant un liquide clair sur l'appareil à perfusion, à la gauche du lit d'Anna.

« Plutôt... groggy... », répondit Anna d'une voix traînante. Elle clignait les yeux comme si elle avait du mal à les tenir ouverts. Mais elle était hypervigilante ; elle commençait à entrevoir un plan.

Gerta remua un objet qui rendit le son d'un tube de plastique. Au bout de quelques instants elle dit :

« Très bien, je vais revenir. Le docteur préfère attendre que les effets de la kétamine soient presque entièrement dissipés. Si nous commençons le Versed tout de suite, vous risquez un arrêt respiratoire. Bon, il faut que j'aille en salle d'anesthésie vérifier un truc ». Elle referma la porte derrière elle.

Anna ouvrit les yeux et, de toutes ses forces, balança son corps sur la gauche en s'aidant de ses mains menottées. Un mouvement qu'elle commençait à maîtriser. Le lit se déplaça de plusieurs centimètres. Le chariot se rapprochait. Elle se reposerait plus tard. Encore un coup, et ce serait bon.

Elle souleva les épaules le plus haut possible, jusqu'à ce que la sangle l'arrête et colla son visage contre le rebord froid du plateau. Du coin de l'œil gauche, elle voyait les épingles de sûreté servant à fixer les bandages, dans leur petit emballage stérile, à trois ou quatre centimètres d'elle.

Hors de sa portée.

Si elle tordait le cou au maximum sur la gauche, les épingles étaient là, juste sur son nez. Les muscles de son cou et de sa nuque étaient si tendus qu'ils se mirent à trembler. La douleur serait bientôt insupportable.

Puis, comme un enfant moqueur, elle tira la langue si fort que de petites piqûres apparurent en dessous, à la base.

Finalement, elle abaissa la langue vers la surface du chariot, comme une pelle mécanique. Elle atteignit ainsi l'emballage de plastique cloqué et recula lentement la tête, tout en maintenant le paquet. Puis, juste avant qu'il ne bascule par-dessus bord, elle l'attrapa avec les dents.

Il y eut un bruit de pas. La porte s'ouvrit.

Aussi vive qu'un serpent à sonnette, elle se recoucha en faisant glisser le petit carré de plastique sous sa langue. Ses bords pointus s'enfoncèrent dans sa chair. *L'infirmière avait-elle remarqué son manège ?* La femme s'avança vers elle. L'étui lui donnait des haut-le-cœur mais elle ne desserrait pas les dents.

« Oui, dit Gerta, il arrive que la kétamine provoque des nausées, vous n'y échapperez pas. Je vois que vous êtes réveillée. »

Sans ouvrir la bouche, Anna émit un *mmmph* plaintif et ferma les yeux. La salive s'accumulait derrière ses incisives. Elle se força à déglutir.

Gerta fit le tour pour se placer à la droite d'Anna et se mit à farfouiller près de la tête du lit. Les yeux fermés, Anna essayait de retrouver une respiration normale.

Quelques minutes plus tard, Gerta ressortait de la chambre en fermant doucement la porte derrière elle.

Cette fois-ci, elle va revenir très vite, se dit Anna.

L'étui lui avait entamé la peau et du sang s'était répandu dans sa bouche. Anna fit glisser l'étui vers ses lèvres puis le cracha. Il atterrit sur le dos de sa main gauche. Elle déplaça ses mains attachées et posa son index droit sur le petit paquet pour le faire passer à l'intérieur de son poing.

Tout se déroula très rapidement. Elle savait ce qu'elle faisait. Ce genre de serrure n'avait plus de secret pour elle. Combien de fois n'avait-elle pas dû les crocheter pour en avoir égaré la clé.

L'emballage s'ouvrit non sans difficulté, mais ensuite ce fut un jeu d'enfant que de dégager la pointe de l'épingle de son fermoir.

La sangle de gauche d'abord. Elle enfonça la pointe dans la serrure, tourna l'épingle vers la gauche, puis vers la droite, et la serrure s'ouvrit avec un déclic.

Sa main gauche était libre !

Revigorée par son succès, elle libéra sa main droite encore plus rapidement puis détacha la ceinture de contention. C'est alors que la porte s'ouvrit avec un léger grincement. Gerta était revenue.

Anna replaça vivement ses mains entre les sangles de polyuréthane afin de donner le change et ferma les paupières.

Gerta s'approcha du lit.

« Je vous ai entendue bouger. »

Son cœur battait si fort qu'on devait l'entendre dans toute la pièce.

Anna ouvrit lentement les yeux et prit un regard hébété.

« Ça suffit comme ça, s'écria Gerta d'un ton menaçant. Je crois que vous faites semblant. » A voix basse, elle ajouta : « Nous ne prendrons donc aucun risque. »

Elle appliqua un garrot de caoutchouc sur le bras gauche d'Anna, enfonça l'aiguille dans la veine saillante, puis se retourna pour fixer le tube de la perfusion. D'un seul geste tournant, Anna glissa ses poignets hors des menottes et, dans le plus grand silence, se mit à desserrer le garrot, *doucement, vas-y doucement,* mais hélas Gerta entendit le caoutchouc claquer et se retourna vers elle. Sans attendre la fin de son mouvement, Anna se leva aussi vite que le lui permettait la ceinture qui lui enserrait la poitrine, passa son bras droit autour du cou de l'infirmière, plia le coude et serra comme si elle voulait l'attirer contre elle pour l'embrasser. Puis elle tira sèchement sur la lanière de caoutchouc dont elle entoura le cou charnu de la femme.

On entendit une sorte de glapissement.

Gerta battit l'air de ses mains et les porta à sa gorge pour essayer de glisser ses doigts sous le garrot, sans trouver de prise. Ses ongles s'enfoncèrent dans son cou et elle se mit à se tortiller comme un ver. Son visage vira au pourpre. Elle suffoquait, la bouche grande ouverte. Puis, peu à peu, ses mains cessèrent de s'agiter ; elle était probablement en train de s'évanouir.

Quelques minutes plus tard, Anna, presque engourdie par l'effort, avait bâillonné l'infirmière et l'avait attachée aux montants du lit. Elle se défit des courroies qui lui enserraient les chevilles, se glissa vacillante hors du lit et, pour plus de précautions, attacha Gerta à la machine à anesthésie, trop lourde pour qu'on puisse la déplacer.

Elle prit le trousseau de clés que Gerta portait à la ceinture et jeta un œil sur le chariot.

Tous les objets posés là étaient des armes en puissance. Elle repéra une série d'aiguilles hypodermiques rangées dans des étuis et plusieurs petites ampoules de verre contenant diverses drogues, puis se souvint que sa chemise d'hôpital n'avait pas de poches.

Dans le placard à fournitures pendaient deux blouses blanches en coton. Elle en passa une, bourra les deux poches obliques des instruments qu'elle venait de chaparder et sortit en trombe de la chambre.

CHAPITRE 43

L E bureau du cadastre de la région de Semmering occupait une petite pièce au sous-sol d'un bâtiment de style bavarois où travaillaient quelques employés municipaux. Les armoires à dossiers vertes alignées là portaient les numéros des parcelles.

« Le *Schloss* Zerwald n'est pas accessible au public », dit d'un ton morne la femme aux cheveux blancs qui dirigeait le service.

« Il appartient à la clinique de Semmering. Strictement privé.

— Je comprends cela, répondit Ben. En fait, ce sont les anciennes cartes que je cherche. » Quand Ben se mit à lui expliquer qu'il était historien et effectuait une étude sur les châteaux d'Allemagne et d'Autriche, elle prit un air vaguement réprobateur, comme si une odeur fétide venait de lui chatouiller les narines. Pourtant, elle ordonna au jeune homme tremblant qui lui servait d'assistant de sortir une carte domaniale rangée dans l'un des nombreux tiroirs tenant tout un pan de mur. Malgré la complexité apparente du mode de classement, la femme aux cheveux blancs savait exactement où se trouvaient les documents qui intéressaient Ben.

La carte avait été imprimée au début du XIXe siècle. A l'époque, le propriétaire du terrain se nommait J. Esterhazy. Il possédait presque tout le versant de la montagne. Des marques énigmatiques étaient disséminées sur la parcelle.

« Qu'est-ce que cela signifie ? », demanda Ben en désignant les signes étranges.

La vieille femme lui jeta un regard mauvais.

« Les grottes, dit-elle. Les grottes calcaires creusées dans la montagne. »

Des grottes. C'était une possibilité.

« Ces grottes traversent-elles toute la propriété ?

— Oui, bien sûr », fit-elle impatiemment.

Ce qui voulait dire qu'elles passaient sous le *Schloss*.

Tentant de contenir son excitation, il demanda :

« Pouvez-vous me faire une copie de cette carte ? »

Un regard hostile.

« Ça coûte vingt shillings.

— Parfait, dit-il. Ah oui, autre chose : existe-t-il un plan au sol du *Schloss* ? »

Le jeune vendeur de la boutique d'articles de sport examina la carte de la propriété comme s'il s'agissait d'un problème d'algèbre insoluble. Mais lorsque Ben lui expliqua que les marques correspondaient à un réseau de grottes, il s'empressa d'acquiescer.

« Oui, les grottes passent juste au-dessous du *Schloss*, dit-il. Je crois qu'on pouvait même les emprunter pour entrer dans le château, mais cela fait longtemps de ça. Aujourd'hui, le passage est sûrement condamné.

— Les avez-vous visitées ? »

Le jeune vendeur leva les yeux vers lui d'un air épouvanté.

« Non, bien sûr que non.

— Connaissez-vous quelqu'un qui l'ait fait ? »

Il réfléchit un instant.

« *Ja*, je crois que oui.

— Pensez-vous que cette personne accepterait de m'y conduire, de me servir de guide ?

— Ça j'en doute.

— Pouvez-vous le lui demander ?

— Je le lui demanderai, mais à votre place je n'y compterais pas trop. »

Ben n'en crut pas ses yeux lorsque, une heure plus tard, il vit entrer dans la boutique un vieillard de presque quatre-vingts ans, petit, sec et nerveux, avec des oreilles en chou-fleur, un long nez tordu, une poitrine bombée et des bras maigrichons. En arrivant, il lança quelques invectives en allemand à l'adresse du vendeur, puis il aperçut Ben et se tut.

Ben le salua d'un mot ; l'homme hocha la tête.

« Franchement, je le trouve un peu vieux, dit Ben au vendeur. Il n'y aurait personne de plus jeune et de plus costaud ?

— Plus jeune oui, mais pas plus costaud, répliqua le vieillard. Et vous ne trouverez personne qui connaisse ces grottes mieux que moi. Ceci dit, je ne sais pas si votre proposition m'intéresse.

— Oh, vous parlez anglais, avança Ben, surpris.

— On est pas mal à l'avoir appris durant la guerre.

— Les grottes possèdent-elles une issue donnant sur le *Schloss* ?

— C'était le cas autrefois. Mais pourquoi devrais-je vous aider ?

— J'ai besoin de pénétrer dans le *Schloss*.

— Impossible. C'est une clinique privée maintenant.

— Et pourtant, je dois y entrer.

— Pourquoi ?

— Disons seulement que j'ai mes raisons. Et que ces raisons valent un bon paquet de fric. » Il précisa au vieil Autrichien qu'il avait l'intention de le rétribuer pour ses services.

« Nous aurons besoin d'équipement, dit l'homme. Vous connaissez l'escalade ? »

Il s'appelait Fritz Neumann et pratiquait déjà la spéléologie dans la région de Semmering avant la naissance de Ben. Il possédait aussi une force peu commune, ce qui ne l'empêchait pas d'être leste et gracieux.

Vers la fin de la guerre, expliqua-t-il, alors qu'il n'était qu'un gosse de huit ans, ses parents avaient rejoint la Résistance. Une cellule formée par des travailleurs catholiques bien décidés à lutter contre l'envahisseur nazi. L'ancienne Horlogerie avait été réquisitionnée par les Allemands et transformée en poste de commandement régional.

Dans le sous-sol du vieux château, courait un boyau débouchant sur une porte creusée dans la roche. Cette porte donnait accès à une grotte calcaire située au-dessous du domaine. Mais les nazis qui vivaient et travaillaient dans le *Schloss* n'en connaissaient pas l'existence. C'était à dessein qu'on avait construit le *Schloss* à cet endroit même, ses premiers occupants ayant prévu une sortie secrète pour parer aux attaques venues de l'extérieur. Au cours des siècles, cette grotte et son débouché étaient tombés dans l'oubli.

Lorsque les nazis avaient réquisitionné l'Horlogerie, les résistants s'étaient rendu compte qu'ils possédaient un avantage majeur sur leurs occupants. Ils étaient en mesure de les espionner, de commettre des actes de sabotage et de subversion – et, qui plus est, s'ils savaient s'y prendre, ils pourraient agir au nez et à la barbe des Allemands.

La Résistance avait ainsi organisé l'évasion de plusieurs dizaines de prisonniers enfermés dans le *Schloss* et les nazis n'y avaient vu que du feu.

Le petit Fritz Neumann avait participé à certaines de ces actions, aux côtés de ses parents et de leurs amis, si bien que la grotte et ses méandres étaient à jamais gravés dans sa mémoire.

Fritz Neumann quitta le premier le téléski, Ben sur ses talons. La piste skiable se trouvait sur la face nord de la montagne. Le *Schloss*, lui, se dressait sur le versant opposé, mais Neumann estimait qu'il serait plus facile d'atteindre l'entrée de la grotte par ce chemin.

Leurs skis étaient équipés de fixations Randonee. On les défaisait pour libérer les talons, lorsqu'on pratiquait le ski de fond, et on les attachait quand on voulait descendre une pente. Détail plus important encore, ces fixations leur permettaient de porter des bottes de montagne au lieu de chaussures de ski. Neumann s'était procuré l'équipement : des crampons flexibles douze points dont se servent les Autrichiens pour escalader les pentes glacées ; des casques de spéléo Petzl ; des piolets munis de sangles pour les poignets ; des harnais d'escalade ; des pitons ; et des mousquetons.

Il avait trouvé l'ensemble à la boutique du village.

Les armes que Ben souhaitait emporter furent plus difficiles à dénicher. Mais les chasseurs ne manquaient pas dans la région et parmi les amis de Neumann, nombreux étaient ceux qui possédaient des armes de poing et des fusils. L'un d'entre eux accepta le marché que lui proposa Ben.

Coiffés de passe-montagne en laine, vêtus de pantalons et de guêtres imperméables, munis de sacs d'escalade et de fins gants en polypropylène, ils partirent à petites foulées en direction du sommet, puis une fois arrivés, fixèrent leurs attaches et s'élancèrent sur la face Sud. Ben se considérait comme un bon skieur mais Neumann était bien meilleur que cela. Ben avait du mal à ne pas se laisser distancer par le vieillard qui le précédait sur la neige vierge. L'air était glacial et le visage de Ben, ou du moins ce qui émergeait du passe-montagne, se mit vite à cuire. Ben ne parvenait pas à comprendre comment Neumann parvenait à se diriger sur ces pistes à peine visibles, puis il aperçut de loin en loin les taches de peinture rouge qui marquaient le tronc des sapins, comme des poteaux indicateurs.

Ils skiaient depuis vingt minutes quand ils atteignirent l'orée de la forêt. Une crevasse s'ouvrait devant eux, plongeant vers une gorge encaissée. Ils s'arrêtèrent à trois mètres du bord, ôtèrent leurs skis et les cachèrent dans un taillis.

« Je vous ai prévenu, la grotte est difficilement accessible, dit Neumann. Maintenant, on va descendre en rappel. Vous savez vous y prendre, hein ? »

Ben hocha la tête tout en examinant la falaise. Il y avait quelque chose comme trente mètres de dénivelé, peut-être moins. De là où ils se trouvaient, il pouvait voir le *Schloss* au loin. On aurait dit une maquette d'architecte.

Neumann sortit un rouleau de corde. Avec un certain soulagement, Ben reconnut une corde dynamique kernmantle, faite de fils de nylon entrecroisés.

« C'est du onze millimètres, déclara Neumann. Ça vous va ? »

Ben hocha de nouveau la tête. Pour une descente comme celle-là, c'était parfait.

Sous cet angle, il était impossible d'apercevoir l'entrée de la grotte. Il supposa qu'elle s'ouvrait à flanc de falaise.

Neumann s'agenouilla au bord du vide, près d'un affleurement de rochers, et se mit à enfoncer les pitons avec un marteau qu'il sortit d'un étui. Plus il cognait et plus le son rendu par les pitons grimpait dans les aigus, indiquant qu'ils étaient correctement plantés dans la roche.

Puis, il passa la corde autour du plus gros rocher et la fit coulisser à travers les pitons.

« C'est pas si facile que cela d'atteindre l'entrée de la grotte, annonçat-il. Nous descendrons en rappel et ensuite il faudra se balancer un peu pour réussir à entrer. Maintenant, on met les crampons et les harnais.

— Et les piolets à glace ?

— Pas ici, dit-il. Il y a très peu de glace. On les garde pour la grotte.

— Il y a de la glace dans la grotte ? »

Neumann, occupé à défaire le paquetage, ne répondit pas.

Ben et Peter avaient pratiqué la spéléologie près de Greenbriar, mais les grottes là-bas étaient à peine plus que des trous de souris. Ils n'avaient jamais été confrontés à de la glace.

Pendant un instant, il se sentit pris par le trac. Jusqu'alors, il avait foncé tête baissée, poussé par l'adrénaline, la colère et la peur, avec une seule chose en tête : sortir Anna de la clinique de Lenz, où on l'avait certainement emmenée.

Mais à présent, il se demandait s'il avait fait le bon choix. L'escalade n'était pas un exercice très risqué si l'on savait s'y prendre, et il avait confiance dans ses capacités de grimpeur. Mais la spéléologie était une autre affaire et des hommes plus aguerris que lui dans cette discipline y avaient laissé leur peau.

Il aurait pu attaquer de front, pénétrer de force sur le domaine en es-pérant se faire capturer par les sentinelles. De manière à attirer l'attention de Lenz.

Mais les gardes avaient fort probablement reçu la consigne de tirer sur tout ce qui bougeait.

C'était dur à accepter, pourtant cette grotte était sa seule chance.

Tous deux accrochèrent les bandes de néoprène des crampons au-dessus des semelles en Vibram de leurs vieilles bottes d'escalade. Ils disposaient maintenant de douze pointes à l'avant et aux talons de leurs chaussures, dispositif leur permettant de s'accrocher à la paroi de la falaise. Puis ils se passèrent les harnais en nylon autour de la taille. Ils étaient prêts.

« On le fait en *dulfersitz*, d'accord ? », dit Neumann en employant le mot d'argot autrichien désignant le rappel sans descendeur. Avec cette technique, on contrôlait la descente en se servant uniquement de son corps.

« On n'a pas de descendeur ? »

Neumann sourit, ravi de constater que Ben n'en menait pas large.

« Vous en avez besoin ? »

Sans descendeur, l'opération ne se présentait pas comme une partie de plaisir mais ils seraient moins encombrés. D'un autre côté, rien ne les relierait à la corde, ce qui rendrait l'exercice encore plus périlleux.

« Vous passez après moi », dit Neumann tout en faisant un double nœud en forme de huit à l'une des extrémités, avant d'enrouler la corde autour de son épaule, de ses hanches et entre ses jambes. Il recula jusqu'au bord, souleva un peu la corde, pieds largement écartés, puis bascula dans le vide.

Ben regarda le vieil homme se balancer d'avant en arrière, face à la falaise, jusqu'à ce qu'il trouve un appui où poser le pied. Ensuite, tendant la corde, Neumann descendit le long de la paroi. Puis, se balançant de nouveau, il se laissa glisser encore un peu plus bas. Il y eut un crissement suivi d'un cri.

« OK, c'est à vous maintenant ! »

Imitant Neumann, Ben se mit à califourchon sur la corde, recula jusqu'au bord, retint son souffle et se jeta dans le vide.

La corde se mit aussitôt à frotter contre son entrejambe. Il ressentit la brûlure malgré son pantalon imperméable. A présent, il se rappelait pourquoi il détestait tant le *dulfersitz*. En se servant de sa main droite comme d'un frein, il descendit lentement, le corps penché en arrière, les pieds contre la falaise en cherchant à tâtons les points d'appui. Il continua de glisser en faisant coulisser la corde. Quelques secondes plus tard, il repérait sa cible : une petite ellipse sombre. L'entrée de la grotte. Poursuivant sa descente pendant quelques mètres encore, les pieds contre la roche, il se retrouva face à l'ouverture et projeta ses jambes en avant.

Il avait cru que ce serait plus facile. En l'occurrence, il ne suffisait pas de se laisser tomber dans la grotte ; c'était plus compliqué. La grotte s'ouvrait à fleur de paroi.

« Un peu vers l'intérieur ! hurla Neumann. A l'intérieur ! »

Ben vit aussitôt ce que le vieillard voulait dire. Il lui faudrait atterrir sur une étroite saillie interne.

Il n'avait pas droit à l'erreur. Le décrochement ne mesurait pas plus de soixante centimètres de large. Neumann s'y était accroupi, agrippé d'une main au rocher.

Comme Ben tentait de se propulser vers la grotte, son corps se mit à osciller d'avant en arrière. Déséquilibré, il renonça à bouger et attendit que la corde se stabilise.

Finalement, en retenant la corde de la main droite, il donna du jeu et reprit son mouvement de balancier, entrant et sortant alternativement de la grotte. Quand il jugea qu'il était bien placé, à l'aplomb de la saillie et assez bas pour sauter sans se blesser, il se laissa tomber et amortit sa chute en pliant les genoux.

« Bien ! », cria Neumann.

Encore accroché à la corde, Ben se pencha vers les ténèbres qui régnaient au-dessous d'eux. Le filet de lumière oblique qui venait de l'extérieur suffisait à révéler la nature du péril qu'ils allaient devoir affronter.

Les trente premiers mètres étaient constitués d'une pente abrupte recouverte d'une épaisse couche de glace. Et de la glace fondue, glissante et traîtresse, par-dessus le marché. Il n'avait jamais rien vu de tel.

« Bon », lui lança Neumann, au bout de quelques secondes. Il sentait sa réticence.

« Allons-y », dit Ben avec tout l'enthousiasme qu'il put trouver en lui.

Ils coiffèrent leurs casques légers, les fixèrent avec des bandes Velcro et installèrent leurs lampes frontales. Neumann tendit à Ben deux piolets high tech en fibre de carbone munis de pics incurvés. Chaque piolet était équipé d'une sangle passée autour du poignet. Pour l'instant, ils pendaient comme des appendices inutiles au bout des bras de Ben.

Neumann fit un signe de tête et tourna le dos à la caverne. Ben le suivit, l'estomac noué. Ils reculèrent d'un pas et quittèrent l'étroite saillie en plantant leurs crampons dans la glace crissante. Leurs premiers pas furent maladroits. Ben tenta de conserver l'équilibre en enfonçant ses crampons le plus profondément possible, jusqu'à ce qu'il ait pris assez de recul pour se servir de ses piolets. Il les planta dans la surface brillante. Pendant ce temps, Neumann descendait la pente abrupte comme s'il s'agissait d'un escalier. Le vieil homme était une vraie chèvre.

Ben continua tant bien que mal, rampant à la manière d'une araignée, le ventre collé à la glace. Les sangles passées à ses poignets supportaient tout le poids de son corps. Le crissement d'une botte, le bruit du piolet entamant la glace, et ainsi de suite jusqu'à parvenir à adopter une sorte de rythme. Enfin, il arriva en bas, là où la glace laissait place au calcaire.

Neumann se tourna, se débarrassa de ses piolets, de ses crampons, et s'engagea sur la surface en pente douce, suivi de près par Ben.

Ils progressèrent par paliers, comme sur un escalier en colimaçon creusé dans la roche. Au fur et à mesure de leur descente, dans le faisceau de sa lampe frontale, Ben découvrait une multitude de passages s'ouvrant de chaque côté d'eux, des bifurcations qu'il aurait pu être tenté d'emprunter si Neumann n'avait pas été là. Ici, pas de traits de peinture rouge pour différencier la bonne route des impasses. De toute évidence, Fritz Neumann se repérait de mémoire.

L'air semblait plus doux qu'à l'extérieur, mais Ben savait que cette impression était trompeuse. La glace éternelle qui recouvrait les parois de la grotte indiquait que la température était négative. L'eau qui courait sous leurs pieds augmenterait bientôt la sensation de froid. Il faisait aussi extrêmement humide.

Le sol de la grotte était jonché de gravats et sillonné de ruisseaux. De temps en temps, Ben trébuchait sur des éboulis. Le passage s'élargit en une galerie ornée de formations calcaires époustouflantes. La lampe de Ben éclaira des stalactites pareilles à des pailles à soda, fines et délicates, se terminant en pointes aussi aiguës que des aiguilles à tricoter ; parfois les têtes des stalagmites, couvertes d'une accumulation de calcite, venaient rencontrer une stalactite pour former une colonne. L'eau suintait des murs. Le silence sinistre était seulement entrecoupé par le goutte-à-goutte de l'eau sur le sol détrempé. Des flowstones durcis constituaient des terrasses et des feuilles translucides de calcite pendaient du plafond telles des draperies bordées d'une dentelle tranchante.

Partout régnait l'âcre remugle de l'ammoniaque émanant du guano déposé par les chauve-souris.

« Oh, regardez ! », dit Neumann. Ben se tourna pour apercevoir le squelette parfaitement conservé d'un ours. Puis un bruit assourdissant s'éleva autour d'eux, produit par le froissement d'une multitude d'ailes ; une colonie de chauve-souris en hibernation s'était réveillée à leur approche.

Ben commençait à ressentir le froid. Malgré toutes ses précautions, l'eau avait réussi à s'infilter dans ses bottes, en détrempant ses chaussettes.

« Venez par ici », dit Neumann.

Il le conduisit dans un étroit passage, l'un des nombreux boyaux tous semblables qui partaient de la galerie principale. Le sol s'élevait graduellement sous leurs pieds, les parois se rapprochaient toujours plus. Bientôt, le passage ne fut plus qu'un minuscule goulet. Leurs têtes frôlaient le plafond ; si Ben avait mesuré plus d'un mètre quatre-vingt-cinq, il eût dû se pencher. Les parois étaient gelées et l'eau suintait sous leurs pieds, glaciale.

Les orteils de Ben commençaient à s'engourdir. Neumann, toujours aussi agile, escaladait la pente abrupte avec une aisance étonnante. Ben suivait plus difficilement, enjambant les rochers en saillie, bien conscient que s'il perdait l'équilibre, la chute risquait de lui être fatale.

Enfin, le sol sembla s'aplanir.

« Nous sommes à peu près au niveau du *Schloss*, maintenant », annonça Neumann.

Puis tout à coup, ils rencontrèrent un cul-de-sac. Ils s'arrêtèrent devant une sorte de mur devant lequel s'élevait une pile de gravats, les résidus d'une ancienne excavation, sans doute.

« Mon Dieu, s'exclama Ben. Nous sommes perdus ? »

Sans un mot, Neumann balaya quelques cailloux d'un coup de botte, découvrant une barre de fer rouillé, longue d'environ un mètre vingt. Il s'en saisit et la brandit d'un geste triomphant.

« On n'y a pas touché, claironna-t-il. C'est bon pour vous. Personne n'est passé par là depuis bien longtemps. Ils n'ont pas trouvé le passage.

— Que voulez-vous dire ? »

Neumann coinça la perche de fer sous un gros rocher et pesa de tout son poids sur elle, jusqu'à ce que le bloc commence à bouger, révélant un petit goulet irrégulier, haut de soixante centimètres et large d'un mètre à peine.

« Durant la guerre, nous déplacions sans cesse ce rocher pour dissimuler l'issue du passage. » Il lui montra les rainures apparaissant dans la roche. Ben songea qu'elles dataient de plusieurs dizaines d'années.

« Maintenant, à vous de jouer. Je vous laisse. Ce goulet est très étroit mais je pense que vous pourrez le franchir. »

A la fois fasciné et horrifié, Ben se pencha pour examiner le passage de plus près. Il sentit monter la panique.

C'est un putain de cercueil. Je n'y arriverai jamais.

« Vous allez continuer sur deux cents mètres, disons. D'abord, vous rencontrerez un terrain plat, mais à la toute fin, le sol va s'élever. A moins qu'elle ne se soit effondrée, depuis le temps, vous tomberez enfin sur une ouverture ressemblant à un trou de serrure.

— Elle donne directement dans le *Schloss* ?

— Non, bien sûr que non. On y entre par une porte. Probablement verrouillée. Je le crains.

— Et c'est *maintenant* que vous me le dites. »

D'une poche de sa vieille parka verte, Neumann sortit un bout de fer rouillé. Une clé.

« Je ne peux pas vous garantir qu'elle fonctionne encore, mais la dernière fois que j'ai essayé, elle marchait.

— La dernière fois, c'était il y a cinquante ans ?

— Plus que cela », reconnut Neumann. Il tendit la main.

« Bon, je vous dis au revoir, fit-il d'un ton solennel. Je vous souhaite bonne chance. »

CHAPITRE 44

LE boyau était terriblement étroit. De quel courage, de quelle détermination avaient dû faire preuve les combattants de la Résistance pour accomplir un tel exploit, se dit Ben. Et à plusieurs reprises. Rien d'étonnant à ce qu'ils aient eu recours au jeune Fritz Neumann. Seul un enfant était capable de se glisser sans trop de difficultés à travers cet espace réduit.

Ben avait déjà emprunté des goulets pareils à celui-ci, alors qu'il explorait les grottes de White Sulfur Springs. Mais ils s'élargissaient vite, tandis que celui qui s'ouvrait devant lui semblait long de plusieurs centaines de mètres.

A cet instant, il saisit tout la mesure des paroles entendues de la bouche de spéléologues vétérans. Ils disaient que leur quête souterraine leur permettait d'affronter des terreurs primordiales – la peur du noir, de la chute dans le néant, la peur de se perdre dans un labyrinthe, d'être enterré vivant.

Mais il n'avait pas le choix, il n'avait plus le choix. Il concentra ses pensées sur Anna et rassembla toute sa volonté.

Quand il pénétra dans le trou, tête la première, il rencontra un courant d'air froid. A son embouchure, le passage faisait environ soixante centimètres de haut, si bien que le seul moyen d'avancer consistait à ramper sur le ventre comme un lombric.

Il se défit de son sac, le posa devant lui et se mit à pousser avec les pieds, à tirer avec les bras. Trois ou quatre centimètres d'eau glacée stagnaient sur le sol du tunnel. Son pantalon fut bientôt trempé. Le boyau formait une série de lacets qui l'obligeaient à se contorsionner. Un coup à droite, un coup à gauche.

Finalement, le passage commença à s'élargir. Le plafond était à présent à un mètre cinquante du sol, ce qui lui permit de soulever son ventre engourdi par l'eau glacée et de se redresser un peu. Il poursuivit sa route, courbé en deux.

Bientôt, son dos se mit à lui faire mal. Il décida de souffler un peu et s'assit sur son sac, les mains sur les cuisses.

Quand il trouva la force de repartir, il remarqua que le plafond s'abaissait de nouveau. Il ne disposait plus que d'un espace de quatre-vingts centimètres de haut. Il se mit à quatre pattes et progressa comme un crabe.

Pas longtemps. Le sol rocheux lui égratignait les rotules. Il tenta de relâcher la tension en s'appuyant sur les coudes et les orteils. Puis, la fatigue venant, il recommença à ramper. Lorsque le plafond s'abaissa encore, Ben se tourna sur le côté et poursuivit sa route en jouant des bras et des jambes contre la paroi du tunnel sinueux.

A présent, le plafond n'était plus qu'à cinquante centimètres au-dessus de lui. Il lui râpait le dos. Ben dut s'arrêter, le temps de réprimer une vague de panique. Il se retrouva encore une fois à plat ventre, mais sans savoir si sa lente reptation aurait une fin. Le faisceau de sa lampe frontale ne portait qu'à un ou deux mètres. Il ignorait ce qu'il y avait au-delà de ce tunnel en forme de cercueil. Et les parois se rapprochaient toujours.

Malgré sa peur, il remarqua que le passage semblait remonter peu à peu. Le sol était toujours détrempé mais l'eau ne ruisselait plus. Et, comble de l'horreur, le goulet était à présent si resserré que la roche raclait aussi bien son dos que son ventre.

Il continua à progresser en poussant son sac devant lui. Le tunnel faisait maintenant quarante centimètres de haut à peine.

Ben était pris au piège.

Non, pas encore, pas tout à fait, mais c'était tout comme. La terreur s'empara de lui. Il lui restait juste assez de place pour se *faufiler*. Son cœur battait à tout rompre, la peur lui ôtait ses dernières forces. Il dut s'arrêter.

Il savait que la panique était la pire des choses. La panique vous gla-çait, vous paralysait. Il se força à respirer lentement, plusieurs fois, puis il expulsa tout l'air de ses poumons afin de réduire le diamètre de sa cage thoracique et pouvoir passer malgré l'exiguïté du tunnel.

Couvert d'une sueur froide, il avança en se tortillant, en tentant de se focaliser sur son but final, sur l'importance cruciale de ce qu'il était en train d'entreprendre. Il se projetait dans l'avenir, il imaginait ce qu'il ferait au moment où il entrerait enfin dans le *Schloss*.

La pente devenait plus raide. Il inspira et sentit les parois rocheuses lui comprimer la poitrine, bloquant sa respiration. Ce qui eut pour effet de provoquer un afflux d'adrénaline et de raccourcir son souffle. Sur le point de suffoquer, il dut s'arrêter une fois de plus.

Ne réfléchis pas.

Détends-toi.

A part Neuman, personne d'autre ne le savait là-dessous. Il mourrait enterré vivant dans ce puits noir infernal qui ne connaissait ni les jours ni les nuits.

Ben écoutait cette petite voix qui lui susurrait de renoncer mais il se refusait à la croire. Au fond de lui, un être courageux et déterminé s'éveillait et prenait les commandes. Les battements de son cœur s'apaisèrent, une délicieuse bouffée d'air froid s'insinua jusqu'au fond de ses poumons. Une sensation de calme se répandit dans tout son corps comme une tache d'encre sur un buvard.

Serein et résolu, il se jeta en avant, rampa, se tortilla comme un ver, sans prendre garde à la roche qui lui écorchait le dos.

Soudain le plafond s'éleva considérablement, les parois s'écartèrent. Ignorant la douleur qui pulsait dans ses mains et ses genoux, il se mit à quatre pattes et se traîna ainsi le long de la pente. Il était entré dans une sorte de grotte obscure où il put se redresser complètement, avec un infini soulagement.

Il aperçut alors une lueur diffuse.

C'était une lumière lointaine, à peine visible, mais à ses yeux, elle luisait comme un soleil levant.

Juste au-dessus de lui, se profilait la sortie de la grotte. En effet, elle avait un peu la forme d'un trou de serrure. Il escalada un tas d'éboulis, puis il passa la tête dans l'ouverture et, malgré ses bras engourdis, s'aida des deux mains pour hisser son corps.

Puis il aperçut les étroits barreaux de fer rouillés d'une vieille grille, scellés dans la bouche irrégulière de la grotte comme une plaque de fonte recouvrant une bouche d'égout. Il lui était impossible de voir ce qu'il y avait derrière cette barrière, hormis un rayon oblique comme un rai de lumière filtrant sous une porte.

Il sortit la vieille clé que Neumann lui avait donnée, l'enfonça dans la serrure et la tourna.

Essaya de la tourner.

Mais elle ne tournait pas. La clé ne bougeait pas.

La serrure était complètement rouillée. C'était ainsi ; le vieux mécanisme n'avait pas été entretenu pendant des décennies. Ce n'était plus qu'une concrétion de métal rouillé. Il fit jouer la clé plusieurs fois, en avant et en arrière, mais sans aucun succès.

« Oh, mon Dieu », s'exclama Ben à voix haute.

Il était fichu.

C'était la seule éventualité que ni lui ni Neumann n'avait pu prévoir.

Il n'existait aucune autre manière d'entrer. Même s'il avait eu des outils, comment aurait-il fait pour creuser autour de la barrière ; elle était scellée dans le roc. Lui faudrait-il faire demi-tour, si près du but ?

A moins que... A moins que l'un des barreaux soit à ce point rouillé qu'on puisse le déceler rien qu'en le poussant. De son poing ganté, Ben cogna contre les barres de fer jusqu'à ce que la douleur soit trop grande, mais rien ne se passa : la grille tenait bon. La rouille n'était que superficielle.

Désespéré, il s'accrocha aux barreaux et les fit sonner comme un prisonnier de Saint-Quentin. Et soudain, il entendit un bruit étrange.

L'une des charnières s'était brisée.

Il reprit son manège, plus fort, jusqu'à ce qu'une autre charnière cède d'un coup sec.

Il continua, plein d'espoir. Finalement la troisième et dernière charnière tomba par terre.

Il attrapa la grille à deux mains, la souleva, la poussa et la déposa doucement sur le sol, de l'autre côté.

Il était à l'intérieur.

CHAPITRE 45

BEN posa la main sur quelque chose de dur, de lisse et de poussiéreux ; une porte de fer solide, équipée d'un pesant loquet. Il le souleva et poussa la porte qui émit un bref grincement aigu. De toute évidence, cela faisait des dizaines d'années qu'on ne l'avait pas ouverte. Il poussa de tout son poids. Les gonds gémirent, le battant pivota.

Il se retrouva dans un espace plus vaste, mais pas immense. Ses yeux, habitués à l'obscurité, commencèrent à discerner des formes. L'étroit rayon de lumière le mena vers une autre porte. Il tâtonna à droite et à gauche, à la recherche d'un interrupteur.

Quand il le trouva, une seule et unique ampoule s'alluma au plafond.

La pièce où il se tenait ressemblait à une petite resserre. Les murs de pierre étaient couverts d'étagères d'acier peint en beige sale supportant de vieilles boîtes en carton, des caisses en bois et des conteneurs métalliques cylindriques.

Il ôta son casque et son bonnet de laine, puis le sac qu'il portait sur le dos, d'où il sortit les deux pistolets semi-automatiques. Puis posa le tout, sauf les armes, sur l'une des étagères. Il glissa l'un des pistolets dans la ceinture de son pantalon, au niveau des reins, et garda l'autre dans la main, tandis qu'il étudiait la photocopie du plan au sol. L'endroit avait certainement été restauré depuis l'époque de l'usine horlogère, mais le plan de base n'avait pas dû beaucoup changer. Les murs porteurs se trouvaient sans doute à la même place.

Il essaya la poignée de la porte qui tourna facilement.

Il émergea dans un couloir vivement éclairé. Un sol dallé de pierre, un plafond voûté. Personne en vue.

Sans réfléchir, il tourna à droite. Les semelles Vibram de ses bottes d'escalade amortissaient le bruit de ses pas. En dehors du léger crissement du cuir mouillé, il ne faisait aucun bruit en marchant.

Il n'avait parcouru que quelques mètres lorsque quelqu'un apparut au bout du couloir, et se dirigea droit vers lui.

Garde ton calme, se dit-il. *Fais comme si de rien n'était.*

Ce n'était pas facile, accoutré comme il l'était, dans son équipement d'alpiniste trempé, crotté et ses lourdes bottes. D'autant plus que les blessures qu'ils avaient reçues au visage, à Buenos Aires, étaient encore visibles.

Vite maintenant.

Il remarqua une porte sur sa gauche. Il s'arrêta, écouta un instant, puis l'ouvrit en espérant qu'il ne trouverait personne de l'autre côté.

Comme il passait la tête par l'entrebâillement, la silhouette le dépassa. C'était un homme vêtu d'une tunique ou d'une combinaison blanche. Une arme de poing était glissée dans l'étui qu'il portait à la taille.

La pièce mesurait environ six mètres sur cinq. La lueur venant du couloir lui permit de constater qu'il s'agissait à nouveau d'une sorte de réserve, tapissée d'étagères de métal, comme la première. Il repéra un interrupteur et alluma.

Le spectacle qui s'offrit à ses yeux était trop épouvantable pour être réel et, pendant un moment, il crut dur comme fer qu'il était en proie à une atroce illusion d'optique.

Mais ce n'était pas une illusion.

Dieu du ciel, pensa-t-il. *C'est impossible.*

Regarder était une souffrance et pourtant il ne pouvait s'en empêcher.

Sur les étagères étaient alignées des bouteilles de verre poussiéreuses, certaines aussi petites que les bocaux que Mrs. Welch utilisait pour ses conserves de fruits, certaines hautes de soixante centimètres.

Chaque bouteille contenait une sorte de liquide, sans doute un conservateur, du formol peut-être, légèrement troublé par le temps et les impuretés.

Et flottant à l'intérieur, comme des cornichons au vinaigre, un par bouteille...

Non, c'était un cauchemar.

Il avait la chair de poule.

Chaque bouteille contenait un bébé.

Les plus petites recélaient de minuscules embryons, au premier stade de la grossesse, des petites crevettes rose pâle, des insectes translucides avec des têtes énormes, grotesques, et des queues.

Puis des fœtus de trois centimètres à peine, recroquevillés, aux bras atrophiés, aux têtes surdimensionnées, suspendus dans les linceuls de leurs poches amniotiques.

D'autres, à peine plus grands, ressemblaient déjà à des êtres humains. On les voyait flotter dans des sacs parfaitement ronds, avec leurs jambes croisées, leurs bras tendus, leurs yeux pareils à des raisins secs, nimbés des lambeaux de la membrane chorionique.

Des enfants en miniature, les yeux fermés, suçant leur pouce, un enchevêtrement de membres minuscules et parfaitement formés.

Les bouteilles étaient rangées par ordre de taille. Dans les plus grandes flottaient des bébés viables, prêts à naître, emmaillotés dans les volutes translucides du liquide amniotique. Paupières closes, bras et jambes déployés, leurs petites mains tantôt ouvertes tantôt fermées. Leurs cordons ombilicaux sectionnés ondulaient autour d'eux.

Il devait y avoir là une centaine d'embryons, de fœtus et de bébés.

Chaque bouteille portait une étiquette où étaient indiqués, dans une écriture impeccable et en allemand, une date (celle où on les avait arrachés de la matrice ?), l'âge prénatal, le poids en grammes et la taille en centimètres.

Les dates s'échelonnaient de 1940 à 1954.

Gerhard Lenz avait utilisé des bébés et des petits enfants pour ses expériences.

C'était pire que tout ce qu'il avait pu imaginer. Cet homme n'avait rien d'humain, c'était un monstre... *Mais pourquoi ces objets sinistres étaient-ils encore entreposés en ce lieu ?*

Ben avait du mal à se retenir de hurler.

Il se dirigea en vacillant vers la porte.

Sur le mur, en face de lui, s'alignaient des récipients de verre, hauts de trente centimètres à un mètre cinquante, et de soixante centimètres de circonférence, dans lesquels flottaient non pas des fœtus mais de jeunes enfants.

Des petits êtres tout ratatinés. De minuscules nouveau-nés, des bambins, des enfants de sept ou huit ans.

Des enfants touchés par cette terrible maladie, songea-t-il. La progéria.

Leurs visages étaient ceux de vieillards.

Sa peau se hérissa.

Des enfants. Des enfants morts.

Il pensa au malheureux père de Christoph dans son appartement lugubre.

Mon Christoph est mort heureux.

Un sanatorium privé, avait dit la femme de la fondation.

Un endroit très fermé et très luxueux, avait-elle ajouté.

Pris de vertige, il se détourna et, sur le point de sortir, entendit des bruits de pas.

Regardant avec précaution par l'entrebâillement, il vit s'approcher un autre garde vêtu de blanc. Aussitôt, Ben se réfugia derrière la porte.

Avant que le garde ne disparaisse, Ben se racla volontairement la gorge. Les pas s'arrêtèrent.

L'homme entra dans la pièce. Aussi vif qu'un cobra, Ben bondit et écrasa la crosse de son arme sur la nuque de l'homme qui s'écroula.

Ben ferma la porte, posa les doigts sur le cou du garde et chercha la veine jugulaire. Vivant mais inconscient pour un bon bout de temps, certainement.

Il lui enleva son holster, en sortit le Walther PPK, puis le défit de sa combinaison blanche.

Ensuite, il se débarrassa de ses vêtements trempés et enfila l'uniforme. Il nageait dedans mais ça pouvait aller. Heureusement les chaussures étaient à sa taille. Avec le pouce, il donna un petit coup sur la gauche du glissoir du Walther et retira le chargeur. Les huit cartouches de cuivre étaient là.

Maintenant, il possédait trois armes de poing. Un véritable arsenal. Il fouilla les poches de la combinaison mais n'y trouva qu'un paquet de cigarettes et un badge électronique dont il s'empara.

Puis il s'engagea dans le couloir, jeta un coup d'œil à droite et à gauche pour s'assurer qu'il était vide et se mit en route. Il arriva devant un grand ascenseur aux portes d'acier mat. Une installation fort moderne pour un bâtiment aussi ancien. Il appuya sur le bouton d'appel.

Il y eut un petit *ping* et les portes s'ouvrirent aussitôt. La cabine était tendue d'un capiton gris. Il entra et inspecta le panneau de commande. Pour que l'ascenseur démarre, il fallait y insérer une carte électronique. Il se servit de celle du garde, puis appuya sur le bouton du rez-de-chaussée. Les portes se fermèrent rapidement, l'ascenseur démarra d'un bond et s'ouvrit quelques secondes plus tard sur un tout autre monde.

Un corridor ultra-moderne, vivement éclairé, qui n'aurait pas détonné dans le siège social d'une grande entreprise.

Les sols étaient recouverts de cette moquette grise qu'on voit dans tous les immeubles de bureaux ; les murs, bien différents des parois suintantes du sous-sol, étaient carrelés de blanc. Deux hommes en blanc, des médecins peut-être, passèrent devant lui. L'un d'eux poussait un chariot de métal. L'autre regarda Ben sans le voir.

D'un pas résolu, il s'engagea dans le couloir. Deux jeunes femmes asiatiques, en blouse blanche elles aussi, se tenaient près d'une porte ouvrant sur une sorte de laboratoire. Elles discutaient dans une langue que Ben ne parvint pas à identifier. Tout à leur conversation, elles ne lui prêtèrent aucune attention.

Ensuite, il pénétra dans un atrium vaste et lumineux, éclairé à la fois par une douce lumière artificielle et par les derniers rayons du soleil qui filtraient à travers les fenêtres garnies de verre cathédrale. Il s'agissait sans doute de l'ancien hall d'entrée du *Schloss*, réaménagé avec art. Un élégant escalier de pierre conduisait aux étages. On remarquait de nombreuses portes sur le pourtour du hall, chacune marquée d'une affichette blanche, sur laquelle on voyait inscrits en caractères d'imprimerie noirs, un chiffre et une lettre. Elles ne s'ouvraient qu'au moyen d'un badge et donnaient sans doute accès à des couloirs.

Une douzaine de personnes allaient et venaient, traversant le hall, circulant dans les couloirs, empruntant les escaliers, attendant devant les ascenseurs. La plupart portaient des blouses, des pantalons larges et des tennis. Le tout d'un blanc immaculé. Les gardes se distinguaient par leur combinaison et leurs grosses chaussures noires. Un homme en blanc passa près des Asiatiques et leur glissa un mot : les deux femmes firent demi-tour et regagnèrent le laboratoire. De toute évidence, l'homme était un supérieur, un responsable.

Deux brancardiers traversèrent le hall en transportant un vieil homme immobile en chemise d'hôpital bleu pâle.

Un autre patient pareillement vêtu emprunta le même chemin pour passer du corridor 3A au corridor 2B. C'était un homme d'une cinquantaine d'années, encore vigoureux malgré sa curieuse façon de marcher. Il boitait comme s'il était perclus de rhumatismes.

Que diable signifiait tout cela ?

Où cachaient-ils Anna, à supposer qu'elle se trouvât bien ici ?

Cette clinique était bien plus grande, plus grouillante qu'il ne l'avait imaginée. Quelles que fussent les activités pratiquées en ces lieux – quelle que fût la raison d'être des épouvantables spécimens entreposés au sous-sol – elles monopolisaient un nombre incroyable de participants, patients, médecins et chercheurs.

Elle est ici, quelque part, je sais qu'elle est ici.

Mais est-elle saine et sauve ? Vivante ? Si elle avait découvert leurs horribles entreprises, l'auraient-ils laissée en vie ?

Il faut que je bouge. *Tout de suite.*

Il traversa en hâte l'atrium, le visage impassible, comme un vigile qu'on aurait envoyé régler un problème, et s'arrêta à l'entrée du corridor 3B où il inséra sa carte électronique, en espérant qu'elle donnait accès à ce secteur.

La serrure émit un petit déclic. Il pénétra dans un long couloir blanc, semblable à n'importe quel couloir d'hôpital.

Parmi les nombreuses personnes qui circulaient dans cet espace, il remarqua une femme en uniforme blanc, probablement une infirmière. Elle tenait un petit enfant en laisse.

Comme un grand chien obéissant.

Ben observa l'enfant, sa peau parcheminée, son visage ridé et ratatiné. Le petit garçon était atteint de progéria. Il se souvint des photos qu'il avait vues dans l'appartement du malheureux père, quelque temps auparavant. Ce gosse-là ressemblait terriblement au petit Christoph, il ressemblait aux enfants morts entreposés dans la sinistre cave de la clinique.

Le garçon marchait d'un pas hésitant, en vacillant comme un vieillard.

D'abord fasciné, Ben sentit monter en lui une colère froide.

Le garçon s'arrêta devant une porte et attendit patiemment que l'infirmière qui le tenait en laisse introduise dans la serrure la clé attachée à son cou par un lacet. La porte s'ouvrit sur une grande salle vitrée.

Dans un hôpital classique, cette pièce tout en longueur aurait pu servir de nurserie. Mais ici les pensionnaires étaient tous atteints de progéria. Ben dénombra sept ou huit petits malades. A première vue, on aurait pu les croire en laisse, eux aussi ; mais en regardant plus attentivement, Ben nota les tubes de plastique clair qui leur sortaient du dos. Ces tubes étaient reliés à de petites colonnes de métal brillant. Les enfants étaient tous sous perfusion. Ils n'avaient ni sourcils ni cils, leur tête était petite et fripée, leur peau ridée. Certains d'entre eux marchaient en soufflant comme des vieux.

D'autres, accroupis sur le sol, s'amusaient tranquillement à constituer des puzzles. Deux enfants jouaient ensemble, leurs tubes emmêlés. Une petite fille portant une longue perruque blonde se traînait à quatre pattes en chantonnant, en marmonnant des paroles incompréhensibles.

La Fondation Lenz.

Quelques enfants progériques triés sur le volet étaient invités chaque année à séjourner dans la clinique.

Aucune visite n'était autorisée.

Mais rien à voir avec un camp de vacances, une maison de repos. Les gosses étaient traités comme des animaux. Ils servaient de cobayes humains.

Dans la cave, des petits cadavres conservés dans le formol. Ici des enfants qu'on traitait comme des chiens.

Un sanatorium privé.

Ce n'était ni un sanatorium ni une clinique, la chose était claire à présent.

Alors qu'était-ce ? Quelles sortes de « recherches scientifiques » menait-on ici ?

Au bord de la nausée, il se détourna et poursuivit son chemin. Le couloir se termina bientôt. A sa gauche, il vit une porte rouge, verrouillée par un système électronique. Contrairement à la plupart des autres portes donnant sur ce couloir, celle-ci n'avait pas de lucarne.

En outre, elle ne comportait aucune indication. Ben était bien résolu à découvrir ce qui se cachait derrière.

Il inséra son badge électronique mais rien ne se produisit. Apparemment cette porte-là était réservée à une certaine catégorie de personnel.

Au moment où il s'apprêtait à partir, elle s'ouvrit.

Un homme vêtu de blanc apparut, un clip-board à la main. Un stéthoscope dépassait de sa poche. Un médecin. L'homme se contenta de lui jeter un coup d'œil, hocha la tête et lui tint la porte. Ben en profita pour entrer.

Le spectacle qui s'offrit à lui le plongea dans la plus grande stupeur.

La salle avait la dimension d'un terrain de basket, de hauts plafonds de pierre voûtés et des fenêtres ornées de vitraux. C'était tout ce qui restait de l'architecture originelle. Le plan au sol laissait présumer que cette immense salle avait servi de chapelle. Une chapelle aussi grande qu'une église. Peut-être avait-elle été reconvertie en atelier d'horlogerie, par la suite. Elle devait mesurer plus de trente mètres de long, peut-être autant de large. Le plafond s'élevait à quelque dix mètres de hauteur.

Aujourd'hui, c'était une salle de soins tenant aussi du club de gymnastique. Un club à la fois bien équipé et d'aspect spartiate.

Dans un coin, étaient alignés des lits d'hôpital, séparés les uns des autres par des rideaux. Certains étaient vides ; d'autres, au nombre de cinq ou six, étaient occupés par des patients allongés sur le dos et reliés à des sortes de moniteurs et à des appareils de perfusion.

Ailleurs, on voyait une longue rangée de tapis de jogging noirs, tous assortis d'un moniteur EKG. Seuls quelques tapis étaient utilisés. Des vieillards, hommes et femmes, couraient sur place, hérissés d'électrodes, de sondes qui leur dépassaient des bras, des jambes, du cou et de la tête.

Le reste de l'espace servait à accueillir les bureaux des infirmières, les respirateurs, les appareils d'anesthésie. Une douzaine de médecins et d'infirmières s'affairaient en passant d'un patient à l'autre. Sur le pourtour de la salle, à six mètres du sol et trois du plafond, courait une passerelle.

Ben s'aperçut que son immobilité risquait d'éveiller les soupçons. En tant que garde, il devait se comporter comme s'il accomplissait une mission. Aussi s'éloigna-t-il du seuil et d'un pas lent et déterminé se mit-il à arpenter les lieux, en jetant des coups d'œil d'un côté et de l'autre.

Un vieillard était installé dans un fauteuil moderne en cuir noir et acier. Un tube de plastique reliait son bras à un appareil de perfusion. L'homme discutait au téléphone, un dossier rempli de papiers posé sur les genoux. A part ça, il avait toutes les apparences d'un patient.

Le crâne de l'homme était couvert de cette sorte de duvet qu'on voit sur la tête des nourrissons. Sur les tempes, ses cheveux devenaient plus épais, plus drus. Ils étaient noirs ou brun foncé aux racines et blancs ou gris aux pointes.

Son visage ne lui était pas inconnu. Il avait souvent fait la couverture de *Forbes* ou de *Fortune*, se dit Ben. Un homme d'affaires, un investisseur, une célébrité en tout cas.

Mais oui ! C'était Ross Cameron. Celui qu'on surnommait le « sage de Santa-Fe ». L'un des hommes les plus riches du monde.

Ross Cameron. C'était lui, sans aucune hésitation.

Un individu beaucoup plus jeune était assis près de lui. Ben le reconnut d'emblée. Arnold Carr, le milliardaire fondateur de Technocorp. Agé d'une quarantaine d'années, il avait fait fortune dans l'informatique. Personne n'ignorait l'amitié qui unissait Cameron et Carr ; Cameron était le mentor, le gourou de Carr, ils entretenaient une relation père-fils. Carr, lui aussi, était placé sous perfusion et discutait au téléphone comme s'il négociait quelque affaire importante. Mais à la différence de son aîné, il n'avait pas de papiers sur les genoux.

Deux célèbres milliardaires assis côte à côte, comme deux clients attendant leur tour chez le coiffeur.

Dans une « clinique » des Alpes autrichiennes.

Quelle sorte de liquide pouvaient bien contenir ces perfusions ?

Ces gens étaient-ils en observation ? Subissaient-ils un traitement ? Quelque chose de fort étrange se passait ici, quelque chose d'assez secret, d'assez important pour justifier la présence de ce bataillon de miliciens armés jusqu'aux dents, d'assez important pour qu'on lui sacrifie des vies.

Un troisième homme s'avança vers Cameron et lui lança quelques mots en guise de bonjour. Ben reconnut le président de la Réserve fédérale. Un septuagénaire faisant partie des personnalités les plus respectées de Washington.

Non loin de là, une infirmière installait un garrot sur le bras de... Eh bien, ce ne pouvait être que Sir Edward Downey, mais il semblait si jeune qu'on se serait cru revenu à l'époque où il dirigeait le gouvernement britannique, voilà une trentaine d'années.

Ben continua d'avancer vers les tapis de jogging. Un homme et une femme essoufflés couraient côte à côte, tout en devisant. Vêtus d'un pantalon de jogging, d'un sweat-shirt gris et de tennis blanches, ils étaient affublés de plusieurs électrodes. Au front, derrière le crâne, sur le cou, les bras et les jambes. Dans leur dos, dépassaient les fils qui reliaient ces électrodes aux moniteurs Siemens enregistrant leur rythme cardiaque.

En un clin d'œil, Ben les reconnut.

L'homme n'était autre que le Dr Walter Reisinger, le fameux professeur de Yale, devenu par la suite secrétaire d'Etat. Reisinger semblait jouir d'une santé bien meilleure que les dernières fois où Ben l'avait vu à la télé ou dans les journaux. Sa peau luisait, sûrement à cause de la transpiration, et ses cheveux paraissaient plus sombres. Il avait dû les teindre.

Sa compagne ressemblait étrangement à Miriam Bateman, Premier magistrat de la Cour suprême. Mais tout le monde savait bien que Miriam Bateman souffrait d'arthrite. Elle était presque infirme. Quand les juges de la Cour suprême faisaient leur entrée en file indienne, pour assister au discours sur l'état de l'Union, Bateman se traînait toujours derrière eux, en s'aidant d'une canne.

Cette femme – le juge Bateman – était en train de courir comme une athlète olympique à l'entraînement.

Toutes ces personnes étaient-elles des sosies de célébrités ? se demanda Ben. Des doubles ? Mais alors, pourquoi les perfusions ?

Il y avait quelque chose d'autre.

Il entendit le clone du Dr Reisinger glisser quelques mots au clone du juge Bateman sur « la décision de la Cour ».

Ce n'était pas un clone. C'était bien le juge Miriam Bateman.

Quelle était la vocation de cette clinique ? S'agissait-il d'une sorte de station thermale réservée aux grands de ce monde ?

Ben savait que de tels établissements existaient. Il y en avait en Arizona, au Nouveau-Mexique ou en Californie, quelques-uns en Suisse ou en France. Fréquentés par l'élite, ils faisaient office de maisons de repos après les opérations esthétiques ; on y pratiquait aussi des cures de désintoxication, ou d'amaigrissement pour ceux qui voulaient se débarrasser de leurs kilos superflus.

Mais ça... ?

Les électrodes, les perfusions, les écrans EKG... ?

Ces gens célèbres – rien que des vieillards, hormis Arnold Carr – faisaient l'objet d'une surveillance de tous les instants. Pour quelle raison ?

Ben se rapprocha d'une rangée de StairMasters. Sur l'un d'eux, un vieil homme s'activait avec autant de vigueur que Ben en mettait lui-même lorsqu'il fréquentait son propre club de gym. L'homme – dont le visage ne lui disait rien – portait la même tenue de sport grise. Le devant de son sweat-shirt était imbibé de sueur.

Certains jeunes athlètes que Ben connaissait auraient été incapables de soutenir plus de quelques minutes un rythme aussi épuisant. Comment ce vieillard ridé, aux mains couvertes de taches, pouvait-il rivaliser avec eux ?

« Il a quatre-vingt-seize ans, tonna une voix masculine. Remarquable, n'est-ce pas ? »

Ben regarda autour de lui avant de lever la tête. La personne qui venait de parler se tenait debout sur la passerelle, juste au-dessus de lui.

C'était Jürgen Lenz.

CHAPITRE 46

LES notes mélodieuses d'un doux carillon se répandirent dans l'air environnant. Jürgen Lenz, magnifique dans son costume anthracite, sa chemise bleue rehaussée d'une cravate gris argent et sa blouse blanche impeccablement repassée, descendit avec prestance les marches en fer forgé. Il jeta un coup d'œil aux tapis de jogging et aux StairMasters. Le juge de la Cour suprême, l'ancien secrétaire d'Etat et la plupart des autres patients venaient de terminer leur séance d'entraînement et descendaient de leurs machines. Les infirmières les débarrassèrent de leurs perfusions et de leurs électrodes.

« Ce carillon nous annonce le prochain départ de la navette héliportée en direction de Vienne, expliqua-t-il à Ben. Il est temps de regagner le Forum international pour la Santé infantile que mes invités ont eu la gentillesse d'abandonner pour un temps. Comme vous le constatez, ce sont des gens très sollicités malgré leur âge. En fait, je dirais plutôt *en raison* de leur âge. Ils ont tous beaucoup de choses à offrir au monde – voilà pourquoi je les ai sélectionnés. »

Il fit un petit geste de la main et aussitôt Ben sentit qu'on lui attrapait les bras par-derrière. Deux gardes le maintinrent dans cette position pendant qu'un autre le fouillait de manière experte. On lui prit ses trois armes.

Pendant ce temps, Lenz bouillait d'impatience, comme un convive interrompu par l'arrivée de la salade au moment où il racontait une bonne histoire.

« Qu'avez-vous fait d'Anna ? demanda Ben d'une voix glaciale.

— J'étais sur le point de vous poser la même question, répondit Lenz. Elle tenait à visiter la clinique et je n'ai pas eu le cœur de l'en priver. Mais en chemin, nous l'avons perdue. On dirait qu'elle en connaît un rayon sur les systèmes de sécurité et la manière de les déjouer. »

Ben étudia le visage de Lenz, en tentant de déterminer la part de vérité contenue dans ses paroles. Etait-ce un moyen pour lui de gagner du temps ? Une façon détournée de refuser de le conduire jusqu'à elle ? Voulait-il négocier ? Ben sentit monter une vague de panique.

Est-il en train de me raconter des histoires ? Pour m'endormir, briser ma détermination ?

Est-ce que tu l'as tuée, espèce de salaud ?

Puis, l'idée qu'Anna ait pu échapper à la vigilance de ses gardiens pour poursuivre son enquête sur les activités de cette clinique lui parut assez plausible. Ben déclara :

« Je vous préviens tout de suite, s'il lui arrive quelque chose...

— Mais rien ne lui arrivera, Benjamin. Rien du tout. » Lenz enfonça ses mains dans ses poches et pencha la tête. « Après tout, nous sommes dans une clinique. Ici, la vie est une chose sacrée.

— Je crains d'en avoir déjà trop vu pour ajouter foi à de pareils mensonges.

— Vous avez vu des choses, mais qu'avez-vous *compris* exactement ? répliqua Lenz. Je suis sûr que dès que vous saisirez vraiment l'intérêt de nos travaux, vous en mesurerez toute l'importance. » Il fit signe aux gardes de lâcher Ben. « C'est l'apogée de l'œuvre à laquelle j'ai consacré ma vie entière. »

Ben ne répondit rien. Il était inutile d'espérer fuir. Et au fond de lui, il n'en avait pas envie. Il voulait rester.

Vous avez tué mon frère.

Et Anna ? L'avez-vous tuée, elle aussi ?

Il s'aperçut que Lenz avait recommencé à parler.

« C'était la grande obsession d'Adolf Hitler, vous savez. Le Reich de Mille Ans, et toutes ces aberrations – il a duré quoi, douze ans ? D'après l'une de ses théories, la descendance des Aryens avait été polluée, altérée par des croisements. Il désirait purifier la soi-disant "race des seigneurs" afin qu'elle puisse vivre très longtemps. Des conneries, bien sûr. Mais je dois reconnaître que ce vieux fou avait son intérêt. Il voulait à tout prix découvrir le moyen de prolonger sa vie et celles des grands dignitaires du Reich, et dans ce but, il a donné carte blanche à quelques savants parmi les plus brillants. Nous disposions de fonds illimités. Prenez les prisonniers des camps de concentration pour accomplir vos expériences. Servez-vous, ne vous gênez pas.

— Tout cela généreusement financé par le plus grand monstre du XXe siècle, dit Ben d'une voix cassante.

— Un despote et un fou, nous sommes d'accord. Quant au discours qu'il tenait sur le Reich de Mille Ans, c'était à se tordre de rire – comment cet être instable pouvait-il promettre une ère de stabilité infinie ? Mais en combinant ces deux notions – la longévité et la stabilité – il n'était pas si stupide

— Je ne vous suis pas.

— Nous, les êtres humains, souffrons d'un grave défaut de fabrication. Contrairement à toutes les autres espèces peuplant cette planète, nous avons besoin d'une longue période de gestation et d'enfance pour nous développer. Et je parle aussi bien du développement intellectuel que physique. Il nous faut vingt ans pour parvenir à la maturité physique et souvent une autre décennie ou même plus pour accéder à la complète maîtrise de nos diverses activités professionnelles. Un individu exerçant un métier extrêmement complexe, un chirurgien par exemple, doit parfois attendre quarante ans bien sonnés pour posséder toutes les ficelles de son art. Le processus d'acquisition des connaissances et de perfectionnement se poursuit de manière continue – et puis, juste au moment où il atteint son point culminant, que se passe-t-il ? Notre vue se met à baisser, nos doigts perdent de leur précision. Les ravages du temps commencent à nous ravir ce que nous avons passé la moitié de notre existence à acquérir. Quelle mauvaise plaisanterie ! Comme Sysiphe, nous poussons notre rocher tout en sachant qu'une fois atteint le sommet de la colline, il dévalera la pente. J'ai appris que vous aviez été enseignant. Alors vous n'ignorez pas que la société des hommes est entièrement centrée sur son autoreproduction – la transmission de ses institutions, de ses connaissances et de son savoir-faire. Les rouages de la civilisation. C'est un lourd tribut à payer pour des êtres qui rêvent de vaincre le temps. Et pourtant, imaginez un peu les progrès qu'aurait accomplis notre espèce si seulement ses élites politiques et intellectuelles avaient eu le loisir de se consacrer à leurs travaux, au lieu de se focaliser uniquement sur la formation des générations suivantes ! A quelles hauteurs nous serions-nous élevés si quelques-uns d'entre nous avaient pu rester dans la course ! Si les meilleurs et les plus brillants avaient pu retenir le rocher, aux abords du sommet, au lieu de redouter l'hospice et la tombe ! »

Il eut un sourire lugubre.

« Quoi qu'on pense de lui, Gerhard Lenz était un homme brillant », poursuivit Lenz. Ben s'interrogea : Jürgen Lenz était-il réellement le fils de Gerhard ? « La plupart de ses théories n'ont jamais abouti à rien. Mais il était convaincu que le secret du vieillissement humain se cachait dans nos cellules. Et cela avant même que Watson et Crick découvrent l'ADN, en 1953 ! Un homme remarquable, vraiment. Il avait des intuitions très justes, à tous points de vue. Il savait que les nazis perdraient, qu'Hitler disparaîtrait et que les fonds s'assécheraient. Il désirait simplement se prémunir contre l'adversité, il voulait avant tout poursuivre ses recherches. Savez-vous pourquoi elles sont si importantes, Benjamin ? Puis-je vous appeler Benjamin ? »

Ben était paralysé. Pris de stupeur, il regardait autour de lui sans répondre.

Parce qu'il était là et ailleurs en même temps.

Il tenait Anna tout contre lui, leurs corps tièdes luisaient dans la pénombre. Il revoyait les larmes sur ses joues après qu'il lui eut parlé de Peter.

Il était en plein cœur de la campagne suisse, dans une auberge, avec Peter ; à ses pieds, le corps ensanglanté de son frère.

« Une entreprise hors du commun requiert des ressources hors du commun. Hitler bavassait à propos de la stabilité et faisait tout pour qu'elle n'existe jamais. C'est ainsi qu'ont toujours fonctionné les tyrans de tous poils, de par le monde. Or Sigma, elle, rassemblait tous les critères indispensables à la pacification de la planète. Ses fondateurs savaient que la pacification était la condition essentielle. Ils n'avaient qu'un seul credo : la rationalité. Les remarquables progrès technologiques auxquels nous avons assisté tout au long du siècle dernier ne pouvaient se dissocier de l'amélioration de notre race – la race *humaine*. On ne pouvait plus se permettre de séparer la science de la politique. »

Ben retrouvait peu à peu ses facultés de concentration.

« Ce que vous dites est absurde. La technologie n'a fait qu'encourager les pires folies. Le totalitarisme s'est largement servi de la communication de masse. Et l'Holocauste n'aurait jamais eu lieu sans les scientifiques.

— Sigma était d'autant plus nécessaire, comme un rempart contre cette démence. Vous pouvez comprendre cela, n'est-ce pas ? Il a suffi d'un fou pour que l'Europe arrive au bord de l'anarchie. De l'autre côté du continent, une petite bande d'agitateurs avait transformé en poudrière l'empire de Pierre le Grand. La colère des foules est le catalyseur des folies individuelles. Voilà ce que ce siècle nous a appris. L'avenir de la civilisation occidentale était trop important pour qu'on le laisse entre les mains des foules en colère. Les séquelles de la guerre avaient creusé un vide, un vide terrible. Partout dans le monde, la société civile était plongée dans la plus grande confusion. La tâche revenait à un petit groupe d'hommes puissants et bien organisés d'imposer leur ordre. En gouvernant, mais de manière indirecte. Le pouvoir officiel serait manipulé à tous les niveaux mais cette manipulation resterait confidentielle, bien camouflée derrière les institutions. L'heure était venue du gouvernement des sages – un gouvernement exerçant dans la coulisse.

— Le gouvernement des sages ! Et cette soi-disant sagesse, sur quelle garantie reposait-elle ?

— Je vous l'ai dit. Lenz était un homme extrêmement intuitif, tout comme les industriels auxquels il s'était allié. On en revient au mariage de la science et de la politique : la première sert à garantir l'intégrité de la seconde. »

Ben hocha la tête.

« Il y a quelque chose d'absurde dans tout cela. Ces hommes d'affaires étaient des héros populaires, pour la plupart d'entre eux. Pourquoi auraient-ils accepté de frayer avec des gens comme Strasser ou Gerhard Lenz ?

— Oui, c'était un groupe fermé. Mais peut-être avez-vous oublié le rôle essentiel joué par votre père.

— Un Juif.

— Doublement indispensable, pourrait-on dire. Des sommes considérables avaient été dérobées au Troisième Reich. Bien sûr, dans cette affaire, nous voulions éviter de nous faire repérer, ce qui rendait l'opération encore plus complexe. Votre père, un vrai génie de la finance, a relevé le défi. Mais, en même temps, le fait qu'il soit juif a contribué à rassurer nos homologues des nations alliées. Sa présence les a convaincus que nous n'avions pas l'intention de favoriser la folie du Führer. Il s'agissait juste de faire des affaires. Et d'œuvrer en faveur du progrès. »

Ben lui lança un regard sceptique.

« Vous ne m'avez toujours pas expliqué comment Gerhard Lenz a réussi à attirer ces hommes d'affaires.

— Lenz avait quelque chose à leur offrir. Ou, devrais-je dire, qu'il avait quelque chose à leur *promettre* ? La nouvelle s'était répandue parmi ces nababs que Lenz avait fait une découverte scientifique de la plus haute importance, dans un domaine intéressant directement chacun d'entre eux. Encouragé par ses premiers succès, Lenz se croyait proche de l'aboutissement. Mais il se trompait. Il était enthousiaste et l'enthousiasme est contagieux. Hélas, les fondateurs n'ont pas vécu assez longtemps pour bénéficier des résultats de ses recherches. Mais on doit reconnaître qu'ils ont tous contribué à leur réussite. Des milliards de dollars sont venus remplir les caisses – en comparaison, le Projet Manhattan n'était pas mieux pourvu que le laboratoire de biologie d'un lycée. Mais à présent, nous touchons à des questions qui dépassent votre entendement.

— Essayez quand même.

— Je ne doute pas que votre enquête soit parfaitement désintéressée, n'est-ce pas ? dit Lenz. Tout comme celle de Miss Navarro.

— Qu'avez-vous fait d'elle ? », demanda de nouveau Ben, en se tournant vers Lenz comme s'il émergeait d'un rêve éveillé. Il ne ressentait même plus de colère. Il se trouvait ailleurs, dans un endroit plus calme. Il se voyait en train de tuer Jürgen Lenz, tout en jouissant par avance de son geste.

Et il songeait à Anna, au moyen de la faire sortir d'ici. *Je vais t'écouter, salaud. Je vais rester correct et obéissant et je te laisserai parler jusqu'à ce que tu me conduises à elle.*

Ensuite je te tuerai.

Lenz le regarda un instant, sans cligner les yeux, avant de poursuivre son explication.

« Je suppose que vous saisissez l'hypothèse de départ. C'était très simple. Par ses travaux, Gerhard Lenz se proposait d'explorer les limites de la mortalité. Avec un peu de chance, un homme peut espérer vivre cent ans. Les souris, deux ans seulement. Les tortues des Galapagos, *deux cents*. Pourquoi une telle disparité ? Est-ce la nature qui nous impose ces limites arbitraires ? »

Lenz faisait les cent pas devant Ben, sous le regard vigilant des gardes.

« Mon père a dû s'exiler en Amérique du Sud, mais il a continué à diriger cet institut de recherches. Il effectuait des allers-retours plusieurs fois dans l'année. A la fin des années 50, l'un des savants qui travaillaient pour lui a fait une étonnante découverte – chaque fois qu'une cellule humaine se divise, ses chromosomes, ces minuscules tiges d'ADN, raccourcissent ! De manière infinitésimale, bien sûr, mais mesurable quand même. A quoi tenait ce raccourcissement ? Il a fallu des années pour découvrir la réponse. » Il sourit de nouveau.

« Père avait raison. Le secret se cachait dans nos cellules.

— Les chromosomes », répéta Ben. Il commençait à comprendre.

Père avait raison.

A présent, il savait où Max était parti.

« Une minuscule partie de nos chromosomes. Leur extrémité – un peu comme ces embouts de plastique qui terminent les lacets de chaussures. En 1938, quand on a découvert ces petits capuchons, on les a appelés "télomères". Notre équipe s'est aperçue que chaque fois qu'une cellule se divisait, ces petits capuchons raccourcissaient, et cela jusqu'à ce que la cellule commence à mourir. Nos cheveux tombent. Nos os deviennent friables. Notre colonne vertébrale se courbe. Notre peau se ride et se relâche. Nous vieillissons.

— J'ai vu ce que vous faites à ces enfants, dit Ben. Les progériques. Je présume qu'ils vous servent de cobayes. » *Et qui d'autre encore ?* « Les gens croient qu'ils sont en vacances ici. Des vacances. » *Non, tu dois garder ton calme,* songea-t-il en se morigénant. Il ravala sa rage.

Ecoute-le. Donne-lui le change.

« Exact, ce ne sont pas des vacances, convint Lenz. Mais ces pauvres enfants n'ont pas besoin de vacances. Ils ont besoin qu'on les soigne ! C'est réellement fascinant, savez-vous, ces petits êtres à la fois jeunes et vieux. Ils sont *nés* vieux. Si vous prélevez une cellule sur un nouveau-né progérique et la placez sous un microscope, à côté d'une cellule prise sur un homme de quatre-vingt-dix ans – eh bien, même un biologiste moléculaire ne verra aucune différence ! Chez un progérique, ces minuscules embouts sont petits dès la naissance. Télomères courts, vies courtes.

— Qu'est-ce que vous leur faites ? », demanda Ben. Il s'aperçut que sa mâchoire lui faisait mal, d'avoir trop longtemps serré les dents. Il revit soudain les enfants progériques dans leurs bocaux.

Le Dr Reisinger, le juge Miriam Bateman, Arnold Carr et les autres sortaient de la salle par petits groupes, tout en bavardant.

« Ces petits embouts de lacet, on peut les comparer à des odomètres de taille microscopique. Ou encore à des engins servant à mesurer le temps, disons. Notre corps est composé de cent trillions de cellules, chacune comportant quatre-vingt-douze télomères – ce qui fait dix quatrillions de petites horloges indiquant à notre corps l'heure à laquelle il faudra baisser le rideau. Nous sommes *préprogrammés* pour la mort ! »

Lenz semblait incapable de contenir son excitation.

« Mais si nous pouvions faire en sorte de régler ces horloges, hein ? Les empêcher de raccourcir ? Ah, c'était ça le truc. Eh bien, il s'avère que certaines cellules – certaines cellules du cerveau, par exemple – fabriquent un produit chimique, une enzyme, qui s'occupe de leurs petits télomères, les reconstruit. Toutes nos cellules ont la capacité de le faire, mais pour une raison inconnue, elle ne le font pas – cette faculté n'est pas active, la plupart du temps. Donc... imaginez que nous l'activions. Que nous parvenions à réparer les petites horloges ? Ce serait si beau, si simple. Mais je vous mentirais si je disais que ce fut une partie de plaisir. Nous disposions de tout l'argent du monde, des meilleurs scientifiques, et pourtant il nous a fallu des dizaines d'années, et de multiples étapes. L'une d'entre elles a été la découverte de l'épissage génétique. »

Telle était donc l'explication de ces meurtres ?

Un paradoxe affreux et bien commode, songea Ben. Des gens meurent pour que d'autres puissent vivre bien au-delà du temps que la nature leur a accordé à leur naissance.

Pousse-le à parler, à s'expliquer. Enterre ta rage. Ne perds pas de vue ton seul objectif.

« Et de quand date votre grande découverte ? demanda Ben.

— Elle remonte à quinze ou vingt ans.

— Et comment se fait-il que personne ne vous ait rattrapés ?

— Bien entendu, nous ne sommes pas les seuls à creuser ce domaine de recherches. Mais nous avons un avantage sur tous les autres.

— Un financement illimité. » Grâce à Max Hartman, pensa-t-il.

« Ce n'est pas négligeable, en effet. Mais il faut savoir que nous avons commencé nos recherches dans les années 40. Depuis nous n'avons quasiment jamais arrêté. Et ce n'est pas tout. La grande différence réside dans l'expérimentation humaine. Les pays "civilisés" la refusent. Mais, pour l'amour du ciel, que peuvent bien nous apprendre les rats ou les mouches du vinaigre ! Avec les enfants progériques, nous avons connu nos premiers progrès majeurs. Cette maladie n'affecte que le genre humain. A l'heure actuelle, nous utilisons toujours les progériques, ainsi nous continuons à affiner notre compréhension des cheminements moléculaires. Un jour, nous n'aurons plus besoin d'eux. Mais il nous reste encore tant de choses à apprendre.

— L'expérimentation humaine », fit Ben en cachant difficilement sa répulsion. Il n'y avait aucune différence entre Jürgen Lenz et Gerhard Lenz. Pour eux, les êtres humains – enfants malades, réfugiés, prisonniers des camps – n'étaient rien de plus que des rats de laboratoire.

« Comme ces petits réfugiés sous leurs tentes, emprisonnés derrière des barrières, là dehors, dit Ben. Vous les avez peut-être fait venir ici sous un prétexte "humanitaire". Mais ce genre de marchandise est facile à se procurer, n'est-ce pas ? » Il se rappela les mots que Georges Chardin avait prononcés devant lui, et dit à voix haute : « Le massacre des innocents. »

Lenz réagit avec colère.

« C'est l'expression qu'emploient certains *angeli rebelli*, mais personnellement je la trouve excessive, lança-t-il. Et les excès ne servent qu'à entraver la réflexion rationnelle. Oui, certains doivent mourir pour que d'autres puissent vivre. L'idée est dérangeante, je le conçois. Mais si vous mettez de côté le sentimentalisme rien qu'un instant pour regarder la vérité en face, vous comprendrez mieux. Ces malheureux enfants sont destinés à mourir de toute façon, à cause des guerres, des maladies qu'engendre la pauvreté – et tout ça pour rien. Au lieu de cela, grâce à moi, ils deviennent des héros, des *sauveurs*. Ils changeront la face de cette planète. Le monde civilisé les abandonne alors qu'on bombarde leurs maisons, qu'on les mitraille, qu'on les laisse mourir pour rien. Moi, au contraire, je leur offre la chance de modifier le cours de l'histoire. Qui est le plus moral des deux ? Vous voyez, la télomérase que nécessite notre traitement se trouve essentiellement dans les tissus du système nerveux central – les cellules du cerveau et du cervelet. Chez les individus jeunes, cette substance existe en quantité très importante. Et malheureusement, on ne peut l'obtenir par voie de synthèse : c'est une protéine complexe, et sa forme, sa conformation sont essentielles. Comme beaucoup d'autres protéines complexes, on ne peut la produire de manière artificielle. Par conséquent... nous devons la récolter sur des êtres humains.

— Le massacre des innocents », répéta Ben.

Lenz haussa les épaules.

« Ce sacrifice vous dérange mais le monde, lui, ne semble pas s'en émouvoir tant que cela.

— Que voulez-vous dire ?

— Vous avez sans doute lu les statistiques – vingt mille enfants disparaissent chaque année. Les gens le savent et s'en fichent. Ils acceptent le fait. Cela pourrait peut-être les consoler de savoir que ces enfants n'ont pas péri inutilement. Il nous a fallu des années pour affiner nos expérimentations, perfectionner nos techniques, préciser nos dosages. *Il n'y avait pas d'autre moyen.* Et il n'y en aura pas d'ici longtemps. Nous avons besoin de tissus. Ces tissus doivent être prélevés sur des êtres humains, et des individus jeunes. Un cerveau de sept ans – un litre et demi de gelée tremblotante – n'est guère plus petit que celui d'un adulte, mais sa production d'enzymes télomères est dix fois plus importante. C'est la plus grande, la plus précieuse ressource naturelle existant sur cette terre, non ? Comme disent nos paysans, rien ne doit se perdre.

— Et donc, vous les faites "disparaître". Chaque année. Par milliers.

— Des enfants originaires de régions déchirées par la guerre, pour la plupart, des gosses n'ayant de toute façon qu'une très faible espérance de vie. Au moins ne meurent-ils pas en vain.

— Non, ils ne meurent pas en vain. Ils meurent pour la vanité. Ils meurent pour que vous et vos amis ayez la vie éternelle, n'est-ce pas ? » *On ne discute pas avec ce genre d'individu,* pensa Ben, mais il avait de plus en plus de mal à contenir son indignation.

Lenz répliqua, moqueur :

« Aucun d'entre nous n'aura la vie éternelle. Nous nous contentons de stopper le processus de vieillissement, dans certains cas, et de l'inverser dans certains autres. L'enzyme nous permet de réparer la plupart des lésions de la peau, des téguments. Nous pouvons effacer les dégâts causés par une maladie cardiaque. Mais il est rare que cette thérapie nous rende notre jeunesse dans toute sa fraîcheur. Pour qu'un homme de mon âge retrouve le corps qu'il avait à quarante ans, il faut du temps...

— Ces gens, dit Ben, ils sont tous venus ici pour... pour rajeunir.

— Pas tous. La plupart sont des personnages publics. Dans leur cas, une transformation radicale risquerait d'attirer l'attention. Ils viennent ici, sur mon invitation, pour ne plus vieillir et peut-être aussi pour que je répare certaines injures causées par l'âge.

— Des personnages publics ? lança Ben d'un ton ironique. Dites plutôt des gens riches et puissants ! » Il commençait à comprendre la stratégie de Lenz.

« Non, Benjamin. De grands personnages. Ce sont eux qui dirigent notre société, qui garantissent notre culture, qui font avancer notre civilisation. Et ils ne sont pas nombreux. Les fondateurs de Sigma l'avaient bien compris. Ils ont vu combien notre civilisation était fragile et n'ont trouvé qu'un seul moyen d'assurer la continuité dont elle avait besoin. L'avenir des sociétés industrielles devait être protégé, mis à l'abri des orages. Le progrès ne pouvait exister qu'au prix de l'allongement de la durée de vie. Année après année, Sigma a œuvré en se servant des outils dont elle disposait. Mais aujourd'hui, les buts originels peuvent être atteints par d'autres moyens, des moyens plus efficaces – il ne s'agit plus de gaspiller des milliards de dollars pour organiser des coups d'Etat ou financer des partis politiques. Nous voulons former une élite stable et durable.

— Donc, à vous entendre, ces gens sont les dirigeants de nos civilisations...

— Précisément.

— Et vous, vous dirigez les dirigeants. »

Lenz répondit par un petit sourire.

« Je vous en prie, Benjamin. Jouer au chef ne m'intéresse pas. Mais toute organisation doit avoir... un coordinateur.

— Et il ne peut y en avoir qu'un seul. »

Un ange passa.

« En fin de compte, oui.

— Et ceux qui s'opposent à votre régime "éclairé" ? J'imagine qu'on les élimine du corps électoral.

— Un corps doit éliminer les toxines s'il veut survivre, Benjamin. »
Lenz s'exprimait avec une surprenante douceur.

« Le système que vous décrivez n'est pas une utopie, Lenz. C'est une
boucherie.

— Cette critique est aussi spécieuse que vaine, repartit Lenz. Dans la
vie tout n'est que compromis, Benjamin. Nous vivons dans un monde où
l'on dépense des sommes astronomiques pour traiter les problèmes
d'érection, alors que les maladies tropicales tuent des millions de
personnes chaque année, faute d'aides suffisantes. Et dans notre quotidien, c'est pareil. La somme que vous mettez dans une seule bouteille de
Dom Perignon pourrait servir à vacciner tous les habitants d'un village
du Bangladesh. Toutes nos décisions, toutes nos priorités, tous les objets
que nous achetons sont autant de condamnations à mort, Benjamin. Je
suis très sérieux en disant cela : nierez-vous que les quatre-vingt-dix
dollars que coûte une bouteille de Dom Perignon pourraient facilement
sauver une demi-douzaine de vies, peut-être plus ? Réfléchissez-y. Une
bouteille contient sept ou huit verres. Chaque verre de champagne
représente donc une vie. » Ses yeux brillaient, comme ceux d'un mathé-
maticien venant de résoudre une équation et s'apprêtant à en attaquer
une autre.

« Voilà pourquoi j'affirme que les compromis sont inévitables. Dès
que vous comprenez cela, vous commencez à vous poser des questions
d'ordre supérieur : des questions d'ordre qualitatif et non quantitatif.
Aujourd'hui, l'opportunité nous est donnée de prolonger considérablement la durée de vie active d'un grand philanthrope, d'un penseur –
quelqu'un dont la contribution au bien commun est indiscutable. Com-
parée à cela, que vaut la vie d'un berger serbe ? Ou celle d'un enfant
illettré voué à la misère et à la petite délinquance. Ou encore celle d'une
gitane qui passera ses journées à détrousser les touristes à Florence et
ses nuits à s'épouiller. On vous a enseigné que la vie était une chose
sacrée et pourtant les décisions que vous prenez jour après jour n'ont
rien d'innocent, c'est un peu comme si vous affirmiez que certaines
existences ont plus de valeur que d'autres. Mais vous les prenez quand
même, ces décisions. J'ai de la compassion envers ceux qui ont donné
leur vie pour soulager celle des autres. Je vous assure. Et j'espère
sincèrement que leur geste n'a pas été inutile. Mais je sais aussi que,
dans l'histoire de notre espèce, aucune grande réussite ne s'est accom-
plie sans le sacrifice de vies humaines. "Il n'y a aucun document de la
civilisation qui n'est pas en même temps un document de barbarie" :
c'est un grand penseur qui a dit cela, un penseur mort prématurément. »

Ben clignait les yeux sans rien dire.

« Venez, fit Lenz, il y a ici quelqu'un qui veut vous dire un petit bonjour. Un vieil ami à vous. »

*

Ben resta bouche bée.

« Professeur Godwin ?

— Ben. »

C'était son vieux professeur de fac, son mentor. Godwin avait pris sa retraite voilà de nombreuses années et pourtant, à le voir ainsi, bien droit, le visage lisse et rose, on avait du mal à y croire. Il avait quatre-vingt-deux ans mais faisait plusieurs *dizaines d'années* de moins. L'historien John Barnes Godwin, professeur émérite, spécialiste de l'Europe du XXe siècle, était un homme vigoureux à la poignée de main virile.

« Grands dieux ! », s'écria Ben. S'il ne l'avait pas connu, il lui aurait donné cinquante ans à peine.

Godwin faisait partie des élus. Evidemment : il était de ceux qui faisaient la pluie et le beau temps en Amérique, sans en avoir l'air. Un homme puissant avec un carnet d'adresses impressionnant.

Godwin incarnait à lui seul l'époustouflante réussite de Lenz. Ils étaient dans une petite antichambre attenant au grand hall, une pièce confortable, meublée de sofas, de fauteuils rembourrés et de poufs. On y trouvait des lampes de lecture et des porte-journaux emplis de périodiques imprimés dans toutes les langues.

Godwin semblait ravi de constater l'étonnement de Ben. Quant à Jürgen Lenz, il jubilait.

« Vous devez vous sentir un peu désorienté », dit Godwin.

Il lui fallut quelques secondes pour trouver que répondre.

« C'est un euphémisme.

— C'est extraordinaire ce que le Dr Lenz a réussi à faire. Nous lui en sommes tous profondément reconnaissants. Mais je pense que nous sommes aussi conscients de la signification, de la *gravité*, de son cadeau. Par essence, il nous a redonné la vie. Pas la jeunesse mais plutôt – une nouvelle chance. Un temps de répit avant la mort. » Il fronça les sourcils, d'un air pensif. « Est-ce une chose contre nature ? Peut-être. Mais le traitement contre le cancer l'est aussi. Rappelez-vous les paroles d'Emerson : "la seule maladie" c'est la vieillesse. »

Ses yeux brillaient. Ben l'écoutait dans un silence mutique.

A l'université, Ben l'avait toujours appelé Professeur Godwin, mais à présent, il n'avait plus envie de l'appeler ni d'une façon ni d'une autre. Il se contenta de répondre :

« Pourquoi ?

— Pourquoi ? A un niveau personnel ? Ça n'est pas évident pour vous ? J'ai toute une vie devant moi. Peut-être deux.

— Veuillez m'excuser, messieurs, intervint Lenz. Le premier hélicoptère est sur le point de partir et je dois saluer mes invités. » Il sortit de la pièce en courant presque.

« Ben, quand on arrive à mon âge, on n'achète pas de bananes vertes, reprit Godwin. On ne commence pas l'écriture d'un livre, car on sait pertinemment qu'on risque de ne jamais pouvoir l'achever. Songez à ce que je vais pouvoir entreprendre maintenant. Avant de connaître le Dr Lenz, j'avais l'impression d'avoir lutté, travaillé, accumulé les connaissances pendant des décennies pour en arriver là où je suis, avec mon savoir, ma compréhension du monde – mais qu'à tout instant, ce trésor pouvait m'être ravi : "la jeunesse est ignorante, la vieillesse impuissante", n'est-ce pas ?

— Même si tout cela était vrai...

— Servez-vous de vos yeux. Regardez ce qui est devant vous. Regardez-moi, pour l'amour du ciel ! Je n'étais même plus capable de grimper les marches de la Firestone Library, et maintenant je *cours*. » Godwin n'était pas seulement une expérience réussie, songea Ben, il faisait partie du complot – le complice de Lenz. Etait-il au courant des actes de cruauté, des meurtres commis par Sigma ?

« Avez-vous vu ce qui se passe ici – les petits réfugiés emprisonnés dans le parc ? Des milliers d'enfants kidnappés ? *Cela* ne vous fait rien ? »

Godwin parut gêné.

« J'admets que certains aspects de la question me mettent mal à l'aise. J'ai toujours été clair là-dessus.

— Mais il s'agit d'assassinats. Des milliers d'enfants sont en passe d'être tués ! s'exclama Ben. Pour que ce traitement *existe*. Lenz appelle cela "récolter", un joli mot pour un massacre systématique.

— C'est..., balbutia Godwin. Eh bien, c'est une notion complexe du point de vue moral. *Honesta turpitudo est pro causa bona.*"

— "Pour une bonne cause, mal agir est une vertu", traduisit Ben. Publilius Syrus. C'est vous qui me l'avez appris. »

Godwin était avec eux, lui aussi. Il était passé de l'autre côté ; il avait rejoint Lenz.

« L'important c'est que la cause soit valable. » Il se dirigea d'un pas tranquille vers un canapé de cuir. Ben s'assit face à lui sur un autre canapé.

« Depuis combien de temps connaissez-vous Sigma ?

— Oh, depuis des dizaines d'années. Et le fait d'assister à la phase finale de ce projet me fait l'effet d'un privilège. Sous la férule de Lenz, les choses seront radicalement différentes.

— Je suppose que certains de vos collègues ne partageaient pas votre opinion.

— Ah oui. Les *angeli rebelli*, comme Lenz les appelle. Les anges rebelles. Une poignée de contestataires qui se sont élevés contre nous. Par pure vanité, par aveuglement. Certains se méfiaient de Lenz, d'autres se sont sentis relégués au moment où la nouvelle direction s'est installée. Je suppose que certains d'entre eux ont eu des scrupules quand ils ont compris qu'il fallait en passer par certains... sacrifices. Quand le pouvoir change de mains, il faut s'attendre à voir apparaître des formes de résistance. Il y a quelques années, lorsque Lenz nous a annoncé que son projet entrerait bientôt dans sa phase d'expérimentation active, il n'a pas caché ses intentions. Il voulait que nous le reconnaissions comme chef. Mais il n'agissait pas par intérêt personnel. Il ne faisait qu'anticiper les problèmes, puisqu'il allait falloir déterminer qui serait admis à – eh bien, à participer au programme. Qui ferait désormais partie des élus. Nous risquions fort d'assister à un éclatement. Lenz était le leader dont nous avions besoin. La plupart d'entre nous l'ont reconnu. D'autres non.

— Dites-moi, votre projet est-il appelé à s'étendre au monde entier ? Comptez-vous en faire profiter les masses ? Ou le réservez-vous aux "grands" ?

— Eh bien, vous venez de soulever une grave question. Jürgen m'a fait l'honneur de me confier une mission. Je suis devenu une sorte de recruteur. C'est moi qui ai sélectionné toutes ces... sommités mondiales. Les *Wiedergeborenen*, comme nous appelle le Dr Lenz – les ressuscités. Nous ratissons large, bien au-delà du groupe Sigma, ou ce qu'il en reste. J'ai réussi à convaincre Walter, vous savez, et ma vieille amie Miriam Bateman – le juge Miriam Bateman. On m'a chargé de choisir les plus méritants. Dans le monde entier – en Chine, en Russie, en Europe, en Afrique – partout, sans exception. Avec pour seul critère l'excellence.

— Mais Arnold Carr n'est pas beaucoup plus âgé que moi...

— En fait, il a l'âge idéal pour commencer le traitement. S'il le décide, il aura quarante-deux ans toute sa vie, sa très très longue vie. Ou alors il reviendra à l'âge biologique d'un homme de trente-deux ans. » L'historien écarquilla les yeux, émerveillé.

« Nous sommes quarante maintenant.

— Je comprends, l'interrompit Ben, mais...

— *Ecoutez-moi*, Ben ! Dieu du Ciel, nous avons rallié à notre cause un autre juge de la Cour suprême. Un grand juriste mais aussi un Noir, un fils de métayer qui a connu aussi bien la ségrégation que son abolition. Imaginez la somme de connaissances, la sagesse qu'il a pu accumuler au cours de son existence ! Qui pourrait jamais le remplacer ? Prenez l'exemple d'un peintre en passe de transformer radicalement l'art mondial – imaginez le nombre de toiles révolutionnaires qui dorment dans son cerveau. Supposez que les plus grands compositeurs, écrivains et artistes qu'ait connus le monde – prenez Shakespeare, prenez Mozart, prenez... »

Ben se pencha vers lui.

« Ce sont des inepties ! tonna-t-il. Selon vous, les riches et les puissants devraient vivre deux fois plus longtemps que les pauvres et les sans-grade : c'est de l'élitisme pur et simple, une conspiration aristocratique de merde !

— *Et pourquoi pas ?* répliqua Godwin sur le même ton. Platon a écrit sur le roi-philosophe, sur le pouvoir du sage. Il avait finement perçu les fluctuations auxquelles est soumise notre civilisation. Trois pas en avant, deux pas en arrière, éternellement. Ce que nous apprenons, nous nous empressons de l'oublier. Les tragédies qui ensanglantent le monde ne cessent de se répéter – l'Holocauste n'a pas empêché les génocides qui l'ont suivi, comme si nous avions tout oublié. Les guerres mondiales. Les dictatures. Les faux messies. L'oppression des minorités. On dirait qu'il n'y a pas d'*évolution*. Or aujourd'hui, enfin, tout cela peut changer. Nous pouvons *transformer* l'espèce humaine !

— Comment ? Vous n'êtes qu'une poignée. » Ben croisa les bras sur sa poitrine.

« C'est le problème avec les élites. »

Godwin fixa Ben un petit moment, puis gloussa : « "Nous sommes peu, des élus, une troupe de frères" – oui, la tâche est vaste et nous sommes peu, n'est-ce pas ? Mais la prise de conscience des masses n'a jamais favorisé l'évolution de l'humanité. Tous les progrès sont dus aux individus isolés ou aux petites équipes qui un jour, quelque part, font une grande découverte et en font profiter le reste du monde. Un beau jour, dans une région dont la plupart des habitants ne savent même pas lire, un ou deux individus découvrent le calcul – et voilà que le cours de notre histoire en est changé à tout jamais. Il y a un siècle, un homme a découvert la relativité, et depuis, rien n'est plus comme avant. Dites-moi, Ben, savez-vous exactement comment fonctionne un moteur à combustion interne – pourriez-vous en construire un si je vous en fournissais les composants ? Savez-vous comment on vulcanise le caoutchouc ? Evidemment non, mais vous profitez de l'invention de l'automobile quand même. Voilà comment les choses fonctionnent. Dans le monde primitif – je sais que nous ne sommes plus censés employer ce terme, mais pardonnez-moi – rien ne sépare fondamentalement un membre d'une tribu de son voisin. Il en va autrement dans le monde occidental. La division du travail est la marque même de la civilisation : l'avancement d'une société se juge au degré de division du travail. Et le domaine où cette division est la plus importante est le domaine intellectuel. Une poignée d'individus a participé au Projet Manhattan – et pourtant notre planète n'est plus la même depuis. Au cours des dix années qui viennent de s'écouler, quelques petites équipes se sont acharnées à décoder le génome humain. Peu importait que le reste de l'humanité ne connaisse même pas la différence entre Nyquil et niacine – ils en ont bénéficié quand même. Tout le monde utilise l'ordinateur – mais presque personne ne peut déchiffrer le langage informatique, on ignore même ce qu'est un circuit intégré. Le savoir est l'apanage de quelques élus, et pourtant il profite au plus grand nombre. Les grandes entreprises collectives – les Juifs construisant les pyramides – n'ont jamais fait avancer notre espèce. C'est grâce aux individus, aux petites élites, qu'on a découvert le feu, la roue ou l'ordinateur. Et tout notre paysage en a été transformé. Ce qui est vrai dans le domaine de la science et de la technologie vaut également pour la politique. A ceci près que, dans ce cas, l'acquisition du savoir décrit une courbe beaucoup plus longue. Ce qui signifie qu'au moment même où nous tirons la leçon de nos erreurs, nous sommes remplacés par de jeunes arrivistes qui perpétuent éternellement ces mêmes erreurs. Nos connaissances demeurent lacunaires pour la bonne raison qu'on nous écarte trop vite du circuit. Les fondateurs de Sigma avaient conscience de cette limite inhérente à notre espèce, une limite qu'il fallait dépasser si nous voulions survivre. Commencez-vous à comprendre, Ben ?

— Poursuivez, fit Ben comme un étudiant indécis.

— Les actions accomplies par Sigma – dans le but de *modérer* les fluctuations politiques d'après-guerre – n'étaient qu'un début. A présent, nous sommes en mesure de changer la face de la planète ! Assurer la paix, la prospérité et la sécurité universelles, à travers une administration et une commercialisation réfléchies de nos ressources. Si c'est cela que vous appelez une conspiration de l'élite – eh bien, est-ce vraiment condamnable ? Si pour atteindre ce but suprême, il faut que quelques misérables réfugiés de guerre rencontrent leur créateur un peu avant l'heure, est-ce vraiment une telle tragédie ?

— Mais les bénéficiaires seront triés sur le volet, n'est-ce pas ? lança Ben. Vous n'avez aucunement l'intention de partager le gâteau. Il y aura deux catégories d'êtres humains.

— Les dominants et les dominés ? Mais c'est inévitable, Ben. Il y aura d'un côté les Hommes Sages et de l'autre les masses soumises. C'est la seule façon de construire une société viable. Le monde est déjà surpeuplé. La plus grande partie du continent africain ne dispose même pas de l'eau potable. Si tous les habitants de la Terre voyaient leur durée de vie multipliée par deux, imaginez les conséquences ! Ce serait le chaos ! Voilà pourquoi, dans sa sagesse, Lenz a décidé que sa grande découverte serait réservée à quelques individus triés sur le volet.

— Et que faites-vous de la démocratie ? La loi du peuple ? »

Les joues de Godwin s'empourprèrent.

« Epargnez-moi cette rhétorique sentimentale, Ben. L'histoire de l'inhumanité est aussi vieille que celle de l'humanité : les foules réduisant à néant ce que la *noblesse* a passé des siècles à édifier. La première mission de la politique consiste à préserver les hommes de leurs propres pulsions. Ce n'est pas une chose à dire dans un amphithéâtre, mais le *principe* de base de l'aristocratie a toujours été juste : *aristos, kratos* – la loi des meilleurs. Le problème, c'était que l'aristocratie ne donnait pas toujours le meilleur d'elle-même. Mais imaginez que, pour la première fois dans l'histoire de l'humanité, on puisse rationaliser le système, fonder une aristocratie cachée, basée sur le mérite – avec à sa tête des *Weidergeborenen* gardiens de la civilisation. »

Ben se leva et se mit à faire les cent pas. La tête lui tournait. Godwin, emporté par son enthousiasme, avait été séduit par le charme irrésistible de la quasi-immortalité.

« Ben, vous avez quoi, trente-cinq, trente-six ans ? Vous vous croyez éternel. Je le sais, j'étais comme vous à votre âge. Mais faites-moi le plaisir de vous projeter dans l'avenir. Imaginez-vous à quatre-vingt-cinq ans, quatre-vingt-dix ans, si Dieu veut que vous viviez aussi longtemps. Vous avez une famille, vous avez des enfants, des petits-enfants. Vous avez bien vécu, votre travail a porté ses fruits, et pourtant vous êtes vieux et vous souffrez de tous les maux inhérents à la vieillesse...

— J'aurais envie de mourir, répondit Ben sèchement.

— Correct. Si vous êtes dans la condition physique de la plupart des gens âgés. Mais vous n'*aurez* jamais quatre-vingt-dix ans. Si vous commencez la thérapie maintenant, vous serez toujours jeune, vous aurez toujours trente-cinq ans. Mon Dieu, que ne donnerais-je pas pour avoir votre âge ! S'il vous plaît, ne me dites pas que cette argumentation vous choque au point de vue éthique.

— Je suis un peu dans le brouillard en ce moment », dit Ben en regardant attentivement Godwin.

Godwin eut l'air de le croire.

« Bien. Je constate que vous devenez moins réticent. Je veux que vous rejoigniez nos rangs. Que vous fassiez partie des *Wiedergeborenen*. »

Ben se passa les mains sur le visage.

« Votre proposition me tente. » Il poursuivit d'une voix assourdie. « Vous avez dit des choses très justes...

— Etes-vous encore là, John ? les interrompit Lenz, d'une voix forte et chaleureuse. Le dernier hélicoptère est sur le point de décoller ! »

Godwin se leva prestement.

« Il faut que j'attrape la navette, s'excusa-t-il. Je veux que vous réfléchissiez à notre conversation. »

Lenz entra dans la pièce avec, à ses côtés, un vieil homme voûté. Le bon docteur le tenait par l'épaule.

Jakob Sonnenfeld.

« Avez-vous bien discuté ? », s'enquit Lenz.

Non. Pas lui.

« Vous... », laissa échapper Ben à l'intention de l'ancien chasseur de nazis. C'en était trop.

« Je crois que nous allons avoir une nouvelle recrue », dit Godwin d'un air grave. Il lança à Lenz un regard bref mais chargé de sens.

Ben se tourna vers Sonnenfeld.

« C'est vous qui leur avez dit que je me rendais à Buenos Aires, avouez-le ! »

Sonnenfeld prit un air affligé. Il détourna les yeux.

« Il y a des moments dans la vie où l'on doit choisir son bord, dit-il. Quand mon traitement commencera...

— Venez, messieurs, intervint Lenz. Le temps presse. »

Ben entendit le rugissement de l'hélicoptère. Godwin et Sonnenfeld se dirigèrent vers la sortie.

« Benjamin, dit Lenz sans se retourner. Je vous en prie, restez ici. Je suis tellement content d'apprendre que notre projet vous intéresse. Mais il faut que nous ayons une petite discussion en tête-à-tête. »

Ben sentit un choc dans son dos. Un objet en acier se referma autour de son poignet.

Des menottes.

Il n'y avait pas d'issue.

Les gardes lui firent traverser la grande salle. Ils passèrent devant les appareils de gymnastique et les stations de monitoring.

Ben se mit à hurler de toute la force de ses poumons en tirant sur ses liens. Il voulait alerter les *Wiedergeborenen*, les rallier à sa cause. Ce n'étaient pas de mauvais bougres.

Mais on aurait dit qu'ils étaient tous partis.

Un troisième garde les rejoignit, attrapa Ben par le bras et le traîna sur le sol. Le dallage de pierre lui écorchait les jambes et les genoux. La douleur était insupportable. Il se débattait en balançant des coups de pied. Un autre garde fit son apparition. A eux quatre, ils l'attrapèrent par les chevilles et les poignets. Ben ne cessait de hurler et de se tortiller dans tous les sens pour leur compliquer la tâche.

Ils le traînèrent jusqu'au monte-charge. Un garde appuya sur le bouton du premier étage. Quelques secondes plus tard, le monte-charge s'ouvrit sur un corridor d'une blancheur monacale. Pendant que les gardes le sortaient de la cabine – il était inutile de résister – une infirmière qui passait par là le regarda, bouche bée, puis détourna vite les yeux.

Ils le conduisirent dans une pièce ressemblant à une salle d'opération revue et corrigée et le hissèrent sur un lit. Un planton qui semblait attendre son arrivée – les gardes l'avaient-ils prévenu par radio ? – lui attacha des sangles colorées aux chevilles et aux poignets. Puis, quand Ben fut immobilisé, l'homme lui enleva les menottes.

Epuisé, Ben était couché sur le dos, incapable de remuer les membres. Une fois leur travail accompli, tous les gardes sauf un sortirent de la pièce. Celui qui restait s'installa près de la sortie, son Uzi à l'épaule.

La porte s'ouvrit. Jürgen Lenz entra.

« Votre ingéniosité me remplit d'admiration, dit-il. On m'avait assuré que la vieille grotte avait été condamnée ou du moins qu'elle était infranchissable. Je vous suis donc reconnaissant de m'avoir signalé cette faille dans le système de sécurité. J'ai déjà ordonné qu'on dynamite l'entrée. »

Ben se demanda si Godwin était sincère quand il lui avait proposé de les rejoindre. Ou si son ancien mentor avait simplement tenté de le neutraliser. De toute façon, Lenz était bien trop soupçonneux pour lui faire confiance.

A moins que...

« Godwin m'a demandé de me joindre au projet », dit Ben.

Lenz fit rouler un chariot de métal jusqu'au lit et s'empara d'une seringue hypodermique.

« Godwin vous fait confiance, dit Lenz en se tournant vers Ben. Pas moi. »

Ben regarda son visage.

« En quoi me fait-il confiance ?

— Il croit que vous respecterez le secret. Que ni vous ni votre amie détective ne dévoilerez l'identité des gens auxquels vous avez parlé. »

Là résidait sa vulnérabilité ! « Si vous la laissez partir sans lui faire de mal, je veux bien que nous passions un marché vous et moi, dit Ben. Donnant donnant.

— Et bien sûr, je peux me fier à vous. Vous ne trahirez pas votre promesse.

— Dans mon propre intérêt, dit Ben.

— Les gens n'agissent pas toujours selon leur propre intérêt. Les *angeli rebelli* me l'ont amplement démontré, au cas où je ne l'aurais pas déjà su.

— Prenons les choses simplement. Je veux que vous relâchiez Anna Navarro. C'est ça qui m'intéresse. Ce qui vous intéresse vous, c'est que votre projet ne s'ébruite pas. Nous avons tous les deux un intérêt à préserver.

— Bien, fit Lenz sur un ton dubitatif. Peut-être. Mais d'abord je vais stimuler de manière artificielle votre honnêteté, au cas où vous auriez quelque difficulté à l'exprimer spontanément. »

Ben tenta de rester calme malgré la vague de panique qu'il sentait monter en lui.

« Qu'entendez-vous par là ?

— Rien de méchant. Une expérience plutôt agréable, en fait.

— Je ne crois pas que vous en aurez le loisir. La police va débarquer d'un instant à l'autre. C'est votre dernière chance.

— Miss Navarro est venue seule, dit Lenz. Elle n'a contacté personne. C'est elle qui me l'a dit. » Il leva la seringue hypodermique. « Et je vous assure qu'elle disait la vérité. »

Continue à le faire parler. Continue à détourner son attention.

« Vous croyez vraiment que les savants de votre équipe sont tous dignes de confiance ?

— Je n'ai confiance en personne. Rien de ce qu'il y a ici, tous les instruments, les ordinateurs, les séquenceurs, les échantillons, les formules – rien n'est jamais sorti de ces murs. »

Ben insista.

« Vous êtes pourtant vulnérable. On pourrait très bien s'infiltrer dans votre système de stockage externe, pénétrer vos archives informatiques. Aucun cryptage n'est sûr à cent pour cent.

— Voilà pourquoi je n'ai pas recours au stockage externe, dit Lenz trop heureux de pouvoir démontrer à Ben combien il se trompait. Je ne peux pas me permettre de courir un tel risque. Pour parler très franchement, si je suis arrivé là où j'en suis aujourd'hui, c'est que j'ai toujours eu une confiance très relative en mes congénères.

— Puisque nous en sommes aux confidences, permettez-moi de vous poser une question.

— Oui ? » Lenz tapota l'avant-bras de Ben jusqu'à ce qu'une veine saille.

« J'aimerais savoir pourquoi vous avez fait assassiner mon frère. »

Lenz enfonça l'aiguille dans la veine avec une violence peu nécessaire.

« Cela n'aurait jamais dû avoir lieu. Il y a quelques fanatiques parmi mes agents de sécurité. Cet incident me navre profondément. Une terrible erreur. Quand ils ont su que votre frère connaissait la composition du conseil d'administration originel de Sigma, ils ont craint que notre travail ne soit compromis. »

Le cœur de Ben battait la chamade. De nouveau, il fit un effort pour se contrôler.

« Et mon père ? Vos "fanatiques" l'ont-ils tué, lui aussi ?

— Max ? » Lenz eut l'air surpris. « Max est un génie. Je l'admire énormément. Oh non, jamais je ne toucherais un cheveu de sa tête.

— Alors, où est-il ?

— Il n'est pas chez lui ? », demanda Lenz d'un air innocent.

Allez, vas-y.

« Pourquoi avoir tué tous ces vieillards... ? »

Un muscle tressaillit légèrement sous l'œil gauche de Lenz.

« Du ménage. La plupart d'entre eux étaient personnellement impliqués dans Sigma. Ils se sont opposés à l'inévitable. Ils n'appréciaient guère la nouvelle organisation et se sentaient relégués au second plan depuis que j'avais pris en main les rênes de la société. Oh, nous avons pourtant traité nos membres avec les plus grands égards...

— Vous les avez menés par le bout du nez, vous voulez dire. Vous avez acheté leur silence.

— Si vous préférez. Mais ça ne pouvait plus continuer ainsi. Les divergences de vues étaient trop grandes. Toujours est-il qu'ils ont refusé, dirons-nous, de participer au programme. Ensuite, certains sont devenus gênants, ils menaçaient de parler. En tout cas, ils n'avaient plus rien à offrir depuis longtemps. Des éléments incontrôlables. Le temps était venu de les détacher du tronc. Cela peut paraître dur, mais l'enjeu était énorme. Dans ce genre de circonstances, on ne se contente pas de sermonner les gens, ou de leur taper sur les doigts, ou de les mettre en "congé", hein ? On prend des mesures plus définitives. »

Ne lâche pas, se dit Ben. *Occupe-le.*

« En soi, le fait d'assassiner ces vieillards représente une prise de risque insensée, ne trouvez-vous pas ? Ces morts étaient susceptibles d'attirer les soupçons.

— Je vous en prie. Toutes les morts paraissaient naturelles. Et même, à supposer qu'on ait décelé la toxine, ces hommes avaient tellement d'ennemis à travers le monde... »

Lenz et Ben entendirent le bruit au même moment.

Une rafale de mitraillette, non loin de là.

Et puis une autre, encore plus proche.

Un cri.

Lenz se tourna vers la porte sans lâcher la seringue hypodermique. Il dit quelque chose au garde posté sur le seuil.

La porte s'ouvrit sous une pluie de balles.

Il y eut un hurlement et le garde s'écroula dans une mare de sang. Son propre sang.

Lenz se jeta à terre.

Anna !

Quel soulagement ! *Elle est vivante, c'est incroyable, elle est vivante.*

« Ben ! cria-t-elle en claquant la porte derrière elle et la fermant à clé. Ben, vous allez bien ?

— Je vais bien, lança-t-il.

— Debout ! cria-t-elle à l'intention de Lenz. Espèce d'enfoiré. »

Elle s'avança en braquant la mitraillette dans sa direction. Elle portait une blouse blanche de médecin.

Lenz se leva. Son visage était cramoisi, ses cheveux argentés partaient dans tous les sens.

« Mes gardes seront ici d'une seconde à l'autre ». Sa voix tremblait.

« N'y comptez pas trop, rétorqua Anna. J'ai condamné toute l'aile et les issues sont verrouillées de l'extérieur.

— On dirait que cet homme est mort, dit Lenz qui semblait avoir retrouvé son arrogance. Je croyais que le gouvernement des Etats-Unis enseignait à ses agents de ne tuer qu'en état de légitime défense.

— Vous n'avez pas entendu dire qu'on m'avait remerciée ? ironisa Anna. Ecartez les mains. Où est votre arme ? »

Lenz répliqua, indigné : « Je n'en ai pas. »

Anna s'approcha.

« Ça vous ennuie si je vérifie ? Ecartez les mains j'ai dit. »

Elle fit un pas vers Lenz et glissa sa main libre à l'intérieur de sa veste.

« Voyons, lança-t-elle. J'espère que cette mitraillette ne va pas partir toute seule. Je ne suis pas très habituée à ces petits jouets. »

Lenz pâlit.

Avec un grand geste du bras, elle sortit un petit pistolet du costume de Lenz, comme un prestidigitateur extirpant un lapin d'un chapeau claque.

« Bien, bien, dit-elle. Plutôt malin pour un vieux monsieur, Jürgen. A moins que vos amis ne vous appellent toujours Gerhard ! »

CHAPITRE 47

BEN resta ébahi : « Oh, mon Dieu. »
Lenz retroussa les lèvres puis, étrangement, il sourit.
Anna empocha son revolver.

« Depuis le temps que ça me tarabuste, dit-elle. Le labo d'identification fédéral a analysé les empreintes mais n'a rien trouvé, et pourtant ils ont fouillé dans toutes les bases de données possibles et imaginables. Ils ont cherché dans les dossiers des renseignements de l'armée, mais toujours rien. Jusqu'à ce qu'ils aient l'idée de remonter plus loin, dans les anciennes cartes ronéotypées datant de la guerre et des quelques années qui l'ont suivie. Elles n'avaient pas encore été digitalisées, pourquoi l'auraient-elles été, n'est-ce pas ? Vos empreintes, celles du SS Gerhard Lenz, figuraient dans les dossiers de l'armée, parce que vous vous étiez échappé, je présume. »

Lenz la considérait d'un air amusé.

« Les techniciens du labo ont d'abord cru que les empreintes déposées sur la photo que je leur avais envoyée étaient vieilles de plusieurs dizaines d'années, mais un détail étrange les a arrêtés : l'huile des empreintes, les résidus de transpiration comme ils disent, était fraîche. Ils n'en revenaient pas. »

Ben regarda Lenz. Oui, il ressemblait au Gerhard Lenz posant aux côtés de Max Hartman sur la photo. Sur ce cliché de 1945, Lenz avait une bonne quarantaine d'années. Par conséquent, aujourd'hui il devait avoir un peu plus de cent ans.

Cela paraissait impossible.

« Ma première expérience réussie, ce fut moi, dit tranquillement Gerhard Lenz. Il y a presque vingt ans, j'ai enfin réussi à arrêter, puis à inverser, mon propre processus de vieillissement. Voilà quelques années, nous avons mis au point une formule parfaitement fiable fonctionnant sur tout un chacun. » Il regardait au loin, les yeux dans le vague.

« Dès cet instant, tout ce que Sigma représentait a pu être mis en sécurité.

— Très bien, l'interrompit Anna. Donnez-moi la clé des menottes.

— Je ne l'ai pas. Le garçon de salle...

— Laissez tomber. » Elle fit passer la mitraillette dans sa main droite, sortit un trombone de la poche de sa veste et libéra Ben. Puis elle lui tendit un objet long en plastique auquel il jeta un coup d'œil. Il comprit aussitôt.

« Ne remuez pas un cil », cria Anna en braquant le Uzi en direction de Lenz.

« Ben, prenez ces menottes et attachez ce salaud à quelque chose de lourd. » Elle regarda tranquillement autour d'elle.

« Nous devons sortir d'ici aussi vite que possible, et...

— Non », dit Ben d'un ton péremptoire.

Elle se retourna, éberluée.

« Qu'est-ce que vous... ?

— Il détient des prisonniers – des jeunes sous des tentes, à l'extérieur, des enfants malades. Nous devons les libérer d'abord ! »

Anna hocha la tête pour montrer qu'elle avait compris.

« Le moyen le plus rapide consiste à neutraliser le système de sécurité. Désélectrifier les barrières, déverrouiller... » Elle se tourna vers Lenz, raffermit sa prise sur la mitraillette.

« Il y a un panneau de contrôle dans votre bureau. Nous allons faire une petite balade. »

Lenz ne se départissait pas de son flegme.

« Je ne vois pas ce dont vous parlez. Le dispositif de sécurité de la clinique est centralisé dans un poste de contrôle gardé par des vigiles, au rez-de-chaussée.

— Désolée, dit Anna. J'ai déjà obtenu le "témoignage" de l'un de vos gardes. » Elle pointa le Uzi vers une porte fermée, différente de celle par laquelle ils étaient entrés.

« Allons-y. »

Le bureau de Lenz était sombre et immense, comme une cathédrale.

Des rais de lumière filtraient à travers des meurtrières percées dans les murs de pierre, au-dessus d'eux. La majeure partie de la pièce était plongée dans la pénombre, hormis le petit halo formé par l'ampoule de la lampe verte posée au centre de l'énorme bureau de noyer.

« Je suppose que vous ne verrez pas d'inconvénient à ce que j'allume pour voir ce que je fais, dit Lenz.

— Désolée, répondit Anna. C'est inutile. Contentez-vous de contourner le bureau et d'appuyer sur le bouton qui soulève le panneau de contrôle. Allons-y doucement. »

Lenz n'hésita qu'un instant avant de suivre ses instructions.

« Cet exercice ne rime à rien », cracha-t-il d'une voix excédée tout en passant de l'autre côté du bureau. Elle le suivit d'un pas glissant, sans cesser de braquer son arme sur lui.

Ben se plaça juste derrière elle. Une deuxième paire d'yeux ne serait pas inutile au cas où Lenz tenterait quelque chose. En fait, il était sûr que l'homme avait une idée en tête.

Lenz pressa un bouton sur le devant de son bureau. Il y eut un grondement mécanique et une plaque plus longue que large s'éleva du plateau de noyer, telle une pierre tombale horizontale : un panneau de contrôle en acier brossé formant un étrange contraste avec le bureau de style gothique.

Enchâssé dans l'acier, ils aperçurent une sorte d'écran plasma plat, sur lequel miroitaient neuf petits carrés bleu vif, disposés par rangées de trois. Chaque carré montrait une vue différente de l'intérieur et de l'extérieur du *Schloss*. Sous l'écran, s'alignaient plusieurs interrupteurs argentés.

Sur l'un des écrans, on voyait les enfants progériques en train de jouer, attachés à leurs piquets ; sur un autre, des réfugiés tournaient autour de leurs tentes, au milieu de la neige. Des gardes étaient postés aux entrées. D'autres patrouillaient. Les lumières rouges clignotantes qui ponctuaient tous les deux ou trois mètres les barrières électrifiées placées au sommet des vieux murs de pierre, étaient sans doute la preuve que le système de sécurité était encore opérationnel.

« Allez-y », ordonna Anna.

Lenz pencha complaisamment la tête et entreprit de basculer les interrupteurs, l'un après l'autre, de la gauche vers la droite. Rien ne se passa, le système de sécurité fonctionnait toujours.

« Nous trouverons d'autres progériques, dit Lenz tout en continuant ce qu'il faisait, les jeunes réfugiés de guerre ne manquent pas, c'est une denrée dont le monde regorge – on dirait qu'il y a toujours un conflit quelque part. » Cette pensée semblait le réjouir.

Les lumières rouges clignotantes s'étaient éteintes. Une poignée de petits réfugiés jouaient au pied d'un grand portail métallique. L'un d'entre eux tendit le doigt – avait-il remarqué que les lumières avaient cessé de clignoter ?

L'un de ses compagnons courut vers le portail et lui donna un petit coup.

Il s'ouvrit lentement.

En hésitant, l'enfant franchit la barrière sans quitter des yeux ses camarades qui attendaient derrière lui. Il leur fit un signe. Lentement un autre le rejoignit et passa de l'autre côté. Le premier pas vers la liberté. Les deux gosses avaient l'air de s'adresser au reste de la troupe en hurlant, mais bien sûr, on n'entendait pas ce qu'ils disaient.

Ensuite, d'autres s'avancèrent. Une fillette débraillée à la chevelure hirsute. Un garçonnet.

Et d'autres encore.

Un mouvement de foule hystérique. Les enfants commencèrent à se bousculer pour sortir plus vite.

Lenz regardait la scène, impassible. Anna, elle, ne le quittait pas des yeux, son Uzi toujours pointé.

Un autre écran montrait une deuxième porte. Elle était grande ouverte. Une infirmière faisait signe aux enfants de sortir, tout en regardant furtivement autour d'elle.

« Ils s'échappent, dit Lenz, mais pour vous, ce sera une autre paire de manches. J'ai ici quarante-huit gardes ayant pour consigne de tirer à vue sur tous les intrus. Vous êtes fichus. » Il tendit le bras vers une grande lampe de cuivre. Ben réagit sur-le-champ, pressentant que Lenz était sur le point de l'empoigner pour la leur jeter à la tête. Mais il se trompait. Lenz donna un léger coup sur le pied de la lampe et en extirpa un objet oblong qu'il pointa aussitôt sur Ben. C'était un petit pistolet en cuivre. Quelle cachette astucieuse !

« Jetez ça ! », hurla Anna.

Ben se tenait à quelques pas d'Anna. De là où Lenz se trouvait, il pouvait les tenir en joue tous les deux.

« Je suggère que vous posiez votre arme immédiatement, dit Lenz. Ainsi, personne ne sera blessé.

— Je ne suis pas de cet avis, rétorqua Anna. Nous ne sommes pas tout à fait à égalité. »

Lenz, imperturbable, poursuivit d'un ton affable :

« Voyez-vous, si vous décidez de me tirer dessus, votre ami ici présent sera tué, lui aussi. Vous devez peser le pour et le contre. Ma mort est-elle si importante, après tout ?

— Jetez ce petit joujou », répliqua Anna. Toutefois Ben voyait parfaitement qu'il ne s'agissait pas d'un jouet.

« Même si vous parvenez à me tuer, qu'est-ce que ça changera ? Mon œuvre se poursuivra sans moi. Mais votre ami Benjamin, lui, sera bel et bien mort.

— *Non !* » hurla une voix rauque.

La voix d'un vieillard.

Lenz pivota sur lui-même.

« *Lassen Sie ihn los ! Lassen Sie meinen Sohn los !* Laissez-le partir ! »

La voix sortait d'un recoin obscur de la grande pièce. Lenz tendit son arme dans sa direction, puis sembla réfléchir et la ramena vers Ben.

La voix retentit de nouveau : « Laissez partir mon fils ! »

Dans la pénombre, Ben n'apercevait qu'une silhouette assise.

Son père. Dans sa main, une arme.

Pendant un instant, Ben fut incapable de parler.

S'agissait-il d'une illusion d'optique due à cette étrange lumière oblique. Quand il regarda mieux, il comprit qu'il ne rêvait pas.

Plus calme à présent, la voix de Max répéta :

« Laissez-les partir tous les deux.

— Ah, Max, mon ami, clama Lenz, sur un ton cordial. Peut-être leur ferez-vous entendre raison.

— Assez de meurtres, dit Max. Assez d'effusions de sang. C'est fini maintenant. »

Lenz se raidit.

« Vous n'êtes qu'un vieillard stupide, répliqua-t-il.

— Je vous donne entièrement raison », dit Max. Il restait assis, mais son arme était toujours braquée sur Lenz.

« Etant jeune, j'étais tout aussi stupide. Vous m'avez trompé, comme aujourd'hui. Je vivais dans la peur. Je vous craignais, vous et vos sbires. J'ai plié sous vos menaces. Votre chantage. » Sa voix s'éleva, tremblante de rage. « J'ai construit un empire, je suis devenu un homme puissant, mais vous étiez toujours là.

— Vous pouvez baisser votre arme, mon ami », dit Lenz d'un ton doucereux. Sans cesser de viser Ben et Anna, il se tourna vers Max l'espace d'un soupir.

Et si je me jetais sur lui en le plaquant au sol, pensa Ben. *La prochaine fois qu'il regardera ailleurs.*

Max continuait à parler comme s'il n'avait pas entendu, comme s'il était seul avec Lenz.

« Je n'ai plus peur de vous, vous ne le voyez pas ? » Sa voix résonnait contre les murs de pierre. « J'ai commis des erreurs que je ne me pardonnerai jamais. Je vous ai aidés, vous et vos amis bouchers. J'ai passé un pacte avec le diable. A l'époque, je croyais qu'il n'existait pas d'autre solution, pour ma famille, pour mon avenir, pour celui du monde. Mais je me mentais à moi-même. Ce que vous avez fait à mon fils, mon Peter... » Sa voix se brisa.

« Mais vous savez bien qu'il s'agit d'une regrettable erreur ! protesta Lenz. Commise par des agents qui ont outrepassé leurs prérogatives, par excès de zèle.

— Assez ! mugit Max. Ça suffit ! J'en ai marre de vos satanés mensonges !

— Mais le projet, Max. Mon Dieu, allons, j'ai l'impression que vous ne comprenez pas...

— Non, c'est vous qui ne comprenez pas. Vous vous prenez pour Dieu le Père et vous croyez que ça me fait frémir ? Vous pensez vraiment que j'ai pu ajouter foi à vos élucubrations ?

— Je vous ai accordé une faveur en vous invitant ici. Je voulais faire amende honorable. Qu'essayez-vous de me dire ? » On sentait que Lenz avait du mal à contrôler sa voix.

« Amende honorable ? Ceci n'est que la continuité de vos abominations. Pour vous, tout et tout le monde doit être sacrifié à votre rêve de vie éternelle. » Max reprit son souffle avec peine. « Vous êtes sur le point de m'enlever le seul enfant qui me reste ! Après tout ce que vous m'avez déjà pris.

— Ainsi, vous m'avez joué la comédie. Oui, je commence à comprendre. Quand vous nous avez rejoints c'était dans l'intention de nous trahir.

— Je n'avais que ce moyen pour pénétrer dans votre forteresse. Je voulais y entrer pour vous surveiller de l'intérieur. »

Lenz parut se parler à lui-même.

« J'ai toujours eu la faiblesse de croire que les autres étaient animés par l'esprit de philanthropie qui m'habite moi-même – qu'ils se passionnaient pour l'amélioration du genre humain. Vous m'avez terriblement déçu. Après tout ce que nous avons vécu ensemble, Max.

— Ach ! Vous feignez de vous intéresser aux progrès de l'humanité, hurla Max. Et vous *me* traitez de vieillard stupide ! A vos yeux, vos semblables ne sont que des sous-hommes, mais c'est vous qui n'êtes pas humain. »

Une fraction de seconde, Lenz porta son regard vers Max et à l'instant même où Ben s'apprêtait à bondir, il entendit un léger pop, produit par un pistolet de petit calibre. Lenz sembla plus surpris que blessé lorsqu'un cercle rouge apparut sur la poche de poitrine de sa blouse blanche, tout près de son épaule droite. Le point rouge se mit à grossir à vue d'œil. Comme un fou, Lenz appuya trois fois sur la détente.

Une deuxième tache rouge se dessina sur sa poitrine. Son bras droit pendait, inerte, le long de sa jambe, quand son pistolet heurta le sol.

Anna baissa légèrement le Uzi et regarda Lenz.

Ce dernier profita de cet instant de relâchement pour s'élancer vers elle et la renverser. Le Uzi tomba par terre.

Il enserra sa gorge en lui appuyant de toutes ses forces sur le larynx. Elle tenta de se redresser, d'échapper à sa poigne de fer mais il lui cogna le crâne sur le sol. On entendit nettement ses os craquer.

Au moment où il tenta de nouveau de lui fracasser le crâne, Ben, mû par la rage, lui sauta dessus, armé du cylindre de plastique qu'Anna lui avait donné quelques instants plus tôt. Ben poussa un véritable rugissement lorsqu'il enfonça la seringue hypodermique dans le cou de Lenz.

Ce dernier poussa un cri de douleur. Ben avait percé la veine jugulaire interne ou du moins avait atteint un endroit très proche. Il appuya sur le piston.

Le visage de Lenz se figea dans une expression horrifiée. Il porta les mains à son cou, trouva la seringue, l'arracha et lut l'étiquette.

« *Verdammt nochmal ! Scheiss Jesus Christus !* »

Une bulle de salive se forma entre ses lèvres. Il tomba à la renverse, comme une statue qui bascule sur son socle. Sa bouche s'ouvrit et se ferma comme pour hurler. L'air lui manquait.

Puis son corps se raidit.

La fureur se lisait dans les yeux fixes de Lenz. Des yeux aux pupilles dilatées.

« Je crois qu'il est mort, hoqueta Ben, à bout de souffle.

— Moi j'en suis *sûre*, dit Anna. Vous venez de lui injecter un opioïde extrêmement puissant. Ils conservent des drogues plutôt dures dans leurs armoires. A présent, fichons le camp ! » Elle lança un coup d'œil à Max Hartman.

« Vous aussi.

— Allez-y, murmura le père de Ben depuis son fauteuil. Laissez-moi ici. Il faut que vous partiez *maintenant*. Tous les deux. Les gardes...

— Non, répliqua Ben. Tu viens avec nous.

— Bon sang, fit Anna. J'ai entendu décoller l'hélicoptère, c'est comme ça qu'on sort d'ici. Mais comment êtes-vous entré ?

— Une grotte – sous la propriété – aboutit dans la cave du château. Mais ils l'ont trouvée.

— Lenz avait raison, nous sommes coincés, pas moyen de sortir...

— Il y a un moyen », dit Max d'une voix éteinte.

Ben courut vers lui. Et ce qu'il vit le stupéfia.

Max était vêtu d'une fine chemise d'hôpital. Il avait plaqué ses deux mains tremblantes autour de son cou, à l'endroit où la balle s'était logée. Le sang jaillissait comme un geyser. Son vêtement de coton portait le chiffre dix-huit, imprimé en noir sur bleu.

« Non ! » hurla Ben.

Max s'était sacrifié afin de tuer Lenz – afin de protéger le dernier de ses fils.

« L'hélicoptère privé de Lenz, murmura Max. Vous atteindrez la piste en empruntant le passage, tout à gauche... » D'une voix mourante, il continua à leur expliquer le chemin, puis, finalement, s'adressant à son fils, il chuchota : « Dis-moi que tu comprends. » Il le regarda d'un air implorant. On l'entendait à peine lorsqu'il répéta : « Dis-moi que tu comprends.

— Oui », répondit Ben d'une voix aussi étranglée que celle de son père. *Dis-moi que tu comprends* – son père voulait parler du chemin à prendre pour rejoindre la piste, bien sûr, mais Ben ne pouvait s'empêcher d'imaginer une autre signification à ces paroles. *Dis-moi que tu comprends* : dis-moi que tu comprends les choix terribles que j'ai dû faire au cours de ma vie, même si je me suis trompé.

Dis-moi que tu les comprends. Dis-moi que tu comprends qui je suis vraiment.

Comme s'il renonçait à lutter, Max retira ses mains. Le sang jaillit de plus belle, au rythme lent et régulier des battements de son cœur

Dis-moi que tu comprends.

Oui, lui avait répondu Ben. Et à ce moment-là, il comprit. *Je comprends.*

Quelques secondes plus tard, son père tomba en arrière. Sans vie.

Sans vie, certes, mais plus jeune que jamais. Ben cligna des paupières pour chasser les larmes qui embuaient ses yeux. Max semblait avoir rajeuni de plusieurs dizaines d'années. Ses cheveux repoussaient, sombres et brillants, sa peau semblait lisse et ferme.

Max Hartman n'avait jamais eu l'air plus vivant qu'au moment de sa mort.

CHAPITRE 48

BEN et Anna se précipitèrent dans le corridor. On entendait tirer tout autour d'eux. La bandoulière du Uzi frottait contre le canon, produisant un raclement sourd. A tout moment, on pouvait leur tomber dessus : mais les gardes, les sachant bien armés, préféraient se tenir à distance. Aucune sentinelle, même la plus loyale, ne mettrait sa vie en danger inutilement. Anna ne l'ignorait pas.

Les indications données par Max étaient claires et précises.

Ils prirent sur la droite et trouvèrent une cage d'escalier.

Ben ouvrit la porte blindée, Anna balaya le palier d'une rafale de mitraillette : s'il y avait eu quelqu'un, il aurait instinctivement plongé pour se mettre à couvert. Dès qu'ils passèrent la porte, on leur répondit de la même manière assourdissante : un garde posté à l'étage du dessous tirait dans l'étroit espace séparant les marches. Son angle de tir lui interdisait toute précision ; ils risquaient surtout d'être atteints par un ricochet.

« Grimpe vite, murmura Anna à Ben.

— Mais Max a dit que la zone d'embarquement était en bas, protesta Ben à voix basse.

— Fais ce que je dis. Grimpe vite. En faisant un maximum de bruit. »

Il comprit aussitôt et s'exécuta en prenant soin de marteler les marches avec ses chaussures.

Anna s'aplatit contre le mur pour qu'on ne puisse l'apercevoir du palier inférieur. Quelques instants plus tard, le garde se manifesta : il avait entendu Ben monter et se lançait à sa poursuite.

Les secondes qui s'écoulèrent alors ressemblèrent à des heures. Anna imagina le garde bondissant vers sa proie : elle devait former une image mentale à partir des sons engendrés par les déplacements de l'homme. Dès qu'il la verrait, ce ne serait plus qu'une question de rapidité. C'était son seul avantage sur lui. Elle resterait cachée jusqu'à la dernière seconde ; ensuite, elle devrait compter sur ses réflexes.

Elle s'élança et fit feu en visant l'endroit où le garde se trouvait, d'après ses calculs. Au moment précis où elle pressa sur la détente, l'homme apparut enfin, juste dans sa ligne de mire.

Il tenait une mitraillette braquée sur elle. La victoire ou la défaite allaient se jouer à une fraction de seconde. Si elle avait attendu de le voir avant de tirer, elle aurait perdu son avantage.

Mais il n'en fut rien. La tunique de l'homme se déchira, le sang jaillit, sa mitraillette se mit à cracher d'inutiles salves au-dessus de la tête d'Anna puis l'homme s'écroula bruyamment et son corps dévala les marches.

« Anna ? appela Ben.

— Maintenant ! », répondit-elle. Il descendit quatre à quatre, la rejoignit sur la zone d'embarquement, devant une porte d'acier peinte en gris et munie d'un loquet. Il suffisait de la pousser pour l'ouvrir.

Quand ils pénétrèrent sur la piste numéro 7, ils furent accueillis par une bourrasque de vent glacé. Il était là, dans la lumière blafarde. L'hélicoptère se dressait tel un gros animal à la carapace de métal poli. C'était un grand Agusta 109 noir aux formes effilées, flambant neuf. De fabrication italienne, avec des roues à la place des patins.

« Vous êtes vraiment capable de piloter ce truc ? », demanda Anna, après qu'ils eurent grimpé à bord.

Ben, assis dans le cockpit, grogna un acquiescement. En vérité, il ne l'avait fait qu'une seule fois et c'était un hélicoptère d'entraînement, avec un pilote licencié aux doubles commandes. Il connaissait bien les avions, mais cet engin-là était totalement différent, déconcertant. Il passa en revue le cockpit obscur pour repérer les commandes.

Le tableau de bord était tellement complexe que durant quelques instants, tout se brouilla devant ses yeux. L'image du corps recroquevillé de son père vint se placer en suspension dans l'air. Il aperçut un Max Hartman jeune, comme il l'était à l'époque où il avait assisté à l'explosion de haine qui avait ensanglanté son pays. Il le vit désemparé, contraint de passer un pacte avec un régime répugnant afin de sauver des innocents, des familles entières. Le génie de la finance ravalé au rang de simple pion.

Il entrevit l'homme – l'émigré, l'être torturé, le clandestin – dont sa mère était tombée amoureuse. Max Hartman, son père.

Ben s'ébroua. Il fallait qu'il se concentre.

Il fallait qu'il se concentre ou ils mourraient tous les deux. Et tout aurait été accompli en vain.

La piste était ouverte à tous vents. Dehors les coups de feu semblaient se rapprocher.

« Anna, je veux que vous vous teniez prête à vous servir du Uzi au cas où un garde essaierait de nous abattre, dit Ben.

— Ils ne tireront pas, lança Anna sur un ton qui transforma ce souhait en une ferme déclaration. Ils savent que c'est l'hélicoptère de Lenz. »

Une voix s'éleva, venant de l'arrière de l'appareil, une voix distinguée, posée : « Tout à fait. Vous pensiez peut-être que Lenz avait l'intention de voyager seul, Miss Navaro ? »

Il y avait quelqu'un.

« Un ami à vous ? », demanda Ben à Anna sans hausser le ton.

Ils se tournèrent tous les deux et virent le passager accroupi dans le compartiment arrière. Malgré ses cheveux blancs, l'homme semblait vigoureux. Il portait de grosses lunettes à monture translucide couleur chair, un superbe complet-veston Glenn Urquhart, façon King Edward, et une chemise blanche impeccable au col serré par une cravate de soie vert olive.

Il tenait une arme automatique à canon court. C'était la seule note de mauvais goût.

« *Alan Bartlett,* fit Anna dans un souffle.

— Passez-moi votre arme, Miss Navarro. Mon pistolet est braqué sur vous et le vôtre est à peine en position. Je serais vraiment navré de devoir appuyer sur la détente, vous savez. La décharge ferait sans doute voler le pare-brise en éclats et endommagerait probablement le fuselage. Ce qui serait regrettable puisque nous aurons besoin de ce véhicule comme moyen de transport. »

Lentement, Anna laissa le Uzi glisser sur le sol et le poussa vers Bartlett qui ne se pencha pas pour le ramasser, semblant se contenter de le voir hors de la portée d'Anna.

« Merci, Miss Navarro, continua Bartlett. Ma dette envers vous ne cesse de croître. Je crains de ne pas vous avoir suffisamment remerciée lorsque vous nous avez menés jusqu'à Gaston Rossignol, et avec quelle rapidité ! Le vieux renard s'apprêtait à nous causer de gros ennuis.

— Salaud, murmura Anna. Vous m'avez odieusement manipulée, espèce d'enfoiré.

— Pardonnez-moi, mais ce n'est ni le lieu ni l'heure pour un rapport en bonne et due forme, Miss Navarro. Pourtant j'avoue que je regrette qu'après nous avoir rendu ce précieux service, vous ayez entrepris de détruire l'excellent travail que vous aviez accompli. Bon, où est le Dr Lenz ? »

Ben répondit à la place d'Anna : « Mort. »

Bartlett marqua un temps d'arrêt puis ses yeux gris inexpressifs clignèrent nerveusement.

« Mort ? » Son étreinte se resserra sur son arme automatique tandis qu'il digérait l'information.

« Espèces d'*imbéciles* ! » Tout à coup, sa colère éclata. Espèces d'imbéciles, vous avez tout *détruit* ! Vous avez anéanti une chose dont vous ne comprendrez jamais la beauté, comme de sales gosses vicieux ! De quel droit avez-vous fait cela ? Comment avez-vous pu vous croire autorisés à commettre une telle ignominie ? » Il se tut de nouveau avant de conclure, tremblant de rage.

« Allez en enfer, tous les deux ! »

— Après vous, Bartlett, lâcha Ben.

— Vous êtes Benjamin Hartman, bien sûr – je suis désolé que nous nous rencontrions dans de telles circonstances. Mais j'en suis le seul responsable. J'aurais dû ordonner qu'on vous tue en même temps que votre frère : *cela* ne nous aurait pas coûté grand-chose. J'ai dû devenir sentimental en vieillissant. Eh bien, mes tourtereaux, je crains que vous ne m'obligiez à prendre quelques graves décisions. »

Dans le pare-brise du cockpit, Ben voyait se refléter le canon du fusil d'assaut de Bartlett. Il ne le quittait pas des yeux.

« Commençons par le commencement, poursuivit Bartlett, après une pause. Je vais devoir m'en remettre à vos talents de pilote. Il y a une piste d'atterrissage près de Vienne. Vous allez nous y conduire. »

De nouveau, Ben jeta un coup d'œil sur l'arme automatique de Bartlett et souleva le commutateur de la batterie.

Les bougies s'allumèrent en cliquetant, puis le démarreur se mit à gémir de plus en plus fort. Ben constata soulagé que l'appareil était entièrement automatique, ce qui faciliterait la manœuvre.

Au bout de dix secondes l'allumage se produisit et le moteur se mit à vrombir dans un bruit de tonnerre. Les rotors commencèrent à tournoyer.

« Attachez-vous bien », murmura Ben à Anna. Avec sa main gauche, il tira sur la manette du collectif. On entendit les pales ralentir.

Puis il y eut comme un bruit de corne et le moteur décéléra.

« Merde, fit-il.

— Savez-vous ce que vous faites ? demanda Bartlett. Parce que dans le cas contraire, vous ne m'êtes d'aucune utilité. Inutile de mettre les points sur les i.

— Juste un peu rouillé », répondit Ben. Il attrapa les commandes des moteurs, deux manches descendant de la partie supérieure du pare-brise, et les poussa vers l'avant.

Le moteur et les deux rotors, le principal et celui de la queue, se remirent à rugir. L'hélicoptère fit un bond en avant, avant d'effectuer quelques embardées à gauche et à droite.

Ben rabattit brusquement les manettes : l'hélicoptère s'arrêta d'un coup sec. Anna et lui plongèrent en avant, retenus par les ceintures de sécurité ; quant à Bartlett, il fut précipité contre le grillage métallique du cockpit, comme Ben l'avait espéré.

Ben entendit le fusil d'assaut heurter la paroi séparatrice. Au même moment, il défit sa ceinture et passa à l'action.

Bartlett avait été un peu étourdi par le choc ; un filet de sang coulait de sa narine gauche. Aussi vif qu'un léopard, Ben contourna son siège et sauta sur lui, les mains en avant. Il lui plaqua les épaules contre le sol d'acier antidérapant. Bartlett n'opposa aucune résistance.

Le premier impact l'avait-il vraiment assommé ? Etait-il mort ?

Mieux valait ne pas se contenter de simples présomptions.

« J'ai des sangles sur moi, dit Anna. Si vous pouvez lui joindre les poignets... »

Quelques instants plus tard, les mains et les jambes de Bartlett étaient menottées. Ceci fait, Anna repoussa son ancien employeur qui roula bruyamment vers le fond de l'appareil comme un vieux tapis.

« *Le temps presse,* s'exclama Anna. Il faut partir. Les gardes – ils arrivent ! »

Ben poussa les deux manches vers l'avant, puis tourna le collectif vers le haut tout en maintenant le cyclique. Le collectif contrôlait la montée de l'hélicoptère ; le cyclique sa direction latérale. Le nez de l'hélicoptère se déplaça vers la droite, la queue vers la gauche, puis il se mit à rouler, quitta la piste et s'engagea sur la pelouse couverte de neige. Le clair de lune y déversait sa lumière froide.

« *Merde !* » hurla Ben en poussant le collectif vers le bas pour réduire la puissance et tenter de stabiliser l'engin.

Lentement, il le remonta, augmentant peu à peu la puissance. L'engin devint plus léger.

Il poussa le manche de trois ou quatre centimètres, sentit le nez baisser puis ajouta encore un peu de puissance avec le collectif.

Ils roulaient.

L'hélicoptère traversa l'étendue neigeuse.

Le collectif était maintenant à demi levé.

Soudain, ayant atteint la vitesse de vingt-cinq nœuds, l'hélico s'élança dans les airs.

Ils prirent de l'altitude.

Ben rabattit le manche pour gagner de la puissance. Le nez se redressa. Ils continuèrent à monter.

Des balles vinrent percuter la cabine.

En bas, plusieurs gardes couraient, leurs fusils mitrailleurs pointés vers l'hélicoptère. Ils criaient.

« Je croyais qu'ils ne tireraient pas sur l'hélicoptère de Lenz.

— Ils ont dû apprendre la mort du bon docteur, dit Anna. Hé, je crois qu'il est temps de leur faire nos adieux, non ? » Elle glissa le canon de son Uzi par la fenêtre latérale et tira une rafale. L'un des gardes s'écroula.

Puis elle recommença, cette fois plus longuement.

Un deuxième garde tomba.

« OK, fit-elle. Je pense que nous sommes tranquilles pour un petit bout de temps. »

Ben ramena le collectif et le nez se redressa.

Plus haut, encore plus haut.

Ils surplombaient le *Schloss* et l'appareil semblait plus stable. A présent, Ben le manœuvrait comme un avion.

Soudain il y eut un mouvement à l'intérieur de la cabine. Juste au moment où Ben se retournait, une terrible douleur éclata à la base de son cou et au niveau des épaules. Comme s'il venait de se coincer un nerf, mais en pire.

Anna hurla.

Lorsqu'il sentit une haleine moite tout près de son visage, Ben comprit ce qui s'était passé. Bartlett, malgré ses entraves, avait réussi à se jeter sur lui et l'avait attaqué avec la seule arme qui lui restait : ses mâchoires.

Un cri guttural, comme le grognement d'une bête sauvage, s'éleva de la gorge de Bartlett. Il enfonça ses dents encore plus profondément dans la chair meurtrie de Ben.

Ben lâcha le collectif dans l'espoir de se débarrasser de Bartlett, si bien que l'hélicoptère se mit à pencher de côté de manière inquiétante.

Ce n'était pas fini ! Anna savait que si elle faisait feu, elle risquait de toucher Ben. Alors, elle agrippa à pleines mains les cheveux blancs et ternes de Bartlett et tira de toutes ses forces. Si fort qu'elle lui en arracha plusieurs touffes. Des ovales roses de cuir chevelu apparurent.

Malgré cela, Bartlett ne lâchait pas prise.

On aurait dit que toute sa puissance vitale était concentrée dans ses mâchoires. Il enfonçait ses dents dans la chair de Ben en se servant de toute la force musculaire de son corps.

Il n'avait plus rien à perdre. Il était comme un animal blessé. C'était sa dernière chance. S'il mourait, au moins entraînerait-il son ennemi avec lui.

Ben, éperdu de douleur, se mit à cogner sur la tête de Bartlett avec les poings, mais sans effet.

Etait-ce possible – être arrivé si loin, avoir survécu à tant de choses, pour être anéanti à mi-chemin de la liberté ?

Bartlett était devenu fou furieux, insensible à la douleur – cet homme élégant à l'ambition démesurée adoptait maintenant la posture la plus élémentaire des vertébrés. Il se comportait comme une hyène dans les plaines du Serengeti, déchiquetant son ennemi à belles dents. Il n'y aurait qu'un seul survivant, c'était la loi de la jungle.

La bouche de Bartlett était collée au cou de Ben et, pendant ce temps son corps frémissait, s'agitait en tous sens – avec ses pieds, il cognait sur Anna pour lui faire perdre l'équilibre et l'obliger à le lâcher. Soudain une rafale d'air froid s'engouffra dans l'hélicoptère. A force de se tortiller comme une anguille, Bartlett avait fini par ouvrir la porte d'Anna, d'un coup de pied frénétique.

Une autre ruade aboutit contre les pédales de palonnier qui contrôlent le rotor de queue. L'hélicoptère se mit à virer sur la gauche, puis à tournoyer. De plus en plus vite. Entraînée par la force centrifuge, Anna commença à glisser vers la porte ouverte. Elle enfonça ses ongles dans le visage de Bartlett. C'était sa seule prise. Ce geste l'écœurait, mais il n'y avait rien d'autre à faire : elle planta ses ongles toujours plus profondément dans la peau de Bartlett, enfonçant l'un de ses doigts dans la cavité orbitale.

« Lâche-le, salopard ! », hurla-t-elle, en griffant sauvagement la chair molle. Puis, enfin, avec un cri effroyable, Bartlett desserra les mâchoires.

Ensuite, tout se passa comme dans un brouillard : Anna et Bartlett furent aspirés par le vide. Ils tombèrent ensemble de l'hélicoptère.

C'est alors qu'elle sentit une poigne de fer se refermer sur son poignet. En un éclair, Ben avait tendu la main. Il la tenait. Pendant qu'il la tirait en arrière, l'hélicoptère continuait à tournoyer, incliné selon un angle de quarante-cinq degrés. Dans un hurlement bestial, Bartlett, incapable de lutter contre la force de gravité, se trouva projeté hors de l'appareil.

Il tomba comme une masse vers le *Schloss*. Ses beuglements s'éloignèrent peu à peu.

L'hélicoptère allait-il prendre le même chemin ? Contrairement à un avion, un hélicoptère qui dévie de sa position angulaire normale, finit par s'écraser. L'Agusta penchait toujours, horriblement, et il perdait de l'altitude.

Pour retrouver une position plus appropriée, il fallait jouer des mains et des pieds. D'un geste enragé, Ben reprit les commandes du cyclique et du collectif, tandis que ses pieds manœuvraient les pédales, afin de coordonner le rotor de queue et le rotor principal.

« Ben ! hurla Anna au moment où elle parvenait à refermer la porte. Faites quelque chose !

— Bon sang ! rugit-il au-dessus de la plainte des rotors. Je ne sais pas si j'en suis capable ! »

Tout à coup, l'hélicoptère plongea ; l'estomac d'Anna remonta dans sa gorge. Pourtant elle ne put s'empêcher de remarquer que tout en tombant, l'appareil commençait à se redresser.

S'il se redressait à temps – et trouvait le bon angle ascensionnel – ils auraient une chance de s'en sortir.

Ben s'acharnait sur les commandes. Au fond d'eux-mêmes, ils savaient que, dans quelques secondes, la chute deviendrait irréversible : toute mauvaise décision leur serait fatale.

Avant même de le voir, elle sut qu'ils reprenaient de l'altitude. La ligne d'horizon s'était stabilisée, l'hélicoptère avait retrouvé son équilibre.

Pour la première fois depuis longtemps, elle sentit la panique la quitter peu à peu. Adroitement, elle déchira un morceau de son chemisier et pressa le tissu contre la blessure de Ben. On voyait la marque des dents de Bartlett, mais fort heureusement ce genre de plaie saignait très peu. Aucun vaisseau important n'avait été sectionné. Ben avait besoin de soins urgents, mais sa vie n'était pas en danger.

Elle baissa les yeux vers le sol.

« Regardez ! », cria-t-elle. A la verticale de l'appareil, était posée une maquette de château entourée d'une barrière serpentine. Au pied de la montagne, une foule épaisse s'était formée. Elle s'écoulait comme un fleuve vers la plaine.

« C'est eux ! hurla-t-elle.

— On dirait qu'ils sont sortis ! »

Ils entendirent une explosion. Un énorme cratère s'ouvrit soudain dans le sol, près du *Schloss*.

Une partie de la vieille forteresse s'écroula comme une friandise en sucre filé.

« De la dynamite », dit Ben.

Ils étaient à plus de mille pieds à présent et volaient à la vitesse de 140 nœuds.

« Les imbéciles, ils ont dynamité l'entrée de la grotte. Trop près du bâtiment – regardez ce qu'a produit l'explosion. *Seigneur Dieu !* »

Un nuage blanc se forma près du sommet de la montagne et se mit à rouler le long de la pente, comme une épaisse nappe de brouillard.

Un nuage de neige, une grande vague blanche. L'avalanche tellement redoutée dans les Alpes autrichiennes.

C'était une vision d'une étrange beauté.

En dehors des nombreux enfants qui avaient réussi à fuir le *Schloss*, il n'y eut aucun survivant.

Trente-sept personnes à travers le monde, pour la plupart des hommes et des femmes importants, tous leaders dans leur domaine, découvrirent avec horreur dans la rubrique nécrologique que le philanthrope viennois Jürgen Lenz avait péri dans l'avalanche qui avait englouti le *Schloss* hérité de son père.

Trente-sept hommes et femmes, tous en parfaite santé.

CHAPITRE 49

BRILLANT vestige d'une époque plus raffinée, le Club Metropolis occupait le coin d'un magnifique pâté de maisons sur la 68ᵉ Rue est, à Manhattan. C'était un grand bâtiment construit à la fin du XIXᵉ siècle par McKim, Mead & White et orné de balustrades en pierre de taille et de modillons imbriqués. A l'intérieur, les rampes en fer forgé du double escalier étaient ponctuées de pilastres de marbre et de médaillons de plâtre. En haut des marches, s'ouvrait le Schuyler Hall, une salle gigantesque au sol en damier. On y avait disposé trois cents chaises. Malgré toute son appréhension, Ben devait admettre qu'on n'aurait pu trouver lieu plus approprié pour la cérémonie de souvenir en l'honneur de son père : Marguerite, la fidèle secrétaire qui avait passé vingt ans au service de Max Hartman, avait insisté pour organiser elle-même l'événement et, comme toujours, son travail était au-delà de tout reproche. Ben plissait les yeux pour mieux voir les visages des gens assis devant lui et distinguer les individus perdus au milieu de la foule.

Il y avait là une curieuse assemblée de personnes endeuillées. Ben remarqua les visages tourmentés de quelques vieillards appartenant au milieu des affaires new-yorkais, des hommes grisonnants, voûtés, affligés de bajoues. Ils savaient que la banque, profession à laquelle ils avaient consacré leur vie, était en train de changer. Désormais les compétences techniques prenaient le pas sur les relations personnelles. Leurs plus grosses affaires, ces banquiers les avaient conclues sur les fairways – ces aristocrates adeptes du golf constataient jour après jour que l'avenir appartenait désormais à de jeunes blancs-becs mal coiffés, titulaires de doctorats en ingénierie électrique, des blancs-becs qui ne faisaient même pas la différence entre un putter et un fer 9.

Les présidents des grandes œuvres humanitaires avaient sorti leurs plus beaux atours. Il croisa vaguement le regard de la présidente de la Société historique de New York, une femme aux cheveux épais attachés en un chignon serré ; son visage semblait légèrement étiré, selon une diagonale allant de la commissure des lèvres à l'arrière de l'oreille –

séquelles d'un récent lifting pratiqué par un chirurgien malhabile. Dans la rangée derrière elle, était assis un homme aux cheveux blancs, en costume bleu marine. Ben reconnut le patron de la Grolier Society. Le directeur du Metropolitan Museum, tiré à quatre épingles. La présidente de l'Association d'aide aux sans-logis, une néo-hippie. Les doyens et directeurs de plusieurs grandes écoles avaient choisi d'occuper des places éloignées les unes des autres. Ils contemplaient Ben d'un air sombre. Au premier rang, se tenait le charismatique directeur national de la fondation United Way. Avec ses cheveux légèrement ébouriffés et ses yeux de basset, il avait l'air sincèrement ému.

Tous ces visages se mêlaient devant ses yeux, passant du flou au net. Ben vit des couples mal assortis – femmes athlétiques, hommes bedonnants – qui s'étaient fait une place dans la bonne société new-yorkaise grâce à la générosité de Max Hartman, ce dernier ayant répondu favorablement à leurs incessants appels de fonds, destinés à financer leurs diverses associations : pour la littérature, contre le sida, pour la liberté d'expression, la préservation de la nature. Il remarqua ses voisins de Bedford : un grand patron de presse adepte du soft-ball, toujours vêtu de sa fameuse chemise rayée ; le visage interminable du descendant défraîchi d'une grande famille qui avait autrefois dirigé un programme d'égyptologie dans une université de l'Ivy League ; un homme encore jeune qui avait créé puis vendu à un conglomérat une compagnie fabriquant des infusions aux plantes affublées de noms colorés style New Age et dont les couvercles servaient de support à des sermons progressistes.

Des visages ravagés, des mines fraîches, des familiers, des inconnus. Il y avait les salariés de Hartman Capital Management. Les bons clients, comme ce brave Fred McCallan qui avait épongé ses yeux avec un mouchoir, une ou deux fois. D'anciens collègues de Ben, à l'époque où il enseignait dans l'East New York ; ses nouveaux collègues, puisqu'il travaillait maintenant dans une école tout aussi déshéritée, au Mont Vermont. Il y avait là des gens qui les avaient aidés à traverser une période difficile, Anna et lui. Et par-dessus tout, il y avait Anna, sa fiancée, son amie, son amante.

Ben leur faisait face, debout sur la tribune surélevée qu'on avait installée au fond de la salle. Il était censé prononcer quelques paroles à la mémoire de son père. Une heure auparavant, un excellent quatuor à corde – sponsorisé par Max Hartman – avait interprété un adagietto de Mahler, tiré de la Cinquième Symphonie. D'anciens partenaires d'affaires et des représentants d'associations subventionnées par Max étaient venus évoquer le parcours du défunt. A présent, c'était au tour de Ben. Tout en parlant, il se demandait s'il s'adressait vraiment à l'assemblée ou bien à lui-même.

Il devait parler du Max Hartman que *lui* connaissait, pour autant qu'il ait jamais *pu* le connaître. Il savait seulement que tel était son devoir. Il déglutit avant de poursuivre : « Un enfant voit son père comme être tout-puissant. Il remarque la fierté qui l'anime, ses larges épaules, sa maîtrise, sans penser une seconde que cette force possède ses limites. Puis on grandit et on s'aperçoit qu'on s'est trompé. Cette découverte est peut-être le signe de la maturité. » La gorge de Ben se serra et il dut attendre quelques instants avant de reprendre.

« Mon père était un homme solide, l'homme le plus solide que j'aie jamais connu. Mais le monde est puissant, lui aussi, plus puissant que n'importe quel individu, si courageux et déterminé soit-il. Max Hartman a vécu les années les plus sombres du XXe siècle. Il a traversé une époque durant laquelle l'humanité a révélé la noirceur de son cœur. Je crois qu'il s'est senti sali par cette triste réalité. Je sais qu'il lui a fallu vivre avec, bâtir une vie, fonder une famille et prier pour que cette horreur n'entache pas nos existences comme elle avait entaché la sienne. Quand on a approché le mal, il vous poursuit à jamais. » De nouveau, Ben fit une pause, prit une profonde inspiration et poursuivit.

« Mon père était un homme compliqué, le plus compliqué qu'il m'ait été donné de connaître. Il a vécu durant une période historique d'une extraordinaire complexité. Un poète a écrit :

"Songe un peu
Combien l'histoire connaît de chausse-trappes, de chemins détournés,
De fausses issues, elle nous murmure des rêves fous
Nous mène par la vanité."

« Mon père aimait à répéter que seul l'avenir l'intéressait. C'était un mensonge, un pieux mensonge, une sorte de provocation. C'est bien l'histoire qui a formé mon père et c'est cette même histoire qu'il a toujours combattue dans l'espoir de la vaincre. Une histoire qui n'était pas écrite noir sur blanc. Le regard d'un enfant est très aiguisé. Il se trouble avec l'âge. Et pourtant il y a quelque chose que les enfants ont du mal à percevoir : les tons intermédiaires. Les nuances de gris. La jeunesse a le cœur pur, n'est-ce pas ? La jeunesse refuse les compromis, elle est sûre d'elle-même, enthousiaste. C'est le privilège de l'innocence. C'est le privilège de l'intégrité morale préservée des affres de la réalité.

« Et si vous n'aviez d'autre choix que de pactiser avec le mal afin de le combattre ? Sauveriez-vous ceux que vous aimez, ceux que vous pouvez sauver, ou refuseriez-vous tout compromis ? Personnellement, je ne me suis jamais trouvé devant un tel dilemme. Mais il y a une chose que je sais. Les mains d'un héros sont gercées, éraflées, usées, calleuses et rarement propres. Celles de mon père ne l'étaient pas. Il a vécu avec le sentiment d'avoir servi les desseins de l'ennemi tout en le combattant. A la fin, ses larges épaules pliaient sous le poids de la culpabilité, une culpabilité qu'aucune de ses bonnes actions ne pourrait jamais effacer. Il était incapable d'oublier le passé. Des êtres qu'il avait aimés étaient morts, alors que lui avait survécu. Je vous le répète : quand on a approché le mal, il vous poursuit à jamais. Il a donc redoublé d'efforts en faveur du bien. En croyant me rebeller contre lui et ce qu'il voulait faire de ma vie, je lui étais d'autant plus fidèle, à lui et à sa mission. C'est une chose que j'ai mis du temps à comprendre. Un père désire avant tout assurer la sécurité de ses enfants. Mais aucun père n'en a les moyens. »

Les yeux de Ben rencontrèrent ceux d'Anna. Ils se regardèrent longuement. Ben puisa du réconfort dans ce regard ferme et expressif, dans la limpidité de ces yeux noisette.

« Un jour, si Dieu veut, je serai père à mon tour, et je suis sûr que j'oublierai cette leçon et que je devrai la réapprendre. Max Hartman était un philanthrope – dans le sens premier du terme, il aimait les gens – et pourtant ce n'était pas un homme facile à aimer. Il ne se passait pas un jour sans que ses enfants se demandent s'il était fier ou s'il avait honte d'eux. A présent, je sais que lui aussi se posait cette question : nous, ses enfants, étions-nous fiers ou honteux de l'avoir pour père ?

« Peter, tu me manques plus que quiconque et j'aimerais que tu sois ici en ce moment même, pour entendre ce que je dis et prendre toi aussi la parole. » Les larmes lui montaient aux yeux.

« Peter, mes paroles sont à classer dans la rubrique "incroyable mais vrai", selon ton expression favorite. Papa vivait dans la crainte de *notre* jugement. »

Ben pencha la tête un instant.

« J'affirme que mon père a vécu dans la crainte que je le juge – bien que cela semble incroyable. Il craignait qu'un enfant élevé dans le luxe et l'insouciance se permette de mal juger un homme ayant vu disparaître tout ce qui lui était cher. »

Ben redressa les épaules et, d'une voix rauque et pleine de tristesse, haussa un peu le ton.

« Il a vécu dans la peur que je le juge. *Et c'est ce que je fais*. Je le juge mortel. Je le juge imparfait. Je le juge comme un homme entêté, compliqué, difficile à aimer et à jamais marqué par une histoire qui a laissé son empreinte sur tout ce qu'elle a touché.

« Et je le juge comme un héros.

« Je le juge comme un brave homme.

« Et parce qu'il était difficile à aimer, je l'en ai aimé davantage... »

Ben s'arrêta, les mots s'étranglaient dans sa gorge. Il ne pouvait plus rien dire. Mais peut-être n'y avait-il plus rien à dire. Il contempla le visage d'Anna, ses joues brillantes de larmes. Elle pleurait pour eux deux. Il s'éloigna lentement de la tribune et se dirigea vers le fond de la salle où Anna le rejoignit bientôt. Elle resta à ses côtés pendant que les innombrables invités passaient devant lui en file indienne pour lui serrer la main, après avoir attendu et discuté entre eux dans la pièce voisine. Furent prononcées des paroles de condoléances, de sympathie. Des vieillards lui serrèrent amicalement l'épaule ; pour eux, il était toujours le jeune Hartman, l'un de ces deux adorables jumeaux. Ben reprenait contenance. Il était vidé, mais dans ce vide qu'il ressentait au fond de lui, la douleur elle-même avait presque disparu.

Dix minutes plus tard, lorsque l'un des invités – le directeur du service fiscal de HCM – raconta une anecdote amusante et affectueuse à propos de son père, Ben se mit à rire très fort. Cela faisait des semaines, peut-être des années, qu'il ne s'était senti aussi léger. La foule s'éclaircissait. Un homme de haute taille, à la mâchoire carrée et aux cheveux clairs, lui serra la main.

« Nous n'avons jamais été présentés, dit-il en lançant un coup d'œil à Anna.

— Ben, j'aimerais te présenter un de nos très bons amis, annonça Anna d'une voix chaleureuse. Voici le nouveau directeur de l'Internal Compliance Unit, auprès du ministère de la Justice – David Denneen. »

Ben lui serra vigoureusement la main.

« J'ai beaucoup entendu parler de vous, fit-il. Puis-je vous remercier de nous avoir sauvé la mise ? Ou cela fait-il seulement partie de vos attributions ? » Ben savait que Denneen avait tout fait pour qu'on réhabilite Anna ; il avait savamment laissé se répandre la rumeur que la jeune femme avait été envoyée sur une mission tordue et que les rapports faisant état de ses exactions étaient des faux destinés à débusquer les véritables malfaiteurs. Anna avait même reçu une lettre officielle du gouvernement la remerciant de ses « bons et loyaux services », tout en laissant discrètement de côté les circonstances dans lesquelles elle les avait rendus. Pourtant, ce papier lui permit de se faire embaucher comme vice-présidente chez Knapp Incorporated où elle était à présent responsable de la lutte contre les risques.

Denneen se pencha et embrassa Anna sur la joue.

« Mais je suis toujours en dette, dit-il en se retournant vers Ben. Et vous le savez pertinemment. De toute façon, en ce moment à l'ICU, je suis en train de réduire les effectifs. Si un jour, ma mère me demande ce que je fais dans la vie, j'aimerais pouvoir lui répondre.

— Ben ? » Anna désigna le petit homme à la peau brune qui accompagnait Denneen.

« Encore un ami cher que je souhaiterais te présenter : Ramon Perez. »

Une autre vigoureuse poignée de main. Ramon sourit de toutes ses dents éclatantes.

« C'est un honneur », dit-il en inclinant légèrement la tête.

Il souriait toujours lorsque Anna l'entraîna dans un coin pour discuter.

« Tu as l'air du chat qui vient de manger le canari, dit Anna. Qu'est-ce qui se passe ? Qu'y a-t-il de tellement drôle ? » Ses yeux pétillaient de gaieté.

Ramon se contenta de secouer la tête. Il jeta un coup d'œil vers Ben, de l'autre côté de la pièce, puis la regarda de nouveau, sans cesser de sourire.

« Ah, s'exclama-t-elle enfin. Je sais ce que tu penses. "Quel gâchis", c'est ça ? »

Ramon haussa les épaules sans la contredire.

Anna fixa Ben jusqu'à ce que leurs yeux se croisent.

« Eh bien, laisse-moi te dire une chose, fit-elle. Il n'est pas perdu pour tout le monde. »

Ensuite, Ben et Anna s'avancèrent vers la Lincoln Town Car d'HCM qui les attendait devant le Metropolis ; le chauffeur, les voyant apparaître, se mit presque au garde-à-vous devant la voiture, prêt à ouvrir la portière arrière. Ben prit doucement la main d'Anna dans la sienne. Une fine bruine faisait luire les rues assombries par le crépuscule.

Ben sentit une montée d'adrénaline : le chauffeur semblait curieusement jeune, presque adolescent, et pourtant bâti en force. Une foule d'images surgirent dans son esprit, comme un kaléidoscope cauchemardesque. Des images venues d'un proche passé. Ben étreignit la main d'Anna.

Lorsque le jeune homme se tourna vers Ben, les fenêtres éclairées du Metropolis révélèrent son visage. C'était Gianni, le chauffeur qui était resté au service de Max au cours des deux dernières années de sa vie. Un type à la physionomie enfantine accentuée par ses dents écartées et son entrain. Gianni souleva sa casquette couleur souris et l'agita.

« Mister Hartman », lança-t-il.

Ben et Anna montèrent dans la voiture ; Gianni referma la portière en parfait professionnel, avant de s'installer au volant.

« Où allons-nous, Mister Hartman ? », demanda Gianni.

Ben consulta sa montre. La nuit ne faisait que commencer et demain il n'y avait pas classe. Il se tourna vers Anna.

« Où allons-nous, Miss Navarro ? demanda Ben.

— N'importe où, dit-elle. Tant que nous y allons ensemble. » Sa main se glissa dans la sienne et elle posa sa tête sur son épaule.

Ben respira profondément. Il se laissa envahir par la tiédeur du visage d'Anna tout près du sien. Et enfin ressentit la paix. C'était un sentiment étrange et inhabituel.

« Contentez-vous de rouler, répondit Ben. D'accord Gianni ? Allez n'importe où, nulle part – roulez, c'est tout. »

CHAPITRE 50

USA TODAY
DES RUMEURS CIRCULENT
SUR LA PROCHAINE NOMINATION
À LA COUR SUPRÊME

Tout en déclarant qu'il « regrettait profondément mais comprenait parfaitement » la décision du juge Miriam Bateman de quitter la Cour suprême des Etats-Unis au terme de la session du printemps, le président Maxwell a précisé que ses conseillers et lui s'accordaient un délai avant de rendre une décision « pesée et mûrement réfléchie » sur sa succession.

« Assurer la continuité de l'action entreprise par le juge Bateman, dont nul n'ignore la probité et la sagesse, constituera une lourde tâche pour son successeur, et nous entreprenons cette mission avec humilité et impartialité », a ajouté le président, lors d'une conférence de presse. Néanmoins, certains initiés ont déjà communiqué une liste où figurent les noms de quelques personnes qu'ils estiment très bien placées...

THE FINANCIAL TIMES
POURPARLERS DE FUSION
ENTRE ARMAKON ET TECHNOCORP

Il s'agirait d'un mariage peu ordinaire, mais certains responsables des deux plus grands consortiums de la Nouvelle Economie, Armakon, le géant de la biotechnologie basé à Vienne, et Technocorp, le géant du software basé à Seattle, ont laissé entendre que leurs sociétés avaient engagé des pourparlers dans la perspective d'une fusion.

« La biotechnologie a toujours plus besoin de l'informatique et l'informatique recherche toujours plus d'applications pratiques », a déclaré à la presse le PDG de Technocorp, Arnold Carr.

« Nous avons formé des alliances stratégiques, par le passé. Mais une con-solidation plus formelle de nos liens serait, à mon avis, le meilleur moyen d'assurer la croissance de nos deux compagnies sur le long terme. » Le Dr Walter Reisinger, ancien secrétaire d'Etat et membre éminent du conseil d'administration de Technocorp, a annoncé que les conseils d'administration des deux compagnies soutenaient sans réserve leurs directions dans cette décision. Selon Reinhard Wolff, le directeur administratif d'Armakon, la fusion parerait aux fortes dépenses destinées à la programmation et occasion-nerait une économie potentielle de plusieurs milliards. Il a rendu hommage à « la sagesse et à la grande qualité des dirigeants » des deux sociétés, qui ont permis la tenue de ces négociations.

Certains gros actionnaires des deux compagnies ont semblé approuver les pourparlers.

« L'union fait la force, a déclaré Ross Cameron, dont le Santa Fe Group détient 12,5 % des parts de Technocorp, et nous croyons qu'ensemble ces sociétés auront énormément de choses à offrir au monde. »

Dans un communiqué de presse rédigé conjointement par Armakon et Technocorp, on apprend que le futur consortium sera en mesure d'occuper une position de leader dans le secteur de la santé.

« Etant donné l'énorme potentiel représenté par Armakon dans le domaine de la recherche extensive en biotechnologie et les énormes ressources de Technocorp, a affirmé Wolff, ces compagnies, une fois la fusion opérée, parviendront certainement à repousser les frontières des sciences de la vie au-delà de tout ce que nous pouvons imaginer. »

A Wall Street, des analystes ont finement disséqué les réactions à la fusion envisagée...

Cet ouvrage a été imprimé par

FIRMIN DIDOT
GROUPE CPI

Mesnil-sur-l'Estrée

pour le compte des Éditions Grasset
en septembre 2003

Imprimé en France

Dépôt légal : septembre 2003
Nº d'édition : 12950 – Nº d'impression 65137
ISBN : 2-246-60081-2